중국
고전산문명문감상
中国古典散文名文鉴賞

중국 고전 명문을 통해 오늘의 중국과 한국을 반추하다

중국 고전산문명문감상

中國古典散文名文鑒賞

박병석 역주

朴炳奭 譯註

學古房

서문

이 책은 중국 고대 산문(散文, prose) 가운데 명문 중의 명문을[1] 정선(精選)한 뒤 번역, 주석(註釋) 및 평설(評說, 品評論說)을 통해 옛 지식인의 문제의식과 문제해결 방법을 탐색함으로써, 독자들에게 오늘과 내일을 보는 혜안을 기르는 계기를 제공하고자 작업한 결과물이다. 특히 오늘의 중국과 한국을 반추할 기회가 되길 바라며 준비한 책이기도 하다. 욕심으로는 대학생의 중국 고대/고전 산문 강의/학습 교재와 일반 독자의 교양서로 활용되기를 바란다.

이 책에서 소개한 고전 산문은 다음과 같은 방법으로 선정하였다. 우선 중국과 대만의 중고등학교(初中/高中) 어문교재와[2] 일반 교양서, 그리고 한국의 중국 고대/고전 산문 역주서에 실린 작품 중 여러 차례 실린 순으로 100여 편을 뽑았다.

그다음, 선정된 작품 중 순수 산문문학, 신변잡기, 기행문(遊記, 游記), 성어(成語), 우화(寓話) 및 한인(漢人) 기호(嗜好) 문장 등을 가려냈다. 그 예로 좌구명(左丘明, 약 540-452BCE) 「조귀논전」(曹劌論戰), 열구(列寇, 약 450-375BCE) 『열자』(列子) 「우공이산」(愚公移山), 가의(賈誼, 200-168BCE) 「과진론」(過秦論), 유안(劉安, 179-122BCE) 등

---

1) 그래서 이 책의 제목을 단순한 시대 개념이 담긴 '고대 산문'(ancient prose)이 아닌 가치 개념이 담긴 '고전 산문'(classic prose)이라고 이름하였다.

2) 고등학교(高中) 어문교재 산문 목록은 다음을 참조할 수 있다: 주문량, "중국과 대만 고등학교의 古典散文교육 비교연구: 국어 교과서 選文 내용과 특징을 中心으로," 석사학위논문, 한양대학교 대학원 중어중문학과, 2017.2.

『회남자』(淮南子)「새옹실마」(塞翁失馬), 사마천(司馬遷, 145-86BCE)「항우본기: 홍문연」(項羽本紀: 鴻門宴), 오균(吳均, 469-520)「주원사서」(朱元思書), 역도원(酈道元, 약 470-527)「삼협」(三峽), 왕발(王勃, 650-675)「등왕각서」(騰王閣序), 한유(韓愈, 768-824)「제십이랑문」(祭十二郎文), 유종원(柳宗元, 773-819)「소석담기」(小石潭記), 두목(杜牧, 803-852)「아방궁부」(阿房宮賦), 구양수(歐陽修, 1007-1072)「취옹정기」(醉翁亭記)와 「매유옹」(賣油翁), 주돈이(周敦頤, 1017-1073)「애련설」(愛蓮說), 사마광(司馬光, 1019-1086)「손권권학」(孫權勸學), 왕안석(王安石, 1021-1086)「상중영」(傷仲永), 귀유광(歸有光, 1507-1571)「항척헌지」(項脊軒志), 위학이(魏學洢, 약1596-1625)「핵주기」(核舟記), 장대(張岱, 1597-1679)「도암몽억서」(陶庵夢憶序), 공자진(龔自珍, 1792-1841)「병매관기」(病梅館記) 등을 빼냈다.

그리고 장르별로 보아 일반 고대/고전 산문 외에 『사기』(史記) 등 역사 산문과 『논어』, 『노자』 등 선진양한시대의 제자(諸子) 산문 및 철리(哲理) 산문을 더했다. 아울러 장르로는 산문으로 분류되지 않을 수 있는 굴원(屈原, 약 340-278)의 「어보」(漁父) 등 초사(楚辭); 도연명(陶淵明, 약 365-427)의 「귀거래사병서」(歸去來辭並序), 구지(丘遲, 464-508)의 「여진백지서」(與陳伯之書), 이백(李白, 701-762)의 「춘야연도리원서」(春夜宴桃李園序), 유우석(劉禹錫, 772-842)의 「누실명」(陋室銘) 등 변려문(騈儷文) 및 한유(韓愈, 768-824)의 「진학해」(進學解)와 소식(蘇軾, 1037-1101)의 「전적벽부」(前赤壁賦) 등 사부(辭賦)를 그대로 두거나 더했다.

끝으로 국내 중국 고대/고전 산문 역주서 대부분이 선진시대 제자백가의 작품을 제외한 것을 보완하고자 선진양한시대 작품의 비중을 높였다. 선진 제자백가 중 『논어』, 『맹자』, 『순자』를 상대적으로 많이 골랐다. 그리고 사상사적으로나 문화사적으로 중요함에도 외면되었다고 판단한 『손자병법』「시계」(始計) 편, 『묵자』「겸애」(兼愛) 편과

「비공」(非攻) 편, 『장자』 절선(節選) 6편, 『한비자』 「오두」(五蠹) 편, 『예기』 「학기」(學記) 편, 「악기」(樂記) 편 및 예운(禮運) 편, 『사기』(史記) 「백이열전」(伯夷列傳)과 「화식열전서」(貨殖列傳序) 등도 더했다. 이렇게 『노자』 15개 장 및 『논어』 13개 편 34개 장, 『논어』와 『노자』 외 54편을 뽑았다.

이렇게 선정하고 보니 저명한 대만 문학자 임어당(林語堂, 1895-1976)의 고전 산문 선정 기준 및 결과와 거리가 멀어졌다. 임어당은 중국 고전문학 중 우수한 산문은 매우 적다고 비평하고 우수한 작품을 평가하는 기준으로 사상과 정감(sentiment)의 해방 또는 문체(style)의 해방을 들었다. 그는 이에 해당하는 작품을 비정통파(unorthodox) 작가 중 이단(heresy) 색채를 띤 작가에게서 찾을 수 있다고 보았으며, 이러한 작가는 시체 같은 문체를 천성적으로 경시하는 지적인 콘텐츠를 갖추고 있다고 했다. 이러한 기준에 부합하는 작가로 소동파(蘇東坡, 蘇軾, 1037-1101), 원중랑(袁中郎, 袁宏道, 1568-1610), 이립옹(李笠翁, 李漁, 1611-1680), 원매(袁枚, 1716-1798), 공정암(龔定盦, 龔自珍, 1792-1841)을 꼽았다. 임어당은 이들을 지적인 반역자(intellectual rebels)라고 불렀다. 이들의 작품은 때로 조정이 금지하거나 크게 평가절하하였으며, 정통파 학자는 이들을 급진 사상에 친화적이고 도덕에 위협적인 것으로 평가하였다고 한다.[3] 임어당은 어떠한 작품이 이러한 대우를 받았는지 특정하지는 않았다. 필자는 이러한 임어당의 선정 기준에 따라 명문을 선정할 능력은 없지만, 감히 이와 부합한다고 판단되는 문장으로 최원(崔瑗, 77-142)의 「좌우명」(座右銘), 제갈량(諸葛亮, 181-234)의 「지인성」(知人性) 및 노포(魯褒, 西晉)의 「전신론」(錢神論)을 추가 선정하는 사심을 챙겼다.

---

3) Lin Yutang, "Prose," *My Country and My People*, 13th Revised Illustrated Edition(New York: The John Day Company, 1939), 231-235.

선정한 산문은 가급적 시대순으로 배열하였다(『논어』와 『노자』는 예외). 작품의 중요성과 독자의 관심도를 우선 고려하다 보니 특정 시대의 작품이 많아졌다. 따라서 요금원청 등 정복왕조시대 작품 중에서 명문 반열에 오른 북방민족 지식인의 작품은 하나도 없게 되었다. 그리고 명대 이후로는 명말청초 황종희(黃宗羲, 1610-1695)와 고염무(顧炎武, 1613-1682) 2인의 작품만 소개하였고, 청대 장학성(章學誠, 1738-1801) 「사설」은 한유(韓愈, 768-824) 「사설」과 비교하기 위해 특별히 뽑았다.

선정한 고전 산문은 주제별로 인성론, 인간론, 교학론, 논리학과 문장론, 경제론, 군주론과 통치론, 국제관계론, 유토피아론 및 탈정치론 등으로 나눌 수 있다.

참고로 선정된 작품 중 현대 중국학자들이 많은 관심을 기울인 작품 순서를 나열하자면 소식(蘇軾) 「적벽부」(赤壁賦), 도연명(陶淵明) 「도화원기」(桃花源記), 왕희지(王羲之, 303-361) 「난정집서」(蘭亭集序), 범중엄(范仲淹, 989-1052) 「악양루기」(岳陽樓記), 유우석(劉禹錫) 「누실명」(陋室銘), 제갈량(諸葛亮) 「출사표」(出師表), 소식(蘇軾) 「육국론」(六國論), 진수(陳壽, 233-297) 「융중대」(隆中對) 등이다(CNKI中國知網, 학술지 篇名 검색, 1천여 편~250여 편).

산문 원전의 출처, 표점(標點) 및 문장부호는 아래 [일러두기]에 근거하였고, 논쟁이 있는 경우 별도 해설을 곁들였다. 한자의 어원 및 어의는 백도백과(百度百科) 한어한자(漢語漢字)를 많이 활용하였다. 앞서 말한 대로 원문의 배열은 시대순이다. 그리고 온전한 작품 감상을 위해서 작품별로 저자 소개, 원전 소개, 원문 주제, 원문, 원문 독음, 번역문, 주석, 평설(評說) 순으로 배열하였다.

우리나라에서 중국 고대/고전 산문은 아무래도 중국문학 전공자를 비롯해 중국철학이나 한국한문학 등 문사철(文史哲) 전공자의 성역으로 생각되곤 한다. 따라서 이 영역에 정사철(政史哲)을 바탕으로 한 중국정치사상사 전공자가 끼어드는 것은 어쩌면 무리일 수 있고, 또 이에 대해 회의하는 시각도 있을 수 있다. 그러나 문학이 정치에 종속되었던 오랜 전통을 인정한다면 기존의 문사철 시각이 아닌 정사철 시각에서 중국 고대/고전 산문에 접근하려는 시도의 의미 역시 음미할 필요가 있다. 필자는 오랫동안 제자(諸子) 산문 또는 철리(哲理) 산문과 역사 산문을 다루었고 현대한어로 직접 글을 써왔기에, 고전 산문의 선정과 해석 그리고 번역 등에서 오히려 새로운 시각과 접근법을 보여줄 수 있다고 생각한다. 이런 이유로, 이미 국내에 꽤 많은 중국 고대/고전 산문 역주서가 출간되었음에도 사회과학 전공자로서는 처음으로 이 책의 출판을 결심하게 되었다. 이 책을 준비하면서 한국, 대만 및 중국의 관련 서적과 논문을 꽤 살펴보고 착오와 실수를 줄이고자 노력했다.

중국 고대/고전 산문 관련 국내 역주서(譯註書)는 모두 15권임을 확인하였다(참고문헌 참조). 역주자 19명(공동 참여자 포함) 중 17명이 중어중문학 전공자였고, 사회과학 전공자는 없었다. 또 절반은 대학 교재용이었다. 이 책들에 수록된 산문 작품은 대부분 '임의로' 또는 '내 나름대로' 선별되었고, 원문 표점(標點)에 대한 근거도 제시되지 않았다. 또한 번역 과정에서 문법을 소략한 경우가 많았다. 바람직한 역주서라면 저자와 원문 소개(解題), 한글 독음, 주석, 번역, 감상 또는 평설(評說) 및 참고문헌 등으로 구성된 체계를 갖추어야 한다고 본다. 국내 역주서 15권 중 이를 모두 갖춘 것은 없었다. 특히 그중 절반만 번역문을 제공하였다. 아울러 최봉원 교수의 책을 제외한 모든 역주서는 (중국)산문론을 소개하지 않았고, 번역론은 어느 역주서도 제시하지 않았다. 나름의 수준을 갖춘 번역이라고 볼 수 있는 것은 김근, 오수형, 최봉원 및 허세욱 교수의 책인데, 최봉원 교수의 책만 직역에 가깝고 나머지는 의역에 치중했다.

　　선학(先學)들의 노력을 기초로 '한 층 더 올라가 보니'(更上一層樓. (唐)王之渙,「등관작루(登鸛雀樓)」) 기존의 이해와 다른 사실을 적지 않게 확인하게 되었다. 대표 사례로『논어』「자한」(子罕) 편의 "歲寒, 然後知松柏之後彫也."에 나오는 '백'(柏)은 잣나무가 아니라 측백나무이며, 굴원(屈原)의「어보」(漁父)에 나오는 '미'(薇)는 고사리가 아니고 살갈퀴이며,『순자』「권학」(勸學) 편에 나오는 '봉'(蓬)은 쑥이 아니고 민망초이며, 유우석(劉禹錫)「누실명」(陋室銘)의 '누실'(陋室)은 '더러운 방' 또는 '누추한 집'이 아니라 '외딴집'이었다. 이외에도 많다.

　　검토와 수정을 반복할수록 발견되는 오류 때문에 괜히 시작했나 하는 자괴감도 들었다. 그러함에도 기존의 역주서보다는 하나라도 더 앞서야 하리라는 처음의 목표에 가까워졌다는 생각을 위안 삼아 이 책을 감히 세상에 선보이게 되었다. 그래도 필자의 부족과 태만으로 인한 오류와 작업에 대한 자만(自滿)으로 발생할 수 있는 질책과 반론을 피할 수 없을 것이다. 또 품평논설(品評論說)이 과도하다는 반론도 있을 수 있다. 독자의 지적과 질책은 겸허히 받아들일 것이다.

　　막바지에 중견 중문학자에게 청해 세밀한 검토를 받은 바 있다. 많은 지적과 건의에 감사한다. 그리고 이 책이 세상에 나올 수 있도록 배려해주신 학고방 출판사 하운근 대표님과 조연순 팀장님께 깊이 감사드린다.

2023.10.5.

박병석(朴炳奭) 삼가 씀

일러두기

【원전 출처】

中國哲學書電子化計劃(繁體): https://ctext.org/zh

維基文庫(繁體): https://zh.wikisource.org/zh-hant/Wikisource

國學大師網: http://www.guoxuedashi.net

中華古詩文古書籍網: https://www.arteducation.com.tw

【해석 · 번역 참고】

百度百科: https://baike.baidu.com

古詩文網: https://www.gushiwen.cn

한국고전종합DB: https://db.itkc.or.kr

【문장 부호 표기】

■ 원문:

- 쉼표逗號(,), 마침표/고리점句號(。), 모점頓號(、), 쌍점冒號(:), 쌍반점分號(;), 겹화살괄호書名號(《 》), 빠짐표虛缺號(□), 물음표問號(?), 느낌표歎號(!)

■ 번역문:

- 소괄호(( )): 의미 같음
- 대괄호([ ]): 의미 덧붙임
- 쌍점(:): 표제에 해당하는 항목을 열거할 때, 표제에 대한 구체적 설명을 붙일 때, 화자가 말한 내용을 제시할 때
- 쌍반점(;): 문장 사이에 병렬, 전환, 접속 및 인과 등 관계가 있을 때

■ 역주 및 해제:

- 국문 참고문헌: 큰따옴표("국문 논문명"), 겹낫표(『국문 서명/학술지명』)
- 중문 참고문헌: 홑낫표(「중문 논문명」), 겹낫표(『중문 서명/학술지명』)
- 원문/번역문: 큰따옴표("원문/번역문"), 겹낫표(『원전 서명』), 홑낫표(「원전 편명」)

중국 고전 산문
번역에 앞서

중국 고전 산문을 번역하기에 앞서 중국 고대/고전 산문이란 무엇인가, 이를 어떻게 번역해야 하는가, 바람직한 중국 고전 산문 이해 자세와 한자음 표기 방식은 무엇인가 에 대해 설익은 생각을 풀어놓고자 한다.

중국 고대/고전 산문이란?

국립국어원 『표준국어대사전』은 '산문'을 "율격과 같은 외형적 규범에 얽매이지 않고 자유로운 문장으로 쓴 글. 소설, 수필 따위이다."라고 설명했다. 『동아새국어사전』은 '산문'을 "글자의 수나 운율 따위에 구애됨이 없이, 자유롭게 쓴 보통의 문장."이라고 설명했다. 『현대한어사전』(現代漢語詞典)은 '산문'(散文)을 "❶운율을 따지지 않는 문장(韻文과 구분된다); ❷시가(詩歌), 희극(戱劇), 소설을 제외한 문학작품을 가리키는데, 잡문, 수필, 보고문학 등을 포함한다."라고 설명했다. 이들을 종합하면, 고대의 운문(韻文)과 변려문(騈儷文)을 제외한, 그리고 현대의 시가(詩歌), 소설 및 희극을 제외한 잡문, 소품(小品), 전기(傳記) 및 수필을 산문의 범주에 포함할 수 있다. 게다가 군주에게 올리는 상주문서(上奏文書)인 장주표의(章奏表議)와 24사(史)도 산문에 포함된다. 장(章)은 사은(謝恩), 주(奏)는 검사와 탄핵, 표(表)는 청원과 서정(抒情), 의(議)는 다른

주장의 기능을 갖는다.1)

　중국 고대 산문 분류의 권위자로 인정받는 청대 요내(姚鼐, 1732-1815)는 『고문사류찬』(古文辭類纂)에서 역대 주요 산문을 논변(論辨), 서발(序跋), 주의(奏議), 서세(書說), 증서(贈序), 조령(詔令), 전장(傳狀), 비지(碑誌), 잡기(雜記), 잠명(箴銘), 송찬(頌贊), 사부(辭賦), 애제(哀祭) 등 열세 가지로 분류하였다. 여기에서 변려문은 제외되어 있다. 참고로 북한 학자 김희옥은 한문산문을 서술문체(序跋體, 記錄體, 傳行體), 정론문체(論說體, 議策體, 檄文體), 편지문체(書簡體, 狀啓體), 공식사무문체(法條體, 公文體, 證券體) 및 과학기술문체 등으로 분류하였다. 그리고 운문과 산문의 중간 형식으로 사륙문(四六文), 즉 변려문을 들었다.2) 다만 김희옥의 분류는 우리나라 한문산문에 한정된 것이다.

　중국 고대 운문은 매우 다양하다. 주와 춘추시대 『시』(詩) 등 4언(言) 위주의 시가(詩歌); 전국시대의 초사(楚辭); 양한시대의 한부(漢賦), 고시(古詩), 악부(樂府); 육조시대의 변려문(騈儷文), 시, 부(賦); 당대의 당시(唐詩), 악부(樂府), 부; 송대의 송시, 송사(宋詞), 부; 원대의 원곡(元曲), 부; 명대의 희곡(戲曲), 시, 사, 곡(曲), 부 등이 있다. 그러나 변려문과 사부(辭賦)는 기본적으로 운문의 범주에 들지만, 문장 체제상 산문에 가깝다.

　청대 오교(吳喬, 1611-1695)는 『답만계야시문』(答萬季埜詩問)(1681) 권1에서 다음과 같이 시와 문을 비교하였다: "뜻(意)을 쌀에 비유하면, 문(文)은 [쌀에] 불을 때어 밥을 짓는 것에 비유되고, 시(詩)는 [쌀로] 빚어 술을 만드는 것에 비유된다. 밥은 쌀의 형태를

---

1) "章以謝恩, 奏以按劾, 表以陳請, 議以執異." 劉勰(465-520), 『文心雕龍』 卷5 「章表」.

2) 김희옥, 『한문문체론』(평양: 사회과학출판사, 2013), 250.

변화하지 않고, 술은 형태와 질을 모두 변화시킨다; 밥을 먹으면 배가 불러, 생명을 기를 수 있고, 천년(天年)을 다할 수 있는데, [밥을 먹는 것은] 인사(人事)의 정도(正道)이다; 술을 마시면 취하여, 우울한 사람은 즐거워지고, 기쁜 사람은 슬퍼지는데, 그렇게 된 것을 모르는 사람이 있다."3) 이 글은 운문과 산문이 같은 재료를 사용하는데 전자는 감정과 깨달음에 치중하고, 후자는 이지(理智)와 이해에 치중한다는 차이가 있음을 알려주고 있다.

청대 유희재(劉熙載, 1813-1881)는 『예개』(藝概) 권2 「시개」(詩概)에서 "문(文)이 말할 수 없는 뜻을, 시는 혹여 그 뜻을 말할 수 있다. 대개 문은 깨인 것을 선호하고, 시는 취한 것을 선호하는데, 취한 가운데 하는 말에는 깨어있을 때 하지 못한 말도 있다."라고4) 했다. 유희재의 말은 오교의 말과 통한다. 이 두 사람의 말은 중국 고대 산문론의 백미(白眉)라 할 만하다.

중국 고대/고전 산문, 어떻게 번역할 것인가?

국내 중국 고대/고전 산문 연구사와 한역(韓譯) 관련 논문이나 역주서는 거의 모두 번역(방법)론 연구를 비워두고 있다. 이에 나름의 고대/고전 산문 번역(방법)론을 조금 보태고자 한다.

---

3) "意喻之米, 文喻之炊而爲飯, 詩喻之釀而爲酒; 飯不變米形, 酒形質盡變; 啖飯則飽, 可以養生, 可以盡年, 爲人事之正道; 飮酒則醉, 憂者以樂, 喜者以悲, 有不知其所以然者." 吳喬, 『答萬季埜詩問』 卷1.

4) "文所不能言之意, 詩或能言之. 大抵文善醒, 詩善醉, 醉中語亦有醒時道不到者." 劉熙載, 『藝概』 卷2 「詩概」.

중국 고대/고전 산문의 해석과 번역에서 가장 큰 어려움은 한자와 단어의 다양한 의미, 그리고 어법과 문법 및 문체의 변화에서 비롯된다. 오랫동안 변해 온 한자의 다양한 의미 중 번역에 적합한 하나의 의미를 찾기는 매우 어렵다. 현대한어(現代漢語)와 같은 단어라도 의미는 시대에 따라 변화해왔기 때문에 더욱 어렵다.

고대한어의 단어에는 연면사(連綿詞, 聯綿詞)라는 것이 있다. 이는 두 개의 음절이 이어져 하나의 단어를 이루는 것인데, 이때 하나의 단어를 한 글자씩 나눠서 이해해서는 안 된다. 襁褓, 經綸, 古拙, 孔雀, 傀儡, 狡猾, 麒麟, 駱駝, 狼狽, 丹靑, 唐突, 唐惶, 憧憬, 杜鵑, 玲瓏, 饅頭, 模糊, 朦朧, 彷徨, 徘徊, 福祿, 鳳凰, 秘密, 誹謗, 琵琶, 珊瑚, 石榴, 逍遙, 循環, 曖昧, 胭脂(臙脂), 伶俐, 英雄, 梧桐, 雲雨, 琉璃, 仔細, 薔薇, 栽培, 鄭重, 桎梏, 嫉妬, 斟酌, 猖獗, 菖蒲, 葡萄, 蝴蝶, 荒唐 등이 그것이다. 이러한 단어의 글자들은 다른 글자와 결합하여 다른 단어를 만들 수 없다. 분해한 한 글자만으로 의미를 갖고 활용될 수 있다. 그리고 분해한 한 글자가 다른 글자와 결합하여 단어를 만들 수 있지만 이는 기존 연면사와 관련이 없다. 봉황(鳳凰) 중 수컷이 봉(鳳)이고, 암컷이 황(凰)이라거나, 기린(麒麟) 중 수컷이 기(麒)이고, 암컷이 린(麟)이라거나, 오동(梧桐) 중 오(梧)는 수그루이고, 동(桐)은 암그루라는 주장은 잘못된 것이다.

고대한어에는 편의복사(偏義復詞, compound word with partial meaning) 현상도 있다. 편의복사는 한 단어(復音詞, 雙音詞, 2음절어)의 두 글자(詞素, 형태소)가 서로 가까운 글자(近義詞)이거나 상반되는 글자(反義詞)로 조합된 것인데, 그중 한 글자에서 뜻(意義)을 취하고, 다른 한 글자는 단지 음절을 돋보이게 하는 작용(陪襯)을 한다. A + B = A or B 형식이다. 그 예로 **遠**近, 父**兄**, **妻**子, 弟**兄**, **悲**歡, **離**合, **去**來, 出**入**, **國**家, **園**圃, 褒**貶**, 淺**深** 등이 있다. 이 현상은 현대한어에도 남아있다. **動**靜, 痛**快**, 廉**恥** 등이 이에 해당한다.

한문 문법 또는 한어 어법의 변화에 대한 주의가 필요하다. 일본인 하시모토 만타로(橋本萬太郎, 1932-1987, 중국언어학) - 스와 데쓰로(諏訪哲郎, 1949-, 문화지리학)의 가설에 따르면 한어는 고대의 남방형 순행구조 절대 우세에서 점차 북방형 역행구조가 혼합되어 순행구조가 강한 순역행혼합구조(順逆行混合構造)를 지니게 되었다고 한다. 그만큼 시간 추이에 따라 어법과 문법이 많이 변화했다는 것이다.

번역 과정에서 문체의 변화는 필자에게 가장 어려운 문제였다. 육조시대(六朝時代, 222-589) 이래 당(唐) 중기 '문이명도'(文以明道) 또는 '문이재도'(文以載道)를 구호로 하는 고문운동(古文運動)이 발생하기까지 음률, 수식 및 대구로 점철된 변려문(騈儷文)은 번역을 포기하고 싶은 생각을 갖게까지 했다.

이러한 다양한 문제를 고려하면 중국 고대/고전 산문을 제대로 번역하는 것은 불가능에 가깝다. 중국과 대만의 현대한어 번역도 의역을 통해 많은 문제를 비껴갔다. 우리의 많은 선학들은 현토(懸吐)를 다는 서당식 한문 교육을 받아왔고, 그에 따라 주자학적 해석과 의역을 진행하여 산문 원문의 뜻을 제대로 전달하지 못하기도 했다. 이러한 전통은 기존의 역주서에 아직 많이 남아있다.

이 책은 위의 여러 가지 문제들을 고려하여 원문의 표점(標點), 어의(語義) 및 어순(語順)에 따라 직역 내지 축자역(逐字譯)함으로써 원문의 뜻을 그대로 전하고자 노력하였다. 운문(韻文)은 의역을 피하기 어렵겠지만, 산문은 최대한 직역해야 한다는 생각이다.

번역론을 말하기에 앞서 구두와 표점에 대한 이해가 필요하다. 구두와 표점은 모두 문장 끊기에 사용되는 것이지만 차이가 있다. 첫째, 구두는 전통 방법이고 표점은 5·4운동 기간 서양에서 수입된 것이다. 둘째, 구두에 사용되는 부호는 2가지이고 표점에 사용되는 부호는 10여 가지에 이른다. 셋째, 구두는 문장을 끊는 작용만 하지만 표점은 그와 아울러 문장 내부의 구절과 구절 사이나 문장과 문장 사이의 결합 관계와 아울러 문장의 어기와 감정을 나타낼 수 있다. 구두에 사용되는 부호는 모점頓號(、)과 마침표/ 고리점句號(。)뿐이다. 표점 부호는 인용·주석·생략·인명·지명·서명 등을 표기하는 표호(標號)와 어기와 쉼을 표시하는 점호(點號)로 나뉜다. 표호에는 따옴표引號(" ", ' '), 괄호括號([ ], ( )), 말늘임표破折號(——), 말줄임표省略號(......), 방선專名號(___), 화살괄호書名號(《 》, 〈 〉) 등이 있다. 점호에는 쉼표逗號(,), 마침표/고리점句號 (。), 모점頓號(、), 쌍점冒號(:), 쌍반점分號(;), 물음표問號(?), 느낌표歎號(!) 등이 있다.5)

청말 엄복(嚴復, 1854-1921)은 헉슬리(Huxley, Thomas H., 1825-1895)의 *Evolution and Ethics and other Essays*를 『천연론』(天演論, 1896)으로 번역하면서 「역례언」(譯例言)에 서 번역의 세 가지 원칙으로 '신달아'(信達雅)를 제시했다. 번역문이 원문에 충실한 것을 신(信), 번역문의 문장(文辭)이 논리적이고 문법적으로 통하는 것을 달(達), 번역 문의 문채(文彩), 즉 문장이 우아한 것을 아(雅)라고 주장했다.6) 즉, 내용, 구조 및 문학 성을 의미한다. 노신(魯迅, 1881-1936)도 번역의 두 가지 원칙을 이렇게 제시한 바 있다: "첫째는 당연히 쉽게 이해되도록 힘써야 하며, 하나는 원작의 풍격을 보존해야 한다."7)

---

5) 管敏義, 『고급한문해석법』, 서울대 동양사학연구회 옮김(서울: 창작과비평사, 1994), 41-53.
6) "譯事三難: 信達雅. 求其信已大難矣, 顧信矣不達, 雖譯猶不譯也, 則達尚焉. ......此在譯者 將全文神理, 融會於心, 則下筆抒詞, 自然互備. 至原文詞理本深, 難於共喻, 則當前後引襯, 以顯其意. 凡此經營, 皆以爲達, 爲達即所以爲信也. ......故信達而外, 求其爾雅, 此不僅期以 行遠已耳. 實則精理微言, 用漢以前字法·句法, 則爲達易 ; 用近世利俗文字, 則求達難. 往 往抑義就詞, 毫釐千里. 審擇於斯二者之間, 夫固有所不得已也, 豈釣奇哉!" 托馬斯·亨利 ·赫胥黎著, 嚴復譯, 『天演論』「譯例言」.
7) "一當然力求其易解, 一則保存着原作的豊姿." 魯迅, 「『題未定』草」, 『且介亭雜文二集』(19

이는 의역과 직역을 아울러야 한다는 뜻일 것이다.

중국 고대/고전 산문의 우리말 번역에서는 엄복의 3가지 원칙 중에서 신(信), 즉 직역이 가장 중요하다고 본다. 원문에 어긋나지 않게 정확해야 하는데, 원문에서 벗어나거나, 빠트리거나, 마음대로 넣거나 빼서는 안 될 것이다. 이러한 가운데 우리말에 어긋나지 않아야 한다. 번역문이 우아하다면 금상첨화일 것이다. 노신의 말도 당연하다. 산문(散文)은 우리말로 번역해도 산문이어야지 산화(散話), 즉 잡담이나 한담 수준이 되어서는 안 된다.

박원재는 "완전 번역이란 곧 번역 대상 원전이 당시의 독자들에게 불러일으켰던 것과 최대한 같은 의미 작용을 번역본 역시 오늘의 독자에게 불러일으켜야 한다는 것으로 요약할 수 있다."라고[8] 주장했고, 신정근은 "'잘된 번역'이란 한국어의 어법과 문법을 충실하게 준수하면서 원문에 없는 글자를 자의적으로 삽입하지 않고 최소한의 언어를 사용하여 독자가 원문을 확인하지 않고도 텍스트와 대화하여 그것의 의미를 거의 완전할 정도로 재구성할 수 있는 경우를 말한다."라고[9] 주장한 바 있다. 다 옳은 말이다. 박원재와 신정근은 '번역의 등가성'(equivalence in translation)을 말한 것이다. 미국의 저명한 번역이론가인 나이다와 테버도 다음과 같이 말했다: "번역의 본질은 우선 의미상으로 그리고 문체상으로, 출발 언어의 메시지와 자연스럽게 가장 가까운 등가성을 목표 언어에서 재생산해 내는 데 있다."[10] 중국 고전 산문 번역에서 이러한

---

35), 『魯迅全集』, 第6卷(北京: 人民文學出版社, 1981), 352.

8) 박원재, "『장자』는 왜 번역되어야 하는가," 『오늘의 동양사상』, 2(1999. 11), 264.

9) 신정근, "『맹자』와 현대 한국인의 만남은 언제?: '이지이효易知易曉'의 오래된 꿈의 내력," 『오늘의 동양사상』, 4(2001.03), 228.

10) "Translating consists in reproducing in the receptor language the closest natural equivalent

등가성은 직역을 통해서만 거둘 수 있을 것이다.

바람직한 중국 산문 이해 자세와 한자음 표기 방식은?

매우 중요한 또 하나의 문제는 중국 산문의 독서 또는 이해 자세이다. 중국 산문 이해에서 이문화(異文化) 사이의 '문화 오독(誤讀)' (cultural misunderstanding)보다는 논리학의 '강조의 오류'(fallacy of accent)가 더 문제가 된다. 이는 특정의 관념이나 사상을 강조하고 제시하고 주장하는 것은 그 사회나 시대에는 특정의 관념이나 사상이 필요하다고 주장하는 것과 마찬가지이며, 그만큼 그 사회나 시대는 그것이 없다는 것을 반증한다는 것이다. 이러한 인식과 시각으로 중국 고대/고전 산문을 읽어야 한다고 본다. 중국 산문 내용이 훌륭하다고 해서 당시나 현재의 중국인과 중국사회가 그렇다고 보는 것은 오류적 인식일 것이다. 따라서 확대해석이나 축소해석은 금물이며, 반대해석 (counter-interpretation) 또는 역해석(逆解釋, inverse analysis)이 필요하다. 당시 사회가 그렇지 못했기 때문에 반대로 그 치유의 방법으로 그러한 방법론이 제시되었던 것이고, 시간이 흘러도 치유되지 않았기 때문에 그 덕목의 생명력이 유지되었다는 사실, 그러한 역설을 인정해야 한다. 그래야 고대/고전 산문을 통해 오늘의 중국과 한국을 제대로 반추할 수 있을 것이다. 따라서 중국 고대/고전에 대한 조선시대의 소중화주의와 오늘날의 새로운 종중주의(從中主義) 자세는 버릴 필요가 있음을 강조하고 싶다. 이것이 중국 고전 산문 감상을 새롭게 선보이려는 주요 목적이다.

---

of the source-language message, first in terms of meaning and secondly in terms of style."
Eugene A. Nida and Charles R. Taber, *The Theory and Practice of Translation*(Leiden and Boston: Brill, 1969), 12.

이 책에서는 1911년 이후의 중국 지명과 인명에 대한 「외래어표기법」상의 원지음주의(原地音主義) 또는 원음주의(原音主義)를 반영하지 않았다. 그동안 중국어학계와 국어학계를 중심으로 한자음 표기 방법상의 원음주의와 속음주의(俗音主義)에 대한 찬반 논쟁과 원음주의 내의 원음 표기 정확도에 대한 논쟁이 진행되면서 적지 않은 근거와 이유가 제시되었지만, 1986년 「외래어(중국어)표기법」이 제정된 지 사반세기가 된 2010년 현재 평균적으로 일반인의 64%는 속음주의를, 전문인(국어 전문가)의 70.3%는 원음주의를 선호하고 있다.[11] 이 연구에 따르면 필자와 대부분의 독자는 속음주의를 선호하는 일반인으로 분류되기에 당분간 일반인의 64%가 선택한 속음주의를 유지하고자 한다. 속음주의를 주장한 정인갑 교수가 제시한 여러 근거에 동감한다.[12] 과거 당시 현실 한자음인 속음(俗音)을 고치고자 『홍무정운』(洪武正韻, 1375)과 '훈민정음'(1443)을 반영하여 인위적으로 만들어진 『동국정운』(東國正韻, 1448) 정음(正音)의 짧은 운명(약 50년)이[13] 재현될까 걱정된다. 오늘날의 우리 한자음은 정음과 별도로 속음화(俗音化)된 한자음을 근거로 1933년 조선어학회가 제정한 「한글맞춤법통일안」과 1936년 조선어학회가 발표한 「사정(査正)한 조선어 표준말모음」에 따른 것이다.

한어(漢語)의 한자 발음과 우리의 한자음은 모두 시대에 따라 변화해왔고 앞으로도 변할 것인데, 앞으로 또 변화할 때마다 새로운 원지음 표기법을 제정해야 할 정당성과 합리성은 찾기 어렵다. 또한 원지음 표기가 '상호주의'를 실천하는 것이며 '문화주권' 또는 '주체성'을 확보하는 것이라는 주장은 설득력을 주기보다는 오히려 다시 문화사대주의에 빠지게 하지 않을까 염려된다. 중국이 한국과 일본에 대해 '상호주의'를 실천하

---

11) 구본관, 「외래어 표기 규범 영향 평가」, 문화체육관광부 연구보고서, 2019.12, 312.
12) 정인갑, 『삼세 동거의 한자음 체계』(서울: 경진출판, 2003), 125-136.
13) 姜信沆, 「한국 한자음의 어제와 오늘」, 『국어생활』, 17(1989년 여름), 30-50.

기를 바란다는 것은 연목구어(緣木求魚)일 뿐이다. 중국인에게 한국 한자를 한국 한자음대로 발음하고 표기해 주기를 바란다는 것은 중국인에게 제 문자인 한자를 아예 버리거나 한어 라틴자모나 한글 또는 '가타가나' 등을 제2문자로 도입하지 않고는, 실은 도입해도 불가능한 것을 요구하는 너무 가혹한 처사이다. 사실, 중국인들은 이에 대한 고민도 관심도 없다. 다만 어느 중국인 교수가 한국 「외래어표기법」 한자음 표기 방법의 문제점을 지적하면서 과거와 같이 각국의 고유한 한자 독법(讀法)으로 상대국의 지명과 인명을 발음해 주기를 건의한 것이 확인되었을 뿐이다.[14]

　이러한 여러 가지 문제의식을 품고 중국 고대/고전 산문을 번역해야 교왕과정(矯枉過正)과 교각살우(矯角殺牛)의 우(愚)와 오(誤)를 줄일 수 있을 것으로 생각한다.

---

14) 陳明舒, 「韓國人的糾結: 漢字人名地名該怎麼念」, 『中靑在線(中國靑年報)』, 2018.12.26. http://news.cyol.com/yuanchuang/2018-12/26/content_17868480.htm.

목차

26

30

주제별 분류

인성론

인간론

교학론

유토피아론

탈정치론

1. 공구(孔丘)
『논어』(論語) 선편(選篇)(상)

1-1 저자 소개

공자(孔子, 552-479BCE)는 이름이 구(丘)이고 자(字)는 중니(仲尼)이다. 춘추시대 노(魯)나라 사람으로 원적(祖籍)은 송(宋)나라 율읍(栗邑, 河南省 商丘市 夏邑縣)이다. 노나라 추읍(陬邑, 현 山東省 曲阜市)에서 출생하였다. 송나라는 동이족 은(殷)나라를 멸한 주(周)나라가 은(殷)나라 마지막 왕인 주(紂)의 서형(庶兄) 미자계(微子啓)를 제후로 봉한 나라이다. 동이족 중심의 중국고대사를 화하족(華夏族)의 역사로 각색한 사마천은 『사기』 권47 「공자세가」(孔子世家)에서 공자는 죽기 7일 전에 "나는 원래 은나라 사람이다."(내 조상은 은나라 사람이다. 余始殷人也.)라고 토로한 것을 기록하였다. 따라서 공자가 동이족 은나라 왕족 유민의 자손이라는 주장은 의심의 여지가 없다.

공구

따라서 성(姓)은 상나라 왕실과 같은 자(子)이고, 씨(氏)는 공(孔)이다.

공자의 아버지는 하급귀족 무사 출신인 숙량흘(叔梁紇, 622-549 BCE)이라 한다. 그는 본처 시씨(施氏) 사이에서 딸만 아홉을 두었고 둘째 부인 사이에 소아마비인 아들 맹피(孟皮)가 있었다. 숙량흘은 안징재(顔徵在)와 야합(野合)하여 공자를 낳았는데, 아들을 버리고 편모슬하에 자라게 하였다. 나면서부터 머리 위가 오목하게 들어가서 구(丘)라고 이름 지었다. 공자는 19세에 병관(幷官)씨의 딸과 결혼하여 아들 리(鯉)를 얻었다.

공자는 한족이 중심인 전 세계 공씨(孔氏)의 시조로 알려져 있다. 그러나 중국학자 주학연(朱學淵)은 다음과 같이 주장했다: "공자 조부의 이름 백하(伯夏)는 북방민족의 족명 복화(卜和)이며, 공자 부친의 이름 숙량흘(叔梁紇)은 몽골어로 조선을 가리키는 족명인 숙량합(肅良合)이다. 이를 통해 공자 가문에도 '족명을 인명으로 차용하는' 융적 식의 작명 전통이 고스란히 남아 있는 것을 알 수 있다."[1] 원나라 순제(順帝)가 고려 출신 기황후(奇皇后)에게 숙량합씨(肅良合氏)를 사성(賜姓)한 것은 우연이 아닐 것이다. 숙량합(肅良合)은 『원조비사』(元朝秘史)의 solonggos에 대한 역법(譯法)이고, 고려(高麗)를 뜻하는 solonggos는 원대에는 일반적으로 숙량합(肅良合)으로 번역되어 사용되었다.

널리 알려진 바와 같이 공자는 춘추시대 말기의 저명한 사상가, 교육가, 정치가이다. 공자가 유가학파의 창시자라고 하나, 공자가 학파를 의도적으로 개창한 것이 아니기 때문에 유가 학파의 기원 또는 조종(祖宗)으로 보는 것이 합당하다.

전설에 따르면 공자는 노자(老子)에게 예(禮)를 배웠다고 하나 사실을 확인하기 어렵다. 공자는 56세인 기원전 496년부터 68세인 484년 사이 14년 동안 제자를 거느리고

---

1) 朱學淵, 『진시황은 몽골어를 하는 여진족이었다』, 문성재 역주(서울: 우리역사연구재단, 2009), 391.

춘추시대 열국(列國)을 주유(周遊)했다. 만년에 육경(六經, 詩·書·禮·樂·易·春秋)을 편찬하였다고 한다. 전하는 바에 따르면 제자가 3천이었고, 그중 쓸 만한 제자(賢弟子) 만 72명이었다고 한다.

공자는 사후 천종지성(天縱之聖) 또는 천지목탁(天之木鐸)으로 불리었고, 역대 제왕 에게서 문성이부(文聖尼父), 추국공(鄒國公), 선사니부(先師尼父), 선성(先聖), 선사(先師), 태사(太師), 문선왕(文宣王), 현성문선왕(玄聖文宣王), 대성지성문선왕(大成至聖文宣王), 지성선사(至聖先師), 대성지성문선선사(大成至聖文宣先師), 만세사표(萬世師表) 등으로 추존되어 왕의 반열까지 올랐다.

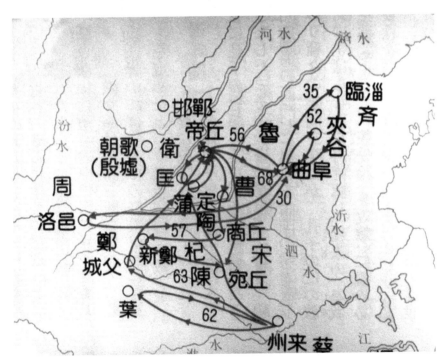

지도: 공자 열국주유도(列國周遊圖)
설명: 숫자는 공자의 나이를 가리킴

흔히 세계 4대 성인으로 대체로 석가모니(563-483BCE 또는 480-400BCE), 공자(551-479BCE), 소크라테스(469-399BCE), 예수(7BCE-30)를 드는데, 사상의 체계성은 공자가 가장 약하다고 본다.

중국에서 공자는 1920년대 신문화운동 시기에는 타도공가점(打倒孔家店)의 대상이 되었고, 1974년에는 비림비공운동(批林批孔運動)의 대상이 되었고, 개혁개방 이후에는 학원(學院)의 간판이 되어(孔子學院) 중국문화를 전파하는 첨병이 되었다. 공자의 사상은 글로 남아 과거(科擧)의 수단으로 이용되었지만, 중국 역사 현실은 공자의 사상과 정반대의 길을 걸어왔다. 중국인은 "입에는 인의도덕이 가득하지만, 행위에는 양심이 전혀 없는" 민족이 되었고, 중국은 "인류 역사상 도덕이 가장 낮은 나라"가 되었다.[1]

중국인들도 인정하듯이 유교는 한국에서 제대로 실천되었다. 한국인이 강조하는 예의범절이 이를 증명한다. 또한 한국 성균관에서는 매년 음력 2월과 8월 두 차례 석전대제(釋奠大祭)가 열려 공자 등을 기리는데, 이때 추는 춤이 천자만 누릴 수 있는 64명이 추는 팔일무(八佾舞)이다. 중국에서 이미 오래 전에 유실된 석전대제는 한국 성균관이 명대 의례를 세계에서 유일하게 보존해왔고, 현재 중국 곡부 공묘에서 진행되는 의례는 한국 성균관 의례를 역수입한 것이다.

명(名), 자(字), 호(號)

명(名)은 개인 고유의 호칭으로 대부분 선대(先代) 어른이 짓는다. 이름을 통해 자녀에 대한 기대를 표현하기도 한다.
자(字)는 종종 이름에 대한 해석 또는 보충으로서, 이름의 뜻과 유사하거나 보완관계이다. 이름과 표리관계이기에 표자(表字)라고 불리기도 한다. 제갈량(諸葛亮)의 자가 공명(孔明)인 것, 악비(岳飛)의 자가 붕거(鵬擧)인 것이 그 예이다. 이름과 자가 반대 의미인 것도 있다.

---

1) 黃文雄, 『論語反論』(臺北: 前衛出版, 2016), 58-69.

호(號)는 사람의 별칭(別稱)으로 별호(別號)라고 불리기도 한다. 고대 문인들은 대부분 스스로 호(號)을 지어 개인의 생각을 표시한다. 많은 사람이 제 고향 지명 또는 특징을 호로 삼는다. 이이(李珥)는 본가가 파주 파평면(坡平面) 율곡리(栗谷里)여서 호를 율곡으로, 기업인 정주영의 고향은 강원도 통천군 아산리(峨山里)여서 호를 아산으로 한 것이다. 청대 화가 정섭(鄭燮)은 고향에서 즐겨 놀던 나무다리(木板橋)에서 호를 따 판교(板橋)라고 했다.

사람들이 서로 만났을 때, 연장자가 연소자에게, 윗사람이 아랫사람에게 자칭(自稱)으로 이름을 쓰고, 윗사람이 아랫사람에게 또는 상대방을 존칭할 때 자나 호를 쓴다. 동년배 사이에서는 매우 친숙한 경우에나 서로 이름을 불렀다.

1-2 원전 소개

『논어』(論語)는 공자 제자 및 재전제자(再傳弟子, 孫弟子)들이 공자와 제자들의 대화를 편찬한 어록이다. 따라서 공자의 말을 첨삭한 것도 있을 수 있고 심지어 공자가 하지 않은 말이 포함되어 있을 수 있다. 모두 20편 492장으로 구성되어있다. 이 중 공자와 제자 사이의 대화는 약 444장이고, 공자 제자 사이의 대화는 48장이다. 전반부 10편과 후반부 10편은 시대가 다르며(전반부에서는 공자를 '子'로 후반부에서는 '孔子'로 표기함), 중복과 전거(典據)나 출처가 확실하지 않은 두찬(杜撰)이 있다.

『논어』는 처음에는 『전』(傳)으로 불리다가 공자 사후 700여 년 뒤인 서한 공안국(孔安國, 156-74BCE)의 제자 부경(扶卿)이 『논어』로 개칭하였다.

남송시대 주희(朱熹)가 『논어』, 『맹자』(孟子)와 『예기』(禮記)의 일부인 『대학』(大學)과 『중용』(中庸)을 묶어 '사서'(四書)라 했다. '사서'는 원대 연우(延祐) 연간(1314-1320)에 과거의 필수과목이 되었다.

『논어』는 대화체 또는 어록체 산문집으로 다양한 내용을 담고 있다. 남송시대 나대경(羅大經, 1196-1252)이 지은 『학림옥로』(鶴林玉露) 권7에 『논어』 밖에 모르는 개국공신 조보(趙普, 922-992)가 "옛날에는 그(『논어』)의 절반으로 태조를 도와 천하를 평정하도록 했고, 이제는 그 절반으로 폐하를 도와 태평케 하고자 합니다."(昔以其半輔太祖(趙

匡胤)定天下, 今欲以其半輔陛下致太平.)라고 한 말이 있다. 이것이 와전되어 원나라 고문수(高文秀)가 지은 희곡 『호주조원우상황』(好酒趙元遇上皇) 제3절에 이르러 "절반의 『논어』로 천하를 다스린다."(以半部論語治一天下)라는 말이 나타나는 등 지금까지 『논어』의 가치가 다소 과장되어왔다.

『논어』의 배열에는 특정의 원칙이 없다. 앞뒤의 문장 사이에도 어떠한 관련이 없다. 그리고 각 장은 한 사람의 기록도 아니다. 중복된 것도 적지 않다.

여기에서는 도덕, 수양, 처세 및 교학 등 인문정신과 직접 관련된 것으로 한정하고 그중 중요한 것만 정선하였다(492장 중 68장, 14.7%).

사진: 卞榮泰(1892-1969, 고려대 교수(1945-1951), 외무장관(1951-1955)) 영역 『논어』
표지

『영역 논어』; *The Analects of Confucius*, Newly translated by Pyun Yung-tai, 2nd
ed.(Seoul: Minjungsugwan, 1962).

1-3 『논어』 선편 원문, 역문 및 주석

「학이」(學而) 편 : 배우고 그것을 자주 익히면, 또한 기쁘지 아니한가?(學而時習之 , 不亦說乎?).

[01-01]

子曰 :「學而時習之 , 不亦說乎 ? 有朋自遠方來 , 不亦樂乎 ? 人不知而不慍 , 不亦君子乎 ?」

자왈 :「학이시습지 , **불역열호** ? 유붕자원방래 , 불역낙호 ? 인부지이불온 , 불역군자호 ?」

공자가 말했다: "배우고 그것을 자주 익히면, 또한 기쁘지 아니한가? 벗이 [있에] 먼 곳에서 오면, 또한 즐겁지 아니한가? 남이 [자신을] 알지(알아주지) 않아도 성을 내지 않는다면, 또한 군자답지 아니한가?"

▌때 시(時): 부사, 때맞추어, 제때, 일정한 시간에 따라, 제시간에, 적당한 때에, 때때로, 늘(언제나, 항상). ▌'不亦 … 乎': 완곡한 반문(反問)을 나타내는 문장구조, 亦 자는 也 자로, 乎 자는 嗎 자로 번역되어, '또한 …하지 아니한가?', '역시 …이 아니겠는가?' 등으로 번역된다. ▌기꺼울 열(說): 기쁠 열(悅). ▌성낼 온(慍): 성낼 노(怒). ▌군자(君子): 앞의 열(說)과 낙(樂)이 형용사이므로 군자(君子)도 '군자답다'로 번역해야 한다.

[01-03]

子曰 :「巧言令色 , 鮮矣仁。」(「陽貨」 편 중복 출현)

자왈 :「교언영색 , 선의인。」(「양화」 편 중복 출현)

공자가 말했다: "[듣기 좋은 거짓된 말과 [보기 좋은 아름다운 얼굴색을 한 사람은, 어진 경우(사람)가 드물다."

▌공교할 교(巧): 거짓의, 허위의(虛僞, 欺詐). ▌영 령(令): 아름답다.

[01-04]

曾子曰：「吾日三省吾身：爲人謀而不忠乎？與朋友交而不信乎？傳不習乎？」

증자왈 ：「오일삼성오신 : 위인모이불충호？여붕우교이불신호？전불습호？」

증자가 말했다: "나는 매일 여러 차례 [다음과 같이] 내 몸(자신)을 반성한다: 남을 위해 일을 도모하면서 성실하지 않았는지? 벗과 사귀면서 미덥지 않았는지? [스승이] 전수한 것을 익히지 않았는지?"

▌증자(曾子): 증삼(曾參, 505-435BCE), 공자 제자. ▌석 삼(三): 셋, 거듭, 자주, 여러 차례. 본문에서 언급된 '세 가지'와 '삼성'(三省)의 셋은 우연의 일치일 뿐이다. '세 가지'로 해석하려면 문장이 '吾日省者三'이었어야 한다.[2] ▌충성 충(忠): 자신을 다하다. ▌전할 전(傳): 스승에게서 받다, 전공하는 학업, 전념하는 일.

[01-06]

子曰：「弟子入則孝，出則弟，謹而信，汎愛衆，而親仁。行有餘力，則以學文。」

자왈 ：「제자입즉효 , 출즉제 , 근이신 , 범애중 , 이친인。행유여력 , 즉이학문。」

공자가 말했다: "제자는 [집안에] 들어서는 [부모에] 효도하고, [집밖에] 나가서는 [어른을] 공경하며, [언행은] 근신(謹愼)하고 신실(信實)하며, 널리 뭇사람을 사랑하고, 그리고 어진 이를 가까이 해야 한다. [이와 같이] 실행하고 여력이 있으면, 글을 배워라."

▌아우 제(弟): 공경할 제(悌). ▌뜰 범(汎): 뜰 범(泛), 넘칠 범(氾), 광범위하다, 넓다.

---

2) 楊伯峻譯注, 『論語譯注』(北京: 中華書局, 1962), 4.

[01-08]

子曰 :「君子不重則不威 , 學則不固。主忠信 , 無友不如己者 , 過則勿憚改。」

자왈 :「군자부중즉불위 , 학즉불고。**주충신** , 무우불여기자 , 과즉물탄개。」

공자가 말했다: "군자가 진중하지 않으면 위엄을 잃게 되며(위엄스럽지 않으며), 배우면 고루해지지 않는다(배운 것도 견고하지 않게 된다). 충(忠)과 신(信)을 중시하려면, 자기만 못한 사람을 갖지 않으며(사귀지 않으며), 과실이 있으면 고치는 것을 두려워하지 말아야 한다."

▮주인 주(主): 중시하다. ▮'주충신'(主忠信) 뒤의 두 쉼표를 모두 마침표로 표점(標點)하면 "충과 신을 중시해야 한다. 자기만지 못한 벗은 없다. 과실이 있으면 두려워하지 말고 고쳐라."라고 번역된다.

[01-14]

子曰 :「君子食無求飽 , 居無求安 , 敏於事而慎於言 , 就有道而正焉 , 可謂好學也已。」

자왈 :「군자식무구포 , 거무구안 , 민어사이신어언 , **취유도이정언** , 가위호학야이。」

공자가 말했다: "군자는 먹는데 배부른 것을 추구하지 않으며, 사는데 편안한 것을 추구하지 않으며, 일에 근면하고 말에 근신하는데, 그러면 도를 갖게 되어 바르게 되니, [이러하면] 잘 배웠다(배움을 좋아한다)고 말할 수 있다."

▮재빠를 민(敏): 근면하다. ▮'就有道而正焉': 앞부분과 병렬관계로 보아 '도를 가진 사람에 접근하여 그에게 배운다', '도를 가진 사람에게 가서 자신을 바르게 한다' 등으로 해석하나, 이보다는 앞부분의 결과 또는 성과로 보아 '곧 도를 갖게 되어 바르게 된다'로 해석하는 것이 어법과 상황에 부합한다. ※ 구약성경「잠언」(箴言) 편에는 말과 관련된 표현이 적지 않다. 『논어』의 말 관련 관점과 비교할 가치가 있다. 10:19 "말이 많으면 허물을 면키 어려우나 그 입술을 제어하는 자는 지혜가 있느니라."(多言多語難免有過失; 約束自己嘴唇的, 是明

慧人.); 12:18 "혹은 칼로 찌름 같이 함부로 말하거니와 지혜로운 자의 혀는 양약 같으니라." (有人說話不愼, 好像利刀刺人, 智慧人的舌頭却能醫治人.); 16:23 "지혜로운 자의 마음은 그 입을 슬기롭게 하고 또 그 입술에 지식을 더하느니라."(智慧人的心教導自己的口, 使自己口中 的話增加說服力.); 17:27 "말을 아끼는 자는 지식이 있고 성품이 안존한 자는 명철하니라."(有 知識的約束自己的言語; 聰明人心平氣和.)(한글: 개역한글, 중문: 新譯本).

[01-16]

子曰 :「不患人之不己知 , 患不知人也。」

자왈 :「불환인지불기지 , 환부지인야。」

공자가 말했다: "나는 남이 나를 알아주지 않는 것을 걱정하지 않고, 남을 알지 못하는 것을 걱정한다."

※ 이 문장은 공자 자신을 말하는 것인지 제자를 타이르는 말인지 애매하다. '也'를 사용한 평서문(平敍文)에 따라 번역하였다. 제자에 대한 명령문이라면 "남이 자신을 모르는 것을 근심하지 말고, 남을 알지 못하는 것을 근심하라."라고 번역된다. ▮『논어』에는 "남이 나를 알아주지 않는다."라는 표현이 다양하다. 「학이」 편의 '人不知', 「학이」·「헌문」·「위령공」 편의 '人之不己知', 「이인」·「헌문」 편의 '莫己知'는 같은 의미이다.

「위정」(爲政) 편 : 배우되 생각하지 않으면 멍청해지고, 생각하되 배우지 않으면 위태로워진다(學而不思則罔, 思而不學則殆.).

[02-04]

子曰 :「吾十有五而志于學 , 三十而立 , 四十而不惑 , 五十而知天命 , 六十而耳順 , 七十而從心所欲 , 不踰矩。」

자왈 :「오십유오이지우학 , 삼십이립 , 사십이불혹 , 오십이지천명 , 육십이이순 ,

칠십이종심소욕 , 불유구。」

공자가 말했다: "나는 열다섯 살에 비로소 배움에 뜻을 두었고, 서른 살에 비로소 [자아를/ 배움을]
세웠고, 마흔 살에 비로소 [사리에] 헷갈리지 않았고, 쉰 살에 비로소 천명을 알았고, 예순 살에
비로소 귀가 열렸고(거스름이 없었고), 일흔 살에 비로소 마음 가는 대로 따라도, 기준(법도)을
넘지 않았다."

▌말 이을 이(而): 바로(就), 비로소(才). ▌넘을 유(踰): 넘어가다, 지나가다, 타넘다, 건너다,
이기다. ▌곱자 구(矩): 모 방(方), 법도(法度).

[02-11]

子曰 :「溫故而知新 , 可以爲師矣。」

자왈 :「온고이지신 , 가이위사의。」

공자가 말했다: "옛것(배운 것)을 복습하여 [그에게서] 새로운 것을 알게 된다면, [남의] 스승이
될 수 있다."

▌말 이을 이(而): 이 접속사를 곧 즉(則), 조건 접속사로 보고 "옛것을 익히면 새것을 저절로
알게 된다."라고 해석할 수도 있다.

[02-14]

子曰 :「君子不器。」

자왈 :「군자불기。」

공자가 말했다: "군자는 기물(器物)이 아니다."

▌그릇 기(器): 기물(器物, utensil), 기명(器皿). 기물은 특정 용도에 쓰이는 물건이다. ▌불기
(不器): '불기'는 그릇과 같이 특정 용도로만 쓰이는 물건이 아니라는 뜻이다. 나아가 특정

전공이나 특정 분야에만 정통하지 않고 두루 여러 분야에 정통하다는 뜻이 있다.

[02-13]
子貢問君子。子曰：「先行其言，而後從之。」
자공문군자。자왈：「선행기언，이후종지。」

자공(子貢)이 군자에 대해 물었다. 공자가 말했다: "그 말을 [하기에] 앞서 실천하고, 나중에 그(말)를 따른다(말한다).

　■자공(子貢): 단목사(端木賜, 520-456BCE), 공자 제자. ※ 이 문장은 흔히 군자의 언행일치(言行一致)를 강조한 것으로 평가되어왔다. 표면의 문맥으로는 말하기 전에 실행하고 나중에 말한다(先行後言)는 뜻인데, 도덕적으로는 맞을 수 있지만 논리적으로 언명이 없이 생각만 하고 행동을 한다는 것은 어딘가 모순이 된다. 그리고 행동을 한 다음 말한다는 것은 실수에 대한 변명으로 볼 수 있는 여지를 남긴다. 『大戴禮記』「曾子制言上」: "且夫君子執仁立志. 先行後言."; 『大戴禮記』「曾子立事」: "君子博學而孱守之, 微言而篤行之, 行必先人, 言必後人, 君子終身守此惛惛."

[02-14]
子曰：「君子周而不比，小人比而不周。」
자왈：「군자주이불비，소인비이부주。」

공자가 말했다: "군자는 충직(정직)하여 결탁하지 않지만, 소인은 결탁하여 정직하지 않다."

　■두루 주(周): 충신(忠信, honest), 충직하고 믿음직하다. ■견 견줄 비(比): 아당(阿黨), 결탁하다, 편애하다. ※ 우리나라에서는 보통 주자(朱子)의 해석('普遍也')에 따라 "군자는 두루 어울리되 편파적인 패거리를 짓지 않는데, 소인은 편파적인 패거리를 지을 뿐 두루 어울려 살지 않는다."라고 번역하지만, 이보다는 『강희자전』(康熙字典)의 해석이 문맥에 더 부합한다. 『康熙字典』: "周 …… 又忠信也. …… 『論語』: 君子周而不比. 注: 忠信爲周, 阿黨爲比."

『康熙字典』:"比 ......又偏也, 党也. ......鄭注:忠信爲周, 阿黨爲比."

[02-15]
子曰:「學而不思則罔, 思而不學則殆。」
자왈:「학이불사즉망, 사이불학즉태。」

공자가 말했다: "배우되 생각하지 않으면 멍청해지고, 생각하되 배우지 않으면 위태로워진다."

▌그물/없을 망(罔): 멍할 망(惘). ▌위태할 태(殆).

[02-17]
子曰:「由!誨女知之乎?知之爲知之, 不知爲不知, 是知也。」
자왈:「유! 회여지지호? 지지위지지, 부지위부지, 시지야。」

공자가 말했다: "자로(子路)야! 네게 아는 것을 가르쳐주랴? 아는 것이 아는 것, 모르는 것이 모르는 것(아는 것을 안다고 하고, 알지 못하는 것을 알지 못한다고 하는 것), 그것이 바로 [참된] 앎이다.

▌말미암을 유(由): 공자 제자 자로(子路)의 이름, 성명은 중유(仲由). ▌가르칠 회(誨): 가르칠 교(敎). ▌여자 여(女, nǚ): 너 여(汝, rǔ), 당신. ▌지지(知之): 아는 것.

2. 공구(孔丘)
『논어』(論語) 선편(選篇)(중)

2-1 저자 소개

1-1 저자 소개 참조

2-2 원전 소개

1-2 원전 소개 참조

2-3 『논어』 선편 원문, 역문 및 주석

「이인」(里仁) 편 : 군자는 의를 위해 힘쓰고, 소인은 이를 위해 애쓴다(君子喻於義, 小人喻於利.).

[04-08]

子曰 :「朝聞道 , 夕死可矣。」

자왈 :「조문도 , 석사가의。」

공자가 말했다: "아침에 도를 들었다면, 저녁에 죽어도 괜찮다."

[04-14]

子曰 :「不患無位 , 患所以立 ; 不患莫己知 , 求爲可知也。」

자왈 :「불환무위 , 환소이립 ; 불환막기지 , 구위가지야。」

공자가 말했다: "자리가 없다고 걱정하지 말고, 자리에 설 만한가(능력)를 걱정하라; [남이] 나를 알지 못함을 걱정하지 말고, 노력을 기울이면 [남이 나를] 알 수 있게 된다."

[04-16]

子曰 :「君子喩於義 , 小人喩於利。」

자왈 :「군자유어의 , 소인유어리。」

공자가 말했다: "군자는 의를 위해 힘쓰고, 소인은 이를 위해 애쓴다.

▌깨우칠 유(喩): 깨우칠 유(諭), 깨달을 효(曉), 깨우치다, 이해하다. ▌"君子喩於義, 小人喩於利.": 서한 공안국(孔安國) 이래 남송 주희(朱熹) 등이 '喩' 자를 이해하다, 알다, 깨닫는다는 뜻을 가진 '曉' 자로 해석하였다. 그러나 이를 '동사(喩)+전치사(於)+목적어(義/利)' 구조에 넣으면 '君子喩於義'는 '군자는 의에 대해 이해한다'고 해석이 가능하나, '小人喩於利'는 '소인은 이에 대해 이해한다'고 해석하면 억지스럽다. 선진시대 문헌 중 '喩於' 구조는 이곳 외에는 없고 『논어』에 익숙했던 동한 허신(許愼)의 『설문』(說文)에도 '喩' 자가 없다. 『논어』 최고본(最古本)인 정주한묘죽간(定州漢墓竹簡) 『논어』는 넘을 '踰' 자를 사용하였다. 이러한 점에서 '喩' 자는 『논어』 원래 모습이 아닐 것이다. 한자의 통용(通用)과 가차(假借) 현상인 통가자(通假字)에 따라 '喩'자 를 '愉' 자로 이해하고, 서한시대 『이아』(爾雅) 「석고」(釋詁) 편에 따라 '愉' 자를 '勞' 또는 '勤' 자로 이해하면 자동으로 행위의 목적과 대상을 끌어들이는 전치사 '於'(爲了, 위하여, for)가 개입될 수밖에 없다. 이들을 종합하여 "君子喩於義, 小人喩於利."를 번역하면 "군자는 의를 위해 힘쓰고, 소인은 이를 위해 애쓴다."가 된다.[3]

---

3) 張詒三, 「'君子喩於義, 小人喩於利'探詁」, 『孔子硏究』, 2004:3(2004.5), 113-115, 124.

[04-17]
子曰 :「見賢思齊焉 , 見不賢而內自省也。」
자왈 :「견현사제언 , 견불현이내자성야。」

공자가 말했다: "현자(賢者)를 보면 그와 같아지려고 생각하고, 불현자(不賢者)를 보면 안으로 스스로 반성한다."

▌가지런할 제(齊): 같다(同樣). ▌어찌 언(焉): 그곳에(於之), 이곳에(於是), 이곳에(於此), 그에게(於他), 전치사(介詞)와 지시대명사가 결합한 겸사(兼詞).

[04-24]
子曰 :「君子欲訥於言 , 而敏於行。」
자왈 :「군자욕눌어언 , 이민어행。」

공자가 말했다: "군자는 말에서는 가벼이 하려 하지 않고, 움직임(일)에서는 빨리하고자(조심하고자) 한다."

▌말 더듬을 눌(訥): 참고 말을 적게 하다. ▌재빠를 민(敏): 빨리하다, 조심하다, 끈기 있다.

[04-25]
子曰 :「德不孤 , 必有鄰。」
자왈 :「덕불고 , 필유린。」

공자가 말했다: "덕은(덕이 있는 사람은) 외롭지 않고, 반드시 이웃이(가까이하려는 사람이) 있게 마련이다."

「공야장」(公冶長) 편 : 민첩하고(조심스럽고) 배우기를 즐겼고, 아랫사람에게 묻는 것을 부끄럽게 여기지 않았는데, 그래서 그를 '문'이라고 일컫게 되었다(敏而好學, 不恥下問, 是以謂之文也.).

[05-15]

子貢問曰 : 「孔文子何以謂之文也?」子曰 : 「敏而好學, 不恥下問, 是以謂之文也。」
자공문왈 : 「공문자하이위지문야?」자왈 : 「민이호학, 불치하문, 시이위지문야。」

자공이 물어 말했다: "공문자(孔文子)를 어찌하여 문(文)이라고 일컫는가요?" 공자가 말했다: "그는 민첩하고(조심스럽고) 배우기를 즐겼고, 아랫사람에게 묻는 것을 부끄럽게 여기지 않았는데, 그래서 그를 '문'이라고 일컫게 되었다."

■ 공문자(孔文子): 공어(孔圉), 위(衛)나라 대부(大夫), 문(文)은 공어의 시호(諡號).

「옹야」(雍也) 편 : 그것(학문/학습)을 아는 것은 그것을 애호하는 것만 못하며, 그것을 애호하는 것은 그것을 즐기는 것만 못하다(知之者不如好之者, 好之者不如樂之者.).

[06-20]

子曰 : 「知之者不如好之者, 好之者不如樂之者。」
자왈 : 「지지자불여호지자, 호지자불여낙지자。」

공자가 말했다: "그것(학문/학습)을 아는 것은 그것을 애호하는 것만 못하며, 그것을 애호하는 것은 그것을 즐기는 것만 못하다."

[06-23]

子曰 :「知者樂水 , 仁者樂山 ; 知者動 , 仁者靜 ; 知者樂 , 仁者壽。」

자왈 :「지자요수 , 인자요산 ; 지자동 , 인자정 ; 지자락 , 인자수。」

공자가 말했다: "지혜로운 사람은 물을 좋아하고, 어진 사람은 산을 좋아한다; 지혜로운 사람은 동적이고, 어진 사람은 정적이다; 지혜로운 사람은 즐겁게 살고, 어진 사람은 오래 산다."

▌좋아할 요(樂, yào). ※ 주희(朱熹) 『논어집주』(論語集注)에 따르면 "지혜로운 사람은 사리(事理)에 통달하며 두루 흘러 퍼짐에 막힘이 없는 것이 마치 물과 같아 '물을 좋아하고'(樂水); 어진 사람은 의리(義理)를 좋아하며 중후하여 바꾸지 않는 것이 마치 산과 같아 '산을 좋아한다'(樂山)."라고 했다.

[06-27]

子曰 :「君子博學於文 , 約之以禮 , 亦可以弗畔矣夫 ! 」(「顏淵」 편 중복 출현)

자왈 :「군자박학어문 , 약지이례 , 역가이불반의부 ! 」(「안연」 편 중복 출현)

공자가 말했다: "군자는 글에 박학한데, [이외에] 예로써 [자신의 행위를] 단속하면, [도를] 거스르지 않을 수 있다!"

▌묶을 약(約): 단속하다, 속박하다, 통제하다. ▌두둑 반(畔): 배반할 반(叛), 위반하다, 위해하다. ▌지아비 부(夫): 문미(文尾)에서 감탄을 나타내는 어조사(啊, 吧).

「술이」(述而) 편 : 몇몇 사람이[과 함께 가다 보면, 반드시 그중에 내 스승이 있다(三人行, 必有我師焉.).

[07-02]

子曰 :「默而識之 , 學而不厭 , 誨人不倦 , 何有於我哉 ?」

자왈 :「묵이식지 , 학이불염 , 회인불권 , 하유어아재 ?」

공자가 말했다: "[말을 하지 않고] 묵묵히 그것을 기억해두고, 배움에 싫증을 내지 않고, 남을 가르침에 게으름 피지 않는 것, [그것이] 내게 무슨 일이겠냐?"

▍알 식(識): 기억하다. ※ 공자가 위 세 가지 일을 일상화했다고 고백한 것이다.

[07-16]

子曰 :「飯疏食飲水 , 曲肱而枕之 , 樂亦在其中矣。不義而富且貴 , 於我如浮雲。」

자왈 :「반소식음수 , 곡굉이침지 , 낙역재기중의。불의이부차귀 , 어아여부운。」

공자가 말했다: "거친 음식을 먹고 물을 마시고, 팔뚝을 구부려 베면, 즐거움도 그 속에 있다. 의롭지 아니하게 부유해지고 권세를 갖는 것은, 내게는 뜬구름과 같다."

▍밥 반(飯): 먹다. ▍트일 소(疏): 거칠 조(粗). ▍밥/먹을 식(食): 음식, 양식. ▍소식(疏食, shū shí): 전통적으로 '소사'라고 발음하는데, 이곳의 '食' 자는 '말에게 먹이를 먹이다' 또는 '말을 기르다'라는 뜻의 '사마'(食馬, sì mǎ)와 같이 '먹일 사' 또는 '먹이 사' 자가 아니고 '먹을 식' 또는 '밥 식' 자이므로 '소식'(shū shí)이라 발음하는 것이 옳다.

[07-22]

子曰 :「三人行 , 必有我師焉。擇其善者而從之 , 其不善者而改之。」

자왈 :「삼인행 , 필유아사언。택기선자이종지 , 기불선자이개지。」

공자가 말했다: "몇몇 사람이[과 함께] 가다 보면, 반드시 그중에 내 스승이 있다. 그중 좋은 점을 골라 그것(좋은 점)을 따르고, 그중 좋지 않은 점을 [골래 그것(내 좋지 않은 점)을 고친다."

▌석 삼(三): 허수, 여럿, 몇, 거듭, 자주. ▌어찌 언(焉): 於+之, 於+是, 於+此와 같이 두 의미와 품사(전치사+지시대명사)가 하나로(焉) 결합한 겸사(兼詞)로 그중에, 그곳에서, 이곳에서 등을 뜻한다. ▌"三人行, 必有我師焉.": 『사기』권47 「공자세가」(孔子世家)에는 "三人行, 必得我師."라고 되어 있다. ▌"擇其善者而從之, 其不善者而改之.": 이 부분을 "선한 사람을 골라서 따르고, 선하지 않은 사람은 [골라서] 내 잘못을 고친다."라고 해석하는 것은 잘못이다, 善者=之, 不善者=之는 사람이 아니라 각각 장점과 단점을 가리킨다.

「태백」(泰伯) 편 : 선비는 [도량이] 넓고 [뜻이] 굳세지 않으면 안 되는데, 소임이 무겁고 [갈] 길은 멀기 때문이다(士不可以不弘毅, 任重而道遠.).

[08-07]

曾子曰 : 「士不可以不弘毅, 任重而道遠. 仁以爲己任, 不亦重乎? 死而後已, 不亦遠乎?」
증자왈 : 「사불가이불홍의, 임중이도원. 인이위기임, 불역중호? 사이후이, 불역원호?」

증자(曾子)가 말했다: "선비는 [도량이] 넓고 [뜻이] 굳세지 않으면 안 되며(되는데), 소임이 무겁고 [갈] 길은 멀다(멀기 때문이다). 인(仁)을 제 소임으로 했으니, 무겁지 아니한가? 죽은 뒤에야 그칠(그만둘) 것이니, 멀지 아니한가?"

▌증자(曾子): 증삼(曾參, 505-435BCE), 공자 제자. ▌맡길 임(任): 짐, 직책, 임무, 책임, 직위. ▌이미 이(已): 그치다.

「자한」(子罕) 편 : 날씨가 추워진, 그런 뒤에야 소나무와 측백나무가 절반만 이지러진다는 것을 알게 된다(歲寒, 然後知松柏之後彫也.).

[09-23]

子曰 :「後生可畏 , 焉知來者之不如今也 ? 四十、五十而無聞焉 , 斯亦不足畏也已。」
자왈 :「후생가외 , 언지래자지불여금야 ? 사십、오십이무문언 , 사역부족외야이。」

공자가 말했다: "늦게 태어난 사람(젊은이)은 두려워할(경외할) 만한데, 어찌 장래가 오늘 같지 못하다고 알 수 있는가? [어느 사람이] 마흔 살 쉰 살이 되어도 [성취가] 들리지 않으면, 이 또한 두려워할(경외할) 만한 가치가 없다."

■어찌 언(焉). ■이 사(斯): 지시대명사- 이, 그, 저; 접속사- 즉(則).

[09-28]

子曰 :「歲寒 , 然後知松柏之後彫也。」
자왈 :「세한 , 연후지송백지후조야。」

공자가 말했다: "날씨가 추워진, 그런 뒤에야 소나무와 측백나무가 절반만 이지러진다는 것을 알게 된다."

■그러할 연(然): 이와 같다, 그러하다(如此). ■'柏': 흔히 '柏' 자를 잣나무로 해석하는데 잘못된 것이다. 측백(側柏)나무(Thuja orientalis)는 상서로운 나무로 상징되고(百木之長, 正氣, 高尚, 長壽, 不朽) 있기에 측백나무로 해석하는 것이 옳다. 일설에 따르면 주나라 때 군주의 능에는 소나무를 심고, 왕족의 묘지에는 측백나무를 심었다고 한다. 측백나무에는 무덤 속 시신에 생기는 벌레를 죽이는 힘이 있어 측백나무를 심었다고 한다. ■뒤 후(後): 늦을 지(遲), 더디다, 늦다(晚). ■새길 조(彫): 시들 조(凋), 시들다, 이울다. 전통적으로 이를 '시들어 떨어지다'(凋零, 零落, 凋落, 凋謝)라고 해석하여 생기가 없어진 것으로 이해하였다. 『설문』(說文)「빙부」(仌部)에는 "凋, 半傷也。"라고 되어 있다. 전체가 아니라 '절반이 이지러지다'라는 뜻이다. 이는 완전히 시들지 않고 생기는 남아있다는 뜻이다. '凋' 자를 '시들어 떨어지다'로 해석하면 상록수인 소나무나 측백나무의 성질에 부합하지 않자 앞의 '後' 자를 아닐 불(不) 자 또는 어려울 난(難) 자라 해석해야 자연의 이치에 부합한다고 이해하기도 한다. '凋' 자를 '半傷'으로 해석하면 그럴 염려는 없어진다.4) ※ 이 문장에서 '세한송백'(歲寒

松柏)과 '송백후조'(松柏後彫(凋))라는 성어가 나왔다. 1844년 김정희(金正喜, 1786~1856)가 「세한도」(歲寒圖)를 그린 동기가 된 문장이다.

[09-29]
子曰 :「知者不惑 , 仁者不憂 , 勇者不懼。」
자왈 :「지자불혹 , 인자불우 , 용자불구。」

공자가 말했다: "지혜로운 사람은 미혹되지 않고, 어진 사람은 걱정하지 않고, 용기 있는 사람은 두려워하지 않는다."

「안연」(顏淵) 편 : 자신을 자제하여 예에 부합하는 것이 인이다(克己復禮爲仁).

[12-01]
顏淵問仁。子曰 :「克己復禮爲仁。一日克己復禮 , 天下歸仁焉。爲仁由己 , 而由人乎哉?」顏淵曰 :「請問其目。」子曰 :「非禮勿視 , 非禮勿聽 , 非禮勿言 , 非禮勿動。」顏淵曰 :「回雖不敏 , 請事斯語矣。」
안연문인。자왈 :「극기복례위인。일일극기복례 , 천하귀인언。위인유기 , 이유인호재?」안연왈 :「청문기목。」자왈 :「비례물시 , 비례물청 , 비례물언 , 비례물동。」안연왈 :「회수불민 , 청사사어의。」

안연(顏淵)이 인을(에 대해) 물었다. 공자가 말했다: "자신을 자제하여 예에 부합하는 것이 인이다. 어느 하루 [모두] 자신을 자제하여 예에 부합하도록 하면, 천하사람가 인에 귀의할 것이다.

---

4) 林源, 「'歲寒, 然後知松柏之後凋也'正詁」, 『廣州廣播電視大學學報』, 2008:6(2008.12), 74-76.

인을 행함은 자신에게서 비롯하는 것인데, 남에게서 비롯한다고 할 것인가?" 안연이 물었다: "그 조목을 여쭙니다." 공자가 말했다: "예가 아니면 보지 말며, 예가 아니면 듣지 말며, 예가 아니면 말하지 말며, 예가 아니면 움직이지 말라." 안연이 말했다: "저(안연)는 비록 아둔하지만, 이러한 말씀을 받들겠습니다."

▌안연(顔淵): 안회(顔回, 521-481BCE), 공자 제자. ▌이길 극(克): 이기다, 자제하다, 억제하다, 인내하다, 감내하다. ▌돌아올 복(復): 돌아오다, 회복하다, 부합하다. ▌청사(請事): 종사(從事)하다, 어떤 일을 일삼다, 어떤 사람을 좇아 섬기다.

[12-02]

仲弓問仁。子曰：「出門如見大賓，使民如承大祭。己所不欲，勿施於人。在邦無怨，在家無怨。」

중궁문인。자왈：「출문여견대빈，사민여승대제。기소불욕，물시어인。재방무원，재가무원。」

중궁(仲弓)이 인을 물었다. 공자가 말했다: "문을 나서면 귀빈을 뵙는 것처럼 하고, 백성을 부릴 때는 큰 제사를 받드는 것같이 하는 것이다. 자신이 바라지 않은 것을, 남에게 떠넘기지(시키지, 강요하지) 마라. [이렇게 하면 제후의] 나라(邦)에는 원한이 없으며, [卿·大夫의] 집안에는 원한이 없다."

▌중궁(仲弓): 염옹(冉雍, 522-?BCE), 공자 제자. ▌받들 승(承): 봉(奉). ※ 주나라 봉건제에 따르면 방(邦, 國)과 가(家, 邑)는 각각 제후(諸侯, 國君, 公·侯)와 경·대부(卿·大夫, 伯·子·男)의 관할 범위(封地)에 속한다. 현대에는 이것이 단순히 하나의 '나라'와 '집안'으로 오역되어 활용되고 있다.

[12-11]

齊景公問政於孔子。孔子對曰：「君君，臣臣，父父，子子。」公曰：「善哉！信如君不君，臣不臣，父不父，子不子，雖有粟，吾得而食諸？」

제경공문정어공자。공자대왈 : 「군군 , 신신 , 부부 , 자자。」공왈 : 「선재 ! 신여군불군 , 신불신 , 부불부 , 자부자 , 수유속 , 오득이식저 ?」

제 경공이 공자에게 정치를 물었다. 공자는 대답했다: "군주는 군주답고, 신하는 신하답고, 아버지는 아버지답고, 아들은 아들다운 것이다." 경공이 말했다: "훌륭하구나! 정녕 군주는 군주답지 않고, 신하는 신하답지 않고, 아버지는 아버지답지 않고, 아들은 아들답지 않다면, 비록 양식이 있다 한들, 내가 [어찌] 그것을 얻어먹을 수 있겠는가?"

▌ "君君, 臣臣, 父父, 子子.": 이의 문법 구조에 대한 의견은 다양하나 일반적으로 주어+술어 구조로서 주어(앞)는 명사로 현실 존재를 가리키고, 술어(뒤)는 이상적인 역할을 가리키는 형용사 또는 동사로 '...다워야 한다' 또는 '...답게 행동하다'라고 해석한다. ▌ 신여(信如): 확실히, 참으로, 실로, 정말 그렇다면, 정녕 이러하다면. ▌ 모두 제(諸): 의문 어조사 '之乎'의 합음(合音)으로 '저'로 발음한다, 諸 자가 문장 중간에 있으면 지시대명사 '之'와 어조사 '於'가 결합된 '之於'의 합음으로 현대한어에서는 zhū라 발음하고 우리말에서는 '저'로 발음하며, 현대한어 문법에서는 이를 겸사(兼詞)라고 부른다. ※ 겸사(兼詞)는 양백준(楊伯峻)이 1955년 『文言語法』(北京大衆出版社)에서 제기하여 수정을 거쳐 정착되어가는 개념으로서,[5] 하나의 글자가 서로 다른 품사 성질(詞性)을 갖는 두 개의 글자(字, 詞)를 내포하는 것을 가리킨다. 이 중 일부는 합음(合音)이고(예: 저諸-之於·之乎, 전旃-之焉, 할曷-何不, 합盍-何不, 파叵-不可, 내那-奈何, 이耳-而已), 일부는 합음이 아니다(예: 언焉-於之·於此·於是·於他·在此, 이爾-如此·如是, 연然-如此·如是, 약若-如此·如是).[6] 끝에 어찌 焉 자가 달린 문장 중 주어가 장소를 표시하는 명사와 지시대명사이거나, 주어가 장소·범위·방면을 표시하는 명사거나

---

5) 楊伯峻, 『文言文法』(香港: 中華書局, 1987), 15-20; 楊伯峻, 『중국문언문법』(서울: 청년사, 1989), 30-34.

6) 崔相翼은 겸사를 모두 합음(合音)으로 규정했으나 이는 잘못이다. 崔相翼, 『漢文文法講話』, 개정판(서울: 한울, 2008), 378-381. 겸사와 합음에 관해서는 다음을 참조: 李春玲, 「試論兼詞與合音詞」, 『青海師範學院學報(哲學社會科學版)』, 33:2(2011.3), 105-108. 현대한어에서 曷 자의 발음은 hé인데, 그러면 우리는 '할'이라 발음해야 하는데 대부분 '갈'로 발음하고 있다.

지시대명사이거나, 부사(狀語)가 장소·범위·대상·방식을 표시하는 단어일 경우 말미의 '焉' 자는 어조사(語氣助詞)이지 겸사(兼詞)는 아니다.[7]

[12-16]

子曰：「君子成人之美，不成人之惡。小人反是。」
자왈：「군자성인지미，불성인지악。소인반시。」

공자가 말했다: "군자는 남이 미덕을 이루도록 돕고, 남이 악행을 하도록 돕지 않는다. 소인은 이와 반대이다."

❚이룰 성(成): 남을 도와서 일을 이루게 해 주다. ❚아름다울 미(美): 아름다운 사람 또는 사물, 품덕, 미덕.

[12-24]

曾子曰：「君子以文會友，以友輔仁。」
증자왈：「군자이문회우，이우보인。」

증자가 말했다: "군자는 문장으로 친구를 사귀고, 친구로(친구를 통해) [자신의] 인을 돋운다."

❚모일 회(會): 모이다, 만나다, 사귀다. ❚덧방나무 보(輔): 다른 사람이 성공하도록 돕다, 보조하다.

「자로」(子路) 편 : 가까운 사람이 기뻐하면, 먼 사람이 온다(近者說, 遠者來.).

---

7) 聞冠軍·幸曉艷,「'焉'字作兼詞、語氣助詞之辨析」,『新語文學習(高中版)』, 2008:Z1(2008. 1), 67.

[13-03]

子路曰：「衛君待子而爲政，子將奚先？」子曰：「必也正名乎！」子路曰：「有是哉，子之迂也！奚其正？」子曰：「野哉由也！君子於其所不知，蓋闕如也。名不正，則言不順；言不順，則事不成；事不成，則禮樂不興；禮樂不興，則刑罰不中；刑罰不中，則民無所措手足。故君子名之必可言也，言之必可行也。君子於其言，無所苟而已矣。」

자로왈：「위군대자이위정，자장해선？」자왈：「필야정명호！」자로왈：「유시재，자지우야！해기정？」자왈：「야재유야！군자어기소부지，개궐여야。명부정，즉언불순；언불순，즉사불성；사불성，즉예악불흥；예악불흥，즉형벌부중；형벌부중，즉민무소조수족。고군자명지필가언야，언지필가행야。군자어기언，무소구이이의。」

자로가 말했다: "위나라 국군이 선생님을 초대하여 정치를 하겠다면, 선생님은 무엇을 먼저 하시겠습니까?" 공자가 말했다: "반드시 이름을 바르게 하겠다!" 자로가 말했다: "그런가요, 선생님 세상 물정 모르십니다! 무엇을 바르게 한다는 것인가요?" 공자가 말했다: "촌스럽구나 자로야! 군자는 알지 못하는 것에 대해, 대개 비워둔다(말을 하지 않는다). 이름이 바르지 않으면, 말이 순조롭지 않으며; 말이 순조롭지 않으면, 일이 이뤄지지 않으며; 일이 이뤄지지 않으면, 예악이 발흥하지 않으며; 예악이 발흥하지 않으면, 형벌이 치우치게 되며; 형벌이 치우치면, 백성은 수족을 어찌할 수 없게 된다. 따라서 군자는 이름을 짓되 반드시 말로 표현할 수 있어야 하며, 말로 표현하되 반드시 실행할 수 있어야 한다. 군자는 제 말에 대해, 경솔함이 없을 따름이다."

▌자로(子路, 542-480BCE): 공자 10대 제자의 하나, 이름은 중유(仲由). ▌기다릴 대(待): 초대하다, 바라다, 요구하다(要), 의지하다. ▌어찌 해(奚): 어느, 무엇. ▌멀 우(迂): 물정에 어둡다. ▌대궐 궐(闕): 비다, 삭감하다, 비워두다(缺). ▌궐여(闕如): 결여(缺如)되다. ▌둘 조(措). ▌진실로 구(苟): 함부로 하다, 마음대로 하다, 경솔하다, 소홀하다, 데면데면하다. ▌이이의(而已矣): ...뿐이다, ...이다, 언이의(焉而矣), 언이의(焉耳矣), 야이의(也已矣). 동적인 성질의 어조사 의(矣)가 더 강조된 표현이다.

[13-16]

葉公問政。子曰 :「近者說 , 遠者來。」

섭공문정。자왈 :「근자열, 원자래。」

섭공이 정치를 물었다. 공자가 말했다: "가까운 사람이 기뻐하면, 먼 사람이 온다."

▌말씀 설(說): 기쁠 열(悅). ※ "近者說, 遠者來.": 두 문장을 병렬관계로 보아 "가까운 사람이 기뻐하고, 먼 사람이 온다."라고 번역하기보다는 "가까운 사람이 기뻐하면, 먼 사람이 온다." 라고 조건관계로 보고 번역하는 것이 바람직하다.

[13-23]

子曰 :「君子和而不同 , 小人同而不和。」

자왈 :「군자화이부동 , 소인동이불화。」

공자가 말했다: "군자는 어울리기는 하지만 같아지지 않으며(편들지 않으며), 소인은 같아지지만 (편들지만) 어울리지 못한다."

[13-27]

子曰 :「剛毅, 木訥 , 近仁。」

자왈 :「강의, 목눌 , 근인。」

공자가 말했다: "강직하고 과감하고, 질박하고 과묵한 것은, 인에 가깝다."

▌굳셀 강(剛): 강직하다. ▌굳셀 의(毅). ▌강의목눌(剛毅木訥): 네 가지 덕목 또는 자질로 볼 수도 있고, 강의와 목눌 두 가지로 볼 수도 있다.

「헌문」(憲問) 편 : 옛 학자는 자신의 수신(修身)을 위해 학습하였고, 오늘의 학자는 남에게 과시하기 위해 학습한다(古之學者爲己 , 今之學者爲人.).

[14-04]

子曰 :「有德者 , 必有言。有言者 , 不必有德。仁者 , 必有勇。勇者 , 不必有仁。」

자왈 :「유덕자 , 필유언。유언자 , 불필유덕。인자 , 필유용。용자 , 불필유인。」

공자가 말했다: "덕이 있는 사람은, 반드시 할 말이 있다. 할 말이 있는 사람이, 반드시 덕이 있는 것은 아니다. 어진 사람은, 반드시 용기가 있다. 용기 있는 사람이, 반드시 어짊이 있는 것은 아니다."

> ※ 이를 집합(set)으로 나타내면 언(言)은 덕(德)의 부분집합(subset)이고, 용(勇)은 인(仁)의 부분집합이 된다. 덕과 인이 근본이므로 중시하고, 언과 용은 부차적이라는 말이다. 이는 후세에 '글밥'을 먹고 사는 사람, 즉 문인이나 저술가는 보통 품행이 단정하지 못하다는 '문인무행'(文人無行)의 이론 근거가 되었다. 명(明) 호응린(胡應麟), 『소실산방필총』(少室山房筆叢) 「史書佔畢二」: "文人無行, 信乎?"

[14-12]

子路問成人。……[子曰 :「今之成人者何必然？見利思義 , 見危授命 , 久要不忘平生之言 , 亦可以爲成人矣。」

자로문성인。……[자]왈 :「금지성인자하필연？견리사의 , 견위수명 , 구요불망평생지언 , 역가이위성인의。」

자로가 된 사람을 물었다. ……공자가 말했다: "요즈음의 된 사람이 꼭 이럴 수 있겠는가? 이익을 보면 의로움을 생각하고, 위태로움을 보면 제 목숨을 내주고, 오랫동안 가난해져도 평소 살면서 한 말을 잊지 않으면, 이도 된 사람이라고 할 수 있다."

▌그러할 연(然): 그러하다, 이와 같다(如此). ▌줄 수(授). ▌구할 요(要, yào): 곤궁할 약(約, yuē) 자의 차자(借字), 빈곤하다, 가난하다. ▌성인(成人): 인격이 완성된 사람, 된 사람, 전인(全人), 인성(人性)이 올바른 사람. ※『논어』에서 유일하게 '성인'(成人)을 말한 곳이다. "견리사의, 견위수명."(見利思義 , 見危授命.)은 아래「자장」(子張) 편의 "견위치명, 견득사의."(見危致命, 見得思義.)와 글자와 순서만 다르고 의미는 같다.

[14-24]

子曰 :「古之學者爲己 , 今之學者爲人。」

자왈 :「고지학자위기 , 금지학자위인。」

공자가 말했다: "옛 학자는 자신을 위하였고, 오늘의 학자는 남을 위한다."

　　※ 이는 표면의 해석이고, "옛 학자는 자신의 수신(修身)을 위해 학습하였고, 오늘의 학자는 남에게 과시하기 위해 학습한다."라고 해석하는 것이 옳다.

[14-26]

子曰 :「不在其位 , 不謀其政。」 曾子曰 :「君子思不出其位。」

자왈 :「부재기위 , 불모기정。」 증자왈 :「군자사불출기위。」

공자는 말했다: "그 자리에 있지 않으면, [그 자리의] 일을 꾀하지 않는다." 증자가 말했다: "군자는 생각하는 것이 제 자리를 벗어나지 않는다."

　　▌"不在其位, 不謀其政.":「태백」(泰伯) 편에도 나온다. ▌증자의 말('君子思不出其位')은 『주역』,「간괘」(艮卦)에 나오는 것('君子以思不出其位')으로 "군자는 자기 지위에서 그 테두리 밖으로 나가지 않으려고 생각한다."라고 해석하기도 한다.8)

---

8) 金鍾武, 『釋紛訂誤論語新解』(서울: 민음사, 1989).

[14-27]

子曰 :「君子恥其言而過其行。」

자왈 :「군자치기언이과기행。」

공자는 말했다: "군자는 제 말이 제 행동을(행동보다, 실천보다) 지나치는 것을 부끄러워한다."

▋말 이을 이(而): 관형격 조사 지(之), …의.

[14-28]

子曰 :「君子道者三 , 我無能焉 : 仁者不憂 , 知者不惑 , 勇者不懼。」子貢曰 :「夫子自道也。」

자왈 :「군자도자삼 , 아무능언 : 인자불우 , 지자불혹 , 용자불구。」자공왈 :「부자자도야。」

공자는 말했다: "군자의 도에는 세 가지가 있는데, 나는 [할 수 있는] 능력이 없다: 어진 사람은 근심하지 않고, 지혜로운 사람은 헷갈리지 않고, 용기 있는 사람은 두려워하지 않는다." 자공이 말했다: "공자님이 스스로 하신 말씀이다."

▋길 도(道): 말하다. ※ 자공은 공자가 스스로 자신을 탓하는(반성하는) 말이라고 했지만 실은 에둘러 제자들을 권면하는 말이다.

[14-30]

子曰 :「不患人之不己知 , 患其不能也。」

자왈 :「불환인지불기지 , 환기불능야。」

공자가 말했다: "[나는] 남이 나를 알아주지 않음을 걱정하지 않고, [자신을] 알 수(능력이) 없음을 걱정한다."

[14-34]

或曰：「以德報怨，何如？」子曰：「何以報德？以直報怨，以德報德。」

혹왈：「이덕보원，하여？」자왈：「하이보덕？이직보원，이덕보덕。」

누가 물었다: "덕으로 [내게] 원한을 [준 사람에게] 갚는 것은, 어떤가요?" 공자가 말했다: "[내게] 은덕이 있는 사람은 어떻게 보답할 것인가? 공정으로 원한을 갚고, 은덕으로 은덕을 갚는다."

※ '이덕보원'을 기원전 18세기 바빌로니아 함무라비법 중 '동해보복법'(同害報復法) 원칙인 '눈에는 눈, 이에는 이'(An eye for an eye and a tooth for a tooth; Tit for Tat, TFT; 以眼還眼, 以牙還牙)와 비교해 봄이 어떨지. 게임이론 중 '반복 죄수의 딜레마'(Iterated Prisoner's Dilemma, IPD)는 '눈에는 눈, 이에는 이' 전략과 같은 효과를 나타낸다. 냉전시대 '공포의 균형'(balance of terror)에 의한 평화 유지의 근거도 여기에 있다. 다시 말해, 이러한 원칙과 전략이 존재하게 되면 결과론적으로 '호혜적 이타주의'(reciprocal altruism)가 발현되어 사회와 질서가 유지되는 효과를 얻게 된다. 이를 제대로 이해하지 못한 중화민국 시대 장개석(蔣介石)은 일본에 대해 '이덕보원'의 통 큰 아량을 보였지만 일본은 상응하는 반응을 보이지 않았다. ▮곧을 직(直): 공정, 정직.

3. 공구(孔丘)
『논어』(論語) 선편(選篇)(하)

3-1 저자 소개

1-1 저자 소개 참조

3-2 원전 소개

1-2 원전 소개 참조

3-3 『논어』 선편 원문, 역문 및 주석

「위령공」(衛靈公) 편 : 사람이 먼 생각이 없으면, 반드시 가까운 근심을 갖게 된다(人無遠慮, 必有近憂.).

[15-12]
子曰 :「人無遠慮, 必有近憂。」
자왈 :「인무원려, 필유근우。」

공자가 말했다: "사람이 먼 생각이 없으면, 반드시 가까운 근심을 갖게 된다."

[15-15]

子曰：「躬自厚而薄責於人 , 則遠怨矣。」

자왈 : 「궁자후이박책어인 , 즉원원의。」

공자가 말했다: "자신이 자신에게 [책임을] 두텁게 하고 남에게 책임을 엷게 하면, 원망을 멀리하게 된다."

> ▌몸 궁(躬). 궁자(躬自): 자신의 자신에 대한. ▌'躬自厚而薄責於人'을 "厚責於己, 薄責於人." 또는 "厚於自責, 薄於責人."으로 문장을 수정하면 이해하기 쉽다.

[15-19]

子曰：「君子病無能焉 , 不病人之不己知也。」

자왈 : 「군자병무능언 , 불병인지불기지야。」

공자가 말했다: "군자는 [자신의] 무능을 근심하고, 남이 자신을 알아주지 않음을 근심하지 않는다."

> ▌병 병(病): 근심하다(患). ▌어찌 언(焉): 어조사.

[15-21]

子曰：「君子求諸己 , 小人求諸人。」

자왈 : 「군자구저기 , 소인구저인。」

공자가 말했다: "군자는 자신에게 책망하고, 소인은 남에게 책망한다."

> ▌구할 구(求): 책망하다(責求), 책궁(責窮)하다. ▌모두 제(諸, zhū): 어조사 저, '之於'의

합음(合音)으로 '저'(zhū)라 발음하며, '...에게', '...에서'의 뜻을 갖고 있는데, 고대한어(古代漢語) 문법에서는 이렇게 하나의 글자에 서로 품사 성질(詞性)을 갖는 두 개의 글자(字, 詞)가 포함된 것을 겸사(兼詞)라고 부른다. ※『맹자』「공손추상」(公孫丑上) 편에 "자신을 이기는 사람을 원망하지 않고 도리어 자신을 질책할 따름이다."(不怨勝己者, 反求諸己而已矣.)라는 글이 있다. 여기서 '반구저기'(反求諸己)라는 성어가 비롯되었다.

[15-22]

子曰 :「君子矜而不爭 , 群而不黨。」

자왈 :「군자긍이부쟁 , 군이부당。」

공자가 말했다: "군자는 올곧아 다투지 않으며, 모이되 동아리를 꾸미지 않는다."

▌불쌍히 여길 긍(矜): 단정하고 장중하다, 진지하다, 품위가 있다.『노자』제22장 '不自矜'의 矜 자는 오만하다, 거만하다, 자랑하다, 자만하다, 자부하다는 등의 뜻을 가졌다. ※ 뜻이 같은 사람끼리 모여 뜻이 다른 사람을 친다는 '당동벌이'(黨同伐異)라는 한자성어가 있다. 공자는 이를 경계한 것이다.

[15-24]

子貢問曰 :「有一言而可以終身行之者乎？」子曰 :「其恕乎! 己所不欲 , 勿施於人。」

자공문왈 :「유일언이가이종신행지자호？」자왈 :「기서호! 기소불욕 , 물시어인。」

자공이 물어 말했다: "목숨이 다할 때까지 실천할 만한 한마디 말씀이 있을까요?" 공자가 말했다: "그것은 용서(恕)다! 자신이 바라지 않는 것을, 남에게 떠넘기지(시키지, 강요하지) 않는 것이다."

▌용서할 서(恕): 용서하다, 관대히 봐주다, 너그럽다. ▌베풀 시(施): 주다, 가하다.

[15-29]

子曰 :「人能弘道 , 非道弘人。」

자왈 :「인능홍도 , 비도홍인。」

공자가 말했다: "사람이 도를 넓히는 것이지, 도가 사람을 넓히는 것이 아니다."

※ 이 문장은 사람이 원칙을 마음대로 바꿀 수 있다는 것으로 해석할 수 있는데, 중국 정치 전통이 법치가 아닌 인치(人治)였다는 것을 설명하는 데 사용된다.

[15-39]
子曰 :「有教無類。」
자왈 :「유교무류。」

공자가 말했다: "가르침에 있어 분류(차별)는 없다."

▋무리 류(類): 분류, 카테고리, 유형. ※ '유교무류'는 현재 '교육의 기회균등(equal opportunity in education)를 설명하는데 이용되고 있지만, 과거에는 화하(華夏)와 만이(蠻夷)를 구분하는 '화이지변'(華夷之辨)을 넘어 선진문명의 화하가 낙후하고 미개한 만이를 개화 또는 교육의 대상으로 삼아 화화(華化) 또는 한화(漢化)케 해야 한다는 화이지변(華夷之變)을 정당화하는 논리로 활용되었다.

「계씨」(季氏) 편 : 군자에 세 가지 두려움이 있다: 천명을 두려워하고, 대인을 두려워하고, 성인의 말씀을 두려워하는 것이다(君子有三畏: 畏天命, 畏大人, 畏聖人之言.).

[16-01]
(中略)孔子曰 :「求 ! 君子疾夫舍曰欲之 , 而必爲之辭。丘也聞有國有家者 , 不患寡而患不均 , 不患貧而患不安。蓋均無貧 , 和無寡 , 安無傾。夫如是 , 故遠人不服 , 則修文德以來之, 旣來之 , 則安之。(下略)」

(중략)공자왈 : 「**구** ! 군자**질부사왈욕지 , 이필위지사**。구야문유국유가자 , 불환과이환불균 , 불환빈이환불안。개균무빈 , 화무과 , 안무**경**。부여시 , 고원인불복 , 즉수**문덕**이래지。기래지 , 즉안지。(하략)」

(중략)공자가 말했다: "염유야! 군자는 그것을 하고자 하는 것은 말하지는 않고, 반드시 그것을 하려는 그러한 핑계를 싫어한다. 나 공자도 방국(邦國) [봉읍(封邑)을] 가진 자와 가족 [봉읍을] 가진 자는, 적은 것을 걱정하고 고르지 않은 것을 걱정하며, 가난한 것을 걱정하고 안정되지 않은 것을 걱정한다고 들은 바가 있다. [이는] 고르면 가난이 없고, 조화로우면 적은 것(不足)이 없고, 안정되면 붕괴가 없기 때문이다. 이러한데도, 먼 [나래 사람들이 복속하지 않으면, 문덕(文德)을 닦아 오도록 한다. 오게 했으면, 그들은 안심케 한다.(하략)"

　　■구(求): 염유(冉有, 522BCE-?), 공자 72명 현자(賢者)의 하나. ■병 질(疾): 혐오하다, 싫어하다, 우려하다, 비난하다, 화내다. ■집 시(舍): 버릴 사(捨), 포기하다, 제외하다. ■지아비 부(夫): 지시대명사, 그, 그러한. ■말 사(辭): 구실, 핑계. "夫舍曰欲之 , 而必爲之辭."가 술어 질(疾)의 목적어이다. ■덮을 개(蓋): 인과접속사, 왜냐하면, ... 때문에(因爲). ■기울 경(傾): 붕괴, 쇠퇴. ■문덕(文德): 예악교화(禮樂敎化), ↔ 무공(武功). ※ 중국인들은 "먼 [나래 사람들이 복속하지 않으면, 문덕(文德)을 닦아 오도록 한다."(遠人不服 , 則修文德以來之.)라는 말을 근거로 중국이 전통적으로 도덕으로 선의로 주변 국가를 대했다고 일방적으로 주장한다.

[16-02]
孔子曰:「天下有道 , 則禮樂征伐自天子出;天下無道 , 則禮樂征伐自諸侯出。自諸侯出 , 蓋十世希不失矣;自大夫出 , 五世希不失矣;陪臣執國命 , 三世希不失矣。天下有道 , 則政不在大夫。天下有道 , 則庶人不議。」
공자왈:「천하유도 , 즉예악정벌자천자출;천하무도 , 즉예악정벌자제후출。자제후출 , 개십세희불실의;자대부출 , 오세희불실의;**배신집국명** , 삼세희불실의。천하유도 , 즉정부재대부。천하유도 , 즉서인불의。」

공자가 말했다: "천하에 도가 있다면, 예악정벌은 천자에게서 나오며; 천하에 도가 없으면, 예악정
벌은 제후에게서 나온다. [예악정벌 권한이] 제후에게서 나오면, 대개 10대에서 소실되지 않는
것(천하)은 드물다; [예악정벌 권한이] 대부에게서 나오면, 5대에서 소실되지 않는 것(제후국)은
드물며; 가신(家臣)이 국정을 쥐면, 3대에서 소실되지 않는 것(家)은 드물다. 천하에 도가 있다면,
정치(권력)가 대부에게 있지 않다. 천하에 도가 있다면, 서민들은 의론하지 않는다."

▪잃을 실(失): 잃어버리다, 사라지다. ▪쌓아 올릴 배(陪): 따르다, 수행하다. ▪배신(陪臣):
가신(家臣).

[16-04]
孔子曰 :「益者三友 , 損者三友。友直 , 友諒 , 友多聞 , 益矣。友便辟 , 友善柔 , 友便
佞 , 損矣。」
공자왈 :「익자삼우 , 손자삼우。우직 , 우량 , 우다문 , 익의。우편벽 , 우선유 , 우편
녕 , 손의。」

공자가 말했다: "유익한 세 가지 사귐이 있고, 손해 보는 세 가지 사귐이 있다. 정직한 사람과
사귀는 것, 진실한 사람과 사귀는 것, 박학다문(博學多聞)한 사람과 사귀는 것은, 유익하다. 언변
에 능한 사람과 사귀는 것, 연약한 사람과 사귀는 것, 아첨에 능한 사람을 사귀는 것은, 손해다."

▪벗 우(友) 자는 동사(友其人)로 해석해야 한다. ▪믿을 량(諒): 참, 진실. ▪편할 편(便):
...에 능숙하다, ...을 잘하다. ▪편벽(便辟): 편폐(便嬖), 편벽(便僻), 비위를 맞추고 아첨하는
데 능하다. ▪후미질 벽(僻): 치우치다. ▪선유(善柔): 아부를 잘하다, 연약하다. ▪아첨할
녕(佞): 아첨할 녕(佞). ▪편녕(便佞): 말이 번드레하게 비위를 맞추다. ※ '損者三友'의 삼우를
아첨에 능한 사람, 앞에서는 공손하고 뒤로는 배반하는 사람, 말을 잘하는 사람 또는 허황한
사람, 뺀질거리는 사람, 호언장담하는 사람으로 해석하기도 한다.

[16-05]
孔子曰 :「益者三樂 , 損者三樂。樂節禮樂 , 樂道人之善 , 樂多賢友 , 益矣。樂驕樂 ,

樂佚遊 , 樂宴樂 , 損矣。」
공자왈 : 「익자삼락 , 손자삼락。낙절**예약** , 낙도인지선 , 낙다현우 , 익의。낙교악 ,
낙일유 , 낙연악 , 손의。」

공자가 말했다: "유익한 세 가지 즐길 거리가 있고, 손해되는 세 가지 즐길 거리가 있다. 예약(禮樂)을 절제하는 것을 즐기는 것, 남의 선행을 말하는 것을 즐기는 것, 현우(賢友)를 많게 하는 것을 즐기는 것은, 유익하다. [절제 없이] 사치스러운 음악을 즐기는 것, [절제 없이] 편안한 놀이를 즐기는 것, [절제 없이] 잔치 음악을 즐기는 것은, 손해다."

　▋예약(禮樂), 교악(驕樂) 및 연악(宴樂)의 악(樂)은 풍류 악(樂) 자이고, 나머지는 즐길 락(樂) 자이다. 나머지를 좋아할 요(樂)로 해석해도 된다. ▋많은 다(多): 많게 하다. ▋편안할 일(佚). ▋놀 유(遊). ▋일유(佚遊): 일유(逸遊), 제멋대로 놀다.

[16-07]
孔子曰 : 「君子有三戒 : 少之時 , 血氣未定 , 戒之在色 ; 及其壯也 , 血氣方剛 , 戒之在鬪 ; 及其老也 , 血氣旣衰 , 戒之在得。」
공자왈 : 「군자유삼계 : 소지시 , 혈기미정 , 계지재색 ; 급기장야 , 혈기방강 , 계지재투 ; 급기로야 , 혈기기쇠 , 계지재득。」

공자가 말했다: "군자에게 세 가지 조심(警戒)이 있다: [나이개 적을 때는, 혈기가 아직 안정되지 않으므로, 조심은 여색에 있다; 성장에 이르면, 혈기가 막 굳세기에, 조심은 다툼에 있다. 늙게 되면, 혈기가 이미 약해지기에, 조심은 탐욕에 있다."

[16-08]
孔子曰 : 「君子有三畏 : 畏天命 , 畏大人 , 畏聖人之言。小人不知天命而不畏也 , 狎大人 , 侮聖人之言。」
공자왈 : 「군자유삼외 : 외천명 , 외대인 , 외성인지언。소인부지천명이불외야 , 압

대인 , 모성인지언。」

공자가 말했다: "군자에 세 가지 두려움이 있다: 천명을 두려워하고, 대인을 두려워하고, 성인의 말씀을 두려워하는 것이다. 소인은 천명을 몰라 두려워하지 않으며, 대인을 가볍게 보며, 성인의 말씀을 업신여긴다."

▮익숙할 압(狎): 업신여기다, 가볍게 보다.   ▮업신여길 모(侮): 깔보다, 얕보다.

[16-09]

孔子曰:「生而知之者 , 上也 ; 學而知之者 , 次也 ; **困而學之[者]** , 又其次也 ; 困而不學 , 民斯爲下矣。」

공자왈 : 「생이지지자 , 상야 ; 학이지지자 , 차야 ; **곤이학지** , 우기차야 ; 곤이불학 , 민사위하의。」

공자가 말했다: "태어나면서 그것을 아는 사람이, 으뜸이다; 배워서 그것을 아는 사람은, 다음이다; 곤혹스러워 그것을 배우면(배우는 사람은), 또 그다음이다; 곤혹스러운데도 [그것을] 배우지 않으면(않는 사람은), [이런] 사람이 바로 [가장] 아래이다."

▮과거에는 '之' 자를 인(仁), 의리, 양지(良知) 등을 가리키는 지시대명사로 보아왔는데 어조사로 보고 해석하지 않아도 된다. ▮괴로울 곤(困): 곤란, 고난. ▮곤이학지(困而學之): 곤학(困學), 통하지 않아 배우다, 열심히 배우다. ▮'者': 이는 지시대명사로서 '...하는 사람'(的人)이라 번역하거나 어조사로 보아 번역하지 않는다. 지시대명사인 경우 '...하는 것'(的)으로 해석해도 된다. '지' 자와 '자' 자가 모두 어조사인 경우 "生而知, 學而知, 困而學, 困而不學"으로 단순화된다. ▮또 우(又): 또, 게다가, 그리고. ▮'民斯爲下矣': "백성(民)이 곧(斯) 하급이 된다(爲下矣)."라고 해석하기도 하지만 民은 人으로, 斯 자는 접속사 乃 또는 就로, 爲 자는 조사 是로 보고 해석하는 것이 타당하다.

[16-10]

孔子曰：「君子有九思：視思明，聽思聰，色思溫，貌思恭，言思忠，事思敬，疑思問，忿思難，見得思義。」

공자왈：「군자유구사：시사명，청사총，색사온，모사공，언사충，사사경，의사문，분사난，견득사의。」

공자가 말했다："군자에게 아홉 가지 생각이 있다：봄에는 밝음을 생각하고, 들음에는 귀 밝음을 생각하고, 얼굴색에는 온화함을 생각하고, 얼굴 모양에는 공경(공손)을 생각하고, 말에는 충성을 생각하고, 일에는 정중함을 생각하고, 의문에는 물음을 생각하고, 분노에는 어려움을 생각하고, 이득을 얻으면 의리를 생각한다."

❚ 귀 밝을 총(聰). ❚ 성낼 분(忿). ❚ '見得思義'(「季氏」；「子張」)：'見利思義'(「憲問」).

「양화」(陽貨) 편：성격은 서로 가깝고, 습관은 서로 멀다(性相近也, 習相遠也.).

[17-02]

子曰：「性相近也，習相遠也。」

자왈：「성상근야，습상원야。」

공자가 말했다："성격은 서로 가깝고, 습관은 서로 멀다."

「자장」(子張) 편：벼슬하다가 넉넉하면 배우고, 배우다가 넉넉하면 벼슬한다(仕而優則學, 學而優則仕.).

[19-01]

子張曰:「士見危致命 , 見得思義 , 祭思敬 , 喪思哀 , 其可已矣。」

자장왈 : 「사견위치명 , 견득사의 , 제사경 , 상사애 , 기가이의。」

자장이 말했다: "선비는 위태로움을 보면 목숨을 바치고, 이득을 얻으면 의리를 생각하고, 제사에는 공경을 생각하고, 상사에는 슬픔을 생각한다면, 그것이면 된다."

▍자장(子張): 전손사(顓孫師, 前503-?), 공자 제자. ▍보낼 치(致): 바치다(獻), 보내다.

[19-06]

子夏曰:「博學而篤志 , 切問而近思 , 仁在其中矣。」

자하왈 : 「박학이독지 , 절문이근사 , 인재기중의。」

자하가 말했다: "널리 배우고 [자신이 세운] 뜻을 도탑게 하고, 절실하게 묻고 가까운(쉬운) 것부터 생각한다면, 어짊(仁)은 그 속에 있다."

▍자하(子夏): 복상(卜商, 前507年一?), 공자 제자. ▍도타울 독(篤).

[19-13]

子夏曰:「仕而優則學 , 學而優則仕。」

자하왈 : 「사이우즉학 , 학이우즉사。」

자하가 말했다: "벼슬하다가 넉넉하면 배우고, 배우다가 넉넉하면 벼슬한다."

▍벼슬할 사(仕). ▍넉넉할 우(優). ※ 이는 학문의 목적이 관료(과거)에 있던 시대의 처세 명제(命題)로 널리 활용되었으나 오늘날에는 부정 명제로 이해된다.

3-4 『논어』 감상과 평설(評說)

『논어』에는 여러 인문정신이 담겨있다. 중요한 항목으로 도덕, 수양, 처세, 교학, 예악, 정치, 비평, 공자와 제자 인격 등으로 나눌 수 있다:

도덕 방면으로 "지자불혹, 인자불우, 용자불구."(知者不惑, 仁者不憂, 勇者不懼.), "유덕자, 필유신."(有德者, 必有信.), "극기복례"(克己復禮), "기소불욕, 물시어인."(己所不欲, 勿施於人.) 등이 있고,

수양 방면으로 "군자화이부동"(君子和而不同), "수기이경"(修己以敬), "견리사의, 견위수명."(見利思義, 見危授命.), "견현사제"(見賢思齊), "삼인행, 필유아사언."(三人行, 必有我師焉.) 등이 있고,

처세 방면으로 "부환인지불기지, 환부지인야."(不患人之不己知, 患不知人也.), "돈신호학"(篤信好學), "부재기위, 불모기정."(不在其位, 不謀其政.), "인무원려, 필유근우."(人無遠慮, 必有近憂.) 등이 있고,

교학 방면으로 "학이시습지, 불역열호?"(學而時習之, 不亦說乎?), "학이불염"(學而不厭), "온고이지신"(溫故而知新), "지지위지지, 부지위부지, 시지야."(知之爲知之, 不知爲不知, 是知也.), "오십유오이지어학"(吾十有五而志於學), "학이불사, 즉망. 사이불학, 즉태."(學而不思, 則罔. 思而不學, 則殆.), "행유여력, 즉이학문."(行有餘力, 則以學文.) 등이 있다.

예악, 정치, 비평 및 공자와 제자 개인 인격 방면은 생략한다.

『논어』에서 비롯된 성어는 상당히 많다. 20편 492장이지만 15,836자에 불과한 『논어』에서 400여 개의 성어가 나왔다는 주장이 있다. 『논어』는 전통 동양인들의 필독서로서 중국 고전 중 가장 많은 성어가 만들어진 것으로 보인다. 「술이」 편에서 30개가 나오며, 「위정」 편의 "오십 …… 종심소욕."(吾十 …… 從心所欲.)이란 하나의 문단에서 6개의

성어가 나오기도 한다. 여기서는 그중 우리에게 익숙한 것을 제시하고 해석은 생략한다:

학이시습지(學而時習之.「學而」), 불역낙호(不亦樂乎.「學而」), 교언영색(巧言令色. 「學而」), 일일삼성(一日三省.「學而」), 삼성오신(三省吾身.「學而」), 입효출제(入孝出 悌.「學而」), 행유여력(行有餘力.「學而」), 일언이폐지(一言以蔽之.「爲政」), 삼십이립 (三十而立.「爲政」), 이립지년(而立之年.「爲政」), 불혹지년(不惑之年.「爲政」), 지명지 년(知命之年.「爲政」), 이순지년(耳順之年.「爲政」), 종심소욕(從心所欲.「爲政」), 인재 시교(因材施敎.「爲政」), 온고지신(溫故知新.「爲政」), 군자불기(君子不器.「爲政」), 학 이불사즉망사이불학즉태(學而不思則罔思而不學則殆.「爲政」), 이단사설(異端邪說. 「爲政」), 다문궐의(多聞闕疑.「爲政」), 견의용위(見義勇爲.「爲政」), 고삭희양(告朔餼 羊.「爲政」), 낙이불음(樂而不淫.「八佾」), 애이불상(哀而不傷.「八佾」), 진선진미(盡善 盡美.「八佾」), 조문석사(朝聞夕死.「里仁」), 악의악식(惡衣惡食.「里仁」), 일이관지(一 以貫之.「里仁」), 견현사제(見賢思齊.「里仁」), 유필유방(遊必有方.「里仁」), 눌언민행 (訥言敏行.「里仁」), 문일지이(聞一知二.「公冶長」), 문일지십(聞一知十.「公冶長」), 후 목부조(朽木不彫.「公冶長」), 민이호학(敏而好學.「公冶長」), 불치하문(不恥下問.「公 冶長」), 삼사이행(三思而行.「公冶長」), 일단사일표(一簞食一瓢, 一簞一瓢, 簞食瓢飮, 陋巷瓢飮,「雍也」), 문질빈빈(文質彬彬.「雍也」), 경이원지(敬而遠之.「雍也」), 요산요 수(樂山樂水.「雍也」), 박문약례(博文約禮.「雍也」), 중용지도(中庸之道.「雍也」), 박시 제중(博施濟衆.「雍也」), 입인달인(立人達人.「雍也」), 술이부작(述而不作.「述而」), 신 이호고(信而好古.「述而」), 학이불염(學而不厭.「述而」), 회인불권(誨人不倦.「述而」), 사이무회(死而無悔.「述而」), 곡굉이침지(曲肱而枕之, 飮水曲肱, 曲肱而枕.「述而」), 부 귀부운(富貴浮雲.「述而」), 발분망식(發憤忘食.「述而」), 생이지지(生而知之.「述而」), 괴력난신(怪力亂神.「述而」), 삼인행필유아사(三人行必有我師.「述而」), 전전긍긍(戰 戰兢兢.「泰伯」), 여리박빙(如履薄氷.「泰伯」), 임중도원(任重道遠.「泰伯」), 사이후이 (死而後已.「泰伯」), 돈신호학(篤信好學.「泰伯」), 후생가외(後生可畏.「子罕」), 연부역

강(年富力强.「子罕」), 지과필개(知過必改.「子罕」), 송백후조(松柏後凋.「子罕」), 세한지송백(歲寒知松柏, 歲寒松柏.「子罕」), 식불염정회불염세(食不厭精膾不厭細.「鄕黨」), 과유불급(過猶不及.「先進」), 극기복례(克己復禮.「顔淵」), 기소불욕물시어인(己所不欲勿施於人.「顔淵」), 사생유명부귀재천(死生有命富貴在天.「顔淵」), 사해지내개형제(四海之內皆兄弟.「顔淵」), 족식족병(足食足兵.「顔淵」), 성인지미(成人之美.「顔淵」), 풍행초언(風行草偃.「顔淵」), 이문회우(以文會友.「顔淵」), 명정언순(名正言順, 名不正言不順.「子路」), 욕속부달(欲速不達.「子路」), 부위자은(父爲子隱.「子路」), 자위부은(子爲父隱.「子路」), 언필신행필과(言必信行必果.「子路」), 화이부동(和而不同.「子路」), 강의목눌(剛毅木訥.「子路」), 견위수명(見危授命.「憲問」), 필부필부(匹夫匹婦.「憲問」), 이덕보원(以德報怨.「憲問」), 이직보원(以直報怨.「憲問」), 이덕보덕(以德報德.「憲問」), 원천우인(怨天尤人.「憲問」), 하학상달(下學上達.「憲問」), 무위이치(無爲而治.「衛靈公」), 살신성인(殺身成仁.「衛靈公」), 성인취의(成仁取義.「衛靈公」), 인무원려필유근우(人無遠慮必有近憂. 遠慮近憂.「衛靈公」), 군이부당(群而不黨.「衛靈公」), 당인불양(當仁不讓.「衛靈公」), 유교무류(有敎無類.「衛靈公」), 혈기방강(血氣方剛.「季氏」), 곤이불학(困而不學.「季氏」), 할계언용우도(割鷄焉用牛刀.「陽貨」), 도청도설(道聽塗說.「陽貨」), 환득환실(患得患失.「陽貨」), 무소부지(無所不至.「陽貨」), 무가무불가(無可無不可.「微子」), 견위치명(見危致命.「子張」), 문과식비(文過飾非.「子張」), 유시유종(有始有終.「子張」), 학이우즉사(學而優則仕.「子張」), 천하귀심(天下歸心.「堯曰」)(篇名 순).

공자는 70여 명의 군주에게 자기 학설을 알려 관직을 얻고자 했으나 모두 실패하여 '상갓집 개' 취급을 받았다(『孔子家語』 권22 「困誓」: "孔子欣然而歎曰: 「形狀未也, 如喪家之狗, 然乎哉! 然乎哉!」"). 이를 안타깝게 여긴 서한시대 공양학파(公羊學派)가 '무관의 제왕'(無冕之王, uncrowned king)에 해당하는 '소왕'(素王)으로 추대하였다. 소왕은 왕이 될 덕을 지녔지만 왕의 지위에 오르지 못한 사람을 가리킨다. 유가사상은 한무제가 유교를 국교화하고 육조시대부터 수당시대를 제외하고 큰 변화 없이 청대 말기까지 국가통치 이데올로기 또는 국교(國敎)의 위상을 유지했고, 공자도 여러 군주에게서 작위를 받았다. 이렇게 오랫동안 유교가 국교가 되었다지만 현실 정치는 사실 '양유음법'(陽儒陰法) 또는 '외유내법'(外儒內法)이었다. 유교는 전제주의 당의정(糖衣錠)의 당의(糖衣) 역할을 하였다.

좋은 대접을 받던 유교는 현대에 이르러 처지가 어려워졌다. 1920년대 신문화운동이 전개되면서 타도공가점(打倒孔家店) 구호가 제기되어 유가사상은 봉건 찌꺼기로 평가절하되었고, 그 자리는 전반서화운동가(全盤西化運動家)들이 이상향으로 삼았던 서양문화가 대신 차지하게 되었다. 그리고 서양문화 중에서 영미문화냐, 독일문화냐, 아니면 러시아문화냐를 두고 논쟁이 전개되었다. 결국 공산주의자들이 주도한 러시아모델, 즉 마르크스-레닌주의(馬克思列寧主義, Marxism-Leninism)가 유가사상을 대체하였다.

유가사상 퇴출을 주도한 중국공산당은 1949년 신중국을 세우고 봉건 청산 운동을 대대적으로 전개하였다. 모택동 등 공산주의자들은 문화대혁명을 전개하면서 또다시 비림비공운동(批林批孔運動)을 통해 유가사상 등 전통문화를 내다 버리는 '십년동란'(十年動亂)을 벌였다. 모택동을 이은 등소평(鄧小平)은 흑묘백묘론(黑猫白猫論)을 통해 수단과 방법을 가리지 않고 돈을 벌면 된다는 천민철학으로 개혁개방을 진행하여 어느 정도 경제성장을 성취하였다.

정신문명 없이 진행된 중국의 개혁개방은 사회 무질서, 도적 상실 등의 심각한 사회문제를 일으켰고, 대외적으로도 낙후하고 미개한 이미지를 보여주었다. 이를 반성한 위정자들은 유가사상이 오로지 타락한 국민을 각성케 하고, 분열되는 민족의 역량을 집중할 수 있으며, 해외에서 실추된 국가와 국민 이지미를 개선할 수 있다는 인식에 이르렀다. 먼저 국내에서는 국학(國學)을 진흥하여 공자와 유가사상을 띄우고, 대외적으로는 공자학원(孔子學院)을 전 세계에 설립하여 중국공산당 일당독재에 당의(糖衣)

를 입혔다. 소프트파워 신장을 위한 노력이라고 변명하지만 패권 추구와 전랑외교(戰狼外交)를 위한 양두구육(羊頭狗肉)에 불과하다는 평가를 받았다. 심지어 2008년 북경올림픽을 통해 자신의 국력을 성공적으로 과시한 뒤에는 '중국모델'(中國模式)론을 들고 나와 자신들의 우월성을 주장하였다. 유가사상의 핵심인 인(仁)은 뒷전에 두고 차별적이고 고압적인 천하주의(天下主義)를 들고 나서면서 타락한 열등감만 드러났을 뿐이다.

출처: http://www.vividict.com/WordInfo.aspx?id=1556

공자의 핵심사상이라 할 인(仁)은 해석하기 나름이다. 공자는 여러 편에서 버리고 덧붙이는 방법으로 인의 실체를 설파하였으나 맹인이 코끼리 만지는 듯하였다. 공자는 단지 『논어』 「안연」 편에서 두 차례 인(仁)을 '극기복례'(克己復禮)와 '애인'(愛人)이라고 규정했을 뿐이다. 이 정도의 개념 규정으로는 공자 인의 실체를 파악하기 어렵다. 공자의 제자들은 공자에게 여러 차례 '인'을 물었으나 공자는 명확하게 말해주지 않았다. 이후 2,500여 년 동안 전 세계의 많은 학자가 이를 해석하였지만 누구도 만족할 만한 답을 내놓지 못하고 있다. 중국에 '견인견지'(見仁見智: 仁者見之謂之仁 , 智者見之謂之智.『周易』「繫辭上」)라는 성어가 있다. 어진 사람은 어질게 보고 지혜로운 사람은 지혜롭게 본다. 즉, 보는 사람에 따라 생각을 달리한다는 것이다. 노자(老子)는 '대도가 무너진 뒤에 인의가 발생했다'(大道廢有仁義), '인을 끊고 의를 버리라"(絶仁廢義)라고 주장하여 공자의 인을 비판하였다. 공자의 인 사상은 묵자와 장자에게서도 공격받았다. 개념 규정이 어렵고 차원이 낮은 공자의 인(仁)은 유가 사상의 치명적인 결함이다.

어질 인(仁) 자를 파자(破字)하면 '이인'(二人), 즉 '두 사람'이 된다. 우리는 '어짊'이라고 해석했고, 맹자(孟子)는 '인심'(人心.「告子上」)이라고, 한나라『설문해자』(說文解字)는 '친'(親)이라고 해석했다. 여러 정황으로 추측하건대 공자가 제시한 인(仁)은 두 사람 관계에서 바람직한 인심(人心), 즉 "인간관계에서 상대방을 대하는 바람직한 인성"으로 해석할 수 있을 것이다. 그것은 공자 이래 전통시대에 군신유의, 부부유별, 부자유친, 형제공우, 붕우유신 등으로 규정되었으나, 현대사회 적용에 실패하여 그 기능을 상실한 것으로 보인다. 새 시대에는 새로운 개념의 인(仁)이 필요한 것이다.

공자는 인(仁)의 정치, 즉 인정(仁政)을 주창했다. 따라서 공자는 '가혹한 통치는 호랑이보다 잔혹하다'(苛政猛於虎.『禮記』「檀弓下」)라는 명언을 남기기도 했다. 당대 유종원(柳宗元, 773-819)은 공자의 '가정맹어호'를 인용하여 독사의 독을 가정(苛政)에 비유한 산문「땅꾼이 말하다」(捕蛇者說)를 지었다. 그러나 이러한 흐름과 달리 유학 제1의 텍스트인『논어』에는 아래와 같이 피치자인 백성을 지배의 수단으로 인식한 구절이 적지 않다. 인정(仁政)이란 가면에 가려서 진면목을 드러내지 않았을 뿐이다. 이 때문에 법가사상과 무리 없이 잘 결합할 수 있었다.

[8-9]
子曰：「民可使由之, 不可使知之。」(『論語』「泰伯」)
공자가 말했다: "백성은 시키는 대로 하게 할 수 있지만, 왜 그러는지를 [그들이] 알게 해서는 안 된다."

公孫鞅曰：「......語曰：『愚者闇於成事, 知者見於未萌。民不可與慮始, 而可與樂成。』......。」(『商君書』「更法」)
공손앙이 말했다: "......이런 말이 있다: '우둔한 사람은 일을 성사하는 데 어둡고, 지혜로운 사람은 아직 싹이 트지 않은 것을 이해한다. 백성은 더불어 시작을 생각하도록 해서는 안 되며, [그들과] 더불어 성과를 즐길 수 없다. ......'"

衛鞅曰 : 「……民不可與慮始 , 而可與樂成。……」(『史記』卷68「商君列傳」)
위앙(상앙)은 말했다: "……백성은 더불어 시작을 생각하도록 해서는 안 되며, [그들과] 더불어 성과를 즐길 수도 없다."

(西門)豹曰 : 「民可以樂成 , 不可與慮始。」(『史記』卷126「滑稽列傳」)
(서문)표는 말했다: "백성은 [일의] 성과를 즐기게 할 수 있으나, [그들과] 더불어 그 시작을 생각하도록 할 수는 없다."

　　『논어』 「태백」 편의 백성에 대한 태도는 위에 인용한 전국시대 법가 상앙(商鞅, 390-338BCE)의 사상과 같은 맥락이다. 상앙의 백성에 대한 태도는 다음과 같다: "백성이 약하면 국가는 강하고, 백성이 강하면 국가는 약하다. 따라서 방법을 가지고 있는 국가는, 백성을 약화하는 데 매진한다."(民弱國強, 民強國弱. 故有道之國, 務在弱民.). 중국 국가주석 습근평(習近平)의 '국진민퇴'(國進民退), 즉 국유경제를 강화하고 사유경제와 시장경제를 약화하는 정책은 이러한 뿌리를 갖고 있다.

4. 이이(李耳)
『노자』(老子) (『도덕경』(道德經)) 선편(選篇)

4-1 저자 소개

이이(李耳, 약 571-471 BCE)는 자(字)가 담(聃)이다. 춘추시대 초나라 고현(苦縣) 출신으로 도가학파의 개창자로 노자(老子) 또는 노담(老聃)이라 불리며, 도교의 시조로 추존(追尊)되어 태상노군(太上老君)으로 불리며, 장자(莊子)와 더불어 노장(老莊)이라 불린다. 주나라 '수장실지관'(守藏室之官), 즉 장서를 관리하는 관리를 역임했다는 설도 있다. 공자가 노자에게 예(禮)를 배웠다는 설이 있다. 이와 관련하여 오랫동안 공로선후(孔老先後) 논쟁이 있었는데, 1973년 백서노자(帛書老子)와 1993

이이

년 곽점초간노자(郭店楚簡老子)의 출토로 공자가 노자에게 예를 배웠고 노자가 공자보다 앞섰으며 『노자』는 춘추시대 말기에 지어졌다는 것이 확인되었다.9)

한편, 노자학설 및 『노자』는 이이(李耳)를 중심으로 하는 초나라 학자들이 인도에 유학하여 Vedism을 배워 귀국한 뒤 이이가 대표로 집필하고 휘하 승려집단이 수정하여 완성된 것이라는 주장이 있다.[10]

탁본: 漢代. 제목: 「공자문례」(孔子問禮)
출처: http://www.xinjiangnet.com.cn/2016/0317/1538027.shtml

4-2 원전 소개

이이(李耳)의 저서인 『노자』(老子)는 『도덕경』(道德經), 『도덕진경』(道德眞經), 『오천언』(五千言), 『노자오천문』(老子五千文), 『상지경』(上至經) 등으로 불려왔다. 한나라 초기에 『노자』로 불렸고, 한나라 경제(景帝) 때 『도덕경』으로 존칭되었다. 당나라 태종(太宗)은 스스로 노자의 후손으로 자처하였고 그의 아들 고종(高宗)은 『노자』를 『상경』(上經)이라고, 현종(玄宗)은 『도덕진경』(道德眞經)이라 불렀다.

1993년 호북성 형문시(荊門市) 곽점초묘(郭店楚墓)에서 출토된 전국시대 초나라 시

---

9) 張婷, 「'展緩判斷'求眞相」, 『保定學院學報』, 27:2(2014.3), 61-65.

10) 朱大可, 「老子學說的印度原型」, 『探索與爭鳴』, 2014:6, 43-47.

대의 곽점초간본(郭店楚簡本)『초간노자』(楚簡老子)는 전국시대 중반(500-400BCE)에 필사된 것으로 추정되는데 현 판본의 2/5만 남았다. 1973년 호남성 장사시(長沙市) 마왕퇴한묘(馬王堆漢墓)에서 출토된『백서노자』(帛書老子) 갑본(甲本, 篆書, 250 BCE)과 을본(乙本, 隸書, 200BCE)은 각각 전국 말기와 서한 초기에 필사된 것으로 보인다.

현재 통용되는『노자』판본은 삼국시대 위(魏)나라 왕필(王弼, 226-249)의『노자도덕경주』(老子道德經注)로 전문은 5,162자이다. 본문은 81개 장으로 나뉘었고 앞부분 37장은「도편」이고 뒷부분 44장은「덕편」이다.『백서노자』는 상편을「덕편」(德篇)으로 하편을「도편」(道篇)이라 명명하고 장을 분류하지 않았다.

『노자』는 '만경(萬經)의 왕'으로 불린다. 동북아 나아가 세계 역사상 위대한 명저의 하나로 인정된다. 중국에서는『주역』과『논어』와 더불어 가장 영향력 있는 3대 명저로 꼽히며, 중국 철학, 과학, 정치 및 종교에 지대한 영향을 미쳤다. 서구의 헤겔, 니체, 톨스토이 등도『노자』를 깊이 연구한 바 있다.

『노자』는 도(道)로 우주만물의 변화를 해석하였다. 도(道)를 객관 자연의 규율로 보았다.『노자』에는 다량의 소박한 변증법 관점이 포함되어 있다. 예를 들어, 모든 사물은 정반(正反)의 두 면이 있어 대립에서 변화한다고 한다. 또한 천하 만물은 모두 무(無)에서 비롯된다고 본다.

4-3 『老子』 선편 원문, 역문 및 주석

『노자』선편(十五則) : 성인의 다스림은, 그(백성)의 마음을 비우게 하고, 그의 배를 채우게 하고, 그의 의지를 약하게 하고, 그의 뼈대를 강하게 하는 것이다. [성인의 다스림은] 늘 백성이 무지무욕(無知無欲)하도록 하는 것이다(是以聖人之治, 虛其心, 實其腹, 弱其志, 強其骨. 常使民無知無欲.).

道可道 , 非常道。名可名 , 非常名。無 , 名天地之始 ; 有 , 名萬物之母。故常無 , 欲以觀其妙 ; 常有 , 欲以觀其徼。此兩者 , 同出而異名 , 同謂之玄。玄之又玄 , 衆妙之門。(第1章)
도가도 , 비상도。명가명 , 비상명。무명천지지시 ; 유명만물지모。고상무 , 욕이관기묘 ; 상유 , 욕이관기요。차양자 , 동출이이명 , 동위지현。현지우현 , 중묘지문。(제1장)

도를 말로 [표현]할 수 있다면, [그 도는] 영원한 도가 아니다. 이름을 이름할 수 있다면, [그 이름은] 영원한 이름이 아니다. 무(無)는, 천지의 시작을 이르는 것이고; 유(有)는 만물의 모체를 이르는 것이다. 따라서 늘 무(無)에서, 도의 오묘(奧妙)함을 살펴야 하고; 늘 유(有)에서, 도의 변계(邊界)를 살펴야 한다. 이 둘(무와 유)은, 같은 곳(도)에서 나왔지만 이름은 다른데, 함께(모두) 그들을 그윽하다(玄)고 말할 수 있다. [그들은] 그윽하고 그윽한데, 뭇 오묘함의 문호(門戶)이다.

▎길 도(道) 자에는 명사로는 길, 도덕, 도의, 정의, 방법, 직업, 학술, 방향, 지향 등 의미가 있고, 동사로는 말하다, 표시하다, 지나다, 인도하다 등 의미가 있다. ▎"無名天地之始; 有名萬物之母。"로 표점(標點)하면 "무명은 만물의 시작이고, 유명은 만물의 모체이다."라고 번역된다. ▎하고자 할 욕(欲): 필요하다(要), 해야 한다(需要). ▎묘할 묘(妙): 정묘(精妙), 정미(精微). ▎구할 요(徼): 변계(邊界), 변경(邊境). ▎"故常無, 欲以觀其妙; 常有, 欲以觀其徼."를 "故常無欲, 以觀其妙; 常有欲, 以觀其徼."와 같이 표점(標點)하기도 하나 전자가 더 합리적이다. ▎차양자(此兩者): 이에 대한 해석은 분분하다. 첫『노자』주석자인 왕필(王弼)은 始와 母로 보았으나 無와 有로 보는 것이 타당하다. ▎검을 현(玄): 신묘(神妙), 심오(深奧). ※ 이 번역은 무(無)와 유(有)를 대비하여 직역한 것으로 확대해석을 최소화하였다.

天下皆知美之爲美 , 斯惡已。皆知善之爲善 , 斯不善已。故有無相生 , 難易相成 , 長短相較 , 高下相傾 , 音聲相和 , 前後相隨。是以聖人處無爲之事 , 行不言之教 ; 萬物作焉而不辭 , 生而不有。爲而不恃 , 功成而弗居。夫唯弗居 , 是以不去。(第2章)
천하개지미지위미 , 사악이。개지선지위선 , 사불선이。고유무상생 , 난역상성 , 장단상교 , 고하상경 , 음성상화 , 전후상수。시이성인처무위지사 , 행불언지교 ; 만물작언이불사 , 생이불유。위이불시 , 공성이불거。부유불거 , 시이불거。(제2장)

천하[사람]는 모두 아름다운 것이 아름다운 것이 되는 것은, 이는 추한 것[때문]이라는 것을 안다. [천하[사람]는] 모두 착한 것이 착한 것이 되는 것은, 이는 착하지 않은 것[때문]이라는 것을 안다. 따라서 있는 것과 없는 것은 상생(相生)하며, 어려운 것과 쉬운 것은 상성(相成)하며, 긴 것과 짧은 것은 상교(相較)하며, 높은 것과 낮은 것은 상경(相傾)하며, 가락과 소리는 상화(相和)하며, 앞과 뒤는 상수(相隨)한다. 그리하여 성인은 무위(無爲)로 일을 처리하며, 무언(無言)으로 가르침을 진행하며; [성인은] 만물이 만들어지면 간섭하지 않으며[순응하며], [성인은 만물이] 발생하면 차지하지 않는다. [성인은 베풀고도 기대지 않으며, 공(功)이 이루어져도 차지하지 않는다. 오직 [공을] 차지하지 않아야, 그리하여 [공은] 사라지지 않게 된다.

■악할 악(惡): 추(醜)하다, 누추(陋醜)하다. ■상생(相生): 서로 생기게 하다. ■상성(相成): 서로 형성케 하다. ■상교(相較): 서로 비교되어 드러나다. ■상경(相傾): 서로 의존하다. ■상화(相和): 서로 조화시킨다. ■상수(相隨): 서로 따라간다. ■'長短相較': 곽점초간본은 '長短之相刑也'로, 『하상공노자주』(河上公老子注)는 '長短相形으로 표기하였는데, '刑'은 '形'과 같은 의미이다(드러나다, 나타나다, 顯現). ■말 사(辭): 거절하다, 비난하다. ■'不辭': 곽점초간본은 이를 '弗始'로 표기했는데, 전자는 '비난하지 않는다', 후자는 '꾀하지 않는다'로 해석되는데, 두 단어의 공통 의미는 '간섭하지 않는다' 또는 '순응한다'는 것이다. ■믿을 시(恃): 기대다, 의지하다. ■아닐 불(弗): 아니다(不). ■지아비 부(夫): 문두(文頭)에서 발어사(發語詞) 역할을 하며 대체로, 무릇을 의미한다. ■부유(夫唯): 다만, 오직.

不尙賢 , 使民不爭 ; 不貴難得之貨 , 使民不爲盜 ; 不見可欲 , 使心不亂。是以聖人之治 , 虛其心 , 實其腹 , 弱其志 , 強其骨。常使民無知無欲。使夫知者不敢爲也。爲無爲 , 則無不治。(第3章)
불상현 , 사민부쟁 ; 불귀난득지화 , 사민불위도 ; 불현가욕 , 사심불란。시이성인지치 , 허기심 , 실기복 , 약기지 , 강기골。상사민무지무욕。사부지자불감위야。위무위 , 즉무불치。(제3장)

현능(賢能)을 숭상하지 않으면, 백성이 [현능이란 공명을 위해] 다투지 않게 할 수 있다; 얻기 어려운 재화를 귀하게 여기지 않으면, 백성이 도적이 되지 않도록 할 수 있다; 욕심을 부릴 수 있는 것을 보이지 않으면, [백성의] 마음이 어지럽지 않게 할 수 있다. 따라서 성인의 다스림은,

그(백성)의 마음을 비우게 하고, 그의 배를 채우게 하고, 그의 의지를 약하게 하고, 그의 뼈대를 강하게 하는 것이다. [성인의 다스림은 늘 백성이 무지무욕(無知無欲)하도록 하는 것이다. [성인의 다스림은 그 지식이 있는 자를 함부로 행동하지 못하게 하는 것이다. [성인이] 무위를 실행하면, 다스리지 못할 것이 없다.

> ▮볼 견(見): 뵈올 현(xiàn), 나타날 현(現), 드러나다, 드러내다, 보이다. ▮지아비 부(夫): 지시대명사, 그, 저. ▮지자(知者): 이를 지자(智者)로 표기하여 꾀를 부리는 자로 해석하기도 하나 1973년 호남성 장사(長沙)에서 발굴되어 원본에 가까운 마왕퇴백서(馬王堆帛書) 『도덕경』에 따르면 지자(知者)가 맞다.

上善若水。水善利萬物而不爭 , 處衆人之所惡 , 故幾於道。居善地 , 心善淵 , 與善仁 , 言善信 , 正善治 , 事善能 , 動善時。夫唯不爭 , 故無尤。(第8章)
상선약수。수선이만물이부쟁 , 처중인지소오 , 고기어도。거선지 , 심선연 , 여선인 , 언선신 , 정선치 , 사선능 , 동선시。부유부쟁 , 고무우。(제8장)

최선자(最善者, 聖人)는 물과 같다. 물은 만물을 이롭게 하는 것을 잘하여 [남과] 다투지 않으며, 뭇사람이 싫어하는 곳에 있기, 때문에 도에 접근한다. [최선자의] 거주함에는 땅을 좋아하고, 마음은 못을 좋아하고, 베풂에는 어짊을 좋아하고, 말에서는 믿음을 좋아하고, 정사에서는 치적을 좋아하고, 일에서는 재능을 좋아하고, 거동에서는 시기(時機)를 좋아한다. [최선자는] 오직 [남과] 다투지 않기, 때문에 허물이 없다.

> ▮상선(上善): 상덕(上德), 최고 경지, 여기서는 최선자(最善者) 또는 성인(聖人)을 가리킨다. ▮착할 선(善): 능하다, 잘하다, 좋아하다, 좋은 것으로 여기다, 흠모하다, 지지하다, 찬동하다. ▮기미 기(幾): 접근하다, 도달하다. ▮땅 지(地): 낮은 곳. ▮못 연(淵): 깊은 곳, 침묵. ▮줄 여(與): 시여(施與), 베풂. ▮바를 정(正): 정사 정(政). ▮다스릴 치(治): 치적(治績). ▮더욱 우(尤): 과실, 죄과, 실수, 허물.

五色令人目盲 ; 五音令人耳聾 ; 五味令人口爽 ; 馳騁田獵 , 令人心發狂 ; 難得之貨 , 令人行妨。是以聖人爲腹不爲目 , 故去彼取此。(第12章)

오색영인목맹 ; 오음영인이롱 ; 오미영인구상 ; 치빙전렵 , 영인심발광 ; 난득지화 ,
영인행**방**。시이성인위복불위목 , 고거피취차。(제12장)

오색(五色)은 사람으로 하여금 눈을 멀게 하고; 오음(五音)은 사람으로 하여금 귀를 먹게 하며;
오미(五味)는 사람으로 하여금 입을 손상케 하고; 말을 타고 하는 사냥은, 사람의 마음을 발광케
하고; 어렵게 얻은 재화는, 사람의 행동을 방해한다. 그리하여 성인은 배를 위하고 눈을 위하지
않기, 때문에 그것(눈을 위하는 것)을 버리고 이것(배를 위하는 것)을 취한다.

> ▌오색(五色): 청황적백흑(青黃赤白黑). ▌오음(五音): 궁상각치우(宮商角徵羽). ▌오미(五
> 味): 첨산고랄함(甛酸苦辣鹹). ▌시원할 상(爽): 잃다, 없애다, 손상한다. ▌달릴 치(馳). ▌달
> 릴 빙(騁). ▌치빙(馳騁): 말을 타다. ▌밭 전(田): 밭 갈 전(畋), 사냥하다. ▌전렵(田獵):
> 사냥하다. ▌방해할 방(妨). ▌목(目)은 이구심행(耳口心行)을 포괄하여 복(腹)과 대비되는
> 것이다. 목은 욕심을, 복은 무욕을 가리킨다.

太上 , 下知有之 ; 其次 , 親而譽之 ; 其次 , 畏之 ; 其次 , 侮之。信不足焉 , 有不信焉。
猶乎其貴言也。功成事遂 , 百姓皆謂我自然。(第17章)
태상 , 하지유지 ; 기차 , 친이예지 ; 기차 , 외지 ; 기차 , 모지。신부족언 , 유불신언。
유호기귀언야。공성사수 , 백성개위아자연。(제17장)

최상의 국군은, 아랫사람이 그(국군)가 있는지 아는 것이고; 그다음은, [아랫사람이] 그를 가까이
하고 기리는 것이고; 그다음은, [아랫사람이] 그를 두려워하는 것이고; 그다음은, [아랫사람이]
그를 업신여기는 것이다. [국군의] 신뢰가 부족하면, [그에 대한 백성의] 불신이 생긴다. [이는
최상의 국군은] 말을 아껴야 한다는 것과 같다. 공이 이뤄지고 일이 마무리되면, 백성은 모두
'우리는 원래 그래.'라고 말한다.

> ▌노자가 말한 '태상'(太上)의 상태는 제80장의 '소국과민'(小國寡民) 상태로 볼 수 있다. ▌하
> (下) 자를 불(不) 자로 보아 국군(國君, 君主)의 존재 자체를 모르게 하는 것이 최상의 국군이
> 라고 해석하기도 한다. ▌갈 지(之): 국군, 군주, 정치. 왕필(王弼)의 『노자도덕경주』(老子道
> 德經注)에는 "信不足, 焉有不信焉. 悠兮其貴言."이라 하였는데, 이는 해석이 불가능하여 『초

간노자』(楚簡老子)에 따라 수정하였다. ▮유호(猶乎): 마치 ...와 같다. ▮귀할 귀(貴): 아끼다, 소중히 여기다.

大道廢 , 有仁義 ; 智慧出 , 有大僞 ; 六親不和 , 有孝慈 ; 國家昏亂 , 有忠臣。(第18章)
대도폐 , 유인의 ; 지혜출 , 유대위 ; 육친불화 , 유효자 ; **국가혼란 , 유충신。**(제18장)

대도(大道)가 없어지면, 인의가 생긴다; 지혜가 나타나면, 큰 허위(위선)가 생긴다; 육친이 불화하면, 효(孝)와 자(慈)가 생긴다; 국가가 혼란해지면, 충신이 생긴다.

　▮있을 유(有): 발생하다, 생기다, 나타나다. ▮'國家': 곽점초간본은 '邦'이라 표기했는데, 왕필본(王弼本) 등이 '國'으로 표기한 것은 한고조 유방(劉邦)의 이름을 피한(避諱) 때문이다. ▮'충신': 곽점초간본에서는 '正臣'으로 표기했다. ※ 이 부분은 『노자』의 중요한 논리를 제시하고 있다. 대개 특정 시대나 사회에 특정 윤리나 현상이 결핍될 때 사상가들이 그 덕목, 개념, 관념, 사상을 제시하여 사회문제를 해결하려 한다. 이 논리를 전제로 한다면, 춘추전국시대는 사회의 부모와 자식의 관계가 매우 타락하여 이를 치유하는 방법으로 효(孝)와 자(慈)가 발명된 것이고, 나아가 인의(仁義)가 더 나아가 성지(聖智)가 발명된 것으로 볼 수 있다. 제3장도 같은 논리를 갖고 있다.

絕聖棄智 , 民利百倍 ; 絕仁棄義 , 民復孝慈 ; 絕巧棄利 , 盜賊無有。此三者以爲文不足。故令有所屬 : 見素抱樸 , 少私寡欲。(第19章)
절성기지 , 민리백배 ; 절인기의 , 민복효자 ; 절교기리 , 도적무유。**차삼자이위문부족。고령유소촉 : 견소포박** , 소사과욕。(제19장)

성(聖)을 끊고 지(智)를 버리면, 백성의 이익이 백배가 된다; 인(仁)을 끊고 의(義)를 버리면, 백성은 효도와 자애(慈愛)를 회복한다; 교(巧)를 끊고 이(利)를 버리면 도적이 없게 된다. 이 세 가지는 덕목(통치법)으로 삼기에 부족하다. 따라서 [백성으로 하여금 다음을] 주목하도록 해야 한다 : [백성으로 하여금] 소박함을 바라보고 순박함을 지키도록 하고, 사심을 줄여버리고 욕심을 덜어내도록 해야 한다.

▋성스러울 성(聖): 총명. ▋슬기 지(智): 지혜, 지모. ▋'此三者': 성지(聖智), 인의(仁義), 교리(巧利). ※ 곽점초간본은 19장을 "絶智棄辯, 民利百倍. 絶巧棄利, 盜賊無有. 絶爲棄慮, 民復季子. 三言以爲使不足, 或令之或呼屬. 視素保樸, 少私寡欲."이라 표기하여 유가 색채의 성지, 인의 및 교리 대신에 가치중립의 지변(智辯), 교리(巧利) 및 위려(爲(僞)廬)로 표기하여 유가와 대립하는 관점을 보여주지 않았다. ▋글월 문(文): 미덕, 문덕(文德, virtue), 문교(文教), 문치(文治), 예절의식(禮節儀式, rites), 곽점초간노자는 '文' 자 대신에 통치법을 의미하는 '使' 자를 사용하였다. ▋이을 촉(屬, zhǔ): 볼 촉(矚, zhǔ), 자세히 보다, 주시하다, 물 댈 주(注, zhù), 경주(傾注)하다. ▋힐 소(素): 근본, 본질, 원시, 질박하다. ▋통나무 박(樸): 본질, 본성, 순박하다, 질박하다. ▋'見素抱樸': 지금까지 대부분 이를 '현소포박'(xiàn sù bào pǔ)으로 읽고 "소박함을 드러내고 질박함을 지니다."(現其本眞, 守其純朴.)라고 해석하였지만, 곽점초간노자(郭店楚簡老子) 갑본(甲本)은 '視素保樸'이라 했고, 이보다 늦은 시기의 백서노자(帛書老子)와 통행본 『노자』는 모두 '見素抱樸'이라 했다. 여기서는 통행본의 '드러낼 현(見, 現, xiàn)' 자가 아니라 시기적으로 이른 곽점초간에 근거하여 '시소보박'에 따라 해석하였고, 널리 쓰이는 성어로는 '현소포박'이라 표기하고 해석하였다. ※ 19장은 정치적인 미니멀리즘(minimalism, 최소주의)을 피력한 것으로 볼 수 있다.

曲則全, 枉則直, 窪則盈, 弊則新, 少則得, 多則惑。是以聖人抱一爲天下式。不自見, 故明；不自是, 故彰；不自伐, 故有功；不自矜, 故長。夫唯不爭, 故天下莫能與之爭。古之所謂曲則全者, 豈虛言哉！誠全而歸之。(第22章)

곡즉전, 왕즉직, 와즉영, 폐즉신, 소즉득, 다즉혹。시이성인포일위천하식。부자현, 고명；부자시, 고창；부자벌, 고유공；부자긍, 고장。부유부쟁, 고천하막능여지쟁。고지소위곡즉전자, 기허언재！성전이귀지。(제22장)

휘면 온전해지고, 굽히면 곧아지고, 우묵하면 채워지고, 해지면 새로워지고, 줄이면 얻게 되고, 많으면 헷갈린다. 그리하여 성인은 하나를 품는 것을 천하의 법칙으로 여긴다. 스스로 표현하지 않기, 때문에 밝아지며; 스스로 옳다고 하지 않기, 때문에 드러나며; 스스로 내세우지 않기, 때문에 공을 차지하며; 스스로 오만하지 않기, 때문에 오래 간다. 오로지 다투지 않기, 때문에 천하는 그와 다투지 않는다. 옛날에 말한 '휘면 온전해진다'라는 것이, 어찌 헛된 말이랴! 참으로 전력을 다해 그것(曲則全)으로 돌아가라.

■웅덩이 와(窪): 우묵하다. ■법 식(式): 법칙, 준칙, 법도. ■볼 견(見): 나타날 현(現). ■옛 고(故): 때문에, 그래서, 그러므로, 따라서. ■칠 벌(伐): 자랑하다, 자신을 내세우다, 자신을 칭찬하다, 자화자찬. ■불쌍히 여길 긍(矜): 오만하다, 거만하다, 자랑하다, 자만하다, 자부하다.

將欲歙之 , 必固張之 ; 將欲弱之 , 必固強之 ; 將欲廢之 , 必固興之 ; 將欲奪之 , 必固與之。是謂微明。柔弱勝剛強。魚不可脫於淵 , 國之利器不可以示人。(第36章)
장욕흡지 , 필고장지 ; 장욕약지 , 필고강지 ; 장욕폐지 , 필고흥지 ; 장욕탈지 , 필고여지。시위**미명**。유약승강강。어불가탈어연 , 국지**이기**불가이시인。(제36장)

그것을 움츠리게 하려면, 반드시 곧 그것을 펼치고; 그것을 약화하려면, 반드시 곧 그것을 강하게 만들고; 그것을 없애려면, 반드시 곧 그것을 일으키고; 그것을 뺏으려면, 반드시 곧 그것을 주어야 한다. 이것을 미명(微明)이라 이른다. 유약(柔弱)이 강강(剛強)을 이긴다. 물고기(신하)는 못(군주)을 벗어날 수 없으며, 나라의 이로운 사물은 사람들에게 보여서는 안 된다.

■장욕(將欲): 이를 '막(장차) …하려 하다'는 장요(將要)로 해석하는 것은 잘못된 것이다, 장차 장(將) 자는 하고자 할 욕(欲) 자와 같은 것으로 장욕(將欲)은 하고자 할 욕(欲) 자가 중복된 형식이다. ■줄일 흡(歙): 움츠리다. ■굳을 고(固): 오로지, 한결같이, 반드시, 단호하게, 이를 취(就) 자와 같이 '곧' 또는 '바로'의 의미를 갖는 것으로 보는 것이 바람직하다. ■흥(興): 일부는 이 대신에 들 거(擧) 자로 고쳐야 다음 문장의 줄 여(與) 자와 운(韻)이 맞는다고 한다. ■미명(微明): 그 도는 미미하겠지만 그 효과는 명백하다는 뜻. ■이기(利器): 예리한 무기, 정교한 독, 병권, 권모술수, 걸출한 재능, 국가에 이로운 사물. ※ 제36장은 상대를 높여주어 방심한 틈을 타서 상대를 이기는 모략으로 활용되었다.

大成若缺 , 其用不弊。大盈若沖 , 其用不窮。大直若屈 , 大巧若拙 , 大辯若訥。躁勝寒靜勝熱。淸靜爲天下正。(第45章)
대성약결 , 기용불**폐**。대영약충 , 기용불궁。대직약굴 , 대교약졸 , 대변약눌。조승한정승열。청정위천하정。(제45장)

큰 성취는 마치 모자란 듯하지만, 그 쓰임은 나쁘지 않다. 꽉 찬 것은 마치 빈 듯하지만, 그 쓰임은 끝이 없다. 아주 곧은 것은 마치 굽은 듯하고, 아주 좋은 솜씨는 마치 서툰 듯하고, 아주 잘하는 말은 마치 어눌한 듯하다. [습기가] 마르면 추위를 이기며 시원하면 더위를 이긴다. 맑게 하고 고요히 하면 천하가 바르게 된다.

> ▌해질 폐(弊): 무너지다, 저열하다, 열악하다. ▌빌 충(沖). ▌다할 궁(窮). ▌굽을 굴(屈). ▌성급할 조(躁): 마를 조(燥). "躁勝寒, 靜勝熱. 淸靜爲天下正.": 이 부분에 대한 해석은 매우 다양하다. 일반적으로 "움직이면 추위를 이길 수 있고, 고요하면 더위를 이길 수 있다."라고 해석한다. 김용옥은 "뜀으로 추위를 이기고, 쉼으로 더위를 이기는데, 그래도 쉬어 깨끗함이 하늘아래 바른 것이다."라고[11] 해석했다. 혹자는 이를 "靜勝躁, 寒勝熱. 淸靜爲天下正."으로 수정하여 보기도 했다.[12] 그러나 『초간노자』(楚簡老子)에 따르면 이 부분은 "燥勝滄, 淸勝熱. 淸靜爲天下定."이다(단, 사람에 따라 글자는 다르다). 이보다 늦은 시기의 『백서노자』(帛書老子)에 따르면 "躁勝寒, 靜勝熱, 淸靜可以爲以为天下正."라고 되어 있다. 이들을 고려하여 해석하면 "[습기가] 마르면 추위를 이기며, 시원하면 더위를 이긴다. 맑게 하고 고요히 하면 천하가 평정된다."라고 해석하는 것이 옳다. ※ 송나라 소동파(蘇東坡, 蘇軾)는 제45장 앞부분을 본떠서 큰 용기는 비겁한 듯하다는 대용약겁(大勇若怯)과, 큰 지혜는 어리석은 듯하다는 대지약우(大智若愚)라는 성어를 만들었다(「賀歐陽少師致仕啓」).

大國者下流, 天下之交, 天下之牝。牝常以靜勝牡, 以靜爲下。故大國以下小國, 則取小國; 小國以下大國, 則取大國。故或下以取, 或下而取。大國不過欲兼畜人, 小國不過欲入事人。夫兩者各得其所欲, 大者宜爲下。(第61章)

대국자하류, 천하지교, 천하지**빈**。**빈상이정승모**, 이정위**하**。고대국이하소국, 즉취소국; 소국이하대국, 즉취대국。고혹하이취, 혹하이취。대국**불과욕겸축**인, 소국불과욕**입**사인。부량자각득기소욕, 대자의위하。(제61장)

---

11) 김용옥, 『길과 얻음』(서울: 통나무, 1989), 111.

12) 余培林註譯, 『新譯老子讀本』(臺北: 三民書局, 1982).

대국(大國)은 하류(下流)로서, 천하의 모임터이며, 천하의 암컷이다. 천하의 암컷은 조용함으로 수컷을 이기는데, 조용함으로써 아래에 처해서이다(처했기 때문이다). 그리하여 대국은 소국에 대해 아랫자리에 서면, 소국을 취한다; 소국은 대국에 대해 아랫자리에 서면, 대국을 취한다. 그리하여 혹은 아랫자리로써(자세를 낮추어) 취하고, 혹은 아랫자리에 있으며(아래 지위로) 취한다. 대국은 다만 남을 겸병(兼倂)하려 할 뿐이고, 소국은 다만 [항복하여] 남을 섬기려 할 뿐이다. 무릇 [아랫자리에 서면] 둘은 각자 바라는 바를 얻지만, 큰 자(대국)가 마땅히 아래에 처해야 한다.

▌사귈 교(交): 교회(交會)하다, 모이다, 회합하다, 만나다. ▌암컷 빈(牝): 음(陰), 골짜기. ▌수컷 모(牡). ▌아래 하(下): 아랫자리에 서다, 겸손하다. ▌불과(不過): 다만(只, 僅僅). ▌겸할 겸(兼): 합병하다, 겸병하다, 병탄하다. ▌쌓을 축(畜): 사육하다, 다스리다. ▌겸축(兼畜): 겸병하다, 병탄하다. ▌들 입(入): 귀순하다, 항복하다, 헌납하다. ※『좌전』(左傳)「애공칠년」(哀公七年)에 "소국이 대국을 섬기는 이유는 믿음 때문이며; 대국이 소국을 보호하는 이유는 어짊 때문이다. [소국이] 대국을 배반하는 것은 불신이며; [대국이] 소국을 정벌하는 것은 어짊이 아니다."(小所以事大, 信也; 大所以保小, 仁也. 背大國不信; 伐小國不仁.)라는 말도 있다. 중국이 이러한 자기네 전통사상을 알고나 있는지 궁금하다.

古之善爲道者 , 非以明民 , 將以愚之。民之難治 , 以其智多。故以智治國 , 國之賊 ; 不以智治國 , 國之福。知此兩者亦稽式。常知稽式 , 是謂玄德。玄德深矣 , 遠矣 , 與物反矣 , 然後乃至大順。(第65章)

고지**선위도자** , 비이명민 , 장이우지。민지난치 , 이기지다。고**이지치국** , 국지적 ; 불이지치국 , 국지복。지차량자**역계식**。상지계식 , 시위현덕。현덕심의 , 원의 , 여물반의 , **연후내지대순**。(제65장)

옛날 도에 능한 사람은, 백성을 깨우치지 않고, 그들을 우매하게 만들었다. 백성을 다스리기 어려운 것은, 그들의 지혜가 많기 때문이다. 따라서 지혜로 나라를 다스리는 것은, 나라의 도적이며; 지혜로 나라를 다스리지 않는 것이, 나라의 복이다. 이 둘을 아는 것이 실로 준칙이다. 늘 [이] 준칙을 알고 있는 것을, 현덕(玄德)이라 이른다. 현덕은 깊고, 멀고, 물상과 반(反)하는데,

[그] 다음에야 비로소 지극히 크게 순조로워진다.

■ 착할 선(善): 능하다, 잘한다. ■ '이지치국'(以智治國): 백성이 지혜를 함양하도록 나라를 다스리는 것을 가리킨다. ■ 또 역(亦): 실로. ■ 머무를 계(稽): 나무 이름 해(楷). ■ 계식(稽式): 해식(楷式), 준칙, 법식(法式). ■ 그러할 연(然): 그러하다, 이와 같다(如此).

江海所以能爲百谷王者, 以其善下之, 故能爲百谷王。 是以聖人欲上民, 必以言下之 ; 欲先民, 必以身後之。 是以聖人處上而民不重, 處前而民不害。 是以天下樂推而不厭。 以其不爭, 故天下莫能與之爭。 (第66章)
강해소이능위백곡왕자, 이기선하지, 고능위백곡왕。 시이성인욕상민, 필이언하지 ; 욕선민, 필이신후지。 시이성인처상이민부중, 처전이민불해。 시이천하악추이불염。 이기부쟁, 고천하막능여지쟁。 (제66장)

강과 바다가 수많은 냇물의 왕이 될 수 있었던 것은, 그가 아래에 처하는 것에 능하여, 때문에 수많은 냇물의 왕이 될 수 있었기 때문이다. 그리하여 성인은 백성 위에 서고자 하면, 반드시 말로 아래에 서야 하고(말을 낮추어야 하고); 백성보다 앞서고자 하면, 반드시 몸으로 뒤에 서야 한다. 그리하여 성인은 위에 서도 백성은 부담스럽다고 하지 않으며, 앞에 서도 백성은 해롭다고 하지 않는다. 그리하여 천하[백성]가 기꺼이 추대하고는 싫어하지 않는다. [성인은 다투지 않는 것으로써 [정치를 했기에], 그리하여 천하[백성]는 그와 다툴 수 없는 것이다.

■ 백곡(百谷): 백곡지수(百谷之水), 백천(百川). ■ 무거울 중(重): 부담스럽다, 번거롭게 하다, 폐가 되다, 과분하다.

小國寡民。 使有什伯之器而不用 ; 使民重死而不遠徙。 雖有舟輿, 無所乘之, 雖有甲兵, 無所陳之。 使民復結繩而用之, 甘其食, 美其服, 安其居, 樂其俗。 鄰國相望, 雞犬之聲相聞, 民至老死, 不相往來。 (第80章)
소국과민。 사유십백지기이불용 ; 사민중사이불원사。 수유주여, 무소승지, 수유갑병, 무소진지。 사민복결승이용지, 감기식, 미기복, 안기거, 낙기속。 인국상망, 계

견지성상문 , 민지노사 , 불상왕래。(제80장)

나라를 작게 하고 백성을 적게 한다. 열 가지 백 가지(효능이 열배 백배 되는) 기구가 있어도 쓰지 않게 하고; 백성으로 하여금 죽음(목숨)을 중시하여 멀리 이사하지 않도록 한다. [그러면] 비록 배와 수레가 있어도, 그를 타지 않고(타는 사람이 없고), 비록 갑옷과 병기가 있어도, 그를 펼치지 않는다(펴는 사람이 없다). 백성으로 하여금 다시 새끼를 얽어 그를 사용토록 하고, [먹는] 음식을 달갑게 여기게 하고, [입는] 옷을 아름답다고 여기게 하고, [사는] 집을 편안하게 여기도록 하고, [따르는] 풍속을 즐거워하도록 한다. [그러면] 이웃한 나라가 서로 바라보아, 닭과 개 소리가 서로 들려도, 백성이 늙어 죽도록, 서로 오가지 않는다.

■열사람 십(什): 십(十), 열 배. ■말 백(伯): 일백 백(百). ※ 제80장은 '소국과민' 목표를 위한 정책(使)과 결과(無), 정책(使)과 결과(不)를 순차적으로 제시한 것으로 번역해야 한다. ※ 중국인들은 과거 소국과민을 복고주의 또는 반동사상으로 비판했지만 최근에는 나라 국(國)을 당시의 제후국, 현재의 지방행정단위로 해석하여 전쟁을 방지하고 평화를 추구하며, 인구 팽창과 자연자원 고갈을 해결할 수 있는 대안으로 해석하기도 한다. 노자는 이렇게 소국과민을 주장하면서 대국을 위한 대안도 제시하는 모순을 보였다. 노자는 『노자』제60장 에서 "큰 나라를 다스리는 것은 작은 생선을 삶듯 해야 한다."(治大國, 若烹小鮮.)라고 주장하였다.

4-4 『노자』 감상과 평설(評說)

위에 번역 소개한 것 외에도 널리 알려진 문장은 적지 않다:
- "그리하여 성인은 제 몸을 뒤로 하여 몸을 앞세웠고; 제 몸을 빼서(버려서) 몸을 보존하였다."(是以聖人後其身而身先; 外其身而身存. 제7장).
- "성인은 고정불변의 마음이 없고, 백성의 마음을 [자신의] 마음으로 삼는다. 선량한 사람이라면, 나(성인)는 그를 선량하게 대하며, 선량하지 않은 사람도, 나는 역시 그를 선량하게 대한다."(聖人無常心, 以百姓心爲心. 善者, 吾善之; 不善者, 吾亦善 之. 第49章).

- "아는 사람은 말하지 않으며, 말하는 사람은 알지 못한다."(知者不言, 言者不知. 第56章).
- "그리하여 성인이 말했다: '내가 [억지로] 하지 않으면, 백성은 저절로 변화하며; 내가 고요함을 좋아하면, 백성은 저절로 바로잡아지고; 내가 일을 벌이지 않으면, 백성은 저절로 부유해지며; 내가 욕심을 부리지 않으면, 백성은 저절로 순박해진다.'"(故聖人云: 我無爲, 而民自化; 我好靜, 而民自正; 我無事, 而民自富; 我無欲, 而民自樸. 第57章).
- "큰 나라를 다스리는 것은, 작은 생선을 삶는 것과 같다(조심조심해야 한다)."(治大國, 若烹小鮮. 第60章).
- "천하의 어려운 일은, 반드시 쉬운 것에서 발생하며, 천하의 큰일은, 반드시 작은 것에서 발생한다."(天下難事, 必作於易, 天下大事, 必作於細. 第63章).
- "양팔로 껴안는 [정도의, 크기의] 나무는, 터럭 끝에서 자라며; 9층의 누대는, 삼태기(蔂) 흙에서 세워지며; 천 리의 걸음은, 발아래에서 시작한다."(合抱之木, 生於毫末; 九層之臺, 起於累土; 千里之行, 始於足下. 第64章).
- "알고 있는 것을, 알지 않는다고(모른다고, 모르는 척) 하는 것이, 최상이며; 알지 않는(모르는) 것을, 안다고(아는 척) 하는 것은, 병이다."(知, 不知, 上; 不知, 知, 病. 第71章).
- "과감에 날쌔면 죽고, 과감하지 않음에 날쌔면 산다."(勇於敢則殺, 勇於不敢則活. 第73章).
- "선량한 사람은 말주변이 없고, 말주변이 있는 사람은 선량하지 않다. 아는 척하는 사람은 [지식이] 넓지 않으며, [지식이] 넓은 사람은 아는 것이 없다."(善者不辯, 辯者不善. 知者不博, 博者不知. 第81章).

『노자』에서 비롯된 성어는 적지 않다:

- "공을 이루고 마음에 두지 않는다(차지하지 않는다)."라는 공성불거(功成不居. 제2장),

- "유와 무는 서로 낳는다."라는, 유는 무로 변화하고 무는 유로 변화한다는 유무상생(有無相生. 제2장),

- "하는 것이 없는데도 다스려진다."라는 무위이치(無爲而治. 제3장),

- 하늘과 땅은 영원하다는 천장지구(天長地久. 제7장),

- "최선자(最善者)는 물과 같다.", 성인은 물과 같이 남을 돕고 남과 다투지 않는다는 상선약수(上善若水. 제8장),

- "공을 이루면 몸을 물린다."라는 공성신퇴(功成身退. 제9장),

- "금은보화가 집안에 가득하다.", 학식이 풍부하다는 금옥만당(金玉滿堂. 제9장),

- "총애를 얻고도 놀라고 모욕을 얻고도 놀란다.", 이해득실에 연연한다는 총욕약경(寵辱若驚. 제13장),

- "성인의 논리와 인위적인 지식을 끊어낸다.", 억지스러운 규율과 기준을 버리고 자연스럽게 하라는 절성기지(絶聖棄智. 제19장),

- "흰 것을 드러내고 꾸밈없는 것을 끌어안는다.", 순수하고 순박한 본성을 지키고 사욕과 잡념을 버리라는 현소포박(見素抱樸. 제19장),

- "얻고자 하면 고의로 [먼저] 준다."라는 욕취고여(欲取故予. 제36장),

- "없는 것 속에서 있는 것이 발생한다."라는 무중생유(無中生有. 제40장),

- "큰 그릇은 늦게 만들어진다."라는 대기만성(大器晩成. 제41장),

- "큰 소리는 소리가 없다."라는 대음희성(大音希聲. 제41장),

- "큰 기교는 쓸모가 없는 듯하다."라는 대교약졸(大巧若拙. 제45장),

- "아주 잘하는 말은 마치 어눌한 듯하다."라는 대변약눌(大辯若訥. 제45장),

- "원한을 덕으로 갚는다."라는 보원이덕(報怨以德. 제63장),

- "일의 끝을 삼가기를 처음 때와 같게 한다."라는 신종여시(愼終如始. 제64장),

- "천릿길은 발아래에서 시작된다."라는 천리지행시어족하(千里之行始於足下. 제64
  장),
- "천도는 친함이 없다.", 천도는 공평무사하다는 천도무친(天道無親. 제79장)
- "닭소리와 개소리가 서로 들린다.", 거리가 매우 가깝다는 계견상문(鷄犬相聞. 제
  80장)
- "작은 나라와 적은 국민"이라는 소국과민(小國寡民. 제80장) 등이 있다.

『노자』의 인문정신은 따로 설명할 필요는 없을 것이다. 위에 제시된 주요 문장과
성어가 바로 노자의 인문정신을 대표한다고 볼 수 있다. 많은 사람이 노자 사상의 현대
적 의미를 해석하여 그 가치를 높이 사지만 다음의 문장에 대해서는 별로 주목하지
않는다: "大道廢, 有仁義; 智慧出, 有大僞; 六親不和, 有孝慈; 國家昏亂, 有忠臣."(18장).
이를 거꾸로 해석하면 "충신이 없어야 국가가 혼란에 빠지지 않고, 효와 자애가 없어야
육친이 화합하고, 큰 위선이 없어야 지혜가 나오고, 인의가 없어야 대도가 나타난다."는
말이다.

그리고 대부분 사람이 『노자』의 사상을 형이상학적으로 이해하고 분석하지만, 사실
그 핵심은 춘추전국시대의 제자백가들과 마찬가지로 분열과 혼란을 극복하는 방법론
인 정치사상이다. 따라서 우선 정치 관점에서 보아야 『노자』를 제대로 이해할 수 있다.
다음을 보자:

是以聖人之治, 虛其心, 實其腹, 弱其志, 強其骨. 常使民無知無欲, 使夫知者不敢爲
也.(第3章)
古之善爲道者 , 非以明民 , 將以愚之。民之難治 , 以其智多。故以智治國 , 國之
賊 ; 不以智治國 , 國之福。(第65章).

이 두 예는 '무위자연'과 쌍벽을 이루는 노자의 '역설의 통치론'을 보여준다. 이것이 노자의 무위자연에 가려진 우민정치의 실체이다. 이로써 법술세(法術勢) 법가사상 중 술(術), 즉 권모술은 『노자』에게서 비롯한 것임이 확인된다. 그래서 "도가가 법가를 낳았다."(道生法. 『皇帝四經: 經法』, 권1 「道法」)라는 말이 있다. 『한비자』에 「해로」(解老) 편과 「유로」(喩老) 편이 괜히 있는 것이 아니다.

불교 승려 만해(萬海) 한용운(韓龍雲, 1879-1944)은 노자를 연구했는지 모르지만 『노자』 제1장의 철학을 반영한 글을 발표한 적이 있다: "禪은 禪이라고하면 곳 禪이안이다. 그러나 禪이라고하는 것을 여의고는 별로 禪이 없는것이다. 禪이면서 곳 禪이안이오. 禪이 안이면서 곳 禪이되는것이 이른바 禪이다. 달빛이냐 갈꽃이냐 흰모래우의 갈막이냐."(원문대로 옮김).[13] 음미해 볼 만한 글이다.

---

13) 韓龍雲, 「卷頭言」(「尋牛莊2」 또는 「禪」), 『禪苑』(禪學院), 제2호(1932. 2.1.).

5. 손무(孫武)
『손자병법』(孫子兵法)「시계」(始計) 편

5-1 저자 소개

『손자병법』(孫子兵法)의 저자인 손무(孫武, 약 535BCE-?)는 자가 장경(長卿)이다. 춘추시대 제(齊)나라 낙안(樂安, 산동성 惠民) 사람으로 저명한 군사가였다. 손무는 나중에 손자(孫子), 손무자(孫武子), 병성(兵聖), 백세병가지사(百世兵家之師), 동방병학(東方兵學)의 비조로 추앙받았다. 그는『병법』(兵法) 13편으로 오나라 왕 합려(闔閭)를 찾아가 장군으로 임명되어 싸우면 지는 싸움이 없었다. 그는 오자서(伍子胥)와 함께 오나라 군대를 이끌고 5전5승(五戰五捷)을 거두었는데 3만 명으로 초나라 60만 대군을 물리친 적이 있다.

손무

『사기』「손자오기열전」(孫子吳起列傳)에 손자와 오왕 합려(闔閭)의 고사가 실려 있다. 일찍부터 손자의 명성을 들었던 합려는 손자에게 현장 지휘 능력을 보여 달라고 했다. 이에 손자는 군사 훈련 경험이 없는 궁녀 180명을 모아 두 편으로 나눴다. 그리고 합려가 총애하는 궁녀 두 명을 각 편의 대장으로 삼았다. 그리고 궁녀들에게 창을 나눠 주고 훈련했다. 궁녀들이 제대로 훈련하지 않자 "군령이 분명한데도 구령대로 움직이지 않으니 이것은 대장의 잘못이다."라고 말하고는 합려가 총애하는 두 궁녀 대장을 참수하려 하자 합려는 깜짝 놀라 만류했다. 손자는 합려의 만류에도 불구하고 두 궁녀를 참수해 본보기를 보였다. 두 궁녀를 참수하자 나머지 궁녀들은 손자의 구령에 맞춰 착착 움직였다. 충격 같은 방법으로 손자는 자신의 용병술을 합려에게 확인시켰다. 그 후 오나라는 서쪽의 초나라를 패퇴하고 북쪽 제나라와 진(晉)나라를 위협하였다.

5-2 원전 소개

『손자병법』(孫子兵法)은 또 『손무병법』(孫武兵法), 『오손자병법』(吳孫子兵法), 『손자병서』(孫子兵書), 『손무병서』(孫武兵書) 등으로도 불린다. '병학성전'(兵學聖典)으로 불리고 '무경칠서'(武經七書: 『孫子兵法』, 『吳子兵法』, 『六韜』, 『司馬法』, 『三略』, 『尉繚子』, 『李衛公問對』)의 첫째를 차지한다. 클라우제비츠(Carl von Clausewitz, 1780-1831)의 『전쟁론』(Vom Kriege), 미야모토 무사시(宮本武藏, 1584-1645)의 『오륜서』(五輪書)와 더불어 세계 3대 병서의 하나로 평가된다. 영어권 세계에서 30여 종의 영역본이 출판되었으며, 이 중 1910년 Lionel Giles의 영역본이 널리 이용된다.[14]

『손자병법』은 「시계」(始計), 「작전」(作戰), 「모공」(謀攻), 「군형」(軍形), 「병세」(兵勢), 「허실」(虛實), 「군쟁」(軍爭), 「구변」(九變), 「행군」(行軍), 「지형」(地形), 「구지」(九地), 「화공」(火攻), 「용간」(用間) 등 13편으로 구성되어 있다. 「시계」(始計)는 「계」(計)라고도 한다.

---

14) 楊玉英, 『『孫子兵法』在英語世界的傳播與接受研究』(北京: 學苑出版社, 2017), 4, 10-13.

5-3 손무 『손자병법』 「시계」 편 원문, 역문 및 주석

「시계」(始計) 편 : 전쟁이라는 것은, 속이는 길이다(兵者, 詭道也.)

孫子曰：兵者，國之大事，死生之地，存亡之道，不可不察也。
손자왈 : 병자 , 국지대사 , 사생지지 , 존망지도 , 불가불찰야.

손자가 말했다: 전쟁은, 나라의 큰일로서, 생사의(가 달린) 문제요, 존망의(이 달린) 길이니, 살피지 않을 수 없다.

▌군사 병(兵): 군사(軍事), 무력, 전쟁. ▌땅 지(地): 곳, 영역, 마음이 움직이는 영역, 문제.

故經之以五事，校之以計，而索其情。一曰道，二曰天，三曰地，四曰將，五曰法。
道者，令民與上同意，可與之死，可與之生，而不畏危也。天者，陰陽、寒暑、時制
也。地者，遠近、險易、廣狹、生死也。將者，智、信、仁、勇、嚴也。法者，曲制、官道、主
用也。凡此五者，將莫不聞，知之者勝，不知者不勝。
고경지이오사 , 교지이계 , 이색기정. 일왈도 , 이왈천 , 삼왈지 , 사왈장 , 오왈법.
도자 , 영민여상동의 , 가여지사 , 가여지생 , 이불외위야. 천자 , 음양、한서、시제
야. 지자 , 원근、험이、광협、생사야. 장자、지、신、인、용、엄야. 법자 , 곡제、관도、주
용야. 범차오자 , 장막불문 , 지지자승 , 부지자불승.

따라서 그것(전쟁)을 다섯 가지 일로 분석하고, 그것(군사)을 [일곱 가지] 계책으로 비교하여, 그것의 실상을 탐색하고자 한다. 첫째는 도(道)이고, 둘째는 하늘(天)이고, 셋째는 땅(地)이고, 넷째는 장(將)이고, 다섯째는 법(法)이다. 도라는 것은, 백성으로 하여금 군주와 뜻을 같이하도록 하여, 그(군주)와 함께 죽을 수 있고, 그(군주)와 함께 살 수 있도록 하고, 위험을 두려워하지 않도록 하는 것이다. 하늘이라는 것은, 음양(畫夜와 晴雨), 한서(추위와 더위) 및 계절이다. 땅이라는 것은, 원근, 험준함과 평탄, 광활함과 협소 및 생사다. 장(將)이라는 것은, 지(智), 신(信),

인(仁), 용(勇) 및 엄(嚴)이다. 법이라는 것은, [군대의] 편제(編制), 지휘관 관리제도 및 군수(軍需) 관리다. 무릇 이 다섯 가지에 대해, 장수는 몰라서는 안 되며, 그것을 아는 자는 이기고, 모르는 자는 이길 수 없다.

■날 경(經): 분석하다, 연구하다. ■학교 교(校, jiào): 견줄 교(較), 비교하다, 계산하다. ■'校之以計': 이는 다음의 문장을 보면 일곱 가지 계책(主孰有道, 將孰有能, 天地孰得, 法令孰行, 兵衆孰强, 士卒孰練, 賞罰孰明.)을 제시하였기 때문에 판본에 따라 '칠'(七)를 넣어 '校之以七計'로 표기하기도 한다. ■시제(時制): 시령(時令), 계절. ■바꿀 역(易): 쉬울 이(易), 평탄하다. ■곡제(曲制): 고대 군대에서 비교적 작은 단위의 편제를 가리킨다. ■관도(官道): 관은 군대의 각급 지휘관을, 관도는 각급 지휘관의 직책 구분과 관리 형식 및 관리제도를 가리킨다. ■주용(主用): 주(主)는 주재하다, 관장하다는 뜻이고, 용(用)은 비용을 말하기에, 주용은 군수 관리를 말한다.

故校之以計, 而索其情。曰 : 主孰有道, 將孰有能, 天地孰得, 法令孰行, 兵衆孰强, 士卒孰練, 賞罰孰明, 吾以此知勝負矣。將聽吾計, 用之必勝, 留之 ; 將不聽吾計, 用之必敗, 去之。計以利聽, 乃爲之勢, 以佐其外 ; 勢者, 因利而制權也。

고교지이계 , 이색기정。왈 : 주숙유도 , 장숙유능 , 천지숙득 , 법령숙행 , **병중숙강** , **사졸숙련** , 상벌숙명 , 오이차지승부의。장청오계 , 용지필승 , 유지 ; 장불청오계 , 용지필패 , 거지。계이이청 , 내위지세 , 이좌기외 ; 세자 , 인리이제권야。

따라서 그것(전쟁)을 [일곱 가지] 계책으로 비교하여, 그것의 실상을 탐색하고자 한다. [물어] 말한다: 군주는 어느 쪽이 도를 갖추었는가, 장수는 어느 쪽이 능력을 갖추었는가, 천지는 어느 쪽이 얻었는가, 법령은 어느 쪽이 집행하고 있는가, 무기는 어느 쪽이 강한가, 병졸들은 어느 쪽이 훈련되었는가, 상벌은 어느 쪽이 투명한가, 나는 이를 근거로 승부를 알게 된다. 장수가 내 계책을 듣고, 그를 활용하면 반드시 이기는데, [그러면] 그(지위)를 유임하고; 장수가 내 계책을 듣고, 그를 활용하지 않으면, 반드시 지게 되는데, [그러면] 그(지위)를 제거해야 한다. 이해타산을 계산하여 듣는다면(수용한다면), 바로 세(勢)가 형성되는데, 이를 외교의 보조로 삼아야 한다; 세라는 것은, 이해타산에 따라 권변(權變)을 통제하는 것이다.

▌병중(兵衆)/사졸(士卒): 대부분 번역자는 병중을 군사로, 사졸을 병사로 번역하고는 의문을 품지 않는다. 군사와 병사는 같은 의미로 보면 '일곱 계책'이 성립되지 않는다. 앙은대학(仰恩大學) 유경해(劉慶海) 교수는 '兵衆'을 '兵甲'의 오기(誤記)로 보고 병기나 무기로 해석해야 한다고 한다. 문맥으로 보아 유경해 교수의 주장이 타당하다고 본다.[15]

兵者 , 詭道也。故能而示之不能 , 用而示之不用 , 近而示之遠 , 遠而示之近。利而誘之 , 亂而取之 , 實而備之 , 強而避之 , 怒而撓之 , 卑而驕之 , 佚而勞之 , 親而離之。攻其無備 , 出其不意 , 此兵家之勝 , 不可先傳也。

병자 , 궤도야。고능이시지불능 , 용이시지불용 , 근이시지원 , 원이시지근。이이유지 , 난이취지 , 실이비지 , 강이피지 , 노이요지 , 비이교지 , 일이노지 , 친이이지。공기무비 , 출기불의 , 차병가지승 , 불가선전야。

전쟁이라는 것은, 속이는 길이다. 따라서 유능하면서 그(적)에게 무능하게 보이고, 활용하면서 그(적)에게 활용하지 않는 것처럼 보이고, 가까이 있으면서 그(적)에게 멀리 있는 것처럼 보이고, 멀리 있으면서 그(적)에게 가까이 있는 것처럼 보이게 해야 한다. [적이] 이익을 좋아하면 그(적)를 꾀고, [적이] 어지러우면 그(적)를 낚아채고, [적이] 견실하면 그(적)를 대비하고, [적이] 굳건하면 그(적)를 피하고, [적이] 성을 내면 그(적)를 어지럽히고(건드리고), [적이] 비겁해하면 그(적)를 우쭐대게 만들고, [적이] 안락하면 그(적)를 힘들게 만들고, [적이] 서로 친하면 그(적)를 이간질해야 한다. [적이] 방비하지 않은 곳을(때에) 공격하고, [적이] 생각지 않은 곳을(때에) 출병하는 것, 이것이 병가(兵家)의 승리(의 요체)인데, 먼저 드러내서는 안 된다.

▌속일 궤(詭). ▌어지러울 요(撓). ▌편안할 일(佚): 안락하다. ▌날 출(出): 출동하다, 출병하다. ▌전할 전(傳): 드러내다, 전하다, 말하다.

---

15) 劉慶海,「『孫子兵法』之'兵衆孰強'校詁」,『齊魯師範學院學報』, 29:1(2014. 2), 129-133, 145.

夫未戰而廟算者勝 , 得算多也 ; 未戰而廟算不勝者 , 得算少也 ; 多算勝 , 少算不勝 ,
而況於無算乎 ? 吾以此觀之 , 勝負見矣。
부미전이**묘산자승** , 득산다야 ; 미전이묘산불승자 , 득산소야 ; 다산승 , 소산불승 ,
이황어무산호 ? 오이차관지 , 승부견의。

대체로 싸우지 않고 사당에서 계산한 것이 승리하는 것이라면, 계산(勝算)이 많았다는 것이고;
싸우지 않고 사당에서 계산한 것이 승리하는 것이 아니라면, 계산이 적었다는 것이다; 많이
계산하면 이기고, 적게 계산하면 이기지 못하는데, 하물며 계산이 없다면 어떨 것인가? 내가
이를 근거로 관찰하면, 승부가 보인다.

▌묘산(廟算): 사당에서 계산하다, 사당에 모여 전쟁의 승패를 예측하다, 전쟁에 앞서 사당에
모여 앞에서 언급한 주(主), 장(將), 천지(天地), 법령, 병중(兵衆), 사졸(士卒), 상벌 등 7가지
를 비교 계산하여 승부를 예측하는 것을 가리킨다. ▌"多算勝 , 少算不勝.": 여러 사람이 여기
에서 '不勝'은 필요 없이 들어간 것으로 '多算勝少算'이 옳다고 한다. 이 경우는 "많은 계산이
적은 계산보다 낫다"로 해석된다. ▌써 이(以): 의거하다(憑), 근거하다(根據),

5-4 『손자병법』「시계」편 감상과 평설(評說)

『사기』「손자오기열전」(孫子吳起列傳)에 손자와 관련하여 '삼령오신(三令五申)'이
란 고사성어가 있다. 장수가 자신의 명령을 병사들에게 몇 번이고 익숙해질 때까지
되풀이한다는 뜻이다. 평소 훈련을 철저히 해야 한다는 뜻도 있다. 사람 간 소통이
그만큼 어렵다는 뜻이기도 하다.

『손자병법』에 나오거나 관련된 성어를 알아보기로 한다. 「시계」편의 "兵者, 詭道
也."는 행병궤도(行兵詭道)라는 성어로 정착하였는데, 이는 전쟁에는 속임수와 거짓을
전법으로 삼을 수 있다는 것이다. 나중에 삼국시대 위나라를 이끈 조조(曹操)는 이를
해석하여 "전쟁은 일정한 형식이 없고, 속임과 거짓을 도로 삼는다."(兵無常形, 以詭詐

爲道.『魏武帝註孫子』卷上「始計第一」)라고 하였다. 이는 중국사회 인간관계에서 '얼굴은 두껍게 하고 마음속은 검게 해야 한다'라는 면후심흑(面厚心黑)은 생존술을 주창하는 후흑학(厚黑學)의 철칙이 되었다.『손자병법』은 계책의 활용을 말한 것이고, 이종오(李宗吾, 1879-1943)의『후흑학』(厚黑學)은 계책에 대한 대비책을 제시한 것으로, 중국인을 이해하기 위해서는 두 권을 비교하여 읽어보기를 권한다. 특히, 이종오의『후흑학』을 읽어보지 않았다면 중국역사와 중국정치외교 그리고 중국인을 이해한다고 말할 자격이 없을 것이다.

『손자병법』에는 다음과 같은 성어가 있다:
- "방비하지 않은 곳을(때에) 공격한다."라는 공기무비(攻其無備.「始計」),
- "생각지 않은 곳에(때에) 출병한다."라는 출기불의(出其不意.「始計」),
- "백번 싸워 백번 이긴다,"라는 백전백승(百戰百勝.「謀計」),
- "그를 알고 자신을 알다."라는 지피지기(知彼知己.「謀計」),
- "백번 싸워도 위태하지 않다."라는 태백전불태(百戰不殆.「謀計」),
- "기이한 것(계략)을 내서 제어하여 승리한다."라는 출기제승(出奇制勝.「兵勢」),
- "끝나자 다시 시작한다."라는 종이부시(終而復始.「兵勢」),
- "편안하게 지치길 기다린다."라는 이일대로(以佚待勞, 以逸待勞.「軍爭」),
- "정정당당하다."라는 정정당당(正正堂堂, 堂堂正正.「軍爭」),
- "머리와 꼬리가 서로 응한다.", 일이 잘되어간다는 수미상응(首尾相應.「九地」),
- "같은 배를 타고 내를 건넌다.", 환난을 같이 한다는 동주공제(同舟共濟.「九地」)
  등이 있다.

「시계」 편은 출병에 앞서 묘당에서 적군과 아군의 각종 조건을 비교하여 승부를 계산하고 작전을 짜는 내용이다. '계'(計)는 세다, 헤아리다, 계산하다, 예측하다는 뜻으로 전쟁에 앞선 전략 계획을 가리킨다. 「시계」 편은 『손자병법』의 머리말로서 손자 사상의 농축이고 개괄이라고 평가된다. 거시적으로 전쟁의 승부를 결정짓는 정치, 지휘관, 지형 등 각종 기본 조건을 비교, 분석, 연구하고, 전쟁의 진행 과정과 최종 결과를 예측하는 것이 중요함을 말하고 있다.

손무는 '오사칠계'(五事七計)를 전쟁의 승부를 결정짓는 기본요소로 보았고, 이게 근거하여 전쟁의 승부를 예측해야 한다고 했다.

중국인들은 중국이 평화를 사랑하는 민족이며, 중국의 역사가 그랬다고 자랑한다. 특히 『손자병법』의 「시계」 편을 그 근거로 삼았다. 그러나 국제관계 전문가인 존스턴 (Alastair Iain Johnston)은 『손자병법』 등 '무경칠서'(武經七書)를 분석한 결과 전통 중국의 전략적 사고에서 유교사상에 따라 평화와 조화를 추구하며 가급적 전쟁을 피하려 한다는 공자-맹자 패러다임(Confucius-Mencian paradigm)보다 정치적 목적을 위해 전쟁을 필수로 보는 파라벨룸 패러다임(parabellum paradigm)이 우세를 보였다고 주장한 바 있다. 파라벨룸은 "평화를 원한다면 전쟁을 준비하라."(Si vis pacem, para bellum)는 말에서 나온 것이다.16) 자신의 우수한 유교 전통을 스스로 말살하여 나쁜 전통만 남기고 여기에 마르크스의 잔인성을 결합한 한족의 작품인 현대 중국은 존스턴의 길로 가게 될 것으로 판단한다.

중국 사상에는 유가 인문주의라는 매혹하는 구호가 충만해 있으나, 실제 역사와 생활에서는 교활 간악하고 잔혹하고 무력을 행사하는 법가 현실주의가 우세를 차지했다. 즉 유가사상과 법가사상이 표리부동하게 공존하면서 상생해 왔다. 이는 현대 중국인과 중국정치외교의 누습(陋習)으로 고착되었다. 이러한 영향으로 중국에서 수단 방법을 가리지 않고 전쟁과 경쟁에서 승리하는 것을 칭찬하는 『손자병법』은 중국인의 궁극의

---

16) Alastair Iain Johnston, *Cultural Realism: Strategic Culture and Grand Strategy in Chinese History*(Princeton: Princeton University Press, 1995), chap.3.

가치이며 중국 정치외교문화의 정수가 되었다. 이것이 중국인들의 '투쟁철학'인데, 이는 '규칙이 없다는 것이 유일한 규칙이다'. 사실 중국의 4대 명저라는 『홍루몽』(紅樓夢), 『삼국연의』(三國演義), 『수호전』(水滸傳) 및 『서유기』(西遊記)도 허위와 기만으로 가득 차 있다. 이들을 우리나라 사람에게 읽도록 권하는 것은 양심이 허락하지 않는다.

6. 묵적(墨翟)
『묵자』(墨子) 선편(選篇)

6-1 저자 소개

묵자(墨子, 468-376BCE)는 이름이 적(翟)으로 춘추 말기 전국 초기 은나라 후예국인 송(宋)나라 대부였다가 노나라로 이주하였다. 묵가학파의 창시자로서 전국 시대 저명한 사상가, 교육가, 과학자 및 군사가였다. 그가 창시한 묵가학파는 한비자(韓非子)에게서 선진시대 유가와 쌍벽을 이루는 학파로 현학(顯學)으로 평가되었다.

묵적

묵자는 귀족에서 농민으로 강등된 집안 출신으로 유가의 천제(天帝), 귀신, 운명, 후장(厚葬), 예악 등을 비판하면서 유가가 모델로 삼은 주(周)를 버리고 그에 앞선 하(夏)나라를 모델로 삼았다("故背周道而行夏政." 『淮南子』「要略」).

묵자는 널리 제자를 모아 자신의 학설을 전파하였고, 전력을 다해 전국시대의 전쟁을 반대하였다. 묵가 집단은 "살인자는 사형, 치상자는 중형."(殺人者死, 傷人者刑.『荀子』「正論」)이라는 엄격한 기율을 가졌고, 노동에 적극 종사했다. 묵가 집단의 우두머리는 거자(鉅子, 巨子)로서 집단을 통솔하였고, 성원은 묵자(墨者)로서 대대로 계승되었다. 묵자 사후 집단은 세 분파로 나뉘었고, 진혜왕(秦惠王) 대에 이르러 진나라로 집중되었다가 한나라 때에 이르러 사라졌다.

묵자의 조상에 대해 브라만교도, 인도인, 아랍인, 히브리 선교사 등의 의견이 있다. '중국문화의 파수꾼(守望者)'이라 불리는 상해 동제대학(同濟大學) 교수 주대가(朱大可)는 묵자 조상은 유대인 디아스포라로 동아시아에 온 히브리 선교사이며, 묵가 사상은 신구약 사상을 반영하며, 이 영향권의 송나라의 문화는 발묘조장(拔苗助長)과 수주대토(守株待兎) 등 성어와 같이 우인문화(愚人文化)인데, 이러한 송나라의 문화는 은상문화(殷商文化)에서 유래한 것이 아니고 2세기 이전인 pre-rabbinic Judaism에서 유래한 것이라고 한다. 묵자는 이러한 히브리 선교사의 후손이고, 심지어 묵가집단 우두머리인 거자(鉅子)는 랍비(Rabbi)의 의역이라고 한다.[17)]

오랫동안 중국사상계에서 사라졌던 묵자와 묵자사상은 서구사상이 전래된 청말민초에 꽤 환영받았다. 청말 외교가 황준헌(黃遵憲)은 "서구의 학문이 모두 묵자에서 기원했다."라고(『日本國志』「學術志」) 주장했고, 양계초(梁啓超)는 "묵자는 작은 예수이며, 큰 마르크스이다."라고(『墨子學案』「墨子之實利主義及其經濟學說」) 주장했다. 손문(孫文)은 "묵자가 말한 겸애는 예수가 말한 박애와 같다."라고(『民族主義』)[18)] 주장했다.

6-2 원전 소개

현재 『묵자』는 모두 53편이다. 대체로 묵자의 말을 제자들이 기록한 것이다. 이 중

---

17) 朱大可, 「在墨翟和拉比之間: 論墨子學說的希伯來原型」, 『學術月刊』, 46(2014.4), 97-105.
18) 褚麗娟, 『文明的碰撞與愛的重構: 墨子兼愛與耶蘇之愛的學術史硏究(1858-1940)』(東京: 白帝社, 2017).

「친사」(親士)·「수신」(修身)·「소염」(所染)은 위탁(僞託)된 것이고, 「법의」(法儀)·「칠환」(七患)·「사과」(辭過)·「삼변」(三辯)은 묵학의 개요이고, 「상현」(尙賢)·「상동」(尙同)·「겸애」(兼愛)·「비공」(非攻)·「절용」(節用)·「절장」(節葬)·「천지」(天志)·「명귀」(明鬼)·「비악」(非樂)·「비명」(非命)·「비유」(非儒)는 묵자의 말을 제자가 기록한 것이다. 「비공상」(非攻上) 편과 「비유하」(非儒下) 편은 묵자의 말을 기록한 것은 아니지만 묵자의 근본 사상에 부합한다. 그 외에 「경상」(經上)·「경하」(經下)는 묵자의 저작이고, 「경주」(耕柱)·「귀의」(貴義)·「공맹」(公孟)·「노문」(魯問)·「공수」(公輸)는 묵자의 언행록이다. 『묵자』 중 중요 언행록이 상중하 편으로 나뉘게 된 것은 전국시대 묵가가 상리씨(相里氏), 상부씨(相夫氏) 및 등릉씨(鄧陵氏) 등 세 계파로 분열되었고, 계파별로 전해온 기록이 합본되었기 때문이다.

6-3 『묵자』 선편 원문, 역문 및 주석

「겸애상」(兼愛上) 편 : 천하가 아울러 서로 사랑하면 곧 다스려지고, 서로 미워하면 곧 어지러워진다(天下兼相愛則治, 交相惡則亂.).

聖人以治天下爲事者也, 必知亂之所自起, 焉能治之 ; 不知亂之所自起, 則不能治. 譬之如醫之攻人之疾者然, 必知疾之所自起, 焉能攻之 ; 不知疾之所自起, 則弗能攻. 治亂者何獨不然 ! 必知亂之所自起, 焉能治之 ; 不知亂之所自起, 則弗能治. 聖人以治天下爲事者也, 不可不察亂之所自起.

성인이치천하위사자야 , 필지난지**소자기** , **언능치지** ; 부지난지소자기 , 즉불능치. 비지여의지공인지질자**연** , 필지질지소자기 , 언능공지 ; 부지질지소자기 , 즉불능**공.** 치란자하독불**연** ! 필지난지소자기 , 언능치지 ; 부지난지소자기 , 즉불능치. 성인이치천하위사자야 , 불가불찰난지소자기.

성인은 천하를 다스리는 것을 일삼는 사람으로서, 반드시 혼란이 어디에서 일어나는지를 알게 되면, 그것(천하)을 다스릴 수 있다; 혼란이 어디에서 일어나는지를 모르면, [천하를] 다스릴 수 없다. 이를 의사가 사람의 질병을 다스리는 것에 비유하면, 반드시 질병이 어디에서 일어나는지를 알게 되면, 그것(질병)을 다스릴 수 있다; 질병이 어디에서 일어나는지 모르면, [질병을] 다스릴 수 없다. 혼란을 다스리는 것이 어찌 따로 그렇지 않을 것인가? 반드시 혼란이 어디에서 일어나는지 알게 되면, 그것(혼란)을 다스릴 수 있다; 혼란이 어디에서 일어나는지를 모르면, [혼란을] 다스릴 수 없다. 성인은 천하를 다스리는 것을 일삼는 사람으로서, 혼란이 어디에서 일어나는지를 살피지 않으면 안 된다.

▌소자기(所自起): 소자(所自)는 난이 일어나는 원인 또는 지점을 가리킨다. ▌어찌 언(焉): 이에 내(乃, 就), 겨우 재(才). ▌그러할 연(然): 문장(句)이 끝나는 부분에 위치하여 긍정을 나타내는 조사. 也, 焉. ▌아닐 불(弗). ▌칠 공(攻): 치료하다, 다스리다. ▌그러할 연(然): 그러하다, 이와 같다(如此).

當察亂何自起，起不相愛。臣子之不孝君父，所謂亂也。子自愛不愛父，故虧父而自利；弟自愛不愛兄，故虧兄而自利；臣自愛不愛君，故虧君而自利；此所謂亂也。雖父之不慈子，兄之不慈弟，君之不慈臣，此亦天下之所謂亂也。父自愛也，不愛子，故虧子而自利；兄自愛也，不愛弟，故虧弟而自利；君自愛也，不愛臣，故虧臣而自利。是何也？皆起不相愛。

당찰난하자기, 기불상애。신자지불효군부, 소위난야。자자애불애부, 고휴부이자리 ; 제자애불애형, 고휴형이자리 ; 신자애불애군, 고휴군이자리 ; 차소위난야。수부지부자자, 형지부자제, 군지부자신, 차역천하지소위난야。부자애야, 불애자, 고휴자이자리 ; 형자애야, 불애제, 고휴제이자리 ; 군자애야, 불애신, 고휴신이자리。시하야？개기불상애。

혼란이 어디에서 일어나는지 살펴보자면, 서로 사랑하지 않아서 일어난다. 신하와 자식이 임금과 아버지에게 불효하는 것은, 이른바 혼란이다. 자식이 자신을 사랑하고 아버지는 사랑하지 않기, 때문에 아버지를 해치고 자신을 이롭게 한다 ; 동생이 자신을 사랑하고 형은 사랑하지 않기,

때문에 형을 해치고 자신을 이롭게 한다; 신하가 자신을 사랑하고 임금은 사랑하지 않기, 때문에 임금을 해치고 자신을 이롭게 한다; 이것이 이른바 혼란이다. 아버지가 자식에게 자애롭지 않고, 형이 동생에게 자애롭지 않고, 임금이 신하에게 자애롭지 않은 것, 이 역시 천하가 말하는 혼란이다. 아버지가 자신을 사랑하고, 자식은 사랑하지 않기 때문에, 자식을 해치고 자신을 이롭게 한다; 형이 자신을 사랑하고, 동생은 사랑하지 않기, 때문에 동생을 해치고 자신을 이롭게 한다; 임금이 자신을 사랑하고, 신하는 사랑하지 않기, 때문에 신하를 해치고 자신을 이롭게 한다. 이는 무엇 때문인가? 모두 서로 사랑하지 않아서 일어나는 것이다.

▌이지러질 휴(虧): 손상하다, 파손하다, 훼손하다, 저버리다. ▌비록 수(雖): 비록 ...이어도, 설사 ...일지라도.

雖至天下之爲盜賊者亦然。盜愛其室 , 不愛異室 , 故竊異室以利其室 ; 賊愛其身不愛人 , 故賊人以利其身。此何也? 皆起不相愛。
수지천하지위도적자역연。도애기실 , 불애이실 , 고절이실이이기실 ; 적애기신불애인 , 고적인이이기신。차하야? 개기불상애。

설령 천하의 도적질하는 사람도 그렇다. 도적은 자신의 집은 사랑하고, 다른(남의) 집을 사랑하지 않기, 때문에 다른(남의) 집을 훔쳐 제집을 이롭게 한다; 도적은 제 몸은 사랑하고 남은 사랑하지 않기, 때문에 남을 해치고 제 몸을 이롭게 한다. 이는 무엇 때문인가? 모두 서로 사랑하지 않아서 일어나는 것이다.

▌이를 지(至): 접속사, ...에 관해서, 심지어. ▌수지(雖至): 설령(비록) ...이라도.

雖至大夫之相亂家、諸侯之相攻國者亦然。大夫各愛其家 , 不愛異家 , 故亂異家以利其家 ; 諸侯各愛其國 , 不愛異國 , 故攻異國以利其國。天下之亂物 , 具此而已矣。察此何自起 , 皆起不相愛。
수지대부지상난가、제후지상공국자역연。대부각애기가 , 불애이가 , 고난이가이이기가 ; 제후각애기국 , 불애이국 , 고공이국이이기국。천하지난물 , 구차이이의。찰

차하자기 , 개기불상애。

설령 대부들이 서로 [다른(남의)] 집안(食邑, 封地)을 어지럽게 하고, 제후들이 서로 [다른(남의)] 나라를 공격하는 것도 그렇다. 대부들은 각자 제 집안은 사랑하고, 다른(남의) 집안은 사랑하지 않기, 때문에 다른(남의) 집안을 어지럽게 하여 제 집안을 이롭게 한다; 제후들은 각자 제 나라는 사랑하고, 다른(남의) 나라는 사랑하지 않기, 때문에 다른(남의) 나라를 공격하여 제 나라를 이롭게 한다. 천하의 어지러운 사정은, 모두 이러할 따름이다. 이것이 어디에서 일어나는지 살펴보면, 모두 서로 사랑하지 않은 데서 일어난다.

▌만물 물(物): 일(事), 사정, 무리, 종류. ▌갖출 구(具): 모두(都, 全). ▌이이의(而已矣): …뿐이다, …이다, 언이의(焉而矣), 언이의(焉耳矣), 야이의(也已矣). 동적인 성질의 어조사 의(矣)가 더 강조된 표현이다.

若使天下兼相愛，愛人若愛其身，猶有不孝者乎？視父兄與君若其身，惡施不孝？猶有不慈者乎？視弟子與臣若其身，惡施不慈？故不孝不慈亡有。猶有盜賊乎？故視人之室若其室，誰竊？視人之身若其身，誰賊？故盜賊亡有。猶有大夫之相亂家、諸侯之相攻國者乎？視人之家若其家，誰亂？視人之國若其國，誰攻？故大夫之相亂家、諸侯之相攻國者亡有。若使天下兼相愛，國與國不相攻、家與家不相亂，盜賊亡有。君臣、父子皆能孝慈，若此則天下治。

약사천하겸상애 , 애인약애기신 , 유유불효자호？시부형여군약기신 , 오시불효？유유부자자호？시제자여신약기신 , 오시부자？고불효부자망유。유유도적호？고시인지실약기실 , 수절？시인지신약기신 , 수적？고도적망유。유유대부지상난가、제후지상공국자호？시인지가약기가 , 수난？시인지국약기국 , 수공？고대부지상난가、제후지상공국자망유。약사천하겸상애 , 국여국불상공、가여가불상란 , 도적망유。군신、부자개능효자 , 약차즉천하치。

만일 천하(사람)로 하여금 아울러 서로 사랑하게 하여, 남을 사랑하기를 제 몸 사랑하듯이 한다면, 그래도 불효자가 있을까? 부형(父兄)과 군주를 제 몸과 같이 돌보게 한다면, 어찌 불효를 행할 것인가? 그래도 자애롭지 않은 자가 있겠는가? 동생과 자식과 신하를 제 몸과 같이 돌보게 한다면, 어찌 자애롭지 않게 행할 것인가? 따라서 불효하거나 자애롭지 않은 것은 사라질 것이다. 그래도 도적이 있을까? 따라서 남의 집을 제 집 같이 본다면, 누가 훔치겠는가? 남의 몸을 제 몸과 같이 본다면, 누가 해치겠는가? 때문에 도적은 없어진다. 그런데도 대부가 서로 [남의] 집안(食邑)을 어지럽히고, 제후가 서로 [남의] 나라를 공격하겠는가? 남의 집안을 제 집안과 같이 본다면 누가 어지럽히겠는가? 남의 나라를 제 나라와 같이 본다면, 누가 공격하겠는가? 따라서 대부가 서로 [남의] 집안을 어지럽히고, 제후가 서로 [남의] 나라를 공격하는 일이 없어지게 될 것이다. 만일 천하로 하여금 아울러 서로 사랑하게 하면, 나라와 나라가 서로 공격하지 않을 것이고, 집안과 집안이 서로 어지럽히지 않을 것이고, 도적은 없어질 것이다. 군주와 신하와 아버지와 아들이 모두 효도하고 자애로울 수 있다면, 만일 이같이 된다면 천하는 다스려질 것이다.

▎어찌 오(惡): 어찌 하(何).

故聖人以治天下爲事者，惡得不禁惡而勸愛！故天下兼相愛則治，交相惡則亂。故子墨子曰：「不可以不勸愛人」者，此也。
고성인이치천하위사자，오득불금악이권애！고천하겸상애즉치，교상오즉란。고자묵자왈：「불가이부권애인」자，차야。

그러므로 성인이 천하를 다스리는 것을 일삼고, 어찌 악을 금하고 사랑을 권면하지 않는가! 따라서 천하가 아울러 서로 사랑하면 곧 다스려지고, 서로 미워하면 곧 어지러워진다. 그래서 묵자께서 말씀하시길 '남을 사랑하라고 권하지 않을 수가 없다'라고 한 것은, [바로] 이것(때문)이다."

「비공상」(非政上) 편 : 천하의 군자들이 의와 불의를 구별하지 못하고 있다(天下之君子也，辯義與不義之亂也.).

今有一人，入人園圃，竊其桃李，衆聞則非之，上爲政者得則罰之。此何也？以虧人

自利也。至攘人犬豕雞豚者 , 其不義又甚入人園圃竊桃李。是何故也 ? 以虧人愈多 , 其不仁茲甚 , 罪益厚。至入人欄廐 , 取人馬牛者 , 其不仁義又甚攘人犬豕雞豚。此何故也 ? 以其虧人愈多。苟虧人愈多 , 其不仁茲甚 , 罪益厚。至殺不辜人也 , 扡其衣裘 , 取戈劍者 , 其不義又甚入人欄廐取人馬牛。此何故也 ? 以其虧人愈多。苟虧人愈多 , 其不仁茲甚矣 , 罪益厚。當此 , 天下之君子皆知而非之 , 謂之不義。今至大爲攻國 , 則弗知非 , 從而譽之 , 謂之義。此可謂知義與不義之別乎 ?

금유일인 , 입인원포 , 절기도리 , 중문즉비지 , 상위정자득즉벌지。차하야 ? 이휴인자리야。지양인견시계돈자 , 기불의우심입인원포절도리。시하고야 ? 이휴인유다 , 기불인자심 , 죄익후。지입인난구 , 취인마우자 , 기불인의우심양인견시계돈。차하고야 ? 이기휴인유다。구휴인유다 , 기불인자심 , 죄익후。지살불고인야 , 타기의구 , 취과검자 , 기불의우심입인난구취인마우。차하고야 ? 이기휴인유다。구휴인유다 , 기불인자심의 , 죄익후。당차 , 천하지군자개지이비지 , 위지불의。금지대위공국 , 즉불지비 , 종이예지 , 위지의。차가위지의여불의지별호 ?

지금 한 사람이 있어, 남의 과수원에 들어가, 그곳의 복숭아와 자두를 훔치자, 뭇사람이 듣고 그를 비난했고, 위의 위정자는 그를 잡아 처벌했다. 이는 무엇 때문인가? 남을 해치고 자신을 이롭게 했기 때문이다. 남의 개와 큰 돼지나 닭과 새끼 돼지를 훔치는 것은, 그 불의(不義)가 남의 과수원에 들어가 복숭아나 자두를 훔치는 것보다 심하나. 이는 무엇 때문인가? 남을 해치는 것이 많을수록, 그 불인(不仁)이 더욱 심하고, 죄는 더욱 무겁기 때문이다. 남의 마구간에 들어가, 남의 말이나 소를 훔치는 것은, 그 불인(不仁)과 불의(不義)가 남의 개와 큰 돼지나 닭과 새끼 돼지를 훔치는 것보다 심하다. 이는 무엇 때문인가? 남을 해치는 것이 더욱 많기 때문이다. 남을 해치는 것이 더 많을수록, 그 불인은 더욱 심하고, 죄는 더욱 무겁다. 무고한 사람을 죽이기에 이르러, 그의 옷과 갖옷을 빼앗고, 그 창과 칼을 탈취하는 것은, 그 불의가 남의 마구간에 들어가 남의 말이나 소를 탈취하는 것보다 심하다. 이는 무엇 때문인가? 그것이 남을 해치는 것이 더욱 많기 때문이다. 남을 해치는 일이 더욱 많을수록, 그 불인도 더욱 심하고, 그 죄도 더욱 무겁다. 이에 대해, 천하의 군자들이 모두 알고 그를 비난하여, 그를 불의라고 이른다. 지금 [불의개] 크게 남의 나라를 공격하는 데, 그르다고 비난할 줄을 모르고, 오히려 그를 기려, 그를 의(義)라고 이른다. 이를 의(義)와 불의(不義)의 차이를 안다고 말할 수 있겠는가?

■동산 원(園): 과수원. ■밭 포(圃): 채소밭. ■원포(園圃): 편의복사(偏義復詞)로서 '園圃'에서 중점이 과수원 '園' 자에 놓인다. ■물리칠 양(攘): 탈취하다. ■돼지 시(豕): 큰 돼지. ■돼지 돈(豚): 새끼 돼지. ■이 자(玆): 불을 자(滋), 더욱. ■난간 난(欄): 마구간, 외양간. ■마구간 구(廐). ■진실로 구(苟). ■이지러질 휴(虧). ■끌 타(扡): 빼앗다. ■아닐 비(非): 책망하다, 비난하다, 꾸짖다, 나무라다.

殺一人謂之不義 , 必有一死罪矣 , 若以此說往 , 殺十人十重不義 , 必有十死罪矣 ;
殺百人百重不義 , 必有百死罪矣。當此 , 天下之君子皆知而非之 , 謂之不義。今至大
爲不義攻國 , 則弗知非 , 從而譽之 , 謂之義 , 情不知其不義也 , 故書其言以遺後世。
若知其不義也 , 夫奚說書其不義以遺後世哉 ?
살일인위지불의 , 필유일사죄의 , 약이차설왕 , 살십인십중불의 , 필유십사죄의 ;
살백인백중불의 , 필유백사죄의。당차 , 천하지군자개지이비지 , 위지불의。금지대
위불의공국 , 즉불지비 , 종이예지 , 위지의 , **정**부지기불의야 , 고서기언이유후세。
약지기불의야 , **부해설**서기불의이유후세재 ?

한 사람을 죽이면 그것을 불의라 이른다면, 반드시 하나의 살인죄가 있게 된다. 만일 이렇게 말해 나간다면, 열 사람을 죽이면 불의가 열 배가 되고, 반드시 열 건의 살인죄가 있게 된다; 백 사람을 죽이면 불의가 백 배가 되고, 반드시 백 건의 살인죄가 있게 된다. 이에 대해, 천하의 군자들이 모두 알고 그를 비난하여, 그를 불의라고 이른다. 지금 불의를 크게 저질러 남의 나라를 공격하기에 이르렀는데, 그르다고 비난할 줄을 모르고, 오히려 그를 기려, 그를 의라고 이르는데, [이는 확실히 그것이 불의임을 몰랐던 것이고, 때문에 그 말을 기록하여 후세에 남긴 것이다. 만일 그것이 불의라는 것을 알았다면, 대저 어떻게 그것이 불의라고 기록해서 후세에 남길 수 있었던 것인가?

■뜻 정(情): 진정으로, 확실히. ■지아비 부(夫): 복문에서 마지막 구절 머리에서 결론이나 추론을 이끄는 역할을 하며 무릇, 대저로 번역된다. ■어찌 해(奚): 의문대명사. ■말씀 설(說): 추리하다, 논증하다. ■해설(奚說): 하고(何故), 무슨 까닭, 어떠한 근거, 어떻게 해석하다.

今有人於此 , 少見黑曰黑 , 多見黑曰白 , 則必以此人不知白黑之辯矣 ; 少嘗苦曰
苦 , 多嘗苦曰甘 , 則必以此人爲不知甘苦之辯矣。今小爲非 , 則知而非之。大爲非攻
國 , 則不知非 , 從而譽之 , 謂之義。此可謂知義與不義之辯乎 ? 是以知天下之君子
也 , 辯義與不義之亂也。

금유인어차 , 소견흑왈흑 , 다견흑왈백 , 즉필이차인부지백흑지변의 ; 소상고왈
고 , 다상고왈감 , 즉필이차인위부지감고지변의。금소위비 , 즉지이비지。대위비공
국 , 즉부지비 , 종이예지 , 위지의。차가위지의여불의지변호 ? 시이지천하지군자
야 , 변의여불의지란야。

지금 여기 한 사람이 있는데, 검은 것이 적게 보이는 것을 검다고 말하고, 검은 것이 많이 보이는
것을 희다고 말한다면, [사람들은] 반드시 이 사람이 흑백의 구별을 모른다고 여길 것이다; 쓴
것을 적게 맛보고 쓰다고 말하고, 쓴 것을 많이 맛보고 달다고 말한다면, [사람들은] 반드시
이 사람이 단 것과 쓴 것의 구별을 모른다고 여길 것이다. 지금 작게 잘못하면, 그것을 알고서
비난한다. 크게 잘못하여 남의 나라를 공격하면, 잘못을 알지 못하고, 따라서 그를 기려, 그를
의(義)라고 이른다. 이를 의와 불의의 구별을 안다고 이를 수 있겠는가? 이로써 천하의 군자들이,
의와 불의의 구별을 혼동한다는 것을 알 수 있다.

▌말 잘할 변(辯): 분별할 변(辨).

6-4 『묵자』 감상과 평설(評說)

『묵자』에서 유래한 성어는 아래와 같다:

- "공을 세우고 이름을 날리다."라는 공성명수(功成名遂.「修身」),

- "기울지도 않고 동아리를 짓지도 않는다."라는, 공평하다는 불편부당(不偏不黨.
「兼愛下」),

- "단 것과 쓴 것을 모른다."라는, 간단한 것도 알지 못한다는 부지감고(不知甘苦.
「非攻上」),

- '단단한 갑옷과 날카로운 병기', 즉 정예병력을 가리키는 견갑이병(堅甲利兵. 「非攻下」),
- '따뜻한 옷과 배부른 식사'라는 난의포식(煖衣飽食, 暖衣飽食. 「天志中」),
- "달걀로 바위를 친다."라는, 약(弱)한 것으로 강(強)한 것을 당해 내려는 어리석은 짓을 가리키는 이란투석(以卵投石. 「貴義」) 등이 있다.

묵자의 행위가 부정적으로 평가되어 묵수성규(墨守成規)라는 성어가 나오기도 했다. 묵수(墨守)는 묵자가 성을 지킨다는 뜻이다. 이는 '묵적지수'(墨翟之守)의 줄임말로 『전국책』(戰國策) 「제책육」(齊策六)에 나온다. 성규(成規)는 이미 형성된 기존의 규칙, 규정 및 방법 등을 가리킨다. 묵수성규(墨守成規)는 현대에 만들어진 성어로서 보수적이어서 변화를 꺼리는 것을 가리킨다. 또한 "공자의 자리는 따뜻하지 않고, 묵자의 굴뚝은 검어지지 않는다."(孔席不暖, 墨突不黔. 『文子』 「自然」)라는 속담도 있다.

묵자는 '천하 사람들에게 유리한 일을 일으키고 천하 사람들에게 해로운 것을 제거하는 것'(興天下之利, 除天下之害)을 사상 활동과 실천 활동의 목적으로 했다. 현실에서 그렇지 못하게 된 혼란과 분쟁의 원인을 '불상애'(不相愛)에서 찾았고, 그 원론다운 해결 방법으로 '겸상애'(兼相愛)와 '교상리'(交相利)를 제시했다. 묵자는 이를 위한 구체 실천 방법으로 상현(尙賢), 상동(尙同), 겸애(兼愛), 비공(非攻), 절용(節用), 절장(節葬), 천지(天志), 명귀(明鬼), 비악(非樂), 비명(非命) 및 비유(非儒) 등을 들었다. 묵자는 겸애와 비공을 통해 국내외 평화주의를, 절용·절장·비악·비명 등을 통한 절약의 생활 철학을, 상현과 상동을 통한 겸애 실현을 위한 전제주의 질서를 제시했다.

"겸상애, 교상리"는 "모든 사람을 다 같이 서로 사랑하고 서로 이롭게 한다.", "모든 사람이 서로 사랑하고 서로 이롭게 한다.", "남을 보기를 내 몸 보듯이 해야 한다." 등으로 해석된다. 이에는 '서로 평등하게 관계한다'라는 평등관계와 '서로 이익을 주고받는다.'라는 교환관계가 내재된 '이기적 이타' 관계이다.

묵자가 비공(非攻)을 주장했다고 해서 모든 전쟁을 반대한 것은 아니다. 자신의 권력욕이나 이익 때문에 무고한 나라를 침략하는 것은 공(攻)이기에 반대하지만, 이에 대한 피침략 국가의 방어전쟁과 하늘의 뜻을 받들어 불의를 토벌하는 주(誅)는 찬성하고 있다.

여기서 염두에 두어야 할 것은 묵자의 사상 중 상동(尙同) 사상은 상동(上同)과 같은 개념으로서 피지배자는 지배자를 동일시하거나 지배자의 지시에 그대로 복종해야 한다는 사고이다. 중국 전제주의의 뿌리가 바로 묵자의 상동 사상이다. 그 근거는 다음과 같다:

正長既已具 ， 天子發政於天下之百姓 ， 言曰 ：『聞善而不善 ， 皆以告其上。上之所是 ， 必皆是之 ， 所非必皆非之。......』(尙同上)

정장이 이미 구비되자, 천자는 천하의 백성에게 정치를 펴면서, 말했다: "좋은 일이든 좋지 않은 일이든, 모두 윗분(里長, 鄕長, 國君)에게 알려야 한다. 윗분이 옳다고 하는 바는, 반드시 옳다고 해야 하고, 옳지 않다고 하는 바는 모두 옳지 않다고 해야 한다. ......"(상동상)

國君治其國 ， 而國既已治矣 ， 有率其國之萬民 ， 以尙同乎天子 ， 曰 ：『凡國之萬民上同乎天子 ， 而不敢下比。天子之所是 ， 必亦是之 ， 天子之所非 ， 必亦非之。......』(尙同中)

국군이 제 나라를 다스리는데, 나라가 이미 다스려졌으면, 제 나라의 만백성을 거느리고, 천자에게 상동(尙同)하여, 말했다: "무릇 나라의 만백성은 천자에게 상동하고, 아랫사람과 파당을 만들어서는 안 된다. 천자가 옳다고 하는 바는, 반드시 옳다고 해야 하고, 천자가 옳지 않다고 하는 바는, 반드시 역시 옳지 않다고 해야 한다. ......"(상동중)

『묵자』의 상동(尙同) 원칙은 바로 하급자는 상급자에게 무조건 복종해야 하는 '상동'(上同) 원리이다. 이는 상명하복을 기초로 한 중국공산당의 민주집중제(民主集中制,

democratic centralism)와 거의 같은 조직원리인이다. 『묵자』의 최고통치자 천자(天子)의 역할은 중공중앙위원회총서기, 중공중앙군사위원회주석, 중화인민공화국국가주석, 중화인민공화국중앙군사위원회주석을 겸직하는 인물의 역할과 별반 다르지 않다. 현재 중국은 스마트폰으로 '디지털 민주집중제'를 완성하였다. 「상동」편의 유산을 물려받은 중국공산당이 조지 오웰(George Orwell, 1903-1950)의 소설 『동물농장』(1945)과 『1984』(1949)를 현실화한 듯하다. 아니면 조지 오웰이 『묵자』 「상동」 편에서 영감을 얻은 것이 아닌지 궁금하다.

7. 맹가(孟軻)
『맹자』(孟子) 선편(選篇)(상)

7-1 저자 소개

맹자(孟子, 약 372-289BCE)는 이름이 가(軻)이고, 자(字)는 자여(子輿)이다. 전국시대 노(魯)나라 추(鄒) 사람이다. 공자학설을 계승한 저명한 사상가, 정치가, 교육가이다.

공자 사망(479BCE) 후 약 100년 뒤 태어났다. 노나라 귀족 맹손씨(孟孫氏)의 후손으로 어릴 때 아버지가 사망하여 홀어미 밑에서 가난하게 살았다고 한다. 『한시외전』(韓詩外傳)에는 맹자 어머니의 단기지계(斷機之戒), 단기지교(斷機之敎) 및 맹모단기(孟母斷機) 고사가 실려 있고, 『열녀전』(烈女傳)에는 맹모삼천(孟母三遷) 또는 삼천지교(三遷之敎) 고사가 실려 있다.

맹가

『열녀전』과 『맹자제사』(孟子題辭)에 따르면 맹자는 공자의 손자 자사(子思)에게 배웠다고 하나 신빙성이 적다. 『사기』 「맹자순경열전」(孟子荀卿列傳)에 따르면 '자사의 문인에게서 수업했다'(受業子思之門人)라고 했는데, 이것이 사실에 가깝다. 어찌 되었든 공자의 '인'(仁) 사상을 계승하여 '인정'(仁政) 사상을 정립하여 공자에 버금가는 성인이란 의미인 아성(亞聖)으로 불리고, 공자와 더불어 '공맹'(孔孟)으로 불린다. 공자와 마찬가지로 학생들을 데리고 여러 나라를 돌아다녔고, 제선왕(齊宣王)의 외국 출신 관리, 즉 객경(客卿)이 되었으나 환영받지 못하여 그만두고 제자를 양성했다. 그는 "『시』와 『서』를 배열하고(정리하고, 序) 공자의 뜻을 전술하여(밝히고, 述) 『맹자』 7편을 썼다 (作)."(序《詩》《書》, 述仲尼之意, 作《孟子》七篇. 『史記』 권74 「孟子荀卿列傳」)고 한다.

맹자는 제선왕(齊宣王)에게 '인정'(仁政)을 설파하였으나 퇴짜를 당하고 실망한 나머지 자신이 천하를 평정할 적임자라고 호기를 부린 바 있다(如欲平治天下, 當今之世, 舍我其誰也? 「公孫丑下」).

7-2 원전 소개

『맹자』는 『논어』, 『중용』 및 『대학』과 함께 사서(四書)의 하나이다. 이 책은 전국시대 맹자와 그의 제자 만장(萬章), 공손추(公孫丑) 등이 나눈 대화를 엮은 것이다. 남송 주자(朱子, 朱熹)가 『예기』(禮記)에서 『중용』(中庸)과 『대학』(大學)을 뽑아내고, 여기에 『논어』(論語)와 『맹자』를 합하여 '사서집주'(四書集註)를 편찬한 이래 사서(四書)는 송원명청시대 가가호호의 교재가 되었다.

『맹자』는 주로 맹자의 정치 관점(仁政, 王霸之辨, 民本, 民貴君輕 등)과 정치 행동을 기록했다. 그는 성선론(性善論)에 기초한 덕치(德治) 사상을 주장했다.

현재의 『맹자』는 7편(「梁惠王」上、下, 「公孫丑」上、下, 「滕文公」上、下, 「離婁」上、下, 「萬章」上、下, 「告子」上、下, 「盡心」上、下), 260장(章), 35,000여 자이다.

『맹자』에는 '하나의 지아비를 벤다'(誅一夫)라는 등 군주의 권위에 부정하는 듯한 구절과 문장이 있는데, 이는 선언 같은 수사(修辭)일 뿐 사실과는 다르다. 그러나 『맹자』

를 오해한 하층민 출신 명나라 태조 주원장(朱元璋)은 1394년부터 1411년 사이 17년간 『맹자』 중 군주 권위에 도전하는 "백성이 귀하고 군주는 가볍다."라는 '민귀군경'(民貴君輕), "하늘은 백성이 보는 것을 통해서 보고, 하늘은 백성이 듣는 것을 통해서 듣는다."라는 "시자아민시, 천청자아민청."(天視自我民視, 天聽自我民聽), "하늘이 현자에게 [군주 지위를] 주고자 하면 현자에게 준다."라는 "천여현즉여현."(天與賢則與賢), '[군주가 과오가 있으면] 지위를 바꾼다'라는 '역위'(易位), '한 사내를 죽인다'라는 '주일부'(誅一夫), "신하가 군주를 도둑이나 원수 보듯이 한다."라는 "신시

주원장

군여구구."(臣視君如寇仇) 등 주자집주본(朱子集註本) 260장(章) 중 89장을 삭제한(글자 수로는 47%) 『맹자절문』(孟子節文)을 편찬케 하여 삭제한 것은 과거 문제로 출제하지 못하게 하였다. 이러한 조치는 사실 『맹자』를 제대로 이해하지 못하였기 때문에 발생한 소동이다.

후대의 학자들은 『맹자』에 "(은나라) 탕왕이 (하나라 마지막 왕인) 걸을 쫓아냈고, (주나라) 무왕이 (상나라 마지막 왕인) 주를 베었다."(湯放桀, 武王伐紂)라는 내용에 근거하여 맹자가 역성혁명(易姓革命)을 주장했다고 인정하고 있으나 사실과 전혀 다르다. 이 인용문은 이론적으로 역성혁명이란 정치변동을 주장하는 근거로 삼을 수 없다. 「만장하」 편에서 맹자는 왕과 성이 같은 귀척지경(貴戚之卿)만 같은 성(姓)의 왕으로 바꿀 수 있는 권리가 있고, 왕과 성이 다른 이성지경(異姓之卿)은 왕이 말을 듣지 않으면 자리를 내놓고 떠나야 한다고 주장했을 뿐, 『맹자』 어디에도 정권교체를 인정한 흔적이 없다. 맹자의 겉으로 보이는 과격한 주장이나 민본사상 등은 모두 군주정치를 전제로 한 것이지 절대로 민주정치를 위한 것이 아니다.

7-3 『맹자』 선편 원문, 역문 및 주석

「양혜왕상」(梁惠王上) 편(節選) : 오직 인의(仁義)가 있을 뿐입니다(亦有仁義而已矣).

孟子見梁惠王。王曰 :「叟不遠千里而來 , 亦將有以利吾國乎 ?」孟子對曰 :「王何必曰利 ? 亦有仁義而已矣。王曰『何以利吾國』? 大夫曰『何以利吾家』? 士庶人曰『何以利吾身』? 上下交征利而國危矣。萬乘之國弑其君者 , 必千乘之家 ; 千乘之國弑其君者 , 必百乘之家。萬取千焉 , 千取百焉 , 不爲不多矣。苟爲後義而先利 , 不奪不饜。未有仁而遺其親者也 , 未有義而後其君者也。王亦曰仁義而已矣 , 何必曰利 ?」

맹자현양혜왕. 왕왈 :「수불원천리이래 , 역장유이이오국호 ?」맹자대왈 :「왕하필왈리 ? 역유인의이이의。왕왈『하이이오국』? 대부왈『하이이오가』? 사서인왈『하이이오신』? 상하교정리이국위의。만승지국시기군자 , 필천승지가 ; 천승지국시기군자 , 필백승지가。만취천언 , 천취백언 , 불위부다의。구위후의이선리 , 불탈불염。미유인이유기친자야 , 미유의이후기군자야。왕역왈인의이이의 , 하필왈이 ?」

맹자가 양(梁)나라 혜왕(惠王)을 알현(謁見)하였다. 왕이 말했다: "선생께서 천 리를 멀다 않고 오셨는데, 앞으로 내 나라에 이익이 될 만한 것이 있는가요?" 맹자가 대답했다: "왕께서는 하필이면 이익을 말씀하십니까? 오직 인의(仁義)가 있을 뿐입니다. 왕께서 '어떻게 하면 내 나라에 이익이 될까?'라고 말씀하시면, 대부들은 '어떻게 하면 내 집안(食邑)에 이익이 될까?'라고 말할 것이고, 선비와 일반 백성은 '어떻게 하면 내 몸에 이익이 될까?'라고 말할 것입니다. 위아래가 서로 [자신의] 이익만을 차지하려고 다투면 나라가 위태로워집니다. 전차 만 대의(를 소유한) 나라에서 그 임금을 시해하는 자는, 반드시 전차 천 대의(를 소유한) 집안이기 마련이고; 전차 천 대의(를 소유한) 나라에서 그 임금을 시해하는 자는, 반드시 전차 백 대의(를 소유한) 집안이기 마련입니다. 전차 만 대의(를 소유한) 나라에서 전차 천 대를 소유하거나, 전차 천 대의(를 소유한) 나라에서 전차 백 대를 소유하고 있다면, 그것은 결코 적은 것이 아닙니다. 구차하게 의를 뒤로 하고 이익을 앞세운다면, [자기 임금의 것을 모두] 빼앗지 않고는 만족하지 않을 것입니다.

어질면서 제 어버이를 버린 사람은 없었으며, 의로우면서 자신의 임금을 배척한 사람은 없었습니다. 왕께서는 인의만을 말씀하실 것이지, 하필이면 이익을 말씀하십니까?"

▌뵈올 현(見, xiàn): 알현(謁見)하다, 찾아뵙다, 알현(謁見)의 현대한어 발음은 yè jiàn으로 이는 우리말로 '알견'이라 발음한 것과 같다. ▌늙은이 수(叟): 장로(長老), 나이 많은 사람에 대한 존칭. ▌있을 유(有): 어느 사람은 이를 '생기다'로 번역하는데, 이는 한어 문법에 맞지 않는다. ▌또 역(亦): 다만, 오직(僅僅, 只是). ▌칠 정(征): 취하다, 탈취하다, 다투다. ▌만승지국(萬乘之國): 말 네 필이 끄는 병거를 승(乘)이라 하는데, 주(周)나라 초기에는 종주국(宗主國)인 주나라만 만승을 소유하여 만승지국은 천자의 나라, 즉 주(周)를 의미했지만 주의 권위가 붕괴된 전국시대에는 큰 제후국을 만승지국으로 작은 제후국을 천승지국(千乘之國)이라 불렸다. ▌취할 취(取): 소유하다, 갖다, 얻다. ▌진실로 구(苟): 적어도, 구차히도. ▌물릴 염(饜): 흐뭇하다, 만족하다. ▌뒤 후(後): 내버리다, 내치다, 배척하다, 파기하다.

사진: 1호 동거마(一號銅車馬), 1980년 섬서성 임동(臨潼) 진시황릉 주변 출토
출처: http://www.bmy.com.cn/contents/10/3428.html

「양혜왕상」(梁惠王上) 편(篇選) : 이웃 나라의 백성은 더 줄지 않고, 과인의 백성은 더 늘지도 않는 것은, 무슨 까닭입니까?(鄰國之民不加少, 寡人之民不加多 , 何也?).

梁惠王曰:「寡人之於國也 , 盡心焉耳矣。河內凶 , 則移其民於河東 , 移其粟於河內。河東凶亦然。察鄰國之政 , 無如寡人之用心者。鄰國之民不加少 , 寡人之民不加多 , 何也?」孟子對曰:「王好戰 , 請以戰喩。塡然鼓之 , 兵刃旣接 , 棄甲曳兵而走。或百步而後止 , 或五十步而後止。以五十步笑百步 , 則何如?」曰:「不可 , 直不百步耳 , 是亦走也。」

양혜왕왈 :「과인지어국야 , 진심언이의。하내흉 , 즉이기민어하동 , 이기속어하내。하동흉역연。찰인국지정 , 무여과인지용심자。인국지민불가소 , 과인지민불가다 , 하야?」맹자대왈 :「왕호전 , 청이전유。전연고지 , 병인기접 , 기갑예병이주。혹백보이후지 , 혹오십보이후지。이오십보소백보 , 즉하여?」왈 :「불가 , 직불백보이 , 시역주야。」

양나라 혜왕이 말했다: "과인은 나라(를 다스림)에 [대해], 마음을 다하고 있을 뿐입니다. 하내(河內)에 흉년이 들면, 그곳의 백성을 하동(河東)으로 이주하고, [떠나지 못한 백성을 위해서는] 하내에 곡식을 보내 주었습니다. 하동에 흉년이 들면 마찬가지였습니다. 이웃 나라의 정치를 살펴보았지만, 과인처럼 마음을 쓰는 자는 없었습니다. [그런데도] 이웃 나라의 백성은 더 줄지 않고, 과인의 백성은 더 늘지도 않는 것은, 무슨 까닭입니까?" 맹자가 대답했다: "왕께서 전쟁을 좋아하시니, 전쟁을 비유해 말씀드리겠습니다. 둥둥 북을 울리면, [병사들의 병기 날을 부딪치며 싸우다가, 갑옷을 버리고 무기를 끌며 도망갑니다. 어떤 사람은 백 보를 도망간 뒤에 멈추었고, 어떤 사람은 오십 보를 도망간 뒤에 멈추었습니다. 오십 보가 [를 도망간 사람이] 백 보를 [도망간 사람을] 비웃는다면, 어떻겠습니까?" [양혜왕이] 말했다: "옳지 않습니다. 단지 백 보가 아닐 따름이지, 도망간 것은 마찬가지입니다."

■과인(寡人): 덕이 적은 사람, 군주의 자칭(自稱). 나. ■언이(焉耳): 이이(而已), ...만, ...뿐. ■어조사 의(矣). ■언이의(焉耳矣): 동적인 성질의 어조사 의(矣)가 강조된 표현이다. ■하

내(河內): 하남성 황하 이북, 황하 이남은 하외(河外)라 불린다. ▌하동(河東): 산서성 서남부. ▌청할 청(請): 공경, 신중, 완곡을 표하는 경어. ▌메울 전(塡): 북소리. ▌전연(塡然): 소리가 큼을 형용하는 말. ▌칼날 인(刃). ▌끌 예(曳). ▌곧을 직(直): 다만. ▌귀 이(耳): 而+已가 결합하고 합음(合音)인 겸사(兼詞)로 '...할 따름이다'라는 뜻이다.

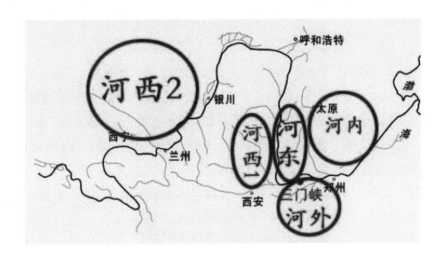

曰:「王如知此,則無望民之多於鄰國也。不違農時,穀不可勝食也;數罟不入洿池,魚鼈不可勝食也;斧斤以時入山林,材木不可勝用也。穀與魚鼈不可勝食,材木不可勝用,是使民養生喪死無憾也。養生喪死無憾,王道之始也。

왈 :「왕여지차 , 즉무망민지다어인국야. 불위농시 , 곡불가승식야 ; 수고불입오지 , 어별불가승식야 ; 부근이시입산림 , 재목불가승용야. 곡여어별불가승식 , 재목불가승용 , 시사민양생상사무감야. 양생상사무감 , 왕도지시야.

[맹자가] 말했다. "왕께서 이렇게 아신다면, 백성이 이웃 나라보다 더 많아지기를 바랄 수 없습니다. [백성이] 농사철을 어긋나게 하지 않으시면, 곡식이 이루 다 먹을 수 없을 정도가 되며; 촘촘한 그물로 물웅덩이에 들어가지(물고기를 잡지) 못하게 하시면, 물고기와 자라가 이루 다 먹을 수 없을 정도가 됩니다; 도끼를 들고 때에 맞게 산림에 들어가게 하시면, 재목이 이루 다 쓸 수

없을 정도가 됩니다. 곡식과 물고기와 자라가 이루 다 먹을 수 없을 정도이고, 재목이 이루 다 쓸 수 없을 정도이면, 백성이 산 사람을 봉양하고 죽은 사람을 장사 지냄에 유감이 없도록 할 것입니다. 산 사람을 봉양하고 죽은 사람을 장사 지냄에 유감이 없게 하는 것이, 왕도의 시작입니다.

▮셀 수(數): 촘촘하다, 세밀하다. ▮그물 고(罟). ▮웅덩이 오(洿). ▮자라 별(鼈).

五畝之宅 , 樹之以桑 , 五十者可以衣帛矣 ; 雞豚狗彘之畜 , 無失其時 , 七十者可以食肉矣 ; 百畝之田 , 勿奪其時 , 數口之家可以無飢矣 ; 謹庠序之教 , 申之以孝悌之義 , 頒白者不負戴於道路矣。七十者衣帛食肉 , 黎民不飢不寒 , 然而不王者 , 未之有也。狗彘食人食而不知檢 , 塗有餓莩而不知發 ; 人死 , 則曰 : 『非我也 , 歲也。』是何異於刺人而殺之 , 曰 : 『非我也 , 兵也。』王無罪歲 , 斯天下之民至焉。」

오무지택 , 수지이상 , 오십자가이의백의 ; **계돈구체**지축 , 무실기시 , 칠십자가이식육의 ; 백무지전 , 물탈기시 , 수구지가가이무기의 ; 근**상**서지교 , **신**지이효제지의 , **반백**자불부대어도로의。칠십자의백식육 , **여민**불기불한 , 연이불왕자 , 미지유야。구체식인식이부지검 , 도유아부이부지발 ; 인사 , 즉왈 : 『비아야 , **세**야。』시하이어자인이살지 , 왈 : 『비아야 , **병**야。』왕무**죄**세 , **사천**하지민지언。」

[가구당] 5무(畝)의 택지에[를 분배해 주어], 뽕나무를 심게 하시면, 쉰 살 된 사람이 비단옷을 [만들어] 입을 수 있습니다 ; 닭과 작은 돼지와 개와 큰 돼지 등의 가축을, 때를 놓치지 않고 잘 기르게 하시면, 일흔 살 된 사람이 고기를 먹을 수 있을 것입니다 ; [가구당] 100무의 밭에[을 분배해 주고], [농사 때(시간]를 빼앗지 않으면, 몇 식구의 가족이 굶주리는 일은 없을 것입니다 ; 상(庠)과 서(序)에서 교육에 힘써, 효도와 공경의 의미를 거듭 펼치면, 머리가 희끗한 사람이 길에서 짐을 지거나 이지 않게 될 것입니다. 일흔 살 된 사람이 비단옷을 입고 고기를 먹으며, 백성이 굶주리거나 추위에 떨지 않게 했는데, 그래도 왕이 되지 못한 사람은, 없었습니다. [풍년에 양식이 넘쳐나서] 개와 큰 돼지가 사람이 먹을 양식을 먹는 데도 통제를 모르고, 길에 굶어 죽은 시체가 있어도 [창고의 곡식을] 풀어 나누어 줄 줄 모릅니다 ; 사람이 [굶어] 죽게 되면, '나 [때문이] 아니다. 농사 수확(흉년)[때문이다.'라고 하신다면, 이것은 사람을 칼로 찔러 죽이고

도, '내가 [죽인 것이] 아니다. 무기[때문이]다.'라고 하는 것과 무엇이 다르겠습니까? 왕께서 농사 수확을 핑계 삼지 않으시면, 곧 천하의 백성이 모여들 것입니다."

▌이랑 무(畝): 주대(周代) 6척(尺, 1尺=0.33m) 또는 8척이 1보(步)이고, 100보가 1무(畝)였다. 1무는 198㎡ 또는 264㎡이고, 현재는 666.7㎡이다. ▌집 택(宅): 대지(垈地), 택지(宅地), 집터. ▌(새끼)돼지 돈(豚). (큰)돼지 체(彘). ▌계돈구체(雞豚狗彘): 단순히 '닭과 개와 크고 작은 돼지' 또는 '닭과 개와 돼지' 등으로 번역하는데, '닭과 새끼 돼지, 개와 큰 돼지'로 번역하는 것이 바람직하다. ※ 고대한어에서 계돈(鷄豚)과 구체(狗彘)는 가금가축(家禽家畜)을 가리키는 상용어로 사용되었으며, 이들을 결합하여 문학적으로 가금가축을 강조한 계돈구체(雞豚狗彘)가 만들어진 것으로 보인다. 구체지행(狗彘之行), 구체불식(狗彘不食), 행양구체(行若狗彘), 의관구체(衣冠狗彘). 유사한 현상으로 『묵자』「非攻上」편에 '견시계돈'(犬豕雞豚)이 나오는데, 이도 개와 큰 돼지와 닭과 새끼 돼지라고 번역하면 무리가 없을 것이다. 그 외에 돼지 저(豬)에 대해 "북연과 조선 사이에서는 수돼지 가(豭)라고, 관동 서쪽에서는 돼지 체(彘) 또는 돼지 시(豕)라고 불렀다. 남초(南楚)에서는 멧돼지 희(豨)라고 불렀는데, 그 새끼를 돼지 돈(豚) 또는 돼지새끼 해(豯)라고 불렀고, 오양 사이에서는 저자(豬子)라고 불렀는데, 사실은 하나의 종이다."라는 양웅(揚雄, 53-18BCE)의 해석이 가장 오래되어 신뢰성이 높다고 본다. "豬, 北燕朝鮮之間謂之豭, 關東西或謂之彘, 或謂之豕. 南楚謂之豨. 其子或謂之豚, 或謂之豯, 吳揚之間謂之豬子."(西漢揚雄, 『方言』第8); "謹按楊雄《方言》云: 豬, 燕朝鮮之間謂之豭, 關東西謂之彘, 或謂之豕. 南楚謂之豨音喜, 其子謂之豯音奚, 吳揚之間謂之豬子, 其實一種也."(唐愼微, 寇宗奭編撰, 『圖經衍義本草』卷29「獸部下品」). ▌상서(庠序): 중국 고대의 향학(鄉学). 『예기』「학기」(學記) 편에 따르면, 중국 옛 교육기관으로 가(家, 25호 거주지인 閭)의 학교는 숙(塾), 500호의 거주지인 당(黨)의 학교는 상(庠), 12,500호의 거주지인 술(術, 遂)의 학교는 서(序), 나라(國), 즉 경성(京城)의 학교는 학(學), 즉 대학(大學)이라 한다. ▌아홉째 지지 신(申): 중복하여 말하다, 반복하다. ▌나눌 반(頒): 얼룩 반(斑). ▌반백(頒白): 수염과 머리가 반백(半白)이다. ▌여민(黎民): 백성, 아직도 주희(朱熹)에 따라 '검은 머리 사람'(黑髮之人), 즉; '젊은 사람'(少壯之人)으로 해석하는 경우가 있으나 최근 연구에 따르면 백성이 맞다. ▌봉함 검(檢): 법도, 제한, 단속하다. ▌진흙 도(塗): 길. ▌풀이름 부(莩): 주려죽을 표(殍), 굶어 죽은 주검. ▌해 세(歲): 세월, 농사 수확. ▌군사 병(兵): 무기, 병기. ▌"五畝之宅 …… 道路矣." 부분은 공자("旣富, 乃敎之也." 『논어』「子路」)에게서 기원한 유교의 선부후교(先富後敎) 사상을 표현한 부분이다. ▌"不違農時 …… 未之有也." 부분은 인정

(仁政)이 왕천하(王天下)를 보장한다는 논리를 제시한 부분이다. ▮허물 죄(罪): 허물을 돌리다, 탓하다. ▮이 사(斯): 곧 즉(則).

「**공손추상**」(公孫丑上) **편**(節選) : 사람은 모두 남을 차마 그냥 보아 넘기지 못하는 마음을 갖고 있다(人皆有不忍之心).

孟子曰 :「人皆有不忍人之心。先王有不忍人之心 , 斯有不忍人之政矣。以不忍人之心 , 行不忍人之政 , 治天下可運之掌上。所以謂人皆有不忍人之心者 , 今人乍見孺子將入於井 , 皆有怵惕惻隱之心。非所以內交於孺子之父母也 , 非所以要譽於鄉黨朋友也 , 非惡其聲而然也。

맹자왈 :「인개유불인인지심。선왕유불인인지심 , 사유불인인지정의。이불인인지심 , 행불인인지정 , 치천하가운지장상。소이위인개유불인인지심자 , 금인사견유자장입어정 , 개유출척측은지심。비소이내교어유자지부모야 , 비소이요예어향당붕우야 , 비오기성이연야。

맹자가 말했다: "사람은 모두 '남을 차마 그냥 보아 넘기지 못하는 마음'(不忍人之心)을 가지고 있습니다. 선왕들은 '남을 차마 그냥 보아 넘기지 못하는 마음'을 가졌기에, '남을 차마 그냥 보아 넘기지 못하는 정치'(不忍人之政)를 가졌습니다. '남을 차마 그냥 보아 넘기지 못하는 마음'으로, '남을 차마 그냥 보아 넘기지 못하는 정치'를 시행하면, 천하를 다스리는 것을 손바닥 위에서 움직일 수 있습니다. 그리하여 사람이 '남을 차마 그냥 보아 넘기지 못하는 마음'을 갖고 있다고 이르는 까닭은, 지금 어떤 사람이 갑자기 한 어린아이가 우물에 빠지려는 것을 보면, 누구나 가엽게 여기고 걱정하는 마음을 갖게 되기 때문입니다. [그렇게 하는 것은] 어린아이의 부모와 교분을 맺기 위해서도 아니고, 마을 사람과 친구들에게서 [어린아이를 구했다는] 명예를 바라서도 아니며, [어린아이의 울부짖는] 소리가 싫어서 그렇게 한 것도 아닙니다.

▮'불인인지심'(不忍人之心): 남을 차마 그냥 보아 넘기지 못하는 마음. ▮잠깐 사(乍): 갑자

기. ▮두려워할 출(怵): 가엽게 여기다. ▮두려워할 척(惕): 근심하다, 걱정하다. ▮그러할 연(然): 그러하다, 이와 같다(如此).

由是觀之 , 無惻隱之心 , 非人也 ; 無羞惡之心 , 非人也 ; 無辭讓之心 , 非人也 ; 無是非之心 , 非人也。惻隱之心 , 仁之端也 ; 羞惡之心 , 義之端也 ; 辭讓之心 , 禮之端也 ; 是非之心 , 智之端也。人之有是四端也 , 猶其有四體也。有是四端而自謂不能者 , 自賊者也 ; 謂其君不能者 , 賊其君者也。凡有四端於我者 , 知皆擴而充之矣 , 若火之始然 , 泉之始達。苟能充之 , 足以保四海 ; 苟不充之 , 不足以事父母。」

유시관지 , 무측은지심 , 비인야 ; 무수오지심 , 비인야 ; 무사양지심 , 비인야 ; 무시비지심 , 비인야。측은지심 , 인지단야 ; 수오지심 , 의지단야 ; 사양지심 , 예지단야 ; 시비지심 , 지지단야。인지유시사단야 , 유기유사체야。유시사단이자위불능자 , 자적자야 ; 위기군불능자 , 적기군자야。범유사단어아자 , 지개확이충지의 , 약화지시연 , 천지시달。구능충지 , 족이보사해 ; 구불충지 , 부족이사부모。」

이를 통해 볼 때, 측은하게 여기는 마음(惻隱之心)이 없으면, 사람이 아닙니다 ; 부끄러워하는 마음(羞惡之心)이 없으면, 사람이 아닙니다 ; 사양하는 마음(辭讓之心)이 없으면, 사람이 아닙니다 ; 옳고 그름을 판단하는 마음(是非之心)이 없으면, 사람이 아닙니다. 측은하게 여기는 마음은, 인(仁)의 실마리이고 ; 부끄러워하는 마음은, 의(義)의 실마리이고 ; 사양하는 마음은, 예(禮)의 실마리이고 ; 옳고 그름을 판단하는 마음은, 지(智)의 실마리입니다. 사람으로서 이 네 가지 실마리(端緒)를 가지고 있는 것은, 그가 사지를 가지고 있는 것과 같습니다. 이 네 가지 실마리를 가지고 있는데도 실천할 수 없다고 스스로 말하는 사람은, 자신을 해치는 사람이고 ; 제 군주는 [선을] 실천할 수 없다고 말하는 사람은, 제 군주를 해치는 사람입니다. 무릇 내게 갖추어져 있는 네 가지 실마리를, 모두 확대하여 가득하게 할 줄 알면, 마치 불이 타오르기 시작하고, 샘물이 솟아나기 시작하는 것과 같습니다. 진실로 그것을 가득 차게 할 수 있으면, 천하라도 충분히 확보할 수 있고 ; 만일 그것을 가득 차게 할 수 없다면, 부모를 섬기기에도 부족합니다."

▮이곳에 보이는 여러 유(有) 자와 무(無) 자를 각각 '생겨나다', '겪다'로, 또는 '무시하다', '소홀하다'로 해석해야 한다는 주장도 일리가 있으나19) 특히 유(有) 자에 대해서는 '있다',

'가지다', '갖게 되다' 등의 해석도 일리가 있다고 본다. 『맹자』는 원시 유가의 관점에서 해석하는 것이 더 합리적이며, 송명이학의 철학적 관점에서 해석하는 것은 확대해석이라고 본다. ▌바를 단(端): 명사로서의 단(端) 자는 시작, 징조, 원인, 기인, 사유 등의 의미가 있고 끝이라는 의미는 없다. 따라서 단서(端緒), 싹, 발단, 맹아 등 다양한 해석도 무리가 없다. ▌그러할 연(然): 사를 연(燃), 타다. ▌통달할 달(達): 샘물이 솟는다. ▌화연천달(火然泉達): 급성장하다, 발전 형세가 맹렬하다.

「공손추하」(公孫丑下) 편(節選) : 하늘의 때(天時)는 땅의 이점(地利)보다 못하고, 땅의 이점은 사람들의 화합(人和)보다 못하다(天時不如地利, 地利不如人和.).

孟子曰 :「天時不如地利, 地利不如人和。三里之城, 七里之郭, 環而攻之而不勝 ; 夫環而攻之, 必有得天時者矣 ; 然而不勝者, 是天時不如地利也。城非不高也, 池非不深也, 兵革非不堅利也, 米粟非不多也 ; 委而去之, 是地利不如人和也。故曰 : 域民不以封疆之界, 固國不以山谿之險, 威天下不以兵革之利 ; 得道者多助, 失道者寡助 ; 寡助之至, 親戚畔之 ; 多助之至, 天下順之。以天下之所順, 攻親戚之所畔。故君子有不戰, 戰必勝矣。」

맹자왈 :「**천시불여지리**, 지리불여인화。삼리지성, 칠리지곽, 환이공지이불승 ; 부환이공지, 필유득천시자의 ; 연이불승자, 시천시불여지리요。성비불고야, 지비불심야, **병혁**비불견리야, 미속비부다야 ; **위**이거지, 시지리불여인화야。고왈 : **역**민불이봉강지계, **고**국불이산계지험, 위천하불이병혁지리 ; 득도자다조, 실도자과조 ; 과조지지, 친척반지 ; 다조지지, 천하순지。이천하지소순, 공친척지소**반**。고군자유부전, 전필승의。」

---

19) 신정근, "『맹자』와 현대 한국인의 만남은 언제?: '이지이효易知易曉'의 오래된 꿈의내력," 『오늘의 동양사상』, 4(2001), 242.

맹자가 말했다: "[전쟁할 때] 하늘의 때(天時)는 땅의 이점(地利)보다 못하고, 땅의 이점은 사람들의 화합(人和)보다 못하다. 3리 둘레의 [내]성과 7리 둘레의 [외]성을, 포위하여 공격해도 이기지 못할 수도 있다; 대개 포위하여 공격함에는, 반드시 하늘의 때를 얻어야 한다; 그럼에도 이기지 못하는 것은, 하늘의 때가 땅의 이점보다 못하기 때문이다. 성이 높지 않은 것도 아니고, 해자가 깊지 않은 것도 아니고, 무기와 갑옷이 견고하고 예리하지 않은 것도 아니고, 군량이 많지 않은 것이 아니다; [그럼에도] 내버려두고 가는 것은, 땅의 이점이 사람들의 화합보다 못하기 때문이다. 따라서 [다음과 같이] 말한다: '백성을 [이동하지 못하게] 통제하는 것은 영역의 경계에 의존할 수 없고, 국방을 공고히 하는 것은 산과 계곡의 험준함에 의존할 수 없고, 천하에 위엄을 떨치는 것은 무기와 갑옷의 예리함에 의존할 수 없다; 도를 얻은 사람에게는 도와주는 자가 많고, 도를 잃은 사람에게는 도와주는 자가 적다; 도와주는 자가 적은 것이 극에 이르면, 친척조차도 배반하게 된다; 도와주는 자가 많은 것이 극에 이르면, 천하가 그를 따르게 된다; 천하가 따르는 것(사람)으로, 친척이 배반한 것을 무찌를 수 있다; 따라서 군자는 싸우지 않지만, 일단 싸우게 되면 반드시 이기게 된다.'"

■천시(天時): 자연 운행의 시간 순서, 천도(天道) 운행의 규율, 어떤 일을 하는데 적합한 자연 기후 조건, 천명, 기후, 때 등을 의미한다. 여기서는 기후 조건으로 보는 것이 적합하다. ■지리(地利): 지리적 이점, 지형, 지세. ■병혁(兵革): 무기와 갑옷. ■맡길 위(委): 버리다, 내버려두다. ■지경 역(域): 한계, 국한, 현재 지경 역(域) 자는 명사로만 사용되나 여기서는 한정하다, 가두다, 통제하다 뜻의 동사로 보아야 한다. ■굳을 고(固): 공고하다, 견고하게 만들다, 강화하다. ■두둑 반(畔): 배반하다(叛). ※ 천시(天時)는 날씨(天氣)와 시령(時令)을 포함한 자연 기후 조건을, 지리(地利)는 지리 형세를, 인화(人和)는 인심 향배나 내부 단결을 의미한다.

8. 맹가(孟軻)
『맹자』(孟子) 선편(選篇)(중)

8-1 저자 소개

7-1 저자 소개 참조

8-2 원전 소개

7-2 원전 소개 참조

8-3 『맹자』 선편 원문, 역문 및 주석

「이루상」(離婁上) 편(節選) : 하늘[의 이치]에 순응하는 자는 살고, 하늘의 이치에 거스르는 자는 망한다(順天者存, 逆天者亡.).

孟子曰 :「天下有道 , 小德役大德 , 小賢役大賢 ; 天下無道 , 小役大 , 弱役強。斯二者天也。順天者存 , 逆天者亡。齊景公曰 :『既不能令 , 又不受命 , 是絶物也。』涕出而女於吳。今也小國師大國而耻受命焉 , 是猶弟子而耻受命於先師也。如耻之 , 莫若師文王。師文王 , 大國五年 , 小國七年 , 必爲政於天下矣。

맹자왈 :「천하유도 , 소덕**역**대덕 , 소현역대현 ; 천하무도 , 소역대 , 약역강。사이 자천야。순천자존 , 역천자망。제경공왈 :『기불능영 , 우불수명 , 시절**물**야。』체출 이**여**어오。금야소국사대국이치수명언 , 시유제자이치수명어선사야。여치지 , 막약 사문왕。사문왕 , 대국오년 , 소국칠년 , 필위정어천하의。

맹자가 말했다: "천하에 도가 있으면, 덕이 작은 자가 덕이 큰 자에게 부림을 당하고, 현능함이 작은 자가, 현능함이 큰 자에게 부림을 당한다; 천하에 도가 없으면 [힘이] 작은 자가 [힘이] 큰 자에게 부림을 당하고, [힘이] 약한 자가 [힘이] 강한 자에게 부림을 당한다. 이 두 가지는 하늘의 이치]이다. 하늘의 이치]에 순응하는 자는 살고, 하늘의 이치]에 거스르는 자는 망한다. 제나라 경공은 '이미 남에게 명령하지 못하게 되었고, 또 남의 명령을 받을 수도 없어, 남과 관계가 끊어졌다.'라고 말하고는, 눈물을 흘리고 딸을 오나라에 [시집보냈다. 오늘날 약소국이 강대국을 본받으려 하면서도 [강대국의] 명령을 받는 것을 수치스러워하는 것은, 제자가 스승의 명령을 받기를 수치스러워하는 것과 같다. 만일 수치스러워한다면, 문왕을 본받는 것이 좋다. 문왕을 본받으면, 큰 나라는 5년, 작은 나라는 7년이면, 반드시 천하에 정사를 펼 수 있게 될 것이다.

▋부릴 역(役): 문장이 'A役B'일 경우 문법적으로 'A가 B를 부리다'라고 해석해야 하나, 여기서 는 맹자의 사상에 근거하여 'A가 B를 위해 일하다' 또는 'A가 B에게 부림을 당하다'라고 번역해야 문맥이 통한다. ▋만물 물(物): 사람(人). ▋여자 여(女): 여기서는 동사로 '딸을 시집보내다'(以女嫁人)라는 뜻이다. 『설원』(說苑)「권모」(權謀) 편에 따르면 제경공(齊景公) 은 오왕 합려(闔閭)가 제나라를 칠까 두려워 딸을 합려에게 보냈다고 한다.

《詩》云 :『商之孫子 , 其麗不億。上帝既命 , 侯于周服。侯服于周 , 天命靡常。殷士膚 敏 , 祼將于京。』孔子曰 :『仁不可爲眾也。夫國君好仁 , 天下無敵。』今也欲無敵於天 下而不以仁 , 是猶執熱而不以濯也。《詩》云 :『誰能執熱 , 逝不以濯 ?』」
《시》운 :『상지손자 , 기려불억。상제기명 , 후우주복。후복우주 , 천명미상。은사부 민 , 관장우경。』공자왈 :『인불가위중야。부국군호인 , 천하무적。』금야욕무적어천 하이불이인 , 시유**집열**이불이탁야。《시》운 :『수능집열 , 서불이탁 ?』」

『시』에 이르기를 '상나래의 자손들, 그 수가 많았었네. 상제께서 명을 내려, [상나라 자손들이] 주나라에 복종했네. 주나라에 복종하였으므로, 천명은 고정된 것이 아니네. 흰칠하고 총명한 은(상)나라의 선비들, [주나라] 서울에서 제례를 도울 뿐이네'라고 했다. 공자께서는 [이 시를 읽고 '어짊(仁)[의 힘]은 사람 숫자가 많음에 있지 않다. 무릇 나라의 군주가 인을 좋아하면, 천하에 [그에 대항할] 적이 없다'고 말씀하셨다. 이제 천하에 [자신에게 대항할] 적이 없기를 바라면서 어짊(정치)을 실행하지 않는 것은, 뜨거운 물건을 잡았는데, 물을 뿌리지 않는 것과 같다. 『시』에 이르기를 '누가 뜨거운 물건을 잡았는데, 물을 뿌리지 않을 수 있겠는가?'라고 했다."

▌"商之孫子, ……裸將于京."은 『시』「대아: 문왕」(大雅: 文王) 편에 나온다. ▌고울 려(麗): 수(數), 숫자(數目). ▌불억(不億): 십만(億)을 넘는다, 많다. ▌과녁 후(侯): 내(乃), 그리하여. ▌쓰러질 미(靡): 없다, 아니다. ▌살갗 부(膚): 아름답다. ▌강신제 관(裸): 술을 땅에 뿌려 귀신을 영접하는 종묘 제례 의식. ▌'仁不可爲衆也': 흔히 이를 "인자(仁者)에게는 아무리 많은 사람으로도 대적할 수 없다."(동양고전종합DB, 『孟子集註』)라고 해석하나 자연스럽지 않다. 농포구려(農圃舊侶)에 따라 '爲'를 '作' 또는 '謂'로 보아 '인이라는 것은 숫자로 표시될 수 없다.'고 해석하는 것이 바람직하다.[20] '인은 수량이 많다는 것으로 판단하는 것이 아니다.'라고 해석할 수도 있다. ▌잡을 집(執): 통제하다, 통어하다. ▌집열(執熱): 손으로 매우 뜨거운 물건을 만지다. ▌씻을 탁(濯): 씻다, 물을 뿌리다(澆). ▌갈 서(逝): 어조사, 의미는 없다. ▌『시』「大雅: 桑柔」: "誰能執熱, 逝不以濯?" 이에 대한 해석이 분분하다. 위 번역은 주희(朱熹)의 해석에 따른 것이고, 단옥재(段玉裁)의 해석에 따라 "누가 매우 더운데(苦熱) 목욕을 하여 몸을 시원하게 하지 않을 수 있는가?"라고 번역할 수도 있다.

「이루상」(離婁上) 편(節選) : 옛날에는 서로 자식을 바꾸어서 가르쳤다(古者易子而教之).

公孫丑曰:「君子之不敎子,何也?」孟子曰:「勢不行也。敎者必以正;以正不行,

---

20) 農圃舊侶,「'仁不可爲衆也'新識」,『新亞生活』, 39:3(2011.11), 23.

繼之以怒；繼之以怒，則反夷矣。『夫子教我以正，夫子未出於正也。』則是父子相夷也。父子相夷，則惡矣。古者易子而教之。父子之間不責善。責善則離，離則不祥莫大焉。」

공손추왈 :「군자지불교자，하야？」맹자왈 :「세불행야。교자필이정；이정불행，계지이노；계지이노，즉반**이**의。『부자교아이정，부자미출어정야。』즉시부자상이야。부자상이，즉악의。고자역자이교지。부자지간불**책선**。책선즉리，이즉불**상**막대언。」

공손추가 말했다: "군자가 자식을 [직접] 가르치지 않는 것은, 무엇 때문입니까?" 맹자가 말했다: "형세가 안 된다. 가르치는 사람은 반드시 올바름으로 [가르치려고] 하며; 올바름으로 [가르쳤는데 그 가르침이] 되지 않으면, 이어서 성냄으로 하려(가르치려고) 한다; 성냄으로 하려(가르치려고) 하면, 도리어 상처받는다. [그러면 아들은] '당신은 나를 올바름으로 가르치려고 하지만, 당신은 올바름에서 나온 것이 아니다.'라고 생각하게 된다. 이렇게 되면 아버지와 아들이 서로 상처받게 된다. 아버지와 아들이 서로 상처받으면, 좋지 않다. 그러므로 옛날에는 서로 자식을 바꾸어서 가르쳤다. 부자간에는 선을 행하라고 질책해서는 안 된다. 선을 행하라고 질책하게 되면, 사이가 멀어지게 되는데, 멀어지면 불행이 막대하다."

▌공손추(公孫丑, gōng sūn chǒu): 전국시대 제(齊)나라 사람, 맹자 제자. 우리 발음은 공손축임에도 관행적으로 공손추로 발음해 왔다. 그 이유가 원음주의라고 하는데, 현재 한자 발음 대부분이 속음주의에 따른다는 점에서나 기존 한문이 속음주의를 따른다는 점에서 모두 맞는 발음이다. ▌평평할 이(夷): 상(傷)하게 하다, 부상당하다, 상처받다. ▌꾸짖을 책(責): 꾸짖다, 요구하다, 권하다. ▌책선(責善): 責以善, 責之以善, 以善責之, 좋은 일을 하라고 꾸짖다, 훌륭하라고 요구하다. ▌상서로울 상(祥): 행복. ※『맹자』「이루하」: "무릇 광장(匡章)은, 부자간에 선을 행하라고 질책하여 서로 만나지 않았다. 선을 행하라고 질책하는 것은, 친구간의 도리이다; 부자간에 선을 행하라고 질책하면, 은혜를 크게 해치게 된다."(夫章子，子父責善而不相遇也。責善，朋友之道也; 父子責善, 賊恩之大者.). 광장(匡章): 전국시대 제나라 장군으로 맹자 학생.

「이루하」(離婁下) 편(節選) : 군자가 남과 다른 까닭은, 마음을 간직하고 있기 때문이다(君子所以異於人者, 以其存心也.).

孟子曰 :「君子所以異於人者 , 以其存心也。君子以仁存心 , 以禮存心。仁者愛人 , 有禮者敬人。愛人者人恆愛之 , 敬人者人恆敬之。有人於此 , 其待我以橫逆 , 則君子必自反也 : 我必不仁也 , 必無禮也 , 此物奚宜至哉?其自反而仁矣 , 自反而有禮矣 , 其橫逆由是也 , 君子必自反也 : 我必不忠。自反而忠矣 , 其橫逆由是也 , 君子曰 :『此亦妄人也已矣。如此則與禽獸奚擇哉?於禽獸又何難焉?』」

맹자왈 :「군자소이이어인자 , 이기존심야。군자이인존심 , 이례존심。인자애인 , 유례자경인。애인자인항애지 , 경인자인항경지。유인어차 , 기대아이횡역 , 즉군자필자반야 : 아필불인야 , 필무례야 , 차물해의지재?기자반이인의 , 자반이유례의 , 기**횡**역유시야 , 군자필자반야 : 아필불충。자반이충의 , 기횡역유시야 , 군자왈 :『차역**망**인야이의。여차즉여금수해택재?어금수우하**난**언?』」

맹자가 말했다: "군자가 남과 다른 까닭은, 마음을 간직하고 있기 때문이다. 군자는 인(仁)으로써 마음을 간직하고, 예(禮)로써 마음을 간직한다. 어진 사람은 남을 사랑하고, 예를 지닌 사람은 남을 공경한다. 남을 사랑하는 사람은, 남도 항상 그를 사랑하고, 남을 공경하는 사람은, 남도 항상 그를 공경한다. 여기에 어떤 사람이 있는데, 그가 자신(군자)을 제멋대로 거슬리게 대할 경우, 군자는 반드시 반성한다: '내가 틀림없이 어질지 못하고, 틀림없이 예를 지키지 못했기 때문일 것이며, [그렇지 않았다면] 이러한 일이 어떻게 일어나겠는가?' 스스로 반성해 보아도 자신이 어질게 행동했고, 스스로 반성해 보아도 예를 지켰음에도, 어떤 사람이 이같이 제멋대로 거슬리게 대한다면, 군자는 틀림없이 반성할 것이다: '내가 틀림없이 정성을 다하지 못했기 때문일 것이다.' 스스로 반성하여 정성을 다했음에도, 그가 이같이 제멋대로 거슬리게 대한다면, 군자는 말할 것이다: '이 사람은 몹쓸 사람일 뿐이다. 그렇다면 금수와 어찌 구별할 수 있겠는가? 금수같은 사람에게 무엇을 따지겠는가?'

▌있을 존(存): 품고 있다, 가지고 있다. 있을 존(存) 자를 '성찰하다'라고 해석하기도 한다.

'존심'(存心)을 '마음을 간직하다'라고 직역하면 사상 의미를 찾을 수 없기에 '내심을 성찰하다' 라고 해석하는 것이 낫다. ▮반달 긍(恆, gèng): 두루 미치다. 恆 자가 '오래다' '항상이다'를 뜻하면 항(héng)이라 발음한다. ▮만물 물(物): 일, 사정. ▮마땅할 의(宜): 당연하다. ▮횡역 (橫逆): 제멋대로 거슬리게 하다. ▮유시(由是): 이와 같이(如是). ▮망인(妄人): 망령된 사람, 몹쓸 사람. ▮가릴 택(擇): 구별하다, 다르다. ▮어려울 난(難): 힐책하다, 꾸짖다, 따지다.

是故君子有終身之憂 , 無一朝之患也。乃若所憂則有之 : 舜人也 , 我亦人也。舜爲法 於天下 , 可傳於後世 , 我由未免爲鄕人也 , 是則可憂也。憂之如何 ? 如舜而已矣。若 夫君子所患則亡矣。非仁無爲也 , 非禮無行也。如有一朝之患 , 則君子不患矣。」
시고군자유종신지우 , 무일조지환야。내약소우즉유지 : 순인야 , 아역인야。순위법 어천하 , 가전어후세 , 아유미면위향인야 , 시즉가우야。우지여하 ? 여순이이의。약 부군자소환즉망의。비인무위야 , 비례무행야。여유일조지환 , 즉군자불환의。」

그러므로 군자에게는 죽을 때까지 지니고 가는 걱정은 있어도, 하루아침(일시)의 근심은 없다. [군자가] 걱정하는 것에는 이러한 것이 있다: '순임금도 사람이고, 나도 사람이다. 순임금은 세상 사람의 모범이 되어, [그 명성이] 후세에 전할 수 있었지만, 나는 [아직] 시골 사람에서 벗어나지 못하고 있구나.', 이것은 걱정할 만하다. 그것을 걱정한다면 어떻게 해야 할 것인가? 순임금처럼 해야 할 뿐이다. 군자가 근심할 것은 없다. 어진 일이 아니면 하지 않고, 예가 아니면 행하지 않는다. 비록 하루아침의 근심이 있다 하더라도, 군자는 [그것을] 근심하지 않는다."

▮내약(乃若): 말하자면(至於), ...에 관해서는. ▮유지(有之): 이러한 것이 있다. ▮약부(若夫): 어조사, 문장의 시작을 표시하며 별 의미는 없다.

「만장하」(萬章下) 편(節選) : 벗한다는 것은, 그 [사람의] 덕을 벗하는 것이므로, 따지는 것이 있어서는 안 된다(友也者, 友其德也, 不可以有挾也.).

萬章問曰：「敢問友。」孟子曰：「不挾長，不挾貴，不挾兄弟而友。友也者，友其德
也，不可以有挾也。孟獻子，百乘之家也，有友五人焉：樂正裘，牧仲，其三人，則
予忘之矣。獻子之與此五人者友也，無獻子之家者也。此五人者，亦有獻子之家，則
不與之友矣。非惟百乘之家爲然也。雖小國之君亦有之。費惠公曰：『吾於子思，則師
之矣；吾於顏般，則友之矣；王順長息則事我者也。』

만장문왈：「감문우。」맹자왈：「불협장，불협귀，불협형제이우。우야자，우기덕
야，불가이유협야。**맹헌자**，백승지가야，유우오인언：낙정구，목중，기삼인，즉
여망지의。헌자지여차오인자우야，무헌자지가자야。차오인자，역유헌자지가，즉
불여지우의。비유백승지가위연야。수소국지군역유지。비혜공왈：『오어자사，즉사
지의；오어안반，즉우지의；왕순、장식즉사아자야。』

만장이 물어 말했다: "감히 벗하는 것을 여쭙니다." 맹자가 말했다: "나이 [많음에] 따지지 않고,
지위 [높음에] 따지지 않고, 형제[의 부귀에] 따지지 않고 벗하라. 벗한다는 것은, 그 [사람의]
덕을 벗하는 것이므로, 따지는 것이 있어서는 안 된다. 맹헌자(孟獻子)는, 전차(兵車) 백 대[를
소유한 대부] 가문으로, 다섯 명의 벗이 있었다. 악정구(樂正裘)와 목중(牧仲)이 그들이고, 그
[나머지] 세 사람은, 나는 그를 잊었다. 맹헌자는 이 다섯 사람을 벗함에, 자신의 가문은 생각하지
않았다. 이 다섯 사람, 또한 맹헌자의 가문을 생각했다면, 그와 벗하지 않았을 것이다. 100승(乘)
가문의 사람만 그렇게 했던 것이 아니었다. 설령 작은 나라의 군주라도 그렇게 한 적 있었다.
비읍(費邑)의 혜공(惠公)은 말했다: '나는 자사(子思)에 대해서는, 그를 스승으로 삼았고; 안반(顏
般)에 대해서는 그를 벗으로 삼았다; 왕순(王順)과 장식(長息)은 나를 섬기는 사람이다.'

▌낄 협(挾): 의지하다, 의거하다, 믿다. ▌맹헌자(孟獻子, ?-554BCE): 춘추시대 노나라 외교
가 겸 정치가, 맹손씨(孟孫氏), 이름 멸(蔑), 맹자 선조. ▌비록 수(雖): 비록, 설령 ...조차,
다만.

非惟小國之君爲然也，雖大國之君亦有之。晉平公之於亥唐也，入云則入，坐云則
坐，食云則食。雖疏食菜羹，未嘗不飽，蓋不敢不飽也。然終於此而已矣。弗與共天
位也，弗與治天職也，弗與食天祿也，士之尊賢者也，非王公之尊賢也。舜尚見帝，

帝館甥于貳室 , 亦饗舜 , 迭爲賓主 , 是天子而友匹夫也。用下敬上 , 謂之貴貴 ; 用上
敬下 , 謂之尊賢。貴貴、尊賢 , 其義一也。」

비유소국지군위연야 , 수대국지군역유지。진평공지어**해당**야 , 입운즉입 , 좌운즉
좌 , 식운즉식。수소식채갱 , 미상불포 , 개불감불포야。연종어차이이의。불여공천
위야 , 불여치천직야 , 불여식천록야 , 사지존현자야 , 비왕공지존현야。순상현제 ,
제관생우이실 , 역향순 , **질위빈주** , 시천자이우필부야。용하경상 , 위지귀귀 ; 용상
경하 , 위지존현。귀귀、존현 , 기의일야。」

작은 나라의 군주만 그렇게 했을 뿐 아니라, 비록 큰 나라의 군주라도 그렇게 한 적이 있었다.
진(晉)나라 평공(平公)은 해당(亥唐)을 대함에 있어, [해당이] 들어오라면 들어가고, 앉으라면
앉고, 먹으라면 먹었다. 비록 거친 밥과 나물국이라도, 배부르게 먹지 않은 적이 없었으니, [그것
은] 배부르게 먹지 않을 수 없었기 때문이다. 그러나 [진평공은 해당에 대해] 끝내 이뿐이었다.
[해당과] 함께 하늘이 준 지위를 같이 누리지 않았고, 하늘이 준 관직으로 함께 다스리지 않았고,
하늘이 준 봉록을 함께 먹지 않았는데, [그것은] 선비가 현자를 존경한 것이지, 왕공이 현자를
존경한 것이 아니었[기 때문이다]. 순이 [요]임금을 알현했을 때, [요]임금은 사위(순)를 별궁에
묵게 하고, 또한 순에게 향응을 베풀어, 번갈아 손님과 주인이 되었는데, 이것은 천자로서 보통
사람(匹夫)을 벗하는 방법이다. 아랫사람으로서 윗사람을 공경하는 것을, 일러 귀인을 귀하게
여긴다(貴貴)고 하고, 윗사람으로서 아랫사람을 공경하는 것을 일러, 현인을 존중한다(尊賢)고
한다. 귀인을 귀하게 여기는 것과, 현인을 존중하는 것, 그 뜻은 하나이다."

▌해당(亥唐): 춘추시대 진(晉)나라 현자. ▌덮을 개(蓋): 인과접속사, 왜냐하면, ... 때문에
(因爲). ▌객사 관(館): 머무르다. ▌생질 생(甥): 사위. ▌이실(貳室): 부궁(副宮), 별궁(別宮).
▌잔치할 향(饗). ▌갈마들 질(迭): 번갈아 들다.

9. 맹가(孟軻)
『맹자』(孟子) 선편(選篇)(하)

9-1 저자 소개

7-1 저자 소개 참조

9-2 원전 소개

7-2 원전 소개 참조

9-3 『맹자』 선편 원문, 역문 및 주석

「고자상」(告子上) 편(節選) : [사람이] 선하지 않게 되는 것은, 타고난 자질의 잘못이 아니다(若夫爲不善, 非才之罪也.).

公都子曰 : 「告子曰 : 『性無善無不善也。』或曰 : 『性可以爲善 , 可以爲不善 ; 是故文武興 , 則民好善 ; 幽厲興 , 則民好暴。』或曰 : 『有性善 , 有性不善 ; 是故以堯爲君而有象 , 以瞽瞍爲父而有舜 ; 以紂爲兄之子且以爲君 , 而有微子啟 王子比干。』今曰『性

善』, 然則彼皆非與?」

공도자왈 :「고자왈 :『성무선무불선야。』혹왈 :『성가이위선 , 가이위불선 ; 시고문무흥 , 즉민호선 ; 유려흥 , 즉민호폭。』혹왈 :『유성선 , 유성불선 ; 시고이요위군이유상 , 이고수위부이유순 ; 이주위형지자차이위군 , 이유**미자계、왕자비간**。』금왈『성선』, 연즉피개비여 ?」

공도자(公都子)가 물었다. "고자(告子)는 '사람의 본성은 선함도 없고 선하지 않음도 없다.'라고 말했습니다. 누구는 '본성은 선하게도 만들 수 있고, 선하지 않게 만들 수도 있다; 그 때문에 문왕과 무왕이 흥하면, 백성이 선을 좋아하게 되고, 유왕(幽王)과 여왕(厲王)이 흥하면, 백성이 포악함을 좋아하게 된다.'라고 말했습니다. 누구는 '본성이 선한 사람도 있고, 본성이 선하지 않은 사람도 있다; 그렇기 때문에 요가 임금임에도 상(象)[과 같은 아들]이 있었고, 고수(瞽瞍)가 아비임에도 순과 같은 아들이 있었고; 주(紂)가 조카이자 임금인데도, 미자계(微子啓)와 왕자 비간(比干)[같은 어진 사람]이 있었다.'라고 말했습니다. 이제 [선생님께서] '본성은 선하다'라고 말씀하시는데, 그렇다면 저들이 모두 틀린 것입니까?'

■공도자(公都子): 맹자 제자, 성은 공도(公都), 이름은 불현(不顯). ■고자(告子): 맹자와 성(性)을 논한 사람으로 '성에는 선도 없고 불선도 없다'(性無善無不善)고 주장했다. ■유왕(幽王)·여왕(厲王): 주나라 포악한 왕. ■상(象): 요의 아들. ■고수(瞽瞍): 순의 아버지. ■미자계(微子啓): 상나라 주왕(紂王)의 서형(庶兄)이자 제을(帝乙)의 장자, 미(微)는 국명(國名), 자(子)는 삭위명. ■비간(比干): 상나라 주왕(紂王)의 숙부. 비(比)는 지명, 방패 간(干)은 이름. ■줄 여(與): 어조사 여(歟), 의문 또는 반문을 나타낸다.

孟子曰 :「乃若其情 , 則可以爲善矣 , 乃所謂善也。若夫爲不善 , 非才之罪也。惻隱之心 , 人皆有之 ; 羞惡之心 , 人皆有之 ; 恭敬之心 , 人皆有之 ; 是非之心 , 人皆有之。惻隱之心 , 仁也 ; 羞惡之心 , 義也 ; 恭敬之心 , 禮也 ; 是非之心 , 智也。仁義禮智 , 非由外鑠我也 , 我固有之也 , 弗思耳矣。故曰 :『求則得之 , 舍則失之。』或相倍蓰而無算者 , 不能盡其才者也。《詩》曰 :『天生蒸民 , 有物有則。民之秉夷 , 好是懿德。』孔子曰 :『爲此詩者 , 其知道乎 ! 故有物必有則 , 民之秉夷也 , 故好是懿德。』」

맹자왈 :「내약기정 , 즉가이위선의 , 내소위선야。약부위불선 , 비재지죄야。측은지심 , 인개유지 ; 수오지심 , 인개유지 ; 공경지심 , 인개유지 ; 시비지심 , 인개유지。측은지심 , 인야 ; 수오지심 , 의야 ; 공경지심 , 예야 ; 시비지심 , 지야。인의예지 , 비유외삭아야 , 아고유지야 , 불사이의。고왈 :『구즉득지 , 사즉실지。혹상배사이무산자 , 불능진기재자야。《시》왈 :『천생증민 , 유물유칙。민지병이 , 호시의덕。』공자왈 :『위차시자 , 기지도호 ! 고유물필유칙 , 민지병이야 , 고호시의덕。』」

맹자가 말했다: "그 [본성이 발동한 측은·수오·사양·시비의 마음의] 정황으로 말하자면, 선하게 될 수가 있으니, [이것이] 바로 [내가 말하는 바의 [본성이] 선하다는 것이다. [사람이] 선하지 않게 되는 것은, 타고난 자질의 잘못이 아니다. 측은하게 여기는 마음은, 사람이라면 누구나 가지고 있고; 부끄러워하는 마음은, 사람이라면 누구나 가지고 있으며; 공경하는 마음은, 사람이라면 누구나 가지고 있고; 옳고 그름을 판단하는 마음은, 사람이라면 누구나 가지고 있다. 측은하게 여기는 마음은, 인(仁)이고; 부끄럽게 여기는 마음은, 의(義)이며; 공경하는 마음은, 예(禮)이고; 옳고 그름을 판단하는 마음은, 지(智)이다. [이러한] 인의예지는, 밖에서 내게 스며든 것이 아니라, 내가 본래부터 가지고 있는 것인데, [다만 사람은 생각하지 않을 뿐이다. 그러므로 [공자께서는] '찾으면 얻게 되고, 놓아 버리면 잃게 된다.'라고 하셨다. 때로는 [사람 사이의 선과 불선(不善)의 차이가] 서로 몇 곱절 되어 셀 수 없게 되는 것은, [타고난] 자질을 모두 실현하지 못했기 때문이다. 『시』가 말했다: '하늘이 뭇 백성을 낳으시니, 형체가 있고 법칙이 있네. 백성이 상규(常規)를 지키니, 아름다운 덕을 좋아하네.' 공자께서 '이 시를 지은 사람은, 도를 알았구나! 따라서 형체가 있고 법칙이 있으면, 백성이 상규를 지키고, 그리하여 이 아름다운 덕을 좋아한다.'라고 말씀하셨다."

▌내약(乃若): 지어(至於), ...으로 말하자면. ▌녹일 삭(鑠): 삼투하다, 스며들다. ▌이의(耳矣): 동적인 성질의 어조사 의(矣)가 강조된 표현이다. ▌곱 배(倍): 곱, 배, 갑절, 곱절. ▌다섯 곱 사(蓰): 다섯 배. ▌배사(倍蓰): 배사(倍徙), 몇 배, 몇 곱절. ▌'相倍蓰': 이를 [좋고 나쁜 것이] 서로 1배, 5배, 심지어 수 배 된 것은" 또는 [어느 사람은] 서로 1배, 5배 내지 수 배인 것은"이라고 해석하기도 한다. ▌《詩》曰: 『시』「大雅: 烝民」. ▌찔 증(烝): 찌다(烝), 많다, 衆, 多. ▌잡을 병(秉): 보유하다, 견지하다. ▌평평할 이(夷): 떳떳할 이(彝), 상규(常規). ▌아름다울 의(懿). ▌의덕(懿德): 미덕(美德).

「고자상」(告子上) 편(節選) : 두 가지(생명과 의리)를 아우를 수 없다면, [나는] 생명을 버리고 의리를 취할 것이다(二者不可得兼, 舍生而取義者也.).

孟子曰：「魚，我所欲也；熊掌，亦我所欲也，二者不可得兼，舍魚而取熊掌者也。生，亦我所欲也；義，亦我所欲也，二者不可得兼，舍生而取義者也。生亦我所欲，所欲有甚於生者，故不爲苟得也；死亦我所惡，所惡有甚於死者，故患有所不辟也。如使人之所欲莫甚於生，則凡可以得生者，何不用也？使人之所惡莫甚於死者，則凡可以辟患者，何不爲也？由是則生而有不用也，由是則可以辟患而有不爲也。

맹자왈：「어，아소욕야；웅장，역아소욕야，이자불가득겸，사어이취웅장자야。생，역아소욕야；의，역아소욕야，이자불가득겸，사생이취의자야。생역아소욕，소욕유심어생자，고불위구득야；사역아소오，소오유심어사자，고환유소불**벽**야。**여사**인지소욕막심어생，즉범가이득생자，하불용야？사인지소오막심어사자，즉범가이벽환자，하불위야？**유시**즉생이유불용야，유시즉가이벽환이유불위야。

맹자가 말했다: "물고기[요리]는, 내가 원하고; 곰 발바닥[요리], 역시 내가 원하지만, 두 가지를 아우를 수 없다면, [나는] 물고기[요리]를 버리고 곰 발바닥[요리]을 취할 것이다. 생명(生命), 역시 내가 원하는 것이고; 의리(義理), 역시 내가 원하지만, 두 가지를 아우를 수 없다면, [나는] 생명을 버리고 의리를 취할 것이다. 생명 역시 내가 원하지만, 생명보다 더 원하는 것이 있기에, 구차하게 [생명을] 얻으려고 하지 않는다; 사망(死亡) 역시 내가 싫어하지만, 사망보다 더 싫어하는 것이 있기에, 환난이 있어도 피하지 않는다. 만일 사람에게 생명보다 더 간절히 원하는 것이 없다면, 생명을 얻을 수 있는 모든 방법을, 어찌 쓰지 않겠는가? 만일 사람이 사망보다 더 싫어하는 것이 없다면, 환란을 피할 수 있는 모든 방법을, 어찌 쓰지 않겠는가? 이 때문에 살 수 있는데도 [그 방법을] 쓰지 않음이 있으며, 이 때문에 화(禍)를 피할 수 있는데도 하지 않음이 있는 것이다.

▎임금 벽(辟): 피할 피(避). ▎여사(如使): 만일, 만약, 가령. ▎유시(由是): 그리하여, 이(그) 때문에.

是故所欲有甚於生者，所惡有甚於死者，非獨賢者有是心也，人皆有之，賢者能勿
喪耳。**一簞食**，一豆羹，得之則生，弗得則死。嘑爾而與之，行道之人弗受；蹴爾而
與之，乞人不屑也。萬鍾則不辨禮義而受之。萬鍾於我何加焉？爲宮室之美、妻妾之
奉、所識窮乏者得我與？鄉爲身死而不受，今爲宮室之美爲之；鄉爲身死而不受，今
爲妻妾之奉爲之；鄉爲身死而不受，今爲所識窮乏者得我而爲之，是亦不可以已
乎？此之謂失其本心。」

시고소욕유심어생자，소오유심어사자，비독현자유시심야，인개유지，현자능물
상이。**일단사**，일두갱，득지즉생，불득즉사。**호**이이여지，행도지인불수；축이이
여지，걸인불**설**야。만종즉불변예의이수지。만종어아하가언？위궁실지미、처첩지
봉、소식궁핍자득아여？**향**위신사이불수，금위궁실지미위지；향위신사이불수，금
위처첩지봉위지；향위신사이불수，금위소식궁핍자득아이위지，시역불가이이
호？차지위실기본심。」

그러므로 원하는 바가 생명보다 심한 것이 있고, 싫어하는 바가 사망보다 심한 것이 있으니,
다만 현자(賢者)만 이러한 마음을 가지고 있는 것이 아니라, 사람마다 다 가지고 있는데, 현자는
능히 [이것을] 잃지 않을 수 있을 뿐이다. 밥 한 그릇과, 국 한 대접을, 얻어먹으면 살 수 있고,
얻어먹지 못하면 죽게 된다. 소리치면서(호통치면서) 주면, 길 가는 사람도 받지 않을 것이고;
발로 차서 주면, 거지라도 달가워하지 않을 것이다. [그러나 사람은] 1만 종(鍾)이나 되는 많은
봉록은 예의를 따지지 않고 받는다. 1만 종의 봉록은 내게 무슨 보탬이 있는가? [1만 종의
봉록을 받는 것은] 호화로운 궁실을 얻고, 처첩을 먹여 살리고, 내가 아는 궁핍한 사람이 내
도움을 받게 하기 위해서일까? 전에는 자신이 죽어도 받지 않았다가, 지금은 호화로운 궁실을
위해서 받고; 전에는 자신이 죽어도 받지 않았다가, 지금은 처첩을 부양하기 위해서 받으며;
전에는 자신이 죽어도 받지 않았다가, 지금은 내가 아는 궁핍한 사람이 내 도움을 받을 수 있도록
받는데, 이것이 그렇게 하지 않을 수 없는 것인가? 이것을 일러 본심을 잃었다고 한다.″

▮귀 이(耳): 어조사, ‘...할 뿐이다’(而已). ▮대광주리 단(簞): 밥그릇. ▮‘一簞食’: 흔히 ‘食’
자를 ‘먹이 사(sì)’ 또는 ‘먹일 사(sì)’ 자로 이해하여 ‘일단사’(yī dān sì)라 발음하지만 여기서
‘食’ 자는 ‘밥 식(shí)’ 자이기에 ‘일단식’(yī dān shí)이라 발음하는 것이 맞다. ▮콩 두(豆):

높은 다리 달린 접시. 여기서는 문맥상 대접으로 대체 번역함. ▌부르짖을 호(嘑): 큰 소리로 외치다, 소리치다, 고함치다. ▌너 이(爾): 어조사. ▌가루 설(屑): 아끼다, 개의(介意)하다, 달갑게 여기다. ▌시골 향(鄕): 향할 향(向), 예 석(昔), 앞서, 이전에, 종전에.

「고자하」(告子下) 편(節選) : 우환에서 살아남고 안락에서 죽게 된다(生於憂患而死於安樂也).

孟子曰:「舜發於畎畝之中, 傅說舉於版築之間, 膠鬲舉於魚鹽之中, 管夷吾舉於士, 孫叔敖舉於海, 百里奚舉於市。故天將降大任於是人也, 必先苦其心志, 勞其筋骨, 餓其體膚, 空乏其身, 行拂亂其所爲, 所以動心忍性, 曾益其所不能。人恆過, 然後能改;困於心, 衡於慮, 而後作;徵於色, 發於聲, 而後喻。入則無法家拂士, 出則無敵國外患者, 國恆亡。然後知生於憂患而死於安樂也。」

맹자왈 : 「순발어**견무지중**, 부열거어**판축지한**, 교격거어어염지중, 관이오거어**사**, 손숙오거어해, 백리해거어시。고천장강대임어시인야, 필선고기심지, 노기근골, 아기체부, 공핍기신, 행불란기소위, 소이동심인성, **증익기소불능**。인항과, 연후능개;**곤어심**, 형어려, 이후작;징어색, 발어성, 이후유。입즉무법가**필사**, **줄즉무적국외환자**, 국항망。연후지생어우환이사어안락야。」

맹자가 말했다: "순은 밭이랑에서 떨쳐 일어났고, 부열(傅說)은 성벽에서 등용되었으며, 교격(膠鬲)은 어물과 소금에서 등용되었고, 관이오(管夷吾)는 옥(獄)에서 등용되었으며, 손숙오(孫叔敖)는 바다에서 등용되었고, 백리해(百里奚)는 시장에서 등용되었다. 따라서 하늘이 장차 큰 임무를 그 사람에게 내리려 할 때는, 반드시 먼저 그의 마음을 괴롭게 하고, 그의 근골을 힘들게 하고, 그의 몸을 굶주리게 하고, 그의 몸을 곤궁하게 하고, 그가 일을 하는 것을 어긋나고 어지럽게 만드는데, 이는 마음을 움직여 성질을 참을성 있게 해서, 할 수 없었던 일을 [해낼 수 있게] 도와주기 위한 것이다. 사람은 언제나 잘못을 저지른, 뒤에야 고칠 수 있고; 마음에 곤욕을 치르고, 생각에 막혀본, 뒤에야 분발하며; [다른 사람의 불만이] 얼굴색에 나타나고, 목소리(말)로

터진, 뒤에야 깨닫게 된다. 안으로 법도를 지키는 가문과 보필할 선비가 없고, 밖으로 적국과 외환이 없으면, [그러한] 나라는 항상 망한다. 그런 다음 우환에서 살아남고 안락에서 죽게 된다는 것을 알 수 있게 된다."

※ 순(舜)은 역산(歷山)에서 농사를 짓다가 요(堯) 임금에게 기용되었고, 은(殷)나라 고종(高宗) 때의 재상(宰相) 부열(傅說)은 성벽 쌓는 노역(勞役)을 하다가 무정(武丁) 임금에게 등용되었고, 교격(膠鬲)은 난리를 만나 어물과 소금을 팔다가 문왕(文王)에게 등용되었고, 관이오(管夷吾, 管仲)는 사관(士官, 獄)에 갇혀 있다가 제환공(齊桓公)에게 등용되었고, 초나라 재상 손숙오(孫叔敖)는 바닷가에서 은거하다가 초장왕(楚莊王)에게 등용되었고, 백리해(百里奚)는 숫 양가죽 다섯 장에 몸이 팔렸다가 진목공(秦穆公)에게 등용되었다고 한다. ▌밭도랑 견(畎). ▌이랑 무(畝). ▌널 판(版). ▌선비 사(士): 범죄와 감옥을 관리하는 관원. ▌떨 불(拂): 위배하다, 어긋나다, 어그러지다, 방해하다. ▌일찍 증(曾): 불을 증(增). ▌더할 익(益): 보조하다, 원조하다. ▌달 궁(恆): 항상 항(恒). ▌저울대 형(衡): 가로 횡(橫), 가로막다, 경색되다, 막히다, 순탄치 않다. ▌형려곤심(衡慮困心): 온 마음을 다 쓰다, 온갖 수를 다 짜내다. ▌부를 징(徵): 징조. ▌깨우칠 유(喩). ▌입출(入出): 내외(內外). ▌떨 불(拂, fú): 도울 필(弼) 자와 같은 것으로 '필'(bì)이라 발음한다.

9-4 『맹자』 감상과 평설(評說)

『맹자』에 인용된 많은 비유, 우언(寓言) 중 나중에 성어가 된 것이 적지 않다:

- "천 리를 멀다고 하지 않는다."라는 불원천리(不遠千里. 「양혜왕상」),
- "오십보[도주한 사람]가 백보[도주한 사람]를 비웃는다."라는, 양자의 차이가 없다는 오십보백보(五十步笑百步. 「양혜왕상」),
- "나무에서 물고기를 찾는다."라는, 불가능한 일을 한다는 연목구어(緣木求魚. 「양혜왕상」),
- '보통 사내의 용기'라는, 좁은 소견으로 함부로 날뛰는 행동을 가리키는 필부지용(匹夫之勇. 「양혜왕하」),

- "너에게서 나온 것은 너에게 돌아간다."라는, 자신이 한 일의 결과는 자신이 받는다는 출이반이(出爾反爾. 「양혜왕하」),

- "백성과 즐거움을 같이 한다."라는 여민동락(與民同樂. 「양혜왕하」),

- 하늘과 땅 사이에 가득 찬 넓고 큰 원기를 의미하는 호연지지(浩然之氣. 「공손추상」),

- "모를 뽑아 올려 자라는 것을 돕다."라는, 일을 서두르다 오히려 그르친다는 알묘조장(揠苗助長. 「공손추상」),

- "일은 반밖에 하지 않았는데 효과는 배가 된다."라는, 노력을 아주 적게 들였어도 성과는 배나 이루었다는 사반공배(事半功倍. 「공손추상」),

- "무리 가운데 나오고 모임에서 뽑힌다."라는, 무리 중 특출한 사람을 이르는 출류발췌(出類拔萃. 「공손추상」),

- "백성이 거꾸로 매달린 것을 풀어준다."라는, 고통에 시달리는 백성을 구한다는 해민도현(解民倒懸. 「공손추상」),

- "현능자를 존숭하고 능력자에 일을 시킨다."라는 존현사능(尊賢使能. 「공손추상」),

- "되돌아 [잘못의 원인을] 자신에게서 찾는다."라는 반구저기(반구제기, 反求諸己. 「공손추상」),

- "하늘의 때는 땅의 이득만 같지 않고, 땅의 이득은 사람들의 인화만 못하다."라는 천시불여지리, 지리불여인화(天時不如地利, 地利不如人和. 「공손추하」),

- "치부하려면 자연히 어질지 못한 일을 하게 된다."라는, 치부하는 사람치고 인자가 없다는 위부출인(爲富不仁. 「등문공상」),

- "[이웃 마을끼리] 방어하고 정탐하여 서로 돕는다."라는 수망상조(守望相助. 「등문공상」),

- "나라를 어지럽히는 신하와 어버이를 해치는 자식"이라는 난신적자(亂臣賊子. 「등문공하」),

- "[고생하는] 백성을 위로하고 죄 있는 통치자를 징벌한다."라는 조민벌죄(吊民伐罪. 「등문공하」),
- "스스로 상해를 가하고 스스로 포기한다."라는 자포자기(自暴自棄. 「이루상」),
- "하늘에 순응하는 자는 살고, 하늘을 거스르는 자는 망한다."라는 순천자존, 역천자망(順天者存, 逆天者亡. 「이루상」),
- "좌우에서 수원(水源)을 만나다."라는, 일이 매우 순조롭게 진행된다는 좌우봉원(左右逢源. 「이루하」),
- "밤을 낮에 잇다."라는, 밤낮을 가리지 않고 일을 하다는 야이계일(夜以繼日. 「이루하」),
- "자신을 원망하고 자신을 뉘우치다."라는, 제 잘못을 깨닫고 허물을 고친다는 자원자애(自怨自艾. 「만장상」),
- "먼저 알고 먼저 깨닫는다."라는 선지선각(先知先覺. 「만장상」),
- "사람을 알고 세상을 논한다."라는, 역사상의 인물을 이해하기 위해 그 시대 배경을 연구한다는 지인논세(知人論世. 「만장하」),
- "마음을 오로지 하고 뜻에 힘쓴다."라는 전심치지(專心致志. 「고자상」),
- "[화초를] 하루만 볕에 쬐고 열흘은 응달에 둔다."라는, 하루 공부하고 열흘은 노는 게으름을 비유하는 일포십한(一暴十寒. 「고자상」),
- "목숨을 버리고 정의를 취한다."라는 사생취의(捨生取義. 「고자상」),
- "오로지 제 몸만 좋게 한다."라는 독선기신(獨善其身. 「진심상」),
- "아울러 천하를 좋게 한다."라는 겸선천하(兼善天下. 「진심상」),
- "[남을 위해] 터럭 하나도 뽑지 않는다."라는 일모불발(一毛不拔. 「진심상」),
- "말은 가깝고 뜻은 멀다."라는, 말은 간단하고 쉽지만 의미는 매우 크고 깊다는 언근지원(言近旨遠. 「진심하」),
- "풍속과 같아지고, 오염된 세상에 맞춘다."라는, 못된 놈들과 한 패거리가 되어

나쁜 짓을 하다, 나쁜 물이 든다는 동류합오(同流合汚. 「진심하」) 등이 있다.

『맹자』에 문학작품, 즉 텍스트(文本)를 읽는 방법론으로 '이의역지'(以意逆志)와 '지인논세'(知人論世) 두 가지가 제시되어 있다. 먼저, '이의역지'는 「만장상」 편에 나온다: "『시』를 해설하는 사람은 문자(文)로 글귀(辭)를 해쳐서는 안 되고, 글귀로 뜻(志)을 해쳐서는 안 된다. [자신의] 생각으로 [시의] 뜻을 추측하는 것, 이것이 시의 뜻을 얻는 것이다."(故說『詩』者, 不以文害辭, 不以辭害志. 以意逆志, 是爲得之.). 다시 말해, 작품이나 텍스트를 해석할 때는 문자 하나하나에 구속되어 문장을 오독하면 안 되고, 문장에 구속되어 작품(작자)의 본뜻을 오독하면 안 되고, 자신이 작품을 읽는 견해에 따라 작품(작자)의 본의를 추측하는 것이 바로 진정한 작품(작자) 본뜻을 이해하는 방법이라는 것이다.

'지인논세'는 「만장하」 편에 나온다: "맹자가 만장에게 말했다: '한 고장의 인물은 바로 같은 고장의 인물과 사귀고; 한 나라의 인물은 바로 같은 나라의 인물과 사귀고; 천하의 인물은 바로 천하의 인물과 사귄다. 천하의 인물과 사귀는 것도 부족하다면 위로 옛사람을 고려한다(생각한다). 그의 시를 읊고 그의 책을 읽으면 그 사람을 모른다는 것이 가능하겠는가? 그래서 그의 시대를 고려하는(생각하는) 것이 바로 [위로 옛사람과] 사귀는(尚友, 上友) 것이다.'"(孟子謂萬章曰: 「一鄕之善士, 斯友一鄕之善士; 一國之善士, 斯友一國之善士; 天下之善士, 斯友天下之善士. 以友天下之善士爲未足, 又尚論古之人. 頌其詩, 讀其書, 不知其人, 可乎? 是以論其世也. 是尚友也.」).

지인논세는 한 사람을 이해하고 그가 처한 시대배경을 연구한다는 것이다. 현재는 인물의 호오를 감별하고 세상사의 득실을 논한다는 뜻으로 쓰인다. 문학작품 독해나 문학 또는 텍스트 비평 방법인 지인논세는 작품을 감상하기 위해서는 작자를 알아야 하고, 작자를 알기 위해서는 작자가 산 시대 배경을 이해해야 한다는 것이다. 즉 송시독서(頌詩讀書) → 지인(知人) → 논세(論世)의 연쇄 전제 관계를 말한 것이다.

『맹자』에는 주요한 사상이 있다. 이에는 성선설(性善论), 의리론(義利論), 교육론(教育論) 및 수양론(修養論) 등이 있다. 인정(仁政), 덕치(德治), 민본(民本) 등 정치사상도 큰 비중을 차지하나 여기서는 생략한다.

성선론(性善과 四端—道德價値의 根源)

맹자의 성선론은 주로 공자의 '인' 관념이 발전된 것이다. 공자의 '인'은 이론이 없어 도덕 가치의 근원 문제를 해결하지 못했다. 따라서 맹자는 '선'(善)은 인간의 기본 자각심(自覺心)이며, 이 자각은 측은지심(仁), 수오지심(義), 사양지심(禮) 및 시비지심(智) 등 사단(四端)에 표현된다고 보았다. 맹자는 '사단'을 도덕가치의 자각으로서, 태어나면서 구비된 것이라고 설명한다. 맹자는 성선선을 주장했지만 성악설, 즉 악의 근원을 반박하거나 부정하지 못하는 논리의 한계를 보였다.

의리론(義利之辨, 道德價値의 논증)

맹자는 '사단'은 자각심(自覺心)에 내재된 것이고 인간의 본질, 즉 '성'(性)에 속한다고 본다. 사람의 성(性)은 금수(禽獸)와 다른 것이어야 하는데, 이렇게 금수와 다른 성이 바로 선단(善端)이라고 한다. 사람이 선하지 않은 까닭은 사욕(私慾)에 가려지기 때문이라고 한다. 따라서 인간은 마땅히 사욕(私慾)과 사리(私利)를 버리고 사회의 공의(公義)에 이르러야 한다고 한다. 그 목적은 양호한 개인 도덕관을 건립하는 것이다.

교육론(貫徹始終)

맹자는 "천하의 영재를 얻어 교육하는"(得天下英才而教育之.「진심상」) 것을 군자삼락의 하나로 보았고, 인격과 도덕 교육을 제창했다. 그는 "상(庠)과 서(序)에서 교육에 힘써 효도와 공경의 의미를 거듭 펼친다."(謹庠序之教, 申之以孝悌之義.「양혜왕상」)라고 말했다. 그리고 맹자는 수양을 학문의 출발점으로 보았고, 인간의 성선(性善)은 외재적인 양성(養成)으로 불가능하므로(교육은 다만 감화 작용만 하므로) 최종적으로는 자신의 사고 또는 성찰로 달성해야 한다고 한다. 이 밖에 맹자는 학습 환경을 중시했는데, 좋은 환경에서 자발적인 교육을 해야 성공할 수 있다고 한다. 맹자학설은 후세에 송명이학(宋明理學)의 발전에 큰 영향을 주었다. 맹자의 내성지학(內省之學)에 따르면 인간의 천성은 선량하므로 이러한 선성(善性)을 확충하고 물욕지성(物慾之性)을 억압하여 스스로 반성해야 한다고 한다. 이러한 내성(內省)의 수양 방법은 후세 유가사상의 주류가 되었다.

수양론(養氣와 成德)

맹자는 수양과 성선(性善)을 발휘하는 방법으로 내심의 사단(四端)을 전력으로 확충해야 한다고 보았고, 이를 진성(盡性)이라 했다. 진성(盡性)의 수양과 호연지기의 배양을 통해 사람은 "부귀해져도 타락하지 않고, 빈천해져도 흔들리지 않고, 위협에도 굴하지 않는"(富貴不能淫, 貧賤不能移, 威武不能屈. 「등문공하」) 대장부가 될 수 있고, 게다가 '심지통기'(心志統氣)를 통해 자신의 감정을 통제하면 '덕을 이룰'(成德) 수 있다고 했다. 심지(心志)는 정신적 자아이고 기(氣)는 육체적인 자아로서 심기통기는 양기(養氣), 즉 이성적인 자아로써 육체적 충동을 합리화한다는 것을 가리킨다.

10. 장주(莊周)
『장자』(莊子) 선편(選篇)

10-1 저자 소개

장자(莊子, 약 369-286BCE)는 이름이 주(周)이고
자(字)는 자휴(子休, 또는 子沐)로 전국시대 중기
송(宋)나라 몽(蒙. 하남성 商丘 또는 안휘성 蒙城)
출신이다. 전국시대 중기의 저명한 사상가 겸 문학
가로서 장학(莊學)의 기초를 제공했고, 노자(老子,
老聃)와 함께 도가의 대표 인물이 되었다.

장주(莊周)의 조상은 초나라의 귀족으로 난을
피해 송나라로 피신했고, 장주는 송나라 지방의
칠원리(漆園吏)라는 직을 맡고 초나라 왕의 초빙
에 응하지 않았다. 나중에 관리를 그만두고 은거하
여 노담(老聃)과 양주(楊朱)의 학설을 계승하여
저술에 전념하였다. 나중에 도교조사(道敎祖師),
남화진인(南華眞人), 도교 사대진인(四大眞人)의 하나로 불리었다.

장주

장주는 처음으로 내성외왕(內聖外王) 개념을 제시하여「天下」편 유가에 큰 영향을

주었다. 그는 귀생(貴生)과 위아(爲我)를 넘어 생명을 통달한다는 달생(達生)과 망아(忘我)의 경지로 올라섰다. 장자는 상상력이 풍부하였고, 언어를 자유자재로 운용하여 그의 작품은 '문학다운 철학, 철학다운 문학'(文學的哲學, 哲學的文學)이라고 알려져 있다.

10-2 원전 소개

장주의 저서 『장자』(莊子)는 선진시대에 지어진 것으로 『한서』(漢書) 「예문지」(藝文志)에 따르면 52편을 저술했으나 당시에는 내편 7편, 외편 15편, 잡편 11편 등 33편만 남았다고 했다. 그러나 이 중 내편 7편만 장주의 작품이고 나머지는 후학 또는 후세의 위작으로 인정된다. 내편은 「제물론」(齊物論), 「소요유」(逍遙遊), 「양생주」(養生主), 「인간세」(人間世), 「덕충부」(德充符), 「대종사」(大宗師), 「응제왕」(應帝王)이다. 이중 「제물론」, 「소요유」 및 「대종사」 3편이 대표작이다.

사상적으로 『노자』가 선명한 정치 경향과 정치 목적을 담고 있지만, 『장자』는 사회관이나 인생관을 갖고 있으면서 중점은 형이상학적이고 순수 추상적이고 사변적인 본체론에 있다.

문학적으로 『장자』 이전의 제자서가 어록 형식인데, 『장자』는 산문(散文)의 단계로 발전하여 중국문학사에서도 높이 평가되고 있다. 명말청초의 문학가 김성탄(金聖嘆, 1608-1611)은 『장자』를 '6대 재자서'(六才子書)의[21] 첫째로 꼽았다. 산문가 여추우(余秋雨, 1946-)는 선진제자의 문학 수준을 평가하여, 1등급에 장자와 맹자, 2등급에 공자와 노자, 3등급에 한비자와 묵자를 놓았다. 그리고 맹자가 문학가라면 장자는 대문학가라

---

21) '육재자서'(六才子書): 『장자』(莊子, 南華經), 『이소』(離騷), 『사기』(史記), 『두공부집』(杜工部集), 『수호전』(水滸傳), 『서상기』(西廂記).

고 평가하고 외편의 「추수」와 내편 등은 중국철학사와 중국문학사의 제1류 가작(佳作)이라고 단정했다. 하지만 여추우는 장자는 선진제자 중의 1등이지만 선진시대의 1등은 굴원(屈原)이라고 평가했다.[22]

　『장자』는 도교에서 『남화경』(南華經)으로 불리며, 『주역』 및 『노자』와 더불어 '삼현'(三玄)으로 불린다.

10-3 『장자』 선편 원문, 역문 및 주석

「소요유」(逍遙遊) 편(節選) : 지인(至人)은 제(몸)가 없고, 신인(神人)은 [제] 공이 없고, 성인(聖人)은 [제] 이름(명성)이 없다(至人無己, 神人無功, 聖人無名.).

北冥有魚 , 其名爲鯤。鯤之大 , 不知其幾千里也 ; 化而爲鳥 , 其名爲鵬。鵬之大 , 不知幾千里也 ; 怒而飛 , 其翼若垂天之雲。是鳥也 , 海運則將徙於南冥。南冥者 , 天池也。《齊諧》者 , 志怪者也。諧之言曰 :「鵬之徙於南冥也 , 水擊三千里 , 搏扶搖而上者九萬里 , 去以六月息者也。」野馬也 , 塵埃也 , 生物之以息相吹也。天之蒼蒼 , 其正色邪 ? 其遠而無所至極邪 ? 其視下也 , 亦若是則已矣。

북명유어 , 기명위곤。곤지대 , 부지기기천리야 ; 화이위조 , 기명위붕。붕지대 , 부지기천리야 ; 노이비 , 기익약수천지운。시조야 , 해운즉장사어남명。남명자 , 천지야。《제해》자 , 지괴자야。해지언왈 :「붕지사어남명야 , 수격삼천리 , **단부요이상자구만리** , 거이**육월식자야**。」**야마야** , 진애야 , 생물지이식상취야。천지창창 , 기**정색야** ? 기원이무소지극야 ? 기시하야 , 역약시즉이의。

북쪽 바다에 물고기가 있어, 그 이름을 곤(鯤)이라고 한다. 곤의 크기가, 몇천 리나 되는지 알지

---

22) 余秋雨, 「中國文脈」, 『中國文脈』(武漢: 長江文藝出版社, 2012), 7-11.

못한다; [그것이] 변화하여 새가 되니, 그 이름을 붕(鵬)이라 한다. 붕의 크기가, 몇천 리나 되는지 알지 못한다; [붕새가] 떨쳐 일어나 날게 되면, 그 날개는 마치 하늘에 드리운 구름과 같다. 이 새는, 바다가 움직이면 남쪽 바다로 옮겨 가려고 한다. 남쪽 바다는, 천지(天池)이다. 『제해』(齊 諧)는, 괴이(怪異)를 기술한 것이다. 『제해』의 말이 이르기를 "붕새가 남쪽 바다로 옮겨감에, 물결을 치는 것이 3천 리였고, 빙빙 돌며 치솟는 것이 9만 리나 되며, 6개월을 가서야 쉬었다."라고 했다. 아지랑이나, 먼지나, 생물들이 숨으로 서로 불어내는 것이다. 하늘이 푸르디푸른 것은, 그(하늘)의 순수한 빛인가? 그(하늘)가 멀어서 끝이 없는 까닭인가? 그(하늘)가 아래를 굽어보아 도, 역시 이와 같았을 뿐이다.

　　■어두울 명(冥): 어두울 명(溟), 바다. ■성낼 노(怒): 떨쳐 일어나다, 분기(奮起)하다. ■『제 해』(齊諧): 고대 신화괴기소설, 책 이름 겸 인명. ■뭉칠 단(摶): 엉기다, 뭉치다, 새가 고공을 향해 빙빙 돌며 비상하다(wheel). ■도울 부(扶): 떠받다. ■흔들릴 요(搖): 흔들리다, 오르다, 올라가다. ■부요(扶搖): 태풍이 밑에서 위로 치솟다, 선풍(旋風). ■유월식(六月息): '유월에 부는 바람'이라고 해석하면, 붕새는 6월의 바람을 타야만 9만 리를 갈 수 있다는 해석인데, 이는 붕(鵬)의 상징과 부합하지 않으며, 이를 나아가 '태풍'이라고 해석하는 경우, 아래 문장에 붕이 청천(靑天)을 타고 간다고 하는데, 태풍은 대개 폭우를 동반하기에 청천과 태풍은 어울리지 않는다. ■야마(野馬): 봄날 햇볕이 강하게 내리쬘 때 들판이나 못에 피어오르는 안개 또는 아지랑이가 길들이기 어려운 야생마 같다 해서 안개 또는 아지랑이를 가리킨다. 야마(野馬)를 진애(塵埃)의 동의어로 보고 중복어법이 사용된 것으로 보기도 한다.23) ■바를 정(正): 순수하다. ■아닌가 야(邪, yé): 의문(어)조사, 야(耶).

且夫水之積也不厚, 則其大舟也無力。覆杯水於坳堂之上, 則芥爲之舟; 置杯焉則 膠, 水淺而舟大也。風之積也不厚, 則其負大翼也無力。故九萬里而風斯在下矣, 而 後乃之培風, 背負靑天而莫之夭閼者, 而後乃今將圖南。蜩與學鳩笑之曰:「我決起而 飛, 搶楡枋(而止), 時則不至而控於地而已矣, 奚以之九萬里而南爲?」適莽蒼者, 三 飡而反, 腹猶果然; 適百里者, 宿舂糧; 適千里者, 三月聚糧。之二蟲, 又何知!

---

23) 馬啓俊,「『莊子·逍遙遊』'野馬'注釋商兌」,『學術界』, 204(2015.5), 206-211.

차부수지적야불후 , 즉기대주야무력. 복배수어요당지상 , 즉개위지주 ; 치배언즉
교 , 수천이주대야. 풍지적야불후 , 즉기부대익야무력. 고구만리이풍사재하의 , 이
후내지**배풍** , 배부청천이막지요알자 , 이후내금장도남. **조여학구소지왈** : 「아결기이
비 , **창유방**(이지) , 시즉부지이공어지이이의 , **해이지구만리이남위**?」적망창자 , 삼
찬이반 , 복유과연 ; 적백리자 , 숙용량 ; 적천리자 , 삼월취량. **지이충** , 우하지 !

한편 물이 쌓인(고인) 것이 두텁지 않으면, 그 큰 배도 [뜰] 힘이 없다. 한 잔의 물을 마당의
파인 곳 위에 부으면, 지푸라기가 배가 될 수 있다; [여기에] 술잔을 놓으면 들러붙는데,
물은 얕고 배는 크기 때문이다. 바람이 쌓인 것이 두텁지 않으면, 큰 날개를 감당할 힘이
없다. 그러므로 9만 리나 되어야(올라가야) 바람이 그 밑에 있게 되고, 그런 뒤에야 비로소
바람을 타고, 푸른 하늘을 짊어지고 가로막히지 않으면, 그런 다음에 이제 비로소 남쪽을
도모할 수 있다. 매미와 작은 비둘기는 그(붕새)를 비웃으며 말했다: "나(우리)는 펄쩍 일어나
날라, 느릅나무나 소목나무에 이르려 해도, 때로는 이르지 못하고 땅에 당겨질(떨어질) 뿐인
데, 어찌하여 9만 리나 올라가서 남쪽으로 향할 수 있는가?" 근교(성 밖)에 가는(갔다 오는)
사람은, 세 술 먹고 [갔다] 돌아와도, 배는 여전히 부르다; 백 리를 가려는(갔다 오려는) 사람
은, 전날 밤 양식을 찧어놓아야 한다; 천 리를 가려는(갔다 오려는) 사람은, 석 달 동안 양식을
모아야 한다. 이 두 [작은] 짐승들이, 또한 어찌 알겠는가!

▉또 차(且): 잠깐. ▉차부(且夫): 발어사, 그런데, 한편. ▉팬 곳 요(坳). ▉요당(坳堂): 대청의
움푹 파인 곳. 정황상 '대청'보다는 '마당'으로 보는 것이 타당하다. ▉겨자 개(芥): 작은 풀,
티끌, 먼지, 초개(草芥), 지푸라기, 섬개(纖芥). '겨자씨'로 번역하는 것은 잘못이다. ▉어찌
언(焉): 어조사, 잠시 쉼을 나타낸다. ▉아교 교(膠): 들러붙다. ▉질 부(負): 감당하다, 담당하
다. ▉북돋을 배(培): 따르다(隨). ▉배풍(培風): 승풍(乘風), 순풍(順風), 풍력을 빌리다. ▉어
릴 요(夭). 가로막을 알(閼): 가로막다, 멈추게 하다, 못하게 하다. ▉요알(夭閼): 요알(夭遏),
꺾다, 좌절케 하다, 막다, 저지하다, 억제하다. ▉내금(乃今): 지금(而今), 바로(方今), 이제(如
今). ▉장차 장(將): 비로소(才, 乃). ▉그림 도(圖): 도모하다, 꾀하다. ▉도남(圖南): 남쪽으
로 날아가다, 사람의 뜻이 원대하다. ▉매미 조(蜩): 매미(蟬). ▉학구(學鳩): 학구(鷽鳩),
앵구(鶯鳩), 반구(斑鳩), 멧비둘기, 산비둘기. ▉터질 결(決): 말 달려갈 결(趏), 빠르다. ▉결
기(決起): 빠른 모양. ▉닿을 창(搶): 이르다, 모이다. ▉다목 방(枋): 수레를 만드는 나무,

소목(蘇木). ▪해이...위(奚以...爲): 何以...爲, 何...爲, 惡以...爲, '무엇 때문에 ...한가?' '어찌 ...하리오?', 반문 관용어. 끝의 '爲' 자는 어조사. ▪갈 적(適). ▪우거질 망(莽): 푸를 창(蒼). ▪망창(莽蒼): 들판의 풍경이 아득하다, 허허벌판, 근교, 성 밖. ▪먹을 찬(飡): 먹을 찬(餐), 밥 반(飯). ▪삼찬(三飡): 삼찬(三餐), 삼반(三飯), 삼구반(三口飯), 삼파반(三把飯), 세 입, 세 술.[24] ▪실과 과(果): 배불리 먹다. ▪되돌릴 반(反): 돌아오다. ▪과연(果然): 배부른 모양. ▪찧을 용(舂): 절구질하다. ▪갈 지(之): 이, 그. ▪벌레 충(蟲): 짐승, 동물류의 총칭. ▪'二蟲':『대대예기』(大戴禮記) 제58「증자천원」(曾子天圓)와 제81「역본명」(易本命) 편에 따르면 기린을 대표로 하는 짐승류를 모충(毛蟲), 봉황을 대표로 하는 조류를 우충(羽蟲), 거북을 대표로 하는 갑각류를 개충(介蟲) 또는 갑충(甲蟲), 용 또는 교룡(蛟龍)을 대표로 하는 어류를 인충(鱗蟲), 성인을 대표로 하는 인간을 노충(勞蟲)이라 하였다. 따라서 '이충'(二蟲)은 우충(羽蟲) 중 붕새에 대비되는 매미와 작은 비둘기를 가리킨다.

小知不及大知，小年不及大年。奚以知其然也？朝菌不知晦朔，蟪蛄不知春秋，此小年也。楚之南有冥靈者，以五百歲爲春，五百歲爲秋；上古有大椿者，以八千歲爲春，以八千歲爲秋，此大年也。而彭祖乃今以久特聞，衆人匹之，不亦悲乎！
소지불급대지，소년불급대년。해이지기연야？조균부지회삭，혜고부지춘추：차소년야。초지남유명령자，이오백세위춘，오백세위추；상고유대춘자，이팔천세위춘，이팔천세위추：차대년야。이팽조내금이구특문，중인필지，불역비호！

작은 지혜는 큰 지혜에 미치지 못하고, 단명은 장수에 미치지 못한다. 어째서 그런 줄 아는가? 하루살이는 그믐과 초승을 알지 못하고, 털매미는 봄과 가을을 알지 못하니, 이는 단명(短命)한 것이다. 초(楚)나라 남쪽에 명령(冥靈)이란 나무가 있는데, 5백 년을 봄으로 삼고, 5백 년을 가을로 삼았으며; 태곳적에 큰 참죽나무(大椿)가 있었는데, 8천 년을 봄으로 삼고, 8천 년을 가을로 삼았는데, 이는 장수한 것이다. 그런데 팽조(彭祖)는 지금 오래 산 것으로 각별하게 소문이 났는

---

24) '망창'(莽蒼)과 '삼찬'(三飡)에 대한 해석은 다음을 참조: 范瑞麗,「『莊子·逍遙遊』'三餐'辨析」,『臨沂大學學報』, 34:3(2012.10), 131-133; 劉文元,「『莊子·逍遙遊』'三餐'釋論」,『哈爾濱學院學報』, 37:10(2016.10), 26-29.

데, 뭇사람이 [자신의 수명을] 그와 비교하니, 또한 슬프지 아니한가?

▪소년(小年): 수명이 짧다, 단명하다. ▪대년(大年): 수명이 길다, 장수하다. ▪조균(朝菌): 하루살이(朝秀, 朝蟥). 옛 『회남자』(淮南子) 권12 「도응훈」(道應訓) 편이 『장자』의 이 말을 인용하면서 '조수(朝秀)'라 했었는데, 현대 『회남자』(淮南子)는 후대 사람들이 다시 『장자』를 인용하여 다시 '조균'(朝菌)으로 수정한 것이라고 한다. 동한시대 고유(高誘)는 『회남자주』(淮南子注) 권12 「도응훈」(道應訓) 편에서 '조수'를 "아침에 생겨나 저녁에 죽는 벌레로서, 물 위에 살며, 누에나방(蠶蛾)처럼 생겼고, 일명 자모(蕣母)이고, 해남(海南)에서는 충사(蟲邪)라고 한다."라고 해석했다. '조수'는 '조유'(朝蟥)와 같은 것이다. '조균'을 아침에만 사는 버섯이라고 해석하면 균류가 지(知)의 주체가 된다는 것인데, 이는 이치에 맞지 않는다. ▪쓰르라미 혜(蟪). ▪땅강아지 고(蛄). ▪혜고(蟪蛄): 털매미, 씽씽매미. ▪명령(冥靈): 나무 또는 거북(靈龜, 黑龜)이라고 해석하기도 하는데, 어느 것이든 문맥과 어긋나지 않으나 다수 설에 따른다. ▪팽조(彭祖): 요순우 시대에 걸쳐 800년이나 살았다고 하는 중국 전설 속의 인물로, 요리비조(烹飪鼻祖), 기공조사(氣功祖師), 방중시조(房中始祖), 장수시조(長壽始祖) 로 알려졌다. ▪내금(乃今): 이금(而今), 방금(方今), 현재, 지금. ▪필 필(匹): 상당하다, 필적 하다, 맞서다, 비교하다.

湯之問棘也是已 : 「窮髮之北 , 有冥海者 , 天池也。有魚焉 , 其廣數千里 , 未有知其修者 , 其名爲鯤。有鳥焉 , 其名爲鵬 , 背若泰山 , 翼若垂天之雲 , 摶扶搖羊角而上者九萬里 , 絕雲氣 , 負靑天 , 然後圖南 , 且適南冥也。斥鴳笑之曰『彼且奚適也 ? 我騰躍而上 , 不過數仞而下 , 翶翔蓬蒿之間 , 此亦飛之至也。而彼且奚適也 ?』」此小大之辯也。

탕지문극야시이 : 「궁발지북 , 유명해자 , 천지야。유어언 , 기광수천리 , 미유지기 수자 , 기명위곤。유조언 , 기명위붕 , 배약태산 , 익약수천지운 , 단부요**양각이상자** 구만리 , 절운기 , 부청천 , 연후도남 , 차적남명야。**척안소지왈**『**피차해적야** ? 아등 **약이상** , 불과수인이하 , **고상봉호**지간 , 차역비지지야。이피차해적야 ?』」차소대지 **변야**。

탕왕(湯王)이 극(棘)에게 물은 것도 다음과 같다: "궁발(窮髮)의 북쪽에 명해(冥海)가 있는데, 천지(天池)다. [그곳에] 물고기가 있어, 그 넓이가 수천 리나 되는데, 그 길이를 아는 자가 없고, 그 이름은 곤(鯤)이다. 새가 있어, 그 이름은 붕인데, 등은 태산(泰山)과 같고, 날개는 하늘에 드리운 구름과 같은데, 양 뿔과 같이 빙빙 돌며 치솟아 올라간 것이 9만 리로서, 구름을 벗어나, 청천(靑天)을 등에 진, 연후에야 남쪽을 도모하고, 그리고 남명(南冥)에 이른다. 메추라기가 그를 비웃어 말했다: '저들은 어떻게 가는가? 나는 뛰어올라서, 몇인(仞) 거리를 지나지 못하고 내려와, 개망초와 쑥 사이에서 빙빙 도는 데, 이것도 가장 먼 비행이다. 그들은 어떻게 가는 것일까?'" 이것이 작은 것과 큰 것을 분별하는 것이다.

▌극(棘): 하혁(夏革), 탕(湯) 시기의 대신. ▌터럭 발(髮): 초목. ▌궁발(窮髮): 초목이 없는 곳, 황무지. ▌닦을 수(修): 포 수(俻), 길다, 크다, 높다, 멀다. ▌양각(羊角): 바람이 양 뿔과 같이 휘어서 올라가는 것을 가리키는데, 회오리바람(旋風)을 말한다. ▌끊을 절(絶): 뚫다, 초월하다. ▌물리칠 척(斥): 자 척(尺). ▌척안(斥鴳): 척안(斥鷃), 척안(尺鴳), 안작(鴳雀), 1척(尺, 30cm) 높이도 날지 못하는 작은 새, 메추라기. ▌오를 등(騰): 뛰어오르다, 오르다. ▌뛸 약(躍): 뛰어오르다. ▌길 인(仞): 길이의 단위, 7척(周制) 또는 8척(漢制). ▌날 고(翶). ▌빙빙 돌아날 상(翔). ▌쑥 봉(蓬): 개망초. ▌쑥 호(蒿). ▌봉호(蓬蒿)는 쑥갓(尚蒿)을 가리키지만 여기서는 개망초와 쑥으로 보아야 한다. ▌말 잘할 변(辯): 분별할 변(辨), 분별하다, 판별하다.

故夫知效一官 , 行比一鄉 , 德合一君 , 而徵一國者 , 其自視也亦若此矣。而宋榮子猶然笑之。且舉世而譽之而不加勸 , 舉世而非之而不加沮 , 定乎內外之分 , 辯乎榮辱之竟 , 斯已矣 ; 彼其於世 , 未數數然也。雖然 , 猶有未樹也。夫列子御風而行 , 冷然善也 , 旬有五日而後反 ; 彼於致福者 , 未數數然也。此雖免乎行 , 猶有所待者也。若夫乘天地之正 , 而御六氣之辯 , 以遊無窮者 , 彼且惡乎待哉 ! 故曰 : 至人無己 , 神人無功 , 聖人無名。(中略)

고부지효일관 , 행비일향 , 덕합일군 , **능징일국자** , 기자시야역약차의。이송영자유연소지。차거세이예지이불가권 , 거세이비지이불가저 , 정호내외지분 , 변호영욕지경 , 사이의 ; 피기어세 , 미삭삭연야。수연 , 유유미수야。부열자어풍이항 , **냉연선**

야 , 순유오일이후반 ; 피어치복자 , 미삭삭연야。차수면호행 , 유유소대자야。약부
승천지지정 , 이어육기지변 , 이유무궁자 , 피차오호대재！고왈：지인무기 , 신인무
공 , 성인무명。(중략)

그러므로 대체로 지혜는 하나의 관직이나 맡고, 행실은 한 마을사람에나 이르고, 덕은 한 군주에
게나 부합하고, 능력은 한 나라에게나 신임받는 사람이, 스스로 뽐내는 것은 역시 이(메추라기)와
같을 뿐이다. 그런데 송영자(宋榮子)는 미소 지으며 이들을 비웃었다. 그리고 온 세상이 그를
칭찬해도 으스대는 법이 없었고, 온 세상이 그를 비난해도 막지 않았으며, 안팎의 분수를 정하고,
영예와 굴욕의 경계를 분별하였는데, 그랬을 뿐이다; 그는 세상에 대해, 급급해하지 않았다.
비록, 아직 [소요의 즐거움을] 세운 것이 없는 데도. 대저 열자(列子)는 바람을 부리며 돌아다니며,
시원하게 즐기고는, 보름 만에 돌아온다; 그는 복(福)을 만드는 데 급급해하지 않았다. 이는
[열자가] 비록 걷는 것은 면한 것이지만, 여전히 [바람을] 기대야 한다. 천지의 규율에 올라타고(따
르고), 육기(六氣)의 변화를 다스려서, 무궁(無窮)에서 노닌다면, 그 어찌 더 기댈 것이 있겠는가!
그러므로 말한다: "지인(至人)은 제(몸)가 없고, 신인(神人)은 [제] 공이 없고, 성인(聖人)은 [제]
이름(명성)이 없다."(중략)

▌본받을 효(效): 부여하다, 담당하다. ▌견줄 비(比): 따르다, 이르다, 덮을 비(庇) 자와 같은
것으로 보아 '비호하다'라고 해석할 수 있다. ▌말 이을 이(而): 능히 능(而, néng), 능할
능(能, néng), 능력, 재능.[25] '而' 자를 접속사로 보고 표점을 '德合一君而徵一國者'로 하여
'덕이 한 군주에게나 부합하고 한 나라에게나 신임받는 사람'이라 번역할 수 있다. ▌부를
징(徵): 거두어들이다, 믿다(信). ▌송영자(宋榮子): 전국시대 송나라 현자, 송연(宋銒), 송경
(宋牼). ▌유연(猶然): 미소 짓다, 화기애애하다. ▌권할 권(勸): 즐기다, 으스대다. ▌막을
저(沮): 저지하다, 가로막다. ▌다할 경(竟): 지경 경(境). ▌삭삭연(數數然, shuò shuò rán):
급급(汲汲)하다, 급히 추구하다. ▌열자(列子): 열어구(列禦寇), 전국시대 정(鄭)나라 사람,
도가 사람. ▌냉연(冷然): 시원하다, 초연하다, 가볍다. ▌바를 정(正): 우주만물의 규율.
▌육기(六氣): 음·양·풍·우·회·명(陰·陽·風·雨·晦·明). ▌말 잘할 변(辯): 변할 변(變).

---

25)羅國强, 「'德合一君, 而徵一國'中'而'字釋義商榷」, 『郴州師範高等專科學校學報』, 22:3
(2001.6), 65.

惠子謂莊子曰 :「吾有大樹, 人謂之樗。其大本擁腫而不中繩墨, 其小枝卷曲而不中規矩, 立之塗, 匠者不顧。今子之言, 大而無用, 衆所同去也。」莊子曰 :「子獨不見狸狌乎？卑身而伏, 以候敖者 ; 東西跳梁, 不避高下 ; 中於機辟, 死於罔罟。今夫斄牛, 其大若垂天之雲。此能為大矣, 而不能執鼠。今子有大樹, 患其無用, 何不樹之於無何有之鄉, 廣莫之野, 彷徨乎無為其側, 逍遙乎寢臥其下？不夭斤斧, 物無害者, 無所可用, 安所困苦哉！」

혜자위장자왈 :「오유대수 , 인위지저。기대본옹종이부중승묵 , 기소지권곡이부중규구 , 입지도 , 장자불고。금자지언 , 대이무용 , 중소동거야。장자왈 :「자독불견리성호 ? 비신이복 , 이후오자 ; 동서도량 , 불피고하 ; 중어기벽 , 사어망고。금부태우 , 기대약수천지운。차능위대의 , 이불능집서。금자유대수 , 환기무용 , 하불수지어무하유지향 , 광막지야 , 방황호무위기측 , 소요호침와기하 ? 불요근부 , 물무해자 , 무소가용 , 안소곤고재！」

혜자가 장자에게 말했다: "내게 큰 나무가 있는데, 사람들은 그를 가죽나무(樗)라 부른다. 그(나무) 큰 줄기는 혹을 갖고 있어, [직선을 긋는] 먹줄에 맞지 않으며, 그 가지는 굽어서 [동그라미와 네모를 그리는] 규구(規矩)에 맞지 않아, 길가에 서 있어도, 목수는 돌아보지 않았다. 지금 그대가 말한 것은, 크지만 쓸모가 없어, 모두 함께 가버렸다는 것이다." 장자가 말했다: "그대는 어찌 살쾡이와 족제비를 보지 못했는가? [살쾡이와 족제비는] 몸뚱이를 낮추고 엎드려, 돌아다니는 놈(사냥감)을 기다린다; [살쾡이와 족제비는 사냥감을 잡으러] 동쪽으로 서쪽으로 뛰어다니면서, 높낮이를 피하지(가리지) 않는다; [그러나 살쾡이와 족제비는] 덫에 걸리거나, 그물에서 죽는다. 대체로 야크는, 그 크기가 하늘에 드리운 구름과 같다. 이는 크다고 하겠지만, 쥐를(도) 잡지 못한다. 이제 큰 나무가 있다면서, 쓸모없음을 걱정하였는데, [그러면] 왜 [그 큰 나무를] '무하유(無何有)의 고장'이나, 광막한 들녘에 심어놓고, 그 옆에서 무위(無爲)로 방황하고, 그 아래에서 누워서 소요(逍遙)하지 않는가? [그렇게 하면] 도끼에 일찌감치 찍히지도 않고, 가해할 물체도 없을 것이므로, 쓸모가 없지만, 어찌 곤고(困苦)가 있겠는가?"

▌혜자(惠子): 혜시(惠施), 전국시대 송나라 철학자, 장자의 친구. ▌가죽나무 저(樗): 가승목(假僧木), 가중나무, 가짜 중 나무. 독이 있고 냄새가 심하며, 꽃매미의 기주식물이라 농부들

이 골치를 앓는 나무로 알려졌다. ■안을 옹(擁): 소유하다(執, 持). ■부스럼 종(腫): 혹.
■옹종(擁腫): 혹을 갖고 있다. ■규구(規矩): 지름이나 선의 거리를 재는 도구. ■길 도(途).
■아들 자(子): 남에 대한 존칭, 당신, 그대, 자네(您). ■홀로 독(獨): 어찌. ■삵 리(狸):
살쾡이. ■성성이 성(狌): 족제비 생(鼪), 족제비. ■이성(狸狌): 중국에서는 두 글자를 합하여
들고양이(野猫)로 본다. ■물을 후(候): 기다리다. ■놀 오(敖): 놀 오(遨). ■도량(跳梁):
도량(跳踉), 도약하다. 펄쩍 뛰다. ■임금 벽(辟): 덮치기, 그물 벽(繴). ■기벽(機辟): 덫.
■그물 망(罔). 그물 고(罟). ■망고(罔罟): 그물. ■금부(今夫): 발어사(발어사), 대체로, 무
릇. ■털 긴 소 태(氂). ■태우(氂牛): 모우(牦牛), 야크. ■방황(彷徨): 彷徨, 旁皇, 彷皇,
갈라놓을 수 없는 두 음절이 하나의 의미를 가진 연면어(聯綿字, 連綿詞)이다. ■거닐 소(逍):
거닐다, 노닐다. ■멀 요(遙): 거닐다. ■소요(逍遙): 자유롭게 이리저리 슬슬 거닐며 돌아다
니다. 逍搖 또는 消搖라고도 한다. 연면어이다.

「제물론」(齊物論) 편(節選) : 장주가 꿈에 나비가 된 것인가? 나비가 꿈에 장주가
된 것인가?(周之夢爲胡蝶與? 胡蝶之夢爲周與?).

(上略)昔者莊周夢爲胡蝶 , 栩栩然胡蝶也 , 自喻適志與 , 不知周也。俄而覺 , 則蘧蘧然
周也。不知周之夢爲胡蝶與？胡蝶之夢爲周與？周與胡蝶 , 則必有分矣。此之謂物化。
(상략)석자장주몽위**호접** , 허허연호접야 , 자유적지여 , 부지주야。아이각 , 즉거거연
주야。부지주지몽위호접**여**？호접지몽위주**여**？주여호접 , 즉필유분의。차지위**물화**。

(상략)옛날 장주(莊周)가 꿈을 꾸어 나비가 되었는데, 생동하구나 나비로네, 하고 스스로 즐거워
하고 득의한 것인지, 장주인 줄 몰랐다. 갑자기 깨어보니, 엄연히 장주였다. 모르겠구나 장주가
꿈에 나비가 된 것인가? 나비가 꿈에 장주가 된 것인가? 장주와 나비는, 반드시 구분이 있을
것인데. 이를 물화(物化)라고 이른다.

■호접(胡蝶): 호접(蝴蝶). 호(胡) 자는 수염(胡鬚) 즉 더듬이(觸鬚)를 가리키고 접(蝶) 자는
엽(葉), 즉 얇은 날개를 가리킨다고 하기도 하고, 호(蝴) 자와 접(蝶) 자는 형태소가 아니고

호접(蝴蝶)만 형태소인 연면어(連綿詞)라고 하기도 한다. ▌상수리나문 허(栩). ▌허허(栩栩): 스스로 기뻐하는 모양, 황홀한 모양. ▌깨우칠 유(喩): 즐거울 유(愉). ▌적지(適志): 득의(得 意)하다. ▌줄 여(與): 의문 어조사 여(歟), 마(嗎) 또는 니(呢)와 같이 가벼운 의문을 나타낸다. 연이어 사용하면 선택을 묻는 의문문이 된다. ▌갑자기 아(俄). ▌풀이름 거(蘧). ▌거거연(蘧 蘧然): 엄연히. ▌물화(物化): 형상 또는 사물의 변화. 물화란 외부의 만사만물(萬事萬物)이 자신과 교합하여 물아(物我)의 차별과 경계가 없는 하나가 된다는 것을 의미한다.

「양생주」(養生主) 편(節選) : 우리의 생명은 유한하나, 지식은 무한하다. 유한한 것으 로서 무한을 좇으면 위태하다(吾生也有涯, 而知也無涯. 以有涯遑無涯, 殆已.).

吾生也有涯 , 而知也無涯。以有涯隨無涯 , 殆已 ; 已而爲知者 , 殆而已矣。爲善無近 名 , 爲惡無近刑。緣督以爲經 , 可以保身 , 可以全生 , 可以養親 , 可以盡年。
오생야유애 , 이지야무애。이유애수무애 , 태이 ; 이이위지자 , 태이이의。위선무근 명 , 위악무근형。연독이위경 , 가이보신 , 가이전생 , 가이양친 , 가이진년。

우리의 생명은 유한하나, 지식은 무한하다. 유한한 것으로서 무한을 좇으면 위태하다; [그러함에 도] 곧 지식을 추구하면, 위태로울 뿐이다. 선을 행하여 명예에 가까이하지 않고, 악을 행하여 형벌에 가까이하지 않는다. 독맥(督脈)이란 신경(神經)을 따라가는 것을 상법(常法)으로 삼으면, 몸을 보존할 수 있고, 생명을 온전히 할 수 있고, 어버이를 봉양할 수 있고, 천수를 누릴 수 있다.

▌물가 애(涯): 끝, 가, 범위, 한도. ▌따를 수(隨): 좇다. ▌이이(已而): 곧, 머지않아, 나중에, 때때로. ▌위태할 태(殆). ▌가선 연(緣): 따르다, 따라가다. ▌살펴볼 독(督): 중(中), 정도(正 道), 목 중앙의 맥. 위치한 곳이 허(虛)이기에 독(督)에 허(虛)의 의미가 있음. ※ 독맥(督脈): 한의학에서 기경팔맥(奇經八脈)의 하나로서 인체의 중앙에 있어 위아래를 관통하고 있는 맥. ▌날 경(經): 항상 상(常).

庖丁爲文惠君解牛，手之所觸，肩之所倚，足之所履，膝之所踦，砉然嚮然，奏刀騞然，莫不中音。合於《桑林》之舞，乃中《經首》之會。文惠君曰：「譆！善哉！技蓋至此乎？」庖丁釋刀對曰：「臣之所好者道也，進乎技矣。始臣之解牛之時，所見無非牛者。三年之後，未嘗見全牛也。方今之時，臣以神遇，而不以目視，官知止而神欲行。依乎天理，批大郤，導大窾，因其固然。技經肯綮之未嘗，而況大軱乎！

포정위문혜군해우，수지소촉，견지소의，족지소리，슬지소기，획연향연，주도획연，막부중음。합어《상림》지무，내중《경수》지회。문혜군왈：「희！선재！기합지차호？」포정석도대왈：「신지소호자도야，**진호기의**。시신지해우지시，소견무비우자。삼년지후，미상견전우야。방금지시，신이신우，이불이목시，**관지지이신욕행**。의호천리，**비대극**，**도대관**，인기고연。**기경긍계지미상**，이황대고호！

포정(庖丁)이 문혜군(文惠君)을 위해 소를 잡는데, 손을 대는 곳이나, 어깨로 받치는 곳이나, 발로 딛는 곳이나, 무릎으로 지탱하는 곳이나, 삭삭 뼈 바르는 소리가 나는데, 칼로 가르는 소리가, 음률에 맞지 않음이 없었다. [행동이] 「상림」(桑林)의 춤사위에 맞았고, 「경수」(經首)의 절주에 맞았다. 문혜군(文惠君)이 말했다: "아! 잘한다! 재주가 어찌 이까지 이를 수가 있는가?" 포정이 칼을 놓고 말했다: "신(臣)이 좋아하는 것은 도인데, 기술에 앞섭니다. 처음 신이 소를 잡았을 때는, 눈에 보이는 것이 소가 아닌 것이 없었습니다. 3년 후에는, 소 전체가 보이지 않았습니다. 지금 이때, 신은 [소를] 영감으로 대할 뿐, 눈으로 보지 않으며, 감관(感官)은 멈추고, 영감만 작용합니다. 천리(天理)에 따라, [뼈와 살이 붙어있는] 큰 틈을 [칼로] 찌르거나, [뼈마디에 있는] 큰 구멍을 [칼로] 지나가거나, 자연 형태(이치)에 따릅니다. 경락(經絡) 결합처(結合處)와 근골(筋骨) 결합처도 건드린 적이 없는데, 하물며 큰 뼈야 말할 나위 없죠!

■부엌 포(庖): 요리사. ■장정(壯丁) 정(丁): 모종의 노동에 종사하는 사람. ■포정(庖丁): 소, 개 및 돼지 따위를 잡는 일을 직업으로 하는 사람, 요리사, 주방장, 백정(白丁). ■닿을 촉(觸): 부딪다, 부딪히다. ■의지할 의(倚): 동사일 때 뜻과 발음이 의지할 의(依) 자와 같다, 버티다, 지탱하다, 기대다. ■절뚝발이 기(踦): 무릎으로 지탱하다. ■뼈 바르는 소리 획(砉). ■향할 향(嚮): 울림 향(響). ■향연(嚮然): 뼈 바르는 소리. ■아뢸 주(奏): 칼을 들이대다. ■줄곧 갈 획(騞): 백정이 칼 쓰는 소리. ■획연(騞然): 칼로 물체를 가르는 소리, 재빨리,

돌연. ▮「상림」(桑林): 탕임금 때의 노래. ▮「경수」(經首): 요임금 때의 노래. ▮모일 회(會): 음절, 절주. ▮감탄할 희(譆): 아! ▮어찌 합(蓋, hé): 덮을 합(盍, hé), 하(何), 위하(爲何), 어떤, 무슨, 어떻게, 왜. ▮나아갈 진(進): 앞서다. ▮벼슬 관(官): 기관(器官), 여기서는 눈(眼)을 가리킨다. ▮칠 비(批): 찌르다. ▮고을 이름 극(郤): 틈 극(隙), 틈, 사이. ▮이끌 도(導): 길 도(道): 거쳐가다, 경유하다, 지나가다. ▮빌 관(窾): 관(款), 구멍. ▮고연(固然): 사물의 자연 형태, 당연, 물론. ▮기경(技經): 지경(枝經), 체내 경락이 이어진 곳. ▮즐길 긍(肯): 뼈에 붙은 살. ▮발 고운 비단 계(綮): 근육이 결절(結節)한 곳. ▮긍계(肯綮): 근육과 뼈가 결합된 부분. 큰 뼈 ▮고(軱): 대골(大骨).

良庖歲更刀，割也；族庖月更刀，折也。今臣之刀十九年矣，所解數千牛矣，而刀刃若新發於硎。彼節者有間，而刀刃者無厚，以無厚入有間，恢恢乎其於遊刃必有餘地矣，是以十九年而刀刃若新發於硎。雖然，每至於族，吾見其難爲，怵然爲戒，視爲止，行爲遲。動刀甚微，謋然已解，如土委地。提刀而立，爲之四顧，爲之躊躇滿志，善刀而藏之。」文惠君曰：「善哉！吾聞庖丁之言，得養生焉。」(下略)

양포세갱도，할야；족포월갱도，절야。금신지도십구년의，소해수천우의，이도인약신발어형。피절자유간，이도인자무후，이무후입유간，회회호기어유인필유여지의，시이십구년이도인약신발어형。**수연**，매지어족，오견기난위，**출연위계**，**시위지**，**행위지**。동도심미，**획연이해**，여토위지。제도이립，**위지사고**，**위지주저만지**，**선도이장지**。」문혜군왈：「**선재！오문포정지언**，득양생언。」(하략)

훌륭한 포정은 1년에 [한 번] 칼을 바꾸는데, [이는 살을] 가르기 때문이며; 보통 포정은 한 달에 [한 번] 칼을 바꾸는데, [이는 살을] 자르기 때문입니다. 지금 신(臣)의 칼은 19년 되었고, 또 해부한 소도 수천 마리인데, 그런데 칼날은 숫돌에 새로 간 것 같습니다. 저 뼈에는 틈이 있고, 칼날에는 두께가 없는데, 두께가 없는 것으로써 틈이 있는 데다 넣으므로, 넓디넓어 그곳에 칼날을 휘둘러도 반드시 여유로운 곳이 있고, 그리하여 19년이나 되었어도 숫돌에 새로 갈아낸 것 같습니다. 비록 [그렇지만], 뼈와 심줄이 한데 얽힌 곳에 이를 때마다, 저는 그것(族)을 다루기가 어려움을 보고, [그것에-族] 흠칫 놀라 경계하고, [그곳에-族] 눈길을 멈추고, [그곳에서=族] 행동을 천천히 합니다. 칼을 놀리는 것을 매우 미세하게 하면, [소의 몸체가] 쩍 갈라지는데,

마치 흙덩이가 땅에 쌓이는 듯합니다. 칼을 들고 일어서서, 그런 까닭에 사방을 둘러보고, 그런 까닭에 마음에 들어 만족하여, 칼을 잘 닦아 간수합니다." 문혜군이 말했다: "훌륭해! 나는 포정의 말을 듣고, [그것에서/그에게서] 양생[비법]을 터득했네." (하략)

▌겨레 족(族): 많다(衆多). ▌족포(族庖): 많은 요리사, 보통 요리사. ▌쏠 발(發). ▌숫돌 형(硎). ▌발형(發硎): 숫돌에 갈다. ▌형발신인(硎發新刃): 숫돌에 칼날을 새로 갈아내다, 새로 간 칼날처럼 예리하다, 업무에 막 참여하였는데 출중한 능력을 발휘하다. ▌틈 간(間): 간극(間隙). ▌수연(雖然): 수연여차(雖然如此), 비록 그렇지만. ▌겨레 족(族): 근육과 뼈가 얽힌 곳(knot). ▌두려워할 출(怵): 조심하는 모양. ▌"爲戒, 視爲止, 行爲遲.": "爲之戒, 視爲之止, 行爲之遲.", "그곳을 경계하고, 그곳에 눈길을 멈추고, 그곳에서 행동을 천천히 하다." ▌재빠를 획(謋). ▌맡길 위(委): 쌓이다. 퇴적하다. ▌위지(爲之): 위차(爲此), 이 때문에, 그런 까닭에. ▌주저(躊躇): 흡족해하다. ▌착할 선(善): 기울 선(繕), 닦을 식(拭). ▌어찌 언(焉): 최상익은 이를 '于此'의 합음(合音)자 '於之'와 '於是'의 축약으로 여기고 '이곳에서', '그곳에서', '이것에게' 및 '그것에게'로 풀이하였고, 이에 따라 '得養生焉'을 '그것에서(그에게서) 양생의 방법을 얻었도다'라고 번역하였지만,[26] 사실은 합음이 아니고 전치사와 지시대명사가 결합된 겸사(兼詞)일 뿐이다.

「인간세」(人間世) 편(節選) : 재목이 아닌 나무인지라, 쓸모가 없었으며, 그리하여 반드시 이렇게 오래 장수할 수 있었다(是不材之木也, 無所可用, 故能若是之壽).

匠石之齊, 至乎曲轅, 見櫟社樹. 其大蔽數千牛, 絜之百圍, 其高臨山十仞而後有枝, 其可以爲舟者旁十數. 觀者如市, 匠伯不顧, 遂行不輟. 弟子厭觀之, 走及匠石, 曰:「自吾執斧斤以隨夫子, 未嘗見材如此其美也. 先生不肯視, 行不輟, 何邪?」曰:「已矣, 勿言之矣! 散木也, 以爲舟則沈, 以爲棺槨則速腐, 以爲器則速

26) 崔相翼, 『漢文解釋講話』, 개정판(파주: 한울, 2008), 380.

毀 , 以爲門戶則液樠 , 以爲柱則蠹。是不材之木也 , 無所可用 , 故能若是之壽。」

장석지제 , 지호곡원 , **견력사수**。기대폐수천우 , **혈지백위** , 기고림산십인이후유지 , 기가이위주자**방**십수。관자여시 , **장백불고** , 수행불철。제자**염**관지 , 주급장석 , 曰 :「자오집부근이수부자 , 미상견재여차기미야。선생불긍시 , 행불철 , 하야 ?」왈 :「이의 , 물언지의 ! **산목**야 , 이위주즉침 , 이위관곽즉속부 , 이위기즉속훼 , 이위문호즉**액**만 , 이위주즉두。시부재지목야 , 무소가용 , 고능약시지수。」

석씨 장인(이하 匠石)이 제나라에 갔는데, 곡원(曲轅)에 이르러, 토지신 신사(神社) 나무인 상수리나무를 보았다. 그 [그늘의] 크기(너비)는 수천 마리 소를 가렸고, 그(둘레)를 재보니 백 아름이나 되었고, 그 높이는 산을 마주하여 80척을 넘은 뒤에 나뭇가지가 있는데, 배를 만들 수 있는 곁가지가 십수 개나 되었다. 바라보는 사람들이 저잣거리와 같았지만, 석씨 장인은 돌아보지도 않고, 마침내 가기를 그치지 않았다. 제자는 실컷 보고는, 장석에게 걸어가, 말하였다: "제가 도끼를 잡고 선생님을 따라다닌 이래, 이렇게 아름다운 재목을 본 적이 없습니다. 선생님께서는 보려 하지 않고, 가시기를 그치지 않는 것은, 무엇 때문인지요?" [장석이] 답했다: "됐다. 그것을 말하지 말거라, 쓸모없는 산목(散木)이니라. 배를 만들면 가라앉고, 관곽(棺槨)을 만들면 빨리 썩어버리고, 그릇을 만들면 빨리 헐어버리고, 문호(門戶)를 만들면 송진이 흘러나오고, 기둥을 만들면 좀이 든다. 재목이 아닌 나무인지라, 쓸모가 없었으며, 그리하여 반드시 이렇게 오래 장수할 수 있었단다."

▌장인 장(匠). ▌상수리나무 역(櫟). ▌사수(社樹): 사신(社神), 즉 토지신을 모시는 곳에 심는 나무. 해당 지역 토질에 적합한 나무를 골라 심는다. 왕조마다 사직단에 신주(神主)를 상징하는 나무를 심었는데, 이도 사수(社樹)라 한다. 하나라는 소나무, 은나라는 잣나무, 주나라는 밤나무, 조선은 소나무가 사수였다고 한다. 『논어』「八佾」: "哀公問社於宰我. 宰我對曰: 夏后氏以松, 殷人以柏, 周人以栗, 曰使民戰栗." ▌헤아릴 혈(絜): 재다, 두르다. ▌둘레 위(圍): 아름(量詞). ▌백위(百圍): 중국에서는 단순히 '큰 나무'라고 해석하나 '아름'으로 번역하는 것이 타당하다. ▌길 인(仞): 주척(周尺)으로 8척 또는 7척, 주척 1척은 약 23cm. ▌두루 방(旁): 곁가지. ▌징백(匠伯): 장석(匠石). ▌그칠 철(輟): 하던 일을 멈추다. ▌싫을 염(厭): 족하다, 가득차다. ▌아닌가 야(邪, yé): 의문(어)조사. ▌흩을 산(散): 평범하다, 쓸모없다. ▌산목(散木): 쓸모없는 나무. 「소요유」 편의 가죽나무 저(樗)도 쓸모없는 나무에 비유된

바 있다. █진 액(液): 액이 나오다, 액이 누출되다(leak). █송진 만(樠). █좀 두(蠹): 좀
먹다, 좀이 든다, 좀이 펴다.

匠石歸, 櫟社見夢曰:「女將惡乎比予哉？若將比予於文木邪？夫柤梨橘柚果蓏之
屬, 實熟則剝, 剝則辱, 大枝折, 小枝泄. 此以其能苦其生者也, 故不終其天年而中
道夭, 自掊擊於世俗者也. 物莫不若是. 且予求無所可用久矣, 幾死, 乃今得之, 爲
予大用. 使予也而有用, 且得有此大也邪？且也, 若與予也皆物也, 奈何哉其相物
也？而幾死之散人, 又惡知散木！」匠石覺而診其夢. 弟子曰:「趣取無用, 則爲社何
邪？」曰:「密！若無言！彼亦直寄焉, 以爲不知己者詬厲也. 不爲社者, 且幾有翦
乎！且也, 彼其所保, 與衆異, 以義譽之, 不亦遠乎！」(下略)

장석귀, 역사현몽왈:「여장**오**호비여재？약장비여어문목야？부사이귤유**과라**지
속, 실숙즉박, 박즉욕, 대지절, 소지설. 차이기능고기생자야, 고부종기천년이중
도요, 자부격어세속자야. 물막불약시. 차여구무소가용구의, 기사, 내금득지, 위
여대용. 사여야이유용, 차득유차대**야야**？**차야**, 약여여야개물야, 내하재기상물
야？이기사지산인, 우악지산목！」장석각이**진**기몽. 제자왈:「취취무용, 즉위사하
야？」왈:「밀！약무언！피역**직기언**, 이위부지기자**후려**야. 불위사자, 차기유**전**
호！차야, 피기소보, 여중이, 이의예지, 불역원호！」(하략)

장석이 귀가하니, 토지신 신사 나무인 상수리나무가 꿈에 나타나 말했다: "자네는 어디에 나를
비교하는가? 대개 풀명자나무, 배나무, 귤나무, 유자나무 등의 과일과 열매 따위는, 결실하여
익으면 벗겨지며, 벗겨지면 치욕을 당한다. 큰 가지는 꺾이고, 작은 가지는 끌어당겨지는데,
이는 제 능력으로 제 생명을 고통스럽게 하는 것이다. 그러므로 천수를 다하지 못하고 중도에
일찍 죽는 것이고, 스스로 세속에서 배격당하는 것이다. 사물치고 이러하지 않은 것은 없다.
그리고 내가 쓸모없음을 추구한 지 오래되었다. 거의 죽을 뻔했는데, 지금에서야 그것을 터득했
는데, 내게 큰 쓰임이 되었다. 만일 내게도 쓸모가 있었다면, 이렇게 클 수가 있었겠느냐? 하물며,
자네와 나는 모두 사물인데, 어찌하여 그렇게 사물을 대하는 것인가? 그리고 [자네는] 거의 죽어가
는 쓸모없는 산인(散人)인데, 또 어찌 쓸모없는 산목(散木)을 알겠는가?" 장석은 깨어나서 그

꿈을 말했다. 제자가 말했다: "희망하여 무용(無用)을 취하고, 토지신[의 나무]이 된 것은 무엇 때문인가요?" [장석이] 말했다: "쉿! 닥치거라! 그(상수리나무) 역시 다만 이곳에 빌붙어 있을 뿐이고, 자신을 알아보지 못하는 사람으로 하여금 [자신을] 비난하도록 하는 것이다. 토지신의 나무이 되지 않았으면, 거의 잘렸을 것이다! 하물며, 그가 보호하는 것은 남과 다르기에, [자네가 속세의] 의리(義理)로 그를 칭송하는 것은, 역시 멀리 나간 것이 아닐까!"(하략)

▋오호(惡乎): 오호(惡呼), 어디(何所). ▋난간 사(柤): 풀명자나무. ▋과라(果蓏): 목본식물의 과실은 과(果), 초본식물의 과실은 라(蓏)라 한다. ▋엮을 속(屬): 부류, 종류. ▋칠 설(渫): 끌 설(揲). ▋그러모을 부(捂). ▋야야(也邪): 그런가 야(邪) 자를 강조하는 표현. ▋차야(且也): 하물며, 게다가, 더구나(況且, 再說). ▋볼 진(診): 고(告)하다. ▋빽빽할 밀(密): 묵묵할 묵(黙), 말하지 않다. ▋약(若): 내(乃), 취(就). ▋곧을 직(直): 다만. ▋부칠 기(寄): 맡기다, 위탁하다, 빌붙다. ▋어찌 언(焉): 於此, 於是, 於之. 이곳에서, 여기에서, 그곳에서, 그것에게. ▋꾸짖을 후(詬). ▋갈 려(厲): 괴롭다. 후려(詬厲): 비꼬다, 비난하다, 질책하다. ▋자를 전(翦). ▋기릴 예(譽).

「산목」(山木) 편(篇選): 재목과 [쓸모가 없는] 잡목 사이에 머무르다(處夫材與不材之間).

莊子行於山中, 見大木, 枝葉盛茂, 伐木者止其旁而不取也。問其故。曰:「無所可用。莊子曰:「此木以不材得終其天年。」夫子出於山, 舍於故人之家。故人喜, 命豎子殺鴈而烹之。豎子請曰:「其一能鳴, 其一不能鳴, 請奚殺?」主人曰:「殺不能鳴者。」

장자행어산중, 견대목, 지엽성무, 벌목자지기방이불취야。문기고。왈:「무소가용。」장자왈:「차목이부재득종기천년。」**부자출어산, 사어고인지가。고인희, 명수자살안이팽지。수자청왈:「기일능명, 기일불능명, 청해살?」주인왈:「살불능명자。」**

장자가 산 속을 가다가, 큰 나무를 발견하였는데, 가지와 잎이 무성하였지만, 벌목꾼이 그 옆에 이르러서는 거두지(베지) 않았다. [장자가] 그 까닭을 물었다. [벌목꾼이] 말했다: "쓸데가 없습니다." 장자가 말했다: "이 나무는 재목이 아니어서 천수를 마칠 수 있을 거다." 장자는 산에서 나와, 옛 친구의 집에 묵었다. 옛 친구는 기뻐하여, 어린 종에게 거위를 잡아 삶으라고 일렀다. 어린 종은 여쭈어 말했다: "그중 하나는 울 수 있고, 그중 하나는 울지 못하는데, 어느 것을 잡을까요?" 주인이 말했다: "울지 못하는 놈을 잡아라."

▋부자(夫子): 선생님. 제자의 장자에 대한 존칭. 다른 곳은 모두 '장자'라고 했는데 이곳에서만 '부자'라고 한 것은 오류로서 '장자'라고 해야 한다. ▋집 사(舍): 거주하다, 투숙하다, 머무르다. ▋더벅머리 수(豎): 더벅머리 수(竪), 어린 종. ▋수자(豎子): 아이, 나이 어린 종, 동복(童僕). ▋기러기 안(鴈): 기러기 안(雁), 거위.

明日 , 弟子問於莊子曰 : 「昨日山中之木 , 以不材得終其天年 ; 今主人之鴈 , 以不材死。先生將何處?」莊子笑曰 : 「周將處夫材與不材之間。材與不材之間 , 似之而非也 , 故未免乎累。若夫乘道德而浮游則不然。無譽無訾 , 一龍一蛇 , 與時俱化 , 而無肯專為 ; 一上一下 , 以和為量 , 浮游乎萬物之祖 ; 物物而不物於物 , 則胡可得而累邪!此黃帝、神農之法則也。若夫萬物之情 , 人倫之傳 , 則不然。合則離 , 成則毀 , 廉則挫 ; 尊則議 , 有為則虧 , 賢則謀 , 不肖則欺 , 胡可得而必乎哉?悲夫!弟子志之 , 其唯道德之鄉乎!」(下略)

명일 , 제자문어장자왈 : 「작일산중지목 , 이부재득종기천년 ; 금주인지안 , 이부재사。선생장하**처**?」장자소왈 : 「**주장처부재여부재지간。재여부재지간 , 사지이비야 , 고미면호루**。약부승도덕이부유즉불연。무예무자 , 일룡일사 , 여시구화 , 이무긍전위 ; 일상일하 , 이화위량 , 부유호만물지조 , **물물이불물어물** , 즉호가득이루야!차황제、신농지법칙야。**약부만물지정** , **인륜지전** , 즉불연。합즉리 , 성즉훼 , **염**즉좌 ; 존즉의 , 유위즉휴 , 현즉모 , **불초즉기** , 호가득이필호재?비부!제자지지 , 기유도덕지향호!」(하략)

다음날, 제자가 장자에게 물어 말했다: "어제 산속의 나무는 재목이 아니어서 천수를 마칠 수 있었다고 하고; 오늘 주인의 거위는, 재목이 아니어서(쓸모가 없어) 죽었습니다. 선생님은 어느 쪽에 머무시겠습니까?" 장자는 웃으며 말했다: "나는 재목과 [쓸모가 없는] 잡목 사이에 머무를 것이다. 재목과 잡목 사이는, 그럴듯하면서 [그럴듯하지] 않은데, 따라서 [有用 및 無用에 대한] 연루에서 벗어난 것이 아니다. 만일 도덕을 타고 떠다니며 노닐면 그렇지 않을 것이다. [그러면] 명예가 없고 비방이 없으며, 때로는 용이 되고(날고) 때로는 뱀이 되고(엎드려 숨고), 시간과 더불어 함께 변화하여, 오로지 하려는 것이 없다; 때로는 올라갔다가 때로는 내려오고, 순화(順和)를 도량(度量)으로 삼으면, 만물의 원조에서 떠다니며 노닐 수 있다; 외물(外物)을 외물로 여기고 외물에 얽히지 않으면, 그러면 어찌 [외물을] 얻어서 피곤할 수 있겠는가! 이는 황제와 신농의 [처세] 법칙이다. 만물의 본성(도리)과, 인륜의 습속은, 그렇지 않다. 결합하면 풀어지고, 이뤄지면 무너지고, 모나면 꺾이고; 존귀하면 물의가 일어나고, 해내면 허물리고, 현능하면 계략이 꾸며지고, 재주가 없으면 업신여김을 당하는데, 어찌 [어느 것을] 얻었다고 꼭 그래야(그것에 매달려야) 하는가? 슬프구나! 제자들아 그것에 뜻을 두어라, 오직 도덕의 마을을!"(하략)

■살 처(處): 머물러있다, 마음을 두다. ■두루 주(周): 장주(莊周), 장자의 자칭. ■헐뜯을 자(訾): 비방, 악담. ■'物物而不物於物': 일반적으로 첫째와 셋째 '물' 자는 동사(役使, 主宰, 支配)로, 둘째와 넷째 '물' 자는 명사(外物)로 보아 "외물(물욕)을 부리고 외물(물욕)에 휘몰리지 않는다."라고 해석한다.27) ■턱밑 살 호(胡): 의문대명사, 어찌(何). ■약부(若夫): 지어(至於), …로 말하자면, 인차(因此), 때문에. ■만물지정(萬物之情): 사물 변화의 규칙, "合則離, 成則毀, 廉則挫." ■인륜지전(人倫之傳): 인간관계의 전해오는 규칙. "尊則議, 有為則虧, 賢則謀, 不肖則欺." ■청렴할 염(廉): 모서리, 모나다, 곧다. ■이지러질 휴(虧): 파괴하다, 허물다, 손상하다. ■불초(不肖): 닮지 않다, 못나다, 싹수가 없다, 재주가 없다(不才), 어리석다(不賢), 소생(겸양어), 저(겸양어).

---

27)그 외의 해석은 다음을 참조: 張立文·高曉鋒,「莊子道物關係的一種詮釋進路: 以'物物而不物於物'爲例」,『中州學刊』, 2021:4(2021.4), 107-114.

「추수」(秋水) 편(節選) : 자네는 물고기가 아닌데, 어찌 물고기의 즐거움을 안다는 것인가?(子非魚, 安知魚之樂?).

莊子與惠子遊於濠梁之上。莊子曰：「儵魚出遊從容，是魚樂也。」惠子曰：「子非魚，安知魚之樂？」莊子曰：「子非我，安知我不知魚之樂？」惠子曰：「我非子，固不知子矣；子固非魚也，子之不知魚之樂全矣。」莊子曰：「請循其本。子曰『汝安知魚樂』云者，既已知吾知之而問我，我知之濠上也。」

장자여혜자유어호량지상。장자왈 :「숙어출유종용, 시어락야。」혜자왈 :「자비어, 안지어지악？」장자왈 :「자비아, 안지아부지어지락？」혜자왈 :「아비자, 고부지자의 ; 자고비어야, 자지부지어지락전의。」장자왈 :「청순기본。자왈『여안지어락』운자, 기이지오지지이문아, 아지지호상야。」

장자와 혜자가 호수(濠水)의 다리 위에서 노닐었다. 장자가 말했다: "피라미가 한가하게 헤엄치고 있는데, 이것이 물고기의 즐거움이다." 혜자가 말했다: "자네는 물고기가 아닌데, 어찌 물고기의 즐거움을 안다는 것인가?" 장자가 말했다: "자네는 내가 아닌데, 어찌 내가 물고기의 즐거움을 알지 못한다고 알고 있는가?" 혜자가 말했다: "나는 자네가 아니므로, 물론 자네를 알지 못하네; 자네도 물론 물고기가 아니므로, 자네도 물고기의 즐거움을 완전히 알지 못할 것이네." 장자가 말했다: "처음으로 돌아가 보자. '자네는 어찌 물고기의 즐거움을 아느냐고 자네가 말한 것은, [이는] 이미 내가 [물고기의 즐거움을] 알고 있다는 것을 알고 내게 물은 것인데, 나는 그것을 호수의 다리 위에서 알았다네."

■혜자(惠子): 혜시(惠施), 전국시대 송(宋)나라 사람, 명가(名家) 인물. ■해자 호(濠): 안휘성 봉양현(鳳陽縣) 북쪽의 강 이름. ■들보 량(梁): 다리, 교량. ■빠를 숙(儵): 피라미 조(鯈, 鰷), 치리(白鰷魚). ■종용(從容): 한가하다, 조용하다, 침착하다. ■아들 자(子): 자네, 당신, 상대방에 대한 존칭.

10-4 『장자』 감상과 평설(評說)

『장자』에서 비롯된 성어는 매우 많다:

- "붕새의 노정은 만리다."라는, 먼 길 또는 먼 장래를 이르는 붕정만리(鵬程萬里.「逍遙游」),

- 제기 담당자가 "제기 담당 직분을 넘어 부엌일을 하다."라는, 제 직분을 버리고 남의 직분을 범한다는 월조대포(越俎代庖.「逍遙游」),

- "소에게 거문고를 타서 들려준다."라는 대우탄금(對牛彈琴.「齊物論」),

- "아침에 셋 저녁에 넷", 눈앞에 보이는 차이만 따지고 결과가 같은 것을 모르는 어리석음을 가리키는 조삼모사(朝三暮四.「齊物論」),

- "포정이 소를 해부하다."라는, 훌륭한 솜씨를 비유하는 포정해우(庖丁解牛.「養生主」),

- "사마귀가 앞발로 수레를 막는다."라는 당비당거(螳臂當車.「人間世」),

- "재목이 아닌 나무", 즉 쓸모없는 나무를 의미하는 부재지목(不材之木.「人間世」),

- "거스름이 없는 친구"라는 막역지우(莫逆之友.「大宗師」),

- "처음부터 끝까지 한결같이 잘한다."라는 선시선종(善始善終.「大宗師」),

- 성인의 논리와 인위적인 지식을 끊어내고 그만둔다는 뜻으로 사회를 위해 억지로 규율과 기준을 만들 것 없이 인간다운 천연에 가까운 상태에서 자연스럽게 사는 것이 좋다는 절성기지(絶聖棄知.「胠篋」;「在宥」),

- "매우 교묘한 솜씨는 서투른 것같이 보인다."라는, 매우 총명한 사람은 과장하지 아니하므로 도리어 어리석은 것처럼 보인다는 대교약졸(大巧若拙.「胠篋」),

- "입에 음식을 머금고 배를 두드린다."라는 함포고복(含哺鼓腹.「馬蹄」),

- '조상을 닮지 못한(소상만 못한) 자손'이라는 불초자손(不肖子孫.「天地」),

- "[(월(越)나라의 미녀] 서시가 눈살 찌푸리는 것을 본뜬다."라는, 남의 흉내를 내어

웃음거리가 된다는 서시효빈(西施效矉),

- "묵은 것을 토해내고 새것을 들이마신다."라는 토고납신(吐故納新. 「刻意」),

- '우물 안의 개구리'라는 감정지와(坎井之蛙. 「秋水」)와 '우물 밑의 개구리'라는 정
저지와(井底之蛙. 「秋水」),

- "대롱으로 하늘을 본다."라는 관규(管窺. 「秋水」), 용관규천(用管窺天. 「秋水」) 및
이관규천(以管窺天. 「秋水」),

- "바다를 보고 탄식하다."라는, 남의 장점을 보고 자신의 부족함을 한탄한다는 망양
흥탄(望洋興嘆. 「秋水」) 또는 망양지탄(望洋之嘆. 「秋水」),

- "한단에서 걸음마를 배운다."라는, 본분을 잃고 남을 따라한다는 한단학보(邯鄲學
步. 「秋水」),

- "맛이 좋은 우물은 먼저 마른다."라는, 재주가 출중한 사람은 혹사당해 일찍 쇠잔해
진다는 감정선갈(甘井先竭. 「山木」),

- "군자의 사귐은 물과 같이 담박하다."라는 군자지교담약수(君子之交淡若水),

- "소인의 사귐은 술과 같이 달다."라는 소인지교감약례(小人之交甘若醴),

- "오는 사람은 막지 말라."라는 내자물금(來者勿禁. 「山木」),

- "시대와 더불어 변화한다."라는 여시구화(與時俱化. 「山木」)(시대와 더불어 진보
한다는 여시구진(與時俱進)은 채원배(蔡元培)의 『中國倫理學史』(1910)에 나온다),

- "가는 사람은 머물게 하지 말라."라는 왕자물지(往者勿止. 「山木」),

- "곧은 나무는 먼저 베어진다."라는 직목선벌(直木先伐. 「山木」),

- "문틈으로 흰 망아지가 지나가는 순간을 본다."라는, 세월이 덧없이 빨리 지나가거
나 덧없는 인생을 가리키는 백구과극(白駒過隙, 白駒過郄. 「知北遊」),

- "뜻을 얻고 말을 잊는다."라는, 뜻을 알았으면 더 말할 필요가 없다는 득의망언(得
意忘言. 「外物」),

- "물고기를 잡고 그물을 잊는다."라는, 목적을 달성했으면 수단을 잊는다는 득어망

전(得魚忘筌. 「外物」),

- "토끼를 잡고 올무를 잊는다."라는 득토망제(得兔忘蹄. 「外物」),

- "수레바퀴 자국에 괸 물에 있는 붕어"라는, 곤궁한 처지나 다급한 위기를 비유한 학철지부(涸轍之鮒. 「外物」),

- "수후(隋侯)가 보석 구슬로 참새를 잡는다."라는, 작은 것을 얻으려다 큰 것을 손해 본다는 수주탄작(隋珠彈雀. 「讓王」),

- '배를 삼킬 만한 고기'라는, 장대한 기상이나 큰 인물이라는 탐주지어(呑舟之魚. 「庚桑楚」),

- '미생(尾生)의 믿음'이라는, 우직(愚直)하게 약속을 굳게 지킨다는 미생지신(尾生之信. 「盜跖」),

- "같은 부류의 사람들은 서로 따른다."라는 동류상종(同類相從. 「漁夫」),

- "같은 소리는 서로 응대한다."라는, 같은 의견을 가진 사람들은 서로 친해진다는 동성상응(同聲相應. 「漁夫」),

- "정원을 나누어 서서 대등한 예를 갖추다."라는, 상호간에 대등한 지위나 예의로써 대하다, 상호대립한다는 분정항례(分庭抗禮. 「漁父」),

- "변화가 심하여 종잡을 수가 없다."라는 변화무상(變化無常. 「天下」),

- "바람으로 빗질하고 빗물로 목욕한다."라는, 비바람도 피하지 못할 정도로 고생한 다는 즐풍목우(櫛風沐雨. 「天下」) 또는 질풍심우(疾風甚雨. 「天下」) 등이 있다.

「소요유」 앞부분에서 장자는 동물 세계를 빌어 인간세계를 비웃는다. 곤과 붕이라는 큰 동물과 매미·메추라기 등 작은 동물을 견주어 인간의 대지(大知)와 소지(小知)를 비교한다. 아울러 상식다운 가치와 규범에 안주하는 인간을 초월하여 절대의 경지를 소요하는 송영자와 열자를 들어 속인의 지식과 능력의 한계를 비웃고, 더 나아가 지인 (至人)·신인(神人)·성인(聖人)의 경지를 제시함으로써 절대 자유의 세계를 소요하는 고차원의 장자의 사상을 제시하였다.

「제물론」 마지막 부분에서 장자는 그 유명한 호접몽(胡蝶夢)을 제시하였다. 속인은 꿈과 현실, 나비와 나를 구분하지만 참된 도를 터득하면 피아의 구별이 없고 모든 것이 하나로 통한다고 한다. 따라서 시비(是非), 가불가(可不可), 미추(美醜), 대소(大小), 장단(長短) 등 모든 가치의 대립과 차별이 하나로 보이면 꿈이 현실이고 인간도 나비로 물화(物化)된다고 한다. 이러한 경지가 되어야 참다운 우주의 신비, 실존의 진리 및 참된 도를 터득할 수 있다는 것이다.

「양생주」 앞부분에서 인간의 양생을 말했다. 양생은 생명을 보양하는 것을 말하는 것으로 「양생주」 편은 세속생활에서 자신의 생을 온전하게 보존할 수 있는 생활의 지혜를 밝히고 있다. 백정이 소를 잡는 자연스러운 이치에 따라, 즉 도에 따라 살아나가야 천수를 누리고 가족을 보양하고 인간의 질서를 확립할 수 있다는 주장이다. 천도를 따르는 삶이 천수를 누리는 참된 삶이라는 것이다.

「인간세」 편은 여러 사례를 들어서 "사람이 모두 쓸모 있음의 쓸모를 알고 있지만, 쓸모없음의 쓸모를 모르고 있다."(人皆知有用之用, 而莫知無用之用也.)라는 교훈을 보여준다. 이중 부재지목(不材之木)인 산목(散木)이 사수(社樹)가 되어 장수한 비결은 압권이다. 이러한 관점은 곧은 나무는 먼저 베어진다는 직목선벌(直木先伐.「山木」)에 대한 경계이다. 그러나 장자는 「산목」(山木) 편에서는 같은 쓸모없는 존재이지만 부재지목은 천수를 누리는 무용지용(無用之用)과 불명지안(不鳴之雁)은 삶아져 먹히는, 즉 무용지무용(無用之無用) 사이의 모순에 대한 제자의 질문에 대해 잠시 유용과 무용의 사이(材與不材之間)에 머물려다가 이 역시 여전히 문제(累)가 있음을 인식하고 최종적으로 '도덕을 타고 떠다니며 노닐겠다'는 처세술을 제시하였다.

「추수」 편의 '호량지변'(濠梁之辯)은 도가와 명가의 사물에 대한 인식의 차이를 보여준다. 도가는 '도'의 관점에서 사람과 사물은 동등한 것으로 본다. 이에 장자는 물고기의 즐거움을 '느낀다'고 주장하였고, 명가인 혜자(혜시)는 사람과 사람은 이름도 다르고 실질도 구별되기에 장자가 물고기의 즐거움을 '이해할' 수 없다고 보았다. 관점이 다른 때문에 결론이 나올 수 없지만 장자는 '근본으로 돌아가서' 논쟁을 다시 시작하고자 했으나 혜자는 답을 하지 않았다. 혜자의 "물고기의 즐거움을 어찌 알 수 있느냐?"라는 문제 제기에 장자는 "물고기의 즐거움을 어디에서 알았느냐?"로 곡해하여 "나는 호수의 다리 위에서 알았다."라고 대답하고 말았다. 장자의 정감 및 감성과, 혜자의 인지 및 인식상의 차이가 극명하게 드러난 대화였다.

11. 굴원(屈原)
「어보」(漁父) 편

11-1 저자 소개

전국시대 초나라 작품 「어보」(漁父)는 굴원 (屈原) 개인의 작품이 아니고 굴원과 어보의 대화록이다. 이에 작가가 아닌 작품의 주인공인 굴원을 알아보기로 한다.

굴원(屈原, 약 340-278BCE)은 전국시대 초 (楚)나라 사람으로 이름은 평(平), 자는 원(原) 이다. 전국시대 칠웅이 통일되기 직전 진나라와 초나라가 패권을 다투었다. 진에게 패한 초회왕 (楚懷王)은 제나라와 손잡고 진에 대항하려했 다(聯齊抗秦). 그러나 초회왕은 삼려대부(三閭 大夫) 굴원의 만류에도 불구하고 진나라 소양왕

굴원

(昭襄王)의 친선맹약 음모에 속아 무관(武關)에 갔다가 함양으로 끌려간 뒤 병사했다 (296BCE). 차기 군주 자리에 오른 사람이 경양왕(頃襄王)이다. 주화파의 손을 들어준 경양왕은 주전파인 굴원을 파직하고 유배를 보냈다. 복직 후 주난왕(周赧王) 21년

(294BCE)부터 다시 유배되었다. 수도 영도(郢都, 현 호북성 荊州 江陵)를 떠나 유배 중 호남(湖南) 동정호(洞庭湖)로 흘러드는 상강(湘江) 지류인 멱라강(汨羅江) 일대를 돌아다니다가 어보를 만나 나눈 대화록이 「어보」(漁父)이다. 62세의 굴원은 주난왕 37년(278BCE) 5월 5일(음력)에 초나라 왕이 진나라 군사에게 쫓기고 있다는 소식을 듣고 돌을 가슴에 안고 멱라강에 뛰어들어 자살했다.

전설에 따르면 굴원과 얘기를 나눴던 어보는 강에 쌀밥을 뿌리며 굴원의 혼령을 찾았다. 이듬해 5월 5일 백성들도 쌀밥을 강에 뿌리며 굴원의 죽음을 애도했다고 한다. 위진남북조시대 이래 사람들은 매년 5월 5일 쌀밥 대신 참대 잎에 찹쌀밥을 싼 '종자'(粽子)를 던졌고, 배 몰기를 겨루는 '새룡선'(賽龍船) 경기를 했다. 굴원을 기념하는 이런 행사들은 점차 하나의 풍속이 되었다. 이것이 정착되어 단오절(端午節, Dragon Boat Festival)이 되었다. 단오의 단(端) 자는 첫 번째를 의미하고, 오(午) 자는 오(五), 곧 다섯과 뜻이 통하므로 단오는 초닷새를 말한다. 20여 가지의 다른 이름이 있다: 단오절(端五節), 단양절(端陽節), 중오절(重午節), 천중절(天中節), 오월절(五月節), 창절(菖節), 포절(蒲節), 용주절(龍舟節), 굴원일(屈原日), 여아절(女兒節) 및 등절(燈節) 등.

풍년을 기원하는 파종제로서, 물맞이, 창포 머리 감기, 씨름, 그네뛰기 등의 세시풍속 및 조상 숭배 등을 결합한 강릉단오제를 2005년 11월 유네스코에 인류 구전 및 무형유산 걸작으로 등록하자 중국인들이 문화침탈이라고 강력히 항의한 바 있다. 강릉단오제는 중국 단오절과 날짜와 명칭만 유사할 뿐 성격이 전혀 다른 데 이렇게 거칠게 항의한 것은 문화제국주의 태도라고 본다. 그런 중국은 2009년 단오절을 유네스코에 등

사진: 종자(粽子)

록했고, 중국에서 기원했지만 동북아 및 세계의 공동문화유산이 된 선지(宣紙), 서법(書法), 전각, 조판인쇄(雕版印刷), 중의침구(中醫鍼灸), 활자인쇄술, 주산(珠算)을 단독으로 등록했고, 2009년에는 조선족의 농악무를 등록하는 횡포를 부렸다.

「어보」 편의 진정한 작자에 대한 이견이 분분하다. 처음으로 굴원의 작품으로 인정한 것은 동한시대 왕일(王逸)의 『초사장구』(楚辭章句)이다. 『초사장구』는 서한 말년 유향(劉向)이 편집한 『초사』에 주를 단 것이다. 『초사』에는 「어보」 편이 25편의 굴원 작품의 하나로 수록되어 있다. 이에 근거하면 굴원의 「어보」 작자설은 유향까지 소급된다. 후세의 굴원 「어보」 작자설에 비교적 영향을 준 것은 남조 양(梁)의 소통(蕭統)이 편집한 『소명문선』(昭明文選)과 남송 주희(朱熹)의 『초사집주』(楚辭集註)이다. 사마천은 『사기』 권84 「굴원가생열전」(屈原賈生列傳)에서 「어보」의 글을 인용할 때 일부만 인용했지 굴원의 원작을 인용한 것은 아니었다. 왕일은 『초사장구』에서 "「어보」는 굴원의 작품이다"라고 한 뒤에 또 "초나라 사람들은 굴원을 생각하여 그 사(辭)를 서(敍)하여 서로 전했다."(楚人思念屈原, 因敍其辭以相傳焉.)라고 하여 작자가 초나라 사람이라고 했다. 문장에 굴원과 대화하는 초나라 사람이 있고, 문장은 전체적으로 제3인칭인 점으로 보아 「어보」는 굴원의 생활과 사상을 잘 아는 초나라 사람의 작품으로 보는 것이 자연스럽다.

굴원은 중국에서 위대한 첫 애국시인, 중국 낭만주의 문학의 창시자(奠基人), 초사(楚辭)의 창립자 겸 대표자, 중화시조(中華詩祖), 사부의 원조(詞賦之祖) 등으로 불린다. 초사(楚辭)는 굴원이 창조한 시체(詩體)로 전국시대 초나라(현재 호북성과 호남성 일대)의 문학 형식으로서 초나라의 방언 성운(聲韻)으로 산천 인물과 역사 풍경을 묘사한 지역 문학 형식을 가리킨다.

11-2 원전 소개

그림: 「굴원어보도」(屈原漁父圖) 작자: 부포석(傅抱石, 1904-1965)
출처: http://auction.zhuokearts.com/artsview.aspx?id=27052415

　　굴원과 어보의 대화록인 「어보」(漁父)는 초나라의 여러 작품을 모은 『초사』(楚辭)에
실려 있다.

　　『초사』는 낭만주의 시가(詩歌)의 총집(總集)이며, 굴원의 「이소」(離騷)를 본떠 지은

운문으로 각 구의 끝 자가 모두 혜(兮)로 맺어지는 소체류(騷體類) 또는 초사체(楚辭體) 작품의 총집이다. 서한시대 유향(劉向, 약 77-6BCE)이 굴원의 작품을 위주로, 전국시대 송옥(宋玉) 및 한대 동방삭(東方朔) 등의 글 16편을 처음 편집했고, 동한의 왕일(王逸)이 「구사」(九思) 편을 추가하여 풀이했다. 수록된 글들은 현대의 호남, 호북 및 안휘 서부 지역을 포함하는 초(楚) 지방의 특색을 갖고 있어서 『초사』라고 명명되었다. 『초사』는 『시』(詩) 다음으로 중국문학에 큰 영향을 주었고, 중국 낭만주의 문학을 열었다고 평가된다.

『초사』에 실린 작품 중 굴원의 작품으로 확실시되는 것은 「이소」(離騷), 「구가」(九歌)(11편), 「천문」(天問) 등 13편이고, 굴원의 작품으로 유추할 수 있는 것은 「구장」(九章)(9편), 「원유」(遠游), 「복거」(卜居), 「어보」(漁父), 「초혼」(招魂), 「대초」(大招) 등 14편이다. 이중 「어보」는 굴원의 작품으로 분류되기 어렵지만 굴원과 가장 가까운 작품이다. 『사기』「굴원가생열전」(屈原賈生列傳)과 유향 『신서』(新序) 등 문헌에 관련 내용이 실려 있다. 「어보」의 등장인물은 굴원과 어보이다. 대비의 기법으로 문답체를 통해 두 가지 대립되는 인생관을 보여준다. 「어보」는 도가의 사상을 반영하며, "사물에 얽매이거나 막히지 않고, 세상을 따라 변할 수 있다."(不凝滯於物, 而能與世推移.)라는 문장은 후세 도가와 도교에 큰 영향을 주었다.

『초사』는 명철보신(明哲保身)을 중시한 유교이념과 거리가 있지만 조선시대 세종(世宗)은 이 책을 2백 번 읽을 정도로 중시하여 왕에 즉위한 뒤 주자소에 발간을 명하였고 (『세종실록』 10년 11월 12일) 이를 집현전(集賢殿) 관원에게 나눠주었으며, 성균관 생원들에게 읽게 하였다고 한다(『세종실록』 11년 3월 18일; 17년 6월 26일).

11-3 「어보」편 원문, 역문 및 주석

「어보」(漁父) 편 : 온 세상이 다 흐렸는데 나 홀로 맑았고, 뭇사람이 다 취했는데 나 홀로 깨어있었다(擧世皆濁我獨淸, 衆人皆醉我獨醒).

屈原既放, 遊於江潭, 行吟澤畔, 顏色憔悴, 形容枯槁。漁父見而問之曰:「子非三閭大夫與? 何故至於斯!」
굴원기방, 유어강담, 행음택반, 안색초췌, 형용고고。어보견이문지왈:「자비삼려대부여? 하고지어사!」

굴원은 쫓겨나서, 강가에서 노닐었는데, 강둑을 거닐며 읊조렸고, 안색은 초췌하였고, 몰골은 수척했다. 어보가 보고 그에게 물어 말했다: "당신은 삼려대부(三閭大夫)가 아닌지요? 무슨 까닭으로 예까지 이르게 되었는지요?"

▌이미 기(既): 이미, 벌써, ...한 다음. ▌강 강(江): 서쪽에서 동정호로 흘러드는 완강(浣江)이라는 주장과 남쪽에서 동정호로 흘러 들어가는 상강(湘江)이라는 주장이 있다. ▌깊을 담(潭): 물이 깊은 곳, 물가. ▌강담(江潭): 강물이 깊은 곳, 강가, 강변. ▌못 택(澤). ▌누둑 반(畔). ▌택반(澤畔): 강변, 강가, 강둑. 관리가 쫓겨나서 읊는 작품을 '택반음'(澤畔吟)이라 한다. 『사기』권84 「屈原賈生列傳」에는 "굴원이 강변에 이르러, 산발하고 강둑을 거닐며 읊었다."(屈原至於江濱, 被髮行吟澤畔.)라고 했다. '行吟澤畔'은 문법적으로 '거닐며 강둑(택반)을 읊다'라고 번역해야 하는데, 문법을 무시하고 '강둑을 거닐며 읊조리다'로 번역해야 한다. 강담(江潭)과 택반(澤畔)을 각각 강변과 호숫가로 번역하거나,[28] 모두 강변으로 번역하는 것은[29] 잘못이다. ▌마를 고(枯). ▌마를 고(槁, 槀). ▌어보(漁父): 고기잡이 노인에 대한 높임말, 어옹(漁翁). ▌삼려대부(三閭大夫): 전국시대 초나라에서 종묘제사를 주재하고, 굴

---

28) 김근, 『중국을 만든 문장들』(서울: 삼인, 2022), 273.
29) 『百度百科』, 「漁父」.

(屈), 경(景) 및 소(昭) 등 3대 종족(宗族) 자제 교육을 담당하던 기관이다. ▌줄 여(與): 어조사 여(歟), 의문을 나타낸다.

屈原曰:「擧世皆濁我獨淸 , 衆人皆醉我獨醒 , 是以見放!」
굴원왈:「거세개탁아독청 , 중인개취아독성 , 시이견방!」

굴원이 말했다: "온 세상이 다 흐렸는데 나 홀로 맑았고, 뭇사람이 다 취했는데 나 홀로 깨어있었기에, 그 때문에 쫓겨났지요."

漁父曰:「聖人不凝滯於物 , 而能與世推移。世人皆濁 , 何不淈其泥而揚其波?衆人皆醉 , 何不餔其糟而歠其釃?何故深思高擧 , 自令放爲?」
어보왈:「성인불응체어물 , 이능여세추이。세인개탁 , 하불굴기니이양기파?중인개취 , 하불포기조이철기시?하고심사고거 , 자령방위?」

어보가 말했다: "성인은 사물에 얽매이거나 막히지 않고, 세상을 따라 변할 수 있다고 했지요. 세상 사람들이 모두 흐렸는데, 왜 그 진흙을 휘저어 물결을 일으키지 않았는지요? 뭇사람이 다 취했는데, 왜 그 술지게미를 먹고 그 박주(薄酒)를 마시지 않았는지요? 무슨 까닭으로 깊은 생각과 튀는 행동으로, 스스로 추방되게 만들었는지요?"

▌엉길 응(凝). 막힐 체(滯). ▌옮을 추(推): 옮다, 변천하다. ▌옮길 이(移): 변하다, 바꾸다, 움직이다. ▌흐릴 굴(淈): 휘저어 흐리게 하다, 어지럽게 하다. ▌물결 파(波). ▌새참 포(餔): 먹다. ▌전국 조(糟): 거르지 않은 술, 지게미. ▌마실 철(歠): 핥아먹다. 일부 판본은 마실 철(啜) 자로 표기한다. ▌거를 시(釃): 진한 술. 일부 판본은 맛이 좋지 않은 술을 의미하는 박주(薄酒, 粗酒) 리(醨) 자로 표기. ▌들 거(擧): 언행, 거동. ▌고거(高擧): 세속보다 높은 거동, 튀는 행동. 독청(獨淸)이 심사(深思)에 비유된다면 독성(獨醒)은 고거(高擧)에 비유된다. ▌할 위(爲): 반문(反問)을 표시하는 어조사.

屈原曰 :「吾聞之 , **新沐者必彈冠** , 新浴者必振衣 ; 安能以身之察察 , 受物之汶汶者乎 ! 寧赴湘流 , 葬於江魚之腹中。安能以皓皓之白 , 而蒙世俗之塵埃乎 !」

굴원왈 :「오문지 , **신목자필탄관** , 신욕자필진의 ; 안능이신지**찰찰** , 수물지**문문**자호 ! 영부상류 , 장어강어지복중。안능이**호호**지백 , 이몽세속지진애호 !」

굴원이 말했다: "내 듣기로는, 막 머리를 감았으면 반드시 관(冠)을 털어야 하고(먼지를 털어서 써야 하고), 막 몸을 씻었으면 반드시 옷을 털어야 한다고(티끌을 털어서 입어야 한다고) 했지요; 어찌 깨끗한 몸으로, 얼룩진 외물(外物)을 받아들일 수 있으리오! 차라리 상강(湘江)으로 가서, 강 물고기 뱃속에 묻어버릴지언정. 어찌 고결한 순백(純白)이, 세속의 흙먼지를 뒤집어쓸 수 있으리오!"

> ▌새 신(新): 새로운, 새롭게, 처음(으로), 방금, 금방, 막, 지금. ▌머리 감을 목(沐). ▌탄알 탄(彈): 바루다, 두드리다, 타다. ▌목욕할 욕(浴): 몸을 씻다. ▌살필 찰(察). ▌찰찰(察察): 지나치게 꼼꼼하고 자세하다, 뚜렷하다, 깔끔하다, 깨끗한 모양. ▌내 이름 문(汶): 수치, 치욕. ▌문문(汶汶): 더럽다, 더럽히다. ▌흴 호(皓). 호호(皓皓): 결백하다, 고결하다.

漁父莞爾而笑 , 鼓枻而去 , 乃歌曰 :「滄浪之水清兮 , 可以濯吾纓。滄浪之水濁兮 , 可以濯吾足。」遂去不復與言。

어보완이이소 , 고설이거 , 내가왈 :「**창랑지수청혜** , 가이탁오영。창랑지수탁혜 , 가이탁오족。」수거불부여언。

어보는 빙그레 웃고는, 노를 저어가면서, 노래를 불렀다: "창랑의 물 맑네, 내 갓끈을 씻을 수 있을 만큼. 창랑의 물 흐리네, 내 발을 씻을 수 있을 만큼." [어보는] 마침내 가버리고는 [굴원과] 다시는 더불어 말하지 않았다.

> ▌왕골 완(莞). ▌너 이(爾): 어조사. ▌완이(莞爾): 빙그레 웃는 모양. ▌도지개 설(枻): 노예(枻). ▌고설/고예(鼓枻): 고예/고설(鼓枻). '노(櫓)를 두드리다'라는 뜻인데, 손으로 노를 두드리는 것인지, 망치로 노를 두드리는 것인지 알 수 없다. 따라서 '노를 젓다'라고 해석해야

한다. ▌창랑(滄浪): 푸른 물이라고 해석하기도 하고, 호북성 한수(漢水, 漢江)의 지류 또는 하류를 가리키는 것으로 해석하기도 한다. ▌갓끈 영(纓). ▌다시 부(復). ※『孟子』「離婁上」: "有孺子歌曰:「滄浪之水清兮, 可以濯我纓; 滄浪之水濁兮, 可以濯我足.」." ▌遂去不復與言': 이 부분의 주어는 일반적으로 '어보'라고 해석하였는데, 「어보」의 첫 문장이 '굴원'으로 시작된 것에 착안하여 이 부분의 주어를 '굴원'으로 해석하여도 무리가 없다. 즉 굴원의 어보의 노래에 대한 반응으로 본다면 오히려 「어보」의 취지에 더 부합한다.

11-4 「어부」 편 감상과 평설(評說)

『초사』에는

- '붉은 입술과 흰 이'라는 뜻으로, 미인을 가리키는 주순호치(朱脣晧齒)(「大招」),
- "아홉 번 죽을 뻔하다 한 번 살아났다."라는, 여러 차례 죽을 고비를 겪고 간신히 살아났다는 구사일생(九死一生)(「離騷」),
- "여우가 죽음에 이르러 [여우가 살던 굴이 있는] 언덕으로 머리를 향하게 한다."라는 호사수구(狐死首丘)(「自悲」),
- "검은 것과 흰 것이 거꾸로 되었다."라는, 옳고 그름이 뒤집혔다는 전도흑백(顚倒黑白)「懷沙」) 등의 성어가 나온다. 「어보」 편에는
- "온 세상이 다 흐렸는데 나 홀로 맑았다."라는 거세개탁(擧世皆濁我獨淸)과
- "세상을 따라 변한다."라는 여세추이(與世推移)가 나온다.

굴원 관련 성어로 소인묵객(騷人墨客)이 있다. 근심하는 사람 또는 우수에 찬 사람을 의미하는 소인(騷人)은 원래 「이소」(離騷) 편을 지은 사람을 가리키는데, 나중에 이는 근심스럽고 실의에 빠진 사람을 의미하게 되었고, 묵객(墨客)은 먹을 가지고 글씨를 쓰거나 그림을 그리는 사람을 의미한다. 소인, 묵객 및 소인묵객은 시인, 작가 등 문인을 통칭한다.

국립국어원의 『표준국어대사전』은 표제어 '어부3(漁夫/漁父)'를 "물고기 잡는 일을 직업으로 하는 사람."이라고 풀이했는데 이는 漁夫와 漁父를 구분하지 못한 잘못된 설명이다. 한편, 표제어 '어보4(漁父)'를 "'어부'를 아름답게 이르는 말."이라고 풀이했다. 현대한어에서도 漁父(yúfù)의 부(父, fù) 자와 父親(fùqīn)의 부(父, fù) 자를 구분하여 발음한다. 재덕이 있는 남자에 대한 미칭이나 노년 남자에 대한 존칭으로 사용되는 경우 3성으로 발음하고, 혈통 관계상 윗대의 남성을 가리키는 경우는 4성으로 발음한다. 그리고 어부(漁夫, yúfū)는 나이를 불문하고 단순히 물고기를 잡는(捕) 일을 업으로 하는 사람을 가리키고, 어보(漁父, yúfù)는 나이가 지긋하고 수양이 있는 물고기를 낚는(釣) 일로 소일하는 은둔자를 가리킨다.

중국 역사상 어보(漁父)의 전형으로 문왕(文王)을 도와 주 건국에 공을 세운 강태공(姜太公) 여상(呂尙, 姜子牙, 太公望, ?-1015BCE), 춘추시대 월왕 구천(句踐)을 도와 와신상담으로 복국(復國)하는데 공을 세운 범려(范蠡, 536-448BCE), 동한 창업제왕 광무제의 동창이며 친구로 모든 제의를 거절하고 은거한 동한시대 엄광(嚴光, 38BCE-41) 등이 있다. 또한 문학작품이 그려낸 어보로는 공자에게 한 수 가르쳤던 『장자』「어보」(漁父) 편의 어보와 굴원을 한 수 가르쳤던 『초사』「어보」 편의 어보가 있다. 이들 어보의 고정된 이미지는 은자(隱者)이다.

요순시대 허유(許由)에서 기원한 은일사상은 서주시대 백이숙제를 거쳐 전국시대 노자와 장자, 그리고 굴원의 어보, 한무제시대 동방삭(東方朔), 진대(晉代) 도연명(陶淵明), 당대 백거이(白居易), 송대 주돈이(周敦頤)와 소동파(蘇東坡)에 이르기까지 면면히 이어졌다. 다음과 같은 옛말이 있다: "작은 은거는 시골에 숨는 것이고, 중간의 은거는 저잣거리에 숨는 것이고, 큰 은거는 조정(朝廷)에 숨는 것이다."(小隱隱於野, 中隱隱於市, 大隱隱於朝). 목적은 하나다. 남과 다투지 않고 편안한 마음을 갖는 것이다. 당대 백거이(白居易)는 시 「중은」(中隱)에서 달리 말했다: "대은은 저잣거리에 사는 것이고, 소은은 산으로 들어가는 것이다; 산은 무척 쓸쓸하고, 저잣거리는 무척 시끄럽다; 중은

하는 것만 못하니, 하급관리에 머물며 은일하련다.”(大隱住朝市, 小隱入丘樊; 丘樊太冷落, 朝市太囂喧; 不如作中隱, 隱在留司官. ……)” 백거이와 소동파는 관직에 머물며 은일(隱逸)하는 중은(中隱) 또는 이은(吏隱)을 최고로 보았다.

「어보」 편 중 “창랑지수청혜, 가이탁오영. 창랑지수탁혜, 가이탁오족.”(滄浪之水淸兮, 可以濯吾纓. 滄浪之水濁兮, 可以濯吾足.)은 「어보가」(漁父歌), 「창랑가」(滄浪歌) 또는 「유자가」(孺子歌)라고 불린다. 이 문장은 굴원보다 30여 년 먼저 출생한 맹가(孟軻)의 언행록 『맹자』 「이루상」(離婁上) 편에도 나오는데, 이곳에서는 나 오(吾) 자가 아니고 나 아(我) 자이다(有孺子歌曰: 「滄浪之水淸兮, 可以濯我纓; 滄浪之水濁兮, 可以濯我足.」 孔子曰: 「小子聽之! 淸斯濯纓, 濁斯濯足矣, 自取之也.」). 『초사』 「어보」의 「창랑가」와 『맹자』의 「유자가」가 같다 해서 전자를 유가로 분류하기는 어렵다. 전자는 당시 유행하는 지방 노래를 빌어 표일자재(飄逸自在)와 이연자락(怡然自樂)의 형상을 표현했을 따름이다.

어찌 되었든 위 노래의 뜻은 세상이 깨끗하면 출사하여 백성을 위해 노력하지만, 세상이 어지러워도 혼자서 지나치게 깨끗한 척할 필요는 없다는 것이다. 이러한 태도는 사실 “상황이 어려울 때는 제 몸이나 잘 간직하고 능력이 되면 아울러 천하를 바르게 한다.”(窮則獨善其身, 達則兼善天下. 『맹자』 「진심상」; 達則兼濟天下, 窮則獨善其身. 『風俗通義』 「十反」)라는 중국인의 전통 사고방식 및 태도와 같은 것으로 보인다. 시대 조류에 따르는 것을 권하는 노래이다. 이 노래의 정신은 현대 인터넷 소설인 축갈탁령(竺葛卓靈)의 『창랑가』(滄浪歌)와 정치소설인 염진(閻眞)의 『창랑지가』(滄浪之歌)에 반영되어 있다.

「어보」 속의 어보는 은자로서 도가사상의 대변자였다. 어보는 “빛과 조화를 이루고, 먼지와 함께 한다.”(和其光, 同其塵. 『노자』 제5장)라는 노자의 말과 “거짓으로 짐짓 따른다.”(虛而委蛇, 虛與委蛇. 『莊子』 「應帝王」)라는 장자의 말을 인용하여 도가다운 인생철학과 처세 태도를 보여주었다. 그에 비해 굴원은 유가다운 인격자로서 어보의 충고가 귀에 들릴 리 없어 정반대로 "온 세상이 다 흐렸는데 나 홀로 맑았고, 뭇사람이 다 취했는데 나 홀로 깨어있기"(世皆濁我獨淸, 衆人皆醉我獨醒.)를 고집하였다. 굴원은 자신의 이상과 원칙을 위해 세태와 타협하지 않고 스스로 물에 빠져 죽음으로서 자신의 깨끗한 몸을 지켰다.

「어보」 전체 문장의 흐름을 보면 굴원을 추켜세우거나 어보를 깎아내리려는 뜻은 없다. 굴원의 사상을 그려내면서 동시에 어보의 은둔자 이미지를 잘 그려냈다. 억지로 둘 중 하나를 고르라면 「어보」의 작자는 어보의 편을 들지 않았나 생각된다.

굴원의 「어보」와 같은 제목의 작품이 굴원과 동시대의 장자(莊子, 369-286BCE)의 『장자』 「잡편」(雜篇)에도 실려 있다. 『장자』 「어보」 편은 일생 충신(忠信), 인의(仁義), 예악(禮樂) 및 인륜(人倫)을 가르쳐온 69살의 공자(551-479BCE)가 어보에게 가르침을 청하고 어보가 도가사상으로 공자를 가르치는 내용이다. 어보의 가르침은 "예(禮)라는 것은, 세속의 행위이고, 진(眞)이라는 것은, 하늘(자연)에게서 받는 것으로, 자연은 바꿀 수 없는 것이다. 따라서 성인은 하늘을 본받고 진을 귀중하게 여기어, 속세에 구속받지 않는다."(禮者, 世俗之所爲也; 眞者, 所以受於天也, 自然不可易也. 故聖人法天貴眞, 不拘於俗.)라는 것이다.

한편, 일제강점기까지 높낮이의 변화와 길고 짧음의 변화를 주며 소리 내어 글을 읽는 '송서'(誦書)라는 음악 장르가 있었다. 식자층과 이들을 고객으로 하는 기방에서 읽혔는데, 우리 작품뿐만 아니라 「대학장구서」, 「어부사」, 「출사표」, 「전적벽부」, 「후적벽부」, 「등왕각서」, 「춘야연도리원서」 등도 읽혔다고 한다. '송서' 「어부사」(漁父詞)는 『초사』 「어보」 편을 가리킨다. 그 가사는 다음과 같다:

"굴원(屈原)이 기방(旣放)에 유어강담(遊於江潭)하고 행음택반(行吟澤畔)할 새; 안색(顔色)이 초췌(憔悴)하고 형용(形容)이 고고(枯槁)러니; 어부 견이문지왈(見而問之曰) 자비삼려대부여(子非三閭大夫與)아 하고지어사(何故至於斯)오 굴원(屈原)이 왈

(曰) 거세개탁(擧世皆濁)이어날 아독청(我獨淸)하고 중인(衆人)이 개취(皆醉)어늘 아독성(我獨醒)이라 시이견방(是以見放)이로다; 어부왈(漁夫曰) 성인(聖人)은 불응체어물(不凝滯於物)하고 이능여세추이(而能與世推移)하나니 세인(世人)이 개탁(皆濁)이어든 하불굴(何不淈) 기이양기파(其泥揚其波)하며 중인(衆人)이 개취(皆醉)어든 하불포기조이(何不餔其糟而) 철기리(歠其醨)하고; 하고(何故)로 심사고거(深思高擧)하여 자령방위(自令放爲)요 굴원(屈原)이 왈(曰); 오문지(吾聞之)니 신목자(新沐者)는 필탄관(必彈冠)이요 신욕자(新浴者)는 필진의(必振衣)라; 안능이신지찰찰(安能以新之察察)로 수물지문문자호(受物之汶汶者乎)아 영부상류(寧赴湘流)하여; 장어강어지복중(葬於江魚之腹中)이언정 안능이호호지백(安能而皓皓之白)으로 이몽세속지진애호(而蒙世俗之塵埃乎)아; 어부(漁夫) 완이이소(莞爾而笑)하고 고예이거(鼓枻而去)하여 내가왈(乃歌曰); 창랑지수청혜(滄浪之水淸兮)어든 가이탁오영(可以濯吾纓)이오; 창랑지수탁혜(滄浪之水濁兮)어는 가이탁오족(可以濯吾足)이로다 수거불부여언(遂去不復與言)하다.”30)

---

30) 하응백, 『唱樂集成』(서울: 휴먼앤북스, 2011), 1050-1052.

12. 순경(荀卿)
『순자』(荀子)「성악」(性惡) 편(節選)

12-1 저자 소개

순자(荀子, 325-235BCE)는 이름이 황(況)이고
자는 경(卿)이다. 전국시대 말기 조(趙)나라 사람
으로 사상가, 문학가, 정치가였다. 공맹을 이은 전
국시대 유가의 대표 인물이다. 법가 대표 인물인
한비자(韓非子)와 이사(李斯)가 그의 제자였다.

순자는 선진시대의 사상을 종합적으로 비판하
였는데, 특히 맹자의 성선설을 반대하고 성악설
을 주장하였다. 그리고 미신, 천명, 귀신 등 사상
을 비판하여 '천명을 제어하여 활용한다'(制天命
而用之)라는, 즉 '사람은 반드시 자연을 이긴다'

순경

라는 인정승천(人定勝天) 사상을 제시했다. 아울러 교육과 예법의 기능을 강조하여
법제와 예치를 겸용하는 통치술을 주장했다. 정치관 및 역사관으로 맹자의 법선왕(法先
王)을 반대하고 법후왕(法後王)을 주장하여 당대의 사회현실에 맞는 정치를 펼 것을
주장했다.

12-2 원전 소개

『순자』(荀子)는 32편의 문장을 신고 있는데, 대부분이 순자의 작품이다. 『순자』가 포괄하는 범위는 철학, 윤리, 정치, 경제, 군사, 교육뿐 아니라 언어학과 문학까지 이른다.

「성악」편은 맹자의 성선설을 비판하면서 순자의 성악설을 전개하였다. 성악설은 순자 사상의 가장 유명한 관점이고 정치사상의 기초이다. 사람의 물질 욕망과 심리 욕구에 근거하여 성악을 논증하고, 성악을 개선하기 위한 후천의 교육과 환경 영향을 강조했다. 아울러 법치에 의한 중형주의 정치관을 제시했다.

12-3 『순자』 「성악」 편(節選) 원문, 역문 및 주석

「성악」(性惡) 편(節選) : 사람의 본성은 악한데, 그것이 선하다는 것은 인위(人爲)다 (人之性惡, 其善者僞也.).

人之性惡, 其善者僞也。今人之性, 生而有好利焉, 順是, 故爭奪生而辭讓亡焉;生而有疾惡焉, 順是, 故殘賊生而忠信亡焉;生而有耳目之欲, 有好聲色焉, 順是, 故淫亂生而禮義文理亡焉。然則從人之性, 順人之情, 必出於爭奪, 合於犯分亂理, 而歸於暴。故必將有師法之化, 禮義之道, 然後出於辭讓, 合於文理, 而歸於治。用此觀之, 人之性惡明矣, 其善者僞也。

인지성악, 기선자위야。금인지성, 생이유호리언, 순시, 고쟁탈생이사양망언;생이유질악언, 순시, 고잔적생이충신망언;생이유이목지욕, 유호성색언, 순시, 고음란생이예의문리망언。연즉종인지성, 순인시정, 필출어쟁탈, 합어범분난리, 이귀어폭。고필장유사법지화, 예의지도, 연후출어사양, 합어문리, 이귀어치。용차관지, 인지성악명의, 기선자위야。

사람의 본성은 악한데, 그것이 선하다는 것은 인위(人爲)다. 지금 사람의 본성은, 태어나면서 이익을 좋아하는 마음을 갖고 있는데, 이를 따르기 때문에, 다투고 빼앗는 것이 생기고 고사(固辭)와 양보가 없어진다; 태어나면서 시샘하고 미워하는 마음을 갖는데, 이를 따르기, 때문에 잔악하고 해치는 마음이 생기고 충성과 믿음이 없어진다; 태어나면서 눈과 귀의 욕망을 갖고, 음악이나 여색을 좋아하는데, 이를 따르기, 때문에 음란이 생기고 예의와 의리가 없어진다. 그러나 사람의 본성에 따르고, 사람의 정을 좇으면, 반드시 다투고 빼앗는 것이 나타나기 때문에, 명분에 어긋나고 조리를 어지럽히는데 부합하여, 폭력으로 귀결된다. 그러므로 반드시 스승과 법도의 교화와, 예의와 의리의 인도가 있은, 다음에야 사양(辭讓)(고사와 양보)이 나타나고, 미덕과 의리에 부합하여, 다스림으로 귀결된다. 이를 통해 보면, 사람의 본성은 악한 것이 분명하며, 그것(사람의 본성)이 선하다는 것은 인위(에 의한 것)이다.

■거짓 위(僞): 작위(作爲), 인위(人爲). ■글월 문(文): 미덕, 문덕(文德). ■문리(文理): 미덕과 의리. ■출어(出於): …때문에.

故枸木必將待檃栝, 烝矯然後直; 鈍金必將待礱, 厲然後利。今人之性惡, 必將待師法然後正, 得禮義然後治, 今人無師法, 則偏險而不正; 無禮義, 則悖亂而不治。古者聖王以人性惡, 以爲偏險而不正, 悖亂而不治, 是以爲之起禮義, 制法度, 以矯飾人之情性而正之, 以擾化人之情性而導之也, 始皆出於治, 合於道者也。今人之化師法, 積文學, 道禮義者爲君子; 縱性情, 安恣睢, 而違禮義者爲小人。用此觀之, 人之性惡明矣, 其善者僞也。

고구목필장대은괄, 증교연후직; 둔금필장대농、여연후리。금인지성악, 필장대사법연후정, 득예의연후치, 금인무사법, 즉편험이부정; 무예의, 즉패란이불치。고자성왕이인성악, 이위편험이부정, 패란이불치, 시이위지기예의, 제법도, 이교식인지정성이정지, 이요화인지정성이도지야, 시개출어치, 합어도자야。금인지화사법, 적문학, 도예의자위군자; 종성정, 안자휴, 이위예의자위소인。용차관지, 인지성악명의, 기선자위야。

그러므로 굽은 나무는 반드시 도지개에 의존하여, 쪄서 바로잡은 다음에야 곧게 되며; 무뎌진 병기는 반드시 숫돌에 의존하여, 간 뒤에야 날카롭게 된다. 지금 사람의 성악(性惡)은, 반드시 스승과 법도에 의존한 다음에야 바르게 되고, 예의를 얻은 다음에야 다스려지는데; 지금 사람이 스승과 법도가 없으면, 편벽되고 험악하여 바르지 않을 것이며; 예의가 없으면, 어그러지고 어지러워져서 다스려지지 않을 것이다. 옛 성왕은 사람의 본성이 악해서, 편벽되고 험악하여 바르지 않고, 어긋나고 어지러워 다스려지지 않게 되자, 이를 위해 예의를 일으키고, 법도를 만들어, 사람의 성정(性情)을 바로잡아 꾸며서 바르게 하였고, 사람의 성정을 순화(馴化)하여 인도하자, 비로소 모두 다스림이 나타났고, 도에 합치되었다. 지금 사람들이 스승과 법도에 교화되고, 학문을 쌓고, 예의를 실천하면 군자가 되고; 성정을 방임하고, 방자하고 잘난 척하며, 예의를 어기면 소인이 된다. 이를 통해 보면, 사람의 본성은 악한 것이 분명하며, 그것(사람의 본성)이 선하다는 것은 인위(에 의한 것)이다.

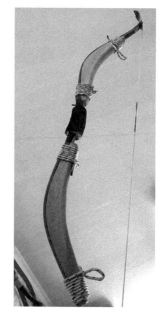

그림: 도지개
출처: 네이버 카페 「궁시공방」
(https://cafe.naver.com/thecrossbow)

▮호깨나무 구(枸): 갈고랑이 구(鉤), 굽을 곡(曲). ▮기다릴 대(待): 의존하다. ▮도지개 은(檃): 굽은 나무나 뒤틀린 활을 바로잡는 틀. ▮노송나무 괄(栝): 도지개, 두지개 설(栟), 도지개 예(槸). ▮쇠 금(金): 병기, 무기. ▮갈 롱(礱): 숫돌. ▮갈 려(厲): 거친 숫돌 려(礪), 갈다(磨). ▮어지러울 요(擾): 길들이다, 길들다, 온순하다. ▮문학(文學): 문장박학(文章博學), 학문. ▮길 도(道): 실천하다, 실행하다, 따르다. ▮방자할 자(恣). ▮부릅떠볼 휴(睢): 잘난 척 즐거운 모양.

孟子曰：「人之學者，其性善。」曰：是不然。是不及知人之性，而不察乎人之性僞之分者也。凡性者，天之就也，不可學，不可事。禮義者，聖人之所生也，人之所學而能，所事而成者也。不可學，不可事，而在人者，謂之性；可學而能，可事而成之在人者，謂之僞。是性僞之分也。今人之性，目可以見，耳可以聽。夫可以見之明不離

目，可以聽之聰不離耳，目明而耳聰，不可學明矣。

맹자왈 :「인지학자 , 기성선。」왈 : 시불연。시불급지인지성 , 이불찰호인지성위지
분자야。범성자 , 천지취야 , 불가학 , 불가사。예의자 , 성인지소생야 , 인지소학이
능 , 소사이성자야。불가학 , 불가사 , 이재인자 , 위지성 ; 가학이능 , 가사이성지재
인자 , 위지위。시성위지분야。금인지성 , 목가이견 , 이가이청。부가이견지명불리
목 , 가이청지총불리이 , 목명이이총 , 불가학명의。

맹자가 말했다: "사람이 배우는 것은, 본성이 선하다는 것이다." [나는] 말한다: 이(맹자의 말)는
그렇지 않다. 이는 사람의 본성을 아는데 미치지 못하였고, 사람의 본성과 인위의 구분(차이)을
살피지 못한 것이다. 무릇 본성이란, 천연으로 만들어진 것으로, 배울 수 있는 것이 아니고,
실천할 수 있는 것이 아니다. 예의라는 것은, 성인이 만든 것이며, 사람이 배워서 가능한 것이며,
실천하여 이루어지는 것이다. 배울 수 없고, 실천할 수 없는데, 사람에게 있는 것을, 본성이라
이르며; 배워서 가능하고, 실천하여 이루어지는 것이 사람에게 있는 것을, 인위라고 이른다.
이것이 본성과 인위의 구분(차이)이다. 지금 사람의 본성에서, 눈은 볼 수 있고 귀는 들을 수
있다. 대개 보는데 밝은 것은 눈을 떠나지 않고, 듣는데 뚜렷한 것은 귀를 떠나지 않는데, 눈이
밝고 귀가 뚜렷한 것은, 배울 수 없는 것이라는 것이 분명하다.

▌이룰 취(就): 만들어내다, 육성하다. ▌일 사(事): 하다, 힘을 쓰다, 실천하다, 종사하다.

孟子曰 :「今人之性善 , 將(惡)皆失喪其性故[惡]也。」曰 : 若是則過矣。今人之性 , 生
而離其朴 , 離其資 , 必失而喪之。用此觀之 , 然則人之性惡明矣。所謂性善者 , 不離
其朴而美之 , 不離其資而利之也。使夫資朴之於美 , 心意之於善 , 若夫可以見之明不
離目 , 可以聽之聰不離耳 , 故曰目明而耳聰也。今人之性 , 飢而欲飽 , 寒而欲煖 , 勞
而欲休 , 此人之情性也。今人見長而不敢先食者 , 將有所讓也 ; 勞而不敢求息者 , 將
有所代也。夫子之讓乎父 , 弟之讓乎兄 , 子之代乎父 , 弟之代乎兄 , 此二行者 , 皆反
於性而悖於情也 , 然而孝子之道 , 禮義之文理也。故順情性則不辭讓矣 , 辭讓則悖於
情性矣。用此觀之 , 人之性惡明矣 , 其善者僞也。

맹자왈 :「금인지성선 , 장(악)개실상기성고[악]야。」왈 : 약시즉과의。금인지성 , 생
이이기박 , 이기자 , 필실이상지。용차관지 , 연즉인지성악명의。소위성선자 , 불리
기박이미지 , 불리기자이이지야。사부자박지어미 , 심의지어선 , 약부가이견지명불
리목 , 가이청지총불리이 , 고왈목명이이총야。금인지성 , 기이욕포 , 한이욕난 , 노
이이욕휴 , 차인지정성야。금인견장이불감선식자 , 장유소양야 ; 노이불감구식자 , 장
유소대야。부자지양호부 , 제지양호형 , 자지대호부 , 제지대호형 , 차이행자 , 개반
어성이패어정야 ; 연이효자지도 , 예의지문리야。고순정성즉불사양의 , 사양즉패어
정성의。용차관지 , 인지성악명의 , 기선자위야。

맹자가 말했다: "지금 사람의 본성은 선한데, 악한 것은 모두 그 본성을 상실했기 때문이다."
[나는] 말한다: 이와 같다면 잘못이다. 지금 사람의 본성은, [사람이] 태어나면 그 본질(朴)을
떠나고, 그 재질(資)을 떠나서, 반드시 잃어서 없어지게 된다. 이를 통해 보면, 그렇다면 사람의
본성이 악하다는 것이 분명하다. 이른바 본성이 선하다고 하는 것은, 그 본질을 떠나지 않아
아름답다고 보는 것이고, 그 재질을 떠나지 않아 이롭다고 보는 것이다. 무릇 재질과 본질의
아름다움에 대한 것과, 마음 뜻의 선함에 대한 것은, 보아서 밝은 것이 눈을 떠나지 않고, 들어서
뚜렷한 것이 귀를 떠나지 않는 것과 같은 것으로서, 그래서 눈은 밝고 귀는 뚜렷하다고 말한다.
지금 사람의 본성이, 굶주리면 배 불리고자 하고, 추우면 따뜻하게 하려 하고, 피로하면 휴식하고자
하는데, 이것은 사람의 성정(性情)이다. 지금 사람이 어른을 보고 감히 먼저 먹지 않는 것에는,
사양함이 있는 것이며; 피로한데도 감히 휴식을 구하지 않는 것에는, [어른을] 대신하려는 것이
있다. 대개 아들은 아버지에게 사양하고, 아우는 형에게 사양하고, 아들은 아버지를 대신하고,
아우는 형을 대신하는, 이 두 가지 행동(讓과 代)은 모두 본성에 반하고 정에 어긋나는 것이지만,
효자의 길이며, 예의의 조리이다. 그러므로 성정에 따르면 사양하지 않고, 사양하면 성정을 거스르
는 것이다. 이를 통해 보면 사람의 본성은 악한 것이 분명하며, 그것(사람의 본성)이 선하다는
것은 인위(에 의한 것)이다.

▮순자가 인용한 맹자의 말에는 오류가 있다. 『맹자』에 나오지 않는다. 장(將)을 악(惡)으로
바꾸거나 고(故) 다음에 악(惡)을 넣으면 문맥이 통한다.

問者曰：「人之性惡 , 則禮義惡生 ?」應之曰 : 凡禮義者 , 是生於聖人之僞 , 非故生
於人之性也。故陶人埏埴而爲器 , 然則器生於陶人之僞 , 非故生於人之性也。故工人
斲木而成器 , 然則器生於工人之僞 , 非故生於人之性也。聖人積思慮 , 習僞故 , 以生
禮義而起法度 , 然則禮義法度者 , 是生於聖人之僞 , 非故生於人之性也。若夫目好
色 , 耳好聽 , 口好味 , 心好利 , 骨體膚理好愉佚 , 是皆生於人之情性者也 ; 感而自
然 , 不待事而後生之者也。夫感而不能然 , 必且待事而後然者 , 謂之生於僞。是性僞
之所生 , 其不同之徵也。

문자왈 :「인지성악 , 즉예의오생 ?」응지왈 : 범예의자 , 시생어성인지위 , 비고생
어인지성야。고도인연식이위기 , 연즉기생어도인지위 , 비고생어인지성야。고공인
착목이성기 , 연즉기생어공인지위 , 비고생어인지성야。성인적사려 , 습위고 , 이생
예의이기법도 , 연즉예의법도자 , 시생어성인지위 , 비고생어인지성야。약부목호
색 , 이호청 , 구호미 , 심호리 , 골체부리호유**일** , 시개생어인지정성자야 ; 감이자
연 , 부대사이후생지자야。부감이불능연 , 필차대사이후연자 , 위지생어위。시성위
지소생 , 기부동지징야。

[어떤 사람이] 물어 말했다: "사람의 성이 악하다고 하는데, 그렇다면 예의는 어떻게 해서 생겨나
는 것입니까?" 그(질문)에 응해 말한다: 무릇 예의라는 것은, 성인의 인위에서 생겨난 것이지,
사람의 본성에서 생겨난 것이 아니다. 그러므로 도예가는 찰흙을 반죽하여 그릇을 만드는데,
그러면 그릇은 도예가의 인위에서 만들어진 것이지, 사람의 본성에서 생긴 것이 아니다. 그러므
로 공인(工人)은 나무를 깎아서 그릇을 만드는데, 그릇은 공인의 인위에서 만들어진 것이지,
사람의 본성에서 생긴 것이 아니다. 성인(聖人)이 사고를 쌓고, 인위의 일을 익혀, 예의를 만들고
법도를 일으켰는데, 그러면 예의와 법도는, 성인의 인위에서 만들어진 것이지, 인간의 본성에서
생겨난 것이 아니다. 무릇 눈은 색을 좋아하고, 귀는 듣기를 좋아하고, 입은 맛을 좋아하고,
마음은 이로움을 좋아하고, 뼈와 살결은 게으르고 편안한 것을 좋아하는데, 이들은 모두 다
사람의 성정(性情)에서 나온 것이며 ; [마음에서] 느껴서 자연적으로, 실천을 거치지 않고 생기는
것이다. 대개 느꼈는데 [자연적으로] 그렇게 되지 않고, 반드시 실천을 거친 뒤에 그렇게 되는
것을, 인위에서 생긴다고 말한다. 이것이 본성과 인위가 생겨나는 데 있어, 그것이 서로 같지
않다는 증명이다.

▌땅 끝 연(埏): 이기다, 반죽하다. ▌찰흙 식(埴). ▌깎을 착(斲). ▌옛 고(故): 일(事), 사정. ▌편안할 일(佚). ▌기다릴 대(待): 필요하다, 종사하다, 의존하다.

故聖人化性而起僞, 僞起而生禮義, 禮義生而制法度; 然則禮義法度者, 是聖人之所生也。故聖人之所以同於衆, 其不異於衆者, 性也; 所以異而過衆者, 僞也。夫好利而欲得者, 此人之情性也。假之有弟兄資財而分者, 且順情性, 好利而欲得, 若是, 則兄弟相拂奪矣, 且化禮義之文理, 若是, 則讓乎國人矣。故順情性則弟兄爭矣, 化禮義則讓乎國人矣。

고성인화성이기위 , 위기이생예의 , 예의생이제법도 ; 연즉예의법도자 , 시성인지소생야. 고성인지소이동어중 , 기불이어중자 , 성야 ; 소이이이과중자 , 위야. 부호리이욕득자 , 차인지정성야. 가지유제형자재이분자 , 차순정성 , 호리이욕득 , 약시 , 즉형제상불탈의 , 차화예의지문리 , 약시 , 즉양호국인의. 고순정성즉제형쟁의 , 화예의즉양호국인의.

그러므로 성인은 본성을 변화하여 인위를 일으키고, 인위를 일으켜 예의를 생기게 하고, 예의가 생겨나서 법도를 만들게 된다; 그러면 예의와 법도라는 것은, 성인이 생기게 한 것이다. 그러므로 성인이 무리와 함께하여, 그 무리와 다르지 않은 것은, 성(性)이며; [무리와 달라서 무리를 초월하는 것은, 인위이다. 무릇 이로운 것을 좋아하여 얻고자 하는, 이것은 사람의 성정이다. 가령 어떤 형제가 있어 새물을 분배한다고 할 때, 성정을 따른다면, 이익을 좋아하여 얻기를 바랄 것인데, 만일 이와 같다면, 형제들은 서로 거스르고 다투게 될 것이고, 또 예의의 의리에 순화(馴化)될 수도 있는데, 만일 이와 같다면, 나라 사람들에게 사양하게 될 것이다. 그러므로 성정에 따른다면 형제가 다투게 되고, 예의에 순화되면 나라 사람들에게 사양하게 된다.

▌떨 불(拂): 위배되다, 따르지 않다.

凡人之欲爲善者, 爲性惡也。夫薄願厚, 惡願美, 狹願廣, 貧願富, 賤願貴, 苟無之中者, 必求於外。故富而不願財, 貴而不願埶, 苟有之中者, 必不及於外。用此觀之, 人之欲爲善者, 爲性惡也。今人之性, 固無禮義, 故彊學而求有之也; 性不知禮

義 , 故思慮而求知之也。然則性而已 , 則人無禮義 , 不知禮義。人無禮義則亂 , 不知
禮義則悖。然則性而已 , 則悖亂在己。用此觀之 , 人之性惡明矣 , 其善者僞也。

범인지욕위선자 , 위성악야。부박원후 , 악원미 , 협원광 , 빈원부 , 천원귀 , 구무지
중자 , 필구어외。고부이불원재 , 귀이불원예 , 구유지중자 , 필불급어외。용차관
지 , 인지욕위선자 , 위성악야。금인지성 , 고무예의 , 고강학이구유지야 ; 성부지예
의 , 고사려이구지지야。연즉성이이 , 즉인무예의 , 부지예의。인무예의즉란 , 부지
예의즉패。연즉성이이 , 즉패란재기。용차관지 , 인지성악명의 , 기선자위야。

무릇 사람이 착하고자 하는 것은, 본성이 악하기 때문이다. 대개 얇으면 두터워지길 원하고,
미우면 아름다워지길 원하고, 좁으면 넓어지길 원하고, 가난하면 부유해지길 원하고, 천하면
존귀하게 되기를 원하는 것은, 진실로 속에 없기에, 반드시 밖에서 구해야 하기 때문이다. 그러므
로 부유하면 재물을 원하지 않고, 존귀하면 권세를 원하지 않는 것은, 진실로 속에 있기 때문에,
반드시 밖으로 미치지 않는다. 이를 통해 보면, 사람이 선해지고자 하는 것은, 본성이 악한 것이다
(때문이다). 지금 사람의 본성은, 진실로 예의가 없으므로, 그래서 억지로 배워서 있게 되기를
추구하는 것이며; 본성은 예의를 알지 못하므로, 그래서 생각하여 알게 되기를 추구하는 것이다.
그러나 본성대로라면, 사람은 예의가 없고, 예의를 알지 못한다. 사람이 예의가 없으면 어지러워
지고, 예의를 알지 못하면 어그러진다. 그러나 본성대로라면, 어그러지고 어지러운 상태가 자신
에게 있다. 이를 통해 보면, 사람의 본성이 악한 것이 분명하며, 그것(사람의 본성)이 선하다는
것은 인위(에 의한 것)이다.

▋진실로 구(苟). ▋심을 예(埶): 기세 세(勢). ▋군셀 강(彊): 억지로 바라다, 강요하다, 힘을
다하다.

孟子曰 :「人之性善。」曰 : 是不然。凡古今天下之所謂善者 , 正理平治也 ; 所謂惡
者 , 偏險悖亂也 : 是善惡之分也矣。今誠以人之性固正理平治邪 , 則有惡用聖王 , 惡
用禮義哉?雖有聖王禮義 , 將曷加於正理平治也哉?今不然 , 人之性惡。故古者聖人
以人之性惡 , 以爲偏險而不正 , 悖亂而不治 , 故爲之立君上之埶以臨之 , 明禮義以
化之 , 起法正以治之 , 重刑罰以禁之 , 使天下皆出於治 , 合於善也。是聖王之治而禮

義之化也。今當試去君上之執，無禮義之化，去法正之治，無刑罰之禁，倚而觀天下民人之相與也。若是，則夫彊者害弱而奪之，衆者暴寡而譁之，天下悖亂而相亡，不待頃矣。用此觀之，然則人之性惡明矣，其善者僞也。

맹자왈 : 「인지성선。」왈 : 시불연。범고금천하지소위선자，정리평치야 ; 소위악자，편험패란야 : 시선악지분야의。금성이인지성고정리평치야，즉유오용성왕，오용예의재 ? 수유성왕예의，장갈가어정리평치야재 ? 금불연，인지성악。고고자성인이인지성악，이위편험이부정，패란이불치，고위지입군상지예이임지，명예의이화지，기법정이치지，중형벌이금지，사천하개출어치，합어선야。시성왕지치이예의지화야。금당시거군상지예，무예의지화，거법정지치，무형벌지금，의이관천하민인지상여야。약시，즉부강자해약이탈지，중자폭과이화지，천하패란이상망，부대경의。용차관지，연즉인지성악명의，기선자위야。

맹자가 말했다 : "사람의 본성은 선하다." [나는] 말한다 : 이것은 그렇지 않다. 무릇 옛날이나 지금이나 천하에서 이른바 선하다는 것은, 바르고 이치에 맞고 태평하고 다스려진 것이며; 이른바 악하다는 것은, 편벽되고 험악하고 거스르고 어지러운 것이다; 이것이 선과 악의 구분이다. 지금 진실로 사람의 본성이 바르고 이치에 맞고 태평하고 다스려졌다고 할 것인가, 그렇다면 어째서 성왕(聖王)을 쓰는 것이며, 어째서 예의를 사용하는 것인가? 비록 성왕과 예의가 있다고 할지라도, 장차 바르고 이치에 맞고 태평하고 다스려진 것 위에 무엇을 더할 수 있을 것인가? 지금 그렇지 않다면, 사람의 본성은 악한 것이다. 그러므로 옛날에 성인이 사람의 본성이 악하여, 편벽되고 험악해서 바르지 않고, 거스르고 어지러워서 다스려지지 않으므로, 그래서 군주의 권위를 내세워 이에 군림하였고, 예의를 밝혀서 교화하였고, 올바른 법을 일으켜서 다스렸고, 형벌을 무겁게 해서 금지하여, 천하에 모두 다스려지는 것이 나타나고, 선에 부합하게 되었다. 이것은 성왕의 다스림이며 예의의 교화이다. 지금 시험 삼아 군주의 권세를 제거하고, 예의의 교화를 없애고, 올바른 법의 다스림을 제거하고, 형벌의 금지를 없애고, 비켜서서 천하의 백성이 서로 함께하는 것을 관찰해보라. 만일 이렇게 되면, 대개 강자는 약자를 해쳐 빼앗을 것이며, 다수자는 소수자에게 폭력을 휘둘러 소란스러울 것이며, 천하가 거스르고 어지러워져서 서로 망하게 하는 것을, 잠시도 기다릴 필요가 없을 것이다. 이를 통해 보면, 사람의 본성은 악한 것이 분명하며, 그것(사람의 본성)이 선하다는 것은 인위(에 의한 것)이다.

■그런가 야(邪): 어조사. 의문, 감탄, 쉼 등을 나타낸다. ■어찌 갈(曷, hé): 어찌, 왜, 무엇(何, 什麼). ■시끄러울 화(譁). ■밭 넓이 단위 경(頃): 경각(頃刻), 잠깐.

故善言古者 , 必有節於今 ; 善言天者 , 必有徵於人。凡論者貴其有辨合 , 有符驗。故坐而言之 , 起而可設 , 張而可施行。今孟子曰 :「人之性善。」無辨合符驗 , 坐而言之 , 起而不可設 , 張而不可施行 , 豈不過甚矣哉 ! 故性善則去聖王 , 息禮義矣。性惡則與聖王 , 貴禮義矣。故檃栝之生 , 爲枸木也 ; 繩墨之起 , 爲不直也 ; 立君上 , 明禮義 , 爲性惡也。用此觀之 , 然則人之性惡明矣 , 其善者僞也。

고선언고자 , 필유절어금 ; 선언천자 , 필유징어인。범논자귀기유변합 , 유부험。고좌이언지 , 기이가설 , 장이가시행。금맹자왈 :「인지성선。」무변합부험 , 좌이언지 , 기이불가설 , 장이불가시행 , 기불과심의재 ! 고성선즉거성왕 , 식예의。성악즉여성왕 , 귀예의。고은괄지생 , 위구목야 ; 승묵지기 , 위부직야 ; 입군상 , 명예의 , 위성악야。용차관지 , 연즉인지성악명의 , 기선자위야。

그러므로 옛날을 잘 말하는 자는, 반드시 지금에 그 부절(符節)을 갖고 있을 것이고; 하늘을 잘 말하는 자는, 반드시 사람에게 그 징험(徵驗)을 갖고 있을 것이다. 무릇 논의라는 것은 논리가 있고, 증거가 있는 것을 귀하게 여긴다. 그러므로 앉아서 말을 하면, 일어서서 안배하고, 널리 알려 시행할 수 있어야 한다. 지금 맹자가 말하기를 '사람의 본성은 선하다.'라고 한 것은, 논리와 증거가 없어서, 앉아서 말을 할 수 있으나, 일어서서 안배할 수 없고, 널리 알려 시행할 수 없는데, 어찌 매우 지나친 것이 아니겠는가! 그러므로 본성이 선하다면 성왕도 버려야 하고, 예의도 중단해야 한다. 본성이 악하다면 성왕을 따라야 하고, 예의를 귀하게 여겨야 한다. 따라서 도지개가 생겨난 것은, 굽은 나무 때문이고; 먹줄이 생겨난 것은, 곧지 않은 것 때문이다; 군주를 세우고, 예의를 분명하게 하는 것은, 본성이 악하기 때문이다. 이를 통해 보면, 사람의 본성은 악한 것이 분명하며, 그것(사람의 본성)이 선하다는 것은 인위(에 의한 것)이다.

■마디 절(節): 법도, 법칙, 부절(符節). 부절로 믿음을 보이다. ■변합(辨合): 부합하다. 주장이나 논설의 도리와 사실이 서로 부합하다. ■부험(符驗): 근거, 증거, 증명. ■줄 여(與): 따르다.

直木不待檃栝而直者 , 其性直也。枸木必將待檃栝烝矯然後直者 , 以其性不直也。今人之性惡 , 必將待聖王之治 , 禮義之化 , 然後始出於治 , 合於善也。用此觀之 , 人之性惡明矣 , 其善者僞也。(下略)

직목부대은괄이직자 , 기성직야。구목필장대은괄증교연후직자 , 이기성부직야。금인지성악 , 필장대성왕지치 , 예의지화 , 연후시출어치 , 합어선야。용차관지 , 인지성악명의 , 기선자위야。(하략)

곧은 나무는 도지개를 기다리지 않아도 곧은 데, 그 본성이 곧기 때문이다. 굽은 나무는 반드시 도지개에 의존하여 수증기에 쪄서 교정한 다음에 곧게 되는데, 그 본성이 곧지 않기 때문이다. 지금 사람의 본성이 악하므로, 반드시 성왕의 다스림이나, 예의의 교화를 기다린, 다음에야 다스림이 나타나고, 선에 부합하게 된다. 이를 통해 보면, 사람의 본성은 악한 것이 분명하며, 그것(사람의 본성)이 선하다는 것은 인위(에 의한 것)이다.(하략)

12-4 『순자』「성악」편 감상과 평설(評說)

『순자』「성악」편에서는 익숙한 성어가 보이지 않는다.

순자는 270자에 불과한 맹자의 성선설에 대해 3,000여 자를 할애하여 반박하고 성악설을 주장했다.

「성악」편에서 순자는 성(性)을 "태어나면서 그러한 것"(生之所以然者)이라고 보았다. 이는 인간의 생물 속성, 즉 식색(食色) 욕구, 희로애락 감정, 감각기관 활동 등과 같이 자연발생적으로 갖춘 영역을 가리킨다. 이에 대비되는 위(僞)는 인간의 주체적이고 실천적인 노력으로 이룩한 인간 영역을 가리킨다. 맹자는 바로 이 인간 영역에서 성선을 주장한 것이다.

흔히 성악(性惡)은 영어, 특히 기독교의 evil 개념, 즉 신성한 신의 질서를 어지럽히는 사악함과 악마의 이미지가 투영되어 있다. 그러나 순자의 선악 개념은 상대적인 것이지 절대적인 것이 아니다. 「성악」 편에 다음과 같은 말이 있다. "무릇 옛날이나 지금이나 천하에서 이른바 선하다는 것은, 바르고 이치에 맞고 태평하고 다스려진 것이며; 이른바 악하다는 것은, 편벽되고 험악하고 거스르고 어지러운 것이다; 이것이 선과 악의 구분이다."(凡古今天下之所謂善者, 正理平治也; 所謂惡者, 偏險悖亂也, 是善惡之分也矣.). 악의 속성으로 편험패란(偏險悖亂)이 제시되었지만 이는 선의 속성인 정리평치(正理平治)의 상대 개념이다. 순자에 따르면 자연발생적인 악의 속성은 인위의 노력으로, 즉위(僞)로 선의 속성으로 변화시킬 수 있다는 것이다. 순자가 '성을 변화하여 위를 일으킨'(化性起僞) 사람을 성인으로 불렀듯이, 성을 위로 변화시킴으로써 성인이 될 수 있다는 것이다. 이는 질적인 변화가 아니라 양적인 변화, 즉 상대적인 변화라고 평가할 수 있을 것이다. 이러한 이해가 인간의 자율성과 능력을 존중하는 태도라 보인다. 다시 말해, 맹자는 선(善)은 인성의 본질이라고 본 것이고, 순자는 선은 예의 교육을 통해 취득할 수 있는 결과라는 것이다.

맹자 성선설과 순자 성악설 외에 고자(告子)의 '불선설'(不善說), 양웅(揚雄)의 '성선정악설'(性善情惡說), 한유(韓愈)의 '인성상중하삼품설'(人性上中下三品說) 등이 있다.

일본 심리학자 에노모토히로아키(榎本博明)는 일본 심리학자 토모리에코(塘利枝子)가 동아시아 4개국의 초등학교 교과서 분석한 결과를 토대로, 일본에서는 상대를 신뢰해, 상대에게 맡기면, 이쪽의 신뢰를 배반하는 일은 하지 않을 것이라는 성선설에 근거하는 가치관을 가지도록 교육하고 있고, 중국에서는 상대를 의심하고 항상 경계심을 가지고 제 몸을 지키는 것이 중요하다는 것처럼 성악설에 근거한 가치관을 갖도록 교육하고 있다고 한다.[31] 토모리에코는 한국과 대만 그리고 서구 등 대부분 국가가

---

31) 塘利枝子, 「小学校の教科書に描かれた葛藤解決方略の国際比較」, 2017.1.27. https://www.blog.crn.or.jp/report/02/230.html; 榎本博明, 「日本人ほど礼儀正しい国民はいない…海

중국과 같다고 주장하였다.[32]

外からたびたび称賛される伝統的な性質の"最大の欠点"とは」, PRESIDENT Online, 2023.6.30. https://president.jp/articles/-/70754?page=4 재인용.

32) 다음의 책은 성선설과 성악설에 대한 최근의 관심을 살펴볼 수 있는 자료이다: 대거 켈트너, 『선의 탄생: 나쁜 놈들은 모르는 착한 마음의 비밀』, 하윤숙 번역(서울: 옥당, 2011); 존 M. 렉터, 『인간은 왜 잔인해지는가: 타인을 대상화하는 인간』, 양미래 옮김(파주: 교유서가, 2021).

13. 순경(荀卿)
『순자』(荀子)「권학」(勸學) 편(節選)

13-1 저자 소개

12-1 저자 소개 참조

13-2 원전 소개

「권학」(勸學) 편은『순자』의 첫 문장으로 학습을 권면하는 내용을 담고 있다. 이 문장은 학습의 이론과 방법을 제시했다. 앞부분에서는 학습의 중요성을, 뒷부분에서는 학습의 단계, 내용, 절차 등의 문제를 다루었다.

13-3 『순자』「권학」편(節選) 원문, 역문 및 주석

「권학」(勸學) 편 : 푸른색은 쪽에서 취하였는데, 쪽보다 푸르다(靑、取之於藍, 而靑於藍).

君子曰 : 學不可以已。靑、取之於藍 , 而靑於藍 ; 冰、水爲之 , 而寒於水。木直中繩 ,

輮以爲輪, 其曲中規, 雖有槁暴, 不復挺者, 輮使之然也。故木受繩則直, 金就礪則利, 君子博學而日參省乎己, 則知明而行無過矣。故不登高山, 不知天之高也;不臨深谿, 不知地之厚也;不聞先王之遺言, 不知學問之大也。干、越、夷、貉之子, 生而同聲, 長而異俗, 教使之然也。《詩》曰:「嗟爾君子, 無恆安息。靖共爾位, 好是正直。神之聽之, 介爾景福。」神莫大於化道, 福莫長於無禍。

군자왈 : 학불가이이。청, 취지어람, 이청어람; 빙, 수위지, 이한어수。목직중승, 유이위륜, 기곡중규, 수유고폭, 불부정자, 유사지연야。고목수승즉직, 금취려즉리, 군자박학이일참성호기, 즉지명이행무과의。고부등고산, 부지천지고야; 불림심계, 부지지지후야; 불문선왕지유언, 부지학문지대야。한, 월, 이, 맥지자, 생이동성, 장이이속, 교사지연야。《시》왈 : 「차이군자, 무항안식。정공이위, 호시정직。신지청지, 개이경복。」신막대어화도, 복막장어무화。

군자가 말했다: 배움은 멈춰서는 안 된다. 푸른색은 쪽에서 취하였는데, 쪽보다 푸르다. 얼음은 물이 그리된 것인데, 물보다 차다. 나무가 곧으면 먹줄에 적합하지만, 그것을 휘어서 바퀴를 만들면, 그 굽음이 그림쇠에 맞아, 비록 볕에 말려도, 다시 꼿꼿해지지 않는 것은, 휘어서 그렇게 만들었기 때문이다. 그러므로 나무는 먹줄을 받으면 꼿꼿해지고, 쇠는 숫돌에 갈면 날카로워지며, 군자는 널리 배우고 자신을 날마다 검험·성찰하면, 지혜가 밝아지고 행동에 허물이 없어진다. 따라서 높은 산에 올라가지 않으면, 하늘의 높음을 알 수 없다; 깊은 계곡에 가보지 않으면, 땅의 누터움을 알 수 없다; 선왕의 유언을 듣지 않으면, 학문의 위대함을 알 수 없다. 간(干)·월(越)·이(夷)·맥(貉)의 아이들이, 태어나서는 같은 소리를 내지만, 자라서는 습속을 달리하는데, 가르침이 그렇게 만든 것이다. 『시』가 일렀다: '아 그대 군자여, 항상 편하게 쉬려 하지 마라. 그대의 지위를 즐기고, 정직을 좋아하라. 그것을 신중히 하고 그것을 밝게 살피면, 그대에게 큰 복을 내릴 것이다.' 신은 [배움을 통해] 도리를 깨우치는 것보다 더 위대하지 않으며, 복은 [배움을 통해] 화를 입지 않는 것보다 더 좋지 않다.

▐ 이미 이(已): 그치다, 정지하다, 중지하다, 중단하다, 폐기하다. ▐ 바퀴 테 유(輮): 휘어 바로잡을 유(煣), 나무를 구워서 모양을 바로잡다. ▐ 법 규(規): 그림쇠. ▐ 마를 고(槁): 마를 고(枯). ▐ 사나울 폭(暴): 햇볕 쪼일 폭/포(暴), 쬘 폭(曝). ▐ 고폭(槁暴): 햇볕에 쬐어 말리다.

▌뺄 정(挺): 곧을 직(直). ▌바퀴 테 유(輮): 휘다, 휘어 굽히다. ▌이를 취(就): 접근하다, 가까이 다가가다. ▌거친 숫돌 여(礪). 취려(就礪): 숫돌에 갈다. ▌간여할 참(參): 참험(參驗)하다, 검험(檢驗)하다, 검증하다. ▌참성(參省): 참험성찰(參驗省察)하다. 『논어』「學而」편(曾子曰:「吾日三省吾身: 爲人謀而不忠乎? 與朋友交而不信乎? 傳不習乎?)에 근거하여 '삼성'(三省), 즉 '세 가지를 반성한다' 또는 '여러 차례 반성한다'라고 해석하기도 한다. ▌방패 간(干): 땅이름 한(邗, hán), 옛 국명. 강소성 양주(揚州) 동북에 위치. 춘추시대 오(吳)나라에 멸망하여 오읍(吳邑)이 되었으며, 여기서 오나라 대칭임. ▌오랑캐 맥(貉): 북방 종족 맥(貊). ▌탄식할 차(嗟). ▌편안할 정(靖): 고요할 정(靜). ▌함께 공(共): 공손할 공(恭). ▌신지청지(神之聽之): 『시』「소아: 소명」(小雅: 小明) 편과 「소아: 벌목」(小雅: 伐木)에 나온다. 동한시대 이래 '신이 그것을 들으면', '신이시어 그것을 들어 주세요', '그러면 성령이 당신의 말을 들어 주게 될 것이며'(So shall the Spirits hearken to you, by James Legge) 등 '신'(神)을 신령, 성령, 천신 등으로 번역했지만, 이보다는 '동사+之+동사+之' 구조로 보아, "그것을 신중히 하고 그것을 밝게 살피다."(審愼之明察之)라고 번역하는 것이

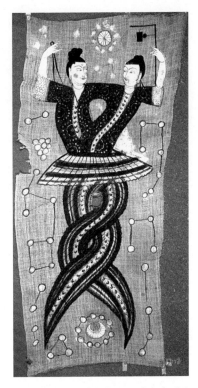

그림: 1963년 신강 출토 복희여와 백화
(新疆出土伏羲女媧帛畵)
설명: 복희는 곱자 구(矩, 尺)를 쥐고, 여와는 그림쇠 규(規)를 잡고 있다.

더 타당하다.[33] ▌끼일 개(介): 돕다(助), 지원하다. 『시』「大雅: 旣醉」: "君子萬年, 介爾景福." ▌너 이(爾). ▌어조사 어(於): 비교격 어조사, ...보다(比). ▌화도(化道): 도의 교화를 받다, 도리를 깨닫다, 도리를 파악하다. ▌길 장(長): 좋다(良).

---

33) 唐麗珍,「釋『荀子·勸學』'神之聽之'」,『蘇州敎育學院學報』, 35:1(2018. 2), 98-101.

吾嘗終日而思矣 , 不如須臾之所學也。吾嘗跂而望矣 , 不如登高之博見也。登高而
招 , 臂非加長也 , 而見者遠 ; 順風而呼 , 聲非加疾也 , 而聞者彰。假輿馬者 , 非利足
也 , 而致千里 ; 假舟楫者 , 非能水也 , 而絕江河。君子生非異也 , 善假於物也。
오상종일이사의 , 불여수유지소학야。오상기이망의 , 불여등고지박견야。등고이
초 , 비비가장야 , 이견자원 ; 순풍이호 , 성비가질야 , 이문자창。가여마자 , 비리족
야 , 이치천리 ; 가주즙자 , 비능수야 , 이절강하。군자생비이야 , 선가어물야。

내가 종일 생각해 본 적 있는데, 잠깐 배운 것만 못하였다. 내가 발돋움하여 바라본 적 있는데,
높은 곳에 올라가 넓게 보는 것만 못하였다. 높은 곳에 올라가 손짓하면, 팔이 더 길지 않아도,
보는 사람이 멀리서도 볼 수 있다; 바람을 따라 소리를 지르면, 소리를 키우지 않아도, 듣는
사람이 또렷하게 들을 수 있다. 수레와 말을 빌린 사람은(빌리면), 걸음이 빠르지 않아도, 천
리에 이를 수 있다; 배와 노를 빌린 사람은(이용하면), 수영을 못해도, 강을 건널 수 있다. 군자는
[일반인과] 본성(이나 자질)이 다르지 않고, 사물을 빌리는데 능하다.

> ▌모름지기 수(須). ▌잠깐 유(臾). ▌수유(須臾): 짧은 시간. 인도의 『승지율』(僧只律)이란
> 책에 따르면 찰나(刹那)가 1념(念), 20념이 1순(瞬), 20순이 1탄지(彈指), 20탄지가 1라예(羅
> 預), 20라예가 1수유(須臾), 1일1야(1天)가 30수유라고 한다. ▌육발이 기(跂): 발돋움하다.
> ▌부를 초(招): 오라고 손짓하다. ▌병 질(疾): 소리가 크다. ▌밝을 창(彰): 뚜렷하다. ▌거짓
> 가(假): 빌리다, 이용하다. ▌날카로울 리(利): 빠르다. ▌노 즙(楫): 상앗대 장(槳). ▌주즙(舟
> 楫): 배와 노, 배와 상앗대, 배. ▌물 수(水): 수영하다. ▌끊을 절(絕): 건너다. ▌날 생(生):
> 성(性), 본성. ▌물(物): 외물(外物), 객관 조건.

南方有鳥焉 , 名曰蒙鳩 , 以羽爲巢 , 而編之以髮 , 繫之葦苕 , 風至苕折 , 卵破子死。
巢非不完也 , 所繫者然也。西方有木焉 , 名曰射干 , 莖長四寸 , 生於高山之上 , 而臨
百仞之淵。木莖非能長也 , 所立者然也。蓬生麻中 , 不扶而直 ; 白沙在涅 , 與之俱黑。
蘭槐之根是爲芷 , 其漸之滫 , 君子不近 , 庶人不服。其質非不美也 , 所漸者然也。故
君子居必擇鄉 , 遊必就士 , 所以防邪辟而近中正也。
남방유조언 , 명왈몽구 , 이우위소 , 이편지이발 , 계지위초 , 풍지초절 , 난파자사.

소비불완야 , 소계자연야。 서방유목언 , **명왈사간** , 경장사촌 , 생어고산지상 , 이임백인지연。 목경비능장야 , 소립자연야。 **봉생마중** , 불부이직 ; 백사재열 , 여지구흑。 **난괴지근시위지** , 기점지수 , 군자불근 , 서인불복。 기질비불미야 , 소점자연야。 고군자거필택향 , 유필취사 , 소이방사벽이근중정야。

남방에 새가 있어, 이름이 몽구(굴뚝새)라고 불리는데, 깃털로 둥우리를 만들면서, 머리털로 그(둥우리)를 엮어서, 갈대 이삭에 매달았는데, 바람이 불어오자 이삭이 꺾이어, 알이 깨지고 새끼가 죽었다. 보금자리가 견고하지 않은 것(때문)이 아니라, 매단 곳이 그렇기 때문이다. 서방에는 풀이 있어, 이름이 사간/야간(射干)이라고 불리는데, 줄기가 네 치이고, 높은 산 위에서 자라면서, 백 길 못을 내려다본다. 나무줄기가 긴 것이 아니라, 서 있는 곳이 그렇기 때문이다. 민망초가 삼 속에서 자라면, 떠받치지 않아도 곧게 된다; 흰 모래가 진흙에 있으면, 그(진흙)와 함께 더불어 검어진다. 난괴(蘭槐)의 뿌리가 [향료인] 구릿대(芷)인데, 그것을 구정물에 담그면, 군자는 가까이하지 않을 것이고, 백성은 [옷에] 달지 않을 것이다. 본질이 아름답지 않은 것이 아니고, 담근 곳이 그렇기 때문이다. 그러므로 군자는 사는데 반드시 마을을 가리며, 노닐 때는 반드시 선비를 가까이하기, 때문에 사벽(邪辟)을 막고 중정(中正)에 가깝다.

▌어찌 언(焉): 어조사. ▌몽구(蒙鳩): 초료(鷦鷯), 굴뚝새. ▌갈대 위(葦). ▌능소화 초(苕): 갈대 이삭. ▌위초(葦苕): 노위(蘆葦), 갈대꽃, 갈대이삭, 갈목. ▌완전할 완(完): 견고하다, 튼튼하다(結實). ▌나무 목(木): 풀 초(草)를 잘못 적은 것이다. ▌사간/야간(射干, shè gàn/yè gàn): 범부채, 오선(烏扇). 다년생 초본식물로 등황색 꽃이 피며, 약용 가치가 풍부하다. ▌길 인(仞): 길이의 단위(1인은 7-8자), 깊이를 재다. ▌쑥 봉(蓬): 봉초(蓬草)로서 민망초를 가리킨다. 쑥이 아니다. ※ '봉생마중'은 한국에서는 마중지봉(麻中之蓬)이라고 한다. 우리 사전은 마중지봉을 '삼밭의 쑥(대)'이라고 해석하는데 그보다는 '삼 속의 민망초' 또는 '삼밭의 민망초'라고 번역해야 한다. 중국에서 봉(蓬)은 쑥이 아니라 소봉초(小蓬草, 飛蓬), 즉 민망초를 가리킨다. 두해살이풀인 민망초는 옆으로 퍼져 자라거나 가지를 뻗는 습성이 있어 삼이 옆에 있으면 그에 따라 곧게 자란다. 다년생 식물인 쑥, 즉 애호(艾蒿)도 같은 습성이 있지만 땅속으로 퍼지는 성향이 강하고 삼밭에 쑥이 있으면 삼의 생장에 크게 방해가 되기 때문에 애초부터 뽑히고 만다. 중국에서 쑥은 애호(艾蒿)라고 한다. ▌개흙 열(涅): 갯바닥, 진흙. ▌난괴(蘭槐): 향초(香草) 이름. ▌구리때 지(芷): 구릿대, 백지(白芷), 방향(芳香). ▌점점

점(漸): 담그다, 잠기다. ▋뜨물 수(潚): 뜨물, 구정물, 썩은 물. ▋옷 복(服): 달다(佩戴). ▋이룰 취(就): 가까이하다, 다가가다.

物類之起 , 必有所始。榮辱之來 , 必象其德。肉腐出蟲 , 魚枯生蠹。怠慢忘身 , 禍災乃作。強自取柱 , 柔自取束。邪穢在身 , 怨之所構。施薪若一 , 火就燥也 , 平地若一 , 水就溼也。草木疇生 , 禽獸群焉 , 物各從其類也。是故質的張 , 而弓矢至焉 ; 林木茂 , 而斧斤至焉 ; 樹成蔭 , 而衆鳥息焉。醯酸 , 而蚋聚焉。故言有招禍也 , 行有招辱也 , 君子愼其所立乎！

물류지기 , 필유소시。영욕지래 , 필상기덕。육부출충 , 어고생두。태만망신 , 화재내작。강자취주 , 유자취속。사예재신 , 원지소구。시신약일 , 화취조야 , 평지약일 , 수취습야。초목주생 , 금수군언 , **물각종기류야**。시고질적장 , 이궁시지언 ; 임목무 , 이부근지언 ; 수성음 , 이중조식언。혜산 , 이예취언。고언유초화야 , 행유초욕야 , 군자신기소립호！

사물의 결함이 일어남에는, 반드시 시초(기인)가 있다. 영욕의 도래는, 반드시 그 덕을 닮는다. 고기가 썩으면 벌레가 나고, 생선이 마르면 좀이 생긴다. 태만하여 제 몸을 잊으면, 재화(災禍)가 일어난다. 강함은 스스로 꺾임(절단)을 불러오고, 유약함은 스스로 묶임(속박)을 불러온다. 간시함과 더러움이 몸에 있으면, 원한이 얽힌다. 섶을 똑같이 펼쳐놓아도, 불은 마른 쪽으로 접근한다. 땅을 녹같이 평평하게 해도, 물은 습한 곳으로 접근한다. 초목은 무리를 이루어 살고, 금수는 떼를 지으며, 사물은 각자 그 결함을 이끈다. 그러므로 과녁이 펼쳐지면, 활의 화살이 [과녁에] 도래한다 ; 숲의 나무가 무성하면, 도끼가 [나무에] 와닿는다 ; 나무가 그늘을 이루면, 뭇 새가 [나무에서] 쉰다. 식혜가 시면, 파리매가 [식혜에] 꼬인다. 그러므로 말은 재앙을 부르고, 행실은 욕을 부르니, 군자는 자신이 서 있는 곳을 신중히 해야 한다！

▋무리 류(類): 결점(缺點, 毛病). ▋물류(物類): 흔히 '만물의 총칭'이라고 하나 그 뒤의 "肉腐出蟲 ......柔自取束。" 현상을 이해하면 '물류'가 '사물의 결함'을 가리키는 것을 알 수 있다. 肉이란 사물에 腐라는 시작이 있어서 蟲이란 결점이 발생한다는 것이다. ▋코끼리 상(象): 형상 상(像), 닮다. ▋좀 두(蠹). ▋기둥 주(柱): 빌 축(祝), 절단되다, 부러지다. ▋더러울

예(穢). ■얽을 구(構). ■이를 취(就): 좇다, 따르다, 가까이 가다, 접근하다. ■축축할 습(淫): 축축할 습(濕). ■밭두둑 주(疇): 짝 주(儔), 무리(類). 무리 류(類): 결점. ■좇을 종(從): 거느리다, 이끌다(率, 帶領). ■'物各從其類': 이를 '萬物皆以類聚'(만물은 모두 유형에 따라 모인다) 또는 '萬物就是這樣依從自己的同類以生存'(만물은 이렇게 자신의 동류에 의지하여 생존한다)이라 해석할 수 있으나 논리적으로 그다음의 문장과 전혀 연결되지 않는다. ■바탕 질(質): 과녁. 과녁 적(的). ■어찌 언(焉): 연이은 4개의 '焉' 자를 겸사(兼詞) '於此'로 볼 수 있고, 어조사로도 볼 수도 있다. ■식혜 혜(醯). ■파리매 예(蜹, 蚋).

積土成山 , 風雨興焉 ; 積水成淵 , 蛟龍生焉 ; 積善成德 , 而神明自得 , 聖心備焉。 故 不積蹞步 , 無以致千里 ; 不積小流 , 無以成江海。 騏驥一躍 , 不能十步 ; 駑馬十駕 , 功在不舍。 鍥而舍之 , 朽木不折 ; 鍥而不舍 , 金石可鏤。

적토성산 , 풍우흥언 ; 적수성연 , 교룡생언 ; 적선성덕 , 이신명자득 , 성심비언。 고 부적규보 , 무이치천리 ; 부적소류 , 무이성강해。 **기기일약** , 불능십보 ; **노마십가** , 공재불사。 계이사지 , 후목부절 ; **계이불사** , 금석가루。

흙을 쌓아 산을 만들면, 바람과 비가 [산에서] 일어난다; 물을 모아 연못을 만들면, 교룡이 [연못에] 산다; 선행을 쌓아 덕을 이루면, 신명(정신과 지혜)이 저절로 얻어지고, 성심(聖心)이 [덕에] 갖추어진다. 그러므로 반걸음을 모으지 않으면, 천 리에 이를 수 없다; 작은 물줄기를 모으지 않으면, 강과 바다를 만들 수 없다. 천리마가 한번 뛴다고, 열 걸음이 될 수 없다; 둔한 말이 열흘을 가는데, [그] 성공은 포기하지 않는 데 있다. 새기다가 포기하면, 썩은 나무도 꺾지 못한다; 새기면서 포기하지 않으면, 쇠나 돌에도 새길 수 있다.

■이룰 성(成): 이루다, 이루어지다, 만들어지다, 변하다(變爲). ■'積土成山': '흙이 쌓여 산이 만들어진다'라는 '토적성산'(土積成山)도 쓰인다. 劉向, 『說苑』「建本」: "水積成川, 則蛟龍生焉; 土積成山, 則豫樟生焉; 學積成聖, 則富貴尊顯至焉." ■어찌 언(焉): 연이은 3개의 '焉' 자를 겸사(兼詞) '於此'로 볼 수 있고, 어조사로도 볼 수도 있다. ■신명(神明): 신령(神靈), 정신과 지혜. ■반걸음 규(蹞): 반걸음 규(跬). ■털총이 기(騏): 천리마. ■천리마 기(驥). ■둔할 노(駑). ■멍에 가(駕): 아침에 멍에를 메웠다가 저녁에 풀기 때문에 일가(一駕)는 하루의 거리이고, 십가(十駕)는 열흘의 거리를 가리킨다. ■집 사(舍): 버릴 사(捨), 버리다,

포기하다. ▌새길 결(鍥). ▌새길 루(鏤).

蚓無爪牙之利 , 筋骨之強 , 上食埃土 , 下飲黃泉 , 用心一也。蟹八跪而二螯 , 非蛇蟺 之穴 , 無可寄託者 , 用心躁也。是故無冥冥之志者 , 無昭昭之明 ; 無惛惛之事者 , 無 赫赫之功。行衢道者不至 , 事兩君者不容。目不能兩視而明 , 耳不能兩聽而聰。螣蛇 無足而飛 , 梧鼠五技而窮。《詩》曰 :「尸鳩在桑 , 其子七兮。淑人君子 , 其儀一兮。其 儀一兮 , 心如結兮。」故君子結於一也。 (下略)

인무조아지리 , 근골지강 , 상식애토 , 하음황천 , 용심일야。해팔궤이이오 , 비사선 지혈 , 무가기탁자 , 용심조야。시고무명명지지자 , 무소소지명 ; 무혼혼지사자 , 무 혁혁지공。행구도자부지 , 사양군자불용。목불능양시이명 , 이불능양청이총。등사 무족이비 , 오서오기이궁。《시》왈 :「시구재상 , 기자칠혜。숙인군자 , 기의일혜。기 의일혜 , 심여결혜。」고군자결어일야。 (하략)

지렁이는 손톱과 어금니의 날카로움과, 뼈와 근육의 강인함이 없이, 위에서는 진흙을 먹고, 아래에서는 땅속 샘물을 마시는데, 마음새가 한결같다. 게는 여덟 개의 다리와 두 개의 집게발이 있는데, 드렁허리 굴이 아니면, 의탁할 곳이 없으니, 마음새가 조급하기 때문이다. 그러므로 그윽한 뜻이 없는 사람은, 밝은 명예도 없다; 묵묵한 노력이 없는 사람은, 혁혁한 성공도 없다. 갈림길을 가는 사람은 이르지 못하고, 두 군주를 섬기는 사람은 용서되지 않는다. 눈은 양쪽으로 본다고 밝아질 수 없고, 귀는 양쪽으로 듣는다고 밝아질 수 없다. 등사(螣蛇)는 다리가 없지만 날고, 날다람쥐는 다섯 가지 재주가 있으나 궁색하다. 『시』가 말했다: "뻐꾸기가 뽕나무에 앉았는데, 그 새끼가 일곱이다. 숙인군자(淑人君子)는, 그 의태가 한결같다. 그 의태는 한결같고, 심성은 매듭과 같다." 따라서 군자는 하나로 매어져 있다.(하략)

▌지렁이 인(蚓): 지렁이 인(蚯). ▌티끌 애(埃). ▌애토(埃土): 진흙. ▌황천(黃泉): 땅속의 샘물. ▌꿇어앉을 궤(跪): 게의 발, 다리. ▌팔궤(八跪): 원래는 육궤(六跪)였으나 사실에 근거하여 수정함. ▌차오(車螯) 오(螯): 집게발, 엄지발. ▌뱀 사(蛇): 뱀 사(虵). ▌지렁이 선(蟺): 지렁이 선(蟮). ▌사선(蛇蟺): 곰치, 사선(蛇鱓), 드렁허리. ▌어두울 명(冥): 그윽하다. ▌어리석을 혼(惛): 묵묵하다. ▌네거리 구(衢): 갈림길. ▌등사(螣蛇): 등사(騰蛇), 운무

를 일으켜 몸을 감춘다는 상상의 동물. ▌오서(梧鼠): 오서(鼯鼠), 석서(鼫鼠), 날다람쥐.
※ 양경(楊倞)의 주(注)에 따르면, 오서지기(鼯鼠之技)는 날 수 있지만 지붕을 오르지 못하며,
나무를 기어오를 수 있지만 꼭대기에는 이르지 못하며, 헤엄을 칠 수 있지만 계곡을 건너지
못하며, 구멍을 팔 수 있지만 몸을 숨길 수 없으며, 달릴 수 있지만 사람을 앞설 수 없다는
것을 가리킨다. ▌시구(尸鳩): 시구(鳲鳩), 포곡(布穀), 뻐꾸기. ▌숙인(淑人): 선인(善人),
선량한 사람. ▌군자(君子): 품덕이 고상한 사람.

13-4 『순자』 「권학」 편 감상과 평설(評說)

『순자』 「권학」 편에는 다음과 같은 성어가 나온다:
- "민망초가 삼밭 속에서 [곧게] 자라다."라는, 좋은 환경에 있어야 양호해진다는
  봉생마중(蓬生麻中. 「勸學」),
- "얼음이 물보다 차갑다."라는, 청출어람과 뜻이 같은 빙한어수(氷寒於水. 「勸學」),
- '날다람쥐의 다섯 기술'이라는, 이것저것 잘하지만 정작 뛰어난 것은 아무도 없다
  는 오서오기(梧鼠五技. 梧鼠之技. 梧鼠技窮. 「勸學」),
- "물을 모아 못을 만든다."라는, 작은 것도 모여 큰 것이 된다는 적수성연(積水成淵.
  「勸學」),
"흙을 쌓아 산을 만든다."라는, 작은 것이 쌓여 큰 것이 된다는 적토성산(積土成山.
「勸學」),
- "푸른색이 쪽에서 나왔으나 쪽보다 더 푸르다."라는, 제자가 스승보다 낫다는 청출
  어람(靑出於藍. 「勸學」),

그 외 『순자』에 등장한 성어는 다음과 같다:
- '넓은 학식과 다양한 견문'을 가리키는 박학다문(博學多聞. 「修身」),
- "옳은 것은 옳다고 하고, 그른 것은 그르다고 하다."라는, 옳고 그름을 따지며 다툰

다는 시시비비(是是非非.「修身」),
- "세상을 널리 다니다."라는 횡행천하(橫行天下.「修身」),
- "살리기도 하고 죽이기도 하고, 주기도 하고 빼앗기도 한다."라는, 남의 목숨이나 재물을 마음대로 한다는 생살여탈(生殺與奪.「王制」),
- "배를 띄우고 배를 뒤엎는다."라는, 백성이 군주를 떠받기도 하지만 뒤엎을 수도 있다는 재주복주(載舟覆舟.「王制」),
- "편안하기가 반석과 같다."라는, 넓고 튼튼한 큰 바위처럼 마음이 든든하고 믿음직스럽다는 안여반석(安如磐石.「富國」),
- "사발이 모나면 물도 모난다."라는, 모범을 보이면 다른 사람들도 배워 바르게 행동한다는 우방수방(盂方水方.「君道」),
- "달걀로 돌을 치다."라는, 지나치게 약한 것이 지나치게 강한 것을 이길 수 없다는 이란투석(以卵投石.「議兵」),
- "끝이 처음과 하나와 같다."라는 종시여일(終始如一.「議兵」;「禮論」),
- '우물의 개구리'라는 감정지와(坎井之蛙.「正論」),
- "풍속을 변화시키고 바꾼다."라는, 풍속습관을 개선한다는 이풍역속(移風易俗.「樂論」),

"약속으로 정해지고 습속이 되다.", 잘못이 오랫동안 옳은 것처럼 여겨져 굳어버린 것을 가리키는 약정속성(約定俗成.「正名」),
- '앞 수레라는 거울'이라는, 앞의 실패를 거울로 삼는다는 전거지감(前車之鑑.「成相」),
- "공평하고 정직하며 삿됨이 없다."라는 공정무사(公正無私.「賦」),
- "조그마한 것이 모이면 드러나게 된다."라는, 티끌 모아 태산이라는 적미성저(積微成著.「大略」) 등이 있다.

「권학」 편의 교육론은 위의 성악론을 기초로 한다. 순자는 가르침(敎)에 대해서는 "선으로써 남을 이끄는 것을 가르침이라 이른다."(以善先人者, 謂之敎.「修身」)라고 하였다. 순자는 학문의 목적을 성인(聖人)이 되는 것에 두었고, 학문을 좋아하고 중단하지 않는(不捨) 자세를 요구했다.

위에 소개한 「권학」 편은 1,600여 자에 이르는 전문 중 749자를 번역한 것이다. 번역한 부분은 「권학」 편의 핵심으로 학문의 의의, 학문의 작용 및 학문의 태도를 차례로 논하였다.

학문은 중단할 수 없는 것으로, '청출어람'과 '빙한어수'의 기대가 있다. 학문은 생각만 해서는 안 되고 직접 배워야 한다. 그리고 적토성산, 적수성연, 적선성덕과 같이 전념, 항심, 인내심을 가져야 한다고 주장한다.

'권학'(勸學)이란 이름의 글은 순자 이후 여러 편 발표되었다. 순자의 「권학」 편을 거의 그대로 옮긴 『대대례기』(大戴禮記) 「권학」 편, 북송 진종(眞宗)의 「권학문」(勸學文), 남송 진덕수(眞德秀, 1178-1235)의 「권학문」, 명말청초 당견(唐甄, 1630-1704)의 『잠서』(潛書) 「권학」 편, 청대 장백행(張伯行, 1651-1725)의 『양정유편』(養正類編) 「권학류」(勸學類), 청말 장지동(張之洞, 1837-1909)의 「권학편」(勸學篇) 등이 있다.

14. 한비(韓非)
『한비자』(韓非子) 「오두」(五蠹) 편(節選)

14-1 저자 소개

한비(韓非, 280-233BCE)는 전국시대 한(韓)나라 귀족 출신으로 법가 이사(李斯, 280-208BCE)와 함께 순자(荀子)에게 배웠다. 전국시대 말기의 걸출한 사상가로 법가를 집대성(集大成)하여 후세에 '한비자'(韓非子)라 불렸다. 그는 수명법제(修明法制)와 부국강병을 주장하며 한나라 왕에게 헌책(獻策)했으나 받아들여지지 않아 저술에 종사했다. 한비자의 책을 본 진시황(秦始皇)이 제후국 진의 왕이었을 때 한비자를 초빙했으나 그리 신뢰하지 않았고, 한비자는 나중에 이사 등의 모함으로 옥중에서 죽었다.

한비

한비자는 법가를 집대성한 인물로서 앞선 법가의 각종 관점을 종합하고 순자와 도가의 사상을 흡수하여 '법'을 중심으로 하는 법술세(法術勢) 이론을 정립했다. 그는 유가의 인정사상(仁政思想)을 반대하여 군주집권(君主集權)을 주장했고, 의법치국(依法治國), 임현(任賢) 반대, 공리(功利) 숭상, 경전(耕戰)

장려 등을 주장했다. 그의 경전이론(耕戰理論)은 진의 천하 통일과 통치의 이론 근거가 되었다. 아울러 역사관으로서 선진제자의 시고비금(是古非今), 귀고천금(貴古淺今), 후고박금(厚古薄今)을 반대하고, "세상이 변하면 사물도 다르고, 사물이 다르면 변화를 대비하라."(世異則事變, 事異則備變.「五蠹」)는 인시이변(因時而變)의 진보 사관을 주장했다. 농업생산을 기초로 한 한비자의 무력 증강론은 진시황의 6국 통일에 이용되었다.

『사기』「노자한비열전」(老子韓非列傳)에 따르면 진시황은 한비자의「고분」(孤憤) 편과「오두」(五蠹) 편을 보고는 "아하! 과인이 이 사람을 만나 교유할 수 있다면 죽어도 한이 없을 것이다!"(秦王見孤憤、五蠹之書, 曰:「嗟乎, 寡人得見此人與之游, 死不恨矣!」.)라고 감동하였다고 한다. 이에 이사(李斯)는 그 저자가 한비자임을 알렸고, 진시황은 한비자를 만나보고자 고의로 한비자의 모국인 한(韓)나라를 공격하였고, 한나라는 급한 나머지 공자(公子)인 한비자를 진나라에 사절로 보냈다. 진시황은 사절로 온 한비자를 총애했지만 천하통일 대업을 위해서는 한나라를 멸망해야 한다고 주장한 이사가 한나라를 존치해야 한다고 주장하는 한비의 주장을 비판하여 결국 음독 자결케 하였다(233BCE). 진시황이 한비자가 지은 두 편을 좋아한 것은 당시 국정을 농단한 환관 노독(嫪毒, ?-238BCE)과 승상 여불위(呂不韋, 292-235BCE)를 제거하는 비책을 한비자의 책에서 발견했기 때문으로 이해된다.

14-2 원전 소개

『한비자』는 대부분 한비의 주장과 일부 후학들의 주장을 엮은 것으로 선진시대 법가를 집대성한 것으로 평가된다. 현재 55편이 전해진다.

『한비자』에는 대놓고 하는 비판이 많다. 또한 다수의 우언과 역사를 근거로 주장을 펼친 특색을 지닌다. 55편 중 4,800여 자의「오두」편이 으뜸으로 평가된다.

14-3 『한비자』「오두」편(節選) 원문, 역문 및 주석

「오두」(五蠹) 편(節選) : 군주로서 이 좀 벌레 같은 사람을 제거하지 않고, 강직한 병사를 길러내지 않으면, 세상에 멸망하는 나라와, 파멸하는 왕조가 있다해도, 역시 이상한 것이 아니다(人主不除此五蠹之民, 不養耿介之士, 則海內雖有破亡之國, 削滅之朝, 亦勿怪矣.)

(上略)今人主之於言也，說其辯而不求其當焉；其用於行也，美其聲而不責其功焉。是以天下之衆，其談言者務爲辯而不周於用，故擧先王言仁義者盈廷，而政不免於亂；行身者競於爲高而不合於功，故智士退處巖穴，歸祿不受，而兵不免於弱，政不免於亂，此其故何也？民之所譽，上之所禮，亂國之術也。

(상략)금인주지어언야，열기변이불구기당언；기용어행야，미기성이불책기공언。시이천하지중，기담언자무위변이부주어용，고거선왕언인의자영정，이정불면어란；행신자경어위고이불합어공，고지사퇴처암혈，귀록불수，이병불면어약，정불면어란，차기고하야？민지소예，상지소례，난국지술야。

(상략)지금 군주들은 [신하의] 언론에 대해, 그(신하)의 언변에만 기뻐하고 그것(언변)이 타당한지를 탐구하지 아니한다; [신하를] 일에 등용함에는, 그(신하)의 명성만 칭찬하고 공적을 요구하지 않는다. 그리하여 천하의 뭇사람 중, 유세가들은 언변에만 힘쓰고 쓰임새에는 엄밀하지 않았는데, 그러므로 선왕의 예를 들어 인의를 말하는 자가 조정에 가득 찼으나, 정치는 어지러움을 면하지 못했다; 입신출세하려는 자들은 경쟁적으로 높은 것(도덕성)을 따지고 공적에는 부합하려하지 않았기, 때문에 지사(智士)는 물러나 바위굴에 머물며, 녹봉을 주어도 받지 않았고, 그리하여 군대는 약화를 면하지 못했고, 정치는 어지러움을 면하지 못했는데, 그 까닭은 무엇인가? 백성이 명예롭게 여기는 것과, 군주가 예우하는 것이, 나라를 어지럽히는 길이기 때문이다.

▌말씀 설(說, shuō): 기쁠 열(說, yuè), 기뻐하다(悅). ▌꾸짖을 책(責): 책구(責求), 요구하다, 추구(追究)하다, 따지다. ▌두루 주(周): 엄밀하다, 주도면밀하다. ▌행신(行身): 입신출세(立

身出世). ▌귀록(歸祿): 녹을 먹이는 것, 녹을 주는 것. ▌꾀 술(術): 수단, 방법, 술책, 책략, 길, 통로.

今境內之民皆言治, 藏商、管之法者家有之, 而國愈貧, 言耕者衆, 執未者寡也; 境內皆言兵, 藏孫、吳之書者家有之, 而兵愈弱, 言戰者多, 被甲者少也。故明主用其力, 不聽其言; 賞其功, 必禁無用; 故民盡死力以從其上。夫耕之用力也勞, 而民爲之者, 曰: 可得以富也。戰之爲事也危, 而民爲之者, 曰: 可得以貴也。

금경내지민개언치, 장상、관지법자가유지, 이국유빈, 언경자중, 집뢰자과야; 경내개언병, 장손、오지서자가유지, 이병유약, 언전자다, 피갑자소야。고명주용기력, 불청기언; 상기공, 필금무용; 고민진사력이종기상。부경지용력야로, 이민위지자, 왈: 가득이부야。전지위사야위, 이민위지자, 왈: 가득이귀야。

지금 나라 안의 백성이 모두 정치를 말하면서, 상앙(商鞅)과 관중(管仲)의 법을 간수한 집이 있지만, 나라가 갈수록 가난해지는 것은, [이는] 밭갈이를 말하는 사람은 많지만, 쟁기를 잡은 사람은 적기 때문이다; 나라 안의 [백성] 모두 병법을 말하면서, 손무(孫武)와 오기(吳起)의 병법을 간수한 집이 있지만, 군대는 갈수록 약해지는 것은, [이는] 전쟁을 말하는 사람은 많지만, 갑옷을 입는 사람이 적기 때문이다. 그러므로 현명한 군주는 그(백성)의 힘을 사용하지, 그(백성)의 말을 듣지 않으며; 그(백성)의 공로에 상을 주고, 반드시 쓸데없는 짓을 금지해야 한다; 그러면 백성은 사력을 다해 자신들의 군주를 따를 것이다. 무릇 밭갈이에 힘을 쓰면 피로하지만, 백성이 그를 하는 것은, 말하자면 부유해질 수 있기 때문이다. 전쟁에 나서는 일은 위험하지만, 백성이 그를 하는 것은, 말하자면 현귀(顯貴)해질 수 있기 때문이다.

▌감출 장(藏): 간직하다, 간수해두다. ▌이불 피(被): 입다.

今修文學, 習言談, 則無耕之勞, 而有富之實, 無戰之危、而有貴之尊, 則人孰不爲也? 是以百人事智而一人用力, 事智者衆則法敗, 用力者寡則國貧, 此世之所以亂也。故明主之國, 無書簡之文, 以法爲教; 無先王之語, 以吏爲師; 無私劍之捍, 以

斬首爲勇。是境內之民，其言談者必軌於法，動作者歸之於功，爲勇者盡之於軍。是故無事則國富，有事則兵強，此之謂王資。既畜王資而承敵國之釁，超五帝，侔三王者，必此法也。

금수**문학**、습언담，즉무경지로、이유부지실，무전지위、이유귀지존，즉인숙불위야？시이백인사지이일인용력，사지자중즉법패，용력자과즉국빈，차세지소이란야。고명주지국，무서간지문，이법위교；무선왕지어，이리위사；무사검지**한**，이참수위용。시경내지민，기언담자필**궤**어법，동작자귀지어공，위용자진지어군。시고무사즉국부，유사즉병강，차지위왕자。기**축왕자**이**승**적국지흔，초오제，**모삼왕**자，필차법야。

지금 학문을 닦고 유세를 익히면, 밭갈이하는 노고 없이도 부유라는 실속을 가질 수 있고, 전쟁의 위험이 없이도 존귀한 자리를 얻을 수 있으니, 사람이라면 누가 그러지 않겠는가? 그래서 백명이 지혜를 일삼고 한 사람만 힘을 쓰게 되며, 지혜를 일삼는 사람이 많아지면 곧 법은 무너지고, 힘을 쓰는 자가 적어지면 곧 나라는 가난해지는데, 이것이 세상이 어지러워지는 까닭이다. 그러므로 현명한 군주의 나라에서는, 서간(書簡)의 글이 없으며, 법으로 교화하며; 선왕의 말이 없고, 관리를 스승으로 삼으며; 개인 자객의 보호가 없고, 목을 자르는 것을 용기로 삼는다. 국정 안의 백성 중, 유세가는 반드시 법에 따르게 하고, 행동가는 공로에 몰아세우고, 용사는 군대에서 혼신(渾身)을 해야 한다. 그러므로 사고가 없으면 나라가 부강해지고, 사고가 있으면 군대가 강해지는데, 이것을 일컬어 군주의 자질이라고 한다. [군주는] 군주의 자질을 쌓고 적국의 허점을 이용해야 하는데, 오제(五帝)를 능가하고, 삼왕(三王)과 대등해지려면, 반드시 이 방법이어야 한다.

> ▌문학(文學): 학문. ▌막을 한(捍): 보위하다, 제어하다. ▌길 궤(軌): 따르다, 지키다. ▌쌓을 축(畜). ▌왕자(王資): 왕업의 바탕, 패왕의 바탕. ▌반들 승(承): 이용하다, 틈타다. ▌피 바를 흔(釁): 결점, 흠, 틈, 사이. ▌가지런할 모(侔): 동등하다, 대등하다.

今則不然，士民縱恣於內，言談者爲勢於外，外內稱惡以待強敵，不亦殆乎！故群臣之言外事者，非有分於從衡之黨，則有仇讎之忠，而借力於國也。從者，合衆弱以攻

一强也 ; 而衡者 , 事一强以攻衆弱也 ; 皆非所以持國也。

금즉불연 , 사민종자어내 , 언담자위세어외 , 외내칭악이대강적 , 불역태호 ! 고군신지언외사자 , 비유분어종횡지당 , 즉유구수지충 , 이차력어국야。종자 , 합중약이공일강야 ; 이형자 , 사일강이공중약야 ; 개비소이지국야。

지금은 그렇지 않은데, 선비와 백성은 국내에서 제멋대로 굴고, 유세가는 국외 세력에 빌붙어, 안팎으로 서로 [호응하여] 악한 짓을 하고 강적을 대하니, 또한 위태하지 아니한가! 그러므로 여러 신하는 외교문제를 말하지만, 합종파(合從派)와 연횡파(連衡派) 무리로 갈라지거나, [자신의 원수를 갚으려는 속마음을 갖고, 나라에게서 힘을 빌리고자 한다. 합종은, 여러 약한 나라들을 합쳐서 하나의 강한 나라를 공격하려는 것이고; 그리고 연횡은, 하나의 강한 나라를 섬기어 여러 약한 나라를 공격하려는 것으로; 모두 나라를 유지하는 방법이 아니다.

■종자(縱恣): 방종(放縱)과 자자(自恣), 제멋대로 구는 것. ■위세어외(爲勢於外): 외국 세력에 빌붙어 자신의 권세를 만들다. ■외내칭악(外內稱惡): 서로 악하다고 말하다, 안팎이 서로 악을 겨루다, 국내외에서 서로 호응하여 나쁜 짓을 하다. ■'非…, 則…': 이를 흔히 '不是…, 而是…'로 해석하여 'A가 아니고 B이다.'라고 번역하기도 하나, 이보다는 '不是…, 就是…'로 해석하여 'A이거나 [아니면] B이다.'라고 번역하는 것이 타당하다. ■종횡(縱衡): 소진(蘇秦)의 합종(合從)과 장의(張儀)의 연횡(連衡)으로, 합종은 한위조연초제(韓魏趙燕楚齊) 등 6국이 남북 종대(縱隊)로 연합하여 서방의 진(秦)에 대적하자는 것이고, 연횡은 6국을 개별적으로 동서 횡대(橫隊)로 진에 복종하도록 하는 정책이다. ■충성 충(忠): 속마음 충(衷).

今人臣之言衡者皆曰 :「不事大則遇敵受禍矣。」事大未必有實 , 則擧圖而委 , 效璽而請兵矣。獻圖則地削 , 效璽則名卑 , 地削則國削 , 名卑則政亂矣。事大爲衡未見其利也 , 而亡地亂政矣。

금인신지언형자개왈 :「불사대즉우적수화의。」사대미필유실 , 즉거도이위 , 효새이청병의。헌도즉지삭 , 효새즉명비 , 지삭즉국삭 , 명비즉정란의。사대위형미견기리야 , 이망지난정의。

지금 신하 가운데 연횡을 말하는 자들은 모두 말한다: "큰 나라를 섬기지 않으면 곧 적을 만나 화를 입을 것이다." 큰 나라를 섬긴다고 반드시 실리(實利)가 있다고 할 수 없는데, 지도를 들어다 바치고, 옥새(玉璽)를 내놓으면서 청병(請兵)한다. 지도를 바치면 영토는 깎이고, 옥새를 내놓으면 명성이 비루해지고, 영토가 깎이면 나라가 깎이며, 명성이 비루해지면 정치가 어지러워진다. 큰 나라를 섬기어 연횡을 한다 해서, 그 이익은 보지 못하고, 땅을 잃고 정치는 어지러워진다.

▌맡길 위(委): 맡기다, 바치다. ▌본받을 효(效): 주다, 드리다, 바치다. ▌효새(效璽): 나라를 상징하는 군주의 도장(璽)을 바치는 것(效)으로 신하가 된다는 것을 의미.

人臣之言從者皆曰 :「不救小而伐大則失天下 , 失天下則國危 , 國危而主卑。」救小未 必有實 , 則起兵而敵大矣。救小未必能存 , 而交大未必不有疏 , 有疏則爲強國制矣。 出兵則軍敗 , 退守則城拔 , 救小爲從未見其利 , 而亡地敗軍矣。

인신지언종자개왈 :「불구소이벌대즉실천하 , 실천하즉국위 , 국위이주비。」구소미 필유실 , 즉기병이적대의。구소미필능존 , 이교대미필불유소 , 유소즉위강국제의。 출병즉군패 , 퇴수즉성발 , 구소위종미견기리 , 이망지패군의。

신하 가운데 합종을 말하는 자들은 모두 말한다: "작은 나라를 구하지 않고 큰 나라를 치면 천하[각국의 신뢰]를 잃을 것이고, 천하를 잃으면 [자기] 나라가 위태하게 되며, [자기] 나라가 위태하면 군주가 비루해진다." 작은 나라를 구한다고 반드시 실리가 있는 것은 아닌데도, 군사를 일으키어 큰 나라를 대적한다. 작은 나라를 구한다고 반드시 존속할 수 있는 것이 아니며, 큰 나라와 대적한다고 반드시 소홀하지 않는 것이 아니며, 소홀하면 곧 강한 나라에 제압된다. 병사를 내보내면 군대는 패해 버리고, 물러나서 지키면 곧 성을 빼앗기는데, 작은 나라를 구하려다가[합종을 하려다가] 그 이익은 보지 못하고, 땅을 잃고 군대는 패한다.

▌교대(交大): 적대(敵大), 큰 나라를 대적하다, 큰 나라를 공격하다. ▌뺄 발(拔): 쳐서 빼앗 다, 탈취하다.

是故事強則以外權士官於內 , 救小則以內重求利於外 , 國利未立 , 封土厚祿至矣 ;

主上雖卑 , 人臣尊矣 ; 國地雖削 , 私家富矣。事成則以權長重 , 事敗則以富退處。人主之於其聽說也 , 於其臣 , 事未成則爵祿已尊矣 ; 事敗而弗誅 , 則游說之士 , 孰不爲用矰繳之說而徼倖其後 ?

시고사강즉이외권사관어내 , 구소즉이내중구리어외 , 국리미립 , 봉토후록지의 ; 주상수비 , 인신존의 ; 국지수삭 , 사가부의。사성즉이권장중 , 사패즉이부**퇴처**。인주지어기청설야 , 어기신 , 사미성즉작록이존의 ; 사패이불주 , 즉유세지사 , 숙불**위용증격지설**이요행기후 ?

따라서 강국을 섬기면 바깥 권력(외국 세력)에 기대 국내에서 관직을 얻게 만들고, 소국을 구하면 국내 권력에 기대고 국외에서 이익을 구하게 하는데, 나라의 이익이 아직 확립되지 않았는데, [신하에게] 봉지(封地)와 후록(厚祿)이 답지한다; 군주가 설사 비루해져도, 신하는 존귀하게 된다; 나라(제후국)의 땅이 설사 깎여도, 사가(私家, 경대부)는 부유해진다. 일이 성사되면 권세로 오래 중용되며, 일이 실패하게 되면 재부에 기대 은퇴한다. 군주가 [합종연횡을 주장하는 신하들의] 유세를 들으면, 그 신하들로서는, 일이 아직 성사되지 않음에도 작위와 봉록이 높아지고; 일이 실패해도 [목이] 베이지 않으니, [종횡]유세가라면, 누구라도 허튼소리로 그 뒤의 요행을 바라지 않을 수 있겠는가?

> ▪퇴처(退處): 은퇴하다, 은퇴하여 한가로이 지내다. ▪말씀 설(說): 달랠 세(說, shui). ▪주살 증(矰). ▪주살이 줄 격(繳). ▪증격지설(矰繳之說): 종횡가가 공명부귀를 차지하기 위해 사용하는 허언이나 허튼소리. ▪요행(徼倖): 요행(僥倖).

故破國亡主以聽言談者之浮說 , 此其故何也 ? 是人君不明乎公私之利 , 不察當否之言 , 而誅罰不必其後也。皆曰「外事大可以王 , 小可以安。」夫王者 , 能攻人者也 ; 而安 , 則不可攻也。強 , 則能攻人者也 ; 治 , 則不可攻也。治強不可責於外 , 內政之有也。今不行法術於內 , 而事智於外 , 則不至於治強矣。鄙諺曰 :「長袖善舞 , 多錢善賈。」此言多資之易爲工也。故治強易爲謀 , 弱亂難爲計。

고파국망주이청언담자지부설 , 차기고하야 ? 시인군불명호공사지리 , 불찰당부지언 , 이주벌불**필**기후야。개왈「외사대가이왕 , 소가이안。」부왕자 , 능공인자야 ; 이 안 , 즉불가공야。강 , 즉능공인자야 ; 치 , 즉불가공야。치강불가**책**어외 , 내정지유 야。금불행법술어내 , 이사지어외 , 즉부지어치강의。비언왈 :「장수선무 , 다전선 고。」차언다자지이위**공**야。고치강이위모 , 약란난위계。

그러므로 나라를 깨트리고 군주를 망하게 한 것은 유세가의 낭설(浪說)을 들었기 때문인데, 그 이유는 무엇인가? 이는 군주가 공사(公私)의 이(利)에 밝지 않았고, 주장이 타당한지 아닌지를 살피지 않았고, 주벌(誅罰)이 [실패] 사후에 단호하게 시행되지 않았기 때문이다. [유세가들은] 모두 말했다: "외사(외교) 활동으로 [제후국으로서] 큰 나라는 패왕이 될 수 있고, 작은 나라는 안전을 확보할 수 있다." 무릇 [큰 나라는] 패왕이 되면, 남을 공격할 수 있고; [작은 나라는] 안전을 확보하여, 남의 공격을 받지 않을 수 있다. [나라가] 강(強)하면, 남을 공격할 수 있고; [나라가] 다스려지면(治), 남의 공격을 받지 않을 수 있다. [국력의] 치(治)와 강(強)은 바깥(외교) 에 기대할 수 없고, 내정(內政)에 있는 것이다. 지금 국내에서 법술(法術)을 행하지 않고, 지혜를 바깥(외교)에 사용하면, 치(治)와 강(強)에 이르지 못한다. 속담이 말했다: "소매가 길면 춤을 잘 추고, 돈(본전)이 많으면 장사를 잘한다."(長袖善舞, 多錢善賈). 이 말은 자본이 많으면 쉽게 효과를 얻을 수 있다는 것이다. 따라서 치(治)와 강(強)이면 쉽게 모사를 꾸밀 수 있고, 약(弱)과 난(亂)이면 계책을 꾸미기 어렵다.

▌반드시 필(必): 과감하게, 단호히(果), 신상필벌(信賞必罰). ▌꾸짖을 책(責): 요구하다, 기대하다. ▌일 사(事): 사용하다. ▌장인 공(工).

故用於秦者十變而謀希失 , 用於燕者一變而計希得 , 非用於秦者必智 , 用於燕者必愚 也 , 蓋治亂之資異也。故周去秦爲從 , 期年而舉 ; 衛離魏爲衡 , 半歲而亡。是周滅於 從 , 衛亡於衡也。使周、衛緩其從衡之計 , 而嚴其境內之治 , 明其法禁 , 必其賞罰 , 盡其地力以多其積 , 致其民死以堅其城守 , 天下得其地則其利少 , 攻其國則其傷 大 , 萬乘之國莫敢自頓於堅城之下 , 而使強敵裁其弊也 , 此必不亡之術也。舍必不 亡之術而道必滅之事 , 治國者之過也。智困於內而政亂於外 , 則亡不可振也。
고용어진자십변이모희실 , 용어연자일변이계희득 , 비**용어진자필지** , 용어연자필우야 , **개치란지자**이야。고주거진위종 , **기년이거** ; 위리위위형 , 반세이망。시주멸어종 , 위망어형야。사주、**위완**기종형지계 , 이엄기경내지치 , 명기법금 , 필기상벌 , 진기지력이다기적 , 치기민사이견기성수 , 천하득기지즉기리소 , 공기국즉기상대 , 만승지국、막감자**돈**어견성지하 , 이사강적**재**기**폐**야 , 차필불망지술야。사필불망지술이**도**필멸지사 , 치국자지과야。**지곤어내이정란어외** , 즉망불가진야。

따라서 진나라에 사용하면 열 번이나 변경해도 모사는 실패하는 것이 드물고, 연나라에 사용하면 한 번만 변경해도 계책이 성공하기 어려운데, [이는] 진나라에 사용된 모사는 지혜롭고, 연나라에 사용된 계책이 우둔해서 그런 것이 아니고, 치란(治亂)의 조건이 달랐기 때문이다. 따라서 주(周)나라는 진나라를 버리고 합종을 취했으나, 1년 만에 점령되었고; 위(衛)나라는 위(魏)나라를 떠나 연횡을 취했으나, 반년 만에 망했다. 주나라는 합종에 멸했고, 위나라는 연횡에 망하였다. 만일 주나라와 위나라가 합종연횡의 계책을 늦추고, 경내의 다스림을 엄히 하고, 법금(法禁)을 분명히 하고, 상벌을 단호하게 하고, 지력(地力)에 진력하여 [양식] 축적을 증가시키고, 백성으로 하여금 사력을 다하여 수성(守城)을 견고하게 만들었다면, 천해의 어느 나라가 그 땅을 얻어도 그 이익은 적었을 것이고, 그 나라를 공격하여도 상처가 컸을 것이며, [그러면] 전차 1만 량을 가진 대국이라도 함부로 굳건한 성 아래에 스스로 머무르면서, 강적을 시켜 그 허점을 판단할 수 없게 되는데, 이는 필히 망하지 않는 방법이다. 필히 망하지 않은 방법을 버리고 필멸의 일을 하는 것은, 나라를 다스리는 자의 과실이다. 밖으로는 지모(智謀)가 곤경에 빠지고 안으로 정치가 혼란에 빠지면, 멸망은 돌이킬 수 없다.

■용어진자(用於秦者): 흔히 진나라가 임용한 사람으로 번역하지만, 앞에도 용어진자(用於秦者)가 있기에 같게 번역해야 한다. 따라서 '진나라에 사용된 모사'로 번역하여 그 모사 자체 또는 수준이 지혜로운 것인지 우둔한 것인지를 말하는 것으로 해석해야 한다. ■덮을 개(蓋): 인과접속사, 왜냐하면, ... 때문에(因爲). ■재물 자(資): 밑천, 조건. ■기약할 기(期): 1주년, 1개월, 하루. ■들 거(擧): 공격하다, 점령하다. ■느릴 완(緩). ■조아릴 돈(頓): 유숙하다, 주둔(駐屯)하다. ■마를 재(裁): 판단하다, 평가하다, 가늠하다. ■해질 폐(弊): 허점, 결점. ■길 도(道): 길을 가다, 일을 하다. ■슬기 지(智): 시모(智謀), 책략. ■'智困於內而政亂於外'에서 內外의 위치를 바꾸어 '智困於外而政亂於內'라고 해야 문맥에 맞는다.

民之故計，皆就安利如辟危窮。今爲之攻戰，進則死於敵，退則死於誅則危矣。棄私
家之事而必汗馬之勞，家困而上弗論則窮矣。窮危之所在也，民安得勿避。故事私門
而完解舍，解舍完則遠戰，遠戰則安。行貨賂而襲當塗者則求得，求得則私安，私安
則利之所在，安得勿就？是以公民少而私人衆矣。

민지고계，개취안리여벽위궁。금위지공전，진즉사어적，퇴즉사어주즉위의。기사
가지사이필한마지로，가곤이상불론즉궁의。궁위지소재야，민안득물피。고사사문
이완해사，해사완즉원전，원전즉안。행화뢰이습당도자즉구득，구득즉사안，사안
즉리지소재，안득물취？시이공민소이사인중의。

백성의 생각은, 모두 편안과 이익을 쫓고 위험과 곤궁을 피한다. 지금 그들로 하여금 공격전에
나서게 하면, 나아가면 적에게 죽을 것이고, 물러서면 베일 것이므로 위험해진다. 개인 집안일을
버리고 반드시 말과 같이 땀 흘리는 노고를 꼭 하여야 하는데, 집안이 가난하고 군주가 말(논공행
상)이 없으면 곤궁해진다. 곤궁과 위험이 있다는데, 백성이 어찌 피하지 않을 수 있는가. 그러므
로 [권세가] 개인 집을 섬기어 병역 면제를 완벽히 하려고 하며, 병역 면제가 완벽히 되면 전쟁을
멀리하게 되고, 전쟁을 멀리하게 되면 안전해진다. 뇌물을 바쳐서 실권자에게 부탁하면 바라는
것을 얻게 되며, 바라는 것을 얻게 되면 개인이 편안해진다. 개인이 편안해지면 이익이 있는
곳으로, 어찌 나아가지 아니할 수 있을까? 그리하여 공민(公民)이 적어지고 사인(私人)이 많아지
게 된다.

▌고계(故計): 지고(智故)와 이해계(理解計). 이를 정계(政計) 또는 자계(自計)로 보는 경우도
있는데, 자계(自計)가 가장 자연스럽다. 자계(自計): 스스로 여기다, 스스로 가늠하다. ▌같을
여(如): 어조사 이(而). ▌위지(爲之): 사지(使之). ▌해사(解舍): 방면(放免). 부역이나 병역
의 면제. ▌갈 행(行): 주다. ▌엄습할 습(襲): 권세가에 부탁하는 것. ▌당도자(當塗者):
실권자, 당국자.

夫明王治國之政，使其商工游食之民少而名卑，以寡趣本務而趨末作。今世近習之請
行則官爵可買，官爵可買則商工不卑也矣；姦財貨賈得用於市則商人不少矣。聚斂倍
農而致尊過耕戰之士，則耿介之士寡而高價之民多矣。

夫明王治國之政 , 使其商工遊食之民少而名卑 , 以寡趣本務而趨末作。今世近習之請
行則官爵可買 , 官爵可買則商工不卑也矣 ; 姦財貨賈得用於市則商人不少矣。聚斂倍
農而致尊過耕戰之士 , 則耿介之士寡而高價之民多矣。

무릇 현명한 군주가 나라를 다스리는 정치는, 상공인(商工人)과 놀고먹는 사람을 줄이고 명성도
비루하게 만들어, [경작의] 본분을 버리고 [상공의] 말단 작업에 나아가는 것을 적게 하는 것이다.
지금 세상에서는 군주 총신(寵臣)의 청탁이 횡행하여 벼슬과 직위를 살 수 있는데, 벼슬과 직위를
살 수가 있으니 상공인도 비루해지지 않는다 ; 절도 재물의 매매가 시장에서 통용되면 상인이
적지 않게 된다. [상공인이] 거둬들이는 것이 농사의 두 배나 되어 존귀해지는 것이 밭갈이하고
전쟁하는 병사를 능가하게 되니, 강직한 병사는 적어지고 장사꾼은 많아지게 된다.

▮달릴 취(趣): 버리다. ▮말작(末作): 말단의 일, 상공업. ▮근습(近習): 군주가 총애하고
믿는 사람. ▮간사할 간(姦): 훔치다. ▮화고(貨賈): 매매하다. ▮선비 사(士): 병사, 사람,
지식인(선비). ▮빛날 경(耿). ▮경개(耿介): 바르고 곧다, 강직하다. ▮고가(高價): 상고(商
賈)의 잘못. 장사꾼.

是故亂國之俗 , 其學者則稱先王之道 , 以籍仁義 , 盛容服而飾辯說 , 以疑當世之法
而貳人主之心。其言古者 , 爲設詐稱 , 借於外力 , 以成其私而遺社稷之利。其帶劍
者 , 聚徒屬 , 立節操 , 以顯其名而犯五官之禁。其患御者 , 積於私門 , 盡貨賂而用重
人之謁 , 退汗馬之勞。其商工之民 , 修治苦窳之器 , 聚弗靡之財 , 蓄積待時而侔農夫
之利。此五者 , 邦之蠹也。人主不除此五蠹之民 , 不養耿介之士 , 則海內雖有破亡之
國 , 削滅之朝 , 亦勿怪矣。

시고난국지속 , 기학자즉칭선왕지도 , 이적인의 , 성용복이식변설 , 이의당세지법
이이인주지심。기언고자 , 위설사칭 , 차어외력 , 이성기사이유사직지리。기대겸
자 , 취도속 , 입절조 , 이현기명이범오관지금。기환어자 , 적어사문 , 진화뢰이용중
인지알 , 퇴한마지로。기상공지민 , 수치고유지기 , 취불미지재 , 축적대시이모농부
지리。차오자 , 방지두야。인주부제차오두지민 , 불양경개지사 , 즉해내수유파망지

국 , 삭멸지조 , 역물괴의。

그러므로 나라를 어지럽히는 사람으로, 그 학자들은 선왕의 도를 주장하면서, 어짊과 의로움을 빙자하여, 용모와 옷차림을 풍성하게 하고 변설을 꾸며대어, 이 세상의 법을 의심스럽게 만들어 임금의 마음을 의혹케 한다. 그 옛것을 말하는 사람(유세가)들은, 사실을 날조하고 사칭(詐稱)하며, 외국의 힘을 빌려, 그 사익을 성취하고 사직(나라)의 이익을 버린다. 그 칼 찬 자(俠客)들은, 도당을 모으고, 절조를 내세워, 자신의 명성을 드러내고는 다섯 관청의 금령을 어긴다. 그 병역을 두려워하는 자들은, [권세가] 개인 집에 모여들어, 뇌물을 바치어 중직에 있는 권세가들에 대한 청탁을 이용함으로써, 땀 흘리는 말의 노고를 벗어난다. 상공업 백성은, 조악한 도구를 만들고, 사치스러운 재화를 모으며, 축적한 재화로 때를 기다렸다가 농부들의 이익을 빼앗는다. 이 다섯 가지가, 나라의 좀 벌레다. 군주로서 이 좀 벌레 같은 사람을 제거하지 않고, 강직한 병사를 길러내지 않으면, 세상에 멸망하는 나라와, 파멸하는 왕조가 있다해도, 역시 이상한 것이 아니다.

▌풍속 속(俗): 일반인, 백성. ▌서적 적(籍, jí): 깔개 자(藉, 籍, jiè), 빌리다, 꾸다, 의거하다. ▌두 이(貳): 둘로 나누어 의혹케 하다, 두 가지 마음을 품다. ▌언고자(言古者): 언담자(言談者), 유세가(遊說家). ▌오관(五官): 사도(司徒), 사마(司馬), 사공(司空), 사사(司士), 사구(司寇). ▌환어자(患御者): 환역자(患役者), 병역과 부역을 근심하여 기피하는 자. ▌쌓을 적(積): 익힐 습(習), 익숙하다. ▌쓸 고(苦): 염지 고(鹽), 단단하지 않다, 투박하다. ▌비뚤 유(窳): 그릇이 비뚤어지다. ▌고유(苦窳): 투박하고 질이 떨어지다, 조악하다, 쓸모가 없다. ▌불미(弗靡): 비미(沸靡), 사치하다. ▌가지런할 모(侔): 소 우는 소리 모(牟), 빼앗다, 탐하다. ▌말 물(勿): 아니다(非, 不是).

14-4 『한비자』「오두」 편 감상과 평설(評說)

『한비자』에서 비롯된 성어도 적지 않다:

- 몹시 무섭거나 두려워 몸을 벌벌 떤다는 전전율률(戰戰栗栗, 戰戰慄慄.「初見秦」),
- "긴 것을 잘라 짧은 것에 보태다."라는, 장점으로 단점을 보완한다는 절장보단(折長補短.「初見秦」),

- "섶을 지고 불을 끈다."라는, 어리석은 방법으로 일을 그르친다는 부신구화(負薪救火.「有度」) 또는 포신구화(抱薪救火),

- "위험하기가 세운 달걀과 같다."라는 위여누란(危如累卵.「十過」),

- "나라는 부유하고 병력은 강력하다."라는 국부병강(國富兵强.「孤憤」),

- '용의 가슴에 거꾸로 난 비늘', 군주의 노여움을 가리키는 역린(逆鱗.「說難」),

- "나약하고 끊지 못하다."라는 유여과단(柔茹寡斷.「亡徵」) 또는 우유과단(優柔寡斷),

- "살리거나 죽이고 주거나 빼앗는다."라는, 남의 목숨이나 재물을 마음대로 한다는 생살여탈(生殺予奪.「三守」),

- "뿌리가 깊고 뿌리가 단단하다."라는, 기초가 튼튼하여 흔들림이 없다는 근심저고 (根深柢固.「解老」),

- "작은 생선을 다루듯이 조심해야 한다."라는, 세심하게 다룬다, 번거롭게 하지 않는다는 약팽소선(若烹小鮮.「解老」),

- "가볍게 거동하고 망령스럽게 행동한다."라는 경거망동(輕擧妄動.「解老」),

- "개미구멍으로 둑이 무너진다."라는, 작은 일이 큰 화를 불러온다는 제궤의혈(堤潰蟻穴.「喩老」),

- "늙은 말이 길을 안다."라는, 경험이 많은 사람이 지혜를 갖고 있다, 늙은이도 쓸모가 있다는 노마식도(老馬識途.「說林上」),

- "먼 곳의 물은 가까운 화재를 구할 수 없다."라는, 필요한 것도 멀리 있으면 소용없다는 원수불구근화(遠水不救近火.「說林上」),

- "외손뼉만으로는 소리가 나기 어렵다."라는, 혼자 힘으로는 일을 이루기 어렵다는 고장난명(孤掌難鳴.「功名」),

- "[입으로] 털을 불어 그 속의 상처를 찾아낸다."라는, 억지로 남의 허물을 들추어낸다는 취모구자(吹毛求疵.「大體」),

- "세 사람이 호랑이를 만들어내다."라는, 거짓말도 되풀이하면 참말인 것처럼 여겨진다는 삼인성호(三人成虎. 「內儲說上」),

- "토끼가 없어지면 개가 삶아진다."라는, 쓸모가 없어지면 제거된다는 토진견팽(兎盡犬烹. 「內儲說下」) 또는 토사구팽(兎死狗烹),

- "좋은 약은 입에 쓰다."라는 양약고구(良藥苦口. 「外儲說左上」),

- "[춘추 시대 초나라 서울인] 영(郢)에 사는 사람이 쓴 편지(書)를 연(燕)나라 재상이 해석하다(說)."라는, 이치에 맞지 않는 것을 상황에 맞게 억지로 해석한다는 영서연설(郢書燕說. 「外儲說左上」),

- "정나라 사람이 신발을 사다."라는, 실제 상황을 고려하지 않고 교조적으로 일을 한다는 정인매리(鄭人買履. 「外儲說左上」),

- "충언은 귀에 거슬린다."라는 충언불이(忠言拂耳. 「外儲說左上」) 또는 충언역이(忠言逆耳),

- "진실로 분명하게 상을 주고 반드시 벌을 준다."라는 신상필벌(信賞必罰. 「外儲說左下」, 「外儲說右上」),

- "스스로 서로 모순된다."라는 자상모순(自相矛盾. 「難一」),

- "호랑이에게 날개를 달아주다."라는, 위험한 존재에게 힘을 보태준다는 위호부익(爲虎傅翼. 「難勢」) 또는 위호첨익(爲虎添翼),

- "공적을 헤아려 상을 준다."라는 계공행상(計功行賞. 「八說」) 또는 논공행상(論功行賞),

- "나무 그루터기를 지키면서 토끼를 기다린다."라는, 고지식하게 과거의 방법을 고수한다는 수주대토(守株待兎. 「五蠹」),

- "세상이 달라지면 일도 달라진다."라는, 세상의 변화에 맞춰 적응해야 한다는 세이즉사이(世異則事異. 「五蠹」),

- "소매가 길면 춤을 잘 출 수 있다."라는, 재물이나 조건이 풍부한 사람은 성공하기

쉽다는 장수선무(長袖善舞. 「五蠹」),

- "돈이 많으면 장사를 잘한다."라는, 밑천이 많으면 장사를 잘 할 수 있다는 다전선고(多錢善賈. 「五蠹」) 또는 다재선고(多財善賈),

- '땀을 흘린 말의 공로'라는, 일에 대한 공로를 의미하는 한마지로(汗馬之勞. 「五蠹」) 등이 있다.

『한비자』「오두」편의 오두는 나라를 해치는 '다섯 가지 좀(벌레)'을 의미하는데 이에는 선왕의 도와 인의를 내세우는 학자(學者. 儒家), 자기 이익만을 취하는 유세가로서의 언담자(言談者 또는 言古者, 從衡家), 멋대로 날뛰는 대검자(帶劍者, 俠客, 遊俠), 뇌물을 바쳐 병역을 기피하는 환어자(患御者, 患役者), 양심 없는 상공지민(商工之民, 商工人)을 가리킨다. 이 중 한비자가 가장 나쁘게 본 것은 학자, 즉 유자(儒者)이다. 여기에서 주로 소개한 대상은 합종연횡을 외치는 유세가(談言者)이다.

시인 김지하는 1970년 5월 『사상계』에 발표한 담시(譚詩)「오적」(五賊)에서 재벌, 국회의원, 고급공무원, 장성 및 장차관을 오적이라 지적했다. 지금 오적을 꼽는다면 반일과 친일, 반미와 친미, 종중과 반중, 종북과 반북을 둘러싸고 정쟁을 벌이는 국회의원 등 정치인은 빠지지 않을 것이다. 이에 부화뇌동하는 교수 등 지식인, 기자, 방송연예인, 노조 활동가, 시민단체 및 법조인도 자유로울 수가 없을 것이다. 종교인이라고 면죄부를 받기는 어려울 것이다. 더 찾으면 십적(十賊)을 넘을 것이다.

15. 사마천(司馬遷)
『사기』(史記) 「백이열전」(伯夷列傳) 편

15-1 저자 소개

사마천(司馬遷, 약 145-86BCE)은 서한의 사학가이며 문학가이다. 자(子)는 자장(子張) 이다. 사예부(司隷部) 좌풍익군(左馮翊郡) 하 양현(夏陽縣) 한성(韓城, 현 섬서성 韓城市) 사람이다. 아버지 사마담(司馬談)은 한무제 (漢武帝) 때 태사령(太史令)이었는데, 기원전 110년 임종 때 아들 사마천에게 자신의 업무 를 이어 역사서를 쓰도록 했다. 3년 후 사마천 은 아버지를 이어 태사령이 되어 조정의 중요 수장고인 금궤석실(金櫃石室)에서 장서를 읽 으면서 사료를 정리했다. 20세에 장강 중하류 와 산동 및 하남 등지를 여행했고, 여산(廬山)

사마천

과 회계(會稽) 등지에서 전설 속의 우소구하(禹疏九河) 등 유적을 고찰했고, 상수(湘水) 유역에서 굴원이 빠져 죽은 멱라강(汨羅江)을 유람했고, 곡부에서 공묘를 참관했다.

장안에 돌아와 낭중(郎中)을 역임했다. 35세에 다시 유람에 나서 백성을 널리 접촉했다.

한무제 천한(天漢) 3년(98BCE)에 이릉(李陵)이 흉노를 치려다 항복했을 때 이릉을 변호하다가 한무제의 노여움을 사 궁형(宮刑)을 받았다. 사마천은 저술을 완성하기 위해 수모를 견뎌냈고, 출옥 후 중서령(中書令)을 맡아 책을 계속 썼다. 이것이 바로 본기(本紀)·세가(世家)·열전(列傳)·지(志)·연표 등으로 구성된 역사 서술 체재인 기전체(紀傳體) 최초의 통사(通史)인 『사기』(史記)이다.

15-2 원전 소개

『사기』(史記)는 기전체 통사로서 사마천이 14년을 들여 완성한 것이다. 모두 130권 52만6,500여 자로서 본기(本紀) 12편, 표(表) 10편, 서(書) 8편, 세가(世家) 30편, 열전 70편으로 구성되어 있다.

『사기』는 기원전 3,000년으로 추정되는 황제시대부터 한무제 원수원년(元狩元年, 122BCE)까지의 역사를 기록했다. 사마천은 저술을 통해 "하늘과 인간의 관계를 탐구하고, 고금의 변화에 통달하여, 한 개인의 이론을 세우고자 했다."(欲以究天人之際, 通古今之變, 成一家之言, 『漢書』 권62 「司馬遷傳」). 현대문학가 노신(魯迅, 1881-1936)은 『사기』를 "역사가의 절창(絕唱)이자 운(韻)이 없는 『이소』(離騷)이다."(史家之絕唱, 無韻之『離騷』矣.)라고 평가했다.[34]

『사기』는 전체 130권 중 권23-30의 서(書)와 권130의 「태사공자서」(太史公自序) 외의 121권이 인물 중심의 역사를 기록하였다. 『사기』는 소설 원소(元素), 즉 스토리(情節)를 지닌 산문, 압운(押韻)은 없지만 시의(詩意)를 지닌 산문으로 평가받는다. 임어당(林語

---

34) 魯迅, 『漢文學史綱要』, 第10篇 「司馬相如與司馬遷」, 『魯迅全集』, 第9卷(北京: 人民文學出版社, 1981), 421.

堂)은 사마천을 '중국 산문의 가장 위대한 대사(大師)'(the greatest mater of Chinese prose)로 평가했다.[35]

사마천은 『사기』의 「오제본기」(五帝本紀)의 치우(蚩尤) 관련 내용을 비롯한 전부 내용과 「조선열전」(朝鮮列傳) 한사군 관련 내용을 심히 왜곡하여 현재 중국 중심 사관인 중화사관(中華史觀)에 의한 동북아 역사가 통용되도록 한 원흉이기도 하다.

「백이열전」(伯夷列傳)은 『사기』 70편 열전 중의 첫 번째이다. 이 열전은 백이와 숙제의 합전(合傳)이다. 사마천은 「백이열전」 집필 동기를 다음과 같이 피력했다: "말세에 이익이나 다투었지만, 오직 그들만 의를 향해 달려갔다; 나라를 사양하고 굶어 죽었는데, 천하가 그것(讓國餓死)을 칭송하였다. [이에] 백이열전 제1을 썼다."(末世爭利, 維彼奔義; 讓國餓死, 天下稱之. 作伯夷列傳第一. 『史記』 권130 「太史公自序」).

『사기』 열전 대부분이 서사(敍事) 위주이고 논찬(論贊)으로 의론하는 형식인데 「백이열전」은 유달리 의론(議論) 또는 논설(論說)을 위주로 하고 중간에 서사를 끼워 넣은 형식이다. 이러한 방식은 협서협의법(夾敍夾議法)이라 한다. 협서협의법은 세 가지가 있다. 첫째는 선의후서(先議後敍)의 개괄식이다. 의론이 문장의 맨 앞부분에 위치하여 힌트와 요약 작용을 한다. 둘째는 선서후의(先敍後議)의 총괄식(總括式)이다. 의론이 문장의 끝이나 단락의 끝에 위치하여 문장 전체의 총괄, 주제 심화, 화룡점정, 사유 계발 등 작용을 한다. 셋째는 변서변의(邊敍邊議)의 포용식(包容式)이다. 사실을 서술하면서 의론을 진행하여 사실 서사의 관점을 발표한다(百度百科, 「夾敍夾議」). 「백이열전」은 이 세 가지 방식과 달리 마치 논찬(論贊) 중간에 서사("其傳曰 ……遂餓死於首陽山.)를 넣은 것과 같아 새로운 방식으로 볼 수 있다.

---

35) Lin Yutang, "Prose," *My Country and My People*, 13th Revised Illustrated Edition(New York: The John Day Company, 1939), 233.

그림: 「채미도」(採薇圖) 작자: 송대 이당(李唐, 1066-1150) 소장: 북경고궁박물원
출처: http://blog.artron.net/space-949032-do-album-picid-27641691-goto-do wn.html

15-3 『사기』 「백이열전」 편 원문, 역문 및 주석

「백이열전」(伯夷列傳) 편 : 하늘의 도는 따로 친한 사람 없고, 항상 선한 사람과 함께 한다(天道無親, 常與善人.).

夫學者載籍極博, 猶考信於六藝, 詩書雖缺, 然虞、夏之文可知也。堯將遜位, 讓於虞舜, 舜、禹之間, 岳牧咸薦, 乃試之於位, 典職數十年, 功用既興, 然後授政。示天下重器, 王者大統, 傳天下若斯之難也。而說者曰:「堯讓天下於許由, 許由不受, 恥之逃隱。及夏之時, 有卞隨、務光者。」此何以稱焉?

부학자재적극박 , 유고신어육예 , 시서수결 , 연우、하지문가지야。요장손위 , 양어우순 , 순、우지간 , 악목함천 , 내시지어위 , 전직수십년 , 공용기흥 , 연후수정。시천하중기 , 왕자대통 , 전천하약사지난야。이설자왈 :「요양천하어허유 , 허유불수 , 치지도은。급하지시 , 유변수、무광자。」차하이칭언 ?

대체로 학자들이 책에 기록한 것은 매우 넓지만, 여전히 육예(六藝)로부터 진실을 밝혀야 한다. 『시』·『서』가 비록 흠이 있지만, 우(虞, 舜)와 하(夏)의(를 기록한) 글은 그나마 알 수 있다. 요(堯)가 왕위를 사양하고, 순(舜)에게 넘겨주었고, 순과 우 사이에서는 악목(岳牧, 四岳)이 모두 추천하기에, 그(禹)에게 왕위를 시험 삼아 맡도록 하여, 직책을 수십 년 주재하도록 하여, 성과가 발생한, 뒤에야 정권을 물려주었다. [이는] 천하는 귀중한 그릇이고, 왕은 커다란 통솔자(統領)로서, 천하를 전하는 일이 이렇게 어렵다는 것을 보여준다. 그리고 어느 사람은 말하였다: "요는 천하를 허유(許由)에게 넘겼는데, 허유는 받지 않고, 이를 부끄러워하여 도망가서 숨었다. 하에 이르렀을 때, 변수(卞隨)와 무광(務光)이 있었다[천하를 받지 않았다]." 이는 어떻게 설명해야 하는가?

■실을 재(載): 기재하다, 등재하다, 기록하다, 싣다. ■고신(考信): 진실을 조사하다, 진실을 밝히다. ■육예(六藝): 일반적으로 예·악·사·어·서·수(禮·樂·射·御·書·數) 등 여섯 가지의 기능을 가리키지만, 여기서는 시·서·역·예·악·춘추(詩·書·易·禮·樂·春秋) 등 유가의 6경을 가리킨다. ■겸손할 손(遜): 양보하다, 사양하다. ■법 전(典): 주재하다, 주관하다. ■설자(說者): 『莊子』 「讓王」 편을 가리킨다. ■일컬을 칭(稱): 일컫다, 이르다, 설명하다.

太史公曰 : 「余登箕山 , 其上蓋有許由冢云。孔子序列古之仁聖賢人 , 如吳太伯, 伯夷之倫 , 詳矣。余以所聞 , 由、光義至高 , 其文辭不少概見 , 何哉？」孔子曰 : 「伯夷、叔齊 , 不念舊惡 , 怨是用希。」「求仁得仁 , 又何怨乎？」余悲伯夷之意 , 睹軼詩 , 可異焉。
태사공왈 : 「여등기산 , 기상개유허유총운。공자서열고지인성현인 , 여오태백、백이지륜 , 상의。여이소문 , 유、광의지고 , 기문사불소개견 , 하재？」공자왈 : 「백이、숙제 , 불념구악 , **원시용희。**」「구인득인 , 우하원호？」여비백이지의 , 도일시 , 가이언。

태사공(太史公, 司馬遷)이 말한다: "내가 기산(箕山)에 올랐었는데, 그 위에 허유의 무덤이 만들어져 있었다고 한다. 공자는 옛 성현(仁聖賢人), 즉 오태백(吳太伯), 백이(伯夷)[등]의 서열을 매겼는데, 자세하였다. 내가 들은 바로는, 허유와 무광(務光)의 기개가 지극히 높은데, 그들의(그들과 관련된) 문장이 개략(槪略)도 보이지 않는 것은, 무엇 때문인가?" 공자가 말했다: "백이와 숙제는, [남의] 옛 과실을 생각하지 않았는데, 이 때문에 그들을 원망하는 것이(사람이) 적었다." "인덕을 구하여 인덕을 얻었는데, 어찌 원망하겠는가?" 나는 백이의 뜻을 슬퍼하였는데, 흩어진 시들을 보고 나니, 이상하게 느껴졌다.

▋덮을 개(蓋): 만들다, 세우다, 건축하다, 건조(建造)하다. ▋인륜 륜(倫): 순서, 서열. ▋불소
개견(不少槪見): 불소(不少)는 '많다'(多)가 아니고 '전혀 없다'(毫無)라고 해석되며, 불소개견
(不少槪見)은 '개략도 보이지 않는다'라고 해석된다. 소개견(少槪見)을 '간단한 기록' 또는
'간단한 견해'로 해석하거나 불소개견(不少槪見)을 '간단한 기록만 보인다' 또는 '개략만 보인
다'라고 해석하거나 번역하는 것은 합당하지 않다. ▋원시용희(怨是用希): 이에 대한 해석은
세 가지가 있다: ①是用 = 因此, → 用是怨希 = 因此怨恨就少, 이 때문에 원한이 적어졌다;
②是用 = 因此, → 怨用是希 = 怨恨因此就少, 원한이 이 때문에 적어졌다; ③是用 = 是以(所
以), → 怨是用希 = 怨恨是以就少, 원한이 따라서 적어졌다. 『論語』「公冶長」: "子曰:「伯夷、
叔齊不念舊惡, 怨是用希.」"; 『논어』「述而」: "(子貢)曰:「伯夷、叔齊何人也?」(孔子)曰:「古之
賢人也.」(子貢)曰:「怨乎?」(孔子)曰:「求仁而得仁, 又何怨.」" ▋앞지를 일(軼): 흩어져 없어
지다, 산실되다(佚). ▋일시(軼詩): 일시(逸詩), 『시』(詩)에 포함되지 않은 시(詩).

其傳曰:「伯夷、叔齊, 孤竹君之二子也, 父欲立叔齊, 及父卒, 叔齊讓伯夷。伯夷
曰:『父命也。』遂逃去。叔齊亦不肯立而逃之, 國人立其中子。於是伯夷、叔齊聞西伯
昌善養老,『盍往歸焉!』及至, 西伯卒, 武王載木主, 號爲文王, 東伐紂。伯夷、叔
齊叩馬而諫曰:『父死不葬, 爰及干戈, 可謂孝乎?以臣弑君, 可謂仁乎?』左右欲兵
之。太公曰:『此義人也。』扶而去之。武王已平殷亂, 天下宗周, 而伯夷、叔齊恥之,
義不食周粟, 隱於首陽山, 采薇而食之。及餓且死, 作歌, 其辭曰:『登彼西山兮,
采其薇矣!以暴易暴兮, 不知其非矣!神農、虞、夏, 忽焉沒兮, 我安適歸矣?于嗟徂
兮, 命之衰矣!』遂餓死於首陽山。」由此觀之, 怨邪非邪?

기전왈 :「백이、숙제, 고죽군지이자야, 부욕입숙제, 급부졸, 숙제양백이。백이
왈 :『부명야。』수도거。숙제역불긍립이도지, 국인입기중자。어시백이、숙제문서백
창선양로,『합왕귀언!』급지, 서백졸, 무왕재목주, 호위문왕, 동벌주。백이、숙
제고마이간왈 :『부사부장, 원급간과, 가위효호?이신시군, 가위인호?』좌우욕병
지。태공왈 :『차의인야。』부이거지。무왕이평은란, 천하종주, 이백이、숙제치지,
의불식주속, 은어수양산, 채미이식지。급아차사, 작가, 기사왈 :『등피서산혜,
채기미의!이포역포혜, 부지기비의!신농、우、하, 홀언몰혜, 아안적귀의?우차조

혜 , 명지쇠의 ! 』수아사어**수양산**。』유차관지 , 원야비야 ?

그의 전기(傳記)는 말했다: "백이와 숙제는 고죽군(孤竹君, 亞微)의 두 아들인데, 아버지는 [셋째 인] 숙제를 [후계자로] 세우고자 했고, 아버지가 돌아가자 숙제는 [맏이인] 백이에게 양보했다. 백이가 말했다: '아버지의 명이다.' 그리고 도망갔다. 숙제도 [왕위에] 오르지 않고 도망가자, 국인(國人)들은 가운데 아들(亞憑)을 [왕으로] 세웠다. 그리하여 백이와 숙제는 [주나라 창업자] 서백창(西伯昌)이 노인들을 잘 보살핀다고 듣고는, '어찌 [서백창에게] 가서 의탁하지 않을 수 있겠는가!'라고 했다. 도착하니, 서백은 죽었고, 무왕(武王)은 신주(神主)를 마차에 싣고, 문왕이 라 부르며 동쪽 [상나라 마지막 왕인] 주(紂)를 정벌하려 했다. 백이와 숙제는 말을 잡아당기고 간하여 말했다: '아버지가 죽었는데 장사를 지내지 않고, 방패와 창을 잡는[전쟁하는] 것을, 효라고 말할 수 있습니까? 신하로서 군주를 죽이는 것을, 어질다고 말할 수 있습니까?' [무왕] 좌우의 사람이 그들을 무기로 죽이려 했다. 태공(太公)이 말했다: '이들은 의인입니다.' 이에 [그들을] 부축해서 갔다. 무왕이 이미 은의 난을 평정하자, 천하는 주(周)를 떠받들었고, 백이와 숙제는 이를 부끄러워하고, 절의(節義)를 위해 주나라 곡식을 먹지 않고, 수양산(首陽山)에 숨어, 갈퀴나 물을 뜯어 먹었다. 굶어 죽기에 이르러, 노래를 지었는데, 그 가사는 말한다: '저 서산에 올라, 그 갈퀴나물이나 뜯어야겠다! [신하-武王의] 폭력으로 [군주-紂의] 폭력을 바꾸었는데, 그것이 잘못이라는 것을 모르네! 신농과 순(舜)과 하(夏)는, 홀연 없어졌으니, 내[우리] 어디로 가야 하는가! 아, 가자, [우리] 목숨이 다해가는구나!' 마침내 수양산에서 굶어 죽었다." 이로 보아 [백이숙제가] 억울한 것인가 아닌가?

▌백이(伯夷)의 사적은 『맹자』, 여불위(呂不韋)의 『여씨춘추』(呂氏春秋) 「성렴」(誠廉) 편, 한영(韓嬰)의 『한시외전』(韓詩外傳) 권2, 권7 등에 실려 있다. ▌백이숙제(伯夷叔齊): 백이는 동이족 상나라 시조 설(契)의 후손으로 고죽국 제8대 국군인 아미(亞微)의 큰아들로 동생으로 아빙(亞憑)과 숙제(叔齊)가 있고, 성(姓)은 자(子)이고 이름은 윤(允)이다. ▌고죽군(孤竹君): 고죽국(孤竹國, 1600-660BCE)의 군주. 고죽국은 기원전 1600년 경에 세워진 동이족(東夷族) 상(商)나라의 제후국으로 내몽고자치구의 적봉시(赤峰市) 홍산(紅山)을 중심으로 한 요서(遼西) 지역에서 생성된 홍산문화집단 귀족이 남하하여 태행산(太行山) 이동 몽골 및 요서 등을 포함한 지역에 세운 나라로서 갑골문에도 기록되어 있다. 상나라가 주(周)나라에 망한 뒤 상나라 귀족 기자(箕子)가 일족을 이끌고 요서(遼西) 조선으로 이동하면서 동족인 고죽국 유민과 귀족을 데려갔다. 고죽국 일족은 고죽국 서쪽에 연(燕)나라를 세웠다. ▌덮을 합(盍,

hé): 하불(何不)의 합음(合音)이며 겸사(兼詞), 호불(胡不), 어찌 ...하지 않는가?, 왜 ...하지 않는가? ▌어찌 언(焉): 이를 '於此'가 결합한 겸사(兼詞)로 보고 '往歸焉'을 '서백창에게 가서 의탁하다'라고 번역할 수 있다. ▌목주(木主): 목주(木柱), 신주(神主). ▌두드릴 고(叩): 두드리다, 잡아당기다, 붙잡다. ▌이에 원(爰): 당길 원(援), 당기다, 잡다. ▌원급(爰及): ...을 잡다. ▌좌우(左右): 왼쪽 오른쪽, 대략, 지배하다, 따르는 사람. ▌군사 병(兵): 전사, 병졸, 무기로 공격하다, 죽이다, 해치다. ▌태공(太公): 강태공(姜太公), 본명 강자아(姜子牙, ?-1045BCE), 존칭 태공망(太公望) 또는 사상보(師尙父), 동이족 나라 사람으로 역시 동이족의 갈래인 서백후(西伯侯) 주문왕(周文王)을 도와 주나라 창업 공신이 되었다. ▌마루 종(宗): 떠받들다, 귀향(歸向)하다(yield to). ▌어조사 우(于): 탄식할 우(吁). ▌탄식할 차(嗟). ▌갈 조(徂): 가다, 죽을 조(殂)로 해석하기도 한다. ※ "登彼西山兮 ...... 命之衰矣!" 부분의 가사는 「채미가」(採薇歌)라 불린다. ▌수양산(首陽山): 수양산은 중국에 5곳이 있는데, 그중 대표가 감숙성 위원현(渭源縣) 연봉진(蓮峰鎭)으로 이곳에 백이숙제의 무덤이 있다. 한편 산서성 영제시(永濟市) 한양진(漢陽鎭)에 있던 한나라 이후 여러 차례 수축된 백이숙제 이현묘(二賢廟)는 중일전쟁 시 소실되었고, 묘에 있던 왕희지(王羲之), 이세민(李世民), 한유(韓愈), 유종원(柳宗元), 사마광(司馬光), 홀필열(忽必列) 등 제왕장상, 문인학사 등의 석비와 석조(石彫)는 문화대혁명 때 모두 파괴되었다. ▌아닌가 야(邪, yé): 의문(어)조사

미(薇)

고비 미(薇): 살갈퀴(Vicia sativa L.), 들완두(Vicia bungei Ohwi), 갈퀴나물(Vicia amoena FISCH. ex DC.) 등을 가리킨다.
중국에서 미(薇)는 야완두(野豌豆, Vicia sepium Linn.) 품종 중 대소채(大巢菜, 살갈퀴, Vicia sativa L, common vetch)를 가리킨다.[36]
이는 오래전에 청대 학자 단옥재(段玉裁, 1735-1815)가 『설문해자주』(說文解字注)(1815)에서 주장한 것이다.

---

36) 王祥初, 「薇菜辨析」, 『四川烹飪高等專科學校學報』, 2009:2(2009.3), 33-34; 黃小峰, 「藥草、高士與仙境: 李唐「採薇圖」新解」, 『文藝研究』, 2012: 10(2012.10), 141-150; 張崇琛, 「薇: 一個蘊涵豐富的文化符號」, 『天水師範學院學報』, 42:5(2022.11), 9-12; 권경인, "백이숙제의 의義를 상징하는 미薇가 고사리일까?" 『향토문화의 사랑방 안동』, 185(2020.3/4), 82-84.).

무우미(巫雨薇)라고도 한다. 『시』 「소아: 채미」(小雅: 採薇) 편과 「소아: 사월」(小雅: 四月)에 나오는 미(薇)가 대소채이다. 어린 식물체나 연한 콩깍지를 나물로 한다. 줄기와 잎을 중국 동북 지역에서는 투골초(透骨草)라고 이르며 식용하고, 전초(全草)를 풍습관절통, 염좌상 등의 치료에 쓴다. 「사월」에 나오는 궐미(蕨薇)는 각각 고사리와 대소채를 가리킨다. 당대 장수절(張守節)은 『사기정의』(史記正義) 「백이열전」에 주를 달면서 삼국시대 육기(陸璣) 『모시초목조수충어소』(毛詩草木鳥獸蟲魚疏) 권상(卷上)을 인용하여 미(薇)가 작은 콩과 같은 산채(山菜)로서 관가에서 재배하여 종묘 제사용으로 공급하였다고 한다.

이러함에도 '미'(薇)를 한국에서 고사리라고 하거나 중국에서 명아주(灰菜, 藜)라고 하는 것은 잘못된 것이다. 조선 후기 유희(柳僖, 1773~1837)는 『물명고』(物名考)에서 미(薇)를 야완두라고 한 적이 있고, 조선 후기 저자 미상의 『광재물보』(廣才物譜)에서도 미(薇)를 야완두 또는 대소채와 같다고 했는데, 이후 구한말에 이르러 고사리로 변했다.

1976년 섬서성 임동현(臨潼縣) 영구진(零口鎭)에서 출토된 청동기 이궤(利簋, 武王征商簋)의 명문에 따르면 주무왕이 상주왕(商紂王)을 정벌할 때는 대개 기원전 1046년 1~2월이다. 백이숙제는 무왕이 은의 난을 평정한 소식을 듣고 바로 수양산에 은거하였다. 이때는 고사리 싹이 트는 시기가 아니다. 또한 『시』 「소아: 채미」(小雅: 採薇) 편은 시월(十月, 陽)을 배경으로 한 것으로 이때의 '미'(薇)는 1년 중 4~5월 잠깐 꺾는 고사리와 관련이 없다.

살갈퀴
출처: https://chestofbooks.com/flora-plants/weeds/Fodder-Pasture-Plants/Common-Vetch-Vicia-Sativa-L.html

或曰：「天道無親，常與善人。」若伯夷、叔齊，可謂善人者非邪？積仁絜行，如此而餓死。且七十子之徒，仲尼獨薦顏淵爲好學，然回也屢空，糟糠不厭，而卒蚤夭。天之報施善人，其何如哉？盜蹠日殺不辜，肝人之肉，暴戾恣睢，聚黨數千人，橫行天下，竟以壽終，是遵何德哉？此其尤大彰明較著者也。若至近世，操行不軌，專犯忌諱，而終身逸樂，富厚累世不絕。或擇地而蹈之，時然後出言，行不由徑，非公正不發憤，而遇禍災者，不可勝數也。余甚惑焉。儻所謂天道，是邪非邪？

혹왈 : 「천도무친 , 상여선인。」약백이 , 숙제 , 가위선인자비야 ? 적인혈행 , 여차이아

사。차칠십자지도 , 중니독천안연위호학 , 연회야누공 , 조강불염 , 이졸조요。천지보시선인 , 기하여재？도척일살불고 , 간인지육 , 폭려자휴 , 취당수천인 , 횡행천하 , 경이수종 , 시준하덕재？차기우대창명교저자야。약지근세 , 조행불궤 , 전범기휘 , 이종신일락 , 부후누세부절。혹택지이도지 , 시연후출언 , 행불유경 , 비공정불발분 , 이우화재자 , 불가승수야。여심혹언。당소위천도 , 시야비야？

누군가 말했다: "하늘의 도는 따로 친한 사람 없고, 항상 선한 사람과 함께 한다." 백이숙제를, 착한 사람이라고 이를 수 있을 것인가 아닐 것인가? 인(仁)을 쌓고 품행을 닦았는데도, 이렇게 굶어 죽었다. 또한 일흔 분의 학도(學徒) 중, 공자께서는 유독 안연(顏淵, 顏回)만 학문을 좋아한다고 추켜세웠는데, 그러나 안연은 늘 빈털터리로서, 지게미와 쌀겨차도 마다하지 않았고, 끝내 요절했다. 하늘은 착한 사람을 갚아주고 베풀어준다고 했는데, 이는 어떠한 것인가? 도척(盜跖)은 매일 무고한 사람을 죽여, 사람의 간을 고기로 만들었고(만들어 먹었고), 흉포하고 눈을 부라리고, 수천 명을 끌어모아 거느리며, 천하를 횡행하였는데도, 끝내는 장수한 것은, 무슨 덕을 따랐기 때문인가? 이는 더더욱 크게 분명하고 뚜렷한 것이다. 근세에 이르면, 품행이 궤도에 맞지 않고, 오로지 [남이] 싫어하는 일을 저지르면서도, 생을 마치도록 안락하게 즐기며, 부(富)가 두텁기로는 누대(累代)까지 끊이지 않았다. 혹은 땅을 골라 밟았고, 때가 되어야 말을 했고, 길을 갈 때 좁은 길을 거치지 않았으며, 공정을 위한 것이 아니라면 성질을 부리지 않았음에도, 화와 재해를 당하는 것은, 셀 수 없었다. 나는 매우 헛갈린다. 혹시 이른바 하늘의 도라는 것이 있다면, [이러한 현상들은] 맞는 것인가 맞지 않는 것인가?(천도인가 천도가 아닌가?)

■'或曰': 『노자』 제79장: "天道無親, 常與善人." ■아닌가 야(邪, yé): 의문(어)조사, 야(耶). ■헤아릴 혈(絜): 닦다, 수정(修整)하다, (인격이나 몸을)함양하다, 수양하다. ■아들 자(子): 성씨 또는 숫자 뒤에 붙어 존칭을 의미한다. ■창 루(屢): 자주, 늘, 반복적으로. ■누공(屢空): 늘 가난하다, 언제나 빈털터리다. ■벼룩 조(蚤): 일찍이. ■밟을 척(蹠). ■도척(盜蹠): 도척(盜跖). ■간인지육(肝人之肉): 사람의 간을 고기로 만들다(먹다). ■어그러질 려(戾): 흉포하다, 사납다. ■부릅떠 볼 휴(睢). ■밝을 창(彰). ■밝을 명(明). ■견줄 교(較): 밝다, 뚜렷하다(明). ■분명할 저(著). ■잡을 조(操): 품행. ■밟을 도(蹈). ■택지이도(擇地而蹈): 땅을 골라 밟다, 조심하여 일을 하다. ■시연후언(時然後言): 마땅히 말을 해야 할 때 말하다, 말은 시기와 장소를 보면서 해야 한다. 『論語』「憲問」: "夫子時然後言, 人不厭其言."; (漢)桓

寬, 『鹽鐵論』 「褒賢」: "故君子時然後言, 義然後取, 不以道得之, 不居也." ▌지름길 경(徑): 좁은 길. ▌행불유경(行不由徑): 길을 걷는데 좁은 길을 거치지 않는다, 일을 공명정대하게 하고 기교를 부리지 않는다. 『論語』 「雍也」: "有澹臺滅明者, 行不由徑. 非公事, 未嘗至於偃之 室也." ▌빼어날 당(儻): 만일, 만약, 혹시.

子曰: 「道不同, 不相爲謀」, 亦各從其志也. 故曰: 「富貴如可求, 雖執鞭之士, 吾亦爲之, 如不可求, 從吾所好.」 「歲寒, 然後知松柏之後凋.」 擧世混濁, 淸士乃見. 豈以其重若彼, 其輕若此哉? 「君子疾沒世而名不稱焉.」 賈子曰: 「貪夫徇財, 烈士徇名, 夸者死權, 品庶馮生.」 「同明相照, 同類相求. 雲從龍, 風從虎. 聖人作而萬物睹.」 伯夷·叔齊雖賢, 得夫子而名益彰, 顏淵雖篤學, 附驥尾而行益顯. 巖穴之士, 趣舍有時, 若此類, 名堙滅而不稱, 悲夫! 閭巷之人, 欲砥行立名者, 非附靑雲之士, 惡能施于後世哉!

자왈: 「도부동, 불상위모.」, 역각종기지야. 고왈: 「부귀여가구, 수집편지사, 오역위지, 여불가구, 종오소호.」 「세한, 연후지송백지후조.」 거세혼탁, 청사내현. 기이기중약피, 기경약차재? 「군자질몰세이명불칭언.」 가자왈: 「탐부순재, 열사순명, 과자사권, 품서풍생.」 「동명상조, 동류상구. 운종룡, 풍종호. 성인작이만물도.」 백이·숙제수현, 득부자이명익창, 안연수독학, 부기미이행익현. 암혈지사, 취사유시, 약차류, 명인멸이불칭, 비부! 여항지인, 욕지행입명자, 비부청운지사, 오능시우후세재!

공자가 "길이 같지 않으면, 서로 일을 꾀하지 않는다."라고 말했는데, 각자 제 뜻을 따른다는 것이다. 그래서 [공자는] 말했다: "부귀가 만일 구할 수 있는 것이라면, 비록 채찍을 잡는 사람일지라도, 나는 할 것이며, 만일 구할 수 없는 것이라면, 내가 좋아하는 것을 따르겠다." "날씨가 추워진, 그런 뒤에야 소나무와 측백나무가 절반만 이지러진다는 것을 알게 된다." 사회가 모두 혼탁해야, 깨끗한 인물(淸士)이 마침내 보인다. 어떠한 까닭에 그(淸士)들은 그(천도)와 같은 것을 중시하고, 그(淸士)들은 이(부귀)와 같은 것을 경시하는 것인가? "군자는 생을 마치도록 이름이 불리지 않음을 염려한다." 가의(賈誼)가 말했다: "탐욕스러운 사람은 재물 때문에 죽고,

열사는 이름 때문에 죽고, 자만하는 자는 권력에 목을 걸고, 서민은 목숨을 아낀다." "같은 두 빛이 서로 비추고, 같은 무리는 서로 찾는다. 구름은 용을 따르고, 바람은 호랑이를 따른다. 성인이 나타나면 만물이 우러러본다." 백이숙제는 비록 현자이지만, 공자 덕에 이름이 더욱 밝아졌고, 안연은 비록 오로지 배웠지만, 천리마의 꼬리에 붙고서 그 행적이 더욱 드러났다. 바위굴의 [숨어 사는] 인물도, 출세와 은둔에는 때가 있는데, 이 무리와 같이, 이름이 묻혀 없어져 불리지 않는다는 것은, 슬프구나! 보통 사람은, 행실을 가다듬어 이름을 세우고 싶어 하지만, 청운의 인물(덕망자)에 빌붙지 않으면, 어찌 후세에까지 전해질 수 있으리오?

▌기이(豈以): '설마 …때문에'(難道因爲, 莫非因爲)라고 해석하는 경우가 많지만, 그보다는 '어떠한 까닭에' 또는 '무엇 때문에'라고 해석하는 것이 더 무난하다. ▌병 질(疾): 앓다, 괴로워하다. ▌가자(賈子): 가의(賈誼, 200-168BCE), 가생(賈生)이라고도 하며 서한 정론가, 문학가. 사마천(司馬遷)은 『사기』(史記) 권84를 「굴원가생열전」(屈原賈生列傳)이라 하여 굴원과 함께 다루었는데, 후세에 두 사람을 일컬어 '굴가'(屈賈)라고 한다. 저서로 『신서』(新書)가 있는데 유명한 「과진론」(過秦論)은 여기에 실렸으나 「조굴원부」(弔屈原賦)는 『사기』 「굴원가생열전」에 실려 있다. 가의는 굴원이 멱라강에 투신한 뒤 100여 년 뒤 장사왕(長沙王) 태부(太傅)일 때 상수(湘水)를 건널 때 글을 지어 굴원을 추모했는데, 그 글(賦)이 『사기』 「굴원가생열전」에 나오며, 나중에 「복조부」(鵩鳥賦)라 불렸다. ▌주창할 순(徇): 따라 죽을 순(殉), 탐하다, 목숨을 바치다. ▌자랑할 과(夸): 자랑할 과(誇): 자랑하다, 자만하다. ▌품서(品庶): 중인(衆人), 백성, 서민. ▌성 풍(馮): 믿다, 아끼다. ▌동류상구(同類相求): 동기상구(同氣相求). ▌천리마 기(驥). ▌'부기미이행익현'(附驥尾而行益顯): 천리마의 꼬리에 붙고서 행적이 더욱 드러나다, 타인(공자)에 기대서야 비로소 이름을 알리다, 현자를 따라다녀서야 이름을 떨치다. ▌취사(趣舍): 취사(取捨), 출사(出仕)와 은둔(隱遁). ▌막을 인(堙): 묻히다. ▌숫돌 지(砥): 갈다, 단련하다. 마음을 가다듬다. ▌미워할 오(惡): 어찌, 어찌하여, 어떻게. 『論語』 「衛靈公」: "子曰: 「道不同, 不相爲謀.」"; 「述而」: "子曰: 「富而可求也, 雖執鞭之士, 吾亦爲之. 如不可求, 從吾所好.」"; 「子罕」: "子曰: 「歲寒, 然後知松柏之後彫也.」"; 「衛靈公」: "子曰: 「君子疾沒世而名不稱焉.」" ▌베풀 시(施): 퍼지다, 널리 전해지다.

15-4 『사기』「백이열전」 편 감상과 평설(評說)\

『사기』「백이열전」에는

- "주나라의 곡식은 먹지 않는다."라는, 즉 남의 신세를 지지 않고 절개를 지킨다는 불식주속(不食周粟),
- "때가 된 다음에 말한다."라는, 즉 말할 때는 시간과 장소를 잘 보아야 한다는 시연후언(時然後言),
- "걸음에는 좁은 길을 거치지 않는다."라는, 즉 행동을 광명정대하게 한다는 행불유경(行不由徑),
- "각자 제 뜻에 따른다."라는 각종기지(各從其志),
- "탐욕스런 사람이 재물을 탐한다(殉)."라는 탐부순재(貪夫徇財),
- "폭력자가 폭력자를 바꾼다."라는, 즉 포악한 통치가 변함이 없다는 이포역포(以暴易暴),
- "지게미와 쌀겨를 싫어하지 않는다."라는, 즉 악식(惡食)을 기꺼이 먹는다는 조강불염(糟糠不厭),
- "두 빛이 서로 비추다."라는, 즉 두 빛이 서로 비추면 더욱 밝아지듯이 걸출한 인물이 현자를 얻어 명성이 더욱 드러난다는 동명상조(同明相照),
- "같은 무리는 서로 찾는다."라는, 즉 뜻이 같은 사람들은 서로 모인다는 동류상구(同類相求) 등의 성어가 나온다.

『사기』는 역사서로 알려졌지만 사실 그보다는 문사철(文史哲)을 결합한 산문서(散文書)로 보는 것이 옳다. 「백이열전」은 『사기』 중 문사철(文史哲)을 결합한 최고의 명문으로 알려져 있다. 그리고 「백이열전」은 정치철학(정치사상)이란 이름은 없지만 정치철학이란 실질을 갖고 있다. 이러한 정치철학은 철학(사상)의 방식으로 쓰일 수 있고 사학과

문학의 방식으로 쓰일 수 있다.[37]

「백이열전」 전문 788자 중 전기(傳記)는 1/3도 안 되고(215자), 2/3 이상은 저자 사마천 자신의 질문과 논술이다. 그리고 위의 다섯 단락 구분에 따르면 첫 단락의 "夫學者 ……若斯之難也." 부분을 제외하고 나머지는 인용문으로 시작하여 의문으로 끝을 맺으며, 마지막 단락에서만 의문이되 반어적 의문으로 끝을 맺는다.[38] 「백이열전」은 여러 문제로 인해 아직 여러 학자가 학술연구의 대상으로 삼고 있다.

중국의 정권 교체는 요→순→우에게 자연스레 진행된 선양(禪讓)과 하←은←주를 치는 무력에 의한 방벌(放伐)로 나뉜다. 사마천은 공자가 편찬했다는 육예(六藝: 詩·書·易·禮·樂·春秋)에 요→순→우로 진행된 선양에 대한 기록이 있다고 했지만(실은 『今文尚書』의 「堯典」 편과 『僞古文尚書』 「大禹謨」 편뿐임), 요→허유(許由), 탕(湯)→변수(卞隨)·무광(務光) 간의 무산된 선양 시도에 대한 기록은 육예와 『논어』에는 없고 『장자』·『한비자』·『여씨춘추』에만 실려 있다. 숙제와 백이 사이 권력 이양은 비록 권좌를 양보하는 점에서는 선양과 비슷하지만 정권 내부의 동성(同姓) 간의 권력 이양이란 점에서 선위(禪位)에 해당한다. 선양과 선위는 같은 차원의 정치행위가 아니다.

사마천은 「백이열전」을 통해 허유(許由)·변수(卞隨)·무광(務光)과 숙제·백이가 동일하게 정권 이양(양보)을 거부했다고 보고 있다. 「백이열전」에는 아울러 이성(異姓) 간의 권력 교체인 방벌인 무왕벌주(武王伐紂) 사건이 개입되어 있다. 은상이 지배하는 무왕의 주국(周國)이나 백이숙제의 고죽국(孤竹國)은 동일 신분의 방국(方國)으로 은상에 대해 존왕(尊王)해야 했으나, 주국은 이포역포(以暴易暴)의 방벌을 통해 공자에게

---

37) 陳鑫, 「從法統到天道: 對『史記·伯夷列傳』適政治哲學詮釋」, 『河北師範大學學報』, 45:2 (2022.3), 151.

38) 이승수, "공자에 대한 사마천의 의문과 반어의 확신: 「伯夷傳」의 讀法 散論," 『한문교육연구』, 42(2014), 74.

서 정당성을 확보했고, 백이숙제도 존왕을 이유로 주무왕의 방벌을 비판하여 역시 공자에게서 높은 평가를 받았다. 여기서 문제는 무왕의 방벌에 대해 무왕과 동등한 방국(方國) 국군 지위를 계승한 고죽국 국군의 둘째 아들이 나서서 무왕의 방벌을 문제로 삼아야 정당한 해석과 평가가 가능하지만 누구도 문제 삼지 않았다는 점이다. 사마천은 동성 간의 선위(禪位)와 이성 간의 방벌이란 서로 다른 차원의 사건들에 대한 서사와 평가(의문)를 뒤섞어버려 후대의 「백이열전」에 대한 해석과 이해를 어렵게 만들었다.

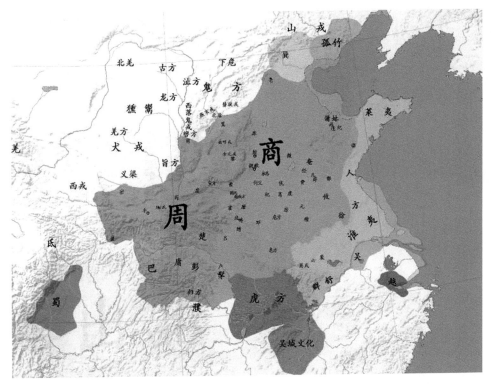

그림: 상주(商周) 교체기(주무왕 4년, 1046B.C.)
출처: https://www.gpbctv.com/rjjc/202105/206658.html

백이숙제 고사의 줄거리는 다음과 같다. 백이와 숙제는 상나라 제후국인 고죽국(孤竹國)의 왕인 고죽군(孤竹君)의 두 아들이다. 고죽군은 셋째인 숙제에게 왕위를 물려주려는 마음이 있었는데, 시행하지 않은 채 죽게 되자, 계승자인 숙제는 도리상 큰형인 백이에게 양보하였고 백이는 부왕의 유훈을 거스를 수 없다고 거부하였다. 그리하여 두 형제는 함께 왕위를 포기하고 주나라 문왕에 의탁하고자 하였다. 이에 따라 고죽국에서는 백성이 둘째를 왕으로 모셨고, 첫째 백이와 셋째 숙제는 주나라로 떠났다. 백이와 숙제가 주나라에 가니 문왕은 죽고 무왕이 상도 치르지 않은 채 상나라를 정벌하러 가자 이를 '폭력으로 폭력을 바꾸는 것'(以暴易暴)이라고 비난하고 주나라의 곡식(周粟)을 먹고 살 수는 없다는 이유로 수양산에 은거하였다. 그러나 두 형제는 주나라가 정복한 수양산도 주나라의 산이므로 수양산의 나물을 뜯어 먹는 것은 주나라의 곡식을 먹는 것과 같다는 비난에 굶어 죽게 되었다.

이와 비교하면, 사마천은 「백이열전」에서 두 형제의 사인(死因)을 밝히지 않았다. 이에 대해 (당)이선(李善)이 『문선』 권54 (南朝梁)최준(崔駰)의 「변명론」(辯命論)에 주를 달면서 『고사고』(古史考)를 인용하여 백이숙제가 수양산에 은거하면서 갈퀴나물을 뜯어 먹고 있을 때 어느 여인이 그들에게 "당신들은 절의(節義)를 위해 주나라 식량을 먹지 않겠다고 했는데, 이(薇) 역시 주나라의 초목이다."(子義不食周粟, 此亦周之草木也.)라고 말했고, 그리하여 백이숙제는 굶어 죽었다고 한다.

「백이열전」은 백이와 숙제의 선행과 흉포한 도척을 대비하고, 신중하고 정의감이 충만한 사람과 위법과 탈법을 일삼는 사람을 대비하여 악한 자가 향락을 즐기고 부유한 반면 선한 사람은 오히려 재난이 셀 수 없을 정도임을 지적했다. 이로써 천도와 인사가 어긋나는 현실을 고발하고, "하늘의 도는 따로 친한 사람 없고, 항상 선한 사람과 함께 한다."(天道無親, 常與善人. 『노자』 제79징)라는 주장을 공격하여 상선벌악(賞善罰惡)이라는 천도(天道)의 인과응보론을 부정했다.

사마천이 제기한 "하늘의 도는 따로 친한 사람 없고, 항상 선한 사람과 함께 한다."라는 명제는 사실 『노자』 제79장에서 비롯한 도가사상이다. 어느 논자는 노자의 천도와 선인, 사마천의 천도와 선인의 개념을 차별화하여 사마천의 잘못을 지적하기도 하지만 인간의 측면에서 해석하는 사마천의 해석이 일반인의 생각과 같을 것이다. 다시 말해, 사마천은 「백이열전」을 통해 제 울분을 토로한 글이라고 본다.

백이숙제 사후 가장 먼저 이들을 찬미한 사람은 공자였다. 공자는 『논어』에서 이들을 다섯 차례 언급하였다. 이는 공자가 백이숙제의 '양국'(讓國) 행위가 인(仁)과 의(義)에 부합하였고, 주나라의 양곡을 먹지 않고 "뜻을 굽히지 않고, 몸을 더럽히지 않은"(不降其志, 不辱其身. 『논어』 「微子」) 행위는 예(禮)에 부합했고, 백이가 아버지의 명이라고 왕이 되지 않은 행위는 효에 부합했고, 형제간의 양보 행위는 제(悌)에 부합했다고 판단한 것으로 보인다. 이같이 백이숙제의 행동철학은 공자 사상의 원천(源泉)이 되었다고 본다. 이는 은나라 유민으로 종주주의자(從周主義者)인(吾從周. 『논어』 「八佾」; 『예기』 「檀弓下」; 「坊記」; 「中庸」) 공자가 죽기 1주일 전에 '나는 은나라 사람에서 비롯하였다'(予始殷人也. 『사기』 권47 「孔子世家」)라는 고백에서 보듯이 같은 핏줄(東夷族)이었던 고죽국(孤竹國) 백이숙제에게 정신적으로나 혈연적으로 끌렸던 때문이 아닌가 한다. 그에 비해 공자는 혈연관계가 없지만 같은 '양국' 행위를 한 허유와 무광은 외면하였는데, 사마천이 이 꼬투리를 잡은 것은 아닌지 궁금하다.

당대 한유가 「백이송」(伯夷頌)을[39] 써서 백이를 충절의 아이콘으로 규정한 이후 북송 왕안석(王安石, 1021-1086) 등 역대 많은 사람이 찬반론을 제기했다, 심지어 조선과 일본에도 이어졌다.

---

39) 한유 「백이송」에 대한 이해는 다음을 참조: 김월회, "韓愈의 「伯夷頌」 다시 읽기," 『중국문학』, 111(2022), 55-82.

韓愈 「伯夷頌」

士之特立獨行，適於義而已。不顧人之是非，皆豪傑之士，信道篤而自知明者也。一家非之，力行而不惑者，寡矣；至於一國一州非之，力行而不惑者，蓋天下一人而已矣；若至於擧世非之，力行而不惑者，則千百年乃一人而已耳。若伯夷者，窮天地，亘萬世而不顧者也。昭乎日月不足爲明，崒乎泰山不足爲高，巍乎天地不足爲容也！

當殷之亡，周之興，微子賢也，抱祭器而去之；武王、周公聖也，從天下之賢士，與天下之諸侯，而往攻之，未嘗聞有非之者也。彼伯夷叔齊者，乃獨以爲不可。殷旣滅矣，天下宗周，彼二子乃獨恥食其粟，餓死而不顧。繇是而言，夫豈有求而爲哉？信道篤而自知明也。

今世之所謂士者，一凡人譽之，則自以爲有餘；一凡人沮之，則自以爲不足。彼獨非聖人，而自是如此。夫聖人乃萬世之標準也。余故曰：若伯夷者，特立獨行，窮天地，亘萬世而不顧者也。雖然，微二子，亂臣賊子接跡於後世矣。

사인(士人)의 특별한 관점과 독립하는 행위(特立獨行)는, 도의에 부합할 따름이다. 남의 시비를 괘념치 않는 것은, 모두 호걸지사인데, [이들은] 도를 믿는 것이 돈독하고 자신을 아는 것이 분명한 사람들이다. 온 집안이 자신을 비난하여도, 힘써 행동하고 미혹되지 않는 사람은, 드물며 ; 한 나라 한 고을[사람]이 비난하는데, 힘써 행동하고 미혹되지 않는 사람은, 천하에 한 사람뿐이며 ; 세상[사람들]이 비난하는데, 힘써 행동하고 미혹되지 않는 사람은, 천백 년에 한 사람뿐이다. 백이(伯夷)라는 사람은, 천지 끝까지 만세에 걸쳐도 돌아보지 않았다. 밝은 해와 달도 [백이보다] 밝기가 부족하고, 험준한 태산이라도 [백이보다] 높지 않으며, 높은 천지라도 [백이를] 담아내지 못한다!

은나라가 망하고, 주나라가 흥할 때, 미자(微子)는 현인으로서, 제기를 끌어안고 그(은나라)를 떠났으며 ; 무왕과 주공은 성인으로서, 천하의 현인과 천하의 제후를 인술하고, 나아가 그(은나라)를 공격했는데, 그들을 비난하는 자를 들어보지 못했다. [그러나] 그 백이와 숙제는, 유독 [그들이 그렇게] 해서는 안 된다고 여겼다. 은나라가 망하고, 천하는 주나라를 우두머리로 받들었는데, 그 두 사람만 유독 주나라 식량을 먹는 것을 부끄러워하고, 굶어 죽고는 마음에 두지 않았다. 이로 말하자면, 어찌 추구하는 것이 있어 그렇게 했겠는가? 도를 믿는 것이 돈독하고 자신을 아는 것이 분명하였다.

오늘날 이른바 사인(士人)이라는 사람은, 한 사람이 그를 칭찬하면, 스스로 여유가 있다고 여기며 ; 한 사람이 그를 비방하면, 스스로 부족하다고 여긴다. 그들은 유독 성인을 비난하고는, 이와 같아야 한다고 여겼다. 무릇 성인은 만세의 표준이다. 나는 그리하여 말한다 : "백이(伯夷)와 같은 사람은, 특별한 관점과 독립하는 행위로, 천지 끝까지 만세에 걸쳐도 돌아보지 않았다. 비록 이렇다고 해도, 두 사람이 없었다면(아니었다면), 난신적자(亂臣賊子)가 후세에 자취를 이었을 것이다."

▌이이이(而已耳): 어조사, '...일 뿐이다'. ▌미자(微子): 자성(子姓), 송씨(宋氏), 미자계(微子啓), 송미자(宋微子), 은미자(殷微子), 상나라 왕 제을(帝乙)의 큰아들, 주왕(紂王, 帝辛)의 큰 형. 주성왕(周成王)에게서 상구(商丘)에

위치한 송(宋) 개국 군주로 봉해졌고, 작위는 공(公)이었지만 천자의 예에 따라 상나라 종사(宗祀)를 모시도록 허락되었다. ▌요(繇): 따를 요(繇), 말미암을 유(由). ▌막을 저(沮): 비방하다, 비난하다. ▌작을 미(微): 없다, 아니다. ▌난신적자(亂臣賊子): 나라를 어지럽히는 신하와 부모를 해치는 자식.

중국 현대 작가 노신(魯迅, 1881-1936)은 1935년 백이숙제 고사를 빌어 「채미」(採薇)란 단편소설을 쓴 바 있다. 노신은 소설에서 『시』 「소아: 북산」(小雅: 北山) 편의 "너른 하늘 아래 왕의 땅이 아닌 곳이 없고, 땅의 끝(濱)에 이르기까지 왕의 신하가 아닌 자가 없다."(溥天之下, 莫非王土. 率土之濱, 莫非王臣.)라는 명제를 이용하여 백이숙제를 죽음으로 몰았다. 노신은 수양산도 주(周)의 땅이고, 그 산에서 나는 살갈퀴(薇)도 주왕(周王)의 것이니 백이숙제는 불식주속(不食周粟)을 지키지 않았다고 비판하였다. 결국 노신은 소설을 빌어 백이숙제가 세상 물정을 모르는 벽창호임을 비판한 것이다.

모택동은 1949년 8월에 쓴 글(「別了, 司徒雷登(John Leighton Stuart)」)에서 "당나라 한유(韓愈)가 「백이송」(伯夷頌)을 지었는데, [그가] 칭송한 것은 자기 나라의 국민에게 책임을 지지 않고 도망간, 또 무왕이 이끄는 당시의 인민해방전쟁을 반대한, '민주개인주의' 사상이 가득한 백이였는데, 그것은 잘못 칭송한 것이다."라고 하여 백이의 행위를 간접 비판했다. 『초사』 「어보」 편이 굴원과 어보 어느 쪽도 편들지 않고 다 높게 평가하는 관점이었는데, 『사기』 「백이열전」에서 백이와 숙제는 일방적으로 높게 평가받았고, 그 전통이 이어졌다. 모택동은 이런 전통에 대해 반기를 들고 국민당을 구악에 비유하고 공산당을 새로운 선(善)으로 평가한 것이다.[40]

---

40) 백이와 숙제에 대한 평가의 변화 양상은 다음을 참조하기 바란다: 김민호, 『충절의 아이콘, 백이와 숙제: 서사와 이미지 변용의 계보학』(서울: 성균관대학교출판부, 2020).

16. 사마천(司馬遷)
『사기』(史記) 「화식열전서」(貨殖列傳序)

16-1 저자 소개

15-1 저자 소개 참조

16-2 원전 소개

「화식열전」(貨殖列傳)은 『사기』 권129에 실려 있는 글로 화식(貨殖), 즉 재화를 늘리는 활동에 종사한 걸출한 인물들의 전기를 기록한 것이다. 여기에는 사마천의 경제사상과 물질관이 드러나 있다. '화식'(貨殖)은 재화를 늘려 치부하는 것을 꾀하는 것, 즉 재화의 생산과 교환을 이용하여 상업활동을 통해서 이익을 추구하는 것이다. 사마천이 말하는 화식에는 각종 수공업, 농업, 목축업, 어업, 광산, 제련 등의 경제활동이 포함된다. 「화식열전」은 「평준서」(平準書)와 함께 정사(正史)에 사회경제활동을 기록한 선례가 되었고, 당시의 귀중한 자료를 제공하고 있다. 즉, 정치사 중심의 정사에 사회경제사를 포함한 역할을 했다.

「화식열전」에서 다룬 인물로는 범려(范蠡), 계연(計然), 자공(子貢), 백규(白圭), 의돈(猗頓), 곽종(郭縱), 오씨라(烏氏倮), 파과부청(巴寡婦淸), 촉탁씨(蜀卓氏), 정정(程鄭), 완공씨(婉孔氏), 조병씨(曹邴氏), 도(刀), 사사(師史), 선곡임씨(宣曲任氏), 교요(橋姚),

무염씨(無鹽氏) 등이 있다. 후대에 앞의 4인이 많은 관심을 받았다. 특히 범려는 지금도 민간에서 문재신(文財神)의 하나로 추앙받는다. 「화식열전」은 이러한 부상대고(富商大賈)들의 경영사상, 개인능력 및 작풍 등을 제시함으로써 그들의 치부에서의 주관적 조건을 설명하였다.

「화식열전서」(貨殖列傳序)는 바로 4,774자에 이르는 「화식열전」(貨殖列傳)의 서문으로 분량으로는 15%에 미치지 못하는 658자에 불과하다.

16-3 『사기』 「화식열전서」 편 원문, 역문 및 주석

「화식열전서」(貨殖列傳序) 편 : 창고가 가득해야 예절을 알고, 의복과 식량이 충분해야 영욕을 안다(倉廩實而知禮節, 衣食足而知榮辱.).

老子曰:「至治之極, 鄰國相望, 鷄狗之聲相聞, 民各甘其食, 美其服, 安其俗, 樂其業, 至老死不相往來。」必用此爲務, 輓近世塗民耳目, 則幾無行矣。
노자왈 :「지치지극, 인국상망, 계구지성상문, 민각감기식, 미기복, 안기속, 낙기업, 지로사불상왕래。」필용차위무, 만근세도민이목, 즉기무행의。

노자가 말했다: "지극한 정치의 최고 경지는, 이웃 나라가 서로 마주하여, 닭과 개 소리가 서로 들려도, 백성은 각자 먹는 음식을 달갑게 여기고, 입는 옷을 아름답다고 여기고, 풍속을 편안하게 여기고, 일을 즐겨서, 늙어 죽도록 서로 오가지 않는 것이다." 만약 이를 일(목표)로 삼아, 뒤늦게 근세에 백성의 눈과 귀를 막으면, 거의 이룰(성공할) 수 없다.

▌'老子曰':『노자』 제80장: "使民復結繩而用之, 甘其食, 美其服, 安其居, 樂其俗. 鄰國相望, 鷄犬之聲相聞, 民至老死, 不相往來." ▌다할 극(極): 극한, 최고 준칙, 최고 표준. ▌반드시 필(必): 틀림없이, 꼭, 만일, 만약. ▌일 무(務): 일, 중요한 것. ▌끝 만(輓): 저물 만(晚), 늦게, 뒤늦은. ▌진흙 도(塗): 막다, 바르다. ▌갈 행(行): 가다, 하다, 수행하다, 이루다.

太史公曰 : 夫神農以前 , 吾不知己。至若《詩》,《書》所述 , 虞, 夏以來 , 耳目欲極聲色
之好 , 口欲窮芻豢之味 , 身安逸樂 , 而心誇矜埶能之榮 , 使俗之漸民久矣。雖戶說以
眇論 , 終不能化。故善者因之 , 其次利道之 , 其次教誨之 , 其次整齊之 , 最下者與之
爭。

태사공왈 : 부신농이전 , 오부지기。지약《시》,《서》소술 , 우, 하이래 , 이목욕극성색
지호 , 구욕궁추환지미 , 신안일락 , 이심과긍예능지영 , 사속지점민구의。수호설이
묘론 , 종불능화。고선자인지 , 기차이도지 , 기차교회지 , 기차정제지 , 최하자여지
쟁。

태사공(사마천)이 말한다: 대체로 신농씨 이전은, 나는 알지 못한다. 『시』나 『서』에 서술된 바로
말하자면, 순(舜)과 하(夏) 이래로, 귀와 눈은 좋은 소리(노래)와 색(여색)을 지극히 바랐고, 입은
짐승 고기의 맛을 끝까지 바랐고, 몸은 방종과 즐거움을 좋아했고, 그리고 마음은 권세와 재능의
영화(榮華)를 자랑했는데, 이 습속을 백성에게 점차 스며들게 한 지 오래되었다. 비록 오묘한
이론으로 집집마다 설득했어도, 끝내 교화할 수 없었다. 따라서 최선은 그(백성)를 따르는(자연에
맡기는) 것이고, 그다음은 이익으로 그를 이끄는 것이고, 그다음은 가르침으로 그를 깨우치는
것이고, 그다음은 질서로 그를 가지런히 하는 것이고, 맨 아래는 그와 다투는 것이다.

▌지약(至若): 지어(至於), ...로 말하자면, 한편. ▌꼴 추(芻): 풀을 먹는 짐승. ▌기를 환(豢):
곡식을 먹는 짐승. ▌추환(芻豢): 소, 양, 돼지, 개 등 또는 고기를 가리킨다. ▌편안할 안(安):
즐기다, 좋아하다, 즐거움에 빠지다. ▌달아날 일(逸): 없어지다, 잃다, 숨다, 안락한, 방종(放
縱). ▌과긍(誇矜): 과장하다, 과시하다, 자랑하다. ▌심을 예(埶): 세(勢). ▌점점 점(漸):
젖다, 적시다, 차츰 스며들다. ▌호설(戶說): 집집마다 알려 설명하다. ▌묘론(眇論): 묘론(妙
論). 노자의 주장. ▌길 도(道): 이끌 도(導). ▌가르칠 회(誨). ▌가지런히 할 정(整): 질서가
있다, 다스리다, 수리하다, 사람을 괴롭히다.

夫山西饒材、竹、穀、纑、旄、玉石 , 山東多魚、鹽、漆、絲、聲色 , 江南出柟、梓、薑、桂、金、
錫、連、丹沙、犀、瑇瑁、珠璣、齒、革 , 龍門、碣石北多馬、牛、羊、旃、裘、筋、角 , 銅、鐵則
千里往往山出棊置。此其大較也。皆中國人民所喜好 , 謠俗被服飲食奉生送死之具也。

故待農而食之, 虞而出之, 工而成之, 商而通之。此寧有政教發徵期會哉?人各任其能, 竭其力, 以得所欲。故物賤之徵貴, 貴之徵賤, 各勸其業, 樂其事, 若水之趨下, 日夜無休時, 不召而自來, 不求而民出之。豈非道之所符而自然之驗邪?

부산서요재、죽、**곡**、**노**、**모**、옥석, 산동다어、염、칠、사、**성색**, 강남출**남**、**재**、강、계、금、석、**연**、단사、서、**대모**、주**기**、치、혁, 용문、갈석북다마、우、양、**전**、구、근、각、동、철즉천리**왕왕산출기치**。차기대**교야**。개중국인민소희호, **요속피복음식봉생송사지구야**。고대농이식지, 우이출지, 공이성지, 상이통지。차**영**유정교발징**기회재**?인각임기능, 갈기력, 이득소욕。고물천지징귀, 귀지징천, 각권기업, 낙기사, 약수지**추**하, 일야무휴시, 불소이자래, 불구이민출지。기비도지소부이자연지**험야**?

대체로 산서(山西)에는 목재, 대나무, 닥나무, 야생 삼(모시), 야크 꼬리, 옥석이 풍요롭고, 산동(山東)에는 생선, 소금, 옻칠, 비단, 악기와 안료(顔料)가 많고, 강남(江南)에는 녹나무, 가래나무, 생강, 계수나무, 금, 주석, 납, 단사(丹砂, 朱砂), 무소, 바다거북 껍데기, 진주, 짐승 이빨과 가죽이 나고, 용문(龍門)과 갈석(碣石) 이북에는 말, 소, 양, 모직물과 가죽, 짐승의 힘줄과 뿔이 많고, 구리와 철은 천 리 곳곳의 산에 바둑판을 펼친 듯하다. 이것이 대략(大略)이다. 모두 중국(중원) 백성이 좋아하는 것으로서, 풍속이나 피복이나 음식이나 양생이나 장례의 물품이다. 따라서 농민을 기대서 [농산물을] 먹고, 산림천택 종사자가 [자원을] 소출하고, 공인이 [물건을] 만들어내고, 상인이 [상품을] 유통한다. 이것이 설마 정령과 교화로 기일을 징하여 모을 수 있는 것이란 말인가? 사람은 각자 제 능력(에 맞는 일)을 맡고, 자신의 힘을 다해, 바라는 것을 얻는다. 따라서 물건이 싼 것은 비싸질 징조이고, 비싼 것은 싸질 징조이니, 각자의 생업에 권면하고 각자의 일을 즐겨하는 것은, 마치 물이 아래로 흐르듯이, 밤낮으로 쉬는 시간 없이, 부르지 않아도 스스로 보내오고, 구하지 않아도 백성은 그것(물건)을 생산한다. 이것이 어찌 도에 부합하는 것이고 자연의 증거가 아니겠는가?

▌닥나무 곡(穀). ▌실 로(纑): 야생 삼(野麻). ▌깃대장식 모(旄): 긴 털을 가진 소, 야크, 야크 꼬리. ▌성색(聲色): 흔히 음악과 여색 또는 가무와 여색이라 해석하나, 열거된 것이 자연자원이기에 악기와 안료라고 해석하는 것이 타당하다. ▌녹나무 남(柟). ▌가래나무 재(梓). ▌잇닿을 연(連): 쇠사슬 연(鏈), 연광(鉛鑛), 납광석. ▌단사(丹沙): 주사(朱砂). ▌대

모 대(瑇): 바다거북. ▮서옥 모(瑁). ▮대모(瑇瑁): 대모(玳瑁), 바다거북 껍데기. ▮구슬 기(璣). ▮기 전(旃): 모전 전(氊), 모직물. ▮왕왕(往往): 자주, 곳곳에. ▮기치(棊置): 기포(棋布), 바둑돌이 바둑판에 놓여있는 것처럼 널려 있다, 사방에 널리 분포되어 있다. ▮견줄 교(較): 견주다, 나타내다, 드러내다, 대개(大槪), 대략(大略). ▮노래 요(謠): 노래, 풍설, 유언비어. ▮요속(謠俗): 풍속습관. ▮갖출 구(具): 갖추다, 설비, 기물, 물품. ▮우(虞): 산림천택(山林川澤)을 관리하는 관원, 산림천택의 자원을 개발하는 사람. ▮편안할 녕(寧): 설마. ▮기회(期會): 기일을 정해 모으다(約期聚集), 구속하다. 기한, 기연, 기회. 일정한 시간, 규정 기한 내 정령 시행. ▮달릴 추(趨): 달리다, 걷다. ▮증험할 험(驗): 증거, 효능, 효험, 징조. ▮아닌가 야(邪, yé): 의문(어)조사, 야(耶).

《周書》曰:「農不出則乏其食, 工不出則乏其事, 商不出則三寶絶, 虞不出則財匱少。」財匱少而山澤不辟矣。此四者, 民所衣食之原也。原大則饒, 原小則鮮。上則富國, 下則富家。貧富之道, 莫之奪予, 而巧者有餘, 拙者不足。故太公望封於營丘, 地瀉鹵, 人民寡, 於是太公勸其女功, 極技巧, 通魚鹽, 則人物歸之, 繦至而輻湊。故齊冠帶衣履天下, 海岱之間斂袂而往朝焉。其後齊中衰, 管子修之, 設輕重九府, 則桓公以霸, 九合諸侯, 一匡天下;而管氏亦有三歸, 位在陪臣, 富於列國之君。是以齊富强至於威、宣也。

《주서》왈 : 「농불출즉**핍**기식 , 공불출즉**핍**기**사** , 상불출즉**삼보**절 , 우불출즉재궤소。」재궤소이산택불**벽**의。차사자 , 민소의식지**원**야。원대즉요 , 원소즉선。상즉부국 , 하즉부가。빈부지도 , **막**지탈여 , 이교자유여 , 졸자부족。고태공망봉어영구 , 지**사로** , 인민과 , 어시태공권기**여공** , 극기교 , 통어염 , 즉인물귀지 , **강지이폭주**。고제관대의리**천하** , 해대지간**염몌**이왕조언。기후제중쇠 , 관자수지 , 설**경**중구부 , 즉**환**공이패 , 구합제후 , 일**광**천하 ; 이관씨역유**삼귀** , 위재배신 , 부어열국지군。시이제부강지어위、선야。

『주서』가 말했다: "농민이 소출하지 않으면 먹을 것이 없고, 공인이 만들어내지 않으면 물품이 없고, 상인이 내놓지 않으면 삼보가 끊기고, 산림천택(山林川澤) 관리자가 내놓지 않으면 재물이 모자란다.” 재물이 모자라면 산림천택을 개발하지 않게 된다. 이 네 가지는, 백성이 입고 먹는 근원이다. 근원이 크면 풍요롭고, 근원이 작으면 적다(가난하다). 위로는 나라를 부유하게 하고, 아래로는 집안을 부유하게 한다. 빈부의 도는, [누가] 빼앗고 줄 수 있는 것이 아니므로, 기교가 있는 사람은 여유가 있고, 졸렬한 사람은 부족하다. 따라서 태공망(太公望)이 영구(營丘)에 봉해 졌을 때, 땅은 소금기였고, 백성은 적어서, 그리하여 태공은 여성의 작업을 권장하고, 기술을 극대화하고, 생선과 소금을 유통하니, 사람과 물자가 돌아왔는데, 엽전 꾸러미가 하나로 꿰어지 고 수레 바퀏살이 바퀴통으로 모여든 듯했다. 그래서 제나라의 모자, 허리띠, 옷 및 신발이 천하를 덮었고, 동해와 태산 사이(의 제후)가 옷소매를 여미고 [제나라에] 가서 참배하였다. 그 후 제나라 가 중간에 쇠잔해졌는데, 관중(管仲)이 그를 정비하여, 재화를 다루는 9개 부서를 설치함으로써, 제환공은 으뜸(覇)이 되어, 9차례 제후를 모이게 하여, 천하를 한꺼번에 바로잡았고; 관중도 역시 세 곳의 영지를 가졌고, 지위는 제후의 신하였지만, 제후 열국의 군주보다 부유했다. 그리하 여 제나라의 부강은 위왕과 선왕에까지 이르렀다.

　▌가난할 핍(乏): 없다. ▌일 사(事): 직업, 사업, 물건, 기물, 용구(用具). ▌삼보(三寶): 식 (食), 사(事), 재(財) 또는 양식, 물품, 재부. ▌함 궤(匱): 모자라다, 다하다. ▌임금 벽(辟): 개발하다, 개벽하다, 반박하다, 배제하다. ▌근원 원(原): 근원 원(源). ▌고울 선(鮮): 신선하 다, 밝다, 깨끗하다, 적다, 드물다, 다하다(盡). ▌없을 막(莫): 무엇이 없다, 누가 없다. ▌태공 망(太公望): 주나라 개국공신 강자아(姜子牙, ?-1015BCE)의 존칭, 강태공(姜太公). ▌쏟을 사(瀉): 퍼붓다, 흘러내리다, 쏟아져 들어가다. ▌소금 로(鹵). ▌사로(瀉鹵): 소금기의 땅. ▌여공(女功): 방직, 자수 및 재봉. ▌포대기 강(繈): 돈을 꿰는 새끼줄, 새끼줄로 꿴 돈. ▌바퀏살 폭(輻). ▌폭주(輻湊): 폭주(輻輳), 수레 바퀏살이 바퀴통(轂)으로 모여들 듯이 많은 것이 한곳으로 모이다. ▌천하(天下): 천하에 퍼지다, 천하를 덮다. ▌대산 대(岱): 태산(泰山) 의 별칭. ▌거둘 렴(斂): 거두다, 가리다, 숨다, 넣다. ▌소매 몌(袂): 옷소매. ▌어찌 언(焉): 이를 ‘於此’가 결합된 겸사(兼詞)로 보아 ‘往朝焉’을 ‘제나라에 가서 참배하다’라고 번역할 수 있다. ▌경중(輕重): 상품과 화폐유통을 조절하고 물가를 통제하는 것. 『관자』(管子) 권 80-85 「경중」(輕重) 편 참고. ▌바룰 광(匡): 바루다, 바로잡다, 바르게 고치다, 구제하다. ▌삼귀(三歸): 여러 가지 설이 있다. 세 여성을 얻어 세 가정을 꾸림, 세 개의 누대(樓臺) 및 세 곳의 영지(領地, 采邑) 등. ▌쌓아올릴 배(陪): 보좌하다, 돕다. ▌배신(陪臣): 보좌하는 신하, 돕는 신하. 제후나 천자의 신하가 제후나 천자를 상대하여 자기를 낮추어 이르던 일인 칭 대명사.

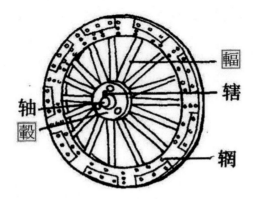

그림: 바큇살 폭(輻)과 바퀴통 곡(轂)

故曰:「倉廩實而知禮節 , 衣食足而知榮辱。」禮生於有而廢於無。故君子富 , 好行其德 ; 小人富 , 以適其力。淵深而魚生之 , 山深而獸往之 , 人富而仁義附焉。富者得埶益彰 , 失埶則客無所之 , 以而不樂。夷狄益甚。諺曰:「千金之子 , 不死於市。」此非空言也。故曰:「天下熙熙 , 皆爲利來 ; 天下壤壤 , 皆爲利往。」夫千乘之王 , 萬家之侯 , 百室之君 , 尚猶患貧 , 而況匹夫編戶之民乎!

고왈 : 「창름실이지예절 , 의식족이지영욕。」예생어유이폐어무。고군자부 , 호행기덕 ; 소인부 , 이적기력。연심이어생지 , 산심이수왕지 , 인부이인의부언。부자득예익창 , 실예즉객무소지 , 이이불락。이적익심。언왈 : 「천금지자 , 불사어시。」차비공언야。고왈 : 「천하희희 , 개위리래 ; 천하양양 , 개위리왕。」부천승지왕 , 만가지후 , 백실지군 , 상유환빈 , 이황필부편호지민호!

따라서 [관중이] 말했다: "창고가 가득해야 예절을 알고, 의복과 식량이 충분해야 영욕을 안다." 예는 있음에서 생기고 없음에서 사라진다. 따라서 군자는 부유하면, 유덕한 일을 잘하고; 소인은 부유하면, 제 능력에 맞춘다. 연못이 깊으면 물고기가 거기에 살고, 산이 깊으면 짐승이 그곳으로 가며, 사람이 부유하면 인의가 [그 사람에게] 따라붙는다. 부유한 사람은 세력을 얻으면 더더욱 드러나고, 세력을 잃으면 손님이 가지 않아, 즐겁지 않다. 이적(夷狄)에서는 더욱 심했다. 속담이 말했다: "천금을 가진 부자의 자식은, [범죄를 저질러 형벌을 받아도] 저자에서 죽지 않는다."

이는 빈말이 아니다. 그래서 말했다: "천하가 희희낙락하네, 모두 이익을 위해서 몰려오네; 천하가 웅성웅성하네, 모두 이익을 위해 몰려가네." 무릇 천승(千乘)의 병거(兵車)를 가진 군왕도, 만호의 식읍(食邑)을 가진 제후도, 백호(百戶)의 식록(食祿)을 가진 대부도, 여전히 가난을 걱정하는데, 하물며 필부로 호적에 편입된 평민들이야오죽하겠는가!

▌'故曰': 『管子』 「牧民」; 「輕重甲」: "倉廩實, 則知禮節; 衣食足, 則知榮辱." 먹는 것을 중시하는 최고의 표현은 유방의 참모 역이기(酈食其, lì yì jī)가 유방에게 한 다음의 말일 것이다: 『사기』 권97 「酈生陸賈列傳」: "王者以民人為天, 而民人以食為天." ▌곳집 늠(廩). ▌어찌 언(焉): 이를 '於此'가 결합된 겸사(兼詞)로 보아 '仁義附焉'을 '인의가 그 사람에게 따라붙는다'라고 번역할 수 있다. ▌심을 예(執): 기세 세(勢). ▌'諺曰': 『사기』 권41 「越王句踐世家」: "陶朱公曰:「殺人而死, 職也. 然吾聞千金之子不死於市.」" ▌두 번째 '故曰' 부분이 다음에서 인용한 것이라는 주장이 있으나 신빙성이 낮다. 『六韜引諺』(佚名): "天下攘攘, 皆為利往. 天下熙熙, 皆為利來.(《太平御览》四百九十六)."; 북송 『太平御覽』 권496 「人事部一百三十七: 諺下」: "《六韜》曰: 天下攘攘, 皆为利往; 天下熙熙, 皆为利来." ▌희희(熙熙): 벅적벅적하거나 와자지껄한 모양. ▌양양(攘攘): 양양(攘攘), 혼잡하고 어수선한 모양. ▌탈 승(乘): 타다, 말 네 마리가 끄는 마차(數量詞). ▌천승(千乘): 천 량(輛)의 마차.

16-4 『사기』 「화식열전서」 편 감상과 평설(評說)

『사기』 「화식열전」에서는 다음의 성어가 나왔다:

- "혼잡하게 오고 희희덕거리며 가다."라는 즉 거리에 사람의 왕래가 많은 모습을 말하는 양래희왕(攘來熙往), 희래양왕(熙來攘往) 및 희희양양(熙熙攘攘),
- "문자를 희롱하여 법을 농락하다."라는 무문농법(舞文弄法),
- 춘추시대에 월왕(越王) 구천(句踐)이 오왕(吳王) 부차(夫差)에게 회계산(會稽山)에서 패전하고 생포되어 굴욕이 강화를 맺었다는 회계지치(會稽之恥),
- 춘추시대 월나라를 위해 7가지 계책을 내서 범려(范蠡)로 하여금 이 중 5가지 계책을 써서 오나라를 물리쳐 회계지치를 씻게 했다는 계산의 달인 계연(計然)의 계책

을 가리키는 계연지책(計然之策),

- "비싸지면 [썩은 흙과 같이] 버리고(내다 팔고) 싸지면 [주옥과 같이] 취한다(사들인다)."라는 귀출천취(貴出賤取),
- "[장사를 함에 좋은] 파트너를 고르고 [적절한] 시기를 타야 한다."라는 택인임시(擇人任時),
- "정원의 양쪽에 서서 예를 대등하게(抗) 행한다."라는 분정항례(分庭抗禮),
- "남이 버리면 나는 취한다."라는 인기아취(人棄我取),
- "남이 취하면 나는 내준다."라는 인취아여(人取我與),
- '부유한 행상(行商)과 큰 좌고(坐賈, 坐商)'를 아우르는 큰 상인을 의미하는 부상대고(富商大賈),
- "땅은 넓고 사람은 드물다."라는 지광인희(地廣人希),
- '천금을 가진 집안'을 의미하는 천금지가(千金之家) 등의 성어가 나왔다. 이 중 인기아취(人棄我取)와 인취아여(人取我與)는 상조(商祖)라 불리는 전국시대 백규(白圭)의 상술로 후대의 많은 장사꾼이 써먹었던 장삿속이었다.

『사기』「화식열전」은 매우 중요한 읽을거리로서 중국 고대 경제학 교과서라고 할 만하다. 사마천이 「화식열전」을 쓴 의도에 대해서 많은 논란이 있으나 반고(班固)가 『한서』「사마천전」에서 말한 '[사마천이] 세리를 숭상하고 빈천을 경멸했다'(崇勢利而輕貧賤)라는 평가가 가장 적절하다고 본다.

「화식열전서」는 사마천의 「화식열전」 집필 철학을 담고 있다. 화식(貨殖)은 화물을 경영하여 재산을 불리는 것을 가리킨다. 이에 따라 사마천은 재부를 축적하고 생산과 무역을 발전시킴으로써 백성의 생활을 개선하는 것은 건전한 사회를 건립하고 통치를 공고히 하는 데 매우 큰 작용을 함을 설명하였다. 이러한 철학을 주장하기 위해 사마천은 「화식열전서」의 첫머리에서 "늙어 죽을 때까지, 서로 오가지 않는다."(民至老死, 不相往來. 『노자』 제80장)라는 노자(老子)의 소국과민론(小國寡民論)을 반대하고 춘추시대 제나라의 부국유민(富國裕民) 정책을 찬성하였다.

사마천은 경제행위에 참여하는 농업·수공업·임어업·광산·제련·상업 등에 종사하는 사람 중 상인만을 다루었다. 사마천은 순자의 성악설을 믿었는지 "부유는, 사람의 본성으로, 배우지 않았는데 모두 바라는 것이다."(富者, 人之情性, 所不學而俱欲者也. 『사기』「화식열전」)라고 믿었고, 사람을 군자와 소인으로 구분하여 "군자는 부유하면, 유덕한 일을 잘하고; 소인은 부유하면, 제 능력에 맞춘다."(故君子富, 好行其德; 小人富, 以適其力. 『사기』「화식열전」)라고 하거나 "연못이 깊으면 물고기가 거기에 살고, 산이 깊으면 짐승이 그곳으로 가며, 사람이 부유하면 인의가 따라붙는다."(淵深而魚生之, 山深而獸往之, 人富而仁義附焉. 『사기』「화식열전」)라고 주장했다. 부자가 덕을 실천하고 부가 인의를 불러온다, 그래서 부자여야 대인이 된다고 하는 사마천의 주장과 명제는 확인하거나 검증할 필요가 없는 매우 유치한 사고의 산물이다.

17. 대성(戴聖) 편
『예기』(禮記)「학기」(學記) 편

17-1 저자 소개

서한 후기 원제(元帝, 43-33BCE 재위) 때 활동한 예학가(禮學家)인 대덕(戴德)과 그의 조카 대성(戴聖)이 각각 전해오던 예 관련 문장 85편과 49편을 편집하였는데, 각각 『대대례기』(大戴禮記)와 『소대례기』(小戴禮記)로 불렸다. 전자는 흩어져 40편만 남아있고, 후자는 주석이 붙여져 『예기』로 불리었다. 이는 또 『주례』(周禮) 및 『의례』(儀禮)와 함께 '삼례'(三禮)라 불린다.

『예기』 각 편의 작자에 대해 단정하기 어렵다. 「중용」(中庸)은 자사(子思)가 지었고, 「월령」(月令)은 여불위(呂不韋)가 수정하였고, 「대학」(大學)은 증자(曾子)가 지었다는 주장이 있지만 근거가 희박하다.

대성

「학기」(學記)는 『예기』의 한 편으로 전해져왔으나 그 작자에 대해서는 아직도 오리무중이다. 당나라 공영달(孔穎達)은 공자가 죽은 뒤 72명 제자가 공동으로 지었다고 했고, 북송 정호(程顥)는 대부분은 한나라 유가에서 나왔지만 「악기」(樂記), 「학기」 및 「대학」 등은 공자 제자가 지었다고 했다. 현대 철학자 풍우란(馮友蘭)은 「학기」 편이 순자학파에서 나왔고, 곽말약(郭沫若)은 맹자학파인 낙정극(樂正克)의 작품이라고 했다. 한편, 난주대학(蘭州大學) 전국려(田國勵) 교수는 「학기」는 한 사람의 손에서 나온 것이 아니고, 여러 학파에 전해오던 것을 한대 금문학파(今文學派) 유가들이 편집했고, 나중에 고문학파(古文學派) 유가들이 정리 수정하여 『소대례기』로 모아져 후세에 전해졌다고 했다.41)

17-2 원전 소개

1,229자에 이르는 「학기」(學記)는 「대학」(大學)과 함께 『예기』(禮記), 즉 『소대례기』(小戴禮記) 중 교육과 관련된 한 편(篇)이었다. 이 중 「대학」은 별도로 독립되어 '사서'(四書)의 하나가 되어 오랫동안 유가의 대표 경전이 되었지만, 「학기」는 여전히 『예기』의 한 편으로 남아있어 유학자들의 큰 관심을 받지 못했다. 이는 「대학」이 위정(爲政)에 필요한 내용이 담겨있어 정치에 봉사하는 기능이 있지만, 「학기」는 순수한 교학(敎學)의 방법을 담고 있어 외면되었기 때문이었을 것이다. 현대에 들어 「학기」의 교육학 기능이 재발견되어 중국 교육사상의 원류로 인식되고 있다.

「학기」는 과내(課內)와 과외(課外)의 결합을 주장했다. 즉, 교재 학습과 실제 훈련을 결합하여 지식 영역을 확대하고, 아울러 고상한 도덕과 양호한 생활습관의 배양을 주장했다. 「학기」의 많은 부분에서 '가르침'(敎)과 '배움'(學)의 관계를 서술하면서, 배움을 통해 학업의 부족을 확인할 수 있고, 가르침을 통해 지식과 경험의 부속을 확인할 수

---

41) 田國勵, 「『學記』作者考」, 『高等理科教育』, 2012:5(2012.10), 157-164.

있다고 했다. 이에서 교학상장(敎學相長)의 당위성을 알 수 있다.

　「학기」는 계발식 교학(開而弗達則思)과 점진적 교학(不陵節而敎之謂孫)을 중시하며, 학생의 내재 학습 동기 개발과 인재시교(因材施敎)를 강조하였다. 또한 얕은 것에서 깊은 것으로, 쉬운 것에서 어려운 것으로 간단한 것에서 복잡한 것으로 진행하는 교학 순서를 주장하였다. 「학기」는 또 교사에게 숭고한 지위를 부여하고, 존사(尊師) 사상을 제시하였다.

17-3 『예기』, 「학기」 편 원문, 역문 및 주석

「학기」(學記) 편 : 배운 다음에 부족함을 알게 되고, 가르친 다음에 곤혹을 알게 된다(學然後知不足, 敎然後知困.).

發慮憲 , 求善良 , 足以謏聞 , 不足以動衆。就賢體遠 , 足以動衆 , 未足以化民。君子如欲化民成俗 , 其必由學乎 !
발려헌 , 구선량 , 족이위소문 , 부족이동중。취현체원 , 족이동중 , 미족이화민。군자여욕화민성속 , 기필유학호 !

[위정자가] 법령을 [깊이] 사려하고, 선량(한 사람)을 불러오는 것은, 작은 명성이 되기에 족하지만, 다중을 움직이기에는 부족하다. 현인을 접촉하고 소원한 사람에게 친근한 것은, 다중을 움직이기에 족하지만, 백성을 교화하기에는 부족하다. 군자가 백성을 교화하여 [좋은] 습속을 만들려면, 그것은 반드시 배움에서 비롯해야 한다!

　▌발려(發慮): 사려를 진행하다, 사고하다. ▌법 헌(憲): 법령, 제도. ▌구할 구(求): 불러오다(招來). ※ "發慮憲, 求善良."에 대한 해석은 의견이 분분하다. "말과 문제를 고려하는 것이 법도에 맞고, 몇몇 현량 인사를 초치하여 자신을 보좌토록 하다."(說話和考慮問題合乎法度, 招求一些賢良人士輔佐自己.); "[집정자가] 정령을 발포하고 품덕이 선량한 사람을 구하다(구

하여 자신의 보좌토록하다.)"((執政者)發布政令, 徵求品德善良(的人士輔佐自己.); "사려를 촉발하고 선량을 널리 구하다."(引發思慮, 廣求善良.); "문제를 고려하고 법도에 부합하며 현능한 사람을 초치하다."(考慮問題符合法度, 招求賢能的人.); "[집정자는 국가의 대사에 대해] 심모원려하고, [아울러] 좋은 사람을 모으다(자신이 국사를 다루는데 도움이 되도록 하다)." 등과 같이 '發慮憲'에 대해서 여러 해석이 있다. 이 세 글자의 정확한 번역은 불가하다고 본다. 그래도 시도해보는 것은 의미가 있다. 먼저, 이 세 글자를 '發+慮憲', '發慮+憲', '發+慮+憲' 등 세 가지로 구조를 분석해 본다. 그러나 '發+慮+憲'은 같은 품사가 아니어서 해석이 불가하다. '慮憲'이 명사+명사나 형용사+명사로 구성된 하나의 어휘라면 '發+(慮)憲'으로 단순화하여, 즉 '법령이나 제도를 반포하다'라는 해석이 가능하다. 그러나 '慮' 자는 '憲' 자와 결합할 소지가 없다. 남은 것은 '發慮+憲'인데, '發慮'는 고대에 하나의 단어로 사용된 경우가 있다. 이에 따라 發慮는 사려(思慮)를 진행하다 또는 사고하다를 의미하는 동사(술어)로 보고, 헌(憲)을 법령이나 제도를 의미하는 명사(목적어)로 보면 '법령을 [깊이] 사려하다'라는 뜻으로 자연스러운 번역이 가능하다. 다만 이어진 '구선량'(求善良)을 '선량한 사람을 구하다'라고 번역할 때 '求+善良'이 '發慮+憲'의 구조와 같지 않다는 문제가 있으나 반드시 같아야 할 이유는 없다는 점에서 '發慮+憲' 구조에 따른 해석은 큰 무리가 없다. '善良'이란 단어는 한나라까지 「학기」 편에 유일하게 나온다. ▍적을 소(謏): 적다, 작다. ▍이를 취(就): 접근하다. ▍몸 체(體): 친(親)하다.

玉不琢 , 不成器 ; 人不學 , 不知道。是故古之王者建國君民 , 教學爲先。《兌命》曰 : 「念終始典于學。」其此之謂乎 !

옥불탁 , 불성기 ; 인불학 , 부지도。시고고지왕자건국군민 , 교학위선。《열명》왈 : 「염종시전우학。」기차지위호 !

옥은 쪼지 않으면, 그릇이 되지 않는다; 사람은 배우지 않으면, 도를 알지 못한다. 그러므로 옛 왕이 나라를 세우고 백성을 다스림에, 교학(가르침과 배움)을 우선으로 했다. 『위고문상서』 「열명」(兌命) 편이 말했다: "시종 잊지 말고 경전을 학습하라." 이것(典于學)은 그것(教學爲先)을 말한 것이다!

▍《兌命》: 『위고문상서』(僞古文尙書) 「열명하」(說命下) 편을 가리킨다. 상(商)나라 22대 왕

인 무정(武丁)과 정치가 부열(傅說)의 대화록이다. ■열명(兌命, yuèmìng): 열명(說命, yuèmìng), 열명(悅命, yuèmìng). ■염(念): 생각하다, 사고하다, 고려하다. ■법 전(典): 경적 (經籍), 경전(經典). '典于學': 學于典, 學典. 이에 대한 해석은 다양하나 목적어를 앞에 두는 특수 문장구조로서 '경전에서 학습하다' 또는 '경전을 학습하다'로 해석하는 것이 가장 타당하다.[42]

雖有嘉肴 , 弗食 , 不知其旨也 ; 雖有至道 , 弗學 , 不知其善也。是故學然後知不足 , 教然後知困。知不足 , 然後能自反也 ; 知困 , 然後能自强也。故曰 : 教學相長也。《兌 命》曰 :「斅學半。」其此之謂乎。

수유가효 , 불식 , 부지기지야 ; 수유지도 , 불학 , 부지기선야。시고학연후지부족 , 교연후지곤。지부족 , 연후능자반야 ; 지곤 , 연후능자강야。고왈 : 교학상장야。《열 명》왈 :「효학반。」기차지위호。

비록 좋은 음식이 있어도, 먹지 않으면, 그 맛을 모른다; 비록 지극한 도가 있어도, 배우지 않으면, 그 좋은 점을 알지 못한다. 따라서 배운 다음에 부족함을 알게 되고, 가르친 다음에 곤혹을 알게 된다. 부족함을 알게 된, 다음에야 자성(自省)할 수 있고; 곤혹을 알게 된, 다음에야 자강(自 强)할 수 있다. 따라서 말했다: 가르침과 배움은 서로 키운다. 「열명」이 말했다: '가르침은 배움이 절반이다.' 이것(斅學半)은 그것(教學相長)을 말한 것이다.

■맛있을 지(旨): 맛, 미(味). ■가르칠 효(斅): 가르침 교(教). '효학반'(斅學半): 가르침과 배움은 동전의 양면이라고 해석하기도 한다.

古之教者 , 家有塾 , 黨有庠 , 術有序 , 國有學。比年入學 , 中年考校。一年視離經辨 志 , 三年視敬業樂群 , 五年視博習親師 , 七年視論學取友 , 謂之小成 ; 九年知類通

---

42) 卓娜, 「'念終始典于學'的'典'字釋義」, 『內蒙古大學學報(哲學社會科學版), 41:6(2009.11), 121-123.

達 , 強立而不反 , 謂之大成。夫然後足以化民易俗 , 近者說服 , 而遠者懷之 , 此大學
之道也。《記》曰 :「蛾子時術之。」其此之謂乎。

고지교자 , 가유숙 , 당유상 , 술유서 , 국유학。비년입학 , **중년고교。**일년시이경변
지 , 삼년시**경**업낙군 , 오년시박습친사 , 칠년시논학취우 , 위지소성 ; 구년**지류통
달** , 강립이불반 , 위지대성。부연후족이화민역속 , 근자**열복** , 이원자회지 , 차대학
지도야。《기》왈 :「**의자시술지。**」기차지위호。

옛날 가르치는 것(기관)으로, 마을(閭, 25家)에 숙(塾)이 있었고, 당(黨, 500家)에 상(庠)이 있었고,
술(術, 遂, 12,500家)에 서(序)가 있었고, 국(國)에 학(學)이 있었다. 매년 대학(大學)에 들어가면,
격년으로 고찰 비교했다. 첫해에는 [학생이 경서의] 구절(句節)을 나누는(離經) 법과 [학생이 경서
의] 뜻(주제)을 분별하는 법(辨志)을 심사하고, 셋째 해에는 학업에 신중하고 무리와 잘 어울리는
지(敬業樂群)를 심사하고, 다섯째 해에는 널리 배우고 스승을 가까이했는지를 심사하고, 일곱째
해에는 학문을 논하고 벗을 [잘] 골랐는지를 심사하는데, 이것을 일러 '작은 성취'(小成)라고 한다;
아홉째 해에는 유추(類推)를 알고 통달하여, 굳게 [학업을] 확립하고 [이치에] 어긋나지 않는 것
[을 심사하는데], 이를 일러 큰 성취(大成)라고 한다. 무릇 그런 다음에야 백성을 교화하여 [나쁜]
습속을 바꾸기에 족한 데, 가까운 사람들은 기쁜 마음으로 감복하고, 먼 사람들은 그를 마음에
품는데, 이것이 대학의 도이다. 옛 책이 말했다: "개미는 수시로 그것[진흙을 물어다 개밋둑(大垤)
을 짓는 것]을 배운다." 이것(개미의 행위)은 그것(대학의 도)을 말한 것이다.

▮가(家): 이곳의 가(家)는 사실 25가(家)로 구성한 마을, 즉 여(閭)를 가리킨다. ※ 주나라 제도에
따르면 도성에서 500리 이내이면 5가(家)를 1비(比), 5비를 1려(閭, 25가), 4려를 1족(族, 100가),
5족을 1당(黨, 500가), 5당을 1주(州, 2,500가), 5주를 1향(鄕, 12,500가)이라 했다. 도성에서 1백리
이상 떨어진 원교(遠郊)는 5가를 1린(隣), 5린을 1리(里, 25가), 4리를 1찬(酇, 100가), 5찬을 1비
(鄙, 500가), 5비를 1현(縣, 2,500가), 5현을 1수(遂, 12,500가)라 하였다. ▮견줄 비(比): 연속으로,
빈번하게. ▮중년(中年): 격년(隔年). ▮학교 교(校, jiào): 고핵(考核)하다, 고찰(考察)하다. ▮고
교(考校): 고교(考較), 고교(攷較), 고찰 비교하다, 조사 비교하다. ▮볼 시(視): 살피다, 고찰하다,
관찰하다, 심사하다. ▮이경(離經): 석구(析句), 단구(斷句), 단장(斷章), 분장(分章), 구절을 나누
다. ▮공경할 경(敬): 신중하게 대하다, 태만하지 않고 근면하다. ▮지류(知類): 사물 사이의
유비(類比, 類推, analogy) 관계를 이해하고 종류에 따라 추리하다. ▮통달(通達): 이해하다. ▮설

복(說服): 열복(悅服), 기쁜 마음으로 복종하다, 감복(感服)하다. '說' 자는 4가지 발음이 있다. shuō(설)일 경우 해석, 해설, 말하다, 발언, 주장 등을 의미하고(예: 學說), shuì(세)일 경우 다른 사람이 제 말을 듣도록 하는 것을 의미하며(예: 遊說), yuè(열)일 경우 기쁠 열(悅) 자와 같이 기쁘다는 의미이고, tuō(탈)일 경우 벗을 탈(脫) 자와 같이 벗어나다는 뜻이다. ▌'近者說服'은 주어+술어 구조이므로 '세복' 보다는 '열복'으로 발음하고 '기쁜 마음으로 복종하다'고 해석하는 것이 타당하다. ▌나방 아(蛾, yǐ): 개미 의(蛾, yǐ), 개미 의(蟻, yǐ). 동한시대 정현(鄭玄)은 왕개미 (蚍蜉)라고 해석하였고, 당대 공영달(孔穎達)은 왕개미의 새끼라고 해석했다. ▌꾀 술(術): 배우다. ▌의술(蛾術, 蟻術): 근면하게 학습하다(勤學). ※ 삼여의술(三餘蛾術): 삼국시대 학자 동우 (董遇)가 독서삼여설(讀書三餘說)을 주장했는데, "겨울은 한 해의 여유이고, 밤은 하루의 여유이고, 비오는 날은 계절의 여유이다."(或問三餘之意, [董遇言:「冬者歲之餘, 夜者日之餘, 陰雨者時之餘也.」, (三國)魚豢, 『魏略』卷16「董遇傳」; 『三國志』「魏書十三: 王朗傳」, 裴松之 注引)라고 하면서 새끼 개미가 이때를 이용하여 흙을 날라다 쌓듯이 부지런히 공부해야 한다고 했다. 삼여 의술(三餘蟻術)은 시간을 아껴서 작은 것부터 차근차근 공부한다는 뜻이다.

大學始教 , 皮弁祭菜 , 示敬道也。《宵雅》肄三 , 官其始也 , 入學鼓篋 , 孫其業也；夏楚 二物 , 收其威也。未卜禘不視學 , 游其志也。時觀而弗語 , 存其心也 , 幼者聽而弗 問 , 學不躐等也。此七者 , 教之大倫也。《記》曰：「凡學官先事 , 士先志。」其此之謂乎。 대학시교 , 피변제채 , 시경도야。《소아》이삼 , 관기시야 , 입학고협 , 손기업야；하초 이물 , 수기위야。미복체불시학 , 유기지야。시관이불어 , 존기심야 , 유자청이불 문 , 학불엽등야。차칠자 , 교지대륜야。《기》왈 :「범학관선사 , 사선지。」기차지위호。

대학에서 가르침을 시작함에, [학관이] [제례용] 사슴가죽 모자와 제례 음식[을 보여주는 것은, [학생에게] 도를 공경하라고 보이는 것이다. 「소아」(小雅) 세 편을 익히도록 하는 것은, 시작하는 것(마음과 자세)을 가다듬도록 하는 것이고, 수업을 시작할 때 [책이 들은 대나무 상자를 두드리 는 것은, 학업에 겸손케 하는 것이며; 개오동나무 회초리와 가시나무 회초리 두 물건은 비치하 는 것은, 행동거지를 제약하는 것이다. [여름에] 대제(大祭)가 이르지 않으면 시험을 치르지 않는 것은, 뜻을 편안케 하도록 하는 것이다. 때때로 살펴보되 말을 하지 않는 것은, [배움의] 마음을 간직하도록 하는 것이고, 어린 학생에게는 듣기만 하게 하고 묻지 않는 것은, [배움의] 등급(단계)을 뛰어넘지 않도록 하는 것이다. 이 일곱 가지는, 가르침의 대원칙이다. 옛 책이

말했다: "무릇 배움에 있어 관리(學官/敎官)는 일을 앞세우고, 선비(學生)는 뜻을 앞세운다." 이것 (學官先事士先志)은 그것(가르침의 대강)을 말한 것이다.

▮가죽 피(皮). 고깔 변(弁). ▮피변(皮弁): 갓 관(冠), 사슴 가죽으로 만든 모자. 천자와 대신이 조회(朝會) 때 쓰는 모자. ▮제채(祭菜): 대학 개학 때 미나리나 마름 등 채소를 차려놓고 선성선사(先聖先師)에게 제사하는 의식, 또는 그 채소. ▮밤 소(宵): 작다. ▮《宵雅》: 『시』 「小雅」 편. 현재 74편이 있다. ▮이(肄): 익히다, 배우다. ▮'三': 「소아」 3편을 가리키는데, 「鹿鳴」, 「四牡」, 「皇皇者華」이다. 이들은 군신의 화목을 노래하였다. ▮'官其始也': 흔히 '관리의 자세를 갖추도록 한다'는 등 관리와 연계하여 해석하고 번역하지만, 앞뒤의 같은 유형의 구문의 해석과 번역 방법과 어긋나고, 뜻도 앞뒤와 결을 달리한다. '시작을 통제하다', '시작하는 마음을 다스리다', '시작하는 자세를 가다듬다' 등 학습 태도나 자세를 담은 것으로 해석하고 번역해야 한다. ▮상자 협(篋): 대나무로 만든 책 상자. ▮손자 손(孫): 겸손할 손(遜), 따르다, 순종하다. ▮여름 하(夏): 개오동나무 가(榎, 檟), 회초리, 매. ▮가시나무 초(楚): 회초리. ▮거둘 수(收): [감정이나 행동을] 제약하다, 통제하다. ▮위엄 위(威): 행동거지(行動擧止). ▮복체(卜禘): 천자가 여름에 조상에게 제를 올리는 대제인 체(禘)를 점치다, 체를 거행할 날짜를 점치다(정하다). 『禮記』 「王制」: "天子、諸侯宗廟之祭: 春曰礿, 夏曰禘, 秋曰嘗, 冬曰烝." ▮시학(視學): 배운 것을 조사하다, 시험을 보다. ▮헤엄칠 유(游): 고찰하다, 학습하다. ▮밟을 렵(躐): 뛰어넘다. ▮'此七者': 일곱 가지 가르침. 선생(學官)의 일과 이를 학생(學生)에게 주는 의미를 서술한 것으로 보고 해석하는 것이 논리에 부합한다.' ▮대륜(大倫): 대원칙. ▮"凡學官先事, 士先志.": 이에 대한 해석은 다양하다. "공부해서 관리가 되려는 사람은 먼저 일을 배우고, 학자가 되려는 사람은 먼저 뜻을 세워야 한다."; "교관(교사)은 먼저 직책을 다하고, 학생은 먼저 뜻을 세워야 한다."; "배움에 관리는 일을 먼저 배우고, 선비는 뜻을 먼저 배워야 한다."; "배우려면 관리는 그 일에 관한 것을 먼저 배우고, 선비는 그 뜻하는 바에 관한 것을 먼저 배워야 한다.". '일곱 가지 가르침의 대원칙' 중 앞부분은 교관이 하는 일(事)이고 뒷부분은 학생이 가다듬어야 하는 뜻(志)으로 이해하면 해석과 번역이 자연스럽게 진행된다.

大學之敎也, 時敎必有正業, 退息必有居學。不學操縵, 不能安弦；不學博依, 不能安《詩》；不學雜服, 不能安禮；不興其藝, 不能樂學。故君子之於學也, 藏焉, 修

焉 , 息焉 , 遊焉。夫然 , 故安其學而親其師 , 樂其友而信其道。是以雖離師輔而不反
也。《兌命》曰 : 「敬孫務時敏 , 厥脩乃來。」其此之謂乎。

대학지교야 , 시교필유정업 , 퇴식필유거학。불학조만 , 불능안현 ; 불학박의 , 불능
안《시》 ; 불학잡복 , 불능안례 ; 불흥기예 , 불능낙학。고군자지어학야 , 장언 , 수
언 , 식언 , 유언。부연 , 고안기학이친기사 , 낙기우이신기도。시이수이사**보**이불반
야。《열명》왈 : 「경손무시민 , 궐**수**내래。」기차지위호。

대학의 가르침이라면, 수시로 진행되는 가르침에는 반드시 정규 수업이 있어야 하고, 물러나
쉬는 때에는 반드시 독학이 있어야 한다. 거문고의 줄을 뜯는 것을 배우지 않으면, 현음(弦音)을
좋아할 수 없고; 음률을 배우지 않으면, 『시』(詩)를 좋아할 수 없고; 여러 색의 복식을 배우지
않으면, 예(복)를 좋아할 수 없고; 기예(技藝)에 흥미가 없으면, 배움을 좋아할 수 없다. 따라서
군자는 배움에 있어, 감추거나, 학습하거나, 쉬거나, 놀거나 한다. 때문에, 그렇기에 배움을 좋아하
고 스승을 가까이하고, 친구를 좋아하고 그 도를 믿는다. 그래서 비록 스승의 도움을 떠나서도
도에 반하지 않는 것이다. [『僞古文尙書』] 「열명」이 말했다: "공경하고 겸손하고 애쓰고 때를
맞추고 민첩하게, 이렇게 닦으면 된다." 이것(敬孫務時敏)은 그것(離師輔而不反)을 말한 것이다.

▌'大學之教也時教必有正業': 이에 대한 '이경'(離經, 析句斷章, 句讀, 標點) 방법은 여러 가지
다. "大學之教也時, 教必有正業.", "大學之教也, 時教必有正業.", "大學之教也, 時教, 必有正
業.", "大學之教也, 時. 教必有正業." 이어지는 '退息必有居學'과 같은 문맥으로 보면 "大學之
教也, 時教必有正業."과 같이 '이경'하는 것이 적합하다(孫希旦(1736-1784), 『禮記集解』). ▌
거학(居學): 평거자학(平居自學), 평소의 독학. ▌잡을 조(操): (현악기를) 뜯다, 연주하다.
▌무늬 없는 비단 만(縵): 금현(琴絃). ▌편안할 안(安): 좋아하다. ▌의지할 의(依): 비유(譬
喩). ▌박의(博依): 음률, 비유. ▌심을 예(藝): 기예(技藝). ▌요학(樂學)/낙학(樂學): 배움을
좋아하다. ▌장수(藏修): 책을 읽고 학문에 힘쓰다, 학습에 전념하다, 면학하다. ▌"藏焉,
修焉, 息焉, 遊焉.": 흔히 이를 '藏修息遊'로 축약하고, 이를 다시 藏修와 息遊로 분리하여
이해하지만 완전한 이해로 보기는 어렵다. Legge는 다음과 같이 번역했으나 이해하기 어렵기
는 마찬가지이다: "withdrawn in college from all besides, and devoted to their cultivation,
or occupied with them when retired from it, and enjoying himself." ▌부연(夫然): 때문에(因
此), 이같이(如此). ▌덧방나무 보(輔): 돕다. ▌《兌命》: 『위고문상서』「열명하」(說命下) 편

은 "惟學, 遜志務時敏, 厥修乃來."이다. "배움에 있어, 심지가 겸손하고 반드시 늘 노력해야, 닦은 것(학습)이 비로소 증진될 수 있다."라고 번역할 수 있다. Legge는 다음과 같이 번역했다: "In learning there should be a humble mind and the maintenance of a constant earnestness; in such a case (the learner's) improvement will surely come." ▌포 수(俯): 닦다 (修), 학습하다, 연습하다.

今之敎者, 呻其佔畢, 多其訊, 言及于數, 進而不顧其安, 使人不由其誠, 敎人不盡其材 ; 其施之也悖, 其求之也佛。夫然, 故隱其學而疾其師, 苦其難而不知其益也, 雖終其業, 其去之必速。敎之不刑, 其此之由乎 !

금지교자, **신기점필**, 다기신, 언급우수, 진이불고기안, 사인불유기성, 교인부진기재 ; 기시지야패, 기구지야불。부연, 고은기학이질기사, 고기난이부지기익야, 수종기업, 기거지필속。교지불형, 기차지유호 !

오늘의 교사는, 죽간을 소리 내서 읽고, 책문(責問)을 많이 하고, 말은 숫자(진도)에만 이르고, 나아가 그 안심(정신 안정)을 고려하지 않고, 사람으로 하여금 그 정성에서 우러나오도록 하지 못하고, 남을 가르침에 그 재능을 다할 수 있게 하지 못한다 ; 베푸는 것도 어그러지고, 추구하는 것도 어긋난다. 때문에, 그렇기에 배움을 고통스러워하고 스승을 증오하며, 어려움을 괴로워하고 유익함을 알지 못한다. 비록 학업을 마치더라도, 잊어버리는 것이 반드시 빨라지기 마련이다. 가르침이 제 모양을 갖추지(목석을 달성하지) 못하는 것, 이(敎之不刑)는 그(敎者의 교학법)에서 비롯하는 것이다.

▌끙끙거릴 신(呻): 웅얼거리다, 소리 내서 읽다. ▌볼 점(佔): 간(簡), 간독(簡牘). ▌마칠 필(畢): 죽간(竹簡), 목간(木簡). ▌점필(佔畢): 정현(鄭玄) 『예기주』(禮記註)에 따르면 '점필' 은 '죽간을 보다'로 해석되고, 청대 왕인지(王引之) 『경의술문』(經義述聞) 권32 「통설하」(通說 下)에 따르면 佔=畢=簡이므로 '점필'은 '죽간'으로 해석된다. ▌물을 신(訊): 묻다(問), 책문(責 問)하다. ▌부처 불(佛): 아닐 불(弗), 위배되다, 어긋나다. ▌순길 은(隱): 우울하나, 고생스럽 다. ▌형벌 형(刑): 모양 형(形), 성취하다.

大學之法 , 禁於未發之謂豫 , 當其可之謂時 , 不陵節而施之謂孫 , 相觀而善之謂摩。
此四者 , 教之所由興也。

대학지법 , 금어미발지위예 , 당기가지위시 , 불능절이시지위손 , 상관이선지위마。
차사자 , 교지소유흥야。

대학의 규칙에, 발생하지 않았을 때 금하는 것을 예(豫)라 이르고, 가르칠 수 있는 때를 맞추는 것을 시(時)라 이르고, 등급을 뛰어넘어 [가르침을] 베풀지 않는 것을 손(孫)이라 이르고, [학생들이] 서로 바라보고 칭찬하는 것을 마(摩)라고 이른다. 이러한 네 가지는, 가르침이 흥성하게(성공하게) 되는 까닭이다.

▌큰 언덕 능(陵): 초월하다, 뛰어넘다. ▌마디 절(節): 단락, 등급. ▌손자 손(孫): 겸손할 손(遜), 순응하다, 규율에 맞추다. ▌갈 마(摩): 보고 배우다, 경험을 교류하다, 서로 학습하다.

發然後禁 , 則扞格而不勝 ; 時過然後學 , 則勤苦而難成 ; 雜施而不孫 , 則壞亂而不
脩 ; 獨學而無友 , 則孤陋而寡聞 ; 燕朋逆其師 ; 燕辟廢其學。此六者 , 教之所由廢也。

발연후금 , 즉한격이불승 ; 시과연후학 , 즉근고이난성 ; 잡시이불손 , 즉괴란이불
수 ; 독학이무우 , 즉고루이과문 ; 연붕역기사 ; 연벽폐기학。차육자 , 교지소유폐야。

발생한 다음에 금하면, 막고 때리고 해도 이길 수 없다; 때가 지난 다음에 배우면, 부지런히 고생해도 이루기 어렵다; 뒤섞어 가르치고 단계를 뛰어넘으면, 망가지고 어지러워져 학습할 수 없다; 혼자 배우고 친구가 없으면, 고루하고 과문하게 된다; 친구를 가벼이 하면 스승을 거역하게 된다; 법칙을 가벼이 하면 배움을 그만두게 만든다. 이 여섯 가지는, 가르침이 무너지게(실패하게) 되는 까닭이다.

▌막을 한(扞): 막을 한(捍) ▌바로잡을 격(格): 바루다, 때리다, 치다. ▌한격(扞格): 서로 저촉되다. 서로 용납되지 않는다. 충돌하다. 대립하다. 모순되다. 양립하지 않다. ▌베풀 시(施): 실행하다, 실천하다, 가르침을 실행하다(施敎). ▌손자 손(孫): 등급을 뛰어넘어 가르침을 베풀지 않는 것을 가리킨다. ▌포 수(脩): 닦다(修), 수양하다, 학습하다, 연습하다. ▌제비

연(燕): 편안하다, 오만하다, 거만하다. ▌임금 벽(辟): 임금, 법, 허물. ▌연벽(燕辟): 이를 연비(燕譬)라고 하여 스승의 깊은 뜻을 가볍게 비유하는 것이라거나 또는 편안히 놀고 간사하다(燕游邪辟)라고 번역해 왔으나, 이는 뜻이 통하지 않는다. 『설문』(說文)이 해석한 바("辟, 法也.")에 따르면 뜻이 통한다.

君子旣知敎之所由興, 又知敎之所由廢, 然後可以爲人師也。故君子之敎, 喩也。道而弗牽, 強而弗抑, 開而弗達。道而弗牽則和, 強而弗抑則易, 開而弗達則思。和易以思, 可謂善喩矣。

군자기지교지소유흥, 우지교지소유폐, 연후가이위인사야。고군자지교, 유야。도이불견, 강이불억, 개이불달。도이불견즉화, 강이불억즉이, 개이불달즉사。화이이사, 가위선유의。

군자는 먼저 가르침이 흥성하게 되는 까닭을 알고, 또 무너지게 되는 까닭을 안, 다음에야 남의 스승이 될 수 있다. 그러므로 군자의 가르침은, 깨우치는 것이다. 이끌되 끌어당기지 않으며, 강하되 억누르지 않으며, 일깨우되 다다르게 하지 않는다. 이끌되 끌어당기지 않으면 화순(和順)해지고, 강하되 억누르지 않으면 용이(容易)해지고, 일깨우되 다다르게 하지 않으면 생각하게 된다. [학생이] 화순해지고 용이해지고 생각하게 되면, 잘 깨우쳤다(善喩)고 이를 수 있다.

▌이미 기(旣): 먼저, 처음부터. ▌길 도(道): 인도하다, 이끌다(導). ▌열 개(開): 열 계(啓), 일깨우다.

學者有四失, 敎者必知之。人之學也, 或失則多, 或失則寡, 或失則易, 或失則止。此四者, 心之莫同也。知其心, 然後能救其失也。敎也者, 長善而救其失者也。

학자유사실, 교자필지지。인지학야, 혹실즉다, 혹실즉과, 혹실즉이, 혹실즉지。차사자, 심지막동야。지기심, 연후능구기실야。교야자, 장선이구기실자야。

배우는 사람에게는 네 가지 실수가 있을 수 있는데, 가르치는 사람은 반드시 이를 알아야 한다. 사람의 배움에서, 어느 사람은 실수가 많고, 어느 사람은 실수가 적고, 어느 사람은 쉽게 실수하고, 어느 사람은 실수가 멈춘다. 이 네 가지는 마음이 같지 않다. 그 마음을 안, 다음에 그 실수를 막을 수 있다. 가르침이란, 선행을 북돋아 주고 실수를 막아주는 것이다.

▌발 지(止): 멎다, 멈추다, 중지된다, 줄어든다. ▌건질 구(救): 고치다, 막다.

善歌者 , 使人繼其聲 ; 善敎者 , 使人繼其志。其言也約而達 , 微而臧 , 罕譬而喻 , 可謂繼志矣。

선가자 , 사인계기성 ; 선교자 , 사인계기지。기언야약이달 , 미이장 , 한비이유 , 가위계지의。

노래를 잘하는 사람은, 남에게 그 소리를 이어가도록 한다; 가르침을 잘하는 사람은, 남에게 그 뜻을 이어가도록 한다. 하는 말이 간결하면서 통달하고, 작으면서 온전하고, 비유가 적으면서 깨우쳐 준다면, 뜻을 이었다(繼志)고 이를 수 있다.

▌착할 장(臧): 두텁다, 온전하다.

君子知至學之難易 , 而知其美惡 , 然後能博喻 , 能博喻然後能爲師 ; 能爲師然後能爲長 , 能爲長然後能爲君。故師也者 , 所以學爲君也。是故擇師不可不愼也。《記》曰 :「三王四代唯其師。」此之謂乎 ?

군자지지학지난이 , 이지기미악 , 연후능박유 , 능박유연후능위사 ; 능위사연후능위장 , 능위장연후능위군。고사야자 , 소이학위군야。시고택사불가불신야。《기》왈 :「삼왕사대유기사。」차지위호 ?

군자는 배움에 이르는(배움을 추구하는) 것의 어려움을 알고, 그리고 그(배움에 이르는 것)의 옳음을 알고, 그다음에 널리 깨우칠 수 있고, 널리 깨우친 다음에야 스승이 될 수 있다; 스승이 된 다음에야 관리(官長)가 될 수 있고, 관리가 된 다음에야 군주가 될 수 있다. 그러므로 스승이라는 사람은, 그런 까닭에 군주가 되는 법을 배울 수 있는 사람이다. 이 때문에 스승을 고르는 데에 신중하지 않을 수 없다. 옛 책이 말했다: "삼왕사대(三王四代)는 자기네 스승에게 복종했다."

이것(삼왕사대 스승)은 그것(愼擇師)을 말한 것이다.

▐ 지학(至學): 구학(求學). ▐ 난이(難易, nán yì): 어려움과 쉬움, 어려움, 쉬움. ▐ 미악(美惡, měi è): 호오(好惡), 미추(美醜), 시비(是非), 시비선악(是非善惡), 옳음, 그름. ※ '難易'와 '美惡'은 편의복사(편의복사)에 해당하는데 각각 '어려움'과 '옳음'을 뜻한다. ▐ "故師也者, 所以學爲君也.": 이에 대한 해석(번역)이 다양하다: "스승은, 왕이 되는 법을 배우기 위해 그를 따르는 사람이다.", "스승을 맡은 사람은, 통치권술을 가르치는 사람이다.", "스승 교육의 목표는, 덕재(德才)를 겸비하여 치국평천하를 할 수 있는 인재를 배양하는 데 있다.", "스승은, 치국평천하의 도를 가르칠 수 있는 사람이다.", "스승은 군주가 되는 도리를 배우는 것이다." 「학기」 당시의 정황으로 볼 때 당시의 학습 목표는 스승 → 관리 → 군주를 향한 발전 과정을 거치며, 학습(학문)의 최종 목표는 군주가 되는 것이다. 이는 논리다운 추론이고 현실과는 거리가 있다. 정확한 해석이 어렵다. James Legge는 다음과 같이 번역했다: "Hence it is from the teacher indeed, that one learns to be a ruler." ▐ '三王四代': 삼왕은 복희(伏羲), 신농(神農) 및 황제(黃帝) 3인으로 보는 의견과 하우(夏禹), 상탕(商湯), 주문무(周文武)로 보는 의견으로 나뉘며, 사대는 우(虞, 舜), 하, 상, 주를 가리킨다고 본다. ▐ 오직 유(唯): 때문(以, 因爲). ▐ '唯其師': 정설이 없다: '스승의 선택을 가장 중시하다', '스승의 선택에 매우 신중했다', '스승의 선택에 신중하지 않은 왕과 왕조가 없다', '스승의 선택을 중시하다', '스승의 선택을 가장 중요한 임무로 삼았다', '오직 스승을 잘 선발하였다' 등. '○其師' 형식의 어휘는 「학기」 편에서 '親其師', '疾其師', '逆其師' 및 '唯其師' 등 네 차례 나오는데, 앞 셋의 첫 자는 모두 동사이므로, 마지막 '唯' 자도 원칙적으로 동사일 것이라 생각된다. 그렇다면 오직 유(唯) 자는 생각할 유(惟) 자와 같다고 생각된다. '惟' 자에는 사고하다, 사념(思念)하다, 고려하다, 따르다, 복종하다, 순종하다 등의 뜻이 있다. 따라서 '三王四代唯其師'는 삼왕사대는 '스승을 따랐다', '삼왕사대는 스승에게 순종했다' 등으로 해석하고 번역하는 것이 무리가 없다. James Legge는 다음과 같이 번역했다: "The three kings and the four dynasties were what they were by their teachers."

凡學之道, 嚴師爲難。師嚴然後道尊, 道尊然後民知敬學。是故君之所不臣於其臣者 二, 當其爲尸則弗臣也, 當其爲師則弗臣也。大學之禮, 雖詔於天子, 無北面, 所以 尊師也。

범학지도 , 엄사위난。사엄연후도존 , 도존연후민지경학。시고군지소**불신어기신자**이 , 당기위**시**즉불신야 , 당기위사즉불신야。대학지례 , 수조어천자 , 무북면 , 소이존사야。

무릇 배움의 길에서, 엄격한 스승을 만나는 것은 어렵다. 스승이 엄격한 다음에야 도가 존중되며, 도가 존중된 다음에야 백성이 배움을 존경할 줄 알게 된다. 이 때문에 군주가 제 신하를 신하로 대하지 않는 두 경우가 있는데, 그에게 조상신 대역(尸)을 맡기면 신하로 대하지 않았고, 그에게 스승을 맡기면 신하로 대하지 않았다. 대학의 예에 [따르면], 비록 천자에게 불려가서 만나게 되어도, [신하의 예에 따라 북면(北面)하지 않도록 하는 것은, 스승을 존경하기 때문이다.

▮'不臣於其臣': 신하를 신하로 보지 않는다, 신하를 신하 이상으로 대접한다. ▮고할 조(詔): 윗사람이 아랫사람을 불러서 만나다(召見). ▮주검 시(尸): 죽은 이를 대신하여 신위에 앉아 제사를 받는 사람. 시동(尸童)은 자격자 중 하나이다. '尸' 제도는 전국시대까지 유지되었고, 이후 신주(神主, 位牌)로 대체되었다.

善學者 , 師逸而功倍 , 又從而庸之。不善學者 , 師勤而功半 , 又從而怨之。善問者 , 如攻堅木 , 先其易者 , 後其節目 , 及其久也 , 相說以解 , 不善問者反此。善待問者 , 如撞鐘 , 叩之以小者則小鳴 , 叩之以大者則大鳴 , 待其從容 , 然後盡其聲 , 不善答問者反此。此皆進學之道也。
선학자 , 사일이공배 , 우종이용지。불선학자 , 사근이공반 , 우종이원지。선문자 , 여공견목 , 선기이자 , 후기절목 , 급기구야 , 상탈이해 , 불선문자반차。선대문자 , 여당종 , 고지이소자즉소명 , 고지이대자즉대명 , 대기**종용** , 연후진기성 , 불선답문자반차。차개진학지도야。

잘 배우는 사람은, 스승이 힘을 들이지 않아도 효과는 배가 되고, 또 쫓아서 그에게 보답한다. 잘 배우지 않는 사람은, 스승이 부지런해도 효과는 반감되고, 또 쫓아서 원망한다. 잘 묻는 사람은, 단단한 나무를 다듬는 것과 같이, 쉬운 것을 먼저 하고, 마디를 나중에 하며, 오래되어야, [마디가] 서로 벗겨지고 쪼개지는데, 잘 묻지 않는 사람은 이와 반대이다. 질문에 잘 대비하는 사람은, 종을 치는 것과 같이, 작은(가벼운) 것으로 두드리면(질문하면) 작게 울리고(간단하게 답하고), 큰(무거운) 것으로 두드리면 크게 울리는데(상세하게 답하는데), 그것이 조용해지길 기다린, 다음에야 그 소리가 다하게 되나, 질문에 대답을 잘하지 못하는 사람은 이와 반대이다. 이는 모두 배움에 나가는 도다.

> ▌쓸 용(庸): 쓸 용(用), 보답하다. ▌말씀 설(說): 탈(tuo), 벗을 탈(脫), 해탈하다. ▌풀 해(解): 쪼개다, 쪼개지다. ▌종용(從容): 조용하다. ※ 학(學)과 문(問)의 관계에 대해 청대 산문가 유개(劉開, 1784-1824)는 「문설」(問說)에서 다음과 같이 말했다: "군자의 배움에서는 반드시 물음을 좋아해야 한다. 물음과 배움은, 서로 보완하여 진행되는 것으로, 배움이 없으면 의문에 이르지 않으며, 물음이 없으면 지식을 넓힐 수 없다. 배움을 좋아하되 물음에 부지런하지 않으면, 진실로 배움을 좋아하는 사람이 아니다. 도리가 명백해졌지만, 간혹 실제에 응용하지 못할 수도 있고, 큰 원칙(강령)을 인식하였지만, 간혹 세부 사항을 모를 수도 있다. 물음을 제외한다면, 어떻게 이를 해결할 수 있겠는가?"(君子之學必好問. 問與學, 相輔而行者也. 非學無以致疑, 非問無以廣識; 好學而不勤問, 非眞能好學者也. 理明矣, 而或不達於事; 識其大矣, 而或不知其細, 舍問, 其奚決焉?).

記問之學, 不足以爲人師。必也其聽語乎!力不能問, 然後語之; 語之而不知, 雖舍之可也。

기문지학, 부족이위인사。필야기청어호!역불능문, 연후어지; 어지이부지, 수사지가야。

암송하는 배움은, 남의 스승이 되기에 부족하다. 반드시 [학생이] 말(질문)하는 것을 들어야 한다! [학생이] 힘에 부쳐 묻지 못하게 된, 다음에야 설명하고; 설명했는데 알지 못하면, 설사 그를 내버려도(방치해도) 된다.

> ▌기문지학(記問之學): 남의 질문에 대응하기 위해 암송하는 배움. ▌집 사(舍): 버릴 사(捨).

良冶之子, 必學爲裘。良弓之子, 必學爲箕。始駕馬者反之, 車在馬前。君子察於此三

者 , 可以有志於學矣。

양야지자 , 필학위구。양궁지자 , 필학위기。**시가마자반지 , 거재마전。**군자찰어차삼
자 , 가이유지어학의。

우수한 대장장이의 아들은, 반드시 갓옷을 만드는 법을 배워야 한다. 우수한 궁장(弓匠)의 아들
은, 반드시 키 만드는 법을 배워야 한다. 처음 마차를 끌 말(망아지)은 그(큰 말이 앞에서 마차를
끄는 것)와 반대로, 마차를 말(망아지) 앞에 두어야 한다(마차 뒤에서 큰 말이 마차 끄는 법을
배우도록 해야 한다). 군자로서 이 세 가지를 살펴 이해하였다면, 배움에 뜻을 두었다고 할
수 있다.

> ▌할 위(爲): 만들다。▌멍에 가(駕): 운전하다, 조종하다, 타다。▌"始駕馬者反之 , 車在馬
> 前。": 이에 대한 번역과 해석은 다양하나 모두 잘 이해되지 않는다. "처음으로 말에게 멍에를
> 얹어 수레를 끌게 하려고 하는 자는 먼저 그 말을 수레의 뒤로 끌고 가서 수레가 말 앞에서
> 있게 하여 다른 말이 수레를 끄는 것을 보고 익히게 하는 것",[43] "처음으로 말에 멍에를
> 씌우는 사람은 망아지를 돌려다가 수레가 망아지의 앞에 있게",[44] "막 마차 끄는 것을 배우는
> 망아지는 먼저 마차 뒤에 묶어 따라오게 함으로써 보고 배우게 해야 한다."(중국), "막 마차
> 끄는 것을 배우는 망아지는 마차 뒤에 따라오게 해야 한다."(중국) 대장장이와 갓옷, 궁장과
> 키, 망아지와 마차 뒤의 관계가 해명되어야 올바른 이해가 가능하겠지만 중국 쪽의 해석이
> 이치에 더 맞다.

古之學者 , **比物醜類。**鼓無當於五聲 , 五聲弗得不和 ; 水無當於五色 , 五色弗得不
章 ; 學無當於五官 , 五官弗得不治 ; 師無當於五服 , 五服弗得不親。

고지학자 , **비물추류。**고무당어오성 , 오성불득불화 ; 수무당어오색 , 오색불득부
장 ; 학무당어오관 , 오관불득불치 ; 사무당어오복 , **오복불득불친。**

---

43) 池載熙 解譯, 『禮記·中』(서울: 자유문고, 2000).
44) 서정기, 『(새 시대를 위한)禮記 4: 神聖世界』(파주: 한국학술정보, 2011).

옛날 배우는 사람은, 사물을 비교하고 무리를 견주었다. 북[소리]은 오성(五聲, 宮商角徵羽)에 해당하지 않으나, 오성은 [북소리를] 얻지 못하면 조화롭지 않다; 물[색]은 오색(五色, 靑赤黃白黑)에 해당하지 않으나, 오색은 [물의 색을] 얻지 못하면 화문(花紋)을 나타내지 못한다; 배움은 오관(五官, 耳目口鼻心)에 해당하지 않으나, 오관은 [배움을] 얻지 못하면 다스릴 수 없다; 스승은 오복(五服, 喪服)에 [따른 친속에] 해당하지 않으나, [스승의 지도가 없으면] 오복으로 [혈통의] 친소[등급]를 알 수 없다.

▌추할 추(醜): 견주다, 비교하다. ▌비물추류(比物醜類): 동류의 사물을 연결하여 묶을 지어 귀납하다, 사물을 비교할 때는 같은 종류의 사물로 한다. ▌'弗得不': '沒有A, 就不B.', A가 얻지 못하면(없으면), B할 수 없다. ▌오복(五服): 여러 의미가 있으나 여기서는 혈통의 친소 등급에 따라 입는 상복의 종류를 가리키며, 이는 참최복(斬衰服), 자최복(齊衰服), 대공복(大功服), 소공복(小功服), 시마복(總麻服) 등 다섯 가지로 나뉜다.

君子曰:「大德不官 , 大道不器 , 大信不約 , 大時不齊。」察於此四者 , 可以有志於學矣。

군자왈:「대덕불관 , 대도불기 , 대신불약 , 대시부제。」찰어차사자 , 가이유지어학의。

군자는 말했다: "큰 덕은 [특정 직무의] 관리가 아니고, 큰 도는 [특정 용도의] 그릇이 아니고, 큰 믿음은 [특정 맹약을 통한] 약속이 아니고, 큰 때(天時)는 [변화하기에] 똑같지(고르지) 않다." 이 네 가지를 살펴 이해하였다면, 배움에 뜻을 가졌다고 할 수 있다.

※ 이 문장은 큰 존재는 하나의 임무, 용도, 범위, 시간에 구애받지 않고 두루 아울러야 한다는 의미이다.

三王之祭川也 , 皆先河而後海 , 或源也 , 或委也。此之謂務本。

삼왕지제천야 , 개선하이후해 , 혹원야 , 혹위야。차지위무본。

삼왕이 냇물(川)에 제를 지냄에, 모두 강에 먼저하고 바다에는 나중에 했는데, 어느 것(강)은 근원이고, 어느 것(바다)은 하류이기 때문이다. 이것이 근본에 힘쓴다(務本)고 말하는 것이다.

▮맡길 위(委): 끝, 꼬리, 물의 하류. ▮원위(源委): 경위, 본말.

17-4 『예기』 「학기」 편 감상과 평설(評說)

「학기」 편에는 주로 학문이나 학습과 관련된 성어가 나온다:
- "외롭고 미천하며 들은 바가 적다."라는, 식견이나 재능이 없다고 겸손하게 말하는 고루과문(孤陋寡聞),
- "가르침과 배움은 서로 키운다."라는 교학상장(敎學相長)("가르치는 일과 배우는 일이 모두 자신의 학업을 성장시킨다."라는 해석은 틀린 것이다.),
- "옥은 다듬지 않으면 그릇이 될 수 없다."라는, 바탕이 좋아도 힘쓰지 않으면 쓸모 있는 사람이 되지 못한다는 옥불탁불성기(玉不琢不成器),
- "백성을 교화하여 [좋은] 풍속을 만든다."라는 화민성속(化民成俗),
- "백성을 교화하여 [나쁜] 풍속을 바꾼다."라는 화민역속(化民易俗)

「학기」 편은 학습자를 위한 학습론이라기보다, 교육의 목적, 기능, 교학의 주체와 객체의 관계, 교학의 방법론, 교육과 정치·윤리·사회문화의 관계 등 대부분이 가르치는 관점에서 서술한 교육론으로서 「교기」(敎記)라고 부르는 것이 좋다. 교육학 논문인 「학기」는 로마의 교육가 퀸틸리아누스(Marcus Fabius Quintilianus, 35-95)의 『웅변가 교육론』(Institutio Oratoria)보다 300여 년이 앞선 것이다. 퀸틸리아누스의 교육 방법으로는 학생 체벌의 금지와 포상 장려, 아동 성질 연구를 통한 개성의 차이에 따른 교육, 조기 교육, 학습의 흥미와 유희의 필요성, 학습의 경쟁의식 조성, 교사 선택의 중요성, 가정교육에 대한 학교교육의 우월성 인정 등이 있다. 교사의 자세에 관한 교사론으로는 아동을 친자식과 같은 자세로 임하며, 스스로 악한 짓을 해서 안 되며, 엄격해서는 안 되며, 분노의 마음을 가져서는 안 되며, 교수법은 쉬워야 하고, 근로에는 인내심을 가져야 하며, 질문에는 빨리 대답하고 질문이 없으면 물어보아야 하며, 아동의 성적은 적절히 칭찬해 주어야 하며, 교정해 주되 비난해서는 안 되며, 매일 아동의 마음에 간직할 만한 것을 이야기해 주어야 하며, 가끔 선하고 존경받을 만한 것을 물어보아야 한다 등이 있다. 「학기」와 퀸틸리아누스의 교육론을 비교해 보는 것도 의미 있는 일일 것이다.

「학기」는 선진 유가의 사상을 반영하여 교육을 정치와 사회관리의 수단으로 삼았기 때문에 '정치 교육론' 또는 '공민교육론'이라 할 만하다. 이는 "군자(君子)가 백성(百姓)을 교화(敎化)하여 좋은 풍속(風俗)을 이루려 한다면, 반드시 교육(敎育)에서 비롯해야 한다!"(君子如欲化民成俗, 其必由學乎!), "옛날의 왕이 나라를 세우고 백성을 다스림에 교학을 우선했다."(古之王者, 建國君民, 敎學爲先.)라는 두 문장에 가장 잘 표현되어 있다.

이러한 부정적인 내용 외에 오늘날까지도 가치 있는 내용도 적지 않다. 그중 '가르침과 배움은 서로 키운다'는 교학상장(敎學相長), '선행을 북돋아 주고 실수를 막아주는' 장선구실(長善救失) 등의 교육 경험에 대한 논술은 현대 교육에도 그대로 적용될 수 있는 교육 방법론이다. 한국 교육(학)계에서도 「학기」의 교육관과 스승상을 적극적으로 재해석하려는 노력이 보인다.[45]

사진: 퀸틸리아누스
출처: http://www.bjbys.net.cn/zx/zt
xm/jszt/msfc/xfms/252488.sh
tml

---

45) 이귀옥·송도선, "『禮記』의 「學記」에 나타난 교학사상," 『교육철학』, 48(2012.12), 279-305 참고 바람.

18. 대성(戴聖) 편
『예기』(禮記) 「악기」(樂記) 편(節選)

18-1 저자 소개

「악기」(樂記)는 서한시대 대성(戴聖)이 편집한 『예기』(禮記, 小戴禮記) 제19편이다. 전국시대 초기 음악이론가로 공자의 재전제자(再傳弟子)인 공손니자(公孫尼子)의 작품이라는 주장과, 한무제 시기 하간헌왕(河間獻王) 유덕(劉德, ?-130BCE)과 그 문인이 편집하였다는 주장으로 나뉜다.

18-2 원전 소개

사서오경 중의 하나로 서한(西漢, 202BCE-8) 때 대성(戴聖)이 전국시대(475-221BCE) 이래의 음악론을 편집한 것으로 알려진 『예기』(禮記) 「악기」(樂記) 편은 동양 최초의 음악철학으로서, 한국 전통음악의 뿌리이기도 하다. 「악기」 편은 성(聲), 음(音) 및 악(樂)이라는 세 개념을 근거로 음악과 우주, 도덕 및 정치의 관계를 논하였다. 성음악(聲音樂)의 정확한 개념에 대해 많은 이견이 있으나 성(聲)은 "물체의 진동으로 생긴 음파가 귓청을 울리어 귀에 들리는 것"을 의미하는 '소리', 음(音)은 "소리의 높낮이가 길이나 리듬과 어울려 나타나는 음의 흐름"을 의미하는 '가락', 악(樂)은 "박자, 가락, 음성 따위를 갖가지 형식으로 조화하고 결합하여, 목소리나 악기를 통하여 사상 또는 감정을 나타내는 예술"인 '음악' 또는 "가악(歌樂)과 연극을 아울러 이르는 말"인 '악극'(樂劇)을 의미한다. 즉 악(樂)은 노래와 연주와 무용이 어우러진 종합 음악을 가리킨다.

「악기」 편은 차례로 음악의 기원과 본질 및 음악과 정치의 관계를 다룬 「악본」(樂本), 음악의 근원을 다룬 「악론」(樂論), 음악과 예의 관계를 다룬 「악례」(樂禮) 및 「악시」(樂施), 「악언」(樂言), 「악상」(樂象), 「악정」(樂情), 「위문후」(魏文侯), 「빈모가」(賓牟賈), 「악화」(樂化), 「사을」(師乙) 등 11개 장으로 구성되어 있다. 11개 장 중 가장 중요한 첫째 장인 「악본」(樂本) 장 일부를 소개한다.

18-3 『예기』 「악기」(節選) 편 원문, 역문 및 주석

> 「악기」(樂記) 편 : 예악형정(禮樂刑政)의, 궁극[적 목적]은 하나다 ; 이로써 민심을 같게 만들어 통치의 길(방법)을 실천하는 것이다(禮樂刑政, 其極一也. 所以同民心而出治道也.).

凡音之起 , 由人心生也。人心之動 , 物使之然也。感於物而動 , 故形於聲。聲相應 , 故生變 ; 變成方 , 謂之音 ; 比音而樂之 , 及干戚羽旄 , 謂之樂。

범음지기 , 유인심생야。인심지동 , 물사지연야。감어물이동 , 고형어성。성상응 , 고생변 ; 변성방 , 위지음 ; 비음이악지 , 급간척우모 , 위지악。

무릇 [노래]가락(音)은, 사람의 마음에서 생기는 것이다. 사람의 마음이 움직이는 것은, 사물이 그렇게 만든 것이다. [사람의 마음이 외부] 사물에 느낌을 받아 움직이면, 소리(聲)로 나타난다. 소리가 서로 호응하여, 변화가 생기고 ; 변하면 일정한 규칙이 형성되는데, 이를 가락이라 한다 ; 가락에 따라 연주하고, 여기에 방패와 도끼를 사용하는 무무(武舞)와 꿩 깃과 소꼬리를 사용하는 문무(文舞) 춤를 곁들이면, 이를 음악(樂)이라 한다.

▋모 방(方): 규율, 규칙. ▋견줄 비(比): 따르다, 좇다. ▋방패 간(干): 방패(盾). ▋겨레 척 (戚): 도끼(斧). 방패와 도끼는 무무(武舞) 때 잡고 춘다. ▋깃 우(羽): 꿩 깃털(翟羽). ▋깃대 장식 모(旄): 긴 털을 가진 소(의 꼬리). 꿩 깃털과 소꼬리는 문무(文舞) 때 잡고 춘다.

※ 소리-가락-음악

- 聲: 소리(sound)- 음색/기악 - 물리 반응, 감정 반응, "물체의 진동에 의하여 생긴 음파가 귀청을 울리어 귀에 들리는 것."(『표준국어대사전』 '소리')
- 音: 가락(voice)- 음률/성악 - 장단, 고저, 청탁, 완급, 리듬; 노래, 악곡, 기악, 성악, "소리의 높낮이가 길이나 리듬과 어울려 나타나는 음의 흐름."(『표준국어대사전』 '가락')
- 樂: 음악(music)- 악극/무용 - 가무악극, 德音, 사람 노랫가락 + 악기 연주. "박자, 가락, 음성 따위를 갖가지 형식으로 조화하고 결합하여, 목소리나 악기를 통하여 사상 또는 감정을 나타내는 예술."(『표준국어대사전』 '음악'); "가악(歌樂)과 연극을 아울러 이르는 말."(『표준국어대사전』 '악극').

樂者, 音之所由生也 ; 其本在人心之感於物也。是故其哀心感者, 其聲噍以殺。其樂 心感者, 其聲嘽以緩。其喜心感者, 其聲發以散。其怒心感者, 其聲粗以厲。其敬心 感者, 其聲直以廉。其愛心感者, 其聲和以柔。六者, 非性也, 感於物而後動。是故 先王慎所以感之者。故禮以道其志, 樂以和其聲, 政以一其行, 刑以防其奸。禮樂刑 政, 其極一也 ; 所以同民心而出治道也。

악자, 음지소유생야 ; 기본재인심지감어물야。시고기애심감자, 기성**초**이쇄。기악 심감자, 기성**탄**이완。기희심감자, 기성**발이산**。기노심감자, 기성조이려。기경심 감자, 기성직이렴。기애심감자, 기성화이유。육자, 비성야, 감어물이후동。시고 선왕신소이감지자。고례이도기지, 악이화기성, 정이일기행, 형이방기간。예약형 정, 기극일야 ; 소이동**민심**이출치도야。

음악은, 가락에서 생긴 것으로서; 그 근본은 사람의 마음이 사물에 느낌을 받은 데 있다. 그러므로 슬픈 마음을 느끼면, 그 소리는 다급하게 쇠약해진다. 즐거운 마음을 느끼면, 그 소리는 부드럽게 느긋해진다. 기쁜 마음을 느끼면, 그 소리는 환하게 빛나면서 퍼져나간다. 노여운 마음을 느끼면,

그 소리는 거칠게 사나워진다. 존경의 마음을 느끼면, 그 소리는 곧게 청렴해진다. 사랑하는 마음을 느끼면, 그 소리는 온화하여 유순해진다. 이 여섯 가지[소리]는, 타고난 마음인 성(性)이 아니고, [외부의] 사물을 느낀 뒤에 움직인 것이다. 그 때문에 선왕은 느낌을 주는 것(사물)을 신중하게 다루었다. 따라서 [선왕은] 예로써 사람의 뜻을 이끌었고, 음악으로 사람의 소리를 조화시켰고, 정치로써 사람의 행동을 통일했고, 형벌로써 사람의 간악함을 막았다. 예악형정(禮樂刑政)의, 궁극적 목적은 하나다; 이로써 민심을 같게 만들어 통치의 길(방법)을 실현하였다.

▌먹을 초(噍): 조급하다, 빠르다, 다급하다, 가쁘다. ▌죽일 살(殺): 쇄(殺, shài), 감소하다, 쇠약해지다. ▌헐떡일 탄(嘽): 부드럽다, 온화하다, 완화하다, 완화시키다, 여유가 있다, 널찍하다. ▌느릴 완(緩): 느슨하게 하다, 늘어지다. ▌발이산(發而散): 환하게 빛나면서 퍼져나간다. ▌길 도(道): 실행하다, 따르다, 인도(引導)하다. ▌날 출(出): 이곳의 정확한 의미를 찾기 어렵다. 실현하다, 실천하다, 제시하다 등으로 이해하면 무리가 없을 것이다. ▌'同民心而出治道': 영국 한학가(漢學家) James Legge (1815-1895)는 마지막 단락을 다음과 같이 번역했다: "The end to which ceremonies, music, punishments, and laws conduct is one; they are the instruments by which the minds of the people are assimilated, and good order in government is made to appear." 이 번역에서 레게는 '同民心'과 '出治道'를 병렬로 보았으나 앞에서 '극일'(極一)이라고 했으므로 어조사 이(而) 자는 병렬관계인 'and'보다는 인과관계인 'so'로 번역하여야 한다.

凡音者 , 生人心者也。情動於中 , 故形於聲。聲成文 , 謂之音。是故治世之音安以樂 , 其政和。亂世之音怨以怒 , 其政乖。亡國之音哀以思 , 其民困。聲音之道 , 與政通矣。(中略)

범음자 , 생인심자야。정동어중 , 고형어성。성성문 , 위지음。시고치세지음안이악 , 기정화。란세지음원이노 , 기정괴。망국지음애이사 , 기민곤。성음지도 , 여정통의。(중략)

무릇 가락(音)은, 사람의 마음을 만들어낸다. 감정이 [마음]속에서 움직여, 그러면 소리(聲)에 나타난다. 소리가 곡조(曲調)를 이루면, 그것이 바로 가락이다. 그 때문에 치세의 가락은 안락하여 즐겁고, 그 정치는 조화롭다. 난세의 가락은 원망하여 분노하고, 그 정치는 문란하다. 망국의 가락은 슬퍼서 마음을 상하게 하고, 그 백성은 곤궁하다. 소리와 가락의 도는, 정치와 서로 통한다. (중략)

▌글월 문(文): 곡조(曲調). ▌어그러질 괴(乖): 어기다, 문란해지다. ▌생각할 사(思): 슬퍼서 마음이 상하다.

凡音者 , 生於人心者也。樂者 , 通倫理者也。是故知聲而不知音者 , 禽獸是也 ; 知音 而不知樂者 , 衆庶是也。唯君子爲能知樂。是故審聲以知音 , 審音以知樂 , 審樂以知 政 , 而治道備矣。是故不知聲者不可與言音 , 不知音者不可與言樂。知樂則幾於禮 矣。禮樂皆得 , 謂之有德。德者得也。(中略)

범음자 , 생어인심자야。악자 , 통윤리자야。시고지성이부지음자 , 금수시야 ; 지음 이부지악자 , 중서시야。유군자위능지악。시고심성이지음 , 심음이지악 , 심악이지 정 , 이치도비의。시고부지성자불가여언음 , 부지음자불가여언악。지악즉기어례 의。예악개득 , 위지유덕。덕자득야。(중략)

무릇 가락은, 사람의 마음에서 만들어진다. 음악은, 윤리와 통한다. 그 때문에 소리는 알지만, 가락을 알지 못하는 자는, 짐승이며; 가락은 알지만 음악은 알지 못하는 자는, 서민이다. 오직 군자만 음악을 안다. 따라서 소리를 살펴서 가락을 알고, 가락을 살펴 음악을 알고, 음악을 살펴 정치를 알면, 통치의 방법은 완비된다. 그 때문에 소리를 알지 못하는 사람과는 그와 더불어 가락을 논할 수 없고, 가락을 알지 못하는 사람과는 그와 더불어 음악을 논할 수 없다. 음악을 알면 거의 예에 이른 것이다. 예와 음악을 모두 갖춘 것을, 유덕(有德)이라 한다. 덕(德)이란 얻는다(得)는 것이다.(중략)

▌윤리(倫理): 인간관계와 그 관계의 규칙.

人生而靜 , 天之性也 ; 感於物而動 , 性之欲也。物至知知 , 然後好惡形焉。好惡無節 於內 , 知誘於外 , 不能反躬 , 天理滅矣。夫物之感人無窮 , 而人之好惡無節 , 則是物

至而人化物也。人化物也者，滅天理而窮人欲者也。於是有悖逆詐僞之心，有淫泆作
亂之事。是故強者脅弱，衆者暴寡，知者詐愚，勇者苦怯，疾病不養，老幼孤獨不得
其所，此大亂之道也。

인생이정，천지성야；감어물이동，성지욕야。물지지지，연후호악형언。호악무절
어내，지유어외，불능**반궁**，천리멸의。부물지감인무궁，이인지호악무절，즉시물
지이**인화물**야。인화물야자，멸천리이궁인욕자야。어시유패역사위지심，유음일작
란지사。시고강자협약，중자폭과，지자사우，용자**고겁**，질병불양，노유**고독부득
기소**，차대란지도야。

사람이 태어나서 조용한 것은, 하늘이 내린 타고난 마음(天性)이며; 사물에 미혹하여 움직이는
것은, [타고난] 마음(性)이 하고자 하는 것이다. 사물이 이르면 알 것(心智)을 알게(感知) 되는데,
그다음에 호오(好惡)가 모습을 드러낸다. 호오가 안으로 절제되지 않고, 바깥의 꼬임을 받는다는
것을 알고, 스스로 반성하지 못하면, 천리(天理)는 없어진다. 무릇 사물이 사람에게 느낌을 주는
것은 끝이 없고, 사람의 호오가 절제가 없다면, 사물이 이르면 사람이 사물이 된다. 사람이 사물이
된다고 함은, 천리를 없애고 인욕을 다 부린다는 것이다. 그리하여 패역과 사기의 마음이 생기고,
음탕과 작란(作亂)의 사고가 생긴다. 그리하여 강자는 약자를 으르고, 다수는 소수를 해치고,
유식자는 무식자를 속이고, 용맹한 자는 겁쟁이를 괴롭히고, 질병자는 치료받지 못하고, 노인과
어린이와 고아와 자식 없는 사람이 몸 둘 곳을 얻을 수 없는데, 이것은 바로 대란으로 가는
길이다.

> ▌되돌릴 반(反): 반성하다. ▌몸 궁(躬): 자신. ▌반궁(反躬): 스스로 반성하다. ▌인화물(人
> 化物): 인심이 외부 물체에 따라 변화하여 물체의 지배를 받는다, 사람이 사물이 되다. ▌음일
> (淫泆): 음일(淫佚), 음란방탕하다. ▌고겁(苦怯): 나약한 사람을 괴롭히다. ▌고독(孤獨):
> 어려서 부모를 여읜 사람과 늙어 자식이 없는 사람. ▌부득기소(不得其所): 선종(善終)하지
> 못하다, 적당한 거처를 갖지 못하다, 목적을 이루지 못하다.

是故先王之制禮樂，人爲之節；衰麻哭泣，所以節喪紀也；鐘鼓干戚，所以和安樂
也；昏姻冠笄，所以別男女也；射鄕食饗，所以正交接也。禮節民心，樂和民聲，政

以行之 , 刑以防之 , 禮樂刑政 , 四達而不悖 , 則王道備矣。

시고선왕지제예악 , 인위지절 ; **최마곡읍** , 소이절상기야 ; **종고간척** , 소이화안락
야 ; 혼인**관계** , 소이별남녀야 ; **사향식향** , 소이정교접야。예절민심 , 악화민성 , 정
이행지 , 형이방지 , 예악형정 , 사달이불패 , 즉왕도비의。

이런 까닭에 선왕은 예악을 만들어, 사람으로 하여금 그것을 절제토록 했다; 상복과 곡은, 이로써
상사를 절제하며; 종고간척(鐘鼓干戚)은, 이로써 안락을 조화시키며; 혼인례와 성인례는, 이로써
남녀를 구별시키며; 사례(射禮)·향음주례(鄕飮酒禮)·식례(食禮)·향례(饗禮)는, 이로써 교류와
접대를 바르게 한다. 예는 백성의 마음을 조절하고, 음악은 백성의 소리를 조화롭게 하고, 정치로써
그것(예악)을 시행하고, 형벌로써 그것(대란)을 막았다. 예·악·형·정, 이 네 가지가 달성되어
어그러지지 않았다면, 왕도(王道)는 완비된 것이다.

> ▌쇠할 쇠(衰): 상복 이름 최(縗, cuī). ▌최마(衰麻): 상복. ▌종고(鐘鼓): 악기 종과 북, 음악,
> 고관의 음악, 부귀. ▌방패 간(干): 방패(盾). ▌겨레 척(戚): 도끼(斧). ▌간척(干戚): 방패와
> 도끼는 무무(武舞) 때 잡고 춘다. ▌갓 관(冠). ▌비녀 계(笄). ▌관계(冠笄): 남녀 성인례.
> 남 20세 여 15세. ▌궁술 사(射): 사례(射禮). ▌시골 향(鄕): 향음주례(鄕飮酒禮). 고을의
> 선비들이 모여 읍양하는 절차를 지키며 술을 마시고 잔치하던 행사. ▌밥 식(食): 식례(食禮).
> 연회(宴請)의 예, 밥과 요리를 주로 대접하며, 술은 준비하지만 마시지 않는 예. ▌잔치할
> 향(饗): 향례(饗禮). 손님을 청하여 향응하는 의식.

18-4 『예기』, 「악기」 편 감상과 평설(評說)

「악기」 속의 성어는 "[옛] 풍속을 [새롭게] 바꾼다."라는 이풍역속(移風易俗) 외에
특별한 것이 없다. 옮길 이(移) 자와 바꿀 역(易) 자는 모두 바꾼다는 뜻이다.

「악기」 음악이론의 핵심은 다음 문장에 있다: "예악형정(禮樂刑政)의, 궁극[적 목적]
은 하나다; 이로써 민심을 같게 만들어 통치의 길(방법)을 실천하는 것이다."(禮樂刑政,

其極一也. 所以同民心而出治道也.).

동양의 정치는 기본적으로 예절과 음악, 즉 예악(禮樂)이 주요 수단이었고, 형정(刑政)은 사후적이고 지엽적이었다. 예를 통해서는 질서를, 악을 통해서는 조화를 추구하였다. 「악기」에 따르면 "악은 같음을 추구하고, 예는 다름을 추구한다."(樂者爲同, 禮者爲異.)라고 했고, "음악은, 천지의 조화이고; 예는, 천지의 질서이다. 조화로우면, 만물이 모두 변화하고; 질서가 잡히면, 만물이 모두 구분된다."(樂者, 天地之和也; 禮者, 天地之序也. 和, 故百物皆化; 序, 故群物皆別.)라고 했다. 그리고 "음악은, 민심을 개선할 수 있고, 사람들의 풍속을 개량할 수 있다."(樂也者, 而可以善民心, ...其移風易俗.)라고 했다. 궁극적으로는 음악의 정치가 실현되면 "포악한 백성이 생기지 않고, 제후가 복종하고, 무력을 사용하지 않으며, 형벌을 쓰지 않으며, 백성은 우환이 없으며, 천자는 분노하지 않는"(暴民不作, 諸侯賓服, 兵革不試, 五刑不用, 百姓無患, 天子不怒.) 이상 정치가 실현된다고 보았다.

이를 통해 고대 그리스의 플라톤 및 아리스토텔레스의 음악론과 「악기」의 음악론은 각각 우주론인 harmonia론과 화론(和論), 도덕론인 ethos론과 교화론 또는 이풍역속론(移風易俗論), 정치론인 이상국가론과 치천하론(治天下論)이란 공통점을 발견할 수 있다.

대만 역사학자 손융기(孫隆基)는 「악기」를 '전통 사대부 문예사상의 이론지침'이라고 규정하고 모택동의 「연안문예좌담회상의 강화」(在延安文藝座談會上的講話. 1942. 5)가 중국 문예정책의 지침(1943. 11.7)인 것과 기능이 같다고 주장했다.[46]

그 외에 「악기」에서 음악치료의 효과도 확인할 수 있다. 「악기」는 "간교한 소리가 사람을 감동케 하면, 반역의 기운이 그에 반응하고; 반역의 기운이 모습을 드러내면,

---

46) 손융기(孫隆基), 『중국문화의 심층구조』(中國文化的深層結構), 박병석 번역(서울: 교문사, 1997), 454.

음란한 음악이 흥한다. 바른 소리가 사람을 감동케 하면, 순조로운 기운이 그에 반응하고; 순조로운 기운이 모습을 드러내면, 조화로운 음악이 흥한다."(凡奸聲感人, 而逆氣應之; 逆氣成象, 而淫樂興焉. 正聲感人, 而順氣應之; 順氣成象, 而和樂興焉.)라고 했다.

「악기」의 음악철학에 따라 만들어져 자연의 소리에 가까운 우리의 국악(國樂)이 지금까지 산모의 심장박동과 일치한다고 하여 태교음악으로 널리 활용된 모차르트 효과(Mozart Effect)를 뛰어넘는다는 것이 증명되었다. 이 점에서도 동양 음악철학의 모태인 「악기」와 이에 기초한 동양음악, 특히 국악의 가치를 다시 돌아보아야 할 것이다. 또한 잊지 말아야 할 것은 음악의 통치효과를 실천한 김정일의 '음악정치'는 「악기」에서 언급한 음악의 통치효과와 궤를 같이한다는 점이다. 세계 모든 국가에서 정권 옹호를 위해서나 정권 타도를 위한 음악의 정치화(musical politics), 정치화된 음악(political musicals)이 그 기능과 생명력을 잃지 않고 있다.

19. 대성(戴聖) 편
『예기』(禮記) 「예운」(禮運) 편(節選)

19-1 저자 소개

　『예기』「예운」 편의 작자에 대해 기존의 주장들은 몇 가지 있다. 공자의 작품, 공자의 제자 자유(子游, 言偃, 506-443BCE)의 작품 또는 진한 사이의 유가의 작품 등으로 분류하기도 하고, 공자 문하가 기록한 공자의 학설, 황로도가(黃老道家)의 학설 또는 묵가학설 등으로 분류하기도 한다.

　『예기』「예운」 편의 사상에 대해 남경대학 공민(龔敏) 교수는 문장이 『논어』와 같이 간단한 대화체(문답체)이고, 표방하는 '대동'(大同)의 경지는 공자의 '인'(仁)의 경지와 같고, '삼대'(三代) 역사관은 공자의 사관이 발전한 것이라는 근거를 통해 다음과 같이 주장했다. 「예운」은 주진(周秦) 사이에 자유(子游) 계열 유가의 문장으로 「중용」(中庸) 편보다는 조금 늦고 『맹자』나 『순자』보다는 약간 이른 시기에 저술된 것이다; 이 학파는 도가와 음양가에게서 흡수한 새로운 천도관(天道觀)과 유가 전통의 예론(禮論)을 결합하여 유가 예(禮)의 형이상학 우주론 논거를 찾음으로써 유가학설의 발전을 추진하였다. 또한 예를 '대동'(大同) 사회 구상을 달성하는 수단으로 삼은 전국시대 유가 중 비교적 이상을 추구하는 급진파였다. 공민 교수는 이러한 주장에 이어 개인의 인성과 도덕을 중시한 자사(子思)나 맹자 계열의 유가보다는 사회집단에 관심을 가진 순자

계열의 관점에 더 가깝다고 보았다.[47)]

출토된 전국시대 자료에 근거하면 「예운」 편은 시간상 주진(周秦) 사이의 작품이라기보다는 출토 자료 이전인 전국시대 중전기(中前期)의 작품으로, 서한 시대 대성(戴聖)이 손을 보아 『예기』에 실은 것으로 보는 것이 타당하다.

19-2 원전 소개

「예운」은 『예기』의 아홉째 문장이다. 문장은 공자가 제자인 자유(子游)에게 탄식하면서 예의 기원, 운행 및 작용을 논한 것이다.

「예운」은 『공자가어』(孔子家語)에도 실려 있다. 지금까지 『공자가어』는 왕숙(王肅)의 위작(僞作)으로 판단하여 「예운」을 다룰 때 대부분 『예기』에 실린 「예운」을 근거로 했다. 그러나 전국시대 후기 초나라 귀족 묘의 부장품이었던 상해박물관장전국초죽서(上海博物館藏戰國楚竹書, 약칭 上博簡)가 세상에 알려진 뒤 『공자가어』에 실린 「예운」이 더 표면상 현장감 있고, 문자상 원시적이고, 시간상 구체적이라는 점이 확인되었다. 「예운」은 시간상 공자가 노(魯)나라 사구(司寇)가 되고 얼마 후에 열린 12월 제례인 납제(蠟祭)에 참가한 뒤의 대화 내용으로 노정공(魯定公) 10년에서 12년 사이, 즉 공자 53세 전후의 일이다. 공자는 노정공 13년에 노나라를 떠나 '주유열국'(周遊列國) 생활을 시작하였다. 대성(戴聖)이 편집한 『예기』의 「예운」은 서한시대의 역사와 언어가 반영되어 있다. 특히 '是謂大同'에 대비되는 '是謂小康'이란 글은 『예기』 「예운」에서 더해진 것이다.

그러나 『예기』 「예운」이 중국이나 동아시아에서 오랫동안 정본이나 정설로 받아들여졌고, 그에 따라 실제 역사에 영향을 미쳤기 때문에 사상적으로나 역사석으로 더 의미

---

47) 龔敏, 「『禮記·禮運』篇的作者問題」, 『古籍整理硏究學刊』, 2005:1(2005. 01).

가 있다. 따라서 여기서는 『예기』「예운」 편을 소개하기로 한다.

『孔子家語』「禮運」(節選)

孔子爲魯司寇, 與於蜡. 既賓, 事畢, 乃出遊於觀之上, 喟然而歎. 言偃侍, 曰:「夫子何歎也?」孔子曰:「昔大道之行, 與三代之英, 吾未之逮, 而有記焉. 大道之行, 天下爲公, 選賢與能, 講信脩睦. 故人不獨親其親, 不獨子其子. 老有所終, 壯有所用, 矜寡孤疾皆有所養. 貨惡其棄於地, 必不藏於己;力惡其不出於身, 不必爲人. 是以姦謀閉而弗興, 盜竊亂賊不作, 故外戶而不閉. 謂之大同. 今大道既隱, 天下爲家, 各親其親, 各子其子. 貨則爲己, 力則爲人. 大人世及以爲常, 城郭溝池以爲固. 禹, 湯, 文, 武, 成王, 周公, 由此其選, 未有不謹於禮. 禮之所興, 與天地竝. 如有不由禮而在位者, 則以爲殃.

19-3 『예기』「예운」 편(節選) 원문, 역문 및 주석

「예운」(禮運) 편 : 대도가 실행되었을 때, 천하가 모두의 것이었다(大道之行也, 天下爲公).

昔者仲尼與於蜡賓, 事畢, 出遊於觀之上, 喟然而嘆. 仲尼之嘆, 蓋嘆魯也. 言偃在側曰:「君子何嘆?」孔子曰:「大道之行也, 與三代之英, 丘未之逮也, 而有志焉. 大道之行也, 天下爲公, 選賢與能, 講信修睦. 故人不獨親其親, 不獨子其子, 使老有所終, 壯有所用, 幼有所長, 矜寡孤獨廢疾者, 皆有所養. 男有分, 女有歸. 貨惡其棄於地也, 不必藏於己;力惡其不出於身也, 不必爲己. 是故謀閉而不興, 盜竊亂賊而不作, 故外戶而不閉. 是謂大同.

석자중니여어납빈 , 사필 , 출유어관지상 , 위연이탄. 중니지탄 , 개탄노야. 언언재측왈 :「군자하탄?」공자왈 :「대도지행야 , 여삼대지영 , 구미지체야 , 이유지언. 대도지행야 , 천하위공 , 선현여능 , 강신수목. 고인부독친기친 , 부독자기자 , 사노유소종 , 장유소용 , 유유소장 , 긍과고독폐질자 , 개유소양。남유분 , 여유**귀**。화오기 기어지야 , 불필장어이 ; **역오**기불출어신야 , 불필위이。시고모폐이불흥 , 도절난적 이부작 , 고**외호이불폐**。시위대동。

옛날 중니(仲尼, 공자)가 납제(蠟祭)에 도우미로 참여했다가, 일이 끝나자, 나와 누각 위를 거닐면서 한숨을 쉬고 탄식하였다. 중니의 탄식은, 아마도 노나라를 탄식한 것일 것이다. 언언(言偃, 子游)이 옆에 있다가 말하였다: "군자께서는 왜 탄식하시는지요?" 공자가 말했다: "대도(大道)의 실행과, 삼대(三代)의 영웅은, 내가 그를 미처 보지 못했지만, 기록은 있다." 대도의 실행에(대도가 실행되었을 때), 천하가 모두의 것이었고, 현자와 능력자를 뽑았고, 신용을 강구하고 화목을 배양하였다. 따라서 사람들은 자기 친지만 친하지 않았고, 자기 자식만 사랑하지 않았고, 노인은 천수를 누리게 하였고, 장년은 쓸모가 있게 하였고, 어린이는 성장할 수 있게 하였고, 홀아비·과부·고아·무자식노인·장애인은, 모두 보살핌을 받을 수 있게 하였다. 남자는 직분을 갖게 하였고, 여자는 결혼하게 하였다. 재물이 땅에 떨어지는 것을 싫어하면서도, 자기 집에 감출 필요가 없었다; 힘이 제 몸에서 나오지 않는 것을 싫어하면서도, 자기를 위해 애쓰려 하지 않았다. 따라서 음모가 닫히고 일어나지 않았고, 강도와 도적 및 불량배가 일을 일으키지 않았기, 때문에 문을 열어놓고 잠그지 않았다. 이를 대동이라 이른다.

▌줄 여(與): '仲尼與於蠟賓'의 與 자는 발음이 yù로 참여하다는 뜻이 확실하나, '選賢與能'의 與 자는 뜻이 애매하다. 병렬 접속사로 보면 발음이 yǔ로서 '현자와 능력자를 뽑다'라고 해석할 수 있다. 이 경우 문법적으로도 맞다.[48] 일반적으로 與 자를 천거(薦舉)하다로 보아 '현자를 뽑고 능력자를 천거하다'로 해석하는데, 고대한어에는 '與' 자가 '舉' 자의 의미로 쓰인 사례가 없다. 선현여능의 동의어로 거론되는 선현임능(選賢任能)은 (당)두우(杜佑)『통전』(通典)「선거일」(選舉一) 편에 처음 나오고, 선현거능(選賢舉能)은 현대에 만들어진 성어이다. 또 하나의 문제는 이 두 문장의 주어를 알 수 없다는 것이다. 백성이 선거권을 가졌을 리 없기에 당연히 천자나 군주로 추측할 뿐이다. ▌납향 랍(蠟, là): 납제(蠟祭), 연말에 지내는 제사. 일부 판본은 납향 사(蜡, zhà) 자로 적는데 같은 뜻이다. ▌납빈(蠟賓, là bīn):

---

48) 李芳梅等,「從連詞'與'的用法看『禮記·禮運』'選賢與能'的釋讀」,『漢字文化』, 2020:17(2020.9), 116-118.

납제 도우미. ▋관(觀): 궁전이나 종묘 앞에 놓인 문루. ▋한숨 위(喟). ▋꽃부리 영(英): 걸출한 사람, 영웅. ▋미칠 체(逮): 이르다, 미치다. '직접 보다' 또는 '겪다'라는 뜻으로 보기도 한다. ▋뜻 지(志): 일을 기록한 문장. '뜻을 두다' 또는 '마음이 향하다'라고 해석하기도 한다. ▋익힐 강(講): 강구(講究)하다, 강구(講求)하다, 주의하다. ▋아들 자(子): 자(慈), 애(愛). ▋돌아갈 귀(歸): 가(嫁), 시집가다. ▋역오(力惡): 어법상 술어와 목적어가 도치된 것으로, 오역(惡力), 즉 '힘을 싫어한다' 또는 '힘이 …한 것을 싫어한다'라는 뜻이다. 앞의 '화오'(貨惡)도 같은 형식이다. ▋외호이불폐(外戶而不閉): 바깥문을 잠그지 않았다, 바깥문을 [열어두고] 닫지 않다, 문을 밖으로 열어놓고 닫지 않았다, 문을 바깥에서 닫기만 하고 잠그지 않았다 등 여러 가지로 해석된다. 밖 외(外) 자를 연다는 뜻의 동사로 해석하여 문을 열어놓고 잠그지 않는다고 해석하면 무리가 없다. 이래야 대동사회의 취지에 맞을 것이다.

今大道既隱, 天下爲家, 各親其親, 各子其子, 貨力爲已, 大人世及以爲禮, 域郭溝池以爲固, 禮義以爲紀 ; 以正君臣, 以篤父子, 以睦兄弟, 以和夫婦, 以設制度, 以立田里, 以賢勇知, 以功爲已。故謀用是作, 而兵由此起。禹、湯、文、武、成王、周公, 由此其選也。此六君子者, 未有不謹於禮者也。以著其義, 以考其信, 著有過, 刑仁講讓, 示民有常, 如有不由此者, 在執者去, 衆以爲殃。是謂小康。」(下略)

금대도기은 , 천하위가 , 각친기친 , 각자기자 , 화력위이 , 대인**세급**이위례 , 역곽구지이위고 , 예의이위기 ; 이정군신 , 이독부자 , 이목형제 , 이화부부 , 이설제도 , 이립전리 , 이현용지 , 이공위이。고모용시작 , 이병유차기。우、탕、문、무、성왕、주공 , 유차기선야。차육군자자 , 미유불근어예자야。이저기의 , 이고기신 , 저유과 , **형인강양** , **시민유상** , 여유불유차자 , 재**예**자거 , 중이위앙。시위소강。」(하략)

이제 대도가 이미 사라졌음에, 천하는 [제] 집안 것이 되어, 각자 자기 친지만 친하고, 자기 자식만 사랑하고, 재화와 힘은 자기만을 위하고, 대인의 세습이 제도가 되었고, 성곽과 해자는 방어 시설이 되었고, 예의는 법칙이 되었다; 군신을 바로잡았고, 부자(父子)를 도탑게 하였고, 형제를 화목하게 만들었고, 부부를 화해(和諧)하도록 만들었고, 제도를 설립하게 했고, 전답과 마을을 만들게 하였고, 용자와 지자를 존중하도록 만들었고, 공적을 제 것으로 하도록 만들었다. 따라서 음모가 이를 이용하여 일어났고, 싸움이 이로 말미암아 일어났다. 우(禹)·탕(湯)·문왕(文王)

·무왕(武王)·성왕(成王)·주공(周公)은, 이에서(이러한 환경에서) 선택된 것이다. 이 여섯 군자 중에서, 예에 엄격하지 않았던 자가 없다. [그들은 예로써] 의(義)를 기록하였고, 신(信)을 고찰하였고, 과실을 기록하였고, 인(仁)을 모범으로 삼고 겸양을 강구하여, 백성에게 강상(綱常)이 있음을 보여주었는데, 만일 이를 따르지 않는 자로서, 현직에 있는 자는 파면되었는데, 뭇사람이 재앙으로 여겼다. 이를 소강(小康)이라 이른다."(하략)

▌숨길 은(隱): 없어지다, 사라지다, 식멸(熄滅)하다. ▌세급(世及): 부자간의 세습은 세(世), 형제간의 세습은 급(及). ▌삼갈 근(謹): 엄격하다, 근엄하다. ▌형벌 형(刑): 거푸집 형(型), 모범으로 삼다, 전범(典範)으로 삼다. ▌항상 상(常): 인간관계의 준칙, 즉 윤상(倫常) 또는 강상(綱常). ▌말미암을 유(由): 따르다, 좇다, 순종하다. ▌심을 예(埶): 기세 세(勢).

6-4-4 『예기』 「예운」 편 감상과 평설(評說)

글씨: 손문(孫文) 「천하위공」(天下爲公)
출처: http://gallery.99ys.com/tumain/1113/24/301/53212

「예운」 편에는 유명한 성어가 몇 개 나온다:

- "신용을 강구하고 화목을 배양한다."라는 강신수목(講信修睦),

- "현자를 뽑고 능력자를 천거한다."라는 선현여능(選賢與能),

- '음식과 남녀관계', 즉 사람의 본성을 가리키는 음식남녀(飮食男女),

- "천하를 집안 것이 되다."라는, 천하의 모든 것을 개인 집안의 것으로 삼는다는 천하위가(天下爲家),
- "천하는 공공의 것이다."라는 천하위공(天下爲公),
- "천하는 한 집안이다."라는, 천하를 한 집안 같이 평화로운 세계를 건설한다는 천하일가(天下一家),
- 모든 욕망(欲望)과 감정(感情)을 가리키는 칠정육욕(七情六慾) 등이 그것이다.

「학기」, 「악기」 및 「예운」 편 외에 『예기』는 많은 성어를 담고 있다:
- "널리 듣고 잘 기억한다."라는, 지식이 풍부하고 기억력이 강하다는 박문강식(博聞強識. 「曲禮上」),
- "함께 하늘을 머리에 일 수 없다."라는, 함께 공존할 수 없다는 불공대천(不共戴天. 「曲禮上」),
- "손 가는 대로 양을 끌어가다."라는, 기회가 닿는 대로 적을 잡거나 남을 이용한다는 순수견양(順手牽羊. 「曲禮上」),
- "[다른 땅] 경계에 들어가면 [그곳의] 금기를 묻는다."라는, 타향에 가면 그곳의 금기 풍속을 삼간다는 입경문금(入境問禁, 入境隨俗. 「曲禮上」),
- "[다른] 나라에 들어가면 [그곳의] 풍속을 묻는다."라는, 타향이나 타국에 가면 그곳의 풍속을 물어 따른다는 입국문속(入國問俗. 「曲禮上」),
- "[다른] 가문에 들어가면 [그곳의] 기피를 묻는다."라는, 타향에 가면 그곳의 기피 사항을 물어 삼간다는 입문문휘(入門問諱. 「曲禮上」),
- "예는 가고 오는 것을 중시한다."라는, 예는 주고받는 것을 중시한다는 예상왕래(禮尙往來. 「曲禮上」),
- "밤(昏)에는 취침(定)을 새벽(晨)에는 문안(省)을"이라는, 저녁에는 잠자리를 살피고 아침에는 문안을 드린다는 혼정신성(昏定晨省. 晨昏定省. 「曲禮上」),

- "여우는 죽을 때 머리를 [소굴이 있는] 언덕을 향한다."라는 호사수구(狐死首丘. 首丘之情. 「檀弓上」),
- "가혹한 정치는 호랑이보다 잔혹하다."라는 가정맹호(苛政猛虎. 「檀弓下」),
- "한번 성립되면 변하지 않는다."라는, 일단 정해지면 고치지 않는다, 고정불변하다, 변함없다는 일성불변(一成不變. 「왕제」),
- 어릴 때의 사귐을 가리키는 총각지교(總角之交. 「內則」)(머리를 양쪽으로 갈라 빗어 올려 귀 뒤에서 두 개의 뿔같이 잡아맨 어린아이들의 머리 모양이 총각이다.),
- '고독한 집안의 덕이 적은 사람'이라는, 옛날 군주의 겸칭(謙稱)인 고가과인(孤家 寡人. 「玉藻」),
- "남을 앞세우고 자신을 늦춘다(뒤에 두다)."라는 선인후기(先人後己. 「坊記」),
- "높은 곳에 올라가려면 낮은 곳에서부터 오른다."라는, 천 리 길은 한 걸음부터 시작한다, 지위가 높아질수록 자신을 낮춘다는 등고자비(登高自卑. 「中庸」),
- "사람이 없어지면 정치가 그친다."라는, 훌륭한 사람이 없으면 정치는 잘되지 않는다, 정치가가 사라지면 그가 추진한 정책은 사라진다는 인망정식(人亡政息. 「中庸」),
- '희로애락'(喜怒哀樂, 「中庸」),
- "말을 삼가고 행동에 신중하다."라는 근언신행(謹言愼行. 「緇衣」),
- "[근거 없이] 퍼지는 말과 [근거 없이] 날아다니는 말(飛語)"이라는, 아무 근거 없이 널리 퍼진 소문이라는 유언비어(流言蜚語. 「儒行」),
- "사물 원리를 규명하여(格) 지식을 얻는다."라는 격물치지(格物致知. 「大學」),
- '격물치지, 성의정심, 수신제가, 치국평천하'(格物致知, 誠意正心, 修身齊家, 治國 平天下. 「大學」),
- "날로 새롭고 달마다 달라지다."라는, 발전 또는 진보가 빠르다는 일신월이(日新月 異. 「大學」).

「예운」 편의 해석에는 많은 문제가 있다. 가장 큰 문제는 공자가 말하는 '천하위공' (天下爲公)의 시대와 '천하위가'(天下爲家)의 시대가 어느 시기에 해당하느냐이다. "大道之行也, 與三代之英, 丘未之逮也, 而有志焉. 大道之行也, 天下爲公. ...."에 따르면 '대도지행'의 시대와 '삼대지영'의 시대는 공자가 모두 목격하지 못했지만 각기 다른 시대로 보일 수 있다. 이는 공자가 "大道之行也, 天下爲公."과 접속사 여(與, and)와 병렬된 '삼대지영'(三代之英)에 대해서는 언급하지 않았기 때문이다. 만일 두 시대가 같은 것이라면 '삼대'를 요순우(堯舜禹)라고 추정할 수 있지만 우(禹)가 그다음의 소강 (小康)사회의 대표 인물로 우·탕·문·무·성왕·주공(禹·湯·文·武·成王·周公) 등 6 군자의 하나로 언급되어 있기 때문이다. 공자가 뒷부분에서 '이제'(今)라고 언급한 것은 공자 본인이 살았던 춘추시대를 가리키는 것이 당연한 데, 그 뒤에 6군자를 언급한 것을 보면 하은주(夏殷周)를 '삼대'로 본 것으로 보인다. 이렇게 보면 요순시대가 천하 위공의 시대이고, 하은주 시대가 소강사회이고, 그 춘추시대에 대한 다른 명명이 필요할 것이다. 한나라 이래 이와 관련된 삼세설(三世說) 담론이 이어졌고, 청 말기에 이르러 다시 일었다. 그중 청말 사상가 강유위(康有爲)는 사회를 거난세(據亂世), 승평세(昇平 世), 태평세(太平世)로 나누고는 뒤의 두 시대만 소강사회와 대동사회로 규정하고 거난 세에 대해서는 외면했다.

어찌 되었든 '대동'(大同) 세계는 과거 요순시대를 모델로 하는 미래 세계라는 모순을 갖고 있다. 이러한 인식은 과거로 회귀하자는 것인데, 이러한 세계는 『노자』 제80장이 말하는 '소국과민'(小國寡民) 세계이다.

현대에 들어 등소평(鄧小平)은 1979년 12월 20세기 말에 NNP 800달러의 총체(總體) 소강사회를, 2020년에는 NNP 6,000달러의 전면(全面) 소강사회를 달성하겠다고 주장한 바 있다. 최근 중국 국가주석 습근평(習近平)은 자주 "大道之行也, 天下爲公."을 언급하고 있는데, 이는 공자가 말한 대도지행(大道之行)의 대동사회를 추구하자는 것이 아니고 '世界大同' '天下一家'의 세계 패권을 꿈꾸는(中國夢) 속셈을 보여주는 것이

다. 그리하여 중국공산당 정권은 어용학자들 동원하여 '천하의 당대성'(天下的當代性)
과 '신천하주의'(新天下主義)를 외치게 하여 전통시대 국제질서의 재건을 획책하고
있다. 대동사상이 내부적으로는 전체주의로 악용되고, 대외적으로는 중국패권주의에
악용되는 것이다. 중국인이 '대동사상'을 끌어안고 사는 한 독재주의, 전제주의, 전체주
의 및 천하패권주의의 함정에서 영원히 벗어날 수 없을 것이다. '대이사상'(大異思想)과
'대이세계'(大異世界)를 추구해야 중국인과 중국을 구할 수 있을 것이다.

20. 최원(崔瑗)
「좌우명」(座右銘)

20-1 저자 소개

꼭 100자인 「좌우명」(座右銘)의 저자 최원(崔瑗, 77-142)은 동한시대 문학가 겸 서예가이다. 자(字)는 자옥(子玉)이다. 유주자사부(幽州刺史部) 탁군(涿郡)→박릉군(博陵郡) 안평현(安平縣, 현 하북성 衡水市 安平縣) 사람으로 18세에 경사(京師)로 이주하여 천문, 역사, 수학 등을 학습하였다. 사예교위부(司隷校尉部) 하내군(河內郡) 급현(汲縣, 현 하남성 衛輝市) 현령을 지낸 바 있다. 문집으로 『최자옥집』(崔子玉集) 6권, 서예이론서로 『초서당』(草書堂)이 있다.

최원은 동한시대 저명한 서예가로 초서(草書)로 이름을 날렸다. 관료 겸 서예가인 두도(杜度)를 사사하여 당시 이 두 사람을 '최두'(崔杜)라 불렀다. 나중에 동한시대 서예가 장지(張芝, ?-192)가 두도와 최원의 서법을 발전하여 양한시대

최원

초서를 집대성하였는데, 장지는 역사상 첫 번째로 초성(草聖)이라 불렸다.

20-2 원전 소개

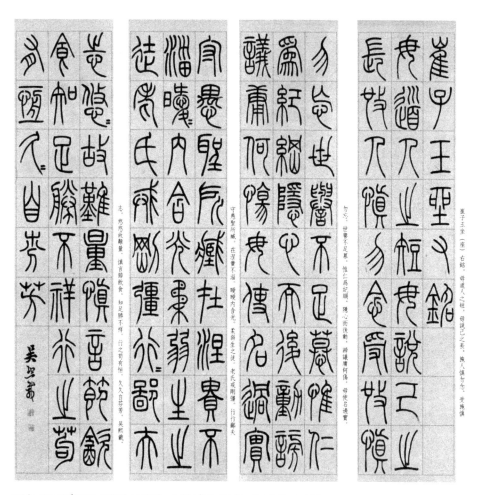

그림: 吳廷揚(1799-1870, 字熙載, 字讓之)이 전서로 쓴 崔瑗 座右銘
출처: https://m.cidianwang.com/shufazuopin/qingchao/268614a.htm

새길 명(銘) 자의 의미는 기재하다, 새기다는 것으로 금석 등 기물 위에 글자를 새긴 것이다. 처음에는 공을 기록하기 위해 새겼으나, 나중에 자신을 경계하기 위한 용도로 사용되었다. 후자의 예로『예기』「대학」편에 반명(盤銘)이 있다: "湯之盤銘曰:「茍日新, 日日新, 又日新.」" 나중에 '명'(銘)은 하나의 문체가 되어 사실을 기술하고, 공덕을 송양하고, 자신을 격려하고 경계토록 하는 데 이용되었다. 상주시대 청동기 명문(銘文)이 성행했는데, 이 명문은 쉽게 마모되지 않아 '명'에는 인상이 깊다, 영원히 잊지 않는다는 뜻을 갖게 되어 각골명심(刻骨銘心), 명심불망(銘心不忘), 명기누골(銘肌鏤骨) 등의 성어와 명감(銘感), 명기(銘記), 명패(銘佩) 등의 단어가 나타났다. 한편, 기물(器物)에 새겨 서안(書案)의 오른쪽에 세워놓고 스스로 경계로 삼은 명문은 좌우명, 석비에 죽은 이의 생애와 공덕을 새긴 것은 묘지명(墓誌銘)이라 한다.

최원 「좌우명」(座右銘)에 대한 당대 여연제(呂延濟) 등의 주에 따르면 "최원의 형 최장(崔瑋)이 남에게 살해당하자, 최원은 마침내 손수 그 원수를 베고는 망명하였고, 사면받고 나서 이 명(銘)을 지어 자신을 조심하였고(戒), 늘 자리의 오른쪽에 두었다. 그리하여 좌우명(座右銘)이라고 이른다."(瑗兄瑋為人所殺, 瑗遂手刃其仇亡命, 蒙赦而出作此銘, 以自戒, 嘗置座右. 故曰座右銘也. (梁)蕭統纂, (唐)呂延濟·劉良·張銑·呂向·李周翰·李善注『六臣註文選』권56「座右銘一首」)라고 하였는데, 이것이 좌우명의 유래이다. 역대 문인들은 최원을 본받아 좌우명을 지었다.

최원의 「좌우명」은 남조 양무제(梁武帝)의 장자인 소통(蕭統)이 중심이 되어 526년부터 531년 사이에 편찬한 중국 최초의 시문집(詩文集)인『(소명)문선』((昭明)文選) 권56에 실려 있다.

20-3 최원 「좌우명」 원문, 역문 및 주석

> 「座右銘」: 세간의 칭찬은 그리워할 것이 못되고, 오직 인(仁)을 벼리(紀綱)로 삼아라
> (世譽不足慕, 唯仁爲紀綱.).

無道人之短, 無說己之長。施人愼勿念, 受施愼勿忘。世譽不足慕, 唯仁爲紀綱。隱心而後動, 謗議庸何傷？無使名過實, 守愚聖所臧。在涅貴不淄, 曖曖內含光。柔弱生之徒, 老氏誡剛強。行行鄙夫志, 悠悠故難量。愼言節飮食, 知足勝不祥。行之苟有恆, 久久自芬芳。

무도인지단, 무설기지장。시인신물념, 수시신물망。세예부족모, 유인위기강。은심이후동, 방의용하상？무사명과실, 수우성소장。재열귀불치, 애애내함광。유약생지도, 노씨계강강。항항비부지, 유유고난량。신언절음식, 지족승불상。행지구유항, 구구자분방。

남의 단점을 말하지 말고, 내 장점을 말하지 말라. 남에게 베풀면 삼가 괘념치 말며, 베풂을 받으면 삼가 잊지 말라. 세간의 칭찬은 그리워할 것이 못되고, 오직 인(仁)을 벼리(紀綱)로 삼아라. 마음을 감춘 다음에 움직이면, [남이] 비방한들 어찌 상처가 되겠는가? 이름이 실질을 넘어서지 않게 하고, 어리석음을 지키는 것은 성인이 칭찬하는 바이다. 검은 개흙 속에 있어도 검게 물들지 않는 것을 귀하게 여기며, 어두컴컴한 곳에서도 빛을 머금어라. 부드럽고 연약한 것이 삶의 길(무리)이기에, 노자는 굳세고 강한 것을 삼가라고 했다. 굳세구나 비루한 사람의 뜻이, 아득하여 헤아리기 어렵네. 말을 삼가고 음식을 아끼며, 지족(知足)하면 불길한 것을 이겨낼 수 있다. 이것들을 행하여 진실로 지속성이 있다면, 오랜 뒤에(오래도록) 자연적으로 명성을 날릴 것이다.

▌없을 무(無): 말 무(毋), 말라, 불요(不要), 불가(不可). ▌길 도(道): 말하다. ▌쓸 용(庸). ▌용하(庸何): 어찌, 무슨, 어떤. ▌'名過實': "越王曰: '寡人躬行節儉, 下士求賢, 不使名過實, 此寡人所能行也. ……'."(『越絶書』「外傳枕中」). ▌'守愚': "子曰: '聰明叡智, 守之以愚; 功被天下, 守之以讓; 勇力振世, 守之以怯; 富有四海, 守之以謙. 此所謂損之又損之之道也.'."(『孔子

家語』「三恕」). ■착할 장(臧): 좋아하다, 칭찬하다. ■개흙 열(涅): 검은색을 물들일 때 쓰는 광석. ■김은 빛 치(緇): 검은 비단 치(緇), 검은색. ■'在涅貴不淄': → 涅而不緇.『논어』「양화」(陽貨): "子曰白乎, 涅而不緇." 한자 '涅' 자는 '앙금흙 날', '개흙 날' 또는 '개흙 열(녈)'이라 한다. 앙금흙은 단순히 물에 가라앉은 고운 흙을 가리키고, 개흙은 갯바닥이나 늪 바닥에 있는 거무스름하고 미끈미끈한 고운 흙을 가리킨다. 성어 涅而不緇(niè ér bù zī)는 국립국어원『표준국어대사전』에서는 '날이불치'로 표기했다. '출어니이불염'(出淤泥而不染. 周敦頤,「愛蓮說」)과 같은 뜻이다. ■가릴 애(曖): 어두운 모양. ■무리 도(徒): 길(途), 동류(同類). ■노씨(老氏): 노자(老子).『노자』제76장: "人之生也柔弱, 其死也堅強. 萬物草木之生也柔脆, 其死也枯槁. 故堅強者死之徒, 柔弱者生之徒. 是以兵強則不勝, 木強則共. 強大處下, 柔弱處上." ■'行行':『논어』「先進」: "子路, 行行如也; 冉有, 子貢, 侃侃如也. 子樂."; 何晏,『論語集解』: "鄭玄曰: '樂各盡其性, 行行, 剛強之貌.'" 이에서 보듯이 '항항'(行行)은 굳센 모습을 가리킨다. 따라서 항(hàng)(형용사)으로 발음해야 한다. ■비부(鄙夫): 인품이 비루하고 견식이 얕은 사람, 자신에 대한 겸칭. ■'行行鄙夫志': 당대(624년)『藝文類聚』(藝文類聚) 권24「감계」(鑑誡) 편에는 '갱갱비부개'(硜硜鄙夫介)라고 되어 있다. 돌소리 갱(硜). 갱갱(硜硜): 소인의 비천한 모습. 끼일 개(介): 견고, 절조. ■유유(悠悠): 오래되다. 요원하다, 움직임이 한가하고 여유가 있고 느리다. ■"行行鄙夫志, 悠悠故難量.": 이 부분에 대한 해석이 분분하다. "강직, 소인은 이를 미덕으로 삼고, [군자의] 유유(悠悠), 그리하여 가늠하기 어렵다."라고 해석하는 것도 무리 없다. ■'愼言節飮食':『周易』「頤」: "山下有雷, 頤; 君子以愼言語, 節飮食." ■'知足勝不祥':『노자』제44장: "知足不辱, 知止不殆, 可以長久." ■진실로 구(苟). ■구구(久久): 오래오래, 오래도록, 오랫동안, 오랜 뒤에. ■향기로울 분(芬). ■꽃다울 방(芳): 향기. ■분방(芬芳): 아름다운 덕행 또는 명성.

20-4 최원「좌우명」 감상과 평설(評說)

최원의「좌우명」에 나오는 성어는 "검은 개흙 속에 있어도 검게 물들지 않는다."라는 '날이불치'(涅而不緇, 涅而不淄)이다.

우리 사전의 좌우명(motto, watchword) 정의는 "늘 자리 옆에 갖추어 두고 가르침으로 삼는 말이나 문구."이다. 즉 개인이나 조직이 스스로 경계하고자 하는 짧은 문구나 격언으로서 처세, 양생, 거주, 학문, 가정교육, 관료생활 등 여러 방면의 정신, 의지, 신념, 철학, 목표, 비전 등을 담고 있다. 가훈, 교훈, 사훈 등도 좌우명에 속한다. 1939년 중화민국 교육부에서 '예의염치'(禮義廉恥)를 국훈(國訓)으로 정했는데, 이도 좌우명에 속한다.

최원의 「좌우명」은 유가의 처세관인 유인(唯仁), 즉 수우(守愚)와 도가의 처세 사상인 계강강(戒剛强), 즉 수자(守雌)를 융합하여 자신을 책려하여 관후겸화(寬厚謙和)와 지족상락(知足常樂)의 사람이 되자는 교훈을 담았다.

최원 이후 역대 많은 문인이 「좌우명」을 지었다. 「좌우명」을 남긴 사람으로는 다음이 있다: 삼국시대 위(魏) 변란(卞蘭), 당대 진자앙(陳子昂, 661-702), 백거이(白居易, 772-846), 송대 이지(李至, 947-1001), 황정견(黃庭堅, 1045-1105), 미불(米芾, 1051-1107), 주행기(周行己, 1067-1125), 이강(李綱, 1083-1140), 임지기(林之奇, 1112-1176), 요행지(廖行之, 1137-1189), 유재(劉宰, 1167-1240), 명대 왕위(王緯, 1321-1372), 손작(孫作, 1340-1424), 청대 육롱기(陸隴基, 1630-1692), 장영(張英, 1673-1708), 건륭제(乾隆帝, 1711-1799) 등이 있다.

중국 청동기에 기울 기(攲, 攲, 攲) 자가 들어간 기기(攲器)가 있다. 옛 기록에 따르면 관개용 급수 용기인데 술을 따르는 그릇으로도 사용되었다고 한다. 이 그릇은 물을 가득 채우지 않았을 때는 앞으로 약간 기울어져 있고 물을 채우기 시작하면 똑바로 서기 시작하여 중간 정도 채우면 똑바로 서고, 물이 가득 차면 그릇이 뒤집어져 물이 모두 쏟아지고 원상태로 복원한다. 이 그릇은 사람에게 자만(自滿)해서는 안 되고, 자만하면 뒤집어진다는 교훈을 준다. 춘추시대 오패의 하나인 제환공(齊桓公)은 이 그릇을 좋아하여 자리 오른쪽에 두고 늘 자계(自戒)했다고 한다. 이 기기의 원리는 "가득 차면 뒤집어지고, 중간이면 바로 서고, 비면 기운다."(滿則覆, 中則正, 虛則攲.『荀子』「宥坐」).

『순자』(荀子) 「유좌」(宥坐) 편에 따르면 일찍이 공자가 노(魯)나라 환공(桓公)의 사당(祠堂)을 찾았을 때 사당 안에는 의식 때 쓰는 그릇인 의기(儀器)를 보고 "저것은 무엇에 쓰는 그릇입니까?"라고 물었다. 사당지기는 '항상 곁에 두고 보는 그릇입니다'(宥坐之器)라고 대답했다. 공자는 수긍하고는 말했다: "나도 유좌지기를 들은 적이 있다. 속이 비면 기울어지고, 중간을 채우면 바로 서고, 가득 채우면 엎질러진다." 공자는 제자에게 "총명하고 지혜로워도 어리석음으로 지키고, 공이 천하를 덮어도 겸양으로 지키고, 용맹이 세상을 누를 수 있어도 두려움으로 지키고, 부가 사해를 가졌다 해도 겸손으로 지켜야 한다. 이것이 이른바 떠내어 줄이는 도이다."(聰明聖知, 守之以愚; 功被天下, 守之以讓; 勇力撫世, 守之以怯, 富有四海, 守之以謙; 此所謂挹而損之之道也.)라고 일러주었다. 공자가 들었다는 유좌지기(宥坐之器)는 바로 기기(欹器)이다.

사진: 청대 기기(欹器)
출처: http://www.huitu.com/
    photo/show/20150304/0
    75932551200.html

그림: 산동성 곡부 성적전(聖蹟殿) 공자 관기논
도(觀欹論道) 석각
출처: http://blog.sina.cn/dpool/blog/s/
    blog_40e1fba20101q3kf.html

21. 진수(陳壽)
「융중대」(隆中對)

21-1 저자 소개

진수(陳壽, 233-297)는 삼국시대 촉한(蜀漢) 및 서진(西晉) 시대의 저명한 사학가로서 기전체(紀傳體) 역사서 『삼국지』(三國志)를 저술하였다. 자는 승조(承祚)이고 익주(益州) 파서군(巴西郡) 안한현(安漢縣, 현 사천성 南充市) 출신이다. 촉한 때 여러 관직을 역임하였는데, 당시 환관 황호(黃皓)가 전권을 휘두르자 대신들이 모두 그에게 아부하고 추종했으나 진수는 그렇지 않아 여러 번 축출되었다. 촉한이 서진에게 항복한 뒤에도 관직을 이어갔으나 만년에 여러 차례 비난을 받았다.

진수

태강(太康) 원년(280) 진(晉)이 오나라를 멸하여 3국 분열시대를 마감한 뒤 10년을 투자하여 나이 마흔여덟에 『삼국지』(三國志)를 완성하였다.

21-2 원전 소개

지도: 「융중대」(삼고모려) 당시 형세 지도
출처: https://www.sohu.com/a/421845536_661771

「융중대」(隆中對)는 원래 진수가 지은 『삼국지』「촉서오: 제갈량전」(蜀書五: 諸葛亮傳)의 일부 내용으로, 진수가 편찬한 『제갈량집』(諸葛亮集) 제1권 첫째 문장이 되었다.

「초려대」(草廬對)라고도 한다. 이 내용은 나관중(羅貫中)『삼국연의』제38회에서 각색 재연되었다.

「융중대」라는 제목은 후대(청대 汪基)에 붙여진 것으로 이것이 일반화되었다. '융중대'는 '융중(隆中)의 응답'이란 뜻으로 유비(劉備)의 질문에 대한 제갈량(諸葛亮)의 대답을 진수가 기록한 글이다. 고시제도에 따라 천자가 제시하는 문제, 즉 '책문'(策問)에 대해 과거 응시자가 답을 제시하는 문장 형식을 '대책'(對策) 또는 '대'(對)라고 하는데, 당시 유비는 황제가 아니었고, 제갈량이 과거에 응시한 것이 아니어서 「융중대」의 대(對)는 '대책'이 아니고 다만 유비의 질문에 대한 대답이란 뜻이다. 이는 '양답왈'(亮答曰)에서 확인할 수 있다.

진수가 기록한 「융중대」는 사실이 아닌 위작일 수 있다. 옆 사람을 물리치고 둘이 나눈 비밀 대화를 제갈량이 죽기 1년 전에 태어난 진수에게 전달했을 가능성이 없고, 또 유표(劉表)에 의탁하던 신세인 유비(劉備)가 자신을 황제 또는 왕이라고 자칭(孤)했을 리도 없기 때문이다. 나관중(羅貫中)은『삼국연의』제37-38회에서 유비가 '비'(備)라고 자칭했다고 적었다.

207년 겨울에서 208년 봄에 이르는 시기에, 조조(曹操)에 쫓겨 유표(劉表)에 의탁하고 있던 유비(劉備)가 신야(新野, 현 하남성 南陽市 新野縣)에 주둔하던 중 서서(徐庶)의 건의에 따라 세 차례 융중(隆中, 현 호북성 襄陽市)에 은거하고 있던 제갈량을 찾아갔다가 세 번째에 만나게 되었다. 이때 제갈량은 유비를 위해 천하의 형세를 분석하여 형주(荊州)를 먼저 공략하고 익주(益州)를 점거하여 정족지세(鼎足之勢)를 형성한 뒤 천하를 통일하는 전략을 제시하였다.

『위서』30권,『촉서』15권 및『오서』20권 총 65권 36.7만 자에 이르는『삼국지』는 동한 말기부터 서진 초까지 근 100년 동안의 분열에서 통일에 이르는 역사를 정리했다. 『삼국지』는『사기』,『한서』및『후한서』와 더불어 '전4사'(前四史)라고 불린다.

진수는 삼국 중 위나라의 역사를『삼국지』맨 앞에 놓아 위나라가 분열시대의 정통왕조로 인식되도록 함으로써 후대 정통론(正統論) 담론을 불러일으켰다. 이에 비해 명나라 초 나관중(羅貫中)은 진수의 『삼국지』를 비롯해 이에 대한 배송지(裴松之, 371-452)의 주(注), 원대의 『삼분사략』(三分事略) 및 『삼국지평화』(三國志平話)에 근거하여 '역사 사실을 부연하여 재미있고 알기 쉽게 쓴' 연의소설인 『삼국지연의』(三國志演義)를 쓰면서 촉한(蜀漢)이 한나라를 혈통적으로 계승한 정통이라 서술하였다.

21-3 진수 「융중대」 원문, 역문 및 주석

「융중대」(隆中對) : 내게 제갈공명이 있는 것은, 마치 물고기가 물을 가진 것과 같다(孤之有孔明, 猶魚有水也.).

亮躬耕隴畝 , 好爲《梁父吟》。身長八尺 , 每自比於管仲、樂毅 , 時人莫之許也。惟博陵崔州平、穎川徐庶元直與亮友善 , 謂爲信然。
양궁경농무 , 호위《양부음》。신장팔척 , 매자비어관중、악의 , 시인막지허야。유박릉최주평、영천서서원직여양우선 , 위위신연。

제갈량이 몸소 밭을 갈면서, 「양부음」(梁父吟)을 즐겨[노래]했다. 키는 8척이고, 늘 자신을 관중(管仲)과 악의(樂毅)에 비유하였지만, 그때 사람들은 누구도 그를 인정하지 않았다. 오직 박릉(博陵)의 최주평(崔州平)과 영천(穎川)의 서서(徐庶)만 제갈량과 친했다는데, [이] 말은 확실하다.

▌융중(隆中): 위나라 영역인 형주(荊州) 양양군(襄陽郡, 현 호북성 襄陽市 시내). ▌몸 궁(躬): 몸소, 스스로. ▌고개 이름 롱(隴). ▌농무(隴畝): 전지(田地). ▌「양부음」(梁父吟, liáng fù yín): 「양보음」(梁甫吟, liáng fǔ yín), 옛 노래 제목, 한국에서는 梁父吟이나 梁甫吟을 모두 '양보음'이라고 하지만 '梁父'가 존칭이 아니고 지명이기에 '양부음'으로 부르는 것이 타당하다. 「梁父吟」의 '양부'(梁父)는 산동성 태안시 태산 동남쪽 조래산(徂徠山) 남쪽 기슭의

작은 산으로, 역대 창업제왕들이 태산에 올라 하늘에 봉(封) 제사를 지내고, 내려와 땅에 선(禪) 제사를 지내던 곳이다. 공자는 양부산에 올라 「구릉가」(邱陵歌)를 지어 인(仁)을 펼치기가 어려움을 나타냈고, 동한시대 장형(張衡)은 「양부음」 또는 「사추시」(四愁詩)를 지어 관료 생활의 험난함을 나타냈고, 제갈량의 아버지 제갈규(諸葛圭)가 동한 말년 양부현위(梁父縣尉)와 태산군승(泰山群丞)을 역임할 때 제갈량은 「양부음」, 즉 「보출제성문」(步出齊城門)을 즐겨 읊었다고 한다. ▌신장(身長): 키, 몸(뚱이)이 긴 것이 …이다, 몸이 …이나 길다. ▌팔척(八尺): 현재 1척 33cm 기준으로 계산하면 297cm가 되는데, 1992년 출토된 동한시대 동잡척(銅卡尺)의 1척은 23.1cm다. 이에 근거하면 8척은 184.8cm이다. ▌악의(樂毅, yuèyì): 전국시대 연소왕(燕昭王)의 장군으로 연·조·한·위·초의 5개 연합군을 이끌고 제(齊)를 공격하여 70여 개 성을 무너뜨렸다고 한다. ▌허락할 허(許): 동의하다, 인정하다, 믿다. ▌최주평(崔州平): 동한 대신, 하북성 박릉군(博陵郡) 사람, 이름 균(鈞). ▌서서(徐庶, ?-230): 자(字) 원직(元直), 하남성 영천군(潁川郡) 사람), 동한 말 유비(劉備) 모사, 나중에 조조(曹操)에 투신. ▌신연(信然): 확실히 그러하다, 과연, 진실로.

時先主屯新野。徐庶見先主, 先主器之, 謂先主曰:「諸葛孔明者, 臥龍也, 將軍豈願見之乎?」先主曰:「君與[之]俱來。」庶曰:「此人可就見, 不可屈致也。將軍宜枉駕顧之。」

시선주둔신야。서서현선주, 선주기지, 위선주왈:「제갈공명자, 와룡야, 장군기원견지호?」선주왈:「군여[지]구래。」서왈:「차인가취견, 불가굴치야。장군의왕가고지。」

그때(207년) 선주(先主, 劉備)가 신야(新野)에 주둔하고 있었다. 서서가 선주를 방문하자, 선주가 그를 중시하였는데, 선주에게 일러 말했다: "제갈공명이란 사람은, 누워있는 용(臥龍)인데, 장군께서는 그를 만나고 싶은지요?" 선주가 말했다: "그대가 [그와 더불에] 함께 오게." 서서가 말했다: "이 사람은 가서 볼 수는 있지만, 굽히고 오게 할 수는 없습니다. 장군께서 마땅히 몸을 낮추고 말을 타고 그를 찾아보아야 합니다."

▌진 칠 둔(屯): 진 치다, 주둔하다. ▌신야(新野): 위나라 영역인 형주(荊州) 남양군(南陽郡)

신야현(新野縣, 현 하남성 南陽市 신야현)으로 동한 광무중흥(光武重興)의 책원지(策源地)이 며 삼국시대 촉한 정권의 발상지이다. ▌그릇 기(器): 중시하다. ▌어찌 기(豈): 반어조사, 설마. 여기서는 여부(與否)로 해석하는 것이 좋다. ▌'與[之]俱來': [그와] 더불어 함께 오다. ▌이룰 취(就): 가다, 오르다. ▌보낼 치(致): 불러들이다, 이르다, 다다르다. ▌굽을 왕(枉). ▌멍에 가(駕). ▌왕가(枉駕): 몸을 낮추어 방문하다, 굽히고 방문하다, 왕림하다, 상대방이 자신을 방문하다, 상대방이 타인을 방문하기를 청하다.

由是先主遂詣亮 , 凡三往 , 乃見。因屛人曰 :「漢室傾頹 , 奸臣竊命 , 主上蒙塵。孤不 度德量力 , 欲信大義於天下 ; 而智術淺短 , 遂用猖蹶 , 至於今日。然志猶未已 , 君謂 計將安出 ?」

유시선주수예양 , 범삼왕 , 내견。인병인왈 :「한실경퇴 , 간신절명 , 주상몽진。고불 탁덕양력 , 욕신대의어천하 ; 이지술천단 , 수용창궐 , 지어금일。연지유미이 , 군위 계장안출 ?」

이리하여 선주는 마침내 제갈량을 방문하게 되었는데, 모두 세 번 가서야, 만나보았다. 그리하여 사람들을 물리치고 말했다: "한나라 조정은 기울어 무너지고, 간신은 천명을 훔치고, 주상은 흙먼지를 뒤집어썼습니다. 저는 덕행은 재지 않고 역량은 헤아리지 않고, 천하에 대의를 펴고자 했습니다; 그러나 지혜와 술책이 얕고 짧아, 마침내 이 때문에 실패하여, 오늘날에 이르렀습니다. 그러나 뜻은 아직 그치지 않았는데, 귀하께서 생각하시기에 계책을 장차 어떻게 내야 할지요?"

▌이를 예(詣): 도착하다, 방문하다. ▌병풍 병(屛): 가리다, 물리치다. ▌무너질 퇴(頹). ▌간 신절명(奸臣竊命): 동탁(董卓)과 조조(曹操)가 천자를 겁박하여 제후를 부린 행위를 가리킨 다. ▌몽진(蒙塵): 흙먼지를 뒤집어쓰다, 난을 당하여 피난하다. 동한의 수도는 하남성 낙양 이었는데 조조가 헌제(獻帝)를 허창(許昌)으로 옮겼다. ▌외로울 고(孤): 임금이나 제후의 자칭. ▌헤아릴 탁(度, duó): 측정하다, 계산하다, 추측하다. 도모하다. ▌탁덕양력(度德量 力): 덕행을 재고 역량을 헤아리다. ▌믿을 신(信): 펼 신(伸), 표명하다. ▌쓸 용(用): 때문에. ▌미쳐 날뛸 창(猖): 찰 척(踢). ▌창궐(猖蹶): 창궐(猖獗), 넘어지다, 실패하다. ▌이를 위(謂): 여기다. ▌편안할 안(安): 의문사, 어떤, 무슨, 어느, 어느 곳.

亮答曰：「自董卓已來, 豪傑並起, 跨州連郡者不可勝數。曹操比於袁紹, 則名微而衆寡。然操遂能克紹, 以弱爲彊者, 非惟天時, 抑亦人謀也。今操已擁百萬之衆, 挾天子以令諸侯, 此誠不可與爭鋒。孫權據有江東, 已曆三世, 國險而民附, 賢能爲之用, 此可與爲援而不可圖也。荆州北據漢、沔, 利盡南海, 東連吳、會, 西通巴、蜀, 此用武之國, 而其主不能守, 此殆天所以資將軍, 將軍豈有意乎？

양답왈：「자동탁이래, 호걸병기, **과주연군**자불가승수。조조비어원소, 즉명미이**중과**。연조수능극소, 이약위강자, 비유천시, **억역**인모야。금조이옹백만지중, 협천자이영제후, 차성불가여쟁봉。손권거유**강동**, 이력삼세, 국험이민부, 현능위지용, 차가여위원이불가**도**야。형주북거**한、면**, 이진남해, 동련오、**회**, 서통파、촉, 차용무지국, 이기주불능수, 차태천소이자장군, 장군기유의호？

제갈량이 대답했다: "동탁(董卓) 이래, 호걸들이 함께 일어나, 여러 주군(州郡)을 차지한 것이 셀 수 없습니다. 조조(曹操)는 원소(袁紹)에 비해, 명성도 작고 병력도 적었습니다. 그러나 조조가 마침내 원소를 이기고, 약자에서 강자가 된 것은, 천시(天時)뿐 아니라, 아마도 사람들의 모략 때문일 것입니다. 지금 조조는 이미 백만의 병력을 보유하고, 황제를 끼고 제후들을 부리고 있으니, 이는 확실히 그와 칼끝을 다툴 수 없는 것입니다. 손권(孫權)은 강동(江東)을 점거한 지, 이미 삼대가 지났으며, 나라의 지세는 험준하고 백성이 따르며, 현능자들이 중용되고 있는데, 이는 더불어 원군으로 삼을 수는 있지만 취할 수 있는 바는 아닙니다. 형주(荆州)[의 劉表]는 북쪽으로 한수(漢水)와 면수(沔水)를 점거하였고, 이익은 남해의 것을 모두 차지하였고, 동쪽으로는 오군(吳郡) 및 회계군(會稽郡)으로 이어졌고, 서쪽으로는 파군(巴郡) 및 촉군(蜀郡)과 통하고 있어서, 이곳은 무력을 써야 할(무력으로 쟁취해야 할) 나라이지만, 그 주인(劉表)은 지킬 수 없는데, 이는 거의 하늘이 장군을 돕고 있는 것인데, 장군께서는 뜻이 있는지요?

▌이래(已來): 이래(以來). ▌과주연군(跨州連郡): 과주월군(跨州越郡), 주를 넘고 군을 연잇다. ▌무리 중(衆): 무리, 병사, 군대. ▌억역(抑亦): 아마도. ▌강동(江東): 무호(蕪湖)와 남경(南京) 이하 장강의 남쪽 지역. ▌책력 역(曆): 경과하다, 거치다, 지나다, 넘다. ▌그림 도(圖): 도모하다, 취하다, 얻다. ▌한, 면(漢、沔): 한(漢)은 섬서성 영강현(寧強縣)에서 발원하여 북상하는 한수(漢水)를 가리키고, 면(沔)은 섬서성 저현(沮縣) 동랑곡(東狼谷)에서 발원하여 남하

하는 면수(沔水)를 가리키며, 두 강이 면현(勉縣)에서 합류한 이후는 면수 또는 한수라 한다. ▐ 오, 회(吳, 會): 동한 때 회계군이 오군과 회계군으로 나뉘었는데 합칭으로 오회라고 했고, 지금의 소흥(紹興)을 가리킨다. ▐ 위태할 태(殆): 거의.

益州險塞 , 沃野千里 , 天府之土 , 高祖因之以成帝業。劉璋闇弱 , 張魯在北 , 民殷國富而不知存恤 , 智能之士思得明君。將軍既帝室之胄 , 信義著於四海 , 總攬英雄 , 思賢如渴 , 若跨有荆、益 , 保其巖阻 , 西和諸戎 , 南撫夷越 , 外結好孫權 , 内修政理；天下有變 , 則命一上將將荆州之軍以向宛、洛 , 將軍身率益州之衆出於秦川 , 百姓孰敢不簞食壺漿 , 以迎將軍者乎？誠如是 , 則霸業可成 , 漢室可興矣。」

익주험색 , 옥야천리 , **천부지토** , 고조인지이성제업。유장암약 , **장로재북** , 민은국부이부지존**휼** , 지능지사사득명군。장군기제실지**주** , 신의저어사해 , 총람영웅 , 사현여갈 , 약과유형、**익** , **보기암조** , 서화제융 , 남무이월 , 외결호손권 , 내수정리；천하유변 , 즉명일상장장형주지군이향완、락 , 장군신솔익주지중출어**진천** , 백성숙**감부단사호장** , 이영장군자호？성여시 , 즉패업가성 , 한실가흥의。」

익주(益州)는 지형이 험악해 막혀있고, 옥야가 천 리나 되어, 하늘의 곳집(天府)과 같은 땅으로서, 고조(劉邦)는 그곳으로 인해 제업(帝業)을 이루었습니다. 유장(劉璋)은 어리석고 유약하며, 장노(張魯)가 북쪽에 있고, 백성이 풍족하고 나라는 부유하지만 이를 어떻게 돌볼지를 몰라, 지모와 재능을 갖춘 사람들이 현명한 군주를 얻기를 바라고 있습니다. 장군은 제실(帝室)의 후손으로, 신의는 사해(四海, 天下)에 알려져 있고, 영웅들을 널리 끌어들였고, 목마르듯이 현자를 생각하고 계시니, 만약 형주(荆州)와 익주(益州)를 점거하여, 험준한 곳에 의지하여, 서쪽으로 제융(諸戎)과 화친하며, 남쪽으로는 이족(夷族)과 월족(越族)을 위무(慰撫)하고, 밖으로는 손권(孫權)과 동맹을 맺고, 안으로는 정치를 개선하고; 천하에 변고가 있으면, 고위 장수에게 명하여 형주의 군대를 남양(宛)과 낙양(洛陽)으로 향하게 하시고, 장군께서는 몸소 익주의 병력을 이끌고 진천(秦川, 關中)으로 출격하시면, 어느 백성이라고 감히 대광주리 밥과 병에 담은 미음으로, 장군을 영접하지 않겠습니까? 진실로 그렇게 된다면, 패업(霸業)은 성공할 수 있고, 한실(漢室)은 부흥할 수 있습니다."

▌익주(益州): 촉한의 영역으로 현재의 사천성과 중경시 전역과 섬서성 남부, 운남성 서북부를 포함한다. ▌천부(天府): 하늘의 곳집, 천자의 곳집, 물산이 풍부한 곳. ▌유장(劉璋): 동한 말기 종실 겸 군벌. ▌장로(張魯): 동한 말기 군벌 오두미도(五斗米道) 3대 천사(天師). ▌성할 은(殷): 풍성하다, 풍부하다, 많다. ▌구휼할 휼(恤): 동정하다, 구휼하다. ▌존휼(存恤): 돌보다. ▌투구 주(胄): 후손, 후대. ▌잡을 람(攬): 초치하다. ▌지킬 보(保): 의지하다, 기대다. ▌바위 암(巖): 험준한 곳. ▌험할 조(阻): 험준한 곳. ▌정리(政理): 위정의 도리, 정치. ▌진천(秦川): 섬서성 진령(秦嶺) 이북의 관중(關中) 평원지대. ▌밥 식(食). ▌단사호장(簞食壺漿): 대광주리에 담은 밥과 병에 담은 미음, 넉넉하지 못한 사람의 거친 음식, 백성이 군대를 환영하기 위하여 갖춘 음식. '簞食'의 '食' 자는 먹을 사 또는 먹이 사 자가 아니고 밥 식 자이기에 '단식'으로 발음해야 하나 관례상 '단사'로 읽기에 그대로 두었다. 현대한어에서는 '단사'에 상응하는 'diàn sì'가 아니라 '단식'에 상응하는 'diàn shí'라고 발음한다.

先主曰：「善！」於是與亮情好日密。關羽、張飛等不悅，先主解之曰：「孤之有孔明，猶魚有水也。願諸君勿復言！」羽、飛乃止。
선주왈：「선！」어시여양**정호**일밀。관우、장비등불열，선주**해**지왈：「고지유공명，유어유수야。원제군물부언！」우、비내지。

선주가 말했다: "좋소!" 그리하여 제갈량과 정이 날로 친밀해졌다. 관우(關羽)와 장비(張飛) 등이 기뻐하지 않자, 선주는 타일러 말했다: "내게 제갈공명이 있는 것은, 마치 물고기가 물을 가진 것과 같네. 바라건대 자네들은 다시 말을 하지 말게!" 관우와 장비는 이에 그만두었다.

▌정호(情好): 우정, 교정(交情), 감정. ▌풀 해(解): 풀리다, 이해되다, 타이르다.

「양부음」(梁父吟): 복숭아 두 개로 세 용사를 죽이다(二桃殺三士).

步出齊城門，遙望蕩陰里，里中有三墓，累累正相似。問是誰家墓，田疆古冶子，力能排南山，文能絕地紀。一朝被讒言，二桃殺三士，誰能爲此謀，國相齊晏子。((宋)郭武倩編，『樂府詩集』卷41; (唐)歐陽詢主編，『藝文類聚』卷19)

보출제성문, 요망**탕음리**, 이중유삼묘, **누루정상사**。문시수가묘, 전강고야자, 역능배남산, 문능절**지기**。일조피참언, 이도살삼사, 수능위차모, 국상제안자。((송)곽무천편,『악부시집』권41; (당)구양순주편,『예문유취』권19)

제나라 성문을 걸어 나가, 멀리 탕음리를 바라보니, 마을 가운데 있는 세 무덤이, 줄지어 서로 매우 비슷하네. 어느 집 무덤이냐 물으니, 전개강(田開疆)·고야자(古冶子)[·공손첩(公孫捷)]이라는데, 힘은 남산을 밀어낼 만하고, 문장은 지기(地紀)를 끊을 만하였다네. 하루아침에 참언을 당해, 복숭아 두 개로 세 용사를 죽였다는데, 누가 능히 이 꾀를 내었던가, 제나라 국상(國相) 안자(晏子)라네.

▌탕음리(蕩陰里): 산동성 치박시(淄博市) 동쪽 임치구(臨淄區). ▌묵을 루(累). ▌누루(累累): 잇달아 있다, 중첩하다, 줄지어 있다. ▌지기(地紀): 대지를 붙들어 매는 끈. 대지를 이름. 고대에는 천원지방(天圓地方)설을 믿었는데 하늘은 9개 기둥으로 받쳐 무너지지 않게 하였고, 땅은 큰 밧줄로 네 모서리를 매어놓아 자리를 잡게 했다고 한다.

판본에 따라「양부음」의 글자는 약간 다르다. 당대인 926년에 발간된『예문유취』(藝文類聚)에 따르면 저자는 제갈량이라 한다('蜀志諸葛亮梁父吟曰').

그림: '이도살삼사'(二桃殺三士) 고사를 표현한 한나라 화상전(畵像磚) 탁본, 38cm x 190cm, 하남성 남양(南陽) 출토, 하남남양화상관(河南南陽畵像館) 소장

양부(梁父, 梁甫)는 산동성 태산 옥황정에서 동남쪽 30km 떨어진 곳에 있는 조래산 (徂徠山) 동남쪽 기슭의 해발 288m의 산으로 제왕들이 봉선(封禪) 의식을 치를 때 태산에 올라 하늘에 지내는 봉(封) 의식을 마치고 내려와 땅에 제사를 지내는 선(禪) 의식을 거행하던(封泰山禪梁父) 곳이다.

제갈량이 읊은 「양부음」은 제로(齊魯) 지방의 노래로서 춘추시대 제나라 재상 안자 (晏子)가 음모로 제나라 용사를 주살한 고사를 읊은 것이다. 제경공(齊景公) 때 전개강 (田開疆), 고야자(古冶子) 및 공손첩(公孫捷)은 국가에 공이 큰 용사였다. 공손첩은 큰 멧돼지와 호랑이를 한꺼번에 때려잡은 일이 있었고, 전개강은 영토를 개척한 공이 있었고, 고야자는 제경공을 모시고 황하를 건너다 제경공의 말을 물고 가는 큰 거북을 죽이고 말을 구한 적이 있었다. 이들은 나라를 위해 많은 공로가 있었음에도 성격이 거만하여 세 사람이 연합하면 왕실의 안전을 위협할 정도여서 제경공과 안자가 걱정하였다. 이에 안자는 제경공의 허락을 받아 함정을 만들어 세 사람을 제거하고자 했다. 안자는 제경공에게 세 용사 중 힘세고 용기 있는 두 명에게 복숭아 하나씩을 먹이도록 했다. 공손첩과 전개강은 자신들이 세웠던 공을 믿고 복숭아 하나씩 먹어 버렸다. 그러자 고야자가 황하에서 큰 거북과 싸운 일이 공손첩과 전개강에게 뒤지지 않는다고 주장하였고, 이에 공손첩과 전개강은 자신들의 공이 고야자에 미치지 못한데 복숭아를 먹은 것을 치욕스럽게 생각하고 자결하였다. 그러자 고야자는 두 친구가 죽었는데 홀로 살아 있는 것은 불인(不仁)이고, 남을 부끄럽게 만들고 자신의 이름을 높인 것은 불의 (不義)이고, 이에 죽지 않으면 무용(無勇)이라고 말하고는 자결하였다. 이같이 안자는 복숭아 두 개로 심복지환(心腹之患)인 세 용사를 처리하였다(二桃殺三士). 이 고사는 『안자춘추』(晏子春秋) 「간하편」(諫下篇)에 나온다.

「양부음」은 세 용사의 죽음을 추모하기보다는 안자의 속 좁은 계략을 비난하는 것이기도 하고, 안자 같이 훌륭한 재상이 되자는 의지를 밝힌 것으로 해석되기도 한다. 제갈량이 「양부음」을 즐겨 읊었다는 것은, 그리고 늘 자신을 관중(管仲) 및 악의(樂毅)

와 비교했다는 것은 그가 재야에 있으면서도 늘 정치 야심을 가졌고, 권력을 잡았을 경우 언젠가는 안자 같이 계략이나 모략으로 반대파를 과감히 숙청할 의사가 있었다는 것을 말해준다.

　그 후 이백(李白) 등 여러 사람이 「양부음」이란 제목으로 시를 지었다. 『삼국연의』 37회에도 「양부음」(梁甫吟)이란 시가 있는데 내용은 전혀 다르고, 16마디 중 10마디는 46마디로 구성된 이백(李白)의 「양보음」을 베낀 것이다.

21-4 진수 「융중대」 감상과 평설(評說)

「융중대」에서
- "세 번 초가집을 찾아갔다."라는 삼고모려(三顧茅廬),
- "물고기가 물을 얻은 듯하다."라는, 수어지교(水魚之交)의 뜻을 가진 여어득수(如魚得水),
- '하늘의 곳집과 같은 나라'라는, 땅이 매우 기름져 온갖 산물이 많이 나는 나라를 의미하는 천부지국(天府之國),
- '대광주리에 담은 밥과 병에 담은 미음'"이라는, 즉 넉넉하지 못한 사람의 거친 음식 또는 백성이 군대를 환영하기 위하여 갖춘 음식을 의미하는 단사호장(簞食壺漿),
- '솥발의 형세', 즉 솥발처럼 세 세력이 맞서 대립한 형세를 가리키는 정족지세(鼎足之勢),
- '개와 말의 노고', 즉 주인을 위해 최선을 다하는 개와 말의 노력, 자신의 노력을 낮추어 일컫거나 윗사람을 위해 최선을 다하는 자신의 노력을 낮추어 가리키는 말인 견마지로(犬馬之勞),
- "현자를 목이 마르듯이 생각한다."라는 사현여갈(思賢如渴),

- "덕행을 재고 역량을 헤아린다."라는 탁덕양력(度德量力),
- "세어 말할 수 없다."라는, 매우 많아서 셀 수가 없다는 불가승수(不可勝數) 등의
  성어가 비롯되었다.

「양부음」에서는

- "복숭아 두 개로 용사 세 명을 죽인다."라는, 교묘한 책략으로 상대를 자멸하게
  하는 것을 비유한 이도살삼사(二桃殺三士)라는 성어가 나왔다.

「융중대」는 그 유명한 '삼고초려' 고사를 담은 글로서 따로 설명할 필요가 없을 정도로 잘 알려진 글이다. 간단히 말해, 인재를 얻기 위해서는 자신을 낮추어 직접 찾아가는 수고를 아끼지 않아야 한다는 교훈을 말해준다.

「융중대」에 나타난 제갈량의 천하통일의 전략은 다음과 같다: 첫째 비교적 연약한 유표(劉表)·유장(劉璋) 세력을 소멸하여 형주(荊州)와 익주(益州)를 근거지로 삼고, 둘째 정치를 개혁하고 소수민족 관계를 개선하여 내부를 안정케 하여 힘을 기르고, 셋째 손권(孫權)과 결탁하여 조조(曹操)를 고립하여 조조 및 손권과 삼국정립(三國鼎立) 국면을 형성하고, 넷째 기회를 틈타 병력을 양분하여 조조를 북벌하여 최종적으로 천하를 통일한다. 그러나 제갈량의 대책과 달리 위촉오 3국 중 촉한은 263년 조위(曹魏)에게 망했고, 조위는 265년 진(晉) 사마염(司馬炎)에게 선양(禪讓)했고, 동오(東吳)는 280년 진(晉)한테 망하여 다시 천하가 통일되었다. 천하 대일통을 꿈꾸던 유비는 223년에, 제갈량은 234년에 각각 명을 달리했다.

제갈량은 「융중대」에서 조위(曹魏)가 약자에서 강자가 된 것은 "천시뿐 아니라 사람의 책략 덕분이기도 하다."(非惟天時, 抑亦人謀也.)라고 했는데, 이는 『맹자』 「공손추하」(公孫丑下) 편의 "天时不如地利, 地利不如人和."와 유사하다. 「융중대」를 보면 제갈량은 천시와 사람의 책략뿐 아니라 지리도 매우 중시했음을 알 수 있다. 다만 맹자와 같이 어느 요소가 더 중요한지에 대해서는 언급이 없었다.

22. 제갈량(諸葛亮)
「전출사표」(前出師表)

22-1 저자 소개

제갈량(諸葛亮, 181-234)은 자가 공명(孔明)이고 호는 와룡(臥龍) 또는 복룡(伏龍)이다. 조위(曹魏) 영역인 서주(徐州) 낭야군(琅琊郡) 양도현(陽都縣)(현 산동성 臨沂市 沂南縣) 출신이다. 삼국시대 촉한의 승상(丞相)을 역임한 정치가, 군사가, 산문가, 서예가 및 발명가로 이름을 날렸다. 생존 때 조위 영역인 양도현 무향(武鄕)의 무향후(武鄕侯)에 봉해졌고(실제 지배할 수 없는 땅이기에 이를 '虛封'이라 한다), 사후에 충무후(忠武侯)라고 추서되었고, 동진(東晉)에서는 무흥왕(武興王)에 봉해졌다.

제갈량

대표 산문으로 「출사표」(出師表), 「계자서」(戒子書) 등이 있다. 그는 화물 운송 수단인 목우(木牛)·유마(流馬)를 발명했다고 하나 도형, 제작기법 및 실물이 전해지지 않고,

명절에 소원을 빌기 위해 하늘로 날려 보내는 천등(天燈) 또는 소원등(許願燈)이라고 불리는 공명등(孔明燈)을 발명했고, 연노(連弩)를 개량하여 제갈연노(諸葛連弩)를 제작했다고 하지만 화살(矢)이 철로 만들어졌고 한 번에 10발을 쏘았다는 사실 외에 사거리나 도형, 제작기법 및 실물은 전해지지 않고 있다. 또한 진법인 팔진도(八陣圖)를 창안했다고 한다.

　제갈량은 어려서 삼국 각축지인 형주(荊州) 남양군(南陽郡)으로 피난하여 은거하다가 207년 유비의 삼고초려로 촉한의 익주(益州)를 중심으로 한 한 왕실 부흥대책을 건의하고 유비를 보좌했다. 208년 손권(孫權)과 연합하여 조조(曹操)를 형주(荊州) 적벽(赤壁)에서 패퇴시켜 형주를 점령하고 익주(益州)를 차지하여 유비의 촉한(蜀漢) 창업에 공을 세워 승상이 되었다. 223년 유비가 죽고 유약한 후주(後主) 유선(劉禪)를 도와 조정을 주재하였다. 북벌에 뜻을 두고 동으로는 손권과 연합하고, 남으로는 맹획(孟獲)을 접수하고 북으로 조조와 교전했다. 234년 5차 조위(曹魏) 정벌 길에 조위 옹주(雍州) 부풍군(扶風郡) 오장원(五丈原, 현 섬서성 寶鷄市 岐山縣)에서 병사했다.

22-2 원전 소개

　「출사표」에는 「전출사표」와 「후출사표」가 있다. 일반적으로 말하는 「출사표」는 「전출사표」이며, 『삼국지』「촉서5: 제갈량전」에 실려 있다. 남조 양(梁)의 소통(蕭統, 501-531)이 진나라 이래 문장을 『문선』(文選)으로 펴내면서 「제갈량전」의 관련 내용('上疏曰')을 「출사표」라고 명명했다(卷37 「表上」). '표'(表)는 신하가 군주에게 감정을 표하면서 청을 올리는 문서로 '상소'(上疏)와 같은 것이다. 청대(1694) 『고문관지』(古文觀止) 권6 「한문」(漢文)에도 실려 있다.

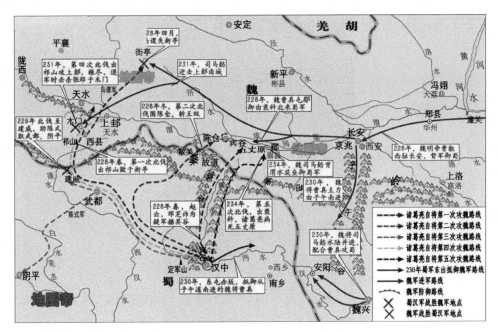

그림: 제갈량 북벌노선도
출처: http://news.sohu.com/a/501726552_486911

　「전출사표」(前出師表)는 유비 사후 5년인 건흥(建興) 5년(227) 3월 46세 제갈량이 중원의 장안(長安)을 북벌하기에(제1차 북벌, 228년 1월) 앞서 20살 후주(後主) 유선(劉禪, 207-271)에게 올린 상소, 즉 표문(表文)이다. 제갈량은 간절하고 공손한 어조로 후주에게 언로를 널리 열고(廣開言路), 상벌을 엄명하게 하고(嚴明賞罰), 현자를 가까이하고 아첨꾼을 멀리하여(親賢遠佞) 한 왕실을 부흥할 것을 권면하면서 선주와 후주에 대한 충성을 다짐하였다.

　「후출사표」는 228년 12월 2차 북벌 전인 11월에 올린 출사표로서 「제갈량전」에 대한 배송지(裵松之)의 주에 인용되었다. 배송지는 이를 장엄(張儼)의 『묵기』(黙記)에서 인용하였다고 한다. 따라서 위작이라고 본다.

22-3 제갈량 「전출사표」 원문, 역문 및 주석

「전출사표」(前出師表) : 어진 신하를 가까이 하고, 소인을 멀리한 것, 이것이 바로
전한(前漢)이 일어나 커진 까닭입니다(親賢臣, 遠小人, 此先漢所以興隆也.).

(建興)五年 , 率諸軍北駐漢中 , 臨發 , 上疏曰 :
(건흥)오년 , 솔제군북주한중 , 임발 , 상소왈 :

(건흥)5년(227), [제갈량이] 각 군을 인솔하여 북으로 한중(漢中)에 주둔하였고, 출발에 앞서 상소
하여 말했다:

「先帝創業未半 , 而中道崩殂 , 今天下三分 , 益州疲弊 , 此誠危急存亡之秋也。然侍
衞之臣不懈於內 , 忠志之士忘身於外者 , 蓋追先帝之殊遇 , 欲報之於陛下也。誠宜開
張聖聽 , 以光先帝遺德 , 恢弘志士之氣 , 不宜妄自菲薄 , 引喻失義 , 以塞忠諫之路
也。宮中府中俱爲一體 , 陟罰臧否 , 不宜異同。若有作姦犯科及爲忠善者 , 宜付有司
論其刑賞 , 以昭陛下平明之理 , 不宜偏私 , 使內外異法也。
「선제창업미반 , 이중도붕조 , 금천하삼분 , **익주피폐** , 차성위급존망지추야。연시
위지신불해어내 , 충지지사망신어외자 , 개추선제지수우 , 욕보지어폐하야。성의개
장성청 , 이광선제유덕 , 회홍지사지기 , 불의**망자비박** , **인유실의** , 이색충간지로
야。궁중부중구위일체 , **척벌장부** , 불의**이동**。약유작간범과급위충선자 , 의부유사
론기형상 , 이소폐하평명지리 , 불의편사 , 사내외이법야。

"선제께서는 창업이 반도 안 되어, 중도에 붕어하셨고, 지금 천하는 삼분되어, 익주(益州)는 피폐
했으니, 이(지금)는 실로 위급하여 망할 수 있는 때입니다. 그러나 [황제를] 모시며 보위하는
신하들이 안으로 게으름을 피우지 않으며, 충직한 뜻을 가진 사병들이 밖에서 제 몸을 잊는
것은, 모두 선제의 각별한 대우를 추념하여, 폐하께 이를 보답하려는 때문입니다. 실로 마땅히

밝으신 귀(聖聽)를 여시고, 선제가 남기신 덕을 빛내어, 지사들의 사기를 돋우어 주셔야 하며, 함부로 자신을 가벼이 여기거나, 끌어다 쓴 비유가 옳지 못하여, 충간(忠諫)하는 길을 막아서는 안 됩니다. 황궁의 近臣과 승상부(丞相府)의 관원는 모두 한 몸으로서, 상벌포폄(賞罰褒貶)을, 달리해서는 안 됩니다. 만약 간악한 일을 저지르고 법을 어기는 자와 충선(忠善)하는 자가 있으면, 마땅히 관련 부서로 넘겨 그 형상(刑賞)을 따져, 폐하의 공평하고 밝은 도리를 밝혀, 사사로움에 치우치거나, 안팎(궁중과 조정)으로 하여금 법을 달리해서는 안 됩니다.

▌죽을 조(殂). ▌붕조(崩殂):『예기』「곡례」(曲禮)에 따르면, 천자의 죽음은 붕(崩), 제후의 죽음은 훙(薨), 사대부의 죽음은 졸(卒), 사(士)의 죽음은 불록(不祿), 서인의 죽음은 사(死)라고 일렀다. 유비는 건안(建安) 26년(221) 칭제하고 연호를 장무(章武)로 바꾸었으나 진주(陳壽)『삼국지』는 유비를 여전히 선주(先主)로 표기하고, 위(魏)의 조조와 조비를 무제와 문제로 불러 정통으로 보았다. ▌익주(益州): 삼국시대 사천·중경·운남·귀주성과 섬서 남부(漢中), 호북과 하남 일부를 포함하는 지역으로 촉한 정권 영역이었는데 치소(治所)는 성도(成都)에 두었다. ▌정성 성(誠): 진실로. ▌존망(存亡): 편의복사(偏義復詞)로서 '亡'에 뜻이 있다. ▌가을 추(秋): 시기, 시각, 시간, 때. ▌게으를 해(懈). ▌덮을 개(蓋): 인과접속사, 왜냐하면, … 때문에(因爲). ▌망자비박(妄自菲薄): 함부로 자신을 하찮게 여기다. ▌인유실의(引喩失義): 끌어다 쓴 비유가 의미를 잃다. ▌오를 척(陟): 오르다, 추천하다, 장려하다, 표창하다. ▌착할 장(臧): 착하다, 두텁다. ▌장부(臧否): 선악, 찬미와 질책. ▌다를 이(異): 달리하다, 구별하다, 나누다. ▌이동(異同): 같은 것을 달리하다, 같아야 할 것을 달리하다. 편의복사(偏義復詞)로서 중점이 '異'에 있다. ▌간사할 간(奸): 범할 간(奸).

侍中、侍郞郭攸之、費禕、董允等，此皆良實，志慮忠純，是以先帝簡拔以遺陛下。愚以爲宮中之事，事無大小，悉以咨之，然後施行，必能裨補闕漏，有所廣益。將軍向寵，性行淑均，曉暢軍事，試用於昔日，先帝稱之曰能，是以衆議擧寵爲督。愚以爲營中之事，悉以咨之，必能使行陣和睦，優劣得所。

시중、시랑곽유지、비의、동윤등，차개양실，지려충순，시이선제간발이유폐하。우이위궁중지사，사무대소，실이자지，연후시행，필능비보궐루，유소광익。장군향총，성행숙균，효창군사，시용어석일，선제칭지왈능，시이중의거총위독。우이위영중지사 , 실이자지 , 필능사행진화목 , 우열득소。

시중(侍中) 곽유지(郭攸之)와 비위(費褘) 및 시랑(侍郎) 동윤(董允) 등, 이들은 모두 어질고 성실하며, 의지와 사려가 참되고 한결같아, 그래서 선제께서 골라 뽑아 폐하께 남겨주셨습니다. 제가 보기에 궁중의 일은, 크고 작은 일을 가리지 않고, 모두 그들에게 물은, 다음에 시행하면, 반드시 부족하고 빠진 것을 보태고 메울 수 있으므로, 널리 도움이 있을 것입니다. 장군 향총(向寵)은, 성품과 행실이 착하고 공정하며, 군사에 환히 통달하여, 옛날에 써본 적이 있었는데, 선제께서 그가 '유능하다'고 칭찬하여 말씀하셨으므로, 그래서 여럿이 상의하여 향총을 도독(都督)으로 천거하였습니다. 제가 보기에 진중(陣中)의 일은, 모두 그에게 물으면, 반드시 군대를 화목하게 하고, 우수한 군사나 열등한 군사가 [각자] 소임을 가질 수 있을 것입니다.

▌어리석을 우(愚): 저, 본인의 겸칭. ▌비보궐루(裨補闕漏): 비보결루(裨補缺漏), 모자라거니 빠진 것을 보태거나 더하다. ▌향총(向寵, ?-240): 유비 때 아문장(牙門將), 중령군(中領軍) 및 봉도정후(封都亭侯)를 역임했고, 제갈량 북벌 때 중부독(中部督)으로 임명하여 궁중 숙위군(宿衛軍)을 총독하게 했고, 240년 만이(蠻夷)를 정벌할 때 죽었다.

親賢臣 , 遠小人 , 此先漢所以興隆也 ; 親小人 , 遠賢臣 , 此後漢所以傾頹也。先帝在時 , 每與臣論此事 , 未嘗不歎息痛恨於桓、靈也。侍中、尚書、長史、參軍 , 此悉貞良死節之臣 , 願陛下親之信之 , 則漢室之隆 , 可計日而待也。

친현신 , 원소인 , 차선한소이흥륭야 ; 친소인 , 원현신 , 차후한소이경퇴야。선제재시 , 매여신논차사 , 미상불탄식통한어환、영야。**시중、상서、장사、참군** , 차실정량사절지신 , 원폐하친지신지 , 즉한실지융 , 가계일이대야。

어진 신하를 가까이하고, 소인을 멀리한 것, 이것이 바로 전한(前漢)이 일어나 커진 까닭입니다; 소인을 가까이하고, 어진 신하를 멀리한 것, 이것이 바로 후한(後漢)이 기울어 무너진 까닭입니다. 선제가 살아계실 때, 번번이 신(臣)과 이 일을 논하면서, 환제(桓帝)와 영제(靈帝)에 대해 탄식하고 통한해하지 않은 적이 없었습니다. 시중(侍中)·상서(尙書)·장사(長史)·참군(參軍), 이들은 모두 정조가 어질고 절개를 위해 목숨을 버리는 신하들이오니, 원하건대 폐하께서 그들을 가까이하고 그들을 믿는다면, 한 왕실의 융성은, 날을 세어가면서 기다릴 수 있을 것입니다.

▌있을 재(在): 존재하다, 생존하다. ▌장사(長史): 승상부(丞相府)의 문서와 장부를 관리하던 관리. ▌'侍中, 尚書, 長史, 參軍': 시중(侍中)은 곽유지와 비의를, 상서(尚書)는 진진(陳震)을, 장사(長史)는 장예(張裔)를, 참군(參軍)은 장완(張琬)을 가리킨다.

臣本布衣, 躬耕於南陽, 苟全性命於亂世, 不求聞達於諸侯。先帝不以臣卑鄙, 猥自枉屈, 三顧臣於草廬之中, 諮臣以當世之事, 由是感激, 遂許先帝以驅馳。後值傾覆, 受任於敗軍之際, 奉命於危難之間, 爾來二十有一年矣。先帝知臣謹慎, 故臨崩寄臣以大事也。
신본포의, 궁경어남양, 구전성명어난세, 불구문달어제후。선제불이신비비, 외자왕굴, 삼고신어초려지중, 자신이당세지사, 유시감격, 수허선제이구치。후치경복, 수임어패군지제, 봉명어위난지간, 이래이십유일년의。선제지신근신, 고임붕기신이대사야。

신(臣)은 본디 평민으로서, 남양(南陽)에서 몸소 밭을 갈면서, 난세에 목숨을 구차(苟且)하게 구전(求全)하고 있었지, 제후에게 이름이 알려지는 것을 구하지 않았습니다. 선제께서는 저를 비루하게 여기지 않고, 자신을 욕보이며 굽히시어, 초가집으로 신(臣)을 세 번이나 찾아오시어, 신에게 당시 세상의 일을 물으셨는데, 이에 감격하여, 마침내 선제께 몸을 몰고 달릴 것을(신명을 다할 것을) 약속했습니다. 그 후 [나라가] 기울고 넘어지면서, 패전한 때에 임무를 받고, 위난(危難)의 순간에 명을 받들었는데, 그 이래 21년(207-227년)이 되었습니다. 선제께서는 제 근신(謹慎)을 아셨고, 때문에 붕어(崩御)에 이르러 신(臣)에게 큰일을 맡기셨습니다.

▌신하 신(臣): 신하, 신하가 왕에게 자신을 낮추어 말하는 인칭대명사. ▌몸 궁(躬): 몸, 자신, 몸소. ▌남양(南陽): 여러 설이 있지만 다수가 조위(曹魏) 형주(荊州) 남양군(南陽郡) 완현(宛縣), 현재의 하남성 남양시 완성구(宛城區)를 가리킨다고 한다. 「융중대」(隆中對)의 융중은 제갈량이 임시 거주한(寓居) 형주 양양군(襄陽郡)이고, 「출사표」의 남양은 직접 농사를 지은(躬耕) 형주 남양군 와룡강(臥龍崗)으로 이해된다. ▌비비(卑鄙): 현대한어로는 비열

하다는 뜻이나, 옛날에는 지위가 비천하고 견식이 천루(淺陋)하다는 뜻이다. ▌함부로 외(猥): 뜻을 굽히어, 욕보이다. ▌외자(猥自): 자신을 욕보이다. ▌굽을 왕(枉): 굽히다. ▌굽을 굴(屈): 굽히다. ▌허락할 허(許): 약속하다. ▌몰 구(驅). ▌달릴 치(馳). ▌구치(驅馳): 남을 위해 일을 다 하다. ▌값 치(値): 마주하다, 만나다, 조우하다. ▌너 이(爾): 그(彼), 이(是, 此). ▌이래(爾來): 그 이래. ▌'二十有一年': 건안(建安) 12년(207) 유비의 삼고초려부터 건흥(建興) 5년(207) 출사표까지 21년을 가리킨다. ▌부칠 기(寄): 맡기다, 위탁하다.

受命以來 , 夙夜憂歎 , 恐託付不效 , 以傷先帝之明 , 故五月渡瀘 , 深入不毛。今南方已定 , 兵甲已足 , 當獎率三軍 , 北定中原 , 庶竭駑鈍 , 攘除姦凶 , 興復漢室 , 還於舊都。此臣所以報先帝 , 而忠陛下之職分也。至於斟酌損益 , 進盡忠言 , 則攸之、禕、允之任也。

수명이래 , 숙야우탄 , 공탁부불효 , 이상선제지명 , 고오월도로 , 심입불모。금남방이정 , **병갑**이족 , 당장솔삼군 , 북정중원 , **서갈노둔** , 양제간흉 , 흥부한실 , 환어구도。차신소이보선제 , 이충폐하지직분야。지어짐작손익 , 진진충언 , 즉유지、의、윤지임야。

명을 받은 이래, 밤낮(夙夜)으로 우려하고 탄식했던 것은, [선제께서 제게] 부탁하신 일이 이루어지지 않아, 선제의 성명(聖明)을 상하게 할까 두려웠기 때문으로, 그리하여 [建興 3년, 225년] 5월에 노수(瀘水)를 건너, [남만을 토벌하기 위해] 불모지로 깊이 들어갔습니다. 이제 남방은 이미 평정되었고, 병사와 군비가 이미 충족되었으니, 마땅히 삼군을 장려하고 인솔하여, 북으로 중원(中原, 魏)을 평정해야 할 것인데, 바라는 것은 둔하고 무딘 재주를 다하여, 간사하고 흉악한 자를 물리쳐 제거하고, 한 왕실을 다시 일으켜, 옛 도읍(洛陽)으로 돌아가는 것입니다. 이는 신(臣)이 선제께 보답하고, 폐하께 충성하고자 하는 직분입니다. 손익을 참작하여, 충언을 모두 진헌(進獻)하는 것은, 곽유지·비위·동윤의 임무입니다.

▌읊을 탄(歎): 탄식하다, 한숨 쉬다. ▌우탄(憂歎): 우탄(憂嘆), 우려하고 탄식하다. ▌불효(不效): 효과가 없다, 일을 하지 못하다. ▌도로(渡瀘): 노수(瀘水)를 건너다. ※ 제갈량은 건흥(建興) 3년(225) 노수(瀘水, 金沙江)를 넘어 운남성 곡정(曲靖)에 이르러 남만왕(南蠻王)

맹획(孟獲)을 진압했는데, 그 과정에서 "일곱 번 풀어주었다가 일곱 번 사로잡았다."라는 칠종칠금(七縱七擒) 고사가 생겼다. 이 고사는 배송지(裴松之)가 『삼국지』「제갈량전」 건흥 삼년(建興三年) 조에 주를 달면서 『한진춘추』(漢晉春秋)를 인용하여 알려졌다. 당시 현지 습속에 풍랑이 센 노수를 건너려면 사람 49명의 머리를 잘라 제사를 지내야 하는데, 제갈량은 이것이 비인도적이라 생각하여 꾀를 내어 흑우와 백양 고기 소(餡)를 밀가루로 만든 피(皮)에 넣어 사람 머리 모양으로 만들어 쪄서 제사를 지냈다고 한다. 이것이 처음에는 만두(蠻頭)로 불렸다가 다시 만수(饅首) 또는 만두(饅頭)라 불렸는데, 청대부터 북방에서는 소가 있는 것은 포자(包子)라 불리고, 소가 없는 것은 만두(饅頭)라 불렸다. 현재 남방에서는 소가 있는 것을 만두라 부르고, 소가 없는 경우는 대포자(大包子)라 부르기도 한다. ▇불모(不毛): 털 모(毛) 자에는 초목 또는 오곡이란 의미가 있는데, 남방의 불모지는 초목이 아닌 오곡이 소출되지 않는 불모지로 이해해야 한다. ▇병갑(兵甲): 흔히 병기와 갑주(甲冑), 즉 무기와 장비로 해석하지만 전쟁을 치를 인적 물적 준비라는 의미에서 병사와 군비로 해석하는 것이 바람직 하다. ▇권면할 장(奬): 돕다, 칭찬하다. ▇여러 서(庶): 바라옵건대. ▇둔할 노(駑): 재능이 없고 미련한 모양.

願陛下託臣以討賊興復之效；不效，則治臣之罪，以告先帝之靈。若無興德之言，責攸之、禕、允等之慢，以彰其咎。陛下亦宜自謀，以諮諏善道，察納雅言，深追先帝遺詔。臣不勝受恩感激，今當遠離，臨表涕零，不知所言。」

원폐하탁신이토적흥부지**효**；불효，즉치신지죄，이고선제지령。**약무흥덕지언**，책유지、의、윤등지만，이창기구。폐하역의자모，이자**추선도**，찰납아언，심추선제유**조**。신불승수은감격，금당원리，임표체령，**부지소언**。"

원하건대 폐하께서 신(臣)에게 역적을 토벌하여 [한 왕실을] 부흥하는 데 전심전력하도록 맡겨주 시고; 전심전력하지 않으면, 신(臣)의 죄를 다스려, 선제의 영전에 고하십시오. 만일 [폐하의] 덕행을 일으키는 충언이 없으면, 곽유지·비위·동윤 등의 태만을 꾸짖어, 그들의 잘못을 밝히십 시오. 폐하께서도 또한 마땅히 스스로 도모하여, 좋은 방법을 물어보고, 바른말을 살펴 받아들이 며, 선제께서 남긴 조서를 깊이 살펴야 합니다. 신(臣)은 [폐하에게서] 받은 은혜에 감격을 이겨낼 수 없는데, 이제 멀리 떠나면서, 표문을 마주하니 눈물이 떨어져, [더 무슨] 말씀을 드려야 할지 모르겠습니다."

▋본받을 효(效): 전심전력으로 봉사하다. ▋'若無興德之言': 일부 판본에서는 이 부분을 뺐지만 문맥상 바람직하여 그대로 두었다. ▋꾀할 추(諏): 모여서 의논하다, 정사를 묻다. ▋유조(遺詔): 배송지(裴松之)는 『삼국지』 「촉서이: 선주전」(蜀書二: 先主傳)에 주를 달면서 『제갈량집』(諸葛亮集)의 선주 유조를 인용하였다. 그중 핵심은 "악이 작다고 하지 말며, 선이 작다고 하지 말지 말라. 오직 현명과 덕행만, 남에게 설득력을 갖는다."(勿以惡小而爲之, 勿以善小而不爲. 惟賢惟德, 能服於人.)라는 것이다. ▋조용히 오는 비 영(零): 떨어지다, 비가 오다. ▋'부지소언'(不知所言): 보통 '무슨 말씀을 드렸는지 모르겠습니다' 또는 '아뢸 바를 알지 못하겠습니다'라고 번역하고 있지만 이는 신하의 군주에 대한 실례이고, 이제 드릴 말씀은 다 했으므로 더 할 말이 없다는 의미에서 '더 무슨 말씀을 드려야(아뢰어야) 할지 모르겠습니다'라고 번역하는 것이 적합하다.

22-4 제갈량 「전출사표」 감상과 평설(評說)

제갈량의 「(전)출사표」에 나온 성어로

- "망령되이 자신을 보잘것없이 여긴다."라는 망자비박(妄自菲薄),

- "세 번 오두막집을 찾는다."라는 삼고모려(三顧茅廬),

- '초목이나 곡식이 자라지 못하는 땅'이라는 불모지지(不毛之地, 不芼之地),

- "현달(顯達)을 바라지 아니한다."라는 불구문달(不求聞達),

- "말할 바를 모른다."라는 부지소운(不知所云),

- "구차하게 목숨을 보전한다."라는 구전성명(苟全性命),

- "현인을 가까이하고 아첨꾼을 멀리한다."라는 친현원녕(親賢遠佞),

- "인용하고 비유한 것이 의미를 잃었다."라는 인유실의(引喻失義),

- "존망을 가르는 위급함"이라는 위급존망(危急存亡) 등이 있다.

제갈량의 「(전)출사표」는 간절한 말투로 당시의 정세를 논하면서 반복하여 후주 유선(劉禪)에게 선주 유비(劉備)의 유지를 계승하여 '밝으신 귀(聖聽)를 열고'(開張聖聽),

'상벌을 엄명하게 하고'(賞罰嚴明), '현자를 가까이하고, 아첨꾼을 멀리함'(親賢遠佞)으로써 '한 왕실 부흥'(興復漢室)이라는 대업을 완성할 것을 권면한 글이다. 제갈량은 이를 통해 '북으로 중원을 평정하려는'(北定中原) 굳은 의지와 촉한에 충성하는 자세를 표현했다.

제갈량은 전반부에서 논리로써 사실을 알리고, 후반부에서 심정으로 움직이는 내용의 구성을 통해 많은 사람의 감동을 자아냈다. 13차례 '선제'(先帝)를 말하고 7차례 '폐하'를 언급하여 '선제의 은혜를 갚고'(報先帝) '폐하에게 충성하는'(忠陛下) 자세로 선제가 남긴 '한 왕실 부흥'을 위해 '폐하'를 권면하였다.

남송 문인 겸 관료 조여시(趙與時, 1174-1231)는『빈퇴록』(賓退錄) 권9에서 남송 문인 안자순(安子順, 1158-1227)의『세통』(世通)을 인용하여 "제갈공명(諸葛孔明, 諸葛亮)의 「출사표」를 읽고 눈물을 흘리지 않으면, 그 사람은 반드시 불충한 사람일 것이고; 이영백(李令伯, 李密)의 「진정표」를 읽고, 눈물을 흘리지 않는 사람은 반드시 불효하는 사람일 것이고; 한퇴지(韓退之, 韓愈)의 「제십이랑문」(祭十二郎文)을 읽고, 눈물을 흘리지 않는 사람은 반드시 불우(不友)하는 사람일 것이다."(讀諸葛孔明出師表而不墮淚者, 其人必不忠; 讀李令伯陳情表而不墮淚者, 其人必不孝; 讀韓退之祭十二郎文而不墮淚者, 其人必不友.)라고 평했다.

원말명초(元末明初)에 군사가, 정치가, 문학가로 이름을 날린 유기(劉基, 字 伯溫, 1311-1375)가 있다. 그는 주원장(朱元璋)을 도와 명나라를 세운 개국공신이다. 민간 전설에 따르면 누군가가 유백온이 제갈량만 못하다고 말했다고 한다. 이 말을 들은 유백온은 화가 나서 제갈량의 묘를 파헤쳤는데 관 위에 "나(제갈량)는 후세에 (유)백온이 있을 것으로 예측했는데, 너는 후세에 누가 있을 것으로 예측하는가?"라고 적혀있었다고 한다. 이는 제갈량이 유백온보다 뛰어나다는 주장의 근거이다. 그러나 민간에는 "천하를 3분한 제갈량, 강산을 통일한 유백온"(三分天下諸葛亮, 一統江山劉伯溫)이란 말도 전해졌다. 이는 유백온이 제갈량을 뛰어넘는다는 평가로 활용되었다.

제갈량의 「후출사표」에는 "촉한(蜀漢)과 [한을 훔친] 조적(曹賊)은 양립할 수 없다. 제왕의 사업은 한쪽에 주저앉아 있지 않는다."(漢賊不兩立, 王業不偏安.)라는 말이 있다. 왕업, 즉 제왕의 사업은 천하를 통일하여 왕조를 건립하는 것을 가리킨다. 이 말은 후세에 정치적 도덕규범이 되었는데, 분열시대의 할거자들은 이 구호를 내걸고 천하를 지배하거나 통일하려 했다. 장개석(蔣介石)이 모택동에게 쫓겨 작은 땅덩이인 대만 섬으로 도망간 뒤 이 말로 모택동을 비난하였고, 대륙 수복(三民主義統一中國) 및 양안(兩岸) 통일 정책의 근거와 명분으로 삼았다. 그러나 역사현실은 반대였다. 촉한은 조위(曹魏)에게 망하였고 중국 정사는 조위를 정통으로 보았다. 중국공산당은 조위 계승을 자처하고 정통론 중 대일통(大一統) 신화를 근거로 대만 침공을 '해방'(解放)이란 이름으로 정당화하고 있다.

23. 제갈량(諸葛亮)
「지인성」(知人性)과 「계자서」(誡子書)

23-1 저자 소개

22-1 저자 소개 참조

23-2 원전 소개

「지인성」(知人性)은 제갈량이 사람을 알고 식별하는 문제를 논한 글이다. 이는 사실 지도자의 기본 조건이다. 「지인성」은 표리부동한 네 종류의 인간을 제시하고, 사람을 식별하는 일곱 가지의 방법을 제시했다.

「지인성」은 『제갈량집』(諸葛亮集) 권4에 실린 『장원』(將苑) 권1에 포함된 글이다. 『장원』은 장수론(將帥論), 즉 지도자론을 다룬 군서(軍書)로서 『제갈량장원』(諸葛亮將苑), 『무후장원』(武侯將苑), 『심서』(心書), 『무후심서』(武侯心書), 『신서』(新書), 『무후신서』(武侯新書) 등으로도 불린다. 『장원』은 『손자』(孫子), 『오자』(吳子), 『사마법』(司馬法), 『육도』(六韜) 등 병서에서 장수와 관련된 내용을 받아들여 전적으로 '장수의 도리'(爲將之道)를 제시했다. 오늘의 개념으로는 지도자론 또는 리더십이론이라고 볼 수 있다.

「계자서」(戒子書)는 제갈량이 만년(54세)에 여덟 살 아들 제갈첨(諸葛瞻)에게 쓴 편지다. 아버지 제갈량이 사랑하는 아들에게 주의를 당부하는 정이 가득히 담긴 명문장으로 후세 배우는 사람의 수신입지(修身立志)를 위한 나침반이 되었다.

「계자서」는 『제갈량집』 권1, 『예문유취』(藝文類聚) 권23 「감계」(鑒誡) 편 및 『태평어람』 권459 「감계하」(鑒戒下) 편 등에 실려 있다.

『제갈량집』 권1과 『태평어람』(太平御覽) 권497 「감취」(酣醉) 편에 실린 제갈량의 음주 관련 발언을 「우계자서」(又戒子書)라고 하나 후대의 위작이라는 평가도 있다. 『제갈량집』 권1과 『태평어람』 권459 「감계하」(鑒戒下) 편에는 「계자서」와 유사하게 조카를 훈계하는 글로서 후대 사람들이 즐겨 암송했던 「계외생서」(戒外生書)가 있다. 이 역시 위작으로 평가된다.

23-3 제갈량 「지인성」과 「계자서」 원문, 역문 및 주석

「지인성」(知人性) : 술로 취하게 하여 그 사람의 성격을 본다(醉之以酒而觀其性).

夫知人之性 , 莫難察焉。美惡既殊 , 情貌不一。有溫良而爲詐者 , 有外恭而內欺者 , 有外勇而內怯者 , 有盡力而不忠者。
부지인지성 , 막난찰언。미악기수 , 정모불일。유온량이위사자 , 유외공이내기자 , 유외용이내겁자 , 유진력이불충자。

무릇 사람의 본성을 알아내는 것, 살피기 어려운 것은 아니다. [사람은] 아름다움과 추함이 다를 뿐 아니라, 성정과 외모도 하나가 아니다. 온순 선량하면서 속이는 사람이 있고, 겉으로는 공손하지만 속으로는 속이는 사람이 있고, 겉으로는 용감하지만 속은 비겁한 사람이 있고, 힘을 다하면서도 충실하지 않은 사람이 있다.

▌"夫知人之性, 莫難察焉.": 이에 대한 해석은 극단으로 나뉜다. "사람의 본성을 아는 것보다 더 어려운 일은 없다."라는 해석과 "사람의 본성을 아는 것은 그리 어려운 일이 아니다."라는 해석으로 극명하게 갈린다. 앞의 해석은 사람의 본성은 알기 어렵다(人性難察)는 선입견에서 문장의 구조를 자세히 보지 않고 의역한 결과이다. '莫難察'에서 莫 자는 없다, 아니다 뜻이므로 '莫難察'은 '살피기 어렵지 않다'라는 뜻이다. '夫知人之性'에서 '知' 자가 없으면 해석이 순조로운데 이것이 들어가 해석을 혼란스럽게 하였다. 어렵지 않다는 선입견을 깨기 위해 인성을 살피는 쉬운 방법을 제시하여 활용토록 한 것이 제갈량의 본래 의도라고 본다.

然知人之道有七焉 : 一曰 , 間之以是非而觀其志 ; 二曰 , 窮之以辭辯而觀其變 ; 三曰 , 咨之以計謀而觀其識 ; 四曰 , 告之以禍難而觀其勇 ; 五曰 , 醉之以酒而觀其性 ; 六曰 , 臨之以利而觀其廉 ; 七曰 , 期之以事而觀其信。(《將苑》《心書》)卷一)
연지인지도유칠언 : 일왈 , 간지이시비이관기지 ; 이왈 , 궁지이사변이관기변 ; 삼왈 , 자지이계모이관기식 ; 사왈 , 고지이화난이관기용 ; 오왈 , 취지이주이관기성 ; 육왈 , 임지이리이관기렴 ; 칠왈 , 기지이사이관기신。(《장원》《심서》)권일)

그러나 사람을 아는 방법으로 일곱 가지가 있다: 첫째로 말하면, 시비(是非)로 그사람를 이간(離間)하여(혼란스럽게 하여) 그사람의 의지를 보는 것이며; 둘째로 말하면, 언변(辭辯, 能言善辯)으로 [궁지에 몰아서] 그사람의 임기응변을 보는 것이며; 셋째로 말하면, 계책을 물어 그사람의 식견을 보는 것이며; 넷째로 말하면, 재난을 알려주어 그사람의 용기를 보는 것이며; 다섯째로 말하면, 술로 취하게 하여 그사람의 성격을 보는 것이며; 여섯째로 말하면, 이해관계에 임하게 하여 그사람의 청렴을 보는 것이며; 일곱째로 말하면, 일을 기약(期約)함으로써 그사람의 신용(信用)을 보는 것이다.

▌사이 간(間): 이간하다. 이간(離間)은 두 사람이나 나라 따위의 사이를 헐뜯어 서로 멀어지게 하다, 소원하게 하다, 화목하지 못하게 하다는 뜻이다.

「계자서」(誡子書) : 배우지 않으면 재능을 넓힐 수 없고, 뜻이 없으면 배움을 이룰 수 없다(非學無以廣才, 非志無以成學.).

夫君子之行, 静以修身, 儉以養德; 非澹泊無以明志, 非寧靜無以致遠。夫學須静也, 才須學也; 非學無以廣才, 非志無以成學。淫(慆)慢則不能勵精, 險躁則不能冶性。年與時馳, 意與日(歲)去, 遂成枯落, 多不接世, 悲守(歎)窮廬, 將復何及! (『諸葛亮集』卷1) * ( ) 부분은 『藝文類聚』卷23「人部七: 鑑誡」에 근거함.

부군자지행, 정이수신, 검이양덕; 비담박무이명지, 비녕정무이치원。부학수정야, 재수학야; 비학무이광재, 비지무이성학。음(도)만즉불능여정, 험조즉불능야성。연여시치, 의여일(세)거, 수성고락, 다부접세, 비수(탄)궁려, 장부하급! (『제갈량집』권1)

무릇 군자의 행실은, 고요함으로 수신하고, 검소함으로 덕을 기른다; 담박(澹泊)하지 않으면 뜻을 밝힐 수 없고, 영정(寧靜)하지 않으면 멀리 갈 수 없다. 무릇 배움에는 반드시 고요해야 하고, 재능은 반드시 배워야 한다; 배우지 않으면 재능을 넓힐 수 없고, 뜻이 없으면 배움을 이룰 수 없다. 음란하고 태만하면 정신을 쏟을 수 없고, 경솔하면 성정(性情)을 도야(陶冶)할 수 없다. 나이는 시간과 더불어 달리고, 생각(의지)은 세월과 더불어 가버리고, 마침내 말라 떨어지므로, 다만 세상과 접하지 않고, 슬프게 초라한 초가집이니 지킨다면, 앞으로 어찌 다시 쫓아갈 수 있을꼬!

▌"非澹泊無以明志, 非寧靜無以致遠.": 서한시대 유안(劉晏, 179-122BCE)과 문객이 편찬한 『회남자』(淮南子)「주술훈」(主術訓)에서 인용한 것이다. 춘추시대 신문자(辛文子, 計然)의 『문자』(文子, 通玄眞經)「상인」(上仁) 편에 따르면 노자(老子)의 말이라고(老子曰: 非恬漠無以明德, 非寧靜無以致遠.) 하지만 『노자』에는 나오지 않는다. ▌기뻐할 도(慆): 방자하다. ▌힘쓸 려(勵). ▌여정(勵精): 정신을 기울이다, 마음을 다하다. ▌험할 험(險): 비뚤다, 나쁘다. ▌성급할 조(躁): 조급하다. ▌험조(險躁): 경박하고 성솔하다. ▌많을 다(多): 대부분, 다만(只, 僅).

23-4 제갈량 「지인성」과 「계자서」 감상과 평설(評說)

제갈량은 「지인성」에서 사람의 본성을 아는 일은 그리 어려운 일이 아니라고 단정했다. 이는 흔히 '열 길 물속은 알아도 한 길 사람의 속은 모른다'라는 선입견과는 전혀 다른 관점이다. 이는 「지인성」이란 문장이 사실 전쟁터에서 장수들이 사람을 골라 쓰는 방법으로 제시된 것으로 빨리 인성을 파악해야 하는 필요성에서 제시했기 때문이 아닌가 한다. 따라서 제갈량이 제시한 방법으로 사람을 쓰면 전쟁터에서 그리 어려움은 없이 승리할 수 있을 것으로 본다(사람이 중요한 관건이 될 경우).

제갈량은 「계자서」를 통해 아들에게 수신양성(修身養性)과 치학주인(治學做人)의 도리를 전했다. 그 내용은 물론 제갈량의 아들에게 유용했을 뿐 아니라, 가훈 중의 명작으로 알려져 후대의 많은 사람이 즐겨 암송하고 본받고자 했다.

「계자서」는 '담박영정'(澹泊寧靜)을 통한 의지와 목표 설정을 주장했다. 즉, 「계자서」의 주제를 한 문장으로 정리하면 "淡泊(以)明志, 寧靜(而)致遠."(담박(澹泊)하여 뜻을 밝히고, 영정(寧靜)하여 멀리 간다)이라고 말할 수 있다. 이는 '담박명지'(澹泊明志), '영정치원'(寧靜致遠)이란 성어로 축약되었다. '담박명지'(澹泊明志)는 세상의 명리를 쫓지 않고 지향을 밝게 하는 것을, '영정치원'(寧靜致遠)은 마음을 편안하고 조용히 하여 먼 곳에 이른다는 것을 의미한다.

제갈량의 「지인성」이 실린 책에 「동이」(東夷)라는 글도 실려 있다. 고전 중 『후한서』(後漢書) 「동이열전」(東夷列傳)과 『삼국지』(三國志) 「위지: 동이전」(魏志: 東夷傳) 및 『태평어람』(太平御覽) 「사이부: 동이」(四夷部: 東夷) 외에 동이를 주제로 한 글을 찾아보기 어려운데 제갈량이 「동이」라는 글을 따로 지었다는 것은 매우 이례(異例)이다. 칭찬한 것인지 비방한 것인지 독자들이 직접 판단해보기 바란다.

東夷之性 , 薄禮少義 , 捍急能鬪 , 依山塹海 , 憑險自固 , 上下龢睦 , 百姓安樂 , 未 可圖也。若上亂下離 , 則可以行間 ; 間起則隙生 , 隙生則修文教以來之 , 固甲兵而擊 之 , 其勢必勝也。

동이지성 , 박례소의 , 한급능투 , 의산참해 , 빙험자고 , 상하화목 , 백성안락 , 미 가도야。약상란하리 , 즉가이행간 ; 간기즉극생 , 극생즉수문교이래지 , 고갑병이격 지 , 기세필승야。

동이족의 성품은, 예가 옅고 의가 적지만, 사납고 급해 싸움에 능하기에, 산에 기대어 바다를 참호로 삼아, 이로써 스스로 방어하고, 상하가 화목하며, 백성이 안락하여, [그들을] 도모할 수 없다. 만일 윗사람이 어지럽고 아랫사람이 떠나면, [그들에게] 이간계를 쓸 수 있는데; 이간하면 틈이 생기고, 틈이 생기면 교육으로 그들을 이끌거나, 또는 병사와 무기로 공격하면, 그 형세에서 는 반드시 [그들을] 이기게 된다.

　중국은 그동안 이간계로 친중반미가 한국이 가야 할 길이라는 믿음을 한국사회에 주입했다.

24. 조비(曹丕)
『전론』(典論) 「논문」(論文)

24-1 저자 소개

조비(曹丕, 187-226)는 자는 자환(子桓), 시호(諡號)는 문제(文帝)로 삼국시대 위(魏) 창업제왕이다. 동한시대 예주자사부(豫州刺史部) 패국(沛國) 초현(譙縣, 현 안휘성 亳州) 출신이다. 위나라 실력자 조조(曹操)의 네 아들(昂, 沖, 丕, 植) 중 둘째로 216년 조조가 위왕(魏王)이 된 다음 해인 217년 세자가 되었고, 220년 조조가 죽은 뒤 위왕(魏王)이 되고 동한 한헌제(漢獻帝)에게서 선양(禪讓)을 받는 형식으로 칭제(稱帝)하고 7년 동안 재위했다.

조비는 아버지 조조 및 동생 조식(曹植)과 함께 문인으로 이름이 높아 삼조(三曹)라 불리었다. 인문학자들은 문학사에서 누가 우세한지에

조비

대해 설왕설래하지만 조비를 첫째로 꼽지는 않는 듯하다. 그렇지만 조비의 시부(詩賦)

100여 편이 전해지며, 그중 「연가행」(燕歌行) 2수(首)는 최초의 7언시(七言詩)로서 후대의 칠언시 창작에 큰 영향을 끼쳤다. 그의 시는 『위문제집』(魏文帝集) 2권에 전해진다.

24-2 원전 소개

조비의 「논문」(論文)은 그의 문학평론집 『전론』(典論)에 실린 20편의 문장 중 한 편이다. 전(典)은 상(常) 또는 법(法)을 의미하는 것이며, 『전론』은 각종 사물의 법칙을 토론한 문집으로 당시 문인의 언행을 규범하는 법전으로 인정되었다. 『전론』은 송대에 대부분 사라지고 현재 「자서」(自序)와 「논문」만 각각 『삼국지』 배송지(裵松之) 주와 남조 양(梁) 소통(蕭統) 등이 편집한 『소명문선』(昭明文選)에 전해지고 있다. 여기서 이용한 것은 송대(983) 이방(李昉) 등이 편찬한 『태평어람』(太平御覽) 권599 「문부십오: 품량문장」(文部十五: 品量文章)」에 실린 것이다. '전론'(典論)은 '경전논저'(經典論著 또는 經典論着)의 줄임말이라는 설도 있지만 정확하지 않다.

600여 자에 이르는 「논문」은 가장 오랜 문학(비평)이론으로서 문학불후론(文學不朽論), 감상론, 비평론, 문체론, 문기론(文氣論) 등 이론을 제시했다.

24-3 조비 「전론」 「논문」 원문, 역문 및 주석

> 「논문」(論文) : 수명은 시간이 되면 다하게 되고, 영락(榮樂)은 제 한 몸에 그치므로, ...문장의 무궁만 하지 못하다(年壽有時而盡, 榮樂止乎其身, ...未若文章之無窮.).

魏文帝《典論》曰 : 「文人相輕 , 自古而然。傅毅之於班固 , 伯仲之間耳 , 而固小之。與弟超書曰 : 『武仲以能屬文爲蘭臺令史 , 下筆不能自休。』夫人善于此自見 , 而文非一體 , 鮮能備善 , 是以各以所長 , 相輕所短矣。里諺曰 : 『家有弊帚 , 享之千金。』斯不自

見之患也。

위문제《전론》왈 : 「문인상경, 자고이연。**부의지어반고, 백중지간이**, 이고소지。여
제초서왈 : 『무중이능**속문위난대영사**, 하필불능자휴。부인선우차**자현**, 이문비일
체, 선능비선, 시이각이소장, 상경소단의。**이언왈 :**『가유폐추, 향지천금。』사부자
견지환야。

위문제(魏文帝) 『전론』(典論)이 말했다: "문인들이 서로 가벼이 여기는 것은, 예부터 그러하다.
부의(傅毅)는 반고(班固)에 비하면, 맏이와 둘째 사이일 뿐인데, 반고는 그를 한사코 작게 보았다.
[반고는] 동생 반초(班超)에게 보낸 편지에서 말했다: '부의는 글을 잘 써서 난대영사(蘭臺令史)가
되었지만, 붓을 댔다 하면 [길게 써서] 스스로 그칠 줄 모른다.' 무릇 사람은 이같이 자신을 드러내
는 것은 잘하는데, 그러나 문장이란 결코 하나의 격식이 아니어서, 골고루 잘 쓰는 것이 드물기
마련이므로, 이 때문에 각자 [자신의] 장점으로, [남의] 단점을 [비난하여] 서로 가벼이 한다. 속담
에 말했다: '집에 있는 몽당빗자루를, 천금처럼 여긴다.' 이는 자신을 [제대로] 되돌아보지 못하는
흠집이다.

> ▌부의(傅毅): 한나라 문인, 자는 무중(武仲), 반고 등과 도서를 교정하고 정리하는 작업(校
> 讎)에 참여. ▌반고(班固): 자 맹견(孟堅), 아버지를 이어받아 『한서』(漢書)를 지은 역사가.
> ▌백중지간(伯仲之間): 맏이와 둘째의 사이, 우열을 가리기 힘든 사이, 엇비슷함. ▌굳을
> 고(固): 오로지, 굳이, 한사코, 한결같이. ▌소지(小之): 그를 작게 보다, 그들 업신여기다,
> 그를 깔보다. ▌엮을 속(屬). ▌속문(屬文, zhǔ wén): 문자를 엮다(綴輯), 글을 쓰다. ▌난대
> 영사(蘭臺令史): 동한시대 황실의 도서를 정리하고 상주문을 담당하는 기구의 우두머리.
> ▌자현(自見, zì xiàn): 자신을 나타내다, 자신을 드러내다. ▌몸 체(體): 규격, 격식, 법식(法
> 式). ▌갖출 비(備): 완비, 제비(齊備). ▌'里諺曰': 이 속담은 반고(班固) 『東觀漢記』「紀一:
> 世祖光武皇帝」에 처음 나온다. ▌비 추(帚). ▌누릴 향(享): 드리다, 상당(相當)하다. ▌자견
> (自見, zì jiàn): 자신의 상황을 이해하다, 자신을 정확하게 평가하다.

今之文人，魯國孔融文舉，廣陵陳琳孔璋，山陽王粲仲宣，北海徐幹偉長，陳留阮瑀元
瑜，汝南應瑒德璉，東平劉楨公幹，斯七子者，於學無所遺，於辭無所假，咸自以騁

駑驥於千里, 仰齊足而并馳。以此相服, 亦良難矣。蓋君子審己以度人, 故能免於斯累而作論文。

금지문인, 노국공융문거, 광릉진림공장, 산양왕찬중선, 북해서간위장, 진류완우원유, 여남응창덕련, 동평유정공간, 사칠자자, 어학무소유, 어사무소가, 함자이빙녹기어천리, 앙제족이병치。이차상복, 역양난의。개군자심기이탁인, 고능면어사루이작논문。

오늘의 문인인, 노국공융문거(魯國孔融文擧, 153-208), 광릉진림공장(廣陵陳琳孔璋, ?-217), 산양왕찬중선(山陽王粲仲宣, 177-217), 북해서간위장(北海徐幹偉長, 170-217), 진류완우원유(陳留阮瑀元瑜, 165-212), 여남응창덕련(汝南應瑒德璉, ?-217), 동평유정공간(東平劉楨公幹, 180-217), 이 일곱 사람은, 학문에는 빠짐이 없고, 문사(文辭, 文章)에는 [남의 것을] 빌린 것도 없어, 모두 자신을 천 리를 달리는 준마로 여기고, 고개를 들고 발을 가지런히 하고 나란히 달렸다. 이 때문에 서로 인정하도록 하는 것은, 역시 진실로 어렵다. 대개 군자는 먼저 자신을 살피고 남을 헤아리기에, 따라서 이러한(文人相輕) 과실을 피할 수 있는데, 그리하여 이 논문(論文)을 썼다.

▋노국공융문거(魯國孔融文擧): 노나라의 자(字)가 문거(文擧)인 공융(孔融). 그다음의 6명은 '출신지+성명+자'를 말한 것으로 동한시대 헌제(獻帝) 건안(建安) 연간(196-220)에 조조(曹操) 편에 서서 이름을 날린 7명의 문인, 즉 건안칠자(建安七子)를 이른다. 이들은 한때 위나라 수도 업성(鄴城, 현 하북성 臨漳縣)에 기주하였기에 업중칠자(鄴中七子)로도 불린다. ▋달릴 빙(騁). ▋말 이름 록(駼). ▋천리마 기(驥). ▋녹기(駑驥): 양마(良馬), 준마. ▋이차(以此): 이로써, 이 때문에. ▋좋을 양(良): 진실로, 정말. ▋헤아릴 탁(度).

王粲長於辭賦, 徐幹時有齊氣, 然粲之匹也。如粲之《初征》、《登樓》、《槐賦》, 幹之《玄猿》、《漏卮》、《員扇》、《橘賦》, 雖張、蔡不足過也。然於它文, 未能稱是。琳、瑀之章、表、書、記, 今之俊也。應瑒和而不壯, 劉楨壯而不密。孔融體氣高妙有過人者, 然不能持論, 理不勝辭, 至於雜以嘲戲。及其時有所善, 楊、班儔也。

왕찬장어사부, 서간시유제기, 연찬지필야。여찬지《초정》、《등루》、《괴부》, 간지《현원》、《누치》、《원선》、《귤부》, 수장、채부족과야。연어타문, 미능칭시。림、우지

장、표、서、기 , 금지준야。응창화이부장 , 유정장이불밀。공융체기고묘유과인자 ,
연불능지론 , 이불승사 , 지어잡이조희。급기시유소선 , 양、반주야。

왕찬(王粲)은 사부(辭賦)에 뛰어나고, 서간(徐幹)(의 문장)은 때때로 제나라 기풍을 갖고 있는데,
그럼에도 왕찬에 필적한다. 예를 들어, 왕찬의「초정」(初征),「등루」(登樓),「괴부」(槐賦), 서간의
「현원」(玄猿),「누위」(漏巵),「원선」(員扇),「귤부」(橘賦)는, 비록 장형(張衡)과 채옹(蔡邕)이라도
[그들을] 넘어가지 못한다. 그러나 다른 [체제의] 문장은, 이렇게 일컬을 수 없다. 진림(陳琳)과
완우(阮瑀)의 장(章)·표(表)·서(書)·기(記)는, 오늘의 엄지척이다. 응창(應瑒)(의 문장)은 온화
하나 웅장하지 않고, 유정(劉楨)(의 문장)은 [기세는] 웅장하나 치밀하지 않다. 공융(孔融)(의
문장)은 격식과 기세가 높고 기묘하여 남을 뛰어넘는 것이 있지만, 그러나 [자신의] 주장을 지니지
못했고, 논리가 어휘를 뛰어넘지 못하고, 심지어 조소와 희롱[의 어휘]이 섞여 있다. 그가 때로
잘하는 것은, 양웅(揚雄) 및 반고(班固)에 필적한다.

> ▌사부(辭賦): 서정적 시인 사(辭)와 서사적 시인 부(賦)를 아울러 이르는 말이지만, 초사(楚
> 辭)의 형식에 따른 산문(散文)에 가까운 운문(韻文)으로 500-1,000자의 길이를 가진 문체를
> 가리킨다. ▌준걸 준(俊): 영특할 준(雋), 우수하다, 재주가 출중하다. ▌짝 주(儔): 필적하다.

常人貴遠賤近 , 向聲背實 , 又患闇於自見 , 謂己爲賢。夫文本同而末異 , 蓋奏議宜
雅 , 書論宜理 , 銘誄尚實 , 詩賦欲麗。此四科不同 , 故能之者偏也。惟通才能備其體。
文以氣爲主 , 氣之淸濁有體 , 不可力強而致。譬諸音樂 , 曲度雖均 , 節奏同檢 , 至於
引氣不齊 , 巧拙有素 , 雖在父兄 , 不能以移子弟。
상인귀원천근 , 향성배실 , 우환암어자견 , 위기위현。부문본동이말이 , 개주의의
아 , **서론의리** , **명뢰상실** , **시부욕려**。차사과부동 , 고능지자편야。유통재능비기체。
문이기위주 , 기지청탁유체 , 불가역강이치。비저음악 , 곡도수균 , 절주동검 , 지어
인기부제 , **교졸유소** , 수재부형 , 불능이이자제。

일반 사람들은 먼(옛) 것을 귀하게 여기고 가까운(오늘날의) 것을 천하게 여기며, 명성만을 지향
하고 실제를 등지며, 또 자신을 제대로 보는데 어두운 병을 앓아, 자기가 현능(賢能)하다고 말한

다. 무릇 문장은 근본은 같지만 지엽(枝葉)은 다른데, 대체로 주(奏)와 의(議)는 마땅히 우아해야 하고, 서(書)와 론(論)은 마땅히 이치에 맞아야 하며, 명(銘)과 뢰(誄)는 실질을 중시하고, 시(詩) 와 부(賦)는 화려해야 한다. 이 네 가지 과목(의 문체)은 [서로] 다른데, 때문에 능력자는 [어느 한쪽으로] 치우친다. 오직 통달한 재목이라야 그 [모든] 격식을 완비할 수 있다. 문장이란 기질을 기둥으로 삼고, 기질의 청탁(淸濁)은 격식을 갖고 있어서, [문장은] 힘이 강하다고 해서 얻을 수는 없다. 그것을 음악에 비유하면, 곡조가 비록 같고, 리듬에 같은 법도를 갖고 있다고 해도, 호흡의 운용이 같지 않고, 교졸(巧拙)은 타고나기에, 비록 아버지나 형이라 해도, [음악의] 자식이 나 동생에게 전해줄 수 없다.

▐닫힌 문 암(闇): 어둡다. ▐끝 말(末): 지엽(枝葉), 문장의 체제(體裁)와 형식(形式)을 이름. ▐주의(奏議): 신하가 왕에게 글을 올려 일의 시비를 의론하는 것. ▐맑을 아(雅): 우아하다, 문아(文雅)하다. ▐서론(書論): 편지와 전문 논술. ▐새길 명(銘). ▐뇌사 뢰(誄): 조문, 뇌사(誄詞), 죽은 사람의 살았을 때 공덕을 칭송하며 문상하는 말. ▐명뢰(銘誄): 죽은 사람의 경력과 공적을 쓴 문장. ▐시부(詩賦): 시(詩)와 부(賦). ▐모두 제(諸, zhū): 어조사, '之於'의 합음(合音)으로 '저'라 발음하며 ...에게 또는 ...에서를 의미한다. ▐고를 균(均): 동등하다, 같다. ▐검사할 검(檢): 단정하다, 법도가 있다. ▐가지런할 제(齊, qí): 가지런하다, 같다, 똑같이, 동시에. ▐교졸(巧拙): 정교함과 서투름, 인공과 자연. 중국 고대 미학 관념으로 육조시대(六朝時代) 이후 교와 졸의 관계에서 '영졸무교'(寧拙毋巧), 즉 '차라리 거칠되 기교 를 부리지 않는다.'라는 것을 높이 평가했다. 이는 『노자』 제41장의 '대교약졸'(大巧若拙)의 영향이 아닌가 생각한다. ▐유소(有素): 본래의, 본디 갖춘, 타고난.

蓋文章經國之大業 , 不朽之盛事 , 年壽有時而盡 , 榮樂止乎其身 , 二者必至之常期 , 未若文章之無窮。是以古之作者 , 寄身於翰墨 , 見意於篇籍 , 不假良史之辭 , 不托飛 馳之勢 , 而聲名自傳於後。故西伯幽而演《易》, 周旦顯而制《禮》, 不以隱約而不務 , 不以康樂而加思。夫然 , 則古人賤尺璧而重寸陰 , 懼乎時之過已。而人多不強力 , 貧 賤則懼於饑寒 , 富貴則流於逸樂 , 遂營目前之務 , 而遺千載之功 , 日月逝於上 , 體 貌衰於下 , 忽然與萬物遷化 , 斯亦志士大痛也。融等已逝 , 惟幹著論 , 成一家之言。」
개문장경국지대업 , 불후지성사 , 연수유시이진 , **영락**지호기신 , 이자필지지**상기** ,

미약문장지무궁。 시이고지작자 , 기신어한묵 , **현의어편적** , 불가양사지사 , 불탁비치지세 , **이성명자전어후**。 고서백유이연《역》, 주단현이제《예》, 불이은약이불무 , 불이강락이**가사**。 부연 , 즉고인천척벽이중촌음 , 구호시지과이。 이인다불강력 , 빈천즉구어기한 , 부귀즉유어일락 , 수영목전지무 , 이유천재지공 , 일월서어상 , 체모쇠어하 , 홀연여만물**천화** , 사역지사대통야。 융등이서 , **유간저론** , 성일가지언。」

대개 문장이란 나라를 다스리는 큰 과업이요, 불후(不朽)의 성대한 일이지만, 수명은 시간이 되면 다하게 되고, 영락(榮樂)은 제 한 몸에 그치므로, 이 두 가지(年壽와 榮樂)는 반드시 이르게 되는 일정한 시한이 있어, 문장의 무궁만 하지 못하다. 그래서 옛날의 작가들은, 필묵에 몸을 맡기고, 뜻을 문장서적에 나타내었지, 훌륭한 사가(史家)의 언사를 빌리지 않았고, 고관의 권세에 의탁하지 않았는데, 그러함에도 명성이 자연히 후세에 전해졌다. 그러므로 서백(西伯, 文王)은 감옥에 갇혀서도 『주역』(周易)을 연역(演繹)하였고, 주공(周公) 단(旦)은 유명해지고도 『주례』(周禮)를 지었지만, [문왕은] 곤궁하다고 게을리하지 않았고, [주공은] 편안하고 즐겁다고 생각을 달리하지 않았다. 때문에, 옛사람들은 한 척(尺)의 옥을 천하게 여기고 촌음(寸陰)을 귀중하게 여겨, 시간이 지나가는 것을 두려워했다. 그러나 사람들은 대부분 힘을 들이지 않고, 빈천해지면 굶주림과 추위를 두려워했고, 부귀해지면 안일과 향락에 흘러, 마침내 눈앞의 일을 꾀할 뿐, 천년에 끼칠(천년의 영향을 미칠) 과업을 포기했는데, 해와 달은 [하늘] 위에서 흘러가고, 몸의 모습은 [하늘] 아래에서 쇠하다가, 갑자기 만물과 더불어 죽어가니, 이 역시 뜻있는 사람들이 많이 아파하는 것이다. 공융 등은 이미 갔고, 다만 서간만 글(『中論』)을 저술하여, 일가지언(一家之言)을 이루었을 뿐이다."

▮영락(榮樂): 영예와 쾌락. ▮상기(常期): 일정한 기한(期限), 시한. ▮현의(見意): 뜻을 나타내다. ▮말 이을 이(而): 전환관계 접속사. ▮그윽할 유(幽): 감옥에 갇히다. ▮멀리 흐를 연(演): 자세히 설명하다. ▮은약(隱約): 곤궁하다. ▮가사(加思): 생각을 더하다, 생각을 달리하다, 다른 생각을 하다. ▮끼칠 유(遺): 버리다, 포기하다. ▮천화(遷化): 변화하다, 죽어가다. ▮줄기 간(幹): 서간(徐幹, 171-218), 동한시대 문학가, 북해군(北海郡) 극현(劇縣) 사람, 건안칠자의 하나. ▮말할 론(論): 「치학」(治學) 등 22편으로 구성된 서간의 저술 『중론』(中論).

24-4 조비 『전론』「논문」 감상과 평설(評說)

중국 문학비평의 비조로 평가되는 조비의 「논문」에는

- "문인들이 서로 가벼이 여긴다."라는 문인상경(文人相輕),
- '첫째와 둘째 사이', 즉 우열을 가리기 어렵다는 백중지간(伯仲之間),
- "자신을 살피고 남을 가늠한다."라는, 즉 지기지피(知己知彼)와 같은 심기탁인(審己度人),
- "근원(시작)은 같으나 말류(末流)[또는 결과]는 다르다."라는 본동말이(本同末異),
- '나라를 다스리는 큰일'이라는 경국대업(經國大業),
- "한 학파의 학설을 이룬다."는 성일가언(成一家言),
- '한 학파의 학설'을 이르는 일가지언(一家之言) 등의 성어가 나온다.

조비의 「논문」은 '문인상경'(文人相輕)을 비판하는 것을 시작으로 '심기탁인'(審己度人)을 강조하여 문인 한 사람이 모든 문체의 글을 다 잘 쓸 수 없음을 지적하였고, 각자 나름의 장기가 있음을 인정해야 한다고 주장했다. 이어 건안(建安) 연간 (196.1-220.3) 일곱 문인인 건안칠자(建安七子)의 창작 개성과 풍격을 분석하고, 사과팔체(四科八體)의 문체론(文體論)을 주장하였다. 조비는 문학 또는 문장의 가치관으로 "문장이란 나라를 다스리는 큰 과업이요, 불후(不朽)의 성대한 일이다."(文章經國之大業 , 不朽之盛事.)라고 주장하고, '문장이란 기질을 기둥으로 삼는다'(文以氣爲主)라는 작가론을 제시했다. 그가 말하는 기(氣)는 대체로 작가의 기질로서, 기질에 따라 작품의 풍격이 달라진다고 하였다.

조비의 「논문」은 문체의 종류를 사과팔체(四科八體)로 나누고, 구체적으로 "무릇 문장은 근본은 같지만 지엽(枝葉)은 다른데, 대체로 주(奏)와 의(議)는 마땅히 우아해야 하고, 서(書)와 론(論)은 마땅히 이치에 맞아야 하며, 명(銘)과 뢰(誄)는 실질을 중시하고, 시(詩)와 부(賦)는 화려해야 한다.”(夫文本同而末異, 蓋奏議宜雅, 書論宜理, 銘誄尙實, 詩賦欲麗.)라고 하였다. 이들 문체 중에 시·부와 명·뢰는 운문(韻文)이고, 주·의와 서·론은 운이 없는 글, 즉 산문(散文)이다.

조비의 「논문」에서 순수 문학론을 제외하고 후대의 사람들이 새겨야 할 것은 다음의 문장불후론(文章不朽論)일 것이다:

> “대개 문장이란 나라를 다스리는 큰 과업이요, 불후(不朽)의 성대한 일이지만, 수명은 시간이 되면 다하게 되고, 영락(榮樂)은 제 한 몸에 그치므로, 이 두 가지(年壽와 榮樂)는 반드시 이르게 되는 일정한 시한이 있어, 문장의 무궁만 하지 못하다. 그래서 옛날의 작가들은, 필묵에 몸을 맡기고, 뜻을 문장서적에 나타내었지, 훌륭한 사가(史家)의 언사를 빌리지 않았고, 고관의 권세에 의탁하지 않았는데, 그러함에도 명성이 자연히 후세에 전해졌다.”

다시 말해, 조비는 본인이 나중에 위나라의 왕이 되어 권력을 향유한 사람이었지만, 그 이전에 권력이라는 것은 한 때에, 제 한 몸에 그치는 것으로서 추구해야 할 바는 아니며, 그 대신 불후의 성대한 일인 글쓰기에 종사하라고 권유하였다. 이 때문인지 생년 40년 중 6년간 창업제왕(創業帝王)으로 재위한 위문제(魏文帝) 조비는 사실 아버지 조조의 업적을 이어받은 뒤 그리 좋은 평가를 받지 않았지만 문학과 인격에서는 높은 평가를 받았다. 오대십국시대 후당(後唐) 왕개(王鍇)는 위문제를 다음과 같이 평가했다: “여덟 살에 문장을 엮었고, 고금을 널리 살피고, 경전과 역사서를 꿰뚫었다. 제위에 올라서는 더욱 겸화했다. 앉아서는 책을 끊지 않았고, 손에서는 책을 놓지 않았다.”(文帝八歲能屬文, 博覽古今, 貫穿經史. 及居帝位, 益尙謙和. 坐不廢書, 手不釋卷. 『全唐文』, 卷890 王鍇, 「上蜀主奏記」).

그러나 『삼국연의』 79회에 따르면 조비는 칭제 후 이복동생 조식(曹植, 192-232)이 불복하자 체포하여 죽이려는 속셈으로 일곱 걸음 안에 “두 마리 소가 담 아래에서 싸우다, 한 마리 소가 우물에 빠져 죽었다."(二牛鬥牆下, 一牛墜井死.)라는 주제로 하되 '사우'(死牛) 자를 쓰지 않는 시를 짓게 하여 조식이 「양육」(兩肉, 死牛詩)(C)이란 시를 짓게 하였다. 조식이 성공하자 이어 형제의 정을 담되 형제(兄弟) 두 글자를 넣지 않은 시를 짓도록 하였다. 이에 조식은 「자두」(煮豆)(A/B)라는 시를 써서 죽음을 면했다고 한다. 후자는 「칠보시」(七步詩)로 알려졌는데, 정사인 『삼국지』에는 보이지 않고 위진 남북조시대 『세설신어』(世說新語)(A)에 처음 나오고 원말명초 『삼국연의』 79회(B)에 실려 널리 알려졌다.

A:

煮豆持作羹 , 漉菽以爲汁。萁在釜下燃 , 豆在釜中泣。本自同根生 , 相煎何太急 ?
자두지작갱 , 녹숙이위즙 , 기재부하연 , 두재부중읍 , 본자동근생 , 상전하태급 ?

콩을 삶아 국을 만들고, 콩(물)을 걸러 즙을 만드네. 콩깍지는 솥 밑에서 타고, 콩(물)은 솥 안에서 울고 있네. 본래 같은 뿌리에서 났는데, 어찌 이리 급하게 서로 들볶나?

> ▌가질 지(持): 쓰다, 사용하다. ▌국 갱(羹). ▌거를 록(漉). ▌콩 숙(菽). ▌콩깍지 기(萁).
> ▌울 읍(泣). ▌달일 전(煎).

B:

煮豆燃豆萁 , 豆在釜中泣。本是同根生 , 相煎何太急 !
자두연두기 , 두재부중읍。본시동근생 , 상전하태급 !

콩을 삶으려 콩깍지를 태우니, 콩이 솥 안에서 울고 있네. 본래 같은 뿌리에서 났는데, 어찌 이리 급하게 서로 들볶나!

C:

兩肉齊道行 , 頭上帶凹骨。相遇塊山下 , 欻相搪突。二敵不俱剛 , 一肉臥土窟。非是
力不如 , 盛氣不泄畢。

양육제도행 , 두상대요골。상우괴산하 , **훌상당돌**。이적불구강 , 일육와토굴。비시
역불여 , 성기불설필。

두 고깃덩이가 나란히 길을 가는데, 머리 위에 오목한 뼈를 둘렀네. 흙산 아래에서 서로 만나서,
문득 서로 부딪치네. 두 상대는 모두 강하지 못하니, 한 고깃덩이는 토굴에 누워버렸네. 힘이
미치지 못해서가 아니라, 강성한 기운을 다 쏟아내지 못해서네.

　▋문득 훌(欻)。　▋뻗을 당(搪): 부딪다, 막다.　▋갑자기 돌(突): 부딪다.

서간(徐幹)의 『중론』(中論) 「치학」(治學) 선편

　여기서 조비(曹丕)가 당대 최고의 글로 평가한 서간(徐幹)의 『중론』(中論) 중 한
편인 「치학」(治學) 편 일부를 살펴보기로 한다. 이 글은 역대 통치자와 문학가에게
큰 영향을 주었다.

昔之君子成德立行 , 身沒而名不朽 , 其故何哉？學也。學也者 , 所以疏神達思 , 治情
理性 , 聖人之上務也。民之初載 , 其矇未知 , 譬如寶在於玄室 , 有所求而不見 , 白日
照焉 , 則群物斯辯矣。學者 , 心之白日也。……

석지군자성덕입행 , 신몰이명불후 , 기고하재？학야。학야자 , 소이소신달사 , 치정
이성 , 성인지상무야。민지**초재** , 기몽미지。비여보재어현실 , 유소구이불견 , 백일
조언 , 즉군물**사**변의。학자 , 심지백일야。……

옛 군자가 도덕을 이루고 품행을 세워, 몸이 없어지고도 이름은 썩지 않는, 그 까닭은 무엇인가? 배움이다. 배움은, 정신을 트이게 하고 생각을 통달하게 하고 정서를 다스리고 품성을 다스리는 것이니, [이는] 성인의 최고의 일이다. 사람의 초년은, 무지몽매하다. 마치 어두운 방에 보배가 있어, 구하려 해도 보이지 않으며, 밝은 해가 비추면, 뭇 물체들이 판별되는 것과 같다. 배움은, 심령의 밝은 해이다. ......

> ▌통달할 달(達): 꿰뚫다, 정통하다, 깨닫다. ▌실을 재(載): 시작하다. ▌초재(初載): 초년, 조기 단계. ▌이 사(斯): 곧 즉(則), 이를 취(就).

學猶飾也 , 器不飾則無以爲美觀 , 人不學則無以有懿德。有懿德 , 故可以經人倫 : 爲美觀 , 故可以供神明。......

학유식야 , 기불식즉무이위미관 , 인불학즉무이유의덕。유의덕 , 고가이경인륜 : 위미관 , 고가이공신명。......

배움은 장식과 같으니, 기물(器物)은 장식하지 않으면 미관(美觀)을 얻을 수 없고, 사람은 배우지 않으면 미덕을 가질 수 없다. 미덕을 갖추면, 인륜을 다스릴 수 있고; 미관을 얻으면, 따라서 신령(神靈)에게 제공될 수 있다. ......

夫聽黃鐘之聲 , 然後知擊缶之細 ; 視袞龍之文 , 然後知被褐之陋 ; 涉庠序之敎 , 然後知不學之困。故學者如登山焉 , 動而益高 ; 如寤寐焉 , 久而愈足。顧所由來 , 則杳然其遠 , 以其難而懈之 , 誤且非矣。......

부청황종지성 , 연후지격부지세 ; 시곤룡지문 , 연후지피갈지루 ; 섭상서지교 , 연후지불학지곤。고학자여등산언 , 동이익고 ; 여오매언 , 구이유족。고소유래 , 즉묘연기원 , 이기난이해지 , 오차비의。......

대개 황종(黃鍾)의 소리를 들은, 다음에야 질항아리(오지동이, 缶罐)를 두드리면 나오는 소리가 가녀리다는 것을 알게 되며; 곤룡포(袞龍袍)의 무늬를 보아야, 거친 천으로 만든 짧은 솜저고리가 비루함을 알게 되며; 학교의 가르침을 섭렵해야, 배우지 않음의 괴로움을 알게 된다. 따라서 배움은 등산과 같거늘, 움직일수록 더욱 높아지며; 잠과 같거늘, 오랠수록 충족해진다. 그(배움) 유래를 회고하면, 까마득히 먼데, 그것이 어렵다고 그것을 게을리 하면, 착오이고 또 잘못된 것이다. ……

▌황종(黃鍾): 동양음악에서 음률(音律)의 기본이 되는 십이율(十二律, 六律과 六宮) 가운데 가장 긴 것으로 우렁찬 소리를 낸다. 표준음을 가리킨다. ▌건널 섭(涉): 거치다, 이르다. ▌상서(庠序): 은나라의 향교인 상(庠)과 주나라의 향교인 서(序)를 합하여 학교를 가리킨다. ▌깰 오(寤). ▌잠잘 매(寐). ▌어두울 묘(杳): 아득히 먼 모양.

倚立而思遠 , 不如速行之必至也 ; 矯首而徇飛 , 不如修翼之必獲也 ; 孤居而願智 , 不如務學之必達也。故君子心不苟願 , 必以求學 ; 身不苟動 , 必以從師 : 言不苟出 , 必以博聞。……
의립이사원 , 불여속행지필지야 ; **교수이순비** , 불여수익지필획야 ; 고거이원지 , 불여무학지필달야。고군자심불**구**원 , 필이구학 ; 신불구동 , 필이종사 : 언불구출 , 필이박문。……

[물체에] 기대어 서서 먼 곳을 생각할 바에야, 빨리 가서 꼭 도착하는 것만 못하다; 머리를 들어 날겠다고 주장할 바에야, 날개를 고치고 반드시 얻게 되는 것만 못하다; 홀로 거처하며 지식을 얻고자 할 바에야, 배움에 힘써 반드시 이르게 되는 것만 못하다. 따라서 군자 마음은 바램에 구차히 하지 않고, 반드시 배움을 구하며; 몸은 움직임에 구차히 하지 않고, 반드시 스승을 따르며, 말은 나오는 것에 구차히 하지 않고, 반드시 널리 듣는다. ……

▌바로잡을 교(矯): 들 교(撟), 들다. ▌주창할 순(徇). ▌진실로 구(苟): 구차히도.

君子之於學也 , 其不懈 , 猶上天之動 , 猶日月之行 , 終身亹亹 , 沒而後已。故雖有其才 , 而無其志 , 亦不能興其功也。志者 , 學之師也 ; 才者 , 學之徒也。學者不患才之不贍 , 而患志之不立。是以爲之者億兆 , 而成之者無幾 , 故君子必立其志。……

군자지어학야 , 기불해 , 유상천지동 , 유일월지행 , 종신**미미** , 몰이후이。고수유기재 , 이무기지 , 역불능흥기공야。지자 , 학지사야 ; 재자 , 학지도야。학자불환재지**불섬** , 이환지지불립。시이위지자**억조** , 이성지자무**기** , 고군자필립기지。……

군자는 배움에 대해, 게을리하지 않아, 마치 하늘의 동작과 같고, 일월의 운행과 같아, 종신토록 힘을 써서, 죽어서야 그친다. 따라서 비록 자질이 있다고 해도, 지향(志向)이 없으면, 자신의 공업(功業)을 일으킬 수 없다. 지향이라는 것은, 배움의 선생이며; 자질은, 배움의 제자이다. 학자는 배움의 자질이 넉넉하지 않음을 걱정하지 않고, 지향을 세우지 않음을 걱정한다. 따라서 그(배움)를 하려는 자는 백만 명이지만, 그를 이루는 자는 거의 없는데, 따라서 군자는 반드시 그 지향을 세워야 한다. ……

▌힘쓸 미(亹). ▌넉넉할 섬(贍). ▌억조(億兆): 백만, 많다. ▌기미 기(幾): 거의.

25. 이밀(李密)
「진정표」(陳情表)

25-1 저자 소개

　　이밀(李密, 224-287)은 자가 영백(令伯)이며 서진
(西晉)의 건위군(犍爲郡) 무양현(武陽縣, 현 사천성
眉山市 彭山區) 출신으로 서진 초기의 관리 겸 문학가
이다. 이밀은 어릴 때 아버지를 여의었고, 어머니 하씨
(何氏)가 개가하자 조모가 길렀다. 당시의 저명한 학
자인 초주(譙周)를 사사하고 오경을 널리 읽었다.

　　삼국시대 촉한의 상서랑(尙書郞)을 지냈다. 촉한
이 망하자 진무제(晉武帝)는 267년 회유정책(懷柔
政策)의 일환으로 촉한 관리 출신으로 효(孝)로 명
성이 자자한 44살의 이밀을 태자의 비서역인 태자세

이밀

마(太子洗馬, 태자선마)로 임명하였다. 이에 이밀은 「진정표」(陳情表)를 올렸다. 『삼국
지』 권45 「양희전」(楊戲傳)에 대한 배송지(裴松之) 주에 따르면 진무제는 이 「진정표」
를 읽고 "이밀의 이름이 빈 것이 아니었구나."라고 말하고는 노비 2명을 하사하고,
해당 군현에게 이밀 조모에게 양식을 제공하여 편히 봉양토록 지시했한다(武帝覽表曰:

「密不空有名也.」嘉其誠欵, 賜奴婢二人, 下郡縣供養其祖母奉膳.『三國志』권45「楊戲傳」, 裵松之注). 하지만 정작 이밀이 조모의 2년 상을 치르고 중앙 관직에 부임하려 하자, 이밀의 이용가치가 적어졌기 때문인지 아니면 중앙 고관들의 배척 때문인지 거부당했으며, 지방 관리(河內郡溫縣令 등)로만 전전했다.

『술이론』(述理論) 10편을 지었다고 하나 전하지 않는다.

25-2 원전 소개

표(表)는 신하가 제왕에게 진술(陳述)하거나 청구하거나 건의할 때 진정(陳情)하는 문체이다. 신하가 제왕에게 쓰는 글의 명칭은 다양하다. 전국시대에는 서(書)라 통칭하였다. 악의(樂毅)의 「보연혜왕서」(報燕惠王書)와 이사(李斯)의 「간축객서」(諫逐客書) 등이 그 예다. 서(書)는 서신과 의견서의 총칭이다. 한대에 이르러 이는 장(章), 주(奏), 표(表), 의(議)로 나뉘었다. 남조 양(梁) 유협(劉勰, 465-532)의 『문심조룡』(文心雕龍) 「장표」(章表) 편에 따르면, "장으로 사은(謝恩)을, 주로 탄핵을, 표로 진정(陳情)을, 의로 다른 주장(執異)을 했다."라고 한다. 이로 보아 표는 신하의 군주에 대한 충성과 희망을 표현하는 글이다. 이러한 표문(表文)의 기본 특징은 '정으로 움직이는'(動之以情) 것이다. 이 문체에는 특수한 격식이 있다. 처음에는 '신 ○○○가 말씀드립니다'(臣謀言)라고 시작하여 결미에서는 "신 ○○○는 늘 황공하오며, 머리를 조아려, 죽을 죄를"(臣謀常誠惶誠恐, 頓首頓首, 死罪死罪) 등의 글자를 쓴다.

이밀의 「진정표」(陳情表)는 『삼국지』권45「양희전」(楊戲傳)에 대한 남조 송(宋) 배송지의 주(注)에 인용된 동진(東晉) 상거(常璩, 291-361)의 『화양국지』(華陽國志)에 처음 나온다. 그 뒤 남조 양(梁)의 소통(蕭統, 501-521) 등이 편집한 『소명문선』(昭明文選), 당대 방현령(房玄齡) 등이 지은 『진서』(晉書)「효우이밀전」(孝友李密傳), 청대 엄가균(嚴可均)이 편집한 『전진문』(全晉文) 등에 수록되었다. 여기서는 '배송지주' 본을 따른다.

25-3 이밀 「진정표」 원문, 역문 및 주석

「진정표」(陳情表) : 신이 폐하께 충절을 다할 날은 길고, 조모 유씨에게 양육을 보답할 날은 짧다(盡節於陛下之日長, 報養劉之日短也.).

晉武帝立太子 , 徵爲太子洗馬 , 詔書累下 , 郡縣偪遣 , 於是密上書曰 :
진무제입태자 , 징위태자세마 , 조서누하 , 군현핍견 , 어시밀상서왈 :

진무제(晉武帝)가 태자를 세우고, [이밀을] 태자세마(太子洗馬)로 불러들여, 조서를 거듭하여 내렸고, 군현에서 독촉하여 보내자, 이에 이밀(李密)이 글을 올려 말했다:

▌부를 징(徵): 부를 소(召), 사람을 불러들이다, 소집하다, 초청하다. ▌세마/선마(洗馬, xiǎn mǎ): 원래 진한시대에 선마(先馬, xiān mǎ) 또는 승마(洗馬, xiǎn mǎ)로서 말 앞에서 달린다는 뜻으로 태자의 시종관을 의미한다. 나중에 정사(正史)에서 세마(洗馬)로 오기(誤記)되어 지금까지 내려온 것이다. ▌다가올 핍(偪): 닥칠 핍(逼), 재촉하다, 독촉하다.

「臣以險釁(釁) , 夙遭閔凶 , 生孩六月 , 慈父見背 , 行年四歲 , 舅奪母志。祖母劉 , 愍臣孤弱 , 躬見(親)撫養。臣少多疾病 , 九歲不行 , 零丁孤苦 , 至於成立 , 旣無伯叔(叔伯) , 終鮮兄弟 , 門衰祚薄 , 晩有兒息。外無朞(期)功彊(强)近之親 , 內無應門五尺之童 , 煢煢子立 , 形影相弔。而劉早(夙)嬰疾病 , 常在牀(床)蓐 , 臣侍湯藥 , 未曾廢離。
「신이험흔(흔) , 숙조민흉 , 생해육월 , 자부견배 , 행년사세 , 구탈모지。조모유 , 민신고약 , 궁견(친)무양。신소다질병 , 구세불행 , 영정고고 , 지어성립 , 기무백숙(숙백) , 종선형제 , 문쇠조박 , 만유아식。외무기(기)공강(강)근지친 , 내무응문오척지동 , 경경혈립 , 형영상조。이유조(숙)영질병 , 상재상(상)욕 , 신시탕약 , 미증폐리。

"신(臣)은 험난하기로는, 일찍이 우환과 흉화를 당해, 아기로 태어난 지 반년 만에, 부친이 돌아가셨고, 나이 네 살 때, 외삼촌이 어머니의 [수절할] 뜻을 앗아갔습니다(개가시켰습니다). 조모 유씨(劉氏)가, 신의 외롭고 연약함을 불쌍히 여겨, 몸소 양육하셨습니다. 신은 어렸을 때 병이 많아, 아홉 살에 걷지 못했고, 의지할 곳이 없이 외롭고 쓸쓸했고, 장성하기에 이르러서는, 이윽고 백부와 숙부도 없었고, 결국 형제도 없어, 가문이 쇠락하고 박복했고, 뒤늦게야 자식을 얻었습니다. 밖으로는 상복을 입을 만한 힘 있는 가까운 친척이 없고, 안으로는 대문에서 맞아줄 줄 작은 아이조차도 없고, 외롭고 괴로워, 몸과 그림자가 서로 위로하고 있습니다. 또한 [조모 유씨]는 일찍부터 질병에 시달려, 항상 자리에 누워있어, 신이 약을 달여 모셨는데, 아직 그만두고 [곁을] 떠나 본 적이 없습니다.

■틈 흔(釁): 피 바를 흔(釁). ■험흔(險釁): 험흔(險釁), 곤궁과 재난, 험난. ■일찍 숙(夙). ■위문할 민(閔). ■민흉(閔凶): 우환과 흉화(凶禍). ■견배(見背): 돌아가시다. ■행년(行年): 연령, 나이. ■시아비 구(舅): 외삼촌. ■근심할 민(愍): 근심할 민(憫), 불쌍히 여기다. ■몸 궁(躬): 몸소, 몸소 행하다. ■궁견(躬見): 궁친(躬親), 몸소. ■궁친무양(躬親撫養): 몸소 어루만져 기르다. ■이미 기(旣): 벌써, 원래, 처음부터, 이윽고. ■고울 선(鮮): 드물다, 적다(少), 모자라다(缺). ■'門衰祚薄': 門祚衰薄. ■문조(門祚): 가세(家世). ■돌 기(朞). ■기공(朞功): 상복의 일종. 기(朞, 期)는 상복을 입는 1년을, 공(功)은 관계의 친소에 따라 9개월 상복을 입는 대공(大功)과 5개월 입는 소공으로 나뉘는데, 여기서는 종친을 가리킨다. ■강근(彊近): 강근(强近), 힘 있는 가까운 친척. ■응문(應門): 문을 두드리면 나와서 영접하다, 문 앞에서 찾아온 손님을 응대하다. ■오척지동(五尺之童, 五尺之僮): 키가 5척인 어린아이 하인. 양한시대 1척은 23.1cm, 5척은 115-121cm. ■경경혈립(煢煢孑立): 외롭고 외롭다. ■갓난아이 영(嬰): 뒤얽히다, 부닥치다, 만나다, 마주하다, 시달리다. ■요 욕(蓐): 깔개, 거적, 돗자리, 자리.

逮奉聖朝, 沐浴清化, 前太守臣逵, 察臣孝廉, 後刺史臣榮, 擧臣秀才, 臣以供養無主, 辭不赴命。詔書特下, 拜臣郎中, 尋蒙國恩, 除臣洗馬, 猥以微賤, 當侍東宮, 非臣隕首所能上報。臣具以表聞, 辭不就職。詔書切峻, 責臣逋慢, 郡縣偪迫, 催臣上道, 州司臨門, 急於星火。臣欲奉詔奔馳, 則[以]劉病日篤, [欲]苟順私情, 則告訴不許, 臣之進退, 實爲狼狽。

체봉성조 , 목욕**청화** , 전태수신규 , **찰신효렴** , 후자사신영 , **거신수재** , 신이공양무주 , 사불부명。조서특하 , **배신랑중** , **심몽국은** , **제신세마** , **외**이미천 , 당시**동궁** , 비신**운수**소능상보。신구[이]**표문** , 사불취직。조서절준 , 책신**포만** , 군현핍박 , 최신상도 , 주사임문 , 급어**성화**。신욕봉조분치 , 즉[이]유병일독 , [욕]구순사정 , 즉**고소**불허 , 신지진퇴 , 실위낭패。

성조(聖朝, 晉王朝)를 받들기에 이르러, 몸을 씻고 깨끗이 교화되었는데, 전에 태수(太守) 가규(賈逵)가, 신을 효렴(孝廉)으로 추천하였고, 후에 자사(刺史) 고영(顧榮)이, 신을 수재(秀才)로 천거하였으나, 신은 [조모를] 공양할 사람이 없다고 해서, 사양하고 명을 따라 부임하지 않았습니다. [폐하께서] 조서를 특별히 내려, 신에게 낭중(郎中) 벼슬을 내리셨고, 오래되지 않아 [또] 나라의 은혜를 받았는데, 신을 태자세마(太子洗馬)에 임명하시어, 외람되게 미천한 몸으로, 태자(東宮)를 모시는 일을 맡았으니, [그 은혜는] 제가 목숨을 바친다고 보답할 수 있는 것이 아닙니다. 신은 모두 표문(表文)으로 알려드리고, 사절하고 부임하지 않았습니다. [폐하의] 조서는 절박하고 준엄하게, 신이 태만하고 불경하다고 꾸짖으셨고, 군현에서는 핍박하며, 신이 길에 오를 것을 재촉하였고, 주(州)의 관리는 [제] 집을 찾아왔는데, [떨어지는] 유성(流星)의 불빛보다 더 맹렬했습니다. 신이 조서를 받들어 달려가고자 하면, [조모] 유씨의 병이 날로 심해지고, 잠시 사사로운 정을 쫓으려 하면, 호소를 불허하시니, 신의 진퇴가, 실로 난감합니다.

∎미칠 체(逮): 이르다. ∎청화(淸化): 깨끗한 교화. ∎살필 찰(察): 고찰한 다음 추천하다, 추천하다. ∎찰거제(察擧制): 양한시대부터 위진시대까지 시행한 관리 임용 방법으로 승상(丞相), 열후(列侯), 자사(刺史), 수상(守相) 등이 천거하면 시험을 거쳐 임관하였다. 과목(科目)으로는 효렴(孝廉), 무재(茂才, 秀才), 찰렴(察廉, 廉吏), 광록사행(光祿四行), 현량방정(賢良方正), 현량문학(賢良文學), 직언극간(直言極諫), 요제역전(孝第力田), 명경(明經), 명법(明法), 명음양재이(明陰陽災異), 용맹지병법(勇猛知兵法) 등이 있다. ∎효렴(孝廉): 군(郡) 단위에서 중앙에 관리를 추천 임용하는 일종의 과목(분야)으로서 "부모에게 효도하고 어른에게 친절하며, 청렴하고 정직하다."(孝順親長, 廉能正直.)라는 뜻이다. ∎들 거(擧): 추천하다, 선발하다. ∎수재(秀才): 군(郡) 상급인 주(州) 단위에서 중앙에 관리를 추천 임용하는 일종의 과목(분야)으로서 학문에 능력이 뛰어난 사람을 대상으로 하였다. ∎절 배(拜): 벼슬을 내리다. ∎찾을 심(尋): 오래되지 않아서. ∎덜 제(除): 임명하다. ∎함부로 외(猥). ∎동궁(東宮):

태자. ▌운수(隕首): 머리를 떨어뜨리다. 목숨을 잃다. ▌갖출 구(具): 온전하다. ▌겉 표(表): 밝히다, 위에 보고하다. ▌들을 문(聞): 군주로 하여금 듣게 하다, 군주에게 보고하다. ▌구표문(具表聞): 구이표문(具以表聞), 이표구문(以表具聞). ▌달아날 포(逋). ▌포만(逋慢): 태만하고 불경하다. ▌진실로 구(苟). ▌성화(星火): 유성이 떨어질 때의 불빛, 절박하거나 긴급함을 의미한다. ▌성화(星火)같다: 남에게 해 대는 독촉 따위가 몹시 급하고 심하다. ▌도타울 독(篤): 병세가 깊어지다, 심해지다. ▌진실로 구(苟): 잠시. ▌고소(告訴): 하소연하다, 호소하다.

伏惟聖朝, 以孝治天下, 凡在故老, 猶蒙矜愍(育), 況臣孤苦, 特爲尤甚. 且臣少仕僞朝, 歷職郎署, 本圖宦達, 不矜名節. 今臣亡國賤俘, 至微至陋, 猥(過)蒙拔擢, 寵命優渥, 豈敢盤桓, 有所希冀? 但以劉日薄西山, 氣息奄奄, 人命危淺, 朝不慮夕. 臣無祖母, 無以至今日, 祖母無臣, 亦無以終餘年, 母孫二人, 更相爲命, 是以區區不敢廢遠.

복유성조이효치천하, 범재고로, 유몽긍민(육), 황신고고, 특위우심. 차신소사위조, 역직낭서, 본도환달, 불긍명절. 금신망국천부, 지미지루, **외(과)**몽발탁, **총명우악**, 기감반환, 유소희기? 단이유일박서산, 기식엄엄, 인명위천, 조불려석. 신무조모, 무이지금일, 조모무신, 역무이종여년, 모손이인, 경상위명, 시이**구구불감폐**원.

엎드려 생각하건대 성조는, 효로써 천하를 다스려, 모든 살아있는 원로(노인)들은, 불쌍히 여겨져 보살핌을 받고 있습니다만, 더구나 신의 외롭고 괴로움이란, 특히 더욱 심합니다. 또한 신은 젊었을 때 촉한(蜀漢)에서 벼슬을 살며, 낭서(郎署) 직을 역임했는데, 본래 벼슬길에서 출세하기를 꾀했을 뿐, 결코 명예나 절조 같은 것은 중시하지 않았습니다. 지금 신은 멸망한 나라의 천한 포로로서, 지극히 미천하고 지극히 비루한데, 과분하게 발탁되어, 특별한 임명과 두터운 대접을 받았는데, 어찌 감히 망설이며, 더 바랄 것이 있겠습니까? 다만 [조모] 유씨는 서산에 지는 해로서, 숨결은 간댕간댕하고, 인명이 위태로워, 아침에는 저녁을 생각할 수가 없습니다. 신에게 조모가 없었다면, 오늘에 이를 수 없었고, 조모는 신이 없이는, 여생을 마칠 수 없습니다. 조모와 손자 두 사람이, 서로 의지하며 살아가고 있기에, 이래서 구구(區區)스럽지만 차마 그만두고 멀리 갈 수 없는 것입니다.

▌있을 재(在): 건재하다, 살아있다. ▌고로(故老): 원로(元老), 노인. ▌오히려 유(猶): 골고루(均). ▌위조(僞朝): 촉한, 촉한이 망한 왕조이기에 비정통의 왕조라는 뜻. 이 방법에 따라 중국은 만주국을 '위만주국'(僞滿洲國)이라 표기함. ▌벼슬 환(宦): 관직, 벼슬아치. ▌불쌍히 여길 긍(矜): 아끼다. ▌함부로 외(猥). ▌괼 총(寵). ▌총명(寵命): 특별한 임명. ▌두터울 악(渥): 젖다, 은혜를 입다. ▌우악(優渥): 비가 충분히 오다, 좋은 대우를 받다. ▌반환(盤桓): 배회하다, 놀리다. ▌바랄 기(冀). ▌엷을 박(薄): 가깝다, 가까워지다. ▌일박서산(日薄西山): 해가 서산에 급히 가까워진다, 해가 곧 진다, 사람과 사물이 사망에 가까워짐을 의미한다. ▌엄엄(奄奄): [숨이] 간댕간댕하다. ▌위천(危淺): 위태롭다, 위독하다. ▌구구(區區): 구구스럽다, 보기에 떳떳하지 못하고 구차스러운 데가 있다, 보기에 잘고 변변하지 못하며 졸렬한 데가 있다. ▌폐할 폐(廢): 그만두다(停止).

臣[密]今年四十有四 , 祖母劉今年九十有六 , 是臣盡節於陛下之日長 , 報養劉之日短也。烏鳥私情 , 願乞終養。臣之辛苦 , 非徒(獨)蜀之人士及二州牧伯所見明知 , 皇天后土 , 實所共鑒。願陛下矜愍愚誠 , 聽臣微志 , 庶劉僥倖(幸) , 保卒(卒保)餘年。臣生當隕首 , 死當結草 , 臣不勝犬馬怖懼之情！」
신[밀]금년사십유사 , 조모유금년구십유륙 , 시신진절어폐하지일장 , 보양유지일단야。**오조사정** , 원걸종양。신지신고 , **비도(독)**촉지인사급**이주목백**소견명지 , 황천후토 , 실소공감。원폐하**긍민우성** , 청신미지 , **서유요행(행)** , **보졸(졸보)**여년。신생당**운수** , 사당**결초** , 신불승견마포구지정！」

신은 올해 나이가 마흔 하고도 넷이고, 조모 유씨는 올해 아흔 하고도 여섯으로, 이는 신이 폐하께 충질을 다할 날은 길고, 조모 유씨에게 양육을 보답할 날은 짧다는 것입니다. 까마귀의 [효도하려는] 삿된 정으로, [조모를] 끝까지 봉양할 수 있기를 간구합니다. 신의 신고(辛苦)는, 촉(蜀) 인사들과 두 주(州)의 목백(牧伯)이 보아서 잘 알고 있고, 천지신령도, 실로 함께 아는 바입니다. 원컨대 폐하께서 신의 정성을 불쌍히 여기고, 신의 미천한 뜻을 들어주시어, 조모 유씨가 요행으로, 남은 생을 편히 지킬 수 있기를 바랍니다. 신은 살아서는 마땅히 머리를 떨어뜨릴 것이고, 죽어서는 마땅히 풀을 엮을(은혜에 보답할) 것이지만, [지금] 신은 개나 말이 [주인을] 두려워하는 감정을 감당할 수 없습니다!"

▌오조(烏鳥): 까마귀. ▌오조사정(烏鳥私情): 오조지정(烏鳥之情), 까마귀의 반포지효(反哺之孝). ▌비도(非徒): 비독(非獨), 비단(非但), 부단(不但). ▌이주목백(二州牧伯): 이주(二州)는 익주(益州)와 양주(梁州)를 가리키며, 익주의 치소(治所)는 현 사천성 성도시이고, 양주 치소는 현 섬서성 면현(勉縣)으로 이주는 촉한 영역에 상당한다. 목백(牧伯)은 자사(刺史)이다. 주(州) 책임자는 목(牧) 또는 방백(方伯)이라 했고, 나중에 목백은 자사라고 불렸다. 이주목백은 구체적으로 태수 가규(賈逵)와 자사 고영(顧榮)을 가리킨다. ▌거울 감(鑒): 생각하다. ▌긍민(矜愍): 긍민(矜憫), 불쌍히 여기다. ▌서(庶): 바라다, 희망하다. ▌지킬 보(保): 편안하게 하다, 보전하다. ▌군사 졸(卒): 죽다, 사망하다. ▌보졸(保卒): 생명을 보존하다. ▌운수(隕首): 머리를 떨어뜨리다, 살신하다. ▌결초(結草): 결초보은(結草報恩), 결초함환(結草銜環). '결초' 고사는 『좌전』 「선공십오년」(宣公十五年) 조에 나온다.

25-4 이밀 「진정표」 감상과 평설(評說)

475자에 불과한 「진정표」에는 성어가 적지 않게 나온다. 이에는

- "외롭고 쓸쓸하다."라는 고고영정(孤苦伶仃, 孤苦零丁),
- "[자신의] 형체와 그림자만 서로 불쌍히 여긴다."라는 형영상적(形影相弔),
- "해가 서산에 가까워진다."라는, 늙어서 죽을 때가 가까워졌음을 비유하는 일박서산(日薄西山),
- 목숨이 끊어질 듯 숨기운이 약하고 위태하다는 기식엄엄(氣息奄奄),
- 형세가 절박하여 "아침에 저녁을 헤아리지 못한다."라는, 눈앞의 일만 걱정하고 앞일을 생각할 겨를이 없다는 조불려석(朝不慮夕),
- 까마귀가 자라서 길러준 어미에게 먹이를 물어다 먹여 은혜를 갚는 것과 같이 부모를 섬기는 자식의 효심을 이르는 오조사정(烏鳥私情, 烏鳥之情),
- 은혜를 잊지 않고 기필코 보답한다는 결초함환(結草銜環) 등이 있다.

이밀은 삼국시대 촉한(蜀漢)에서 관리를 맡다가 진대(晉代)까지 살았다. 이밀은 어린 나이에 아버지를 여의고 어머니는 개가하여 조모가 길렀는데, 조모의 병중에 여러 차례 천거되었다. 「진정표」는 진무제(晉武帝)가 이밀을 태자의 서책을 관리하는 세마(洗馬, 선마)에 임명하자 이밀이 조모 봉양을 이유로 면직을 청원하는 표문이다.

글은 4단락으로 이루어졌는데, 첫째는 유년 시절 고아가 되어 조모와 서로 의지해 살아왔던 기구한 상황을, 둘째는 조모가 병을 봉양할 사람은 자기밖에 없는데 부임을 재촉받아 난감한 상황을, 셋째는 천한 신분으로 거절할 처지는 아님에도 조모가 봉양할 사람이 없어 여생을 편히 지낼 수 없다는 점을, 넷째는 면직을 허락해 줄 것을 간청하는 마음을 담고 있다.

이밀의 「진정표」를 읽고 눈물을 흘리지 않는 사람은 효자가 아니라고 했을 정도로 감동을 주는 명문으로 전해오고 있다. 남송 문학가 조여시(趙與時, 1175-1231)는 『빈퇴록』(賓退錄) 권9에서 남송 문인 안자순(安子順, 1158-1227)의 말을 인용하여 다음과 같이 전했다: "제갈공명(諸葛孔明, 諸葛亮)의 「출사표」를 읽고 눈물을 흘리지 않으면, 그 사람은 반드시 불충한 사람일 것이고; 이영백(李令伯, 李密)의 「진정표」를 읽고, 눈물을 흘리지 않는 사람은 반드시 불효하는 사람일 것이고; 한퇴지(韓退之, 韓愈)의 「제십이랑문」(祭十二郞文)을 읽고, 눈물을 흘리지 않는 사람은 반드시 불우(不友)하는 사람일 것이다."(讀諸葛孔明出師表而不墮淚者, 其人必不忠; 讀李令伯陳情表而不墮淚者, 其人必不孝; 讀韓退之祭十二郞文而不墮淚者, 其人必不友. 靑城山隱士安子順世通云.).

이같이 「진정표」는 효로 흉금을 울리는 글로 평가되었다. 심층적으로 보면 중국에서 오랜 문제인 효와 충 사이의 모순과 충돌을 원만하게 해결한 사례로 보인다.

중국에서 충효관계는 통시적(通時的)으로 보면 선진 유가들은 효를 우선하였고(就孝棄忠)(예: 『論語』 「子路」: "子爲父隱, 父爲子隱.", 『荀子』 「子道」: "孝子所以不從命有三. ……"), 진한시대 이래 현실에서는 송대 악비(岳飛, 1103-1142)와 같이 효보다는 충을 선택하였다(捨孝就忠). 그러나 충과 효가 정말로 충돌하면, 즉 제로섬 관계일 경우 살신성인(殺身成仁)을 선택할 수밖에 없을 것이다.

『순자』「자도」(子道) 편은 효와 충 사이 효의 선택 방법을 제시했다:

「孝子所不從命有三：從命則親危，不從命則親安，孝子不從命乃衷；從命則親辱，不從命則親榮，孝子不從命乃義；從命則禽獸，不從命則脩飾，孝子不從命乃敬。故可以從命而不從，是不子也；未可以從而從，是不衷也。」
「효자소부종명유삼：종명즉친위，부종명즉친안，효자부종명내**충**；종명즉친욕，부종명즉친영，효자부종명내의；종명즉금수，부종명즉**수식**，효자부종명내경。고가이종명이부종，시부자야；미가이종이종，시불충야。」

"효자가 명령을 따르지 않는 원인에는 세 가지가 있다: 명령을 따르면 부모가 위험해지고, 명령을 따르지 않으면 부모가 안전해진다면, 효자가 명령을 따르지 않는 것이 충(衷)이다; 명령을 따르면 부모가 욕되고, 명령을 따르지 않으면 부모가 영예롭다면, 효자가 명령을 따르지 않는 것이 의(義)이다; 명령을 따르면 [부모가] 짐승이 되고, 명령을 따르지 않으면 [부모가] 도덕 품성(品性)을 수양할 수 있다면, 효자가 명령을 따르지 않는 것이 경(敬)이다. 따라서 따를 수 있는 데 따르지 않는 것은, 자식이 아니다; 따를 수 없는데 따르는 것은, 충(衷)이 아니다."

▌속마음 충(衷): 내심, 정성스러운 마음, 복(福), 선(善), 정중(正中). ▌수식(脩飾): 수식(修飾)하다, 단장하다, 꾸미다, 품성을 수양하다.

26. 노포(魯褒)
「전신론」(錢神論)

26-1 저자 소개

『진서』(晉書) 권94 「은일: 노포전」(隱逸: 魯褒傳)에 따르면, 「전신론」(錢神論)의 저자로 알려진 노포(魯褒)는 생졸 연도가 알려지지 않았으나 서진(西晉) 혜제(惠帝) 연간(259-307)에 활동한 것으로 보인다. 형주(荊州) 남양국(南陽國, 현 하남성 南陽市) 출신 문학가이다. 자는 원도(元道)로 알려져 있다. 은거 생활을 한 그는 박학다식하고 청빈하게 자립하였고(貧素自立) 금전·재산 및 관직에 대해 전혀 관심이 없었다고 한다. 노포

가 살았던 혜제(惠帝) 시대는 "정치가 군신에게서 나와, 기강이 많이 무너졌고, 화폐 뇌물이 공공연히 횡행하여, 세력가들은, 지위를 이용하여 남들을 능멸하였고, 충신과 현능자는 출로가 끊어졌고, 아첨자와 사악한 자들은 뜻을 얻고, 서로 천거하였는데, 세상에서는 이를 호시(互市)라고 일컬었던"(政出群下, 綱紀大壞, 貨賂公行, 勢位之家, 以貴陵物, 忠賢路絶, 讒邪得志, 更相薦擧, 天下謂之互市焉. 『晉書』 卷4 「孝惠帝」) 상황이었다.

26-2 원전 소개

노포의 「전신론」(錢神論)은 '론'(論)이라는 이름을 붙였지만 앞서 소개한 조비(曹丕)의 「논문」(論文)의 분류에 따르면 사부(辭賦)에 속한다.

「전신론」은 부패한 문벌시대를 배경으로 사공공자(司空公子)가 세상물정을 모르는 기무선생(綦毋先生)과 대화하는 형식을 통해서 돈을 공방형(孔方兄)으로 의인화하여 돈을 추구하는 세상을 비꼰 글이다.

노포 이전인 위·진 교체 시대에 성공수(成公綏, 231-273)가 먼저 처음으로 69자에 불과한 「전신론」(『太平御覽』 권836; 『全晉文』 권59)을 썼다. 노포는 성공수의 글을 발전하여 바보 황제 진혜제(晉惠帝) 영강원년(永康元年, 300)에서 광희원년(光熙元年, 306) 사이에 「전신론」을 발표했다. 3세기 중엽부터 4세기까지 백 년이 안 되는 기간에 두 편의 「전신론」이 나온 것은 당시 정치·사회의 타락이 매우 심했던 상황을 반영하는 것이다. 노포 이후 많은 인물이 잡문, 시부(詩賦), 소설, 희극 등 형식으로 돈에 관한 글을 썼다.[49]

노포의 「전신론」(錢神論)은 당 구양순(歐陽洵) 등 『예문유취』(藝文類聚, 624년) 권66

---

49) 譚家健, 「魯褒的「錢神論」及其影響」, 『錦州師範學院學報』, 22:3(2000. 7), 46-49, 115.

「산업부하」(産業部下) 편, 당 방현령(房玄齡) 등 『진서』(晉書, 648년) 권94 「노포전」(魯褒傳), 당 서견(徐堅) 『초학기』(初學記, 725년) 권27 및 당 이방(李昉) 등 『태평어람』(太平御覽, 983년) 권595 「문부십일」(文部十一) 등에 나온다. 이들은 모두 일부 생략된 것으로 청대 엄가균(嚴可均, 1762-1843)이 이들을 통합하여 『전진문』(全晉文) 권113에 실었지만, 이도 완전한 것은 아니라고 한다. 여기서는 엄가균이 편집한 『전진문』(全晉文) 권113 「노포전」(魯褒傳)에 실린 「전신론」을 저본(1,042자)으로 한다. 이곳에 표시된 주(註)는 생략한다.[50]

26-3 노포 「전신론」 원문, 역문 및 주석

「전신론」(錢神論) : 돈이 있으면 귀신을 부릴 수 있다(有錢可使鬼推磨).

有司空公子 , 富貴不齒 , 盛服而游京邑。駐駕平市里 , 顧見綦毋先生 , 班白而徒行 , 公子曰 :「嘻!子年已長矣。徒行空手 , 將何之乎?」先生曰 :「欲之貴人。」公子曰 : 「學《詩》乎?」曰 :「學矣。」「學《禮》乎?」曰 :「學矣。」「學《易》乎?」曰 :「學矣。」

유사공공자 , 부귀불치 , 성복이유경읍。주가평시리 , 고견기모선생 , 반백이도행 , 공자왈 :「희!자년이장의。도행공수 , 장하지호?」선생왈 :「욕지귀인。」공자왈 : 「학《시》호?」왈 :「학의。」「학《예》호?」왈 :「학의。」「학《역》호?」왈 :「학의。」

사공(司空)이라는 공자(公子)가 있어, 부귀했지만 [남에게] 멸시 당하였는데, 옷을 화려하게 차려 입고 경성을 돌아다녔다. 평시리(平市里)라는 곳에 마차를 세우고, 되돌아보니 기무(綦毋) 선생

이었는데, 머리가 하얗게 되었는데도 [빈손으로] 걸어 다니기에, 공자가 말했다: "여보시오! 당신은 나이가 이미 들었군요. [마차를 타지 않고] 걸어 다니시는데 빈손이시니, 어디로 가려는 것이오?" 선생이 말했다: "귀인(貴人)에게 가려 하오." 공자가 말했다: "『시』(詩)를 배운 적 있소?" [선생이] 말했다: "배운 적 있소." [공자가 말했다:] "『예』(禮)는 배운 적 있소?" [선생이] 말했다: "배운 적 있소." [공자가 말했다:] "『주역』(周易)은 배운 적 있소?" [선생이] 말했다: "배운 적 있소."

▋이 치(齒): 언급하다, 말하다, 중시하다. ▋담을 성(盛): 단정하다, 화려하다. ▋주가(駐駕): 수레를 세우다. ▋평시리(平市里): 가공의 장소, 넓은 시가지로 해석될 수 있다. ▋돌아볼 고(顧). ▋고견(顧見): 되돌아보다. ▋기무(綦毋, qí wú): 『예문유취』(藝文類聚)에서는 기관(綦毋, qí guàn)이라 표기되었는데, 기무가 옳다. 기무(綦毋)씨는 춘추시대 진(晉)나라 대부 기무장(綦毋張)의 후손이다. ▋반백(班白): 반백(斑白), 머리가 희다. ▋길 장(長): 나이가 들다. ▋무리 도(徒): 걷다.

公子曰 : 「《詩》不云乎 : **幣帛筐篚** , 以將其厚意！然後忠臣嘉賓 , 得盡其心。《禮》不云乎 : 男贄玉帛禽鳥 , 女贄榛栗棗修。《易》不云乎 : **隨時之義大矣哉**。吾視子所以 , 觀子所由 , 豈隨世哉。雖曰已學 , 吾必謂之未也。」

공자왈 : 「《시》불운호 : **폐백광비** , 이장기후의！연후충신가빈 , 득진기심。《예》불운호 : 남지옥백금조 , 여지진률조수。《역》불운호 : 「**수시지의대의재**。오시자소이 , 관자소유 , 기수세재。수왈이학 , 오필위지미야。」

공자는 말했다: "『시경』에 '[군주가] 광주리에 폐백(幣帛)을 담아, 도타운 성의를 표시한다! 그런 다음에야 충신과 귀빈의, 그 마음을 다 얻을 수 있다.'라고 하지 않았는가요. 『예기』(禮記)에 '남자는 백옥과 날짐승을 선물하고, 아녀자는 개암·밤·대추·포를 선물한다.'라고 하지 않았는가요. 『주역』에 '시세의 [에 따라 변통하는] 의미가 매우 중요하다.'라고 하지 않았는가요. 내가 당신의 언행을 보건대, 당신이 걸어온 길을 보건대, 어찌 시세에 따른다고 볼 수 있겠소. 비록 이미 배웠다고 말했지만, 나는 꼭 그렇지 않다고 말하고자 하오."

▋폐백(幣帛): 비단, 견직물, 예물. ▋광주리 광(筐): 네모 광주리. ▋대광주리 비(篚): 둥근

광주리. ▌장차 장(將): 보내다, 표시하다. ▌'幣帛筐篚':『毛詩正義』卷9 '小雅: 鹿鳴' '小序': "《鹿鳴》, 燕群臣嘉賓也. 旣飲食之, 又實幣帛筐篚, 以將其厚意, 然後忠臣嘉賓得盡其心矣." ▌폐백 지(贄): 면회 때 가지고 가는 예물, 예물을 갖고 뵙기를 청하다, 선물하다. ▌개암나무 진(榛). ▌닦을 수(脩): 포 수(脩), 포(脯). ▌'贄榛栗棗脩':『禮記』「曲禮下」: "凡摯, 天子鬯, 諸侯圭, 卿羔, 大夫雁, 士雉, 庶人之摯匹; 童子委摯而退. 野外軍中無摯, 以纓, 拾, 矢, 可也. 婦人之摯, 棋榛, 脯修, 棗栗.";『左傳』「莊公二十四年」: "御孫曰:「男贄, 大者玉帛, 小者禽鳥, 以章物也. 女贄, 不過榛, 栗, 棗, 脩, 以告虔也. 今男女同贄, 是無別也. 男女之別, 國之大節也. 而由夫人亂之, 無乃不可乎?」." ▌수시(隨時): 시세에 따라 변통하다.『易』「隨卦」: "大亨貞, 无咎, 而天下隨時, 隨時之義大矣哉!" ▌소이(所以): 소위(所爲), 언행거지(言行擧止). ▌소유(所由): 소종(所從), 지나온 길.『논어』「爲政」: "視其所以, 觀其所由, 察其所安."

先生曰:「吾將以清談爲筐篚, 以機神爲幣帛, 所謂禮云禮云, 玉帛云乎哉者己。」
선생왈:「오장이청담위광비, 이기신위폐백, 소위예운예운, 옥백운호재자이。」

선생이 말했다: "나는 청담(清談)을 광주리로 여기고, 오묘한 이치를 폐백으로 여기고자 하는데, [당신이] 말하는 예[물]라는 것은 예물라는 것은, 옥백[만을 말하는 것이겠군요.

▌기신(機神): 기미현묘(機微玄妙), 민첩, 오묘한 이치. ▌'所謂':『논어』「陽貨」: "子曰: 禮云禮云, 玉帛云乎哉? 樂云樂云, 鐘鼓云乎哉?"

[公]子捬髀大笑曰:「固哉!子之云也。旣不知古, 又不知今。當今之急, 何用清談。時易世變, 古今異俗。富者榮貴, 貧者賤辱。而子尚賢, 而子守實, 無異於遺劍刻舡, 膠柱調瑟。貧不離於身, 名譽不出乎家室, 固其宜也。
[공]자부비대소왈:「고재!자지운야。기부지고, 우부지금。당금지급, 하용청담。시역세변, 고금이속。부자영귀, 빈자천욕。이자상현, 이자수실, 무이어유검각강, 교주조슬。빈불리어신, 명예불출호가실, 고기의야。

[공자가 장딴지를 치고 크게 웃으면서 말했다:] "고집스럽군요! 당신이 말한 것이. 옛것을 모르거니와, 지금 것도 모르는구려. 당장 지금이 급한데, 어찌 청담을 쓰려하나요. 시대가 바뀌었고 세상도 변하여, 예전과 지금은 풍속이 다릅니다. 부자는 부귀영화를 누리고, 빈자는 비천하고 수치스럽습니다. 그러함에도 당신이 현명함을 숭상하고, 그러함에도 당신이 실질을 지킨다는 것은, 각주구검(刻舟求劍)과, 교주고슬(膠柱鼓瑟)과 다름없소. 가난이 몸에서 떠나지 않으면, 명예가 집에서 나오지 않는 것은, 본래 마땅한 것이요.

▌어루만질 부(拊): 손바닥으로 치다. ▌넓적다리 비(髀): 장딴지, 허벅지. ▌굳을 고(固): 고집스럽다, 완고하다. ▌끼칠 유(遺): 잃다, 버리다. ▌오나라 배 강(舡). ▌유검각강(遺劍刻舡): 각주구검(刻舟求劍). ▌아교 교(膠): 아교로 붙이다. ▌고를 조(調): 조절하다, 고르다. ▌교주조슬(膠柱調瑟): 교주고슬(膠柱鼓瑟). ▌굳을 고(固): 본래, 원래, 물론, 당연. ▌마땅할 의(宜).

昔神農氏沒 , 黃帝堯舜敎民農桑 , 以幣帛爲本。上智先覺變通之 , 乃掘銅山 , 俯視仰觀 , 鑄而爲錢 , 故使內方象地 , 外員象天。大矣哉！錢之爲體 , 有乾有坤 , 內則其方 , 外則其圓。其積如山 , 其流如川 , 動靜有時 , 行藏有節。市井便易 , 不患耗折。難朽象壽 , 不匱象道 , 故能長久 , 爲世神寶。親愛如兄 , 字曰「孔方」。

석신농씨몰 , 황제요순교민농상 , 이폐백위본。상지선각변통지 , 내굴동산 , **부시앙관** , 주이위전 , 고사내방상지 , 외원상천。대의재！전지위체 , 유건유곤 , 내즉기방 , 외즉기원。기적여산 , 기류여천。동정유시 , **행장유절**。시정**편역** , 불환모절。난후상수 , 불궤상도 , 고능장구！위세신보。친애여형 , 자왈「공방」。

옛날 신농씨(神農氏)가 죽고, 황제·요·순이 백성에게 농업과 잠업을 가르쳤는데, 폐백을 [예물을 교환하는 예의의] 근본으로 삼았소. 선지선각자가 그를 변통하여 구리 산을 파서, 구부려 [땅을] 보고 우러러 [하늘을] 보아, 녹여서 돈을 만들게 되었는데, 그리하여 안은 땅과 같이 네모지게 만들고, 바깥은 하늘과 같이 둥글게 만들었소. 위대하도다, 돈의 형체는, 하늘이 있고 땅이 있으며, 안은 모가 지고, 밖은 둥그렇소. 그것이 쌓인 것은 산과 같고, 그것이 흐르는 것은 강줄기와 같소. [돈의] 운동과 정지에는 때가 있고, 유통과 저장에는 규칙이 있소. 시장에서 교역에 편리했고, 마모와 훼손을 걱정하지 않았소. 장수(長壽)와 같이 썩기(노쇠하기) 어려웠고, 길과 같이 무너지지 않았기, 때문에 오래 갈 수 있어, 세상의 보물이 되었소. 형인 듯 친애하여, 자(字)를 '공방'(孔方)이라 불렀소.

> ■구푸릴 부(俯): 구부리다. ■우러를 앙(仰): 우러르다. ■수효 원(員): 둥글 원(圓), 둥글다.
> ■행장(行藏): 유통과 저장. ■마디 절(節): 법도, 법칙. ■편역(便易): 편어역(便於易), 교역
> 에 편리하다, 거래에 편리하다. ■코끼리 상(象): 형상 상(像), 닮다, 상징하다. ■함 궤(匱):
> 무너질 궤(潰).

失之則貧弱 , 得之則富強。無翼而飛 , 無足而走。解嚴毅之顏 , 開難發之口。錢多者
處前 , 錢少者居後。處前者爲君長 , 在後者爲臣僕。君長者豐衍而有餘 , 臣僕者窮竭
而不足。《詩》云 :『哿矣富人 , 哀哉煢獨。』豈是之謂乎 ?
실지즉빈약 , 득지즉부강。무익이비 , 무족이주。해엄의지안 , 개난발지구。전다자
처전 , 전소자거후。처전자위군장 , 재후자위신부。군장자풍연이유여 , 신부자궁갈
이부족。《시》운 :『가의부인 , 애재경독。』기시지위호 ?

그것을 잃으면 빈약해지고, 그것을 얻으면 부강해졌다오. 날개가 없는데 날아다녔고, 발이 없는데 돌아다녔소. 엄숙한 사람의 얼굴을 풀어버렸고, 벌리기 어려운 입을 열어버렸소. 돈이 많은 사람은 앞에 서고, 돈이 적은 사람은 뒤에 있게 되었소. 앞에 선 사람은 군장(君長)이 되고, 뒤에 있는 사람은 신복(臣僕)이 되었소. 군장자는 풍족하여 여유가 있었고, 신복자는 빈궁하여 부족하였소. 『시』에 '좋구나 부자, 슬프구나 외로운 사람.'이라고 했는데, 어찌 이를 말한 것이 아니겠는지요?

> ■풀 해(解): 열 개(開), 해제하다, 없애다, 풀다. ■좋을 가(哿). ■《詩》云:『시』「小雅: 正月」:
> "哿矣富人 , 哀此惸獨." ■외로울 경(煢).

錢之爲言泉也。百姓日用 , 其源不匱。無遠不往 , 無深不至。京邑衣冠 , 疲勞講肆 , 厭
聞清談 , 對之睡寐。見我家兄 , 莫不驚視。錢之所祐 , 吉無不利。何必讀書 , 然後富貴。

전지위언천야。백성일용 , 기원불궤。무원불왕 , 무심부지。경읍의관 , 피로강사。염**문청담** , 대지수매。견아가형 , 막불경시。**전지소우** , **길무불리**。하필독서 , 연후부귀。

돈(錢)은 샘(泉)이라 말한다오. 백성이 매일 쓰지만, 그 수원(水源)은 그치지 않는다오. [돈은 아무리] 멀어도 가지 않는 곳이 없고, [아무리] 깊어도 이르지 않는 곳이 없지요. 경성의 세도가들은, 강론과 학습을 피곤해하고, 청담(淸談)을 듣기 싫어하여, 그것을 대하면 잠들어 버리오. [세도가들은] 내 가형(家兄)(孔方兄)을 보면, 놀라서 바라보지 않는 자가 없소. 돈이 돕는 것은, 이롭지 않은 것이 없을 정도로 길하다오. 무엇 때문에 글을 읽은, 다음에 부귀해지려 하오.

> ▌함 궤(匱): 다하다, 모자라다. ▌의관(衣冠): 권문세가, 명문세족, 세도가, 신사(紳士). ▌방자할 사(肆): 익힐 이(肆), 노력하다, 살펴보다. ▌강사(講肆): 강사(講舍), 강당(講堂), 강론(講論)과 이습(肄習). ▌싫을 염(厭). ▌청담(淸談): 현담(玄談), 공리공담(空理空談). ▌"錢之所祐, 吉無不利.": 다음을 인용하여 비튼 것이다. 『易』「繫辭上」: "自天佑之, 吉無不利."

昔呂公欣悅於空版 , 漢祖克之於贏二 , 文君解布裳而被錦繡 , 相如乘高蓋而解犢鼻 , 官尊名顯 , 皆錢所致。空版至虛 , 而況有實。贏二雖少 , 以致親密。
석**여공**흔열어공판 , 한조극지어**영이** , 문군해포상이피금수 , 상여승고개이해**독비** : 관존명현 , 개전소치。공판지허 , 이황유실。영이수소 , 이치친밀。

옛날 여공(呂公)은 [劉邦이 적은] 빈 명부에 기꺼워하였고, 한고조는 [蕭何가] 200전을 더 준 것을 깊이 새겼고, 탁문군(卓文君)은 베옷을 벗고 비단옷을 입었으며, 사마상여(司馬相如)는 높은 덮개의 가마를 타고 쇠코잠방이를 벗었는데, [이들과 같이] 관직이 존귀하게 되고 이름이 드러나는 것은, 모두 돈이 그렇게 한 것이오. 빈 명부는 지극히 헛된 것인데도 [효력이 있었으니], 하물며 실물(돈)이 있었으니 [어떠했겠소]. 200전을 더 준 것은 비록 적은 것이었지만, 친밀을 만들어주었다오.

> ▌여공(呂公): 여후(呂后)의 아버지. ▌이길 극(克): 새길 각(刻), 마음에 깊이 새겨두다(銘記). ▌이가 남을 영(贏): 이가 남다, 남다, 넘다, 많다. ▌독비(犢鼻): 독비곤(犢鼻褌), 쇠코잠

방이, 사발잠방이. 여름에 농부가 일할 때 입는 무릎까지 내려오는 짧은 잠방이. 베로 허리 전면을 덮고 뒤로 돌려 매었음. ※ 진나라 시대 거부인 여공(呂公)이 죄를 짓고 지인이 현령 (縣令)으로 있는 패현(沛縣)으로 이사했다. 이에 패현의 유지들이 그를 보기 위해 몰려들었는 데 이 행사를 주관한 소하(蕭何)가 축하금 1천 전 이하는 대청 아래에 앉으라고 했다. 이에 무일푼인 패현(沛縣) 사수정(泗水亭) 정장(亭長)인 유방(劉邦)은 한 푼도 없이 방명록에 '축의 금 만 전'(賀錢萬)이라고 적고는 대청 위로 올라가려 했다. 관상을 잘 보는 여공이 유방을 대청으로 모셨고 딸까지 주었다. 유방은 원래 소리(小吏)로 함양(咸陽)에 출장 가게 되었을 때 동료들이 한 사람당 300전의 노잣돈을 줬는데 소하(蕭河)만은 500전을 주었다. 유방은 이를 각골명심하고 한나라 황제가 된 다음 소하에게 2,000호(戶)를 추가로 분봉했다. 서한시 대 거상인 탁왕손(卓王孫)은 딸 탁문군(卓文君)이 몰래 가난한 사마상여(司馬相如)에게 시집 간 것이 못마땅해 딸에게 돈과 재물을 주지 않았다. 이에 사마상여와 탁문군은 탁왕손의 저택 문 앞에서 쇠코잠방이(犢鼻褌)를 입고 술을 팔았는데 탁왕손은 이를 수치로 여기고 마지못해 재산을 나누어주었다. 이에 탁문군은 쇠코잠방이를 벗어버리고 비단옷으로 갈아입 었고, 사마상여는 높은 지붕의 마차를 탔다. 위 고사는 『사기』 권8 「고조본기」(高祖本紀), 권53 「소상국세가」(蕭相國世家) 및 권117 「사마상여열전」(司馬相如列傳)에 나온다. ※ 참고 로 유방의 신분 비밀을 밝히고자 한다. 『한서』 「고제기」(高帝紀) 찬왈(贊曰)에 "유향이 말하 길 전국 때 유씨는 진나라에서 위나라로 왔고"(劉向云戰國時劉氏自秦獲於魏), "옮겨온 지 얼마 되지 않아, 조상의 분묘가 적었다."(其遷日淺, 墳墓在豐鮮焉.). 『사기』 「고조본기」(高祖 本紀)에 따르면 어머니 유온(劉媼)이 방죽에서 교룡(蛟龍)과 교접하고 있는 것을 양아버지 유태공(劉太公)이 목격하였다(其先劉媼嘗息大澤之陂, 夢與神遇. 是時雷電晦冥, 太公往視, 則見蛟龍於其上. 已而有身, 遂產高祖.). 유온(劉媼)은 유방의 어머니 성명이 아니고 '유씨 부인'이란 뜻이다. 유방은 황제에 즉위한 뒤 양부를 추존하지 않았고 어머니도 '태상황후'(太 上皇后)가 아닌 소령부인(昭靈夫人)으로 추존하였을 뿐이다(追尊先媼曰昭靈夫人). 유방은 봉기하기 전에 강소성 풍읍(豊邑)에서 거리가 먼 진나라 수도 함양(咸陽)을 자주 드나들었고, 황제가 된 후 진시황묘를 잘 관리하였고, 진나라를 무너뜨리는데 도왔던 전우와 항우를 잔인 하게 살해하였고, 진나라의 제도를 수정하지(改正朔易服色) 않고 그대로 유지했다. 상식과 어긋나는 이러한 전설과 사실에서 유방은 진시황의 아버지 진장양왕(秦莊襄王)의 비가 어떠 한 연유로 임신한 채 위나라 풍읍으로 피신하여 유씨 남성에게 의탁하여 낳은 아들로 진시황 의 동생이라는 주장이 있는데, 이는 꽤 설득력이 있다.

由是論之 , 可謂神物。無位而尊 , 無勢而熱。排朱門 , 入紫闥。錢之所在 , 危可使
安 , 死可使活 ; 錢之所去 , 貴可使賤 , 生可使殺。是故忿諍辯訟 , 非錢不勝。孤弱幽
滯 , 非錢不拔 , 怨仇嫌恨 , 非錢不解 , 令問笑談 , 非錢不發 , 洛中朱衣 , 當途之士 ,
愛我家兄 , 皆無已已。執我之手 , 抱我終始。不計優劣 , 不論年紀。賓客輻輳 , 門常
如市。諺云 :『錢無耳 , 可闇使!』豈虛也哉 , 又曰 :『有錢可使鬼』, 而況於人手。

유시논지 , 가위신물。무위이존 , 무세이열。배주문 , 입자달。전지소재 , 위가사
안 , 사가사활 ; 전지소거 , 귀가사천 , 생가사살。시고분쟁변송 , 비전불승。고약유
체 , 비전불발 , 원구혐한 , 비전불해 , **영문소담** , 비전불발 , **낙중주의** , **당도지사** ,
애아가형 , 개무이이。집아지수 , 포아종시。불계우열 , 불론연기。빈객폭주 , 문상
여시。언운 :『전무이 , 가암사!』기허야재。우왈 :『유전가사귀』, 이황어인호。

이로써 그것(돈)을 말하건대, [돈은] 가히 신물(神物)이라 말할 수 있소. [돈은 사람으로 하여금]
지위가 없으면서 존경받게 만들고, 세력이 없으면서 권세를 갖게 만들지요. [돈이 있으면] 고관대
작 집의 문을 밀치고 들어가게 할 수 있고, 궁중의 작은 문으로 들어가게 할 수 있소. 돈이
있으면, 위기를 안전하게 만들 수 있고, 죽음을 살릴 수 있소; 돈이 가버리면, 고귀함을 천하게
만들 수 있고, 생명을 죽게 만들 수 있소. 이 때문에 분쟁소송은, 돈이 없으면 이길 수 없소.
고아·어린이와 은사는, 돈이 없으면 벗어날 수 없으며; 원한과 혐오는, 돈이 없으면 풀 수 없으며,
아름다운 명성과 우스갯소리는, 돈이 없으면 퍼뜨릴 수 없으며, 낙양의 귀인과, 내권을 잡은
사람은, 내 가형(家兄)을 사랑하기를, 모두 그치지 않는다오. [그들은] 내 손을 잡고, 나를 시종
끌어안고는, 우열을 따지지 않고, 나이를 헤아리지 않소. [그리하여] 빈객이 폭주하여, 대문앞이
늘 시장과 같았소. 속담에 이르기를 '돈은 귀(청각)가 없으나, 어둠 속에서 [몰래 사람을] 부릴
수 있다!'라고 했는데, 어찌 거짓이겠소. 또 [속담에] 이르기를 '돈이 있으면 귀신을 부릴 수 있다.'
라고 했는데, 하물며 사람에게야 어렵하겠소.

▐ 더울 열(熱): 권세가 있다. 권세가 혁혁하다, 영향력을 갖다. ▐ 밀칠 배(排): 밀치다, 밀치고
들어가다. ▐ 주문(朱門): 붉은 칠을 한 대문, 고관내작의 집, 부귀한 집. ▐ 문 달(闥). ▐ 자달
(紫闥): 붉은색의 궁중의 작은 문, 궁궐, 궐내. ▐ 성낼 분(忿). ▐ 유체(幽滯): 파묻혀 쓰이지
못한 사람, 은사(隱土), 옥중에 유폐된 무고한 사람. ▐ 뺄 발(拔): 공략하다, 빼어나다, 탈출하

다, 벗어나다, 쓰이다. ▪영 령(令): 아름답다. ▪영문(令問): 영문(令聞), 아름다운 이름, 아름다운 명성. ▪소담(笑談): 우스갯거리, 웃음거리. ▪낙중(洛中): 낙양(洛陽). ▪주의(朱衣): 귀인, 부호. ▪당도(當途): 당도(當道), 정권을 장악하다, 정권을 잡은 고관. ▪아가형(我家兄): 돈(錢)을 가리킴. ▪이미 이(已): 그치다, 말다, 버리다. ▪닫힌 문 암(闇): 어두울 암(暗).

子夏云:『死生有命, 富貴在天。』吾以死生無命, 富貴在錢。何以明之?錢能轉禍爲福, 因敗爲成。危者得安, 死者得生。性命長短, 相祿貴賤, 皆在乎錢。天何與焉?天有所短, 錢有所長。四時行焉, 百物生焉, 錢不如天;達窮開塞, 振貧濟乏, 天不如錢。

자하운:『**사생유명, 부귀재천。**』오이사생무명, 부귀재전。하이명지?전능전화위복, 인패위성。위자득안, 사자득생。성명장단, 상록귀천, 개재호전。천하여언?천유소단, 전유소장。사시행언, 백물생언, 전불여천;달궁개색, **진빈제핍**, 천불여전。

자하(子夏)가 '생사에는 명이 있고, 부귀는 하늘에 있다.'라고 말했소. 나는 생사에는 명이 없고, 부귀는 돈에 있다고 여기오. 어떻게 그것을 밝히는지? 돈은 화를 돌려 복이 되게 하고, 패배를 성공이 되게 할 수 있다오. 위험한 자는 안전을 얻고, 죽은 자는 생명을 얻게 한다오. 생명의 장단, 면상(面相)과 복록의 귀천은, 모두 돈에 [달려] 있소. 하늘은 무엇을 주는가요? 하늘은 단점이 있지만, 돈은 장점이 있소. 사시(四時)가 가는 데나, 만물이 사는 곳에서, 돈은 하늘만 못하오; 궁한 것을 뚫어주고 막힌 것을 열어주고, 가난에서 떨쳐 일어나게 하고 기댈 곳 없는 자를 구제하는 데에는, 하늘이 돈만 못하오.

> ▪"死生有命, 富貴在天。":『論語』「顏淵」:"子夏曰:「商聞之矣:死生有命, 富貴在天. 君子敬而無失, 與人恭而有禮. 四海之內, 皆兄弟也. 君子何患乎無兄弟也?」" ▪인할 인(因). ▪진빈제핍(振貧濟乏): 진궁휼과(振窮恤寡), 진궁휼빈(振窮恤貧).

若臧武仲之智, 卞莊子之勇, 冉求之藝, 文之以禮樂, 可以爲成人矣。今之成人者何必然, 唯孔方而已。夫錢, 窮者能使通達, 富者能使溫暖, 貧者能使勇悍, 故曰:『君

無財則士不來, 君無賞則士不往。』諺曰：『官無中人, 不如歸田。』雖有中人, 而無家兄, 何異無足而欲行, 無翼而欲翔。

약장무중지지, 변장자지용, 염구지예, 문지이예악, 가이위성인의。금지성인자하필연, 유공방이이。부전, 궁자능사통달, 부자능사온애, 빈자능사용한, 고왈：『군무재즉사불래, 군무상즉사불왕。』언왈：『관무중인, 불여귀전。』수유중인, 이무가형, 하이무족이욕행, 무익이욕상。

만일 장무중(臧武仲)의 지혜, 변장자(卞莊子)의 용맹, 염구(冉求)의 재예(才藝)가 있고, 게다가 예악으로 꾸미면, [완전한 사람이 된다고 할 수 있소. 오늘의 사람은 뭐 그래야 할 필요가 있겠소, 오직 공방(孔方)일 뿐이오. 무릇 돈이란 것은, 궁색한 가난한 사람을 통달시킬 수 있고, 부자를 따습게 만들 수 있고, 가난한 사람을 용감하게 만들 수 있으니, 그래서 말하기를 '군주는(에게) 재물이 없으면 선비가 오지 않으며, 군주가(에게) 상(賞)이 없으면 선비가 가지 않는다.'라고 했소. 속담에 말하길 '관리를 하는데 권세가 없으면, 밭으로 돌아감만 못하다.'라고 했소. 비록 권세가는 있으나 가형(家兄)(돈)이 없으면, 발 없이 걸으려 하는 것이나, 날개 없이 날려 하는 것과 무엇이 다르겠소.

> ▮"若 ……成人矣.": 『論語』「憲問」: "子路問成人. 子曰: 若臧武仲之知, 公綽之不欲, 卞莊子之勇, 冉求之藝, 文之以禮樂, 亦可以爲成人矣. 曰: 今之成人者何必然? 見利思義, 見危授命, 久要不忘平生之言, 亦可以爲成人矣." ▮장무중(臧武仲): 춘추시대 노나라 대부, 지모가 있었다. ▮변장자(卞莊子): 춘추시대 노나라 대부, 용맹으로 이름을 날렸다. ▮염구(冉求): 공자의 학생으로 재예(才藝)가 있었음. ※ 장무중(臧武仲)은 제나라 장공(莊公)의 재위가 오래가지 않을 것이라 예상해 그의 봉지(封地)를 받지 않았다. 장공이 피살된 뒤 장무중은 연루되지 않았기에 살해되지 않았는데, 이에 사람들은 그의 기지를 칭찬했다. 노나라 대부 변장자(卞莊子)는 남보다 힘이 세어 두 마리 호랑이를 대적할 수 있었는데, 사람들은 그의 용감함을 칭찬했다. 공자의 학생 염유(冉有)는 학식이 넓고 깊어 사람들은 그의 재주를 칭찬했다. ▮글월 문(文): 꾸미다, 장식하다. ▮중인(中人): 권세 있는 관원, 심복, 부하, 측근, 중개인, 알선인, 뒷배.

使才如顔子, 容如子張, 空手掉臂, 何所希望。不如早歸, 廣修農商, 舟車上下, 役

使孔方。凡百君子 , 同塵和光。上交下接 , 名譽益彰。」

사재여안자 , 용여자장。공수도비 , 하소희망 , 불여조귀 , 광수농상。주거상하 , 역사공방。**범백군자** , **동진화광**。상교하접 , 명예익창。」

설령 재주가 안자(顔子)와 같고, 용모가 자장(子張)과 같아도, 빈손으로 활개를 젓는다면, 무슨 희망이 있겠소. 일찌감치 돌아가, 농업과 상업을 널리 닦고, 배와 수레를 오르내리며, 공방(孔方)을 부려 먹는 것만 못하오. 모든 군자는, 먼지와 함께하고 빛을 합하고, 위와 교류하고 아래와 접촉하면, 명예가 더욱 드러날 것이오."

> ▌흔들 도(掉): 흔들다, 흔들리다. ▌팔 비(臂). ▌범백군자(凡百君子): 모든 군자. ▌동진화광(同塵和光): 화광동진(和光同塵), 화광혼속(和光混俗), 빛을 감추고 세속과 섞이다, 지덕과 재기를 감추고 속세와 어울리다. 『노자』제4장, 제56장: "和其光, 同其塵."

黃銅中方叩頭對曰 :「僕自西方庚辛 , 分王諸國 , 處處皆有。長沙越巂 , 僕之所守。黃金爲父 , 白銀爲母。鉛爲長男 , 錫爲適婦。伊我初生 , 周末時也。景王尹世 , 大鑄兹也。貪人見我 , 如病得醫。饑饗太牢 , 未之逾也。」

황동중방고두대왈 :「복자서방경신 , 분왕제국 , 처처개유。장사월수 , 복지소수。황금위부 , 백은위모。연위장남 , 석위적부。이아초생 , 주말시야。경왕윤세 , 대주자야。탐인견아 , 여병득의。**기향태뢰** , **미지유야**。」

황동중방(黃銅中方)은 머리를 조아리고 대답하였다: "저는 가을에 서방에서 와서, 각국에 나뉘어 왕이 되어, 도처에 모두 존재하고 있습니다. 장사(長沙)와 월수(越巂)는, 제가 지키고 있습니다. 황금이 아버지이며, 백은이 어머니입니다. 납이 장남이며, 주석이 적자(嫡子)의 처입니다. 제가 처음 태어난 것은, 주나라 말 때입니다. 경왕(景王)이 세상을 다스리면서, 이놈을 많이 만들었습니다. 탐욕스러운 사람이 저를 보면, 병자가 치료받은 것과 같습니다. 기아자가 소·양·돼지고기를 맛본다 해도, 이(탐욕스러운 사람이 저를 보는 것)를 넘어서지 못합니다."

> ▌황동중방(黃銅中方): 가상 인물, 성은 황(黃), 이름은 동(銅), 자(字)는 중방으로 추정. 돈

(錢)을 가리킴. ▐두드릴 고(叩). ▐종 복(僕): 저. ▐서방(西方): 『春秋繁露』「五行之義」: "金居西方而主秋氣." ▐경신(庚辛): 가을. ▐월수(越嶲): 사천성 서창(西昌). ▐갈 적(適): 정실 적(嫡). ▐저 이(伊): 어조사. ▐경왕(景王): 기원전 524년 최초의 대전(大錢)을 만들었다고 한다. 『國語』「周語下」: "景王二十一年, 將鑄大錢. 單穆公曰:「不可. 古者 天災降戾, 于是乎量資幣, 權輕重, 以振救民, 民患輕, 則為作重幣以行之, 于是乎有母權子而行, 民皆得焉. 若不堪重, 則多作輕而行之, 亦不廢重, 于是乎有子權母而行, 小大利之.」......王弗聽, 卒鑄大錢." ▐다스릴 윤(尹). ▐이 자(玆): 이것, 돈(錢). ▐주릴 기(饑). ▐잔치할 향(饗). ▐태뢰(太牢): 사직에 제사를 지낼 때 소, 양, 돼지가 모두 구비된 것을 태뢰라고 하였고, 소가 빠진 것을 소뢰(少牢)라고 했는데, 천자는 전자를 제후는 후자를 올렸다. ▐미지유(未之逾): 미유지(未逾之). ※ '黃銅中方叩頭對曰' 부분은 북송 『太平御覽』「資産部16: 錢下」 편의 일부를 추가한 것이다.

26-4 노포「전신론」감상과 평설(評說)

노포의 「전신론」(錢神論)에는 성어가 그리 많지 않다.

각주구검(刻舟求劍)이 변형된 유검각선(遺劍刻船)과 교주고슬(膠柱鼓瑟)이 변형된 교주조슬(膠柱調瑟) 외에

- "생사는 운명에 달려있고 부귀는 하늘에 달려있다."라는 사생유명부귀재천(死生有命富貴在天),

- "돈이 있으면 귀신을 부릴 수 있다."라는 유전가사귀(有錢可使鬼),

- "속세의 티끌과 같이하며 빛을 부드럽게 한다."라는, 즉 자신을 감추고 속세와 같이 한다는 동진화광(同塵和光, 和光同塵) 등이 있다.

서한시대 사마천이 「화식열전」이란 경제학 명문을 쓰고 300년 뒤 노포가 「전신론」이란 경제학 명문을 내놓았다. 사마천은 화폐, 자본 및 재산을 아우르는 재부를 분석하였지만, 노포는 화폐만을 대서특필했다. 사마천은 인간이란 '의복과 식량이 충분해야 영

욕을 안다'(衣食足而知榮辱), '사람이 부유하면 인의가 따라붙는다'(人富而仁義附焉)라고 주장했고, 노포는 "생사는 운명이 없고, 부귀는 돈에 달려있으며"(死生無命, 富貴在錢.), "돈이 있으면, 위기를 안전하게 만들 수 있고, 죽음을 살려낼 수 있다."(錢之所在, 危可使安, 死可使活.)라고 보았다. 그러나 사마천은 화폐경제를 긍정하고 부의 추구를 찬양했지만, 노포는 재부 추구를 풍자하였다는 점에서 다른 관점을 가졌다.

동진(東晉)시대의 은사(隱士)인 노포의 「전신론」은 시대의 병폐를 비판하기 위한 소품에 지나지 않지만, 후대에 널리 전해지면서 중국인의 배금주의(mammonism)와 금전의 위력을 적나라하게 밝힌 명문으로 평가받고 있다.

노포의 「전신론」은 앞서 소개했던 문장들이 무색할 정도로 "무엇 때문에 글을 읽은, 다음에 부귀해지려하는가?"(何必讀書, 然後富貴.)라는 근본 질문을 던진다. 이는 당시 배금주의를 풍자하면서 아울러 유교의 천명론의 신뢰성에 의문을 던진 것이다. 「전신론」은 반쪽짜리 담론으로 평가받을 수 있다. 즉, 기무선생의 사공공자에 대한 반론이 없기 때문이다. 반론이 추가되었다면 「전신론」이란 명칭은 달라질 수도 있었을 것이다.

노포 이후 당대(唐代)에 고관을 지낸 뛰어난 문장가 장열(張說, 667-730)은 고대 의학서인 『신농본초』(神農本草) 문체를 모방하여 한자 187자에 불과한 잡문 「전본초」(錢本草)를 지었다. 명말청초의 위작이라는 주장도 있으나 여기서는 논외로 한다. 이 글은 돈의 성질, 작용 및 사용원칙을 분석하면서 돈을 버는 것보다는 돈을 어떻게 쓰는 것이 중요한가를 우리에게 말하고 있다:

돈, 맛은 달지만, 아주 뜨겁고, 독이 있다. 얼굴을 늙지 않게 하여, 신색을 윤택하게까지 할 수 있고, 기아를 극복하고, 곤경과 액운의 고난을 푸는 데 큰 효험이 있다. 나라를 이롭게(利) 할 수 있고, 현달(賢達)을 욕보일(汚) 수 있고, 청렴한 사람을 으박지를(畏) 수 있다. 탐욕스러운 사람이 먹어, 균평(均平)하면 양약이 되지만, 균평하지 않으면, 오한과 신열이 서로 부딪쳐, 사람으로 하여금 곽란(癨亂)을 일으키게 한다. 그 약 사용이 때가 맞지 않고, 사용이 타당하지 않으면 정신을 상하게 만든다. 이것이 널리 유통되면, 신령을 불러오고, 귀신의 기운을 통하게 할 수 있다. 만일 쌓되 흩뜨리지 않으면, 수재와 화재와 도적의 재난이 생기고; 만일 흩뜨리고 쌓아두지 않으면, 배고픔과 추위와 곤액(困厄)의 고난이 다가온다. 쌓고 흩뜨리는 것을 도(道)라 이르고, 귀중하게 여기지 않는 것을 덕(德)이라 이르며, 거둬들이고 주는 것이 알맞은 것을 의(義)라 이르고, 분수에 맞지 않는 것을 추구하지 않는 것을 예(禮)라 이르고, 널리 베풀어 뭇사람을 구제하는 것을 인(仁)이라 이르고, 시기를 잃지 않고 내놓는 것을 신(信)이라 이르고, 들이되 자신에게 거리낌이 없는 것을 지(智)라 한다. 이 일곱 가지 방법을 자세히 연마하면, 오래도록 먹고 오래 살게 할 수 있으며, 만일 먹되 이치에 맞지 않으면 뜻을 약화하고 정신을 해친다. 반드시 이를 삼가야 한다.

(錢, 味甘, 大熱, 有毒. 偏能駐顔, 采澤流潤, 善療飢, 解困厄之患立驗. 能利邦國, 汚賢達, 畏清廉. 貪者服之, 以均平爲良; 如不均平, 則冷熱相激, 令人癨亂. 其藥採無時, 採之非理則傷神. 此旣流行, 能召神靈, 通鬼氣. 如積而不散, 則有水火盜賊之災生; 如散而不積, 則有飢寒困厄之患至. 一積一散謂之道, 不以爲珍謂之德, 取予合宜謂之義, 無求非分謂之禮, 博施濟衆謂之仁, 出不失期謂之信, 入不妨己謂之智. 以此七術精煉, 方可久而服之, 令人長壽. 若服之非理, 則弱志傷神. 切須忌之.『全唐文』卷226).

위의 글은 도·덕·의·예·인·신·지를 금전을 다스리는 7개 준칙으로 보고, 이 준칙을 실천할 수 있으면 진정으로 돈을 가질 수 있고, 아울러 돈의 순기능을 발휘시킬 수 있다고 주장한다.

중국의 상층사회에서는 금전을 '전신'(錢神) 또는 '공방형'(孔方兄)으로 부르면서 추앙과 조소를 했지만, 민간에서는 조공원수(趙公元帥)나 관제야(關帝爺)를 재신(財神)으로 깍듯이 모셨다.

노포「전신론」 후 900여 년이 지난 고려시대 무신정권 시절 문신이었던 임춘(林椿, ?-?)은 사물을 의인화한 가전체(假傳體) 작품인「공방전」(孔方傳)을 쓴 바 있다.『서하선생집』(西河先生集) 권5와『동문선』(東文選) 권100에 실려 있다. 작자는 돈을 작품의 주인공인 '공방'(孔方)으로 의인화하여 돈의 내력과 성쇠를 보여줌으로써 잘못된 사회상을 풍자하는 경세의 효과를 보고자 했다. 관련 원문과 번역문은 『한국고전종합DB』(https://db.itkc.or.kr)에서 '공방전' 또는 '孔方傳'을 검색하면 볼 수 있다.

27. 왕희지(王羲之) 「난정집서」(蘭亭集序)

27-1 저자 소개

왕희지(王羲之, 303-361 또는 321-379)는 자가 일소(逸少)이고, 호는 담재(澹齋)이다. 원적은 낭야군(琅琊郡) 임기현(臨沂縣, 현 산동성 臨沂市)으로 나중에 회계군(會稽郡) 산음현(山陰縣, 현 절강성 紹興市)으로 이주했다. 그는 노장사상과 도교적 양생술에 심취하였다. 동진시대 서예가로 서성(書聖)이라 불린다. 아들 왕헌지(王獻之)와 더불어 이왕(二王)으로 불린다. 우장군(右將軍)을 역임했던 연유로 왕우군(王右軍), 또 거주지로 인해 왕회계(王會稽)라고도 불렸다.

왕희지

왕희지는 예서(隸書), 초서(草書), 해서(楷書) 및 행서(行書) 등 각종 서체를 섭렵하여 일가를 이루었다. 대표 작품집으로 해서의 「낙의론」(樂毅論)과 「황정경」(黃庭經),

초서의 「십칠첩」(十七帖), 행서의 「이모첩」(姨母帖)과 「쾌설시청첩」(快說時晴帖) 및 「상란첩」(喪亂帖), 행해서(行楷書)의 「난정집서」(蘭亭集序) 등이 있다. 행해서(行楷書)로 쓴 「난정집서」는 '천하제일행서'(天下第一行書)라 불린다. 같은 글자는 글씨체가 모두 다른데, 20개의 갈 지(之) 자는 모두 다른 모습이다.

27-2 원전 소개

「난정집서」(蘭亭集序)는 「난정연집서」(蘭亭宴集序), 「난정서」(蘭亭序), 「임하서」(臨河序), 「계서」(禊序) 및 「계첩」(禊貼)이라고도 불린다.

글씨: 王羲之, 「蘭亭集序」 (馮承素摹本)

　동진(東晉) 목제(穆帝) 영화(永和) 9년(353) 3월 3일 우장군(右將軍)의 신분으로 회계군내사(會稽郡內史) 직을 맡고 있던 왕희지와 사안(謝安), 손작(孫綽) 등 42명의 군정고관(軍政高官)이 산음(山陰)에 있는 왕희지의 원림(園林) 내 난정(蘭亭)(현재 절강성 紹興市 蘭亭鎭 蘭渚山 산록에 위치)에 모여 삼진날(春禊) 행사를 하면서 여러 사람이 시를 지었고 이를 모은 시집에 왕희지가 서문을 썼다. 신라인들이 포석정에서 노는 것과 같이 흐르는 물길에 잔을 띄워놓고 술잔이 멈추는 곳에 앉은 사람이 시를 짓고 짓지 못하면 벌주를 마시는 놀이를 하면서 26명이 시부(詩賦) 37수를 지었다. 이를 모아『난정집』(蘭亭集)이라 했고, 이 책에 서문을 쓴 것이 바로 324자에 불과한「난정집서」이다. 일설에 따르면, 연잎을 흐르는 물길에 놓고 그 위에 술잔을 놓았고, 술은 쌀로 빚은 주황색의 소흥황주(紹興黃酒)였으며, 술잔은 뿔잔(觥)으로 용량이 250-350ml였다고 한다. 처음 쓸 때 틀린 글자가 있어 다시 썼지만 처음 것만 못하여 '신조'(神助)라고 말하고는 처음 것을 사용했다는 설이 있다.

　왕희지가 주도한 이러한 모임을 '난정아집'(蘭亭雅集)이라 한다. 왕희지와 그의「난정집서」는 서진시대 대신, 문학 및 부호로 유명한 석숭(石崇)과 그의「금곡시서」(金谷詩序)에 비교되곤 한다.

　「난정집서」는 중국 문학사상 불후의 명작으로 꼽히지만 역시 중국문학사상 필독서로 꼽히는 위진남북조시대 남조 양(梁) 소명태자(昭明太子) 소통(蕭統, 501-531) 등이 선진시대부터 양(526년)까지 700여 편을 편집한『문선』(文選)에는 실리지 못했다. 아마도 편집 취지에 어긋났기 때문으로 본다.「난정집서」문장은 청대 오초재(吳楚材)와 오조후(吳調侯)가 편찬한『고문관지』(古文觀止) 권7「육조당문」(六朝唐文)에 실린 것을 주로 사용한다. 문체는 시서(詩序)에 속한다.

　왕희지 글씨 원본은 섬서성 소릉(昭陵)의 당태종 묘에 매장되어 있고, 현존하는 고궁본(故宮本)은 원본을 베낀 모본(摹本)으로, 당대 풍승소(馮承素)와 저수량(褚遂良)의 모본 중 전자의 것을 높이 평가한다. 아래「난정집서」원문은 풍승소모본(馮承素摹本)에 따른다.

27-3 왕희지 「난정집서」 원문, 역문 및 주석

「난정집서」(蘭亭集序) : 비록 시대가 다르고 사정이 달라져도, 감회를 일으키는 까닭, 그 정취는 하나일 것이다(雖世殊事異, 所以興懷, 其致一也.).

永和九年, 歲在癸丑, 暮春之初, 會於會稽山陰之蘭亭, 脩禊事也。群賢畢至, 少長咸集。此地有崇山峻領, 茂林脩竹, 又有淸流激湍, 暎帶左右。引[之]以爲流觴曲水, 列坐其次。雖無絲竹管弦之盛, 一觴一詠, 亦足以暢敍幽情。

영화구년, 세재계축, **모춘지초**, 회어회계산음지난정, **수계사야**。군현필지, 소장함집。차지유숭산준령, 무림**수죽**; 우유청류격단, **영대좌우**。인이위류상곡수, **열좌기차**。수무사죽관현지성, 일상일영, 역족이창서유정。

영화(永和) 9년(353), 해로는 계축(癸丑)년, 늦은 봄(3월) 초에, 회계군(會稽郡) 산음현(山陰縣)의 난정촌(蘭亭村)에 모여, 계제(禊祭) 행사를 치렀다. 여러 명사가 다 오고, 젊은이와 연장자가 모두 모였다. 이곳에는 높은 산과 험한 봉우리, 무성한 숲과 길고 곧은 대나무가 있고, 또 맑게 흐르는 냇물과 세찬 여울이 있어, 좌우가 잘 어울렸다. [이 물을] 끌어다가 곡수(曲水)에 술잔이 흐르도록 하고, 그 [曲水] 옆에 줄지어 앉았다. 비록 관현의(악기를 연주하는) 성황(盛況)은 없었지만, [술] 한 잔 마시고 [詩賦] 한 수(/편) 읊으니, 역시 그윽한 정감을 풀기에 족했다.

▌모춘지초(暮春之初): 음력 3월 3일, 즉 삼짇날(上巳日)을 가리킨다. ▌회계(會稽, kuài jī): 진대 현 절강성 지역의 한 군(郡). ▌산음(山陰): 진대 회계군의 속현(屬縣). 송대에 산음군과 회계군이 통합되어 소흥부(紹興府)가 되었다. '山陰'을 산의 북쪽을 의미한다고 주장하기도 하지만 그렇기 위해서는 '會稽山陰'이 아니라 '會稽山山陰'이라 적었어야 한다. ▌난정(蘭亭): 현 소흥시 난정진(蘭亭鎭) 난저산(蘭渚山) 자락의 정자를 가리키는 것으로 볼 수 있지만 그보다는 난정진에서 난저산 자락에 있는 행정구역(지명)인 난정(촌)으로 이해해야 한다. 문맥상 난정은 뒤에 있는 '차지'(此地)와 같은 곳이므로 정자로 이해해서는 안 된다. ▌포 수(脩): 닦을 수(修), 닦다, 실행하다, 거행하다, 어떤 활동에 종사하다. ▌벤 벼 계(禊): 계제

계(禊), 부정을 씻기 위해 목욕재계하는 일. 이 때 목욕제해기복(沐浴除害祈福)한다. ▌수계(侑禊): 수계(修禊). 음력 3월 상순 사일(巳日)에 물가에 나가 목욕을 하여 부정과 질병을 없애는 행사로, 위나라 이후 3월 3일로 고정되었다. 나중에 문사(文士)들이 굽이굽이 흐르는 물가에 모여 물 위에 잔을 올려놓고 잔이 물길을 따라 흘러 자신의 앞에 이르면 술잔을 들어 술을 마셨는데 이를 유상곡수(流觴曲水)라 하였다. ▌마칠 필(畢): 죄다, 모두. ▌다 함(咸): 다, 모두. ▌옷깃 영(領): 재 영(嶺). ▌포 수(侑): 길다, 오래다. ▌여울 단(湍): 여울, 급류, 소용돌이치다. ▌비칠 영(暎): 비칠 영(映). ▌영대(暎帶): 경치가 서로 두드러지게 하다, 돋보이게 하다, 서로 잘 어울린다, 나타나다. ▌'左右': 봉우리·숲·대나무와 냇물·여울이 어울린 것을 가린다. ▌잔 상(觴): 마시다(飮, 喝), 건배하다(toast). ▌버금 차(次): 다음, 근방(近傍), 옆(傍邊). ▌'列坐其次': 列坐於其次, 그 옆에 줄지어 앉다.

是日也 , 天朗氣清 , 惠風和暢 ; 仰觀宇宙之大 , 俯察品類之盛 ; 所以遊目騁懷 , 足以極視聽之娛 , 信可樂也。

시일야 , 천랑기청 , 혜풍화창 ; 앙관우주지대 ; 부찰품류지성 ; 소이**유목빙회** , 족이극시청지오 , 신가락야。

이날은, 하늘은 쾌청(快晴)하고 공기는 맑았으며, 부드러운 바람이 불어 화창했다; 고개를 들어 우주의 웅대함을 바라보고, 고개를 숙여 만물의 종류가 풍성함을 살펴보았다; 그리하여 구경하며 회포를 풀고(遊目騁懷), 족히 보고 듣는 즐거움을 다할 수 있어서, 실로 매우 즐거웠다.

　　▌유목(遊目): 바라보다. ▌달릴 빙(騁), 회포 풀 빙(騁). ▌빙회(騁懷): 회포를 풀다. ▌믿을 신(信): 진실로.

夫人之相與 , 俯仰一世 , 或取諸懷抱 , 悟言一室之內 , 或因寄所託 , 放浪形骸之外。雖趣舍萬殊 , 靜躁不同 , 當其欣於所遇 , 暫得於己 , 快然自足 , 不知老之將至。及其所之旣倦 , 情隨事遷 , 感慨係之矣。向之所欣 , 俛仰之間以爲陳迹 , 猶不能不以之興懷 ; 況侑短隨化 , 終期於盡。古人云 : 「死生亦大矣。」 豈不痛哉 !

부인지상여 , **부앙일세** , 혹취저회포 , **오언일실지내** , 혹인기소탁 , 방랑형해지외。
수취사만수 , **정조부동** , 당기흔어소우 , 잠득어기 , **앙연자족** , **부지노지장지**。급기
소지기권 , 정수사천 , 감개계지의。**향지소흔** , **면앙지간이위진적** , 유불능불이지흥
회 ; 황수단수화 , 종기어진。고인운 : 「**사생역대의**。」기불통재 !

무릇 사람은 서로 더불어 지내다가, 순식간에 한 세상이 되고 마는데, 누구는 그것을 품속에서
꺼내서, 한 방 안에서 서로 마주하여 [마음을 터놓고] 말을 하고, 누구는 맡긴 바에 따라서, 몸을
밖으로 방랑케 한다. 비록 취향이 절대로 같지 않고, 동정(動靜)이 같지 않지만, 마주한 것에
기뻐하여, 잠시 득의하고, 제 잘난 척하지만, 늙음이 오리라는 것을 알지 못한다. 얻은 바가
이미 권태로워지면, 감정은 사물에 따라 변화하게 되고, 사무침도 그에 따라 이어진다[일어난다].
과거의 즐거움이, 순식간에 이미 묵은 자취로 변하면, 또 그로 말미암아 감회가 일지 않을 수
없다 ; 하물며 수명이 길고 짧은 것은 조화에 따르지만, 끝내는 소멸하기로 정해져 있는 것인데!
옛사람이 "죽고 사는 것 역시 큰일이다."라고 말했는데, 어찌 비통하지 않은가!

▌부앙(俯仰): 머리를 숙였다 쳐들다. ▌부앙지간(俯仰之間): 머리를 숙였다 쳐드는 사이,
순식간, 눈 깜짝할 사이. ▌모두 제(諸): '지어'(之於)의 합음으로 '저'라 발음하고 '...에서',
'...에게' 등을 의미한다. ▌깨달을 오(悟): 밝을 오(晤), 밝다, 마주 대하다, 마음을 터놓다.
▌오언(悟言): 오언(晤言), 서로 마주하여 말하다. ▌취사(趣舍): 취사(取捨), 추사(趨捨). ▌
일만 만(萬): 부사, 절대로(千萬), 반드시. ▌죽일 수(殊): 다르다, 같지 않다(不同). ▌정조(靜
躁): 성급할 조(躁) 자를 조바심하다(急躁), 성급하다로 보면 문맥이 맞지 않고, 고요할 정(靜)
자의 반대말로 보고 '정조'를 '정동'(靜動), 우리말로는 '동정'(動靜)으로 이해해야 한다. 그리하
여 '或取諸懷抱, 悟言一室之內。'는 정(靜)을 '或因寄所託, 放浪形骸之外'은 '동'(動)을 표현한
것으로 대비할 수 있다. ▌원망할 앙(怏): 대부분 판본은 쾌할 쾌(快) 자를 쓰지만 怏 자가
옳다고 본다. ▌앙연자족(怏然自足): 잘난 체하다. ▌'不知老之將至': 『논어』 「술이」(述而):
"子曰: 女奚不曰, 其爲人也, 發憤忘食, 樂以忘憂, 不知老之將至云爾。"(공자가 말했다: 너는
왜 말하지 않았는가, 그의 사람됨이, 분발하여 밥 먹기를 잊었고, 즐거워하여 걱정을 잊었고,
늙음이 곧 다가오는 것을 몰랐다는 등등). 云: 如此. 爾=耳=而已. ▌갈 지(之): 가다, 도달하
다, 이르다. ▌삼갈 권(倦): 게으를 권(倦), 싫증나다, 싫증나게 피곤하다, 귀찮아하다, 싫어하
다. ▌급기소지기권(及其所之既倦): 그에 [좋아하거나 얻은 사물] 대해 이미 싫증 나기에

이르면. ▌걸릴 계(係): 잇다, 붙다. ▌향할 향(向): 종전, 과거. ▌힘쓸 면(俛): 구푸릴 부(俯), 구푸리다, 머리를 숙이다. ▌써 이(以): 이미 이(已). ▌포 수(脩): 길다(長), 높다(高), 좋다(善). ▌'死生亦大矣':『장자』「덕충부」(德充符): "공자가 말하였다: 죽음과 삶도 큰 문제임에도, [다리가 잘린 王駘는] 그(생사)에 따라 변 하지 않았다. 비록 하늘과 땅이 뒤집어져도, [왕태는] 그(하늘과 땅)에 따라 훼멸하지 않았다. [진실을] 살펴서 거짓을 빌리지 않고, 물상(物像)에 따라 변하지 않았다. 만물의 변화를 주재하여(운용하여), [만물의] 근본을 지켰다."(仲尼曰: 死生亦大矣, 而不得與之變. 雖天地覆墜, 亦將不與之遺. 審乎無假, 而不與物遷. 命物之化, 而守其宗也.).

每攬昔人興感之由 , 若合一契 , 未嘗不臨文嗟悼 , 不能喻之於懷。固知一死生爲虛誕 , 齊彭殤爲妄作。後之視今 , 亦由今之視昔 , 悲夫！故列敍時人 , 錄其所述 , 雖世殊事異 , 所以興懷 , 其致一也。後之攬者 , 亦將有感於斯文。
매람석인흥감지유 , 약합일계 , 미상불림문차도 , 불능유지어회。고지일사생위허탄 , 제팽상위망작。후지시금 , 역유금지시석 , 비부！고열서시인 , 녹기소술 , 수세수사이 , 소이흥회 , 기치일야。후지람자 , 역장유감어사문。

옛사람이 감상(感想)을 일으킨 연유를 살필 때마다, 마치 하나의 부절로 합쳐진 듯 [감상이] 서로 일치하여, 문장을 대할 때마다 탄식하고 슬퍼하지 않은 적이 없는데, 마음에서는 그러한 까닭을 알 수가 없다. 그리하여 죽음과 삶은 하나로 보는 것이 황당한 말이라는 것과, 장수와 요절을 동등하게 여기는 것이 허튼짓이라는 것을 알겠다. 뒤가(뒷사람이) 오늘을(오늘 사람을) 보는 것은, 역시 오늘이(오늘 사람이) 예를(옛사람을) 보는 [것과 같을] 것이니, 슬프도다! 그러므로 이때 [모인] 사람들을 차례로 나열하고, 그들이 지은 것을 기록하였는데, 비록 시대가 다르고 사정이 달라져도, 감회를 일으키는 까닭, 그 정취는 하나일 것이다. 후세의 독자들도, 역시 장차 이 글들에 감명할 것이리라.

▌잡을 람(攬): 볼 람(覽), 보다, 관람하다. 왕희지의 증조부 이름이 왕람(王覽)이어서 이를 피휘(避諱)하여 攬 자를 쓴 것으로 보인다. ▌맺을 계(契): 부계(符契). 대나무나 금속으로 만들어 하나는 조정에 비치하고 하나는 장수가 소지하여 둘이 하나로 합쳐져 맞는지로 신분을 증명하는 데 쓰임. ▌합계(合契): 서로 부합하다. 서로 일치하다, 마음이 맞다. ▌탄식할

차(嗟). ▌슬퍼할 도(悼). ▌굳을 고(固): 인할 인(因), 그리하여, 때문에. ▌가지런히 할 제(齊): 같다, 같게 하다. ▌팽상(彭殤): 장수했다는 팽조(彭祖)의 팽(彭) 자와 일찍 죽을 상(殤) 자의 결합으로 생명의 장단을 의미함. ※『莊子』「齊物論」: "천하에는 가을 털갈이 털의 끝보다 더 큰 것이 없고, 그리고 태산은 작은 것이다; [천하에는] 요절한 아이보다 더 장수한 것이 없고, 그리고 팽조는 단명한 것이다. 천지는 나와 더불어 살며, 만물은 나와 하나가 되었다. 이미 하나가 되었다면 말이 있어야 하겠는가? 이미 하나가 되었다면 말이 없어야 하겠는가? 하나와 [내가 한] 말(하나)이 둘이 되고, 둘과 하나가 셋이 된다. 이에서 [계산해] 가면 정교한 역산가(曆算家)도 [정확한 숫자를] 얻을 수 없는데, 하물며 범인은 어떻겠는가? 그러므로 무에서 유로 가고, 셋에 이르게 되는데, 하물며 유에서 유로 가는 것이랴! [이렇게 추적해] 나가지 않는 것이, 이[사물의 본연인 도]에 따르는 것이다."(天下莫大於秋豪之末, 而大山爲小; 莫壽乎殤子, 而彭祖爲夭. 天地與我並生, 而萬物與我爲一. 既已爲一矣, 且得有言乎? 既已謂之一矣, 且得無言乎? 一與言爲二, 二與一爲三. 自此以往, 巧歷不能得, 而況其凡乎! 故自無適有, 以至於三, 而況自有適有乎! 無適焉, 因是已.). ▌말미암을 유(由): 오히려 유(猶). ▌보낼 치(致): 정취(情趣).

27-4 왕희지 「난정집서」 감상과 평설(評說)

「난정집서」에는 "높은 산과 높은 산봉우리"를 가리키는 숭산준령(崇山峻嶺), "굽이치는 물(길)에 술잔을 흘려보낸다."라는 곡수유상(曲水流觴) 또는 유상곡수(流觴曲水), "[술] 한 잔 마시고 시 한 수 읊는다."라는 일상일영(一觴一詠) 등의 성어가 등장했다.

「난정집서」는 인생의 네 가지 즐거움을 표현하였다. 구체적으로 모춘지초(暮春之初), 즉 음력 3월 3일 삼짇날이라는 좋은 시절(良辰), 회계 산음의 무림수죽(茂林脩竹)이라는 아름다운 경치(美景), 냇가에 나가 부정을 씻는 계(禊)라는 즐거운 행사(樂事), 마음을 즐겁게 하고 눈을 기쁘게 하는(賞心悅目) 분위기를 차례로 보여주었다.

왕희지와 관련하여 동쪽의 평상, 즉 동상(東床)이 사위를 가리키는 말이 되었다는 고사가 있다. 진(晉)나라 태부(太傅) 치감(郗鑒, chī jiàn/xī jiàn, 269-333)에게 총명하고

아리따운 딸이 있었는데, 승상(丞相) 왕도(王導)의 아들들이 하나같이 준수하다는 소문을 듣고 왕가(王家)와 혼연을 맺고자 했다. 왕 승상도 동의하기에 치 태부는 문객(門客)을 통해 왕부(王府)에 서신을 보냈다. 서신을 본 왕 승상은 아들들이 동쪽 행랑채(東廂)에 있으니 마음대로 고르라고 답을 했다. 이에 문객은 동쪽 행랑채를 둘러보고 돌아가 치 태부에게 "백문이 불여일견입니다. 왕 승상의 아들들은 모두 준수하고 모두 조심스러워했는데, 한 젊은이만은 모르는 척하고 동쪽의 평상(東牀, 東床)에 웃통을 벗어(袒, 坦) 배를 내놓고 음식을 먹고 있었습니다."라고 했다. 치 태부는 이 말을 듣고 "배를 내놓고 동상에 누워있는 젊은이를 사위로 삼겠네. 장래가 보이는 사윗감이라네."라고 했다. 치 태부가 더 알아보니 그가 바로 왕희지(王羲之)였고, 마침내 딸(치선郗璿)을 그에게 시집보냈다(『晉書』 권80 「王羲之傳」에 근거 각색, 이곳에서 극감(郗鑒, xì jiàn)으로 표기함). 이후 동상(東床) 또는 영단(令袒)이 다른 사람의 사위에 대한 존칭으로 굳어졌다. 영(令) 자는 '영애'(令愛)와 같이 한어에서 상대방을 존경할 때 사용하는 한자어이다. 황제의 사위에 대해서는 동상부마(東床駙馬)라고 한다. 한편 '치감애'(郗鑒愛, xī jiàn ài)는 장인의 사위에 대한 깊은 사랑을 가리킨다.

28. 도연명(陶淵明)
「귀거래사병서」(歸去來辭並序)

28-1 저자 소개

도연명(陶淵明, 약 365-427)은 자가 원량(元亮)이고, 자호(自號)는 오류선생(五柳先生)이다. 만년에 이름을 잠(潛)으로 고쳤다. 사후 친구들이 정절(靖節)이란 호를 지어주어 후대에 정절선생(靖節先生)이라 불렸다. 애주가여서 주성도연명(酒聖陶淵明)으로도 불린다. 여산(廬山) 서쪽인 강주(江州) 심양군(潯陽郡) 시상현(柴桑縣, 현 강서성 九江市) 출신이다.

중국 문학사상 첫 번째 전원시인이다. 동진 말기에서 남조 송에 이르는 정치가이며 전원시인, 은일시인(隱逸詩人)이다. 도

도연명

연명은 가난한 집안 출신으로 창생을 구제하겠다는 이상을 갖고 부단히 노력했으나 실패와 절망에 빠졌다. 도연명은 29살에 출사(出仕)한 뒤 40살인 405년 3월까지 출사와

귀은(歸隱)을 몇 차례 반복하다가 405년 8월부터 11월까지 마지막으로 출사한 뒤 계속 은거했다. 그는 유도(儒道) 사상을 모두 가진 은사로 평가된다. '고금 은일 시인의 마루'(古今隱逸詩人之宗)로 평가되고 있다.

자전(自傳)으로 알려진 「오류선생전」(五柳先生傳)에 따르면 도연명은 독서(好讀書), 음주(嗜酒) 및 글쓰기(著文章)를 3대 취미로 삼았다고 한다. 북송 이학가(理學家) 주돈이(周敦頤, 1017-1973)는 1063년에 쓴 그 유명한(流芳千古) 산문 「애련설」(愛蓮說)에서 자신은 '꽃의 군자'(花之君子者)인 연(蓮)을 좋아했고(予獨愛蓮), 도연명은 국화를 '꽃 중의 은사'(花之隱逸者)라고 하여 좋아했다(晉陶淵明獨愛菊)고 했다. 도연명의 시 「음주기오」(飲酒其五)의 "동쪽 울 밑에서 국화를 꺾어 들고, 멀리 남산을 바라본다."(採菊東籬下, 悠然見南山.)라는 구절이 널리 알려졌듯이 여러 문장에서 국화를 묘사하였고, 게다가 국화주도 담가 즐겼다. 하지만 국화 애호는 그의 3대 취미에는 포함되지 않았다.

28-2 원전 소개

도연명의 「귀거래사병서」(歸去來辭並序, 歸去來兮辭並序)는 405년 11월 40살에 팽택현령(彭澤縣令)을 사직한 뒤에 쓴 사부(辭賦)이다. 앞부분 서(序)와 본문인 부(賦)로 나뉜다. 본문은 도연명이 퇴직한 뒤 전원으로 돌아온 감흥을 서술하는 부(賦)이지만 서사(敍事) 성분도 많다. 이 작품은 시 125수, 문 12편이 실린 『도연명집』(陶淵明集) 권5에 잡문(雜文)으로 분류되어 실려 있다. 『고문관지』(古文觀止) 권7에도 실려 있다.

북송 구양수(歐陽修)는 "양진(兩晉)에는 [볼 만한] 문장이 없는데, 다행히 오직 이 편(歸去來兮辭)이 있을 뿐이다."(兩晉無文章, 幸獨有此篇耳. 朱熹『楚辭後語』권4 「歸去來辭第二十二」)라고 평가한 바 있다.

글씨: 명(明) 문징명(文徵明) 소해체(小楷體) 「귀거래혜사」(歸去來兮辭) 일부
출처: http://www.shuyuanchina.org/yaxue/yaxueInfo/id/31.html

28-3 도연명 「귀거래사병서」 원문, 역문 및 주석

「귀거래사병서」(歸去來辭並序) : 그럭저럭 [자연의] 조화에 순응하다가 끝으로 돌아 가서, 그 천명이나 즐기면 되지 어찌 더 의심하겠는가?(聊乘化以歸盡, 樂夫天命復奚 疑?).

余家貧 , 耕植不足以自給。幼稚盈室 , 缾無儲粟。生生所資 , 未見其術。親故多勸余爲
長吏 , 脫然有懷 , 求之靡途。會有四方之事 , 諸侯以惠愛爲德 ; 家叔以余貧苦 , 遂見用
於小邑。於時風波未靜 , 心憚遠役。彭澤去家百里 , 公田之利 , 足以爲酒 , 故便求之。
여가빈 , 경식부족이자급。유치영실 , 병무저속。생생소자 , 미견기술。친고다권여위
장리 , 탈연유회 , 구지미도。회유사방지사 , 제후이혜애위덕 ; 가숙이여빈고 , 수견용
어소읍。어시풍파미정 , 심탄원역。팽택거가백리 , 공전지리 , 족이위주 , 고편구지。

내 집은 가난하여, 농사는 자급하기에 부족했다. 어린아이들은 방에 넘쳤고, 독에는 쌓인 곡식이
없었다. 밑천으로 삼아 생계를 꾸릴, 수단 방법이 보이지 않았다. 친척과 친구들이 내게 여러
번 장리(長吏) 벼슬을 권하기에, 그렇게 하려고 마음먹었지만, 구하려 해도 길이 없었다. 마침
사방(四方)의 일(지방세력 간 투쟁)을 마주하게 되었는데, 제후(지방세력)들이 혜애(惠愛)를 미덕
으로 삼았다; 집안 숙부께서 내가 빈곤하다고, 마침내 작은 고을에 쓰임이 있도록 하셨다. 그때는
풍파가 아직 진정되지 않아, 마음에서 먼 곳의 일은 꺼림칙했다. 팽택현(彭澤縣)은 집에서 백
리이고, 공전(公田)의 수확으로, 술 빚기에 넉넉하여, 때문에 그곳을 선택했다.

▌경식(耕植): 경전종식(耕田種植), 밭을 갈고 작물을 심다, 농사짓다. ▌어릴 치(稚). ▌두레
박 병(缾): 현대한어에서는 이를 병 병(瓶) 자로 표기하고, 번역자들은 항아리 항(缸), 독
옹(甕), 질장구 부(瓵) 등으로 해석한다. 『漢語大詞典』(1991: 8-1076-1077)에 따르면 두레박
병(缾) 자는 '물, 술, 곡식(粟)을 담는 그릇'이고, '병저'(缾儲)는 '저장된 양식'(存糧)이라고
설명했다. 『漢語大詞典』(1991: 5-289-290)은 병 병(瓶) 자에 대해 '물을 퍼 올리는 질그릇'이며,
'병저'(瓶儲)는 '소량의 저장된 양식'(少量存糧)이라고 설명했다. 어느 사람은 『漢語大詞典』의
병 병(瓶) 자 해석(양곡을 저장하는 것이 아닌 瓶)에 근거하여 도연명이 가난을 과장하여
표현한 것이므로 '缾無儲粟'은 '작은 병에 담을 정도의 양식도 없다'라고 의역해야 한다고
한다.[51] 그러나 이러한 주장은 고전 원문이 두레박 병(缾) 자인지 모르고 주장한 것으로
'缾無儲粟'은 '독에 쌓인 양곡이 없다'라고 직역하는 것이 타당하다. ▌생생(生生): 동사+명사,

---

51) 李翔翥,「瓶可儲粟嗎?」,『(河南省固始縣慈濟高級中學)語文教學與研究(教師版)』, 2018:4
   (2018.4), 151-153.

삶을 살다, 생계를 꾸리다. ▮재물 자(資): 재물, 밑천. ▮장리(長吏, zhǎng lì): 녹봉이 400-200석인 현급(縣級) 지방관리. ▮탈연(脫然): 편안하다, 무거운 짐을 벗어던진 듯 경쾌하다, 마음이 트인 모양. ▮쓰러질 미(靡): 없다. ▮모일 회(會): 마침. ▮사방지사(四方之事): 대부분은 '외지로 나가는 일'을 가리키지만 지방세력 사이의 투쟁 또는 전란으로 해석하는 것이 글에 부합한다. ▮제후(諸侯): 주(州)와 군(郡)의 장관(長官). ▮혜애(惠愛): 은혜를 베풀어 사랑하다, 일을 차려주어 사랑하다, 혜택을 주어 사랑하다. ▮가숙(家叔): 집안 숙부. 당시 태상경(太常卿)을 맡고 있던 도기(陶夔)를 가리킨다. ▮견용(見用): 쓰이다. ▮어시(於時): 당시, 그때. ▮꺼릴 탄(憚): 꺼리다, 삼가다, 성내다.

及少日 , 眷然有歸歟之情。何則？質性自然 , 非矯厲所得 ; 饑凍雖切 , 違己交病。嘗從人事 , 皆口腹自役。於是悵然慷慨 , 深愧平生之志。猶望一稔 , 當斂裳宵逝。尋程氏妹喪於武昌 , 情在駿奔 , 自免去職。仲秋至冬 , 在官八十餘日。因事順心 , 命篇曰《歸去來兮》。乙巳歲十一月也。

급소일 , 권연유귀여지정。하즉？질성자연 , 비교려소득 ; 기동수절 , 위기교병。상종인사 , 개구복자역。어시창연강개 , 심괴평생지지。유망일임 , 당렴상소서。심정씨매상어무창 , 정재준분 , 자면거직。중추지동 , 재관팔십여일。인사순심 , 명편왈《귀거래혜》。을사세십일월야。

오래잖아, 그리워서 돌아가고 싶은 마음이 생겼다. 왜일까? 본성은 자연스러운 것으로, 바로잡고 힘써서 얻어지는 것이 아니다; 굶주림과 추위가 비록 절박해도, 자신을 어기면 [심신이] 한꺼번에 아프게 된다. 지난날 인사(벼슬살이)에 종사했던 것은, 모두 입과 배를 위해 자신을 부려먹은 것이다. 그러니 허전하고 분하여, 평생의 뜻을 깊이 부끄러워했다. 그나마 한 번 곡식이 익기를 기다렸다가, 행장 꾸려 밤에 떠나려 했다. 얼마 안 되어 정씨(程氏) [댁에 출가했던] 누이동생이 무창(武昌)에서 죽었는데, 마음이 준마를 타고 달려가고 싶어, 스스로 관직을 벗었다. 8월부터 겨울까지, 80여 일 벼슬을 했다. 이 일(사직) 때문에 마음을 따랐으므로, 글을 지어 「돌아가자」(歸去來兮)라고 일컬었다. 을사년(乙巳年, 405) 11월이다.

▮돌아볼 권(眷): 돌아보다, 그리워하다. ▮어조사 여(歟). ▮귀여(歸歟): 돌아가자. 『논어」

「公冶長」: "子在陳曰: 「歸歟, 歸歟!」." ▌질성(質性): 자질, 본성. ▌바로잡을 교(矯). ▌갈려(厲): 힘쓸 려(勵). ▌사귈 교(交): 일제(一齊)히, 동시에, 한꺼번에. ▌교병(交病): [심신이] 동시에 병들다, 한꺼번에 아프다. ▌슬퍼할 창(悵). ▌창연(悵然): 몹시 서운하고 섭섭하다, 허전하다. ▌강개(慷慨): 정서가 격양된 모습. ▌창연강개(悵然慷慨): 적합한 번역어를 찾을 수 없어 의역하였다. ▌곡식 익을 임(稔): 곡식이 한 번 익는 기간, 1년. ▌당할 당(當): 생각하다, 곧 하려 한다. ▌거둘 렴(斂): 거두다, 저장하다, 넣다. ▌찾을 심(尋): 오래되지 않아, 이어서, 곧. ▌명편(命篇): 시문(詩文)을 짓다. ▌을사세(乙巳歲): 내란으로 폐위되었다가 복위한 동진(東晉) 안제(安帝) 의희(義熙) 원년(元年, 405).

歸去來兮, 田園將蕪胡不歸? 旣自以心爲形役, 奚惆悵而獨悲? 悟已往之不諫, 知來者之可追; 實迷途其未遠, 覺今是而昨非。

귀거래혜, 전원장무호불귀? 기자이심위형역, 해주창이독비? 오이왕지불간, 지래자지가추; 실미도기미원, 각금시이작비。

돌아가자, 전원이 곧 황폐해지려는데 어찌 돌아가지 않는가? 기왕에 스스로 마음을 육체의 노예로 삼았는데, 어찌 원망하여 홀로 슬퍼하겠는가? 이미 지난 것은 고칠 수 없다는 것을 깨달았고, 다가오는 일은 쫓아갈 수 있다는 것을 알게 되었다; 확실히 길을 잘못 들었지만 그리 멀리 간 것은 아니어서, 오늘(의 선택)이 옳고 어제(의 행동)가 그르다는 것을 깨달았다.

▌올 래(來): '來'에 대해 감탄사, 어조사, 의미 없음(了, 吧, 해석 않음) 등으로 해석한다. ▌어조사 혜(兮): 어조사 아(啊, 呀). ▌'歸去來兮': 「귀거래사병서」에는 '歸去來兮'가 두 번 나오는데, 이것은 귀향 전의 표현이고, 다음의 것은 귀향 후의 표현이다. 따라서 각각 '돌아가리라'와 '돌아왔노라'라고 해석한 이현우(李顯雨)의 의견에 반영하여 '돌아가자'와 '돌아왔네'로 번역하고자 한다.52) ▌거칠어질 무(蕪). ▌턱밑 살 호(胡): 어찌 하(何). ▌어찌 해(奚): 어찌, 무엇. ▌실심할 추(惆): 슬퍼하다, 한탄하다. ▌슬퍼할 창(悵): 원망하다, 한탄하다. ▌간할 간(諫): 그치도록 간하다(諫止), 그치도록 권하다(勸止), 만회하다, 고치다.

---

52) 이현우, "한국에서의 '歸去來'에 관한 수용의 양상," 『중국어문논총』, 66(2014.12), 345-348.

舟遙遙以輕颺 , 風飄飄而吹衣。問征夫以前路 , 恨晨光之熹微。乃瞻衡宇 , 載欣載奔。
僮僕歡迎 , 稚子候門。三徑就荒 , 松菊猶存。攜幼入室 , 有酒盈罇。引壺觴以自酌 ,
眄庭柯以怡顏。倚南窗以寄傲 , 審容膝之易安。園日涉以成趣 , 門雖設而常關。策扶老
以流憩 , 時矯首而遐觀。雲無心以出岫 , 鳥倦飛而知還。景翳翳以將入 , 撫孤松而盤
桓。

주요요이경양 , 풍표표이취의。문정부이전로 , 한신광지희미。내첨형우 , 재흔재분。
동복환영 , 치자후문。**삼경취황** , 송국유존。**휴유입실** , 유주영준。인호상이자작 ,
면정가이이안。의남창이**기오** , **심용슬지이안**。원일섭이**성취** , 문수설이상관。**책부로**
이류게 , 시**교수이하관**。운무심이**출수** , 조권비이지환。**경예예이장입** , 무고송이반
환。

배는 흔들흔들 가벼이 나가고, 바람은 산들산들 옷자락을 날렸다. 길 가는 사람에게 앞길을
물었는데, 새벽빛이 어슴푸레한 것이 유감스럽다. 드디어 초라한 [내] 집이 보이자, 기뻐하며
달려갔다. 어린 종이 반갑게 맞이했고, 어린 자식들은 문에서 기다렸다. [정원의] 세 오솔길은
황폐했지만, 소나무와 국화는 그대로 남아 있었다. 어린아이의 손을 잡아끌고 방으로 들어가니,
술이 항아리에 가득했다. 주전자와 술잔을 가져다 자작(自酌)하면서, 정원의 나뭇가지를 보니
얼굴에 기쁨이 드러났다. 남쪽 창가에 기대어 오만한 생각도 해보니, [내] 한 몸뚱이를 거두기에는
편안함을 알게 되었다. 정원을 날마다 걸으니 취미가 되었고, 대문은 비록 세워 놓았지만 항상
닫아놓았다. 지팡이를 짚고 걷다 쉬다 하며, 때로 고개를 들어 멀리 바라보았다. 구름은 무심히
산봉우리에 피어올랐고, 새는 날다 지치면 돌아올 줄 알았다. 해가 어둑어둑 지려하면, 외로운
소나무를 어루만지며 서성였다.

▌날릴 양(颺): 배가 서행하는 모습. ▌회오리바람 표(飄). ▌정부(征夫): 행인(行人). ▌성할
희(熹): 성하다, 희미하다. ▌희미(熹微): 햇빛이 흐릿하다(日光微明). 희미(稀微): 분명하지
못하고 어렴풋하다. ▌저울대 형(衡): 가로 횡(橫), 종횡으로 난잡하다, 너저분하다. ▌형문
(衡門): 두 기둥에다 한 개의 가로 막대를 질러 만든 허술한 대문. ▌집 우(宇): 지붕, 처마.
▌형우(衡宇): 초라한 집. ▌실을 재(載). ▌'載… 載… ': …하면서 …하다. ▌지름길 경(徑):
길. ▌삼경(三徑): 삼경(三逕), 정원 안 세 개의 오솔길. 은자(隱者)가 사는 집 문안에 있는

뜰, 은자가 사는 곳. 정원에 세 갈래 길을 만든 의미도 제시하지 않고 '三徑'을 흔히 '세 갈래 길'로 번역하는데 이는 근거가 없다. ※ 서한 말년 왕망(王莽)이 정권을 잡자 연주자사(兗州刺史) 장후(蔣詡)는 낙향하여 정원에 작은 길 3개를 만들어 같이 은거한 구중(求仲) 및 양중(羊仲)과만 교류했다고 한다. (東漢)趙岐『三輔決錄』「長陵趙岐邠卿撰萃況長飄剷」: "蔣詡, 字元卿, 舍中三徑, 惟裘仲羊仲從之游.";"穿窘」: "蔣調, 字元卿, 隱於杜陵, 舍中一徑, 唯羊仲求仲從之遊."(판본에 따라 다름 -『中國哲學書電子化計劃: 維基』에 근거). 나중에 은사들이 걸은 3개의 길(三徑)은 은사들이 은거한 정원(家園)을 상징하게 되었다. 그리고 당대 맹호연(孟浩然)의 시「심진일인고거」(尋陳逸人故居) 등 여러 시사(詩詞)에 '삼경'이 활용되었다.[53] ▌끌 휴(攜). ▌애꾸눈 면(眄): 보다, 바라보다. ▌기쁠 이(怡). 부칠 기(寄): 맡기다, 위탁하다. ▌거만할 오(傲). ▌살필 심(審): 알다, 알게 되다. ▌용슬(容膝): 두 무릎을 담다. 이러한 해석은 과장으로 '한 몸뚱이를 거두다' 정도로 이해해야 한다. ▌쉬울 이(易): 조용하다, 평안하다. ▌이안(易安): 편안하다, 아늑하다, 안락하다. ▌달릴 취(趣): 문밖, 산보 장소. ▌성취(成趣): 성취(成趨), 산보 장소가 되다, 취미가 되다. ▌채찍 책(策): 채찍, 지팡이, 지팡이를 짚다. ▌부로(扶老): 늙은이를 돕다, 지팡이. ▌바로잡을 교(矯): 들다(擧). ▌산굴 수(岫): 산봉우리. ▌게으를 권(倦): 피로하다, 쉬다. ▌권비(倦飛): 나는 일에 싫증이 나다, 나는 데 지치다, 고향으로 돌아가다. ▌볕 경(景): 햇볕, 해, 태양. ▌일산(日傘) 예(翳). ▌예예(翳翳): 어두운 모습. ▌반환(盤桓): 배회하다, 서성이다.

歸去來兮 , 請息交以絶游。世與我而相違 , 復駕言兮焉求？悅親戚之情話 , 樂琴書以消憂。農人告余以春及 , 將有事於西疇。或命巾車 , 或棹孤舟。既窈窕以尋壑 , 亦崎嶇而經丘。木欣欣以向榮 , 泉涓涓而始流。善萬物之得時 , 感吾生之行休。

귀거래혜 , **청식교이절유。**세여아이상위 , 부가언혜언구？열친척지정화 , 낙금서이소우。농인고여이춘급 , 장유사어서주。혹명건거 , 혹도고주。기요조이심학 , 역기구이경구。목흔흔이향영 , 천연연이시류。**선만물지득시 , 감오생지행휴。**

돌아왔네, 교제를 그만두고 벼슬에 나가지 않기를 빌어본다. 세상과 내가 서로 어긋나니, 다시

---

53) 李竹深,「詩話'三徑'」,『漳州職業大學學報』, 2002:1(2002.3), 46-49.

수레를 타고 나아가 무엇을 구하겠는가? 친척들의 정담을 기뻐하고, 거문고와 독서를 즐기며 근심을 해소한다. 농민들이 내게 봄이 왔다고 알려주니, 곧 서쪽 밭에서 일을 해야겠다. 때로는 휘장과 장막을 친 수레를 사용했고(탔고), 때로는 외로운 배를 저었다. 깊숙하게 산골짜기를 찾아가기도 하고, 또 험악한 언덕을 넘기도 했다. 나무는 왕성하게 무성해졌고, 샘물은 졸졸 흐르기 시작했다. 만물이 때를 만난 것을 부러워하며, 내 삶이 끝나가는 것을 느꼈다.

▌청할 청(請): 빌다. ▌헤엄칠 유(游): 놀 유(遊), 여행하다, 취학하다, 벼슬살이하다, 사귀다, 교류하다. ▌'식교이절유'(息交以絕遊): 대부분 교류 또는 교유 활동을 끊는다로 해석하지만, 교(交) 자와 유(遊) 자는 의미가 같고, 또 도연명이 벼슬살이를 그만두고 귀향한 상황에 맞게 놀 유(遊) 자의 의미에 벼슬살이하다 또는 벼슬을 구하다(求仕, 求官)라는 뜻이 있는 것을 고려하여 번역하는 것이 바람직하다. ▌말씀 언(言): 어조사. ▌밭두둑 주(疇): 밭두둑, 밭. ▌목숨 명(命): 사용하다, 이용하다. ▌두건 건(巾). ▌건거(巾車): 휘장(帷)과 장막(幕)을 친 수레. ▌노 도(棹): 노, 노를 젓다. ▌요조(窈窕): 깊숙하고 그윽하다. ▌학(壑): 산골짜기. ▌험할 기(崎). ▌험할 구(嶇). ▌기구(崎嶇): 산이 가파르고 험악하다. ▌시내 연(涓): 물방울, 물이 적게 흐르는 모양. ▌착할 선(善): 부러워할 선(羨), 좋아하다, 부러워하다. ▌행휴(行休): 생명이 끝에 이르다, 끝나가다.

己矣乎！寓形宇內復幾時？曷不委心任去留？胡爲乎遑遑欲何之？富貴非吾願，帝鄉不可期。懷良辰以孤往，或植杖而耘耔。登東皋以舒嘯，臨清流而賦詩。聊乘化以歸盡，樂夫天命復奚疑？

이의호！우형우내부기시？갈불위심임거류？호위호황황욕하지？부귀비오원，제향불가기。회양신이고왕，혹식장이운자。등동고이서소，임청류이부시。요승화이귀진，낙부천명부해의？

됐다! 몸뚱이를 천지지간에 의탁할 시간이 얼마나 더 남았다고? 어찌 마음에 맡겨두고 가고 머무는 대로 놔두지 않는가? 어째서 바삐 어디로 가려고만 하는가? 부귀는 내가 원하는 것이 아니고, 신선의 나라는 기약할 수는 없다. 바라건대 좋은 시절에 홀로 [놀러] 나가거나, 또는 지팡이를 꽂아놓고 김을 매고 북을 주고자 한다. 동쪽 언덕에 올라 편안하게 휘파람 불고, 맑은 시냇물을 보고 시를 읊고자 한다. 그럭저럭 [자연의] 조화에 순응하다가 끝으로 돌아가서, 그

천명이나 즐기면 되지 어찌 더 의심하겠는가?

▋머무를 우(寓). ▋우형(寓形): 형체(몸)를 의탁하다. ▋우내(宇內): 천지 사이. ▋어찌 갈 (曷, hé): 어찌, 무엇(何). ▋호위호(胡爲乎): 왜, 어째서, 무엇 때문에. ▋허둥거릴 황(遑): 바쁘다, 서두르다. ▋제향(帝鄕): 선경(仙境), 선향(仙鄕). ▋심을 식(植): 세우다(樹立, 建立), 꽂다. ▋맬 운(耘). ▋북돋울 자(耔). ▋못 고(皋): 언덕 고(皐). ▋실 부(賦): 시를 쓰다, 시를 읊다. ▋귀 울 료(聊): 일단, 당분간, 잠시, 우선, 억지로, 그럭저럭하다. ▋탈 승(乘): 타다, 의지하다, 구실로 삼자. ▋지아비 부(夫): 지시대명사(이, 그, 저). ▋의심할 의(疑): 주저하다, 의심하다, 미혹되다, 두려워하다.

28-4 도연명 「귀거래사병서」 감상과 평설(評說)

도연명의 「귀거래사병서」에는 성어가 별로 없다. "돌아가자"라는 뜻의 '귀거래혜'(歸去來兮)와 사업이 번창함을 가리키는 흔흔향영(欣欣向榮) 정도이다.

문학적으로 도연명은 대자연의 수려한 경색과 농촌 생활의 정취 및 자신의 노동 경험을 묘사하는 것이 담담하고 자연스럽고 함축적이어서, 기존의 형식적이고 내용이 텅 빈 문학 풍토를 뒤집음으로써 후세 한어 문학에 큰 영향을 주었다.

중국 학계에서는 이 작품이 관직을 그만두기 전에 썼다는 설과 그만둔 뒤에 썼다는 설로 나뉜다. 서(序)에 기록한 기사년(己巳年) 11월은 사직은 했지만 아직 임지에 살고 있던 시기이며, 시(詩)는 고향에 돌아와 일정 기간이 지난 뒤 농사를 시작할 봄의 생활 모습까지 그리고 있다. 따라서 최소한 기사년(405) 11월에 시작하여 406년 3월까지 5개월에 걸쳐 쓴 것으로 보는 것이 타당하다. 시간상의 관점이 한 시기로 고정되지 않고 시간에 따라 이동한 것이 보이기 때문이다.

중국 학계에서는 '전원문학의 진수'라고 추켜세울 수 있겠지만, 사상 측면에서 보면 도연명이 별로 늙지 않은 40-41세에 고희 이상의 노인과 같은 감회로 쓴 글이기에 이를 고려하고 글을 읽으면 감동하기 어렵다. 특히 외지 생활 80여 일 만에 귀향하여 세상살이에 대한 경험도 그리 많지 않았음에도 지나치게 많은 말을 하고 감정을 끌어내서 오히려 감동이 적어진다.

도연명의 「귀거래사」를 '따라(附和) 지은' 화작(和作), 즉 '화귀거래사'(和歸去來辭)가 고려 후기 이인로(李仁老)를 시작으로 조선시대를 거쳐 일제강점기와 광복 이후까지 150여 편 발표되었다. 그만큼 도연명 「귀거래사」에 담긴 사향(思鄕), 향수, 귀가, 귀향, 은일(隱逸) 등 사상은 우리나라에도 큰 영향력을 끼쳤다. 그 사상을 제대로 해석했는지는 의문이지만.

29. 도연명(陶淵明)
「도화원기」(桃花源記)

29-1 저자 소개

28-1 저자 소개 참조

29-2 원전 소개

도연명의 「도화원기」(桃花源記)는 「도화원시」(桃花源詩)의 서문으로 『도연명집』(陶淵明集) 권5와 『고문관지』(古文觀止) 권7에 수록되어 있다. 「도화원기」는 유기(遊記) 형식의 산문으로 '네 가지 같으면서 네 가지 같지 않은'(四像而又四不像) 것으로 평가된다. "소설 같으면서 산문 같기도 하고; 유기(遊記) 같으면서 우언(寓言) 같기도 하며, 실제로는 또 서발류(序跋類) 문체 중 시서(詩序)이기도 하다."[54]

「도화원기」는 무릉(武陵) 어부의 종적을 실마리로 현실과 이상을 연결하여 도화원의 안녕과 화락(和樂), 자유와 평등한 생활을 묘사하여 도연명이 추구하는 아름다운 생활의 이상향과 당시 현실 생활에 대한 불만을 나타냈다. 도연명은 젊었을 때 '중생을

---

54) 袁佳棟, 「『桃花源記』的藝術精探」, 『文學敎育』, 2013:10(2013.10), 39.

크게 구제하겠다'(大濟蒼生)라는 웅지를 가졌으나 당시는 동진과 남북조시대 송(宋)의 교체기로서 동진의 영토는 강좌(江左, 장강 하류)로 좁아 들었고, 정계는 극도로 부패했고, 군벌은 혼전을 벌였고, 부세는 과중하였다.

윗대에서 군수에 해당하는 태수(太守)를 지낸 집안 출신인 도연명은 문벌제도를 시행한 동진에서 출셋길이 막혔다. 이에 405년 8월부터 11월까지 80여 일 역임한 팽택현령(彭澤縣令)을 버리고 전원에 은거했다. 이후 전원시를 발표하였다. 도연명의 나이 55세인 420년 유유(劉裕)가 진공제(晉恭帝)의 선양(禪讓)을 받아 남조 송(宋)을 창업한 뒤 진공제를 죽인 데 불만이 더해지면서 자신의 정치이상을 그린 「도화원기」를 쓰게 되었다.

그러나 도화원(桃花源) 또는 도원(桃源)이 대체 어느 곳인가에 대해서는 의견이 분분하다. 전통 견해는 도화원은 도연명의 아름다운 생활에 대한 상상과 갈망으로 당시 빈번했던 전쟁과 폭정 및 고난에 대한 혐오에서 비롯한 존재하지 않는(子虛烏有) 유토피아를 가리킨다고 한다. 구체 장소로는 「도화원기」에서 언급한 어부가 사는 무릉(武陵)에 근거하여 추정된 무릉군(武陵郡) 도원현(桃源縣, 현 호남성 常德市) 등 여러 곳이 경쟁하고 있다.

29-3 도연명 「도화원기」 원문, 역문 및 주석

「도화원기」(桃花源記) : 노인과 아이들은, 모두 화기애애하였고 스스로 즐거워했다 (黃髮垂髫, 並怡然自樂.).

晉太元中 , 武陵人 , 捕魚爲業 , 緣溪行 , 忘路之遠近；忽逢桃花林 , 夾岸數百步 , 中無雜樹 , 芳草鮮美 , 落英繽紛；漁人甚異之。復前行 , 欲窮其林。林盡水源 , 便得一山。山有小口 , 彷彿若有光 , 便舍船 , 從口入。
진태원중 , 무릉인 , 포어위업 , 연계행 , 망노지원근；홀봉도화림 , 협안수백보 , 중

무잡수 , 방초선미 , **낙영빈분** ; 어인심이지。 부전행 , 욕궁기림。 임진수원 , 편득일
산。 산유소구 , **방불약유광** , **편사선** , 종구입。

진(晉) [孝武帝] 태원(太元) 연간(376-396)에, 무릉(武陵) 사람이, 고기잡이를 생업으로 하다가,
개울을 따라 [배를 몰괴 갔는데, [지나온] 길이 [얼마내 먼지 잊었다; [무릉 사람이] 갑자기 도화림
(桃花林)을 만났는데, [도화림은] 언덕을 끼고 수백 보에 이르렀고, 중간에 잡목이 없었으며,
향초가 산뜻하고 아름다웠으며, 갓 피어난 꽃이 화려했다; 어부는 이(도화림)를 매우 기이하게
여겼다。 다시 앞으로 [배를] 몰아가, 그 숲 끝까지 가고자 했다。 숲이 끝나고 개울의 발원지에이르
러서, 문득 한 산을 만나게 되었다。 산에는 작은 동굴이 있었는데, 빛이 있는 듯하여, 곧 배에서
내려, [동굴] 입구로 들어갔다。

▌무릉(武陵): 동진시대 형주(荊州) 무릉군(武陵郡)。『사해』(辭海)와 『사원』(詞源)은 「도화원
기」의 원형지, 즉 무릉도원(武陵桃源)으로 호남성 상덕시(常德市, 옛 武陵郡) 도원현(桃源縣)
에 위치한 도화원풍경명승구(桃花源風景名勝區)를 낙점했다。 그러나 최근에는 진대에 상용
부(上庸府) 무릉군(武陵郡)이 설치된 점으로 보아 호북성 십언시(十堰市) 죽산현(竹山縣)
무릉협풍경구(武陵峽風景區) 일대로 보는 견해가 설득력을 얻고 있다。 ▌시내 계(溪): 들에
흐르는 작은 물길。 개울: 골짜기나 들에 흐르는 작은 물길, 소계(小溪)。 ※ 내 천(川): 시내(溪)
보다는 크지만 강보다는 작은 물줄기。 늑개천。 산골 물 간(澗): 산골의 낙차가 있는 물길,
수원(水源)인 샘(泉)에 이어진 물길。 물 하(河): 폭이 넓되 사납지 않은 물길。 강 강(江):
폭이 넓고 길고 사나운 물길。 큰 물길에 대해 북방에서는 주로 하(河)를, 남방과 동북에서는
주로 강(江)을 쓴다。 ▌갈 행(行): 가다, 배를 몰다(行船)。 ▌길 로(路): 지나가다(經過)。 ▌갈
지(之): 조사로서 주어와 목적어 사이에서 구(句)의 독립성을 잃어버리기에 번역하지 않는다。
▌원근(遠近): 편의복사(偏義復詞)에 속한다。 편의복사는 단어 두 개 글자가 서로 관련 있거
나 상반되는 글자이지만 그중 하나의 글자를 사용하거나 하나의 글자의 뜻을 취하고, 다른
하나의 글자는 단지 음절을 돋보이게 하는 작용을 한다。 원근(遠近)에서 '멀다'는 뜻만 취한
다。 ▌낄 협(夾): 둘 사이에 처하다, 좌우로 서로 버티다 또는 서로 대하다。 ▌"忽逢桃花林,
夾岸數百步, 中無雜樹。": 이 부분의 표점(標點)을 "忽逢桃花林夾岸, 數百步中無雜樹。"로 하면
"갑자기 [개울 양쪽] 언덕을 끼고 있는 도화림을 만났는데, 수백 보에 이르는 중간에 잡목이
없었다。"라고 번역되는데, 이것이 더 자연스럽다。 ▌떨어질 락(落): 처음 시(始), 시작하다。
▌꽃부리 영(英)。 ▌낙영(落英): 낙화(落花), 처음 핀 꽃, 막 피어난 꽃。 屈原 「離騷」: "夕餐秋

菊之落英." ▮어지러울 빈(繽). 어지러워질 분(紛). ▮빈분(繽紛): 찬란하다, 화려하다. 각 글자를 나누어 이해하면 안 되는 연면사(聯綿詞). ▮'落英繽紛': 이를 흔히 '낙화가 흩날렸다'로 해석하는데, 이렇게 하면 '芳草鮮美'와 어울리지 않는다. ▮다할 궁(窮): 끝까지 가다. ▮얻을 득(得): 있다, 만나다, 도달하다, 이르다. ▮방불(彷佛): 방불(髣髴), 마치 ...듯하다. ▮사선(舍船): 사선(捨船). 표면상의 의미에 따라 '배를 버리다'라고 해석하나, '배를 떠나다', '배를 두다' 또는 '배에서 내리다'라는 의미가 더 적합하다. 돌아올 때 같은 배를 타고 왔기에 버렸다는 해석은 부자연스럽다.

初極狹 , 纔通人；復行數十步 , 豁然開朗。土地平曠 , 屋舍儼然。有良田、美池、桑、竹之屬 , 阡陌交通 , 雞犬相聞。其中往來種作 , 男女衣著 , 悉如外人；黃髮垂髫 , 並怡然自樂。見漁人 , 乃大驚 , 問所從來；具答之。便要還家 , 設酒、殺雞、作食。村中聞有此人 , 咸來問訊。自云：「先世避秦時亂 , 率妻子邑人來此絕境 , 不復出焉；遂與外人間隔。」問：「今是何世？」乃不知有漢 , 無論魏、晉！此人一一爲具言所聞 , 皆歎惋。餘人各復延至其家 , 皆出酒食。停數日 , 辭去。此中人語云：「不足爲外人道也。」

초극협 , 재통인；부행수십보 , 활연개랑。토지평광 , 옥사엄연。유양전、미지、상、죽지속 , **천맥교통** , 계견상문。기중왕래종작 , 남녀의착 , 실여외인；**황발수초** , 병이연자락。견어인 , 내대경 , 문소종래；구답지。편요환가 , 설주、살계、작식。촌중문유차인 , **함래문신**。자운：「선세피진시란 , 솔처자읍인래차절경 , 불부출언；수여외인간격。」문：「금시하세？」내부지유한 , 무론위、진！**차인일일위구언소문** , 개탄완。여인각**부연지기가** , 개출주식。정수일 , 사거。차중인어운：「부족위외인도야。」

처음에는 매우 좁아, 겨우 [한 사람이 지나갈 수 있었다；다시 수십 보를 가자, 탁 트이고 밝아졌다. 토지는 평탄하고 넓었으며, 가옥은 가지런했다. 기름진 전답, 아름다운 연못, 뽕나무, 대나무 등이 있었고, 논밭 두렁길이 서로 이어졌고, 닭 우는 소리와 개 짖는 소리가 서로 들렸다. 그곳에서는 [사람들이] 오가며 농사를 지었고, 남녀가 입은 옷은, 모두 [절경촌] 바깥사람들과 같았다；노인과 아이들은, 모두 화기애애하였고 스스로 즐거워했다. [절경촌 사람들은] 어부를 보고는, 많이 놀라서, [어부에게] 온 곳을 물었다；[어부는] 그들에게 모두 대답했다. 그러자 [어부를] 초대하여 집에 돌아가서, 술상을 차리고 닭을 잡고 밥을 지었다. 마을에 이 사람이 있다고(왔다고)

알려지자, 모두 와서 방문했다. [마을 사람이] 스스로 말했다: "선조들이 진나라 때의 난을 피해, 처자와 마을 사람들을 거느리고 이 외딴곳에 와서, 다시는 나가지 않았습니다; 마침내 바깥사람들과 사이가 멀어졌습니다." [마을 사람이] 물었다: "지금이 어느 때인가요?" 이에 한(漢)나라가 있었다는 것을 몰랐고, 위진(魏晉)은 더욱 말할 나위 없다! 이 사람이 [마을 사람들에게] 하나하나 들은 바를 말해주니, 모두 탄식하며 애석해했다. 나머지 사람들도 각자 거듭 자기 집으로 초대하였는데, 모두 술과 음식을 냈다. 며칠 머문 뒤, 작별했다. 그들 중 한 사람이 [어부에게] 일러 말했다: "[절경촌] 바깥사람들에게 이야기할 만하지 않습니다."

▌겨우 재(纔): 재주 재(才), 겨우, 비로소, 바로. ▌의젓할 엄(儼): 정연(整然)하다, 가지런하다, 즐비하다. ▌천맥(阡陌): 두렁길. 원래 천(千)은 남북을 가리키는 공간개념이고, 백(百)은 일출에서 다음 일출까지의 시간개념으로 시공과 우주와 유사한 개념인데, 천맥(阡陌)은 남북과 동서 방향으로 서로 이어진 두렁길을 의미하며, 이 경우 두렁 천(阡) 자는 남북 방향의 두렁을, 두렁 맥(陌) 자는 동서 방향의 두렁을 의미한다. ▌의착(衣著): 의착(衣着). 분명할 '저'(著) 자가 입다, 부착하다는 뜻일 경우 '착'으로 읽는다. ▌황발(黃髮): 누른빛의 머리털, 70-80세의 노인(老人). ▌드리울 수(垂). ▌다박머리 초(髫). ▌수초(垂髫): 동자(童子). ▌아우를 병(並): 아우를 병(幷), 함께, 모두(皆, 都). ▌기쁠 이(怡): 화기애애하다, 조용하다. ▌요(要): 초대하다, 초청하다. ▌잘 함(咸): 다 함(咸), 모두. ▌문신(問訊): 하문하다, 방문하다. ▌어찌 언(焉): 최상익은 이를 '于此'의 합음(合音)으로 여기고 '이곳에서', '그곳에서', '이것에' 및 '그것에게'로 풀이하고 '出焉'을 '이곳에서 나가지 않았습니다'(出于此)라고 번역하였다.[55] 글 끝에 쓰이는 어조사로 보고 번역해도 무방하다. ▌'此人一一爲具言所聞, 皆歎惋.': 이를 '此人一一爲具言, 所聞皆歎惋.'으로 표점하면 "이 사람이 일일이 [그들에게] 모두 말해주자, [그들은] 듣고는 모두 탄식했다."라고 번역할 수 있다. ▌돌아올 복(復): 다시 부(復), 또(又), 거듭(再), 다시(更). ▌끌 연(延): 끌어들이다, 이끌다, 초대하다, 초빙하다, 영접하다.

旣出, 得其船, 便扶向路, 處處誌之。及郡下, 詣太守, 說如此。太守卽遣人隨其往, 尋向所誌, 遂迷不復得路。南陽劉子驥, 高尚士也, 聞之, 欣然規往, 未果, 尋

55) 崔相翼, 『漢文解釋講話』, 개정판(파주: 한울, 2008), 380.

病終。後遂無問津者。

기출 , 득기선 , 편부향로 , 처처지지。급군하 , 예태수 , 설여차。태수즉견인수기왕 , 심향소지 , 수미불부득로。남양유자기 , 고상사야 , 문지 , 흔연규왕 , 미과 , 심병종。후수무문진자。

나와서는, 그 배를 타고, 바로 옛길을 따라, 곳곳에 표시했다. 군수(郡守) 소재지에 이르러, 태수를 찾아뵙고, 이와(앞의 견문과) 같이 말했다. 태수는 바로 사람을 파견하여 따라가도록 해서, 전에 표시한 것을 찾았으나, 끝내는 헤매어서 길을 다시 알 수 없었다. 남양(南陽)의 유자기(劉子驥)는, 고상한 선비로, 그(소문)를 듣고, 기뻐하며 찾아갈 계획을 세웠으나, 성과를 내지 못하고, 오래되지 않아 병으로 죽었다. 나중에는 마침내 [길을] 물어보는 사람이 없었다.

▮도울 부(扶): 따라서, 연(沿)하여. ▮향할 향(向): 종전의, 옛. ▮군하(郡下): 무릉군(武陵郡) 군수(郡守) 소재지. ▮이를 예(詣): 가다, 나아가다, 참배하다, 알현하다. ▮태수(太守): 군수(郡守), 군태수(郡太守), 지부(知府). ▮득(得): 알다(知道). ▮유자기(劉子驥): 진(晉) 은사, 동진 태원(太元) 연간(376-396) 남양군(南陽郡) 안중현(安衆縣, 현 하남성 鄧州市 동북) 사람, 도연명의 먼 친척. ▮법 규(規): 계획하다. ▮실과 과(果): 결과, 해내다, 이루다, 실현하다. ▮찾을 심(尋): 오래되지 않아(不久), 이어서, 바로. ▮문진(問津): 나루터(津)를 묻다, 길을 묻다, 물어보다, 가르침을 청하다, 가격을 알아보다.

29-4 도연명 「도화원기」 감상과 평설(評說)

도연명의 「도화원기」에게서 속세 밖의 이상(理想)인 곳이라는 세외도원(世外桃源), "갓 피어난 꽃이 화려하다." 또는 "떨어지는 꽃이 어지럽게 흩날린다."라는 낙영빈분(落英繽粉), "닭 우는 소리와 개 짖는 소리가 서로 들린다."라는 계견상문(鷄犬相聞) 및 "나루를 묻는 사람이 없다."라는, 즉 찾는 사람이 없다는 무인문진(無人問津) 등의 성어가 나왔다.

『인민일보』 부총편집을 역임한 산문작가 양형(梁衡, 1946-)은 진한시대 이래 역사에 영향을 준 10대 정치 명작(美文)으로 가의(賈誼, 200-168BCE)의 「과진론」(過秦論), 사마천(145-87BCE)의 「보임안서」(報任安書), 제갈량(181-234)의 「출사표」(出師表), 도연명(365-427)의 「도화원기」(桃花源記), 위징(580-643)의 「간태종십사소」(諫太宗十思疎), 범중엄(989-1052)의 「악양루기」(岳陽樓記), 문천상(文天祥, 1236-1283)의 「정기가서」(正氣歌序), 양계초(梁啓超, 1873-1929)의 「소년중국설」(少年中國說), 임각민(林覺民, 1886-1911)의 「여처서」(與妻書), 모택동(1893-1976)의 「위인민복부」(爲人民服務) 등을 들었다.56) 이는 기존 9대 정치미문에 「도화원기」를 추가한 것이다. 「도화원기」가 이상사회의 청사진을 그려냈고, 그 속에서 노장철학과 공상사회주의 그림자를 찾을 수 있었기 때문이라고 하였다.

유가 은일사상은 공자에서 비롯하였다. 공자는 "천하에 도가 있으면 드러내고, 없으면 숨는다. 나라에 도가 있는데, 빈천하면, 수치이다; 나라에 도가 없는데, 부귀하면, 수치이다."(天下有道則見, 無道則隱. 邦有道, 貧且賤焉, 恥也; 邦無道, 富且貴焉, 恥也. 『論語』「泰伯」)라고 주장했고, 또 "나라에 도가 있으면 출사하고, 도가 없으면 [몸을] 거둬들여 숨긴다."(邦有道, 則仕; 邦無道, 則可卷而懷之. 『論語』「衛靈公」)라고 했다.

노장(老莊)은 완전한 은일을 추구했지만, 유가는 출사와 은일 사이에서 줄타기하다가 출사와 은일을 결합하는 기상천외한 방법을 찾아냈다. 그것은 바로 조은(朝隱)이란 방법이다. 몸은 벼슬에 있으나 마음은 은사(隱士)처럼 담박(淡泊)하게 깨끗이 물러난 듯 지니고, 산림에 은거하지 않고 조정에 은거하는 것을 가리킨다. 서한 양웅(揚雄)은 다음과 같이 문제를 제기했다. "누가 물었다: '유하혜(柳下惠)는 조정에 은거한 사람이 아닌가요?' 답했다: '군자는 그를 직분을 다하지 않는 것이라고 말한다. 옛날에는 굶어(죽어)서 이름을 날리는 것을 높이 평가하였고, 녹을 받으면서 은거하는 것을 낮게

---

56) 人海, 「影響中國歷史的十大政治美文」, 『人才資源開發』, 2012:10(2012. 10), 78.

보았다.'"(或問:「柳下惠非朝隱者與?」曰:「君子謂之不恭. 古者高餓顯, 下祿隱.」. (서한) 揚雄, 『揚子法言』 권11 「淵騫」). 여기에서 '조은'(朝隱) 또는 '녹은'(祿隱)이란 말이 유래 하였다. 양웅은 백이숙제와 같이 출사하지 않고 은거하여 굶어 죽거나 가난하게 사는 것을 높이 평가하고, 노나라에서 형정(刑政)을 담당하면서 백수(白壽)하고 공맹에게서 높게 평가받은 유하혜(柳下惠, 720-621BCE)와 같이 조정에서 녹봉을 받으면서 은사인 척하는 '조은'과 '녹봉' 행위를 비판한 것이다. 후대 사람들은 도연명이 「도화원기」를 통해 위진시대 당시 유학자들의 이러한 '조은' 풍조를 반대하고 진정한 노장(老莊)의 은일(隱逸)을 추구했다고 평가한다. 그것도 산림의 은일이 아니라 전원의 은일을 추구 했다고 높이 평가한다. 그가 꿈꾸는 은일은 동굴 넘어 절경촌(絶境村)에서 농사짓는(種 作) 것이었다.

이러한 사상을 표출한 도연명의 「도화원기」는 오랫동안 수많은 독자를 감동케 하여 '은일문화사의 걸작(奇葩)'이라고 평가받았다.57) 문화사학자 겸 산문가인 여추우(余秋 雨, 1946-)는 '전원'은 도연명의 '이승의 이상'(此岸理想)이고, 도화원은 도연명의 '저승 의 이상'(彼岸理想)이라고 한 바 있다.58)

그러나 다른 눈으로 보면 꼭 그렇게 보기는 어렵다. 「도화원기」에 '계견상문'(鷄犬相 聞)이라는 문장이 들어가 있는 것으로 보아 『노자』 제80장의 "鄰國相望, 雞犬之聲相聞, 民至老死, 不相往來."의 소국과민(小國寡民) 사회나 『예기』 「예운」(禮運) 편의 '천하위 공'의 '대동'(大同) 사회 이상을 새로운 관점에서 개진한 것으로 볼 수 있기 때문이다. 다만 어부가 방문한 곳의 사람들은 '계견상문'이면서 서로 교류했다는 점에서 『노자』의 '소국과민'을 이상사회로 보지는 않았을 것이다.

또 다른 의문점은 도연명의 「도화원기」가 말 그대로 도화원(桃花源)을 이상향

57) 劉玲, 「『桃花源記』蘊含的隱逸文化」, 『大慶師範學院學報』, 41:3(2021. 5), 50.
58) 余秋雨, 「田園何處」, 『中國文脈』(武漢: 長江文藝出版社, 2012), 233.

(Elysium, paradise)으로 설정한 것인가이다. 주인공 어부는 무릉 사람으로 개울을 타고 올라가다가 수백 보나 되는 개울 양안의 '도화림'(桃花林)을 발견했고, 도화림의 끝이 바로 수원(水源)이었다(林盡水源). 바로 산이 이어져 산의 작은 동굴을 통해 '산촌'(山村) 또는 '절경촌'(絶境村)으로 들어간다. 도화림과 절경촌은 동굴을 경계로 다른 사회인 것이다. 동굴은 현실과 선경(仙境)을 구분하는 문지방(閾, liminal) 역할을 한다. 도연명의 「도화원기」나 「도화원시」의 본문에 '도화원'(桃花源)이란 단어를 전혀 사용하지 않아 '도화원'이 무엇을 가리키고, 그 모습이 어떠한지 알 수 없다. 도연명은 도화림의 정경에 대해서는 묘사하지 않고, 동굴을 지난 다음의 절경촌을 묘사하였을 뿐이다. 절경촌에 대한 상세한 모습은 「도화원기」에 이어진 「도화원시」(桃花源詩)의 중간 부분인 "相命肆農耕, 日入從所憩. ……怡然有餘樂, 於何勞智慧!"에 나타나 있다. 이 90자 중 첫 부분 10자와 끝부분 10자가 절경촌의 모습을 대표한다고 보인다. "서로 의지하여 힘써 농사짓고, 해지면 따라서 쉬네. ……기쁘게도 넘치는 즐거움이 있으니, 어찌 지혜를 쓰는 수고를 하는가?" 이를 통해 보면 도연명의 도화원은 동굴 앞의 도화림이 아니고 '절경촌'을 가리키는 것으로 이해해야 할 듯하다. 지금까지 누구도 이러한 문제를 제기하지 않았다. 그리고 도화원의 원(源) 자가 어떤 까닭으로 쓰였는지 이해하려 하지 않았다. 지상낙원(地上樂園)을 의미하는 '도화원'(桃花源)에서 수원(水源)을 의미하는 원(源) 자를 사용하고 장소나 공간을 의미하는 동산 원(園) 자, 나라 동산 원(苑) 자 및 담 원(院) 자를 쓴 이유를 누구도 답하지 않았다.

　당나라 이후 많은 문인이 직간접으로 '도화원'(桃花源)을 노래했다(李白, 「古風」; 王維, 「桃源行」; 劉禹錫, 「桃源行」; 王安石, 「桃源行」 등).

30. 구지(丘遲)
「여진백지서」(與陳伯之書)

30-1 저자 소개

구지(丘遲, 464—508)는 자가 희범(希範)이며, 남북조시대 남조 양(梁) 진주(震州) 오흥군(吳興郡) 오정현(烏程縣, 현 절강성 湖州市) 출신 문학가이다. 처음에는 남제(南齊)에서 관직에 올랐다가 남양(南梁)에 투신하여 영가태수(永嘉太守)를 지냈다.

30-2 원전 소개

구지는 남조 양의 관료 겸 작가로서 시에 능하였을 뿐 아니라, 4자와 6자를 기본으로 한 대구(對句)로 이루어져 수사적으로 미감을 주는 문체인 변려문(騈儷文)에 일가견이 있었다. 그의 작품은 생존 시 이미 널리 알려져 남조시대의 저명한 문학선집인 『문선』(文選)과 『옥대신영』(玉臺新詠)에 수록되었다. 전문 시 비평서인 종영(鐘嶸)의 『시품』(詩品)에는 '중품'(中品)으로 분류되어 수록되었다. 『시품』은 한나라와 위나라부터 남조시대 양나라에 이르기까지 오언시(五言詩) 대표 작가 123명을 엄선하여, 그들의 작품을 상·중·하 세 품급으로 나누어 우열을 매기고 정밀한 분석과 비평을 가한 책이다. 구지는 11권의 문집을 냈으나 원대에 유실되었다. 명대 장부(張溥)의 『한위육조백삼가집』(漢魏六朝百三家集) 중 『구사공집』(丘司空集)에 부(賦) 2, 표(表) 5, 계(啓) 2, 교(敎) 1, 서(書) 1, 명(銘) 1, 주(誅) 1, 시(詩) 11 등 총 25편이 실려 있다. 구지의 작품이 이렇듯 많지 않아 학계에서는 별로 관심하지 않았다. 다만 「진백지에게 보내는 편지」(與陳伯之書)는 예외적으로 관심을 받아왔다.

변려문으로 쓰인 「진백지에게 보내는 편지」의 주인공 진백지(陳伯之)는 502년 선비족 북위(北魏)에 투항한 남양(南梁)의 무장으로 양나라에 공과가 있던 인물이었다. 양무제(梁武帝) 천감(天監) 4년(505) 겨울 양무제의 동생 임천왕(臨川王) 소굉(蕭宏)이 군사를 이끌고 북벌하면서 북위 장군 진백지(陳伯之)와 대치하게 된 상황에서, 구지가 소굉의 명을 받고 진백지의 투항을 권유하는 「진백지에게 보내는 편지」를 썼다.

구지는 진백지에게 대의(大義)와 진정(眞情)을 동원하여 투항할 것을 권하였다. 편지 뒷부분의 문장인 "늦은 봄 3월이면, 강남에는 풀이 돋아나고, 온갖 꽃이 나무에 피고, 꾀꼬리 무리는 어지러이 날아다닙니다."라는 강남의 풍경 묘사로서, 진백지의 향수를 자극하였다. 구지의 편지를 받은 진백지(一字無識이었다고 한다)는 얼마 뒤(506년) 8천 명의 군사를 이끌고 양에 투항하였고, 양무제는 그를 효기장군(驍騎將軍), 태중대부(太中大夫), 영신현후(永新縣侯)에 봉해 식읍(食邑) 천호(千戶)를 주었다.

여기에서 소개하는 「진백지에게 보내는 편지」(與陳伯之書)는 남양 소통(蕭統)이 선집한 『문선』 권43에 실린 것이다.

30-3 구지 「여진백지서」 원문, 역문 및 주석

「여진백지서」(與陳伯之書) : 연작(燕雀)의 작은 뜻을 버리고, 홍곡(鴻鵠)을 따라 높이 날다(棄燕雀之小志, 慕鴻鵠以高翔.).

遲頓首。陳將軍足下 : 無恙 , 幸甚幸甚 ! 將軍勇冠三軍 , 才爲世出 , 棄燕雀之小志 ,
慕鴻鵠以高翔。昔因機變化 , 遭遇明主 , 立功立事 , 開國稱孤 , 朱輪華轂 , 擁旄萬
里 , 何其壯也 ! 如何一旦爲奔亡之虜 , 聞鳴鏑而股戰 , 對穹廬以屈膝 , 又何劣邪 ! 尋
君去就之際 , 非有他故 , 直以不能內審諸己 , 外受流言 , 沈迷猖獗 , 以至於此。

지돈수。진장군족하 : 무양 , 행심행심 ! **장군용관삼군** , 재위세출 , 기연작지소지 ,
모홍곡이고상。석인기변화 , 조우명주 , 입공입사 , **개국칭고** , 주륜화곡 , 옹모만
리 , 하기장야 ! 여하일단위**분망지로** , 문명적이고전 , 대궁려이굴슬 , 우하열야 ! 심
군거취지제 , 비유타고 , **직이불능내심저기** , 외수유언 , **침미창궐** , 이지어차。

구지(丘遲) 삼가 머리를 조아립니다. 진(陳) 장군 족하(足下): 안녕하신지요, 매우 다행입니다
매우 다행입니다! 장군의 용기는 삼군(三軍)의 으뜸이시고, 재능은 세상을 넘어서시니, 연작(燕
雀)의 작은 뜻을 버리시고, 홍곡(鴻鵠)을 따라 높이 나십시오. 옛날 기회의 변화에 따라, 현명한
군주(蕭衍)를 만나시어, 공을 세우고 사업을 이루어, 개국(開國) 직함을 받고 [스스로] 고(孤)라
일컬었고, 붉고 화려한 수레를 타고는, 모우(牦牛, 야크) 꼬리 깃발을 들고 만리(萬里)를 달리셨으
니, 그 얼마나 웅장했겠습니까! 어찌 되어 하루아침에 도망친 반역자가 되어, [북위 군대의] 명적
(鳴鏑) 소리를 듣고는 두려워 다리를 떨고, 오두막(북위 군주)에게 무릎을 꿇었으니, 그 얼마나
비열한 것입니까? 군주를 찾아 [양을] 버리고 [북위로] 가게 된 계기는, 다른 연고가 있어서가
아니고, 다만 안으로는 자신을 살펴보지 못하고, 밖으로는 유언비어에 속아, 미혹에 빠지고 실패
하여, 이에 이르게 된 것입니다.

■돈수(頓首): 머리를 조아리다. 편지의 첫머리와 끝머리에 상투적으로 쓰는 단어. ■족하(足
下): 주로 편지에서 상대방의 이름이나 직함 밑에 상대방을 높여 쓰는 단어. ■근심 양(恙):
걱정, 병(病). ■갓 관(冠): 뛰어나다, 뛰어넘다, 제일이다. ■'將軍勇冠三軍': (서한) 李陵 「答
蘇武書」: "[李]陵先(李廣)將軍攻略蓋天地, 義勇冠三軍."(『文選』 卷41 「書上」). ■그리워할 모
(慕): 뒤를 따르다, 바라다. ■개국(開國): 남조 양(梁, 502-557)의 군현(郡公縣男)의 작위를
'개국공'(開國公)이라 했다. ■칭고(稱孤): 개국공 작위를 가진 왕후(王侯)가 자신을 '고'(孤)라
고 불렀다. 502년 4월 소연(蕭衍)이 황제가 되자 진백지는 정남장군(征南將軍)으로 승진하고
풍성국(豐城國) 풍성현(豐城縣) 개국공(開國公)에 봉해졌다. ■바퀴 곡(轂): 수레. ■안을
옹(擁): 들다, 손에 쥐다, 잡다. ■깃대 장식 모(旄). ■하기(何其): 얼마나(何等, 多麼). ■포로

로(虜): 포로, 적, 반역, 노예, 오랑캐. ▮'분망지로'(奔亡之虜): 진백지가 502년 양을 배반하고 도망가서 북위로 투항한 일. ▮살촉 적(鏑): 명전(鳴箭). ▮명적(鳴鏑): 향전(響箭). 끝에 속이 빈 깍지를 달아서 공기와 부딪칠 때 소리가 나게 한 화살. ▮넓적다리 고(股). ▮싸울 전 전(戰): 두려워 떨다. ▮하늘 궁(穹). ▮오두막 려(廬). ▮궁려(穹廬): 반원형 천막집, 파오 (包), 선비족 북위 가옥. 선비족 북위 군대를 가리킴. ▮사이 제(際): 때, 기회, 시기, 정도. ▮곧을 직(直): 다만, 실로, 완전히, 솔직히. ▮모든 제(諸): 지어(之於)의 합음(合音)으로 저(zhū)라 발음하며, '...에게', '...에서'라는 뜻이 있다. ▮가라앉을 침(沈): 가라앉을 침(沉), 빠지다, 마음이 쏠리다. ▮창궐(猖獗): 실패하다, 쓰러지다, 엎어지다, 넘어지다.

聖朝赦罪責功 , 棄瑕錄用 , 推赤心於天下 , 安反側於萬物 , 將軍之所知 , 不假僕一二 談也。朱鮪涉血於友于 , 張繡剚刃於愛子 , 漢主不以爲疑 , 魏君待之若舊。況將軍無 昔人之罪 , 而勳重於當世。夫迷塗知反 , 往哲是與 ; 不遠而復 , 先典攸高。主上屈法 申恩 , 吞舟是漏 ; 將軍松柏不翦 , 親戚安居 , 高臺未傾 , 愛妾尚在。悠悠爾心 , 亦何 可言 !

성조사죄**책공** , 기하녹용 , 추**적심**어천하 , 안반측어만물 , 장군지소지 , **불가복**일이 담야。**주유섭혈어우우** , 장수사인어애자 , 한주불이위의 , 위군대지약구。황장군무 석인지죄 , 이훈중어당세。부미도지반 , 왕철시**여** ; **불원이복** , 선전유고。주상굴법 신은 , **탄주시루** ; 장군송백부전 , 친척안거 , 고대미경 , 애첩상재。유유이심 , 역하 가언 !

성조(聖朝, 梁)가 죄를 사하여 공을 세우기를 바라고, 허물을 잊고 임용하여, 참된 마음(赤心)을 천하에 펴서, 동요하는 만물을 안정케 한 것은, 장군께서 아시는 바이니, 제가 일일이 말할 필요가 없습니다. 주유(朱鮪)가 [광무제의] 형제에게 피를 흘리게 했고(光武帝의 형 劉秀를 죽이는 일에 가담했고), 장수(張繡)가 [曹操가] 사랑하는 아들을 칼날로 찔렀음에도(曹操의 큰아들 曹昻을 죽였음에도), 한주(漢主, 광무제)는 [朱鮪를] 의심하지 않았고, 위군(魏君, 曹操)은 그(張繡)를 옛날과 같이 대했습니다. 하물며 장군은 옛사람의(과 같은) 죄도 없고, 공훈은 지금 세상에서 중시되고 있습니다. 무릇 길을 잘못 들어 돌아올 줄 아는 것은, 옛 성현들이 칭찬하는 바이며; 멀리 가지 않고 돌아오는 것은, 옛 전적에서도 높게 보는 바입니다. 주상(梁武帝)께서 법을 굽히시고 은전을 펼치시니, 배를 삼키는 것도(대어가 배를 삼키는 것 같은 큰 죄도) [법망의] 그물을 빠져나갈 수 있습니다; 장군의 [선조 묘에 심어있던] 소나무와 측백나무는 잘리지 않았고, 친척은 평안하게 지내고 있고, 저택은 기울지 않았고, 사랑하는 부인도 아직 계십니다. 당신의 마음을 생각해 보십시오, 또 무엇을 말할 수 있는가요?

■꾸짖을 책(責): 요구하다, 바라다. ■책공(責功): 책구사공(責求事功), 일에서 공을 세우기를 바라다. ■적심(赤心): 충심(忠心), 성심(誠心). ■반측(反側): 몸을 뒤척이다, 순종하지 않다, 불안정하다, 끝없이 반복하다, 법도를 위반하다, 옳지 않은 마음을 품고 배반하다. ■거짓 가(假): 빌리다. ■불가(不假): 빌리지 않다, 필요하지 않다, 의지하다, 핑계 대다. ■종 복(僕): 저, 자신의 겸칭. ■주유(朱鮪): 22년 봉기한 녹림군(綠林軍) 수령으로 23년 유현(劉玄)을 황제로 옹위하여 대사마(大司馬)가 되었으나 한나라와 이성(異姓)인 그는 제후왕이 될 수 없었다. 25년 칭제한 동한 광무제(光武帝) 유수(劉秀)가 낙양을 지키고 있는 주유에게 자신의 형(劉演)을 살해한 죄를 묻지 않겠다고 하자 광무제에 투항하여 평적장군(平狄將軍)과 부구후(扶溝侯)에 임명되었다. ■건널 섭(涉): 미치다, 이르다. ■섭혈(涉血): 피가 땅에 흐르다. ■우우(友于): 형제. ■장수(張繡): 삼국시대 군벌의 하나로 조조(曹操)에게 투항하였지만 조조가 자신의 어머니를 차지하자 조조 아들 조앙(曹昂)을 살해하는 등 유표(劉表)와 조조(曹操) 사이를 오가다 마지막에 화해하여 딸을 조조 막내아들에게 시집보냈다. ■찌를 사(刿). 줄 여(與): 좋아하다, 편을 들다, 칭찬하다. ■'불원이복'(不遠而復): [길을 잘못 들어] 멀리 가지 않아 돌아오다. 『易』「復卦」: "멀리 가지 않아 돌아오면, 크게(祇) 후회할 것이 없으므로, 대길하다."(不遠復, 无祇悔, 元吉.). ■바 유(攸): 바 소(所). '吞舟是漏': (한)桓寬, 『鹽鐵論』 권9 「論菑」: "是以古者, 明王茂其德教, 而緩其刑罰也. 網漏吞舟之魚, 而刑審於繩墨之外, 及臻其末, 而民莫犯禁也." ■멀 유(悠): 생각하다.

今功臣名將, 鴈行有序, 佩紫懷黃, 讚帷幄之謀, 乘軺建節, 奉疆埸之任, 並刑馬作誓, 傳之子孫。將軍獨靦顏借命, 驅馳氈裘之長, 寧不哀哉!

금공신명장, 안행유서, 패자회황, **찬유악지모**, 승요건절, 봉강역지임, **병형마작서, 전지자손**。장군독전안**차명**, 구치**전구**지장, 영불애재!

지금 공신과 명장들은, 기러기 날아가는 것과 같이 질서가 있는데, [문관공신들은] 붉은 것을 달고 누런 것을 품고(허리에는 자색의 인끈을 매고 가슴에는 황금인장을 품고), 군막의 계책을 돕고 있으며, [명장들은] 수레를 타고 깃발을 세워, 변경의 소임을 받들고, 아울러 말을 죽여 맹세하여, 그(맹세)를 자손에게 전하였습니다. 장군께서는 홀로 뻔뻔한 얼굴로 목숨을 빌며, 털가죽옷의(오랑캐의, 北魏의) 우두머리에게 달려갔으니, 어찌 애석하지 않겠습니까?

▌기릴 찬(讚): 칭찬하다, 밝히다. ▌휘장 유(帷). ▌휘장 악(幄). ▌작은 수레 요(軺, yáo)(O): 수레 이름 초(軺, diao)(X). ▌마당 장(場): 밭두둑 역(場). ▌강역(疆場, jiāng yì): 국경, 변경. ▌형벌 형(刑): 죽이다. ▌형마(刑馬): 고대 결맹(結盟)할 때 말을 죽여 피를 입술에 묻혀 굳은 마음을 표시하는 의식을 가리킨다. ▌'傳之子孫': '그것을 자손에게 전한다(傳之子孫)라는 것을 대부분 '관직을 전한다'라고 해석하는데, 그보다는 '소임(所任) 또는 맹세를 전한다'라고 해석하는 것이 문맥에 부합한다. ▌부끄러워할 전(靦). ▌차명(借命): 목숨을 빌리다. ▌모전 전(氈). ▌갖옷 구(裘). ▌전구(氈裘): 북방 선비족의 옷.

夫以慕容超之強, 身送東市; 姚泓之盛, 面縛西都。故知霜露所均, 不育異類; 姬漢舊邦, 無取雜種。北虜僭盜中原, 多歷年所, 惡積禍盈, 理至燋爛。況偽孽昏狡, 自相夷戮; 部落攜離, 酋豪猜貳。方當繫頸蠻邸, 懸首藁街。而將軍魚遊於沸鼎之中, 燕巢於飛幕之上, 不亦惑乎!

부이**모용초**지강, 신송동시; **요홍**지성, **면박**서도。고지상로소균, 불육**이류**; 희한구방, 무취**잡종**。**북로**참노숭원, 다역년소, 악적화영, 이지**초란**。황위얼혼교, 자상**이륙**; 부락휴리, 추호**시이**。방당계경만저, 현수**고가**。이장군어유어비정지중, 연소어비막지상, 불역혹호!

무릇 모용초(慕容超)의 강력함은, 제 몸뚱이를 동시(東市)로 보내버렸고; 요홍(姚泓)의 흥성은, 서도(西都, 長安)에서 제 얼굴을 앞으로 하고 두 손은 뒤로 묶이게 했습니다(面縛). 따라서 서리와 이슬은 [각지에] 고루 내리지만, 딴 무리(異類, 異民族)는 기르지 않는다는 것을 알 수 있습니다; 주(周)와 한(漢)이라는 옛 나라는, 잡종을 거두지 않았습니다. 북쪽 오랑캐(北魏)가 중원을 도둑질하여, 여러 해를 지나면서, 악이 쌓이고 화가 넘쳐, 이치상 그을리고 문드러지게 이르렀습니다. 게다가 거짓되고 사악하고 어리석고 교활하여, 서로 살육했습니다; 부락(사람)은 떠나 헤어지고,

추장들은 두 가지 마음을 품었을까 [서로] 의심했습니다. 바야흐로 오랑캐 관사(蠻邸)에서 목덜미를 묶여, [장안성] 고가(藁街)에서 효수(梟首)당할 것입니다. 그리고 장군은 끓는 솥 안에서 노니는 물고기이며, 흔들리는 장막 위에 둥지를 튼 제비인데, 어리석은 것이 아닌지요!

▌모용초(慕容超, 384-410): 남연(南燕)의 마지막 황제로 송무제(宋武帝)에게 사로잡혀 동시(東市)에서 참수당했다. ▌요홍(姚泓, 388-417): 후진(後秦)의 마지막 황제. ▌낯 면(面): 등지다(背). ▌면박(面縛): 얼굴은 앞을 보게 하고 두 손을 등 뒤로 하여 묶다. 투항 또는 항복을 의미한다. ▌이류(異類): 북방 민족에 대한 멸칭(蔑稱). ▌성 희(姬): 주(周)나라 성(姓)으로서 주나라를 가리킴. ▌잡종(雜種): 북방 민족에 대한 멸칭. ▌북로(北虜): 북쪽 오랑캐, 북위를 멸시하는 명칭. ▌바 소(所): 많은, 다종(多種)의, 차수(次數), 수(數). ▌연소(年所): 연수(年數). ▌해 초(燋): 그을다(焦). ▌위얼(僞孽): 일반적으로 서자 얼(孽) 자 대신에 사랑할 폐(嬖) 자를 쓰고는 근거 없이 북위 선무제(宣武帝) 원각(元恪)을 가리킨다고 해석하는데, 공택군(龔澤軍)의 연구에 따르면 서자 얼(孽)이 맞는다고 한다.[59] 위얼(僞孽)은 직접 북위 선무제를 가리킨다고 할 수는 없고, 거짓되고 사악하다로 해석하는 것이 타당하다. ▌오랑캐 이(夷): 소멸하다, 제거하다. ▌이륙(夷戮): 살육하다, 주륙(誅戮)하다. ▌끌 휴(攜): 끌다, 떠나다. ▌시이(猜貳): 남이 두 가지(딴) 마음을 갖고 있을까 의심하다. ▌고가(藁街): 고가(藁街), 한나라 때 거리 이름, 장안성(長安城) 남문 안쪽에 있는 속국 사절 관사 소재지를 가리킨다.

暮春三月 , 江南草長 , 雜花生樹 , 群鶯亂飛。見故國之旗鼓 , 感平生於疇日 , 撫弦登陴 , 豈不愴恨 ! 所以廉公之思趙將 , 吳子之泣西河 , 人之情也。將軍獨無情哉 ? 想早勵良規 , 自求多福。

모춘삼월 , 강남초장 , **잡화생수** , 군앵난비。견고국지기고 , 감평생어주일 , 무현등**비** , 기불창랑 ! 소이**염공**지사조장 , **오자**지읍서하 , 인지정야。장군독무정재 ? **상조**여량규 , 자구다복。

늦은 봄 3월이면, 강남에는 풀이 돋아나고, 온갖 꽃이 나무에 피고, 꾀꼬리 무리는 어지러이

---

59) 龔澤軍, 「敦煌本『文選注』補校」, 『敦煌學輯刊』, 2011:2(2011.6), 76-77.

날아다닙니다. 고국[군대]의 깃발과 북을 보시면, 옛날의 평소 생활을 느끼실 텐데, 활을 쥐고 성벽에 오르시면, 어찌 슬프지 않겠습니까! 그래서 [위나라로 망명한] 염파(廉頗)가 조(趙)나라의 장수를[가 되고자] 생각하는 것, 오기(吳起)가 서하(西河)를 [바라보며] 우는 것은, 사람들의 [고국에 대한] 정입니다. 장군만 유독 정이 없겠습니까? 서둘러 좋은 방책을 쓰셔서, 스스로 다복함을 구하시길 바랍니다.

▪잡화생수(雜花生樹): 나무 수(樹) 자에 대한 번역은 다양하다. "각종 색의 야생화가 숲속에 피었다.", "무성한 풀숲에 각종 야생화가 섞여 있고 각종 나무가 자라고 있다." 등으로 해석하기도 하나. '온갖 꽃이 나무에 생기다', '온갖 꽃이 나무에 피다'로 해석하는 것이 바람직하다. ▪밭두둑 주(疇): 옛날, 종전의. ▪성가퀴 비(陴): 성 위에 낮게 쌓은 담, 여장(女牆), 여(女)담. ▪슬퍼할 창(愴). ▪슬퍼할 량(悢). ▪염공(廉公): 염파(廉頗). 전국시대 조(趙)나라 장군으로 나중에 위(魏)나라에 망명함. ▪오자(吳子): 오기(吳起), 전국시대 위(衛)나라 장군이며 병법가, 전쟁에 공을 세워 서하(西河) 장관이 되었으나 모함으로 초(楚)나라로 망명함. ▪생각할 상(想): 희망하다, 바라다.

當今皇帝盛明 , 天下安樂。白環西獻 , 楛矢東來 ; 夜郎滇池 , 解辮請職 ; 朝鮮昌海 , 蹶角受化。唯北狄野心 , 掘强沙塞之間 , 欲延歲月之命耳。中軍臨川殿下 , 明德茂親 , 總茲戎重 , 弔民洛汭 , 伐罪秦中。若遂不改 , 方思僕言。聊布往懷 , 君其詳之。丘遲頓首。

당금황제**성명** , 천하안락。**백환서헌** , **호시동래** ; **야랑전지** , 해변청직 ; 조선창해 , **궐각수화**。유북적야심 , 굴강사색지간 , 육연세월지명이。중군임천전하 , **명덕무친** , 총자융중 , 조민낙**예** , 벌죄진중。약수불개 , **방사복언**。요포왕회 , 군기상지。구지돈수。

지금의 황제께서는 성명(聖明)하시어, 천하가 안락합니다. 백환(白環)을 서쪽에서 바치고, 호시(楛矢)가 동쪽에서 옵니다; [西南夷인] 야랑(夜郎)과 전지(滇池)는, 변발을 풀고 벼슬을 청하였습니다; 조선(朝鮮)과 [西域의] 창해(昌海)는, 이마를 땅에 박고 교화받았습니다. 오직 북적(北魏)만은 야심을 갖고, 사막 사이에서 고집을 피우고 억지를 부리면서, 세월의 목숨을 늘이려 할 뿐입니다. 중군(中軍)[을 맡으신] 임천왕(臨川王, 蕭宏) 전하는, 밝은 덕을 지니신 황제 근친이신데, 이 전쟁의 중책을 총괄하시어, 낙수(洛水) 어귀의 백성을 위문하시고, 진중(秦中, 섬서 중부)에서 죄인을 벌하셨습니다. 만일 끝내 고치지 않으시면, 장차 제 말씀을 생각하시게 될 것입니다. 잠시 옛날의 정을 펴보았으니, 장군께서는 이를 자세히 살피십시오. 구지가 머리를 숙입니다.

▌성명(盛明): 창성(昌盛)하다, 창명(昌明)하다, 성명(聖明)하다. ▌백환(白環): 중원의 서쪽인 곤륜산에 산다는 여신 서왕모(西王母)가 우(虞)나라를 건국했을 때 순(舜)에게 받쳤다는 백옥환(白玉環). 『中論』「爵祿」: "故舜為匹夫、猶民也、及其受終於文祖, 稱曰『予一人』, 則西王母來獻白環.". ▌호시(楛矢): 주나라 무왕이 은을 물리쳤을 때 숙신(肅愼)이 바쳤다는 광대싸리나무(楛)로 만든 화살. 숙신은 광대싸리나무 화살과 백두산에서 산출되는 흑요석(黑曜石)으로 만든 촉인 석노(石砮)를 바쳤다고 한다. 『國語』「魯語下」: "仲尼曰:「......于是肅愼氏貢楛矢、石砮, 其長尺有咫. ......".. ▌야랑(夜郎): 현 귀주성 서부 동재현(桐梓縣)에 위치했던 고대국가로 한성제(漢成帝) 때 멸망. ▌전지(滇池): 현 운남성 중동부 곤명(昆明) 일대에 자리한 고대국가 전국(滇國)으로 한무제가 멸망시킴. ▌넘어질 궐(蹶): 엎어지다. ▌뿔 각(角): 이마, 정수리. ▌팔 굴(掘): 고집 셀 굴(倔). ▌귀 이(耳): 어조사, '...뿐이다'(而已). ▌무친(茂親): 근친. ▌물굽이 예(汭): 어귀. ▌이를 수(遂): 미루다, 질질 끌다, 마침내(竟然), 끝끝내. ▌모 방(方): 장차, 오히려. ▌귀 울 료(聊): 잠시. ▌베 포(布): 진술하다. ▌조아릴 돈(頓). ▌돈수(頓首): 머리를 조아리다. 옛 편지의 끝에 공경의 의미로 사용되던 단어.

30-4 구지 「여진백지서」 감상과 평설(評說)

구지의 「여진백지서」에는 "용감하기가 전군에서 첫째(冠)"라는 용관삼군(勇冠三軍), "붉은 바퀴와 화려한 바퀴를 가진 마차"라는 주륜화곡(朱輪華轂), "하자를 버리고(따지지 않고) 임용한다."라는 기하녹용(棄瑕錄用), "기러기의 행렬에 순서가 있다."라는, 형제간에 차례가 있다는 안행유서(雁行有序) 등의 성어가 있다.

남북조시대에서 선비족 계통의 북조보다는 한족 계통의 남조를 정통(正統)으로 보는 한족 정통사상에서, 구지의 「여진백지서」는 불후의 민족주의 명문장으로 평가된다. 「여진백지서」는 한족 남조에서 북방민족 북조로 투항한 배신자를 설득하여 귀순케 하려는 목적으로 쓰인 것이다.

구지는 「여진백지서」에서 진백지의 과거 경력, 현재의 처지, 내심의 우려 등등을 개진하면서, 모국 양(梁)이 진백지를 관대하게 용서할 것임을 약속하고, 고국과 고향의 정을 자극하면서 귀순할 것을 권유하였다. 결국 구지의 설득은 성공하였고, 양나라도 진백서를 약속대로 대우하여 여생을 마치게 했다. "늦은 봄 3월이면, 강남에는 풀이 돋아나고, 온갖 꽃이 나무에 피고, 꾀꼬리 무리는 어지러이 날아다닙니다. 고국[군대]의 깃발과 북을 보시면, 옛날의 평소 생활을 느끼실 텐데, 활을 쥐고 성벽에 오르시면, 어찌 슬프지 않겠습니까!"라고 진백지의 향수를 자극하는 부분이 후대에 높이 평가받고 있다. 이 편지는 심리전(心理戰)이 성공한 사례라 볼 수 있다.

운율 형식 위주인 남조 사륙변려문(四六駢儷文)의 형식을 취했으나 내용이 충실하여 천고의 우수한 변려문으로 평가되고 있다.

31. 위징(魏徵)
「간태종십사소」(諫太宗十思疏)

31-1 저자 소개

위징(魏徵, 580-643)은 당나라 초기 정치가로서 자
는 현성(玄成)이다. 하북도(河北道) 형주(邢州) 거록
군(鉅鹿郡) 하곡양현(下曲陽縣, 현 하북성 晉州市 鼓
城村) 출신이다. 수나라 말기 농민봉기에 참여했다가
당나라에서 태자세마(太子洗馬, 태자선마)가 되었다.
당태종이 즉위하자 의간대부(議諫大夫), 비서감(秘書
監), 시중(侍中), 광록대부(光祿大夫) 등을 역임했고
정국공(鄭國公)에 봉해졌다. 조정에 참여하고 태종에
게 200여 차례 간(諫)하였다. 그는 "겸청즉명, 편청즉
암"(兼聽則明, 偏聽則暗), "거안사위, 계사이검"(居
安思危, 戒奢以儉), '박부렴'(薄賦斂), '경조세'(輕租

위징

稅), '식말돈본'(息末敦本), '관인치천하'(寬仁治天下) 등을 주상했다. 그의 언행은 오긍
(吳兢)의 『정관정요』(貞觀政要)에 실려 있다.

31-2 원전 소개

「간태종십사소」(諫太宗十思疏)는 '태종에게 10가지를 생각하라고 간하는 상소'라는 의미이다. 이 소(疏)는 당태종 정관(貞觀) 11년(637)에 올린 것으로 당태종에게 거안사위(居安思危), 계사이검(戒奢以儉), 적기덕의(積其德義)를 권하였다. 당태종 이세민(李世民)은 당나라 제2대 군주로서 역사상 개명군주로 평가되며, 그의 통치는 '정관지치'(貞觀之治)라 불린다. 이러한 공적에도 불구하고 점차 사치를 하게 되고, 건축 공사를 벌이고, 보물을 수집하고, 사방을 유람하여 백성을 수고롭게 하자 위징이 번영 뒤에 숨은 위기를 파악하고, 정관 11년(637) 3월부터 7월까지 네 번 상소했다. 「간태종십사소」는 두 번째 상소로서 「논시정제이소」(論時政第二疏)라고도 불린다. 당태종은 상소를 보고 「답위징수조」(答魏徵手詔)를 써서 개선을 다짐했다. 당태종은 이 상소를 머리맡(几案)에 두고 좌우명으로 삼았다고 한다. '영원한 최고의 간언'(千古一諫)이라 불린다.

「간태종십사소」는 『정관정요』 권1 「논군도」(論君道), 『구당서』(舊唐書) 권71 「위징열전」(魏徵列傳), 『전당문』(全唐文) 권139 「위징제이소」(魏徵第二疏) 및 『고문관지』(古文觀止) 권7 등에 실려 있다. 『고문관지』(古文觀止) 판본은 수정된 것이다.

31-3 위징 「간태종십사소」 원문, 역문 및 주석

「간태종십사소」(諫太宗十思疏) : 나무가 높이 자라기를 바란다면, 반드시 나무의 뿌리를 견고하게 해주고; 물길이 멀리 가길(흐르기를) 바란다면, 반드시 샘 발원지를 깊게 파주어야 한다(木之長者, 必固其根本; 欲流之遠者, 必浚其泉源.).

臣聞求木之長者, 必固其根本; 欲流之遠者, 必浚其泉源; 思國之安者, 必積其德義。
源不深而望流之遠, 根不固而求木之長, 德不厚而思國之安, 雖在下愚, 知其不可,

而況於明哲乎？人君當神器之重 , 居域中之大 , 將崇極天之峻 , 永保無疆之休。不念
於居安思危 , 戒奢以儉 , 德不處其厚 , 情不勝其欲 , 斯亦伐根以求木茂 , 塞源而欲流
長者也。
신문구목지장자 , **필고기근본** ; **욕유지원자** , **필준기천원** ; 사국지안자 , 필적기덕의。
원불심이망유지원 , 근불고이구목지장 , 덕불후이사국지안 , **수재하우** , 지기불가 ,
이황어명철호？인군당신기지중 , **거역중지대** , 장숭극천지준 , 영보무강지휴。**불념
어거안사위** , **계사이검** , 덕불처기후 , 정불승기욕 , 사역벌근이구목무 , 색원이욕유
장자야。

신이 듣기로는 나무가 높이 자라기를 바란다면, 반드시 나무의 뿌리를 견고하게 해주고; 물길이
멀리 가길(흐르기를) 바란다면, 반드시 샘 발원지를 깊게 파주어야 하며; 나라가 안정되기를
바란다면, 반드시 도덕과 인의를 쌓아야 한답니다. 발원지가 깊지 않은데 멀리 흐르기를 바라는
것, 뿌리가 견고하지 않은데 나무가 자라기를 바라는 것, 덕이 두텁지 않은데 나라가 안정되기를
바라는 것은, 비록 제가 우둔해도, 그것이 불가하다는 것을 알고 있는데, 하물며 명철한 사람이라
면(말할 것이 있겠습니까? 군주는 막중한 정권을 맡고 있고, 천지에서 중대한 지위를 차지하고
있어, 지고(至高)의 황권을 높이려면, 아름다운 가없는 경계를 영원히 보존해야 합니다. 안정될
때 위기를 생각하는 것을 염두에 두지 않으며, 사치를 삼가서 절검(節儉)하는 것을 염두에 두지
않으며, 도덕은 두텁게 유지하지 못하며, 성정(性情)은 욕심을 이기지 못하는 것, 이 역시 뿌리를
베어내고 나무가 무성하기를 바라며, 발원지를 막고 물길이 길어지길 바라는 것입니다.

▍길 장(長): 이에는 '길다' 또는 '높다'(高)는 뜻의 형용사(cháng)와 '자라다'(生長, 成長)는
뜻의 동사(zhǎng)가 있다. 여기서는 앞의 의미로 보아야 하지만 우리말로는 '높이 자라다'로
해석해야 한다. ▍흐를 류(流): 강, 시내, 개울 등의 발원지 이후의 부분을 가리키며, 근원
원(源)과 비교되는 부분이다. ※ 위징은 "木之長者, 必固其根本; 欲流之遠者, 必浚其泉源."이
란 말을 어디에서 들었다고 했지만 그 전거(典據)를 알 수 없다, 이 부분은 조선 세종 때
목조(穆祖)에서 태종(太宗)에 이르는 여섯 대의 행적을 노래한 서사시인 「용비어천가」(龍飛
御天歌) 제2장("불휘 기픈 남ᄀᆞᆫ ᄇᆞᄅᆞ매 아니 뮐쎄 곶 됴코 여름 하ᄂᆞ니; 시미 기픈 므른
ᄀᆞᄆᆞ래 아니 그츨씨 내히 이러 바ᄅᆞ래 가ᄂᆞ니." 根深之木, 風亦不扤, 有灼其華, 有蕡有實;
源遠之水, 旱亦不竭, 流斯爲川, 于海必達.)의 전거가 되었다고 한다. ▍재하(在下): 자신을

가리키는 겸어, 저. ▉신기(神器): 임금의 자리, 제위(帝位), 정령(政令), 정권.『노자』제29장
에 나온다. ▉'居域中之大':『노자』제25장(域中有四大, 而王居其一焉.)에 근거하는데, "천지
에는 중대한 네 가지 근본(大, 元: 道天地王)이 있는데, 왕은 그중의 하나를 차지한다."라고
해석된다. ▉극천(極天): 하늘의 가장 먼 곳(天之極處). 높을 준(峻). ▉쉴 휴(休): 기쁨(喜慶),
복록(福祿), 미선(美善). ▉무강(無疆): 가없는 경계. ▉"不念於居安思危, 戒奢以儉.": 이 부분
은 표점(標點)을 잘해야 한다. 기존 해석은 이 표점에 근거하여 해석(번역)하지만 잘못된
것이다, 표점을 고치거나(不念於居安思危, 戒奢以儉), 문장을 수정해야(不念於居安思危, [不
念]戒奢以儉) 문맥이 통한다. ▉'居安思危':『書』「襄公十一年」: "書曰: 居安思危, 思則有備,
有備無患, 敢以此規."

凡百元首，承天景命，莫不殷憂而道著，功成而德衰。有善始者實繁，能克終者蓋
寡，豈其取之易而守之難乎？昔取之而有餘，今守之而不足，何也？夫在殷憂，必
竭誠以待下；既得志，則縱情以傲物。竭誠則胡越爲一體，傲物則骨肉爲行路。雖董
之以嚴刑，震之以威怒，終苟免而不懷仁，貌恭而不心服。怨不在大，可畏惟人。載
舟覆舟，所宜深愼。奔車朽索，其可忽乎！

범백원수，승천**경명**，막불은우이도저，공성이덕쇠。유선시자실번，능극종자개
과，기기취지이이수지난호？석취지이유여，금수지이부족，하야？부재은우，필
갈성이대하；기득지，즉종정이오**物**。갈성즉호월위일제，오물즉골육위행로。수동
지이엄형，진지이위로，종구면이불회인，모공이불심복。**원부재대**，**가외유인**。**재
주복주**，소의심신。분거후삭，기가홀호！

모든 원수(元首, 帝王)들은, 하늘의 큰 사명을 받아, 깊이 우려하여 도덕이 드러나지 않은 경우가
없었지만, 공업(功業)을 이룬 다음에는 덕이 쇠해졌습니다. 시작을 잘하는 사람(원수)은 실로
많았지만, 끝까지 할 수 있는 사람(원수)은 대체로 적었는데, 설마 취하는(창업하는) 일은 쉽고
지키는(수성하는) 일은 어렵다는 것일까요? 옛날에는 [천하를] 취하고도 여력이 있었는데, 지금은
지키는데도 부족한 것은, 왜일까요? 대개 깊이 우려하면, 반드시 성의를 다해 아랫사람을 대하지
만, 뜻을 얻으면, 성정이 방종하여 남을 업신여깁니다. 성의를 다하면 북호(北胡) 및 남월(南越)과
하나가 되지만, 남을 업신여기면 골육은 [낯선] 행인이 됩니다. 비록 엄한 형벌로 감독하고, 위압

하는 노기로 성을 내도, 끝내는 일단 모면하고는 인의를 품지 않으며, 얼굴은 공손하지만 마음으로는 승복하지 않습니다. [백성의] 원망은 크기에 있는 것이 아니므로, 존중해야 할 것은 오직 사람(백성)뿐입니다. [물은] 배를 띄울 수 있고 배를 뒤집을 수도 있어, 마땅히 깊이 신중해야 합니다. 달리는 수레에 썩은 고삐인데, 어찌 소홀히 할 수 있겠습니까?

▌범백(凡百): 모든, 어찌 되었든. ▌별 경(景): 높다, 크다. ▌성할 은(殷): 많다, 크다, 풍부하다, 깊이, 격렬하다, 빈번하다. ▌이길 극(克): 가능하다, 능하다. ▌극종(克終): 선종(善終). ▌덮을 개(蓋): 대개(大概). ▌만물 물(物): 타인, 남. ▌행로(行路): 길 가는 사람(路人), 행인(行人). ▌감독할 동(董): 감독하다, 거두다. ▌진실로 구(苟): 임시, 구차히도, 일단, 당분간. 두려워할 외(畏): 존경하다, 존중하다. ▌사람 인(人): 당태종 이세민의 민(民) 자를 피해(避諱) 바꾼 것이다. ▌"怨不在大, 可畏惟人.": "怨不在大, 可畏惟民."이 옳다. 『書』「康誥」: "我聞曰: 『怨不在大, 亦不在小; 惠不惠, 懋不懋.』"; 『書』「大禹謨」: "可愛非君? 可畏非民? 眾非元后, 何戴? 后非眾, 罔與守邦?」. ▌'載舟覆舟': 『荀子』「王制」: 傳曰 : 「君者, 舟也. 庶人者, 水也; 水則載舟, 水則覆舟.」. ▌동아줄 삭(索): 동아줄, 밧줄, 새끼, 고삐. ▌그 기(其): 따져 묻는 것을 나타내는 부사, 어찌(豈), 설마(難道).

君人者, 誠能見可欲, 則思知足以自戒; 將有所作, 則思知止以安人; 念高危, 則思謙沖而自牧; 懼滿溢, 則思江海下百川; 樂盤遊, 則思三驅以爲度; 恐懈怠, 則思愼始而敬終; 慮壅蔽, 則思虛心以納下; 想讒邪, 則思正身以黜惡; 恩所加, 則思無因喜以謬賞; 罰所及, 則思無因怒而濫刑。

군인자, 성능견가욕, 즉사지족이자계; 장유소작, 즉사지지이안인; 염고위, 즉사겸충이자목; 구만일, 즉사강해하백천; 낙반유, 즉사삼구이위도; 공해태, 즉사신시이경종; 여옹폐, 즉사허심이납하; 상참사, 즉사정신이출악; 은소가, 즉사무인희이유상; 벌소급, 즉사무인노이남형。

남을 다스리는 사람은, 진실로 욕심을 일으킬만한 것을 보았다면, 지족(知足)하여 자계(自戒)할 것을 생각해야 합니다; [진실로] 앞으로 일을 하려면, 멈출 데를 알아 남(백성)을 안정되게 할 것을 생각해야 합니다; [진실로] 높디높은 것을 생각한다면, 겸허하게 근신하고 자신을 몰아야(自

牧) 합니다; [진실로] 차고 넘치는 것을 두려워한다면, 강과 바다가 모든 내(川)의 아래에 있다는 것을 생각해야 합니다; [진실로] 사냥하며 노는 것을 즐기려면, 세 번만 달리는 것으로 한정할 것을 생각해야 합니다; [진실로] 해이하고 나태한 것을 두려워한다면, 시작을 신중히 하고 종료를 근신할 것을 생각해야 합니다; [진실로] 막히고 덮인 것을 생각한다면, 마음을 비우고 아랫사람을 거두시는 것을 생각해야 합니다; [진실로] 거짓과 삿됨을 생각한다면, 몸을 바르게 하여 악(인)을 물리칠 것을 생각해야 합니다; [진실로] 은전을 베풀려면, 기쁘다고 그릇되게 상을 주는 것이 없도록 생각해야 합니다; [진실로] 벌을 가하려면, 성이 나서 함부로 형을 내리는 일이 없도록 생각해야 합니다.

▌임금 군(君): 통치하다, 주재하다. ▌군인자(君人者): 남을 다스리는 사람. ▌가욕(可欲): 욕심을 일으킬 수 있는 것. 『노자』 제3장: "不尚賢, 使民不爭; 不貴難得之貨, 使民不爲盜; 不見可欲, 使心不亂." ▌'知足'·'知止': 『노자』 제44장: "知足不辱, 知止不殆, 可以長久." ▌인(人): 당태종 이름 이세민(李世民) 민(民) 자의 피휘자(避諱字). ▌위태할 위(危): 높다. ▌빌 충(沖): 공허하다, 깊다. ▌하백천(下百川): 모든 내의 아래에 있어 모든 내를 받아들인다. ▌소반 반(盤): 즐겁다, 즐기다. ▌반유(盤遊): 사냥을 즐기다. ▌몰 구(驅). ▌삼구(三驅): 옛날 성군이 사냥할 때 세 방향에 몰고 한 방향은 비워놓아 성군의 '생명을 사랑하는 인'(好生之仁)을 보였다고 한다. 다른 해석은 사냥을 일 년에 3번으로 한정한다는 뜻이라고 한다. ▌법도 도(度): 제도, 기량, 정도, 한도. ▌공경할 경(敬): 근신하다, 태만하지 않다. ▌막을 옹(壅): 막다, 막히다.

總此十思, 弘茲九德, 簡能而任之, 擇善而從之, 則智者盡其謀, 勇者竭其力, 仁者播其惠, 信者效其忠. 文武爭馳, 君臣無事, 可以盡豫遊之樂, 可以養松喬之壽, 鳴琴垂拱, 不言而化. 何必勞神苦思, 代下司職, 役聰明之耳目, 虧無爲之大道哉?
총차십사, 홍자구덕, 간능이임지, 택선이종지, 즉지자진기모, 용자갈기력, 인자파기혜, 신자효기충. 문무쟁치, 군신무사, 가이진예유지락, 가이양송교지수, 명금수공, 불언이화. 하필노신고사, 대하사직, 역총명지이목, 휴무위지대도재?

이 열 가지 생각을 견지하고, 이 아홉 가지 덕(德)을 널리 펴서, 능력자를 선발하여 임용하고, 장기가 있는 사람을 선택하여 존중하면, 지혜 있는 사람은 그 지모(智謀)를 다할 것이고, 용기 있는 사람은 그 힘을 다할 것이고, 어진 사람은 그 은혜를 베풀 것이고, 신의 있는 사람은 충성을 바칠 것입니다. 문관과 무장이 다투어 달려 나가고, 군주와 신하가 무사하면, 즐겁게 노는 낙을 마음껏 할 수 있고, 적송자(赤松子)와 왕자교(王子喬)의(와 같은) 장수(長壽)를 양생할 수 있어서, 거문고를 타고 옷소매를 늘어뜨리고 팔짱을 끼면, 말할 것 없이 [세상은] 교화될 것입니다. 어찌 노심초사하여, 아랫사람을 대신하여 직무를 맡아, 총명한 눈과 귀를 부려서, 무위이치(無爲而治)의 대도(大道)를 훼손하려 합니까?

> ▌거느릴 총(總): 총괄하다, 견지하다. ▌아홉 구(九): 아홉, 다수, 수량이 많다. ▌구덕(九德): 아홉 가지 덕, 많은 덕. 아홉 가지 덕에 관해서는 세 가지 주장(『서』(書) 「고도모」(皋陶謨), 『좌전』(左傳) 「소공이십팔년」(昭公二十八年), 『일주서』(逸周書) 「상훈」(常訓))이 있다고 하나 「간태종십사소」의 구덕이 이 세 가지 중 어느 것을 가리키는지 알 수 없기에 많은 덕으로 이해하는 것이 바람직하다. ▌대쪽 간(簡): 고르다, 선택하다. ▌뿌릴 파(播): 베풀다. 본▌받을 효(效): 주다, 드리다, 바치다. ▌미리 예(豫): 안락하다, 기쁘다, 즐겁다. ▌송교(松喬): 적송자(赤松子)와 왕자교(王子喬). 위진남북조시대 이후 둘은 고대 선인의 대표가 되어 시문이나 회화에 등장하는 경우가 많다. ▌적송자(赤松子): 신농씨(神農氏) 때 우사(雨師)로서, 불에 들어가 자신을 불사르고 풍우(風雨)를 따라 오르내릴 수 있었고, 신농씨에게 치병장수를 가르쳤고, 고신씨(高辛氏) 때에도 우사를 맡았다고 한다. ▌왕자교(王子喬, 567-546BCE): 주영왕(周靈王)의 태자로 이름은 진(晉)이고 자(字)는 자교(子喬)로서 총명하고 박학하였고 부귀를 멀리하고 음악을 즐겼다고 한다. 병으로 일찍 죽어 왕위를 계승하지 못했다. 백학을 타고 산꼭대기를 올랐다는 주장도 있으나 장수와는 관계가 없다. ▌드리울 수(垂). ▌두 손 맞잡을 공(拱). ▌수공(垂拱): 수의공수(垂衣拱手), 옷소매를 늘어뜨리고 팔짱을 끼다, 하지 않고 되는대로 내버려두다. 『僞古文尚書』 「武成」: "垂拱而治天下." ▌'無爲': 『노자』에는 '無爲'가 9개 장에 11번 나온다, 이 중 정치와 밀접한 것은 3장의 "爲無爲, 則無不治."와 57장의 "我無爲, 而民自化."이다.

31-4 위징 「간태종십사소」 감상과 평설(評說)

위징의 「간태종십사소」에는 "안정될 때 위기를 미리 생각한다."라는 거안사위(居安思危), 백성은 임금(정권)이라는 "배를 띄우기도 하고 엎을 수도 있다."라는 재주복주(載

舟覆舟), "좋은 것을 골라 따른다."라는, 훌륭한 사람을 골라 좇는다는 택선이종(擇善而
從), 처음부터 끝까지 한결같이 잘한다는 선시선종(善始善終) 등의 성어가 나온다.

위징의 상소는 "나라가 안정되기를 바란다면, 반드시 도덕과 인의를 쌓아야 한다."(思
國之安者, 必積其德義.)라는 주제를 중심으로 군주는 반드시 "안정될 때 위기를 생각하
고, 사치를 삼가서 절검(節儉)할 것"(念於居安思危, 戒奢以儉.)을 결론으로 제시하였다.
구체적 실천 방법으로 '열 가지 생각'을 가져야 한다고 건의하여, 당나라의 '정관지치'(貞
觀之治)에 큰 역할을 하였다. 말보다 '생각'(思)을 주문하였다.

위징의 상소 내용을 보면, 도가다운 통치술, 즉 무위(無爲)로써 유가다운 통치 효과,
즉 인정(仁政)을 목표로 하고 있음을 볼 수 있다.

중국공산당 정권은 아편전쟁 이래 서구가 무참하게 깨버린 자국의 대국 체면을 회복
하기 위해 '도광양회'(韜光養晦)와 '화평굴기'(和平崛起)를 시작으로, '유소작위'(有所
作爲)를 거치고, 이제는 전랑외교(戰狼外交)를 통해 '중화민족의 위대한 부흥'이란 '중
국몽'(中國夢)을 실현하려고 한다. '중국몽'의 구체 모델에 대해 의견이 다를 수도 있지
만, 대개 한당명(漢唐明) 3대로 좁혀진다. 한족 중에는 가장 선호하는 왕조로 당(唐)을
꼽는 사람이 많다. 그러나 그들은 당실(唐室)의 혈통이 호화(胡化)된 한족과 선비족
귀족 여성의 혼혈로 선비족에 가깝다는 것을 모른 척한다. 오늘날 한국으로서는 중국의
호전(好戰)한 행태에 대해 중국이 '천년의 적'이었음을 명심하여 '거안사위'(居安思危)
의 자세와 준비를 갖추어야 한다. 한국의 생존을 위해서는 평화론자들의 솔깃한 말에
무장을 해제하는 '언기식고'(偃旗息鼓)의 우를 범하지 말고 무장과 전략을 고도화하는
'중정기고'(重整旗鼓)의 자세와 정책을 지속해야 한다.

32. 이백(李白)
「춘야연도리원서」(春夜宴桃李園序)

32-1 저자 소개

이백(李白, 701-762)의 자는 태백(太白)이고 호
는 청련거사(靑蓮居士) 또는 적선인(謫仙人)으로
당나라 낭만주의 시인이다. 후세에 시선(詩仙)으
로 불렸고, 두보(杜甫)와 함께 '이두'(李杜)라고 불
린다. 708년 당중종(唐中宗, 李顯)은 당시 사절로
온 키르키즈(Qirqiz, 點戛斯)족이 한무제 때
(99BCE) 흉노에 투항한 이릉(李陵, 134-74)의 후
손이라고 밝히자 키르키즈족과 당 황실은 같은 후
손이라고 인정한 바 있다. 이백의 조부 톡마크(To
KMOK, 碎葉)로 이사했고, 5세 때 부모를 따라 검
적(祖籍)은 농서(隴西, 甘肅)이고 수나라 말기 선
조가 키르키스탄 북남도(劍南道) 금주(錦州) 파서

이백

군(巴西郡) 창릉현(昌隆縣, 현 사천성 江油市)으로 이주했다고 한다. 그러나 키르키스
탄에서는 이백을 이릉의 후손인 키르키스탄인이라고 믿는다는 점에서 선비족 혈통인

당 황실과 일정한 혈연관계가 있는 듯하다.

이백의 시는 시대의 번영을 반영한 동시에 통치계급의 부패를 반영하였다. 전통의 속박을 반대하고 자유와 이상을 추구하였다. 저명한 작품으로 「망여산폭포」(望廬山瀑布), 「망천문산」(望天門山), 「행로난」(行路難), 「촉도난」(蜀道難), 「정야사」(靜夜思), 「장진주」(將進酒), 「양보음」(梁甫吟), 「조발백제성」(早發白帝城) 등이 있다.

32-2 원전 소개

이백의 「춘야연도리원서」(春夜宴桃李園序)는 「춘야연종제도화원서」(春夜宴從弟桃花園序) 또는 「춘야연제종제도리원서」(春夜宴諸從弟桃李園序)라고도 불린다. 33살인 개원(開元) 21년(733) 전후 안륙(安陸. 호북성 武漢市 서북부) 백조산(白兆山) 아래 도리원(桃李園)에서 이백이 사촌동생들과 봄날 밤 연회를 열고 지은 시에 붙인 서(序)로서 문체는 사육변려문(四六騈儷文)이다.

그림: 「춘야연도리원도」, 명대 구영(仇英, 1515-1552) 작

출처: https://www.xiwangchina.com/ xwxq/ 2836.htm

『이태백집분류보주』(李太白集分類補註) 권28, 『전당문』(全唐文) 권349 및 『고문관지』(古文觀止) 권7 등에 실려 있다.

32-3 이백 「춘야연도리원서」 원문, 역문 및 주석

「춘야연도리원서」(春夜宴桃李園序) : 무릇 하늘과 땅(천지)은, 만물의 여관이요. 낮
과 밤(하루)은, 긴 세월의 나그네라(夫天地者, 萬物之逆旅. 光陰者, 百代之過客.).

夫天地者 , 萬物之逆旅。光陰者 , 百代之過客。而浮生若夢 , 爲歡幾何 ? 古人秉燭夜
游 , 良有以也。況陽春召我以煙景 , 大塊假我以文章。會桃李之芳園 , 序天倫之樂事。
群季俊秀 , 皆爲惠連 ; 吾人詠歌 , 獨慚康樂。幽賞未已 , 高談轉淸。開瓊筵以坐花 ,
飛羽觴而醉月。不有佳作 , 何伸雅懷 ? 如詩不成 , 罰依金谷酒數。
부천지자 , 만물지역려。광음자 , 백대지과객。이부생약몽 , 위환기하 ? 고인병촉야
유 , 양유이야。황양춘소아이연경 , 대괴가아이문장。회도리지방원 , 서천륜지낙사。
군계준수 , 개위혜련 ; 오인영가 , 독참강락。유상미이 , 고담전청。개경연이좌화 ,
비우상이취월。불유가작 , 하신아회 ? 여시불성 , 벌의금곡주수。

무릇 하늘과 땅(천지)은, 만물의 여관이요. 낮과 밤(하루)은, 긴 세월의 나그네라. 그러니 덧없는
인생은 꿈과 같으니, 즐거움을 누린들 얼마나 되리오? 옛사람이 등불을 들고 밤새고 노닌 것은,
진실로 그 까닭이 있을 것이다. 하물며 따스한 봄날은 안개 낀 경치를 내게 불러다 주었고,
대자연은 아름다운 문장을 내게 주었음에랴. [우리 형제들은] 복사꽃 자두나무꽃이 아름다운
정원에 모여, 천륜의 즐거운 일을 터놓고 이야기하네. 여러 아우는 준수하여, 모두 사혜련(謝惠
連)이거늘; 내가 읊고 노래한 것은, 유독 사강락(謝康樂, 謝靈運)에게 부끄럽구나. 그윽한 감상은
그치지 않았는데, 고담준론(高談峻論)은 청언담어(淸言淡語)로 바뀌었네. 성대한 잔치를 벌여
꽃 사이에 앉아, 차례로 새 모양 술잔을 돌리니 달빛에 취하네. 아름다운 문장이 없다면, 어찌
우아하게 회포를 펼 수 있겠는가? 만일 시를 짓지 못한다면, 벌로 금곡원(金谷園)의 술잔 수를
따르리라.

▌거스를 역(逆): 맞이하다, 마중하다. ▌군사 려(旅): 나그네, 무리. ▌역려(逆旅): 나그네를
맞이하다, 객사, 여관. ▌광음(光陰): 햇빛과 그늘, 낮과 밤, 시간, 세월. ▌백대(百代): 오랫동

안 이어 내려오는 여러 세대, 멀고 오랜 세월. ※ 일반적으로 천지와 광음, 만물과 백대를 대비하는데, 공간개념인 천지에서 이를 구성하는 작은 단위인 만물이라고 보면, 후반부에서도 시간개념인 광음에서 이를 구성하는 작은 단위로서의 백대로 보아야 하는데, 백대는 시간 또는 세월로서의 광음과 동급이 된다. 따라서 시간개념인 백대를 구성하는 작은 단위로서의 광음으로 보는 것이 타당하다. 광음을 본래 의미인 낮과 밤, 즉 짧은 하루로 보는 것이 타당하다. 그 뒤의 양춘(陽春)은 광음을, 대괴(大塊)는 천지를 가리킨다. ▮부생(浮生): 덧없는 인생. 『莊子』「刻意」: "其生若浮, 其死若休.";『漢書』「賈誼傳」: "其生兮若浮, 其死兮若休." ▮좋을 양(良): 진실로, 매우. ▮써 이(以): 까닭. ▮양춘(陽春): 음력으로 보면 봄은 1-3월을 가리키는데, 그중 정월은 초춘(初春) 또는 원춘(元春), 2월은 조춘(早春) 또는 중춘(仲春), 3월은 양춘(陽春) 또는 모춘(暮春)이라고 한다. ※ 이백의 글에서는 양춘(陽春)이라고 했고, 구지의 편지에서는 모춘(暮春)이라 한 것은 모두 음력 3월을 가리킨다. 굳이 구분한다면 양춘은 3월 상순을 특정하기도 한다. ▮대괴(大塊): 대자연, 대지, 세계. ▮거짓 가(假): 빌리다, 수여하다, 주다. ▮문장(文章): 뒤섞인 색채, 화문(花紋). 여기서는 대자연 속의 아름다운 형상, 색채, 성음(聲音) 등을 가리킨다. 모든 번역이 '문장'을 이렇게 해석하지만 sentence로서의 '문장'이나 '글'로 해석하는 것이 더 타당하다. 즉 '[한때의] 따스한 봄날은 [곧 사라질 수 있는] 안개 낀 경치를 내게 불러다 주었고, [무한한] 대자연은 [영원히 전해질 아름다운] 문장을 내게 주었다."라는 번역이 더 자연스럽다. ▮차례 서(序): 펴다, 서술하다. ▮혜련(惠連): 사혜련(謝惠連, 407-433), 남조 송(宋)의 문학가. 동해(東海) 하장유(何長瑜), 영천(穎川) 순옹(荀雍) 및 태산(泰山) 양선(羊璇)과 함께 친척 형인 사령운(謝靈運)의 네 벗(四友)이었다. ▮부끄러울 참(慙): 부끄러울 참(慚). ▮강락(康樂): 사령운(謝靈運, 385-433). 남조 송의 문학가, 시인, 여행가로 산수시파(山水詩派)를 열었다. ▮옥 경(瓊). ▮경연(瓊筵): 성대한 잔치, 아름다운 잔치. ▮우상(羽觴): 새 모양의 술잔. ▮비상(飛觴): 행상(行觴), 행주(行酒), 잔을 들다, 술을 권하다, 차례로 술을 권하다. ▮금곡주수(金谷酒數): 진(晉) 시인 석숭(石崇, 249-300)이 낙양 교외에 금곡원(金谷園)이란 별장을 짓고 성대한 주연을 열었는데, 그때 시를 짓지 못하는 사람에게 벌주를 석 잔 주었다고 한다.

32-4 이백 「춘야연도리원서」 감상과 평설(評說)

이백 「춘야연도리원서」에는 "촛불을 들고 밤에 논다."라는 병촉야유(秉燭夜游)와

"하늘이 정한 인륜에서 비롯되는 즐거움"이란 천륜지락(天倫之樂)과 같은 성어가 나온다.

119자에 불과한 이백의 이 작품은 "시와 산문을 결합하여 글을 지어, 시와 같은 감정에 그림 같은 의미가 넘친다."(以詩筆行文, 洋溢着詩情畵意. 출처 불명)라고 평가받는다. 많은 사람이 이 서(序)의 주제는 "즐거움을 누린들 얼마나 되리오."(爲歡幾何)라고 본다.

이 작품이 이백의 작품 중 최고라 평가되는 것은 아니지만, 노는 가운데 인생을 해석하고, 즐거움 속에서 자신감을 비치고, 농담 속에 장중함을 감추고 있는 특색을 보여준다.

집안 형제끼리 어울려 시를 짓는 고상한(?) 이백의 취향보다는 우리 전통인 천렵(川獵)이 한 수 높은 차원으로 보인다. 마을마다 약간의 차이가 있었지만 60년대까지만 해도 한여름에 마을의 남녀노소가 냇물이나 강물에 그물을 치고 고기를 잡으며 헤엄도 치고, 또 잡은 고기로는 솥을 걸어 놓고 매운탕을 끓여 먹으며 하루를 즐겼다. 조선 후기 문인 정학유(丁學游, 1786-1855)는 「농가월령가」(農家月令歌) 3월령에서 "앞내에 물이 주니 천렵을 하여 보세. 해 길고 잔풍(殘風)하니 오늘 놀이 잘 되겠다. 벽계수 백사장을 굽이굽이 찾아가니 수단화(水丹花) 늦은 꽃은 봄빛이 남았구나. 촉고[數罟]를 둘러치고 은린옥척(銀鱗玉尺) 후려내어 반석(磐石)에 노구 걸고 솟구쳐 끓여내니 팔진미(八珍味) 오후청(五侯鯖)을 이 맛과 바꿀소냐."라고 그 재미를 노래했다.

▌수단화: 연꽃. ▌촉고: 눈이 촘촘한 그물. ▌노구: 놋쇠나 구리쇠로 만든 작은 솥. ▌오후청: 오후잡탕(五侯雜湯), 사이가 좋지 않은 여러 집(五侯)에서 얻어온 식재료를 한데 넣고 끓인 탕, 열구자탕(悅口子湯), 신선로(神仙爐).

33. 한유(韓愈)
「사설」(師說)

33-1 저자 소개

한유(韓愈, 768-824)는 자가 퇴지(退之)로서 당나라 문학가, 철학가, 사상가, 정치인이었다. 하북도(河北道) 맹주(孟州) 하양군(河陽郡, 현 하남성 孟州市) 출신이다. 본적이 하북도 숭주(崇州) 창려군(昌黎郡, 현 요녕성 錦州市 義縣)이기에 한창려(韓昌黎) 라고 불리기도 했다. 한리부(韓吏部), 한문공(韓文公)이라고도 불렸다. 25세에 진사(進士, 79년)에 급제하여, 감찰어사(803년), 양산현령(陽山縣令, 802년), 국자박사(國子博士, 804년), 형부시랑(817년), 조주자사(潮州刺史, 819년), 이부시랑(820년)등을 역임했다.

한유

한유는 유종원(柳宗元)과 함께 당대 고문운동(古文運動)의 창도자로서 선진양한시대의 산문 언어를 배워서, 당시의 형식화된 변려문을 파기하여 문언문의 표현 기능을 확대하자는 고문운동(古文運動)을 전개했다. 명대에는 '당송팔대가'(唐宋八大家)의 첫째로 꼽혔고, 유종원과 함께 '한류'(韓柳)라 병칭되었다. 문장거공(文章巨公), 백대문종(百代文宗)의 명예를 지녔다. 유종원, 구양수(歐陽修) 및 소식(蘇軾)과 함께 '천고문장사대가'(千古文章四大家)라 불린다.

한유의 작품은 『창려선생집』(昌黎先生集), 『외집』(外集), 『유문』(遺文) 등에 실려 있다.

33-2 원전 소개

한유의 「사설」(師說)은 35살 국자감 사문박사(四門博士) 재직 때인 802년 작품으로 학생 이반(李蟠)에게 써준 글이다. 한유는 '설'(說) 양식의 중흥시조로 불린다. '설'은 고전 산문 중 논변류에 해당하는데, "의리를 해석하여, 자신의 뜻을 서술하는"(解釋義理, 而以己意述之也. (明)徐師曾, 『文體明辯』 권42 「說」) 양식으로, 현대의 '논설'이나 '해설'에 해당한다.

이 작품은 선생의 중요 기능, 선생을 따라 학습해야 하는 필요성 및 선생을 고르는 원칙을 설명한 논설문이다. 한유는 당시 사대부들이 직위가 높은 사람만을 선생으로 모시는 악습을 타파하고, 도(道)가 있는 곳에 사(師)가 있다는 주장을 개진하였다.

한유의 「사설」(師說)은 『창려선생집』 권12 「잡저」(雜著) 편과 『고문관지』 권8 「당문」(唐文) 편에 실려 있다.

33-3 한유 「사설」 원문, 역문 및 주석

「사설」(師說) : 스승은, 도를 전승(傳承)받고, 학업을 전수(傳受)받고, 의혹을 해결하는 데 필요하다(師者, 所以傳道, 受業, 解惑也.).

古之學者必有師。師者 , 所以傳道、受業、解惑也。人非生而知之者 , 孰能無惑 ? 惑而
不從師 , 其爲惑也終不解矣 ! 生乎吾前[者] , 其聞道也 , 固先乎吾 , 吾從[之]而師之 ;
生乎吾後[者] , 其聞道也 , 亦先乎吾 , 吾從[之]而師之。吾師道也 , 夫庸知其年之先後
生於吾乎 ? 是故無貴、無賤、無長、無少 , 道之所存 , 師之所存也。

고지학자필유사。사자 , 소이전도、수업、해혹야。인비생이지지자 , 숙능무혹 ? 혹이
부종사 , 기위혹야종불해의 ! 생호오전[자] , 기문도야 , 고선호오 , 오종[지]이사지 ;
생호오후[자] , 기문도야 , 역선호오 , 오종[지]이사지。오사도야 , 부용지기년지선후
생어오호 ? 시고무귀、무천、무장、무소 , 도지소존 , 사지소존야。

옛날의(에) 배우는 사람에게는 반드시 스승이 있었다. 스승은, 도를 전승(傳承)받고, 학업을 전수
(傳受)받고, 의혹을 해결하는 데 필요하다. 사람은 태어나면서부터 아는 것이 아니므로, 누구인들
의혹이 없겠는가? 의혹이 있으면서 도리어 스승을 좇지 않으면, 그 의혹에 대해 끝내 풀 수
없다! 나에 앞서 태어난 [사람이], 그가 도를 깨달은 것이, 당연히 나보다 앞섰다면, 나는 [그를]
따르고 그를 스승으로 삼을 것이다; 나보다 늦게 태어난 [사람이], 그가 도를 깨달은 것이 나보다
앞섰다면, 나는 [그를] 따르고 스승으로 삼을 것이다. 내가 도를 배우는데, 대체 어찌 태어난
해가 나보다 앞서거나 뒤지는 것을 따지겠는가? 그러므로 귀천과 [나이의] 다소를 막론하고,
도가 있는 곳이, 스승이 있는 곳이다.

▌소이(所以): 用來 ...的(수단, 방법, 목적), ...에 쓰이다, 필요하다. ▌받을 수(受): 대부분
'줄 수(授)' 자로 이해하는데,「사설」은 학생의 입장에서 본 스승의 필요성(용도)를 말하는
것이므로 '所以'를 '...에 쓰이는' 것으로 이해하고 글자 그대로 '받을 수(受)' 자로 해석해야
한다. ▌지지자(知之者): 일반적으로 이곳의 '之' 자를 지시대명사로 보고 '학습', '지식', '도리'
등으로 해석한다. 이는『논어』「옹야」편에 대한 해석 전통에서 비롯된 듯하다.『論語』「雍
也」: "子曰: 知之者不如好之者, 好之者不如樂之者." '之' 자를 조사 '의'(of)로 보고 '知之者'를
'아는 것', '아는 사람' 및 '아는 존재' 등으로 해석하면 더 자연스럽다. ▌한유의 '人非生而知之
者.' 주장은 공자의 주장("生而知之者, 上也."『論語』「季氏」)을 전면 부정하는 부정문으로
보여 큰 논쟁을 일으키자 이를 가정문으로 보고 "사람이 만일 태어나자마자 도리를 이해하는
것이 아니라면 누구인들 의혹이 없겠는가?"(人如果不是一生下來懂得道理的, 誰能沒有疑

惑?)라고 해석하지만 이는 더 의문이 들게 한다.[60] ▌할 위(爲): 대부분 이 '爲' 자를 해석하지 않는데, 전치사로 보아 향(向), 대(對), 조(朝), facing to, toward 등으로 보면 해석이 자연스럽다. ▌문도(聞道): 듣다, 도를 깨닫다. 흔히 '도를 들은 것'으로 해석하나 먼저 태어났다면 당연히 도를 먼저 들을 것이므로 '도를 깨닫다'라고 번역하는 것이 바람직하다. 『논어』「里仁」: "朝聞道, 夕死可矣." ▌굳을 고(固): 이를 본디, 본래, 원래 등으로 해석하면 이치에 어긋나므로 '당연히'(當然)로 해석해야 한다. ▌스승 사(師): 본받다(效法), 학습하다, 스승으로 삼다. ▌쓸 용(庸): 어찌(豈), 하필(何必). ▌알 지(知): 따지다(管), 따져 묻다, 참견하다, 관심하다.

嗟乎！師道之不傳也久矣！欲人之無惑也難矣！古之聖人，其出人也遠矣，猶且從師而問焉；今之衆人，其下聖人也亦遠矣，而恥學於師。是故聖[人]益聖，愚[人]益愚。聖人之所以爲聖，愚人之所以爲愚，其皆出於此乎！

차호！**사도지부전야구의**！욕인지무혹야난의！고지성인，기출인야원의，**유차종사이문언**；금지중인，기하성인야역원의，이치학어사。시고성[인]익성，우[인]익우。성인지소이위성，**우인지소이위우**，기개출어차호！

아! 사도(師道)가 전하지 않은 지도 오래되었다! 사람에게 의혹이 없길 바라는 일도 어렵구나! 옛 성인들은, 남보다 뛰어난 것도 한참 먼데(높은데), 오히려 스승을 좇아가 물었다; 오늘의 일반사람들은, 성인보다도 떨어지는 것도 한참 먼데(낮은데), 그리고도(그러나) 스승에게 배우기를 부끄럽게 생각한다. 그래서 성인은 더욱 성스러워지고, 어리석은(일반) 사람들은 더욱 어리석어진다. 성인이 성스러워지는 까닭과, 어리석은(일반) 사람들이 어리석어지는 까닭은, 그 모두 이에서 나온 것이다!

▌사도(師道): 스승을 찾아 배우는 도리. ▌유차(猶且): 오히려, 더욱, 불구하고, 더구나, 게다가. ▌성스러울 성(聖): 성스럽다, 현명하다, 총명하다, 지혜롭다. ▌'愚': 이를 '어리석은 사람들'이 아닌 앞의 '일반 사람들'(衆人)로 보는 것이 논리에 맞는다. ▌'其皆出於此乎': 이를

---

60) 河先培,「韓愈'人非生而知之者孰能無惑'信解」,『長沙水電學院學報』, 7:1(1992.2), 79-81.

의문문으로 보고 그중 '其' 자를 기(豈), 설마(難道), 어쩌면, 대개, 아마도 등으로 해석하기도 하지만 감탄문으로 보고 '其' 자를 지시대명사인 그, 그들, 그것들 등으로 해석하는 것이 자연스럽다.

愛其子, 擇師而教之, 於其身也則恥師焉, 惑矣！彼童子之師, 授之書而習其句讀者也, 非吾所謂傳其道, 解其惑者也。句讀之不知, 惑之不解, 或師焉, 或不[否]師焉, 小學而大遺, 吾未見其明也。

애기자, 택사이교지, 어기신야즉치사언, 혹의！피동자지사, 수지서이습기구두자야, 비오소위전기도、해기혹자야。구두지부지, 혹지불해, 혹사언, 혹불[부]사언, 소학이대유, 오미견기명야。

[사람이] 자기 자식을 아끼어, 스승을 골라 그(자식)를 가르치면서, 그 자신은 스승에게 배우는 것을 부끄러워한다는 것은, 의혹스럽다！그 아이들의 스승은, 그(아이)에게 글자를 [쓰는 법을] 가르치고 그(아이)가 [문장의] 구두(句讀)를 익히도록 하는 사람이지, 내가 말하는 바의 도를 전승받고, 의혹을 해결해주는 사람이 아니다. 구두를 알지 못하거나, 의혹을 해결하지 못하는데, 어느(앞) 경우는 스승에게 배우고, 어느(뒤) 경우는 [스승에게 배우지] 않는 것은, 작은 것은 배우고 큰 것은 버리는 것인데, 나는 그런 사람이 현명한 것을 아직 보지 못했다.

▌줄 수(授): 가르치다, 전수하다. ▌쓸 서(書): 글자, 글자를 쓰다. ▌익힐 습(習): 익히다, 학습하다. 이곳의 습(習)은 사동법(使動法)으로 해석해야 한다. ▌글귀 구(句): 문장이 끊어지는 곳으로 동그라미(圈, 句號, ○)로 표시한다. ▌구절 두(讀, dòu): 머무를 두(逗), 구절, 토. 한 문장(句) 안에서 쉬는 곳으로 점(點, ·) 또는 모점(頓號, 、)으로 표시한다. ▌'授之書而習其句讀者也.': 이에 대해 최봉원은 '아이들에게 책을 주고 구두점을 익히도록 하는'으로 해석했고, 임효섭은 '동자에게 글을 가르쳐주고 구두(句讀)를 익히게 하는' 것으로 해석했고, 오수형은 '글을 가르치면서 구두법이나 익혀주는'이라고 해석했다. 모두 정확한 해석은 아니다. 이 구절에서 '지'(之)와 '기'(其)는 모두 아이들을 의미하는데, 이 세 사람은 특별한 이유 없이 후자를 생략했고, '수'(授) 자와 '서'(書) 자를 잘못 해석했다.[61] 그리고 중국에서는 대부분 "독서를 가르치고, (그들을 도와) 단구(斷句)를 학습하도록 하는 사람"(是教他們讀書, (幫助他們)學習斷句的.) 또는 "그에게 독서를 가르쳐, 책속의 문구를 학습하도록"(教他讀書, 學

習書中的文句.)이라고 번역하지만 역시 적절하지 않다. 독서는 구두법을 익힌 다음에 가능한 것이다. 쓸 서(書) 자에는 명사로 글자, 문자의 뜻과 동사로서 쓰다(書寫)라는 뜻이 있다. 그리고 익힐 습(習) 자도 사동사(使動詞)로 보아 '학습하도록 하다'로 해석해야 한다.

巫醫、樂師、百工之人 , 不恥相師 ; 士大夫之族 , 曰師、曰弟子云者 , 則[其]群聚而笑之。問之 , 則曰 :「彼與彼年相若也 , 道相似也。」[師位卑[者]則足羞 , [師官盛[者]則近諛。嗚乎 ! 師道之不復 , 可知矣 ! 巫醫、樂師、百工之人 , 君子不齒 , 今其智乃反不能及[之] , 其可怪也歟 !

무의、악사、백공지인 , 불치상사 ; 사대부지족 , 왈사、왈제자운자 , 즉[기]군취이소지。문지 , 즉왈 :「피여피연상약야 , 도상사야。」[사]위비[자]즉족수 , [사]관성[자]즉근유。오호 ! 사도지불복 , 가지의 ! 무의、악사、백공지인 , 군자불치 , 금기지내반불능급[지] , 기가괴야여 !

무의(巫醫)·악사(樂師)·장인과 같은 사람들은, 서로가 스승으로 삼는(삼아 배우는) 일을 부끄러워하지 않는다; 사대부 무리는, '스승님'이라 부르거나 '제자야'라고 부르는 사람이 있으면, 떼지어 모여 그들을 비웃는다. 그(이유)를 물으면, 말하기를 '그 사람과 그 사람은 나이가 서로 비슷하고, 도(道)도 서로 비슷한데.'라고 한다. [스승의 관직] 지위가 비루하면 [스승을] 아주 부끄러워하고, [스승의] 관직이 높으면 [스승에게] 아첨하고자 한다. 아아! 사도(師道)가 회복되지 못하는 것(까닭)은, 알 만하다. 무의·악사·장인과 같은 사람들을, 군자들이 같은 급으로 취급하지 않았는데, 지금 그(군자)의 지혜는 오히려 [그들에게] 미칠 수 없으니, 그것 정말 괴상하다!

▌무의(巫醫): 축도(祝禱)를 주 업무로 하면서 약물로 사람의 재액이나 질병을 치료하는 사람. 무사(巫師)와 의사(醫師)의 겸칭. ▌가로 왈(曰): 부르다. ▌가까울 근(近): 추구하다, 희구하다. ▌이 치(齒): 말하다, 언급하다, (어떤 부류에) 끼워 넣다, 들다. ▌불치(不齒):

---

61) 최봉원,『중국 고전산문 선독』, 개정판(파수: 다락원, 2007), 223; 임효섭,『학생 중국 고전 산문』(부산: 동아대학교출판부, 2013), 201; 오수형,『중국고전문학정선: 중국의 고전 산문』(서울: 명문당, 2015), 107

같은 급에 넣지 않다, 무시하다. ■가괴(可怪): 강조를 나타내는 부사 가(可) 자와 기이할 기(怪) 자를 따로 해석할 수 있고, 하나로 합한 가괴(可怪)로 보고 이상하다, 괴상하다는 뜻으로 해석할 수도 있다. ■야여(也歟): 의문, 반문 또는 감탄을 나타내는 어조사.

聖人無常師。孔子師郯子、萇弘、師襄、老聃。郯子之徒 , 其賢不及孔子。孔子曰 :「三人 行 , 則必有我師。」是故弟子不必不如師 , 師不必賢於弟子。聞道有先後 , 術業有專 攻 , 如是而已。

성인무상사。공자사담자、장홍、사양、노담。담자지도 , 기현불급공자。공자왈 :「**삼인 행 , 즉필유아사。**」시고제자**불필불여사** , 사불필현어제자。문도유선후 , 술업유전 공 , 여시이이。

성인에게는 고정된 스승이 없다. 공자는 담자(郯子)·장홍(萇弘)·사양(師襄)·노담(老聃)을 스승 으로 삼았다. 담자와 같은 사람은, 그 현명함이 공자에 미치지 못했다. 공자가 말했다: ‘몇몇 사람이[과 함께] 가다 보면, 반드시 그중에 내 스승이 있다.’ 그러므로 제자라고 반드시 스승만 못한 것은 아니며, 스승이라고 반드시 제자보다 현명한 것은 아니다. 도를 깨닫는 데 선후가 있고, 학술과 기예(技藝)에 전공이 있는 것, 이와 같을 뿐이다.

■‘常師’:『논어』「子張」: “子貢曰:「…… 夫子焉不學? 而亦何常師之有?」” ■담자(郯子): 춘추 시대 담국(郯國)의 군주로서, 공자는 소호씨(少皞氏)의 후손인 그에게 소호씨(少皞氏) 시대 의 관직을 물었다(問官)고 한다. 담자는 『이십사효』(二十四孝) 중 ‘녹유봉친’(鹿乳奉親)의 주인공이다. 눈이 먼 연로한 부모를 위해 사슴 가죽을 입고 사슴 무리에 들어가 사슴 우유를 얻어 부모를 봉양했다고 한다. ■장홍(萇弘, 萇宏, 萇叔, 565-491BCE): 춘추시대 대부로서 공자는 그에게 음악을 물었다(問樂)고 한다. ■사양(師襄): 사양자(師襄子), 춘추시대 노(魯) 나라 악관(樂官)으로 공자는 그에게 거문고를 배웠다(學琴)고 한다. ■노담(老聃): 노자, 주나 라 사관, 즉 수장실지사(守藏室之史, 藏室史)일 때 공자는 그에게 예를 물었다(問禮)고 한다. ■“三人行, 則必有我師.”:『논어』「述而」: “子曰:「三人行, 必有我師焉. 擇其善者而從之, 其不 善者而改之.」”『논어』에서는 ‘我師’ 뒤에 어조사 ‘어찌 焉’ 자가 있는데 이는 於+之, 於+是, 於+此와 같이 두 의미와 품사(전치사+지시대명사)가 하나로(焉) 결합한 겸사(兼詞)로 그중 에, 그곳에서, 이곳에서 등을 뜻한다. ■불필(不必): …할 필요는 없다, 반드시 그러하지

않다, 반드시 그러한 것이 아니다, 그럴 필요는 없다.

李氏子蟠 , 年十七 , 好古文 , 六藝經傳 , 皆通習之。不拘於時 , 學於余。余嘉其能行古道 , 作《師說》以貽之。

이씨자반 , 연십칠 , 호고문 , 육예경전 , 개통습지。불구어시 , 학어여。여가기능행고도 , 작《사설》이이지。

이씨 집안의 아들 반(蟠)은, 나이 열일곱에, 고문을 좋아하고, 육예(六藝)의 경문(經文)과 전문(傳文)을, 모두 익혔다. 시속에 구애받지 않고, 내게 배웠다. 나는 그가 능히 옛 도리를 행할 줄 아는 것을 가상히 여겨,「사설」(師說)을 지어 그에게 주고자 한다.

> ▮이씨자반(李氏子蟠): 이반(李蟠), 한유의 제자, 당 덕종(德宗) 정원(貞元) 19년(803)에 진사 (進士)가 되었다. ▮고문(古文): 동한 말기부터 당 중기까지 유행한 문체로, 4자와 6자를 기본으로 한 대구(對句)로 짓는 변려문(騈儷文)에 대비되는 선진양한시대 산문체 문장을 가리킨다. 당대 한유, 유종원(柳宗元) 등은 내용이 충실하고 장단이 자유롭고 질박한 문체인 선진양한시대 고문으로 회복하자고 주장했다. ▮육예(六藝): 여기서는 『시』(詩)·『서』(書) ·『예』(禮)·『악』(樂)·『역』(易)·『춘추』(春秋) 등 6종 경서를 가리킨다; 예·악·사(射)·어(御) ·서(書)·수(數) 등 6종 재예(才藝)를 가리키기도 한다. ▮칠 이(貽): 전하다, 주다.

33-4 한유「사설」감상과 평설(評說)

한유의「사설」에는 성어가 거의 없다. "날 때부터 안다."라는 생이지지(生而知之)와 "몇몇 사람이[과 함께] 가다 보면, 반드시 그중에 내 스승이 있다."라는 "삼인행, 필유아사."(三人行, 必有我師.)만을 찾아볼 수 있다.

선진시대에는 스승을 구하는 풍조가 유행했지만 위진남북조시대에는 사족문벌 정치가 시행되어 사도(師道)가 땅에 떨어졌다. 당대(唐代)에는 과거를 시행하여 신분이 미천한 사람도 관리가 될 수 있었지만 여전히 가문(門第)을 중시하여 스승을 좇는 것을 수치로 여겼다. 과거제의 폐단이 날로 심했고, 사람은 권문세가에 청탁하거나 빌붙어 출세하려 했다. 이러한 상황을 유종원은 다음과 같이 묘사했다.

"위진시대 이래, 사람들은 갈수록 스승을 섬기지 않았다. 지금 세상에서 스승이 있다고 듣지 못하였고, 있다고 하면 늘 떠들썩하게 그를 비웃어, 미친 사람이라 여긴다. 오직 한유만 분발하여 유행하는 풍속을 고려하지 않고, 비웃음과 모욕을 무릅쓰고, 후학을 불러들이고, 「사설」을 지어, 굴하지 않고 엄정하게 스승이 되었다. 세상 사람들은 과연 떼 지어 괴이하게 여기고 모여들어 욕을 해대면서, 손가락질과 눈짓으로 농락하였고, 말들을 보태고 만들어냈다. 한유는 이에 미친 [사람]이라는 명성을 얻었고, 장안에 살면서, 밥을 짓는데 밥이 익을 겨를이 없이, 쫓겨 다급하게 동쪽(낙양)으로 달아났는데, 이러한 것이 잦았다."(由魏晉氏以下, 人益不事師. 今之世不聞有師, 有輒嘩笑之, 以為狂人. 獨韓愈奮不顧流俗, 犯笑侮, 收召後學, 作《師說》, 因抗顏而為師. 世果群怪聚罵, 指目牽引, 而增與為言辭. 愈以是得狂名, 居長安, 炊不暇熟, 又挈挈而東, 如是者數矣. 柳宗元, 『河東先生集』권13 「答韋中立論師道書」).

이 같은 시대 상황에서 쓰인 한유의 「사설」은 겉으로는 17살의 젊은이를 격려하는 글이지만 실은 강력한 관점과 비판력을 갖고 당시 사사(師事)하지 않는 사대부 계층의 병폐를 공격하는 글이다. 한유는 공자의 "삼인행, 필유아사언."(三人行, 必有我師焉.)이라는 주장을 근거로 신분과 연령의 고하를 막론하고 배움에 나서는 종사(從師), 즉 사사(師事)의 중요성과 의의를 밝혔다.

한유의 「사설」은 또 육조시대 이래 성행한 변려문이 사상 내용을 중요시하지 않고 대구 성운(聲韻)과 글귀의 화려함만을 쫓는 것을 반대하고 선진양한(先秦兩漢)의 고문(古文)으로 돌아가자 주장을 담은 '문이명도'(文以明道)의 전형(典型)다운 문장이다. 그는 특히 다음 세 가지를 강조하였다.

첫째, 선생의 기능은 "그(아이)에게 글자를 [쓰는 법을] 가르치고 그(아이)가 [문장의] 구두(句讀)를 익히도록 하는 사람"이 아니고 "도를 전승받고, 의혹을 해결해주는 사람"

이라는 것이다.

둘째, 선생을 좇아 학습해야 하는 필요성에 대해 사람은 태어나면서 아는 것이 아니고 선생을 좇아 배워야 의혹을 풀 수 있다고 하여 당시 사대부 '무리'(族)들의 혈통론과 선험론을 비판하였다.

셋째, 선생을 고르는 원칙에 대해 "귀천과 [나이의] 다소를 막론하고, 도가 있는 곳이, 스승이 있는 곳이다."라고 하여 "제자라고 반드시 스승만 못한 것은 아니며, 스승이라고 반드시 제자보다 현명한 것은 아니다. 도를 깨닫는 데 선후가 있고, 학술과 기예(技藝)에 전공이 있는 것"이라며 실력과 전공만을 선생을 고르는 기준으로 삼을 것을 주장했다.

한유의 「사설」은 스승의 쓸데없는 권위를 부정하고, 나이 차를 가리지 않고 오직 실력을 갖춘 선생만을 인정함으로써 사제관계의 합리화와 평등화를 추구한 작품으로 평가된다.

다시 정리하자면, 진정한 스승은 "그(아이)에게 글자를 [쓰는 법을] 가르치고 그(아이)가 [문장의] 구두(句讀)를 익히도록 하는 사람이지, 내가 말하는 바의 도를 전승받고, 의혹을 해결하는데" 도움이 되는 스승으로, "고정된 스승"이 없고, "귀천과 [나이의] 다소를 막론하고" 도를 가진 스승을 가리킨다. 이러한 한유의 스승관은 시간이 흘러 오늘날 수입된 지식만 전달하는 형해화된 교사/교수의 자질을 질책하고 있다. 한유는 아울러 이러한 교사/교수를 선호하는 학생의 태도도 비판한 것이다.

그러나 한유의 스승론도 일정한 한계가 있다. 한유는 교육을 수업(受業/授業)과 전도(傳道) 또는 해혹(解惑)으로 나누었다. 수업은 지식 교육이고, 전도는 사상교육 또는 정치교육이라고 말할 수 있다. 전도는 주로 공맹 이래의 유가 도통(道統)을 전수하는 것인데, 오늘날의 이데올로기 교육과 다름없다. 여기에서 인격교육은 빠져있다. 물론 유가의 사상교육이 인격교육을 포함하기도 하지만, 유가를 전면에 내세웠다는 점에서 인격교육 이전에 사상교육을 강조했다는 것은 부인할 수 없다. 따라서 한유의 「사설」은 중국공산당의 사상교육론으로 충분히 악용될 수 있다.

한편으로 「사설」은 한유의 다른 글이 그렇듯 논리가 정확하지 않고, 종종 모순을 드러낸(然其論至於理而不精, 支離蕩佚, 往往自叛其說而不知. 蘇軾,『蘇軾集』권43 「韓愈論」) 것은 부인할 수 없다.[62]

---

62) 「사설」의 논리 오류에 대해서는 다음을 참고: 李最欣, 「論韓愈「師說」的邏輯漏洞」,『中國
　　石油大學學報』, 23:6(2007.12), 91-94.

34. 장학성(章學誠)
「사설」(師說)

34-1 저자 소개

장학성(章學誠, 1738-1801)은 자가 실재(實齋)이고 호는
소암(少巖)으로 절강성 소흥부(紹興府) 회계현(會稽縣, 현
紹興市) 출신이다. 청대 말기 국자감전적(國子監典籍)을
역임한 사학가로서 과거의 문학과 사학을 비판하였을 뿐
아니라 역사서 편찬의 구체적 방법을 주장했다.

장학성은 '경세치용'(經世致用), 육경이 모두 역사라는
'육경개사'(六經皆史), '역사를 하는 데는 그 뜻을 아는 것
을 중시한다'(做史貴知其意), 사학가의 사상 수양인 '사
덕'(史德) 등을 주장했다.

장학성

34-2 원전 소개

장학성의 「사설」(師說)은 그의 저서 『문사통의』(文史通義) 권3에 실려 있다. 『문사통
의』는 1773년부터 1801년까지 근 30년 동안 저술된 것으로 장학성 사후인 1832년 출판
되었으며, 내편(內篇) 5권과 외편 3권으로 구성되어 있다. 판본이 여러 개다. 『문사통의』

는 당대 유지기(劉知幾, 661-721)의 『사통』(史通)에 필적하는 사학이론 거작이다.

『문사통의』는 '육경은 모두 역사다'라는 명제 아래 광범위한 주제를 다루었다. 장학성은 육경은 고대 실제 정치사회 발전의 기록으로서 '도를 실은 책'(載道之書)이 아니라고 주장하였다. 이는 1920년대 중화민국 사학계 의고학파(疑古學派)에 큰 영향을 주었다.

장학성의 「사설」은 한유(韓愈)가 「사설」을 지은 지 약 970년 뒤에 한유의 「사설」을 사학 관점에서 비판적으로 쓴 것이다. 다시 말해, 장학성은 한유의 「사설」이 당시의 폐단을 말한 것이지 사도의 궁극(窮極)을 다루지 못했다고 비판했다. 그리고 장학성의 「사설」은 한유의 「사설」과는 정반대로 스승의 입장에서 스승의 역할을 전도(傳導), 수업(授業) 및 해혹(解惑)으로 규정한 것이다.

34-3 장학성 「사설」 원문, 역문 및 주석

「사설」(師說) : 고금을 살펴보아, 그중에 마음 설레게 하는 사람이 있어, 나도 모르게 빙그레 웃음이 나오면서, 눈물이 어떻게 났는지 정말로 모르겠다면, 이도 내 스승이다(觀於古今, 中有怦怦動者, 不覺鞶然而笑, 索焉不知涕之何從, 是亦我之師也.).

韓退之曰 :「師者, 所以傳道受業解惑者也.」又曰 :「師不必賢於弟子, 弟子不必不如師.」「道之所在, 師之所在也.」又曰 :「巫醫百工之人, 不恥相師.」而因怪當時之人, 以相師爲恥, 而曾巫醫百工之不如. 韓氏蓋爲當時之敝俗而言之也, 未及師之究竟也.

한퇴지왈 :「사자, 소이전도수업해혹자야.」우왈 :「사불필현어제자, 제자불필불여사.」「도지소재, 사지소재야.」우왈 :「무의백공지인, 불치상사.」이인괴당시지인, 이상사위치, 이증무의백공지불여. 한씨개위당시지폐속이언지야, 미급사지구경야.

한유는 말했다: "스승은, 도를 전승(傳承)받고, 학업을 전수(傳受)받고, 의혹을 해결하는 데 필요

하다." 또 말했다: "스승이 반드시 제자보다 현명한 것은 아니며, 제자라고 반드시 스승만 못한 것은 아니다." "도가 있는 곳이, 스승이 있는 곳이다." 또 말했다: "무의(巫醫)·장인과 같은 사람들은, 서로가 스승으로 삼는(배우는) 것을 부끄러워하지 않았다." 그리고 그런 까닭으로 당시의 사람이, 서로 스승으로 삼는 일을 부끄러워하여, 실로 무의·장인만도 못하다고 꾸짖었다. 한유는 아마도 당시 나쁜 풍속을 두고 말한 것이었지, 스승의 궁극 문제에는 이르지 못했다.

▮퇴지(退之): 한유의 자(字). ▮기이할 괴(怪): 의심하다, 꾸짖다, 야단치다. ▮일찍 증(曾): 내(乃), 경(竟)(actually), 즉(則), 시(是), 취(就)(then). ▮덮을 개(蓋): 부사, 아마도, 어쩌면, 대체로(大概).

《記》曰:「民生有三, 事之如一, 君, 親, 師也。」此爲傳道言之也。授業解惑, 則有差等矣。業有精粗, 惑亦有大小, 授且解者之爲師, 固然矣;然與傳道有間矣。巫醫百工之相師, 亦不可以概視也。蓋有可易之師, 與不可易之師, 其相去也, 不可同日語矣。知師之說者, 其知天乎?蓋人皆聽命於天者也, 天無聲臭, 而俾君治之。人皆天所生也, 天不物物而生, 而親則生之。人皆學於天者也, 天不諄諄而誨, 而師則教之。然則君子而思事天也, 亦在謹事三者而已矣。

《기》왈:「민생유삼, 사지여일, 군, 친, 사야。」차위전도언지야。수업해혹, 즉유차등의。업유정조, 혹역유대소, 수차해자지위사, 고연의;연여전도유간의。무의백공지상사, 역불가이개시야。개유가역지사, 여불가역지사, 기상거야, 불가동일어의。지사지설자, 기지천호?개인개청명어천자야, 천무성취, 이비군치지。인개천소생야, 천불물물이생, 이친즉생지。인개학어천자야, 천불순순이회, 이사즉교지。연즉군자이사사천야, 역재근사삼자이이의。

『국어』는 말했다: "사람이 사는데 세 가지가 있어, 이들을 하나와 같이 모셔야 하는데, 군주와 부모와 스승이다." 이는 도를 전하기 위해 말한 것이다. 학업을 전수하고 의혹을 해결하는 데는, 차등이 있다. 학업에는 고운 것과 거친 것이 있고, 의혹에도 큰 것과 작은 것이 있는데, [학업을] 전수하고 [의혹을] 해결하는 사람이 스승이 되는 것은, 당연하다. 그러나 전도(傳道)와는 간격이 있다. 무의와 장인이 서로 스승으로 삼는 것과, 일률적으로 볼 수는 없다. 대개 바꿀 수 있는 스승과, 바꿀 수 없는 스승, 그 거리는, 같은 날에 말할 수 없다. 스승의 말을 아는 사람이, 하늘을 알 수 있는가? 대개 사람들은 모두 하늘에게 명을 듣는데, 하늘은 소리와 냄새가 없이, 군주로 하여금 사람들을 다스리게 한다. 사람들은 모두 하늘이 낳은 것이라 해서, 하늘이 일일이 대하여 낳은 것이 아니고, 부모가 그를 낳은 것이다. 사람들은 모두 하늘에서 배우지만, 하늘은 말로 타이르듯이 가르치지 않고, 스승이 그를 가르친다. 그러나 군자로서 하늘을 섬기는 일에서 생각해야 할 것은, 이 세 사람을 공손하게 섬기는 데 있을 뿐이다.

▌'《記》曰': 춘추시대 左丘明『國語』「晉語一」: "[난공자개] 사양하여 말하였다: 나(欒共子, 公叔成)는 '사람은 살면서 세 가지에 대해, 하나같이 모셔야 한다.'고 들었소. 아버지가 그를 낳았고, 스승이 그를 가르쳤고, 군주가 그를 먹고살게 했으니, 아버지가 아니면 낳을 수 없고, 먹지 않으면 자랄 수 없고, 가르침이 없으면 삶의 사리(類)를 알지 못하니, 따라서 그들을 하나로(같이) 섬기었소."([欒共子辭曰: "成聞之: '民生于三, 事之如一.' 父生之, 師教之, 君食之, 非父不生, 非食不長, 非教不知生之族也, 故壹事之"). 흔히 '生之族也'의 '族'을 '자기 집안의 조상 또는 종족', '가족의 역사' 등으로 해석한다. 이 문장이 『소학언해』(小學諺解)「명륜」(明倫) 편에 인용되고 "非父不生, 非食不長, 非敎不知. 生之族也."와 같이 표점을 찍었다. 그리고는 '생지족야'(生之族也)를 "나ᄒ신 뉘라"(낳으신 류라)라고 번역했다. 族을 類로 본 것은 삼국시대 위소(韋昭, 203-273)의 『국어주』(國語註)에 따른 것이다. 이는 "낳아주신 것과 똑같은 것"으로 해석되기도 한다. 두 가지 번역/해석이 모두 어색하고, 『한국고전종합DB』의 여러 번역("이분들은 나를 살아가게 해 주신 점에서 똑같다고 할 것이다.", "나를 살아가게 해 준 분들이다.", "낳아 주신 것과 똑같다." 등)도 이해되지 않는다. ▌더할 비(俾): 시키다(使). ▌삼갈 근(謹): 공손하게 하다, 정중하게 하다.

人失其道, 則失所以爲人, 猶無其身, 則無所以爲生也。故父母生而師敎, 其理本無
殊異。此七十子之服孔子, 所以可與之死, 可與之生, 東西南北, 不敢自有其身, 非
情親也, 理勢不得不然也。若夫授業解惑, 則有差等矣。
인실기도, 즉실소이위인, 유무기신, 즉무소이위생야。고부모생이사교, 기리본부
수이。차칠십자지복공자, 소이가여지사, 가여지생, **동서남북**, 불감자유기신, 비
정친야, 이세부득불연야。**약부수업해혹**, 즉유차등의。

사람이 도를 잃으면, 사람이 되는 이유를 잃는데, 이는 마치 제 몸이 없으면, 살아나갈 이유가 없는 것과 같다. 따라서 부모가 낳고 스승이 가르치는, 그 이치는 본래 다름이 없다. 이는 70명의 제자가 공자를 따를 때, 그(공자)와 같이 죽고, 그(공자)와 같이 살며, 동서남북으로 [떠돌면서], 감히 제 몸이 있다고 여기지 못한 것은, 정분이 친밀했기 때문이 아니라, 사리와 형세가 부득이했기 때문이다. 그리하여 학업을 전수하고 의혹을 해결하는 데는, 차등이 있다.

▌동서남북(東西南北): 도처로 떠돌아다니다. ▌자유기신(自有其身): 스스로 제 몸을 갖고 있다, 생명을 자기의 것으로 여기다. ▌약부(若夫): 때문에, 그래서.

經師授受 , 章句訓詁 , 史學淵源 , 筆削義例 , 皆爲道體所該。古人「書不盡言 , 言不盡意。」竹帛之外 , 別有心傳 , 口耳轉受 , 必明所自 , 不啻宗支譜系不可亂也。此則必從其人而後受 , 苟非其人 , 即已無所受也 , 是不可易之師也。學問專家 , 文章經世 , 其中疾徐甘苦 , 可以意喻 , 不可言傳。此亦至道所寓 , 必從其人而後受 , 不從其人 , 即已無所受也 , 是不可易之師也。苟如是者 , 生則服勤 , 左右無方 , 沒則尸祝俎豆 , 如七十子之於孔子可也。

경사수수 , 장구훈고 , 사학연원 , 필삭의례 , 개위도체소해。고인「서부진언 , 언부진의。」죽백지외 , 별유심전 , **구이전수** , 필명소자 , 불시종지보계불가란야。차즉필종기인이후수 , **구비기인** , 즉이무소수야 , 시불가역지사야。학문전가 , 문장경세 , 기중질서감고 , 가이의유 , 불가언전。차역지도소우 , 필종기인이후수 , 부종기인 , 즉이무소수야 , 시불가역지사야。구여시자 , 생즉복근 , 좌우무방 , 몰즉시축조두 , 여칠십자지어공자가야。

경사(經師)의 주고받음(학업 강의), 장절과 구두(句讀) 및 어의(語義) 해설(訓詁), 사학(史學)의 연원(淵源), 기록과 삭제 의례(義例)는, 모두 [유가의] 도의 본체가 갖추고 있는 것이다. 옛사람은 "글은 말을 다하지 못하고, 말은 뜻을 다하지 못한다."라고 했다. 죽간(竹簡)과 백서(帛書) 외에, 따로 마음으로 전한 것이 있어, 입과 귀로 전수하여, 반드시 유래를 밝혀야 하는데, 이는 마치 종파(宗派)와 지파(支派)의 족보 계통이 어지러워져서 안 되는 것과 다르지 않다. 이는 반드시 그 사람을 따른 다음에 전수(傳受)받아야 하며, 만일 그 사람이 아니면, 이미 전수(傳受)받을 수 없는데, 이는 바꿀 수 없는 스승이다. 전문가에게 배우고 물음에, 경세(經世)에 관한 문장, 그 속의 빠르고 느린 것과 달고 쓴 것은, 뜻으로 깨우칠 수 있는 것이지, 말로 전수받을 수 있는 것은 아니다. 이것도 지도(至道)가 머무르는 바로서, 반드시 그 사람을 따른 다음에 전수(傳受)받을 수 있고, 그 사람을 따르지 않으면, 전수(傳受)받을 수 없는데, 이는 바꿀 수 없는 스승이다. 만일 이러한 사람이라면, 살아있으면 부지런히 섬기되, 좌위에서 모심에 특정의 방법은 없으며, 돌아가셨으면 제주가 되어 제사를 지내야 하는데, 70명 제자가 공자에게 한 것과 같으면 된다.

> ▌경사(經師): 경서(經書)를 가르치는 스승. ▌그 해(該): 갖추다, 갖추어지다. ▌'古人': 『易』 「繫辭上」 편을 가리키는데, 이는 "글(책, 서신)은 말을 완벽하게 표현하지 못하고, 말은 뜻을 완벽하게 표현하지 못한다."라는 것이다. ▌구이전수(口耳轉受): 구전이수(口傳耳受), 구전심수(口傳心授), 구이상전(口耳相傳), [선생은] 말로 지식을 전수(傳輸)하고 [학생은] 귀로 들어 지식을 기억한다는 뜻이다. ▌뿐 시(啻): 단(但), 지(只). ▌불시(不啻): 부지(不只), 부지(不止), 불이어(不異於). ▌진실로 구(苟): 만일. ▌즉이(即已): 곧 즉(則). ▌시축(尸祝): 제사 때 축문을 읽는 사람, 제사를 주재하는 사람, 제사, 숭배. ▌조두(俎豆): 제기(祭器), 제사지내다.

至於講習經傳 , 旨無取於別裁 ; 斧正文辭 , 義未見其獨立 ; 人所共知共能 , 彼偶得而教我 ; 從甲不終 , 不妨去而就乙 ; 甲不我告 , 乙亦可詢 ; 此則不究於道 , 即可易之師也。雖學問文章 , 亦末藝耳。其所取法 , 無異梓人之甚琢雕 , 紅女之傳絺繡 , 以爲一日之長 , 拜而禮之 , 隨行隅坐 , 愛敬有加可也。必欲嚴昭事之三 , 而等生身之義 , 則責者罔 , 而施者亦不由衷矣。

지어강습경전 , 지무취어**별재** ; 부정문사 , 의미견기독립 ; 인소공지공능 , 피우득이교아 ; 종갑부종 , 불방거이취을 ; 갑불아고 , 을역가순 ; 차즉불구어도 , 즉가역지사야。수학문문장 , 역말예이。기소취법 , 무이**재**인지기**탁**조 , 홍녀지전치수 , 이위**일일지장** , 배이례지 , 수행우좌 , 애경유가가야。필욕엄소사지삼 , 이등생신지의 , 즉**책**자**망** , 이시자역불유충의。

경전을 강습하는데, 종지(宗旨)에 독창성을 취할 것이 없고; 문사(文辭)를 쪼개고 바로잡는데,

의의(意義)에 독립성이 보이지 않고; 남들이 모두 알고 모두 할 수 있는 일을, 그가 우연히 얻어 알게 되어 나를 가르치고; 갑(甲)을 따르는 것을 끝까지 하지 않고, 그를 떠나서 을(乙)에게 가는 것이 무방하고; 갑이 내게 알려주지 않으면, 을에게도 물을 수 있다면; 이렇게 해서 도를 탐구하지 못하면, 바꿀 수 있는 스승이다. 비록 학문이나 문장이라 하지만, 역시 하찮은 기예일 뿐이다. 그것을 취득하는 방법은, 목수가 쪼고 새기는 방법을 가르치는 것이나, 길쌈하는 여자(紅女)가 자수법을 전하는 것과 다르지 않게, 하루 정도 능력이 나은 사람으로 생각하고, 절을 하고 예로 대하며, 따라다니며 짝하고 앉아, 사랑하고 공경하기를 배가하면 된다. 반드시 힘써 섬기는 일 세 가지(君親師를 섬김)를 엄격히 하고, [스승에 대한 의미를] 제 몸을 낳아준 [부모의] 의의와 동등하게 보아야 한다면, [이를] 요구한 사람은 무식한 것이고, 실행한 사람도 내심에서 우러나온 것이 아니다.

▌별재(別裁): 별출심재(別出心裁), 따로 독창성 있는 의견이나 방법을 내다, 독창성 의견.
▌물을 순(詢). ▌말예(末藝): 작은 기예, 말할 만하지 못한 기술. ▌가래나무 재(梓): 목공, 목수. ▌해칠 기(忮): 가르치다. ▌일일지장(一日之長): 하루 정도 익힐 수 있는 정도로 능력이 나은 사람, 능력이 조금 나은 사람. ▌밝을 소(昭): 힘쓸 소(劭), 힘쓸 면(勉). ▌소사지삼(昭事之三): 군주, 부모 및 스승을 힘써 섬기는 준칙. ▌꾸짖을 책(責): 요구하다, 권장하다. ▌그물 망(罔): 부정직하다, 무지하다, 멍하다(惘), 망연자실하다, 없다(無).

巫醫百工之師, 固不得比於君子之道, 然亦有說焉。技術之精, 古人專業名家, 亦有隱微獨喻, 得其人而傳, 非其人而不傳者, 是亦不可易之師, 亦當生則服勤, 而沒則尸祝者也。古人飲食, 必祭始爲飲食之人, 不忘本也。況成我道德術藝, 而我固無從他受者乎? 至於弟子不必不如師, 師不必賢於弟子, 則觀所得爲何如耳。所爭在道, 則技曲藝業之長, 又何沾沾而較如不如哉?

무의백공지사, 고부득비어군자지도, 연역유설언。기술지정, 고인전업명가, 역유은미독유, 득기인이전, 비기인이부전자, 시역불가역지사, 역당생즉복근, 이몰즉시축자야。고인음식, 필제시위음식지인, 불망본야。황성아도덕술예, 이아고무종타수자호? 지어제자불필불여사, 사불필현어제자, 즉관소득위하여이。소쟁재도, 즉기곡예업지장, 우하**첨첨**이교여불여재?

무의와 장인의 배움은, 물론 군자의 도에 비할 수 없다지만, 그러나 다른 주장도 있다. 기술의 정교함에 있어, 옛사람 중 전문 사업의 명가(名家)가, 은밀하면서 독창(獨創)의 깨달음을 갖고 있어, 그 사람을 만나면 전수(傳受)받을 수 있고, 그 사람이 아니면 전수(傳受)받을 수 없다면, 이 역시 바꿀 수 없는 스승으로서, 살아있을 때 힘써 섬기고, 돌아가셨으면 제사를 지내야 한다. 옛사람은 먹고 마심에, 반드시 처음 먹고 마시게 해준 사람에게 제사를 올렸는데, 뿌리를 잊지 않는다는 것이다. 하물며 내가 도덕과 기예를 완성함에 있어, 내가 그를 따라서는 전수(傳受)받을 수 없게 된다면? 제자가 반드시 스승만 못한 것이 아니고, 스승이 반드시 제자보다 현명한 것이 아니라는 것은, 얻은 것이 어떠한가를 보아야 한다는 뜻일 뿐이다. 쟁취하려는 것이 도에 있는데, 기술(技曲)이나 예술(術業)의 장점에 대해, 또 왜 집착하여 같은지 같지 않은지를 견주려는 것인가?

▌같을 여(如): 어찌 언(焉), 어조사 언. ▌다툴 쟁(爭): 따져 말하다, 따지다, 문제 삼다, 쟁취하다, 추구하다. ▌더할 첨(沾). ▌첨첨(沾沾): 집착하다, 고집부리다.

嗟夫！師道失傳久矣。有誌之士，求之天下，不見不可易之師；而觀於古今，中有怦怦動者，不覺鞸然而笑，索焉不知涕之何從，是亦我之師也。不見其人，而於我乎隱相授受，譬則孤子見亡父於影像，雖無人告之，夢寐必將有警焉。而或者乃謂古人行事，不盡可法，不必以是爲尸祝也。夫禹必祭鯀，尊所出也。兵祭蚩尤，宗創制也。若必選人而宗之，周、孔乃無遺憾矣。人子事其親，固有論功德，而桃補以奉大父者耶？
차부！사도실전구의。유지지사，구지천하，불견불가역지사；이관어고금，중유**평평**동자，불각천연이소，**색**언부지체지하종，시역아지사야。불견기인，이어아호은상수수，비즉고자현망부어영상，수무인고지，몽매필장유경언。이혹자내위고인행사，부진가법，불필이시위**시축**야。부우필제곤，존소출야。병제치우，**종창제야**。약필선인이종지，주、공내무유감의。인자사기친，**고유론공덕**，이조녜이봉대부자야？

아아! 사도(師道)가 실전(失傳)된 지 오래되었구나. 뜻이 있는 선비는, 천하에서 그(스승)를 찾았지만, 바꿀 수 없는 스승을 만나지 못했다; 그러나 고금을 살펴보아, 그중에 마음 설레게 하는 사람이 있어, 나도 모르게 빙그레 웃음이 나오면서, 눈물이 어떻게 났는지 정말로 모르겠다면,

이도 내 스승이다. 그 사람을 볼 수는 없어도, 나로서는 은밀히 서로 주고받고 있는데, 비유하자면 아비 잃은 고자(孤子)가 사진으로 망부(亡父)를 뵈면, 비록 남이 알려주지 않았음에도, 잠을 자면 꿈에서 반드시 계시해주는 것과 같다. 그리고 어떤 사람은 옛사람이 한 일은, 다 본받을 수 없으므로, 이 때문에 제사 지낼 필요가 없다고 말한다. 대체로 우(禹)가 [아버지] 곤(鯀)을 반드시 제사 지냈던 것은, [자기가] 나온 바를 우러르는 것이다. 병사가 치우(蚩尤)를 제사 지냈던 것은 [전쟁의] 제도를 개창(開創)한 것을 존경하는 것이다. 만일 사람을 골라 존경해야 한다면, 주공(周公)과 공자라면 유감이 없을 것이다. 사람의 아들로서 제 부모를 섬기는데, 설마 공덕을 따져서, [아버지 위패를] 원조(遠祖) [위패를 모신] 사당으로 옮기고 큰아버지를 모실 것인가?

∎조급할 평(怦): 가슴이 뛰다. ∎웃는 모양 천(囅). ∎찾을 색(索): 아주, 몹시, 정말, 확실히. ∎시축(屍祝): 제사하다, 숭배하다. ∎마루 종(宗): 존경하다, 존숭하다, 숭상하다. ∎굳을 고(固): 반드시(必), 설마. ∎조묘 조(祧): 원조(遠祖)를 합사한 사당, 몇 대 조상의 신위를 원조묘(遠祖廟, 祧廟)로 옮기다(遷廟). ∎아비 사당 녜(禰): 사당에 모신 아버지 위패. ∎조녜(祧禰): 아버지 위패를 원조묘로 옮기다(천위하다).

34-4 장학성 「사설」 감상과 평설(評說)

장학성의 「사설」에 나오는 '일일지장'(一日之長)이란 성어는 일을 판단하거나 처리하는 데 상당한 능력을 가리킨다. 우리말의 '일일지장'은 누군가와 비교할 때 재능·학문 따위가 하루 정도 앞설 정도로 조금 나음을 가리킨다. 인용된 『주역』(周易) 「계사상」(繫辭上) 편의 다음 말은 꼭 기억할 만하다: "글(책, 서신)은 말을 완벽하게 표현하지 못하고, 말은 뜻을 완벽하게 표현하지 못한다."(書不盡言, 言不盡意.).

한유의 「사설」(師說) 이후 유사한 글이 이어졌다. 북송시대 유개(劉開)의 「속사설」(續師說), 왕령(王令)의 「사설」(師說), 명대 이지(李贄)의 「진사설」(眞師說), 청초 황종희(黃宗羲)의 「속사설」(續師說)과 「광사설」(廣師說), 청대 장학성의 「사설」 등이 있었다. 이렇게 '사설'(師說)이 끊이지 않고 발표되었다는 것은 공맹(孔孟) 이래 이어져

오던 사도(師道)가 언젠가부터 없어졌음을 말하는데, 이는 유가 도통(道統)의 실전(失傳)과 동시의 현상으로 이해된다.

장학성의 「사설」은 한유 「사설」에 대한 비평이다. 즉 그는 "한유는 아마 당시 나쁜 풍속을 말한 것이지, 스승의 궁극 문제를 언급한 것은 아닌 듯하다."라고 했다. 한유는 학생이 스승을 선택할 때 그의 학문을 기준으로 해야지 지위나 신분을 따지지 말라고 했다. 그러나 장학성의 생각으로는 한유는 스승을 그가 살던 당시에서 찾았기 때문에 실패한 것으로 보았다. 장학성은 "뜻이 있는 선비는, 천하에서 그(스승)를 찾았지만, 바꿀 수 없는 스승을 만나지 못했다; 그러나 고금을 살펴보아, 그중에 마음 설레게 하는 사람이 있어, 나도 모르게 빙그레 웃음이 나오면서, 눈물이 어떻게 났는지 정말로 모르겠다면, 이도 내 스승이다."라고 하여 옛날로 소급하여 도를 찾을 수 있다고 했다. 따라서 장학성은 "그 사람을 볼 수는 없어도, 나로서는 은밀히 서로 주고받는" 것이 가능하다고 보았고, 그 사람으로 주공(周公)과 공자를 꼽았다.

그러나 장학성이 한유를 비판하는 「사설」을 쓴 것은 장학성이 한유의 「사설」을 잘못 읽었기 때문이다. 한유의 논리가 치밀하지 못한 이유도 있지만, 장학성 본인이 실토한 바와 같이 한유는 분명 학생 쪽에서 본 스승의 잘못된 쓰임새(當時之弊俗)를 말한 것이고, 장학성 본인은 '스승의 궁극'(師之究竟) 문제, 즉 올바른 스승상을 말한 것이다. 장학성은 '허수아비 오류'(straw man fallacy)를 범한 것이 아닌가 한다. 한유의 주장을 의도적으로 왜곡하여 비판하여 논리적 오류를 범한 것으로 보인다. 따라서 두 문장을 비교해 읽을 때 입장과 관점을 잘 살펴야 한다.

35. 한유(韓愈)
「진학해」(進學解)와 「마설」(馬說)

35-1 저자 소개

33-1 저자 소개 참조

35-2 원전 소개

「사설」(師說)과 자매편인 한유의 「진학해」(進學解)는 46살인 당헌종(唐憲宗) 원화(元和) 8년(813) 국자박사(國子博士) 재임 때 작품으로 학생에 대한 훈화를 빌어 학업과 품행 방면의 진보를 격려한 사부(辭賦)이다. 송대 황정견(黃庭堅, 1045-1105)에 따르면 서한 양웅(揚雄, 53-18BCE)의 「해조」(解嘲)를 근거했다고 하고, 엽몽득(葉夢得, 1077-1148)에 따르면 서한 동방삭(東方朔, 154-93BCE)의 「답객난」(答客難)에 근거했다고 한다. 근거한 두 문장은 당시 진사과 필수 참고서인 육조시대 편찬 『문선』(文選)에 실려 있다. 한유는 고문을 주장했음에도 「진학해」는 변려문과 산문이 결합된 사부(辭賦) 형식을 빌었다.

한유는 '학업과 품행, 즉 학행(學行)을 증진하는 방법에 대한 해설'이란 의미로 '진학해'(進學解)라는 이름을 붙였다. 한유는 이를 통해 자신의 불우한 관료의 길을 우회적으로 발설하였다. 이 작품은 고위층의 호평을 받아 한유가 사관으로 발탁되게 해주었다. 한유의 최고 작품으로 평가받는 「진학해」는 『창려선생집』(昌黎先生集) 권12에 실려 있다.

한유의 「마설」(馬說)은 우의(寓意)를 담은 논설문에 속한다. 『창려선생집』(昌黎先生集) 권11 「잡저」(雜著) 편에 실린 "잡설사수"(雜說四首)의 마지막 글로 후대에 「마설」이라 이름이 지어진 것이다. 한유는 정원 8년에 진사에 급제한 뒤 이어서 세 차례 이부(吏部) 박학굉사과(博學宏詞科)에 응시했으나 모두 낙방하였고, 정원 12년(796)부터 정원 16년(800)까지 중앙의 재상에게 발탁해줄 것을 여러 차례 요청했으나 여전히 몇몇 절도사(節度使) 막료를 전전하는 생활을 했다. 결국 정원 17년 과거에 급제하여 정원 18년에 국자감사문박사(國子監四門博士)에 임명되었다. 「마설」은 정원 11-16년(795-800) 사이에 쓴 것으로 알려졌다. 이 작품은 말에 비유한 인재 담론으로, 인재를 식별하지 못하고 중시하지 않아 매몰하는 통치자에 대한 강한 분개를 드러냈다. 『고문관지』 권8 「당문」(唐文)에도 실려 있다.

35-3 한유 「진학해」와 「마설」 원문, 역문 및 주석

「진학해」(進學解) : 학업의 정진은 근면에 있고, [학업의] 황폐는 환락(歡樂)에 있다; 품행은 사고로 완성되고, [품행의] 인순수속(因循遂俗)으로 훼손된다(業精於勤, 荒於嬉; 行成於思, 毀於隨.).

國子先生晨入太學, 招諸生立館下, 誨之曰 :「業精于勤, 荒于嬉;行成于思, 毀于隨。方今聖賢相逢, 治具畢張, 拔去凶邪, 登崇畯良。占小善者率以錄, 名一藝者無不庸, 爬羅剔抉, 刮垢磨光。蓋有幸而獲選, 孰云多而不揚。諸生業患不能精, 無患

有司之不明 , 行患不能成 , 無患有司之不公。」

국자선생신입태학 , 초제생입관하 , 회지왈 : 「업정우근 , 황우희 ; 행성우사 , 훼우수。방금성현상봉 , **치구필장** , 발거흉사 , 등숭준량。**점**소선자솔이록 , **명**일예자무**불용** , **파라척결** , **괄구마광**。개유행이획선 , 숙운다이불양。제생**업**환불능정 , 무환유사지불명 , 행환불능성 , 무환유사지불공。」

국자선생(國子先生)이 아침에 태학(太學, 國子監)에 들어가, 여러 학생을 불러 교실 아래 세워놓고, 훈계하여 말했다: "학업의 정진은 근면에 있고, [학업의] 황폐는 환락(歡樂)에 있다; 품행은 사고로 완성되고, [품행은] 인순수속(因循隨俗)으로 훼손된다. 바야흐로 지금은 성군과 현인이 서로 만나, 통치의 도구가 모두 충만하여, 흉악하고 간사한 사람은 빼버렸고, 출중(出衆)하고 선량한 사람은 등용하여 존중했다. 작은 장점을 지닌 사람은 모두 채용했고, 한 가지 재주로 이름난 사람은 등용하지 않은 경우가 없으며, 정리하고 수집하여 골라 선발하였고, 때를 벗기고 빛이 나도록 갈았다. 개중에 요행으로 선발된 사람이 있겠으나, 누가 [능력이] 많은데도 올려지지 않았다고 말하겠는가? 제군들은 학업에 정진하지 못할까 염려하고, 담당 관리가 투명하지 않을까 염려하지 말며, 품행이 완성되지 못할까 염려하고, 담당 관리가 공정하지 않을까 염려하지 말라."

▌국자선생(國子先生): 국자박사(國子博士). 한유 자칭이다. ※ 당(唐) 정관원년(貞觀元年, 627) 수도에 설치된 최고 교육행정기관인 국자감(國子監)에 최고 교육행정 책임자로 국자제주(國子祭酒) 1인을 두었는데, 나중에 사성관(司成館), 성균감(成均監)으로 개명했다가 신룡원년(神龍元年, 705)에 명칭이 복원되었다. 7품 이상의 관료 자제에게는 유교 경전을 가리키는 국자학(國子學, 3품 이상), 태학(太學, 5품 이상), 사문학(四門學, 7품 이상), 8품 이하의 관료 자제 및 서민에게는 전문 기술을 가리키는 율학(律學), 서학(書學) 및 산학(算學) 등 6학(六學)이 설치되어 각 학에 박사, 조교(助教), 전학(典學), 직강(直講) 등 학관(學官)를 두어 학생을 가르쳤다. 한유는 801년 국자감 사문박사(四門博士), 806년 대행직인 권지국자박사(權知國子博士), 808년 정식 국자박사, 812년 국자박사 재임용을 거쳐 813년 「진학해」를 썼다. ▌태학(太學): 이곳의 태학은 국자감을 가리키는데, 한나라 최고 교육기관의 명칭인 태학 명칭을 답습하여 사용한 것이다. ▌가르칠 회(誨). ▌즐길 희(嬉). ▌치구(治具): 법령. 『사기』「酷吏列傳」: "사마천이 말했다: '……법령은 다스림의 도구이다. ……'"(太史公曰: 「……法令者治之具. ……」). ▌마칠 필(畢): 모두. ▌베풀 장(張): 설치하다(張設), 충만하다.

▊높을 숭(崇): 존중하다. ▊농부 준(畯): 준걸 준(俊). ▊차지할 점(占): 점거(占據)하다, 소유하다. ▊이름 명(名): 점유하다, 갖다, 이름이 나다. ▊쓸 용(庸): 채용하다, 등용하다. ▊긁을 파(爬). ▊새그물 라(羅). ▊파라(爬羅): 파소수라(爬梳搜羅), 정리하여 수집하다. ▊바를 척(剔): 뼈를 바르다. ▊도려낼 결(抉). ▊척결(剔抉): 척제도선(剔除挑選), 골라 선발하다. ▊괄구마광(刮垢磨光): 때를 갈아내고(벗겨내고) 빛이 나도록 갈다, 심혈을 기울여 인재를 양성하다. ▊업 업(業): 학업, 업으로 삼다, 종사하다,

言未既 , 有笑于列者曰 :「先生欺余哉 ! 弟子事先生 , 于茲有年矣。先生口不絶吟於六藝之文 , 手不停披於百家之編。記事者必提其要 , 纂言者必鉤其玄。貪多務得 , 細大不捐 , 焚膏油以繼晷 , 恒兀兀以窮年。先生之業 , 可謂勤矣。

언미기 , 유소우열자왈 :「선생기여재 ! 제자사선생 , 우자유년의。선생구부절음어 **육예**지문 , 수부정**피**어백가지**편**。기사자필제기요 , 찬언자필**구**기현。탐다무득 , 세대불연 , 분고유이계**귀** , 항올올이**궁년**。선생지업 , 가위근의。

[국자선생의] 말이 끝나기도 전에, 누군가 대열에서 웃으며 말했다: "선생님께서 저를 속이시는군요! 제자가 선생님을 모신 지, 이제 여러 해가 되었습니다. 선생님께서는 입으로는 끊임없이 육경(六經)의 글을 읊으시고, 손으로는 제자백가(諸子百家)의 책을 쉬지 않고 펼치셨습니다. 사실을 기록한 것은 반드시 그 요점을 드러내셨고, 말(사싱)을 모은 것은 반드시 그 현묘함을 낚아내셨습니다. 많은 것을 탐구하시고 얻으려고 힘쓰시어, 자질구레한 것이든 큰 것이든 버리지 않으셨고, 기름을 태워 빛을 이으며, 늘 고생고생하며 한 해를 보내셨습니다. 선생님의 학업은, 근면하셨다고 말할 수 있습니다.

▊이미 기(既): 끝나다, 완료하다. ▊일 사(事): 모시다, 섬기다, 공봉하다. ▊육예(六藝): 시·서·역·예·악·춘추. ▊나눌 피(披): 열다. ▊엮을 편(編): 책. ▊모을 찬(纂). ▊갈고랑이 구(鉤): 낚다, 건져 올리다. ▊탐할 탐(貪): 찾을 탐(探), 구하다. ▊탐다무득(貪多務得): [학습에 있어] 많은 것을 찾고 힘써 얻다. 나중에 '욕심(慾心)이 많아 많은 것을 탐하다.'라는 뜻으로 바뀌었다. ▊버릴 연(捐). ▊고유(膏油): 초(燭). ▊그림자 귀(晷): 햇빛, 빛. ▊우뚝할 올(兀). ▊올올(兀兀): 움직이지 않다, 근면성실하다, 각고의 노력을 기울이다, 의연(依然)하다. ▊다

할 궁(窮). ▌궁년(窮年): 천년(天年)을 끝내다, 전년(全年), 한 해, 일 년 내내, 일 년 동안 줄곧.

牴排異端 , 攘斥佛老 , 補苴罅漏 , 張皇幽眇。尋墜緒之茫茫 , 獨旁搜而遠紹。障百川 而東之 , 迴狂瀾於既倒。先生之於儒 , 可謂有勞矣。
저배이단 , 양척불로 , 보저하루 , 장황유묘。심추서지망망 , 독방수이원소。장백천 이동지 , 회광란어기도。선생지어유 , 가위유로의。

이단을 막아 밀어내시고, 불교와 도교를 물리쳐 배척하셨으며, 깔창에 틈이나 새는 것을 기우셨고, 심오하고 정미(精微)한 것을 크게 넓히셨습니다. 잃어버린 지 아득한 실마리를 찾으셨고, 혼자서 널리 찾아내 먼 것(옛 성현)과 이어놓으셨습니다. 온갖 시내를 가로막아 동쪽으로 흐르게 하셨으며, 이미 거꾸러진 거친 파도를 되돌리셨습니다. 선생님께서는 유학(儒學)에서, 공로가 있으시다고 말할 수 있습니다.

▌닥뜨릴 저(牴): 막다, 막아서다. ▌밀칠 배(排). ▌신바닥 창 저(苴): 깔창. ▌틈 하(罅). ▌임금 황(皇): 크다. ▌애꾸눈 묘(眇): 작다, 미소(微小)하다. ▌물결 란(瀾).

沉浸醲郁 , 含英咀華 , 作爲文章 , 其書滿家。上規姚姒 , 渾渾無涯。《周誥》、《殷盤》 , 佶屈聱牙。《春秋》謹嚴 , 《左氏》浮誇。《易》奇而法 , 《詩》正而葩。下逮《莊》、《騷》 , 太 史所錄 , 子雲相如 , 同工異曲。先生之於文 , 可謂閎其中而肆其外矣。少始知學 , 勇 於敢爲 ; 長通於方 , 左右具宜。先生之於爲人 , 可謂成矣。
침침농욱 , 함영저화 , 작위문장 , 기서만가。상규요사 , 혼혼무애。《주고》、《은반》 , 길굴오아。《춘추》근엄 , 《좌씨》부과。《역》기이법 , 《시》정이파。하체《장》、《소》, 태 사소록 , 자운상여 , 동공이곡。선생지어문 , 가위굉기중이사기외의。소시지학 , 용 어감위 ; 장통어방 , 좌우구의。선생지어위인 , 가위성의。

진한 술과 향기에 빠지고, 꽃부리를 머금고 꽃을 씹어서, 문장으로 만드시어, 그 책이 집안에 가득합니다. 위로 순임금과 우임금을 본받으시어, 넓디넓어 끝이 없습니다. 『상서』(尙書) 「주서」(周書)의 여러 「고(誥)」와 『상서』(尙書)] 「상서」(商書) 의 「반경(盤庚)」은, 막히고 굽고 어그러져 있습니다. 『춘추』는 근엄하고, 『춘추좌전』은 과장되어 있습니다. 『주역』은 기이하고도 법칙을 갖추었고, 『시경』은 순정하고도 화려합니다. 아래로는 『장자』(莊子)·『이소』(離騷), 태사공(太史公, 司馬遷)의 기록(『史記』), 양웅(揚雄, 字 子雲)과 사마상여(司馬相如)[의 작품]에 이르기까지, 곡은 다르지만 솜씨는 같습니다. 선생님께서는 문장에서, 그 속(내용)을 넓히시고 그 밖(형식)을 분방하게 하셨습니다. 어려서부터 학문을 아시었고, 과감한 행동에 용감하셨습니다; 방법에 잘 통달하시어, 좌우가 모두 마땅했습니다. 선생님의 사람됨은 이뤄졌다고 말할 수 있습니다.

▋진한 술 농(醲). ▋성할 욱(郁): 향기롭다. ▋꽃부리 영(英): 꽃잎, 화관(花冠), corolla. ▋꽃 화(華). ▋법 규(規): 본받다, 모방하다, 흉내내다. ▋요사(姚姒): 요(姚) 씨 순(舜)과 사(姒) 씨 우(禹). 뒤이은 내용과 부합하도록 이를 『상서』 「우서」(虞書)와 「하서」(夏書)로 해석할 수도 있다. ▋흐릴 혼(渾): 혼탁하다, 혼잡하고 어수선하다, 광대하다. ▋건장할 길(佶): 굽다, 막히다. ▋굽을 굴(屈). ▋길굴(佶屈): 난삽하여 이해하기 어렵다. ▋말을 듣지 아니할 오(聱). ▋오아(聱牙): 말하기가 까다롭다, 난삽하여 읽기 어렵다. ▋길굴오아(佶屈聱牙): 힐굴오아(詰屈聱牙), 문장이 난삽하고 말하기가 까다롭다. ▋꽃 파(葩): 화려하다. ▋미칠 체(逮). ▋동공이곡(同工異曲): 이곡동공(異曲同工), 서로 다른 곡조를 마찬가지로 잘 연주한다, 말은 달라도 뜻은 같다, 방법이 달라도 목적은 같다, 같은 악공(樂工)끼리라도 곡조(曲調)를 달리한다, 동등한 재주의 작가라도 문체에 따라 특이(特異)한 광채(光彩)를 낸다. ▋마을 문 굉(閎): 클 굉(宏), 광대하다, 넓다. ▋방자할 사(肆): 거리낌 없이 마음대로 하다.

然而公不見信於人, 私不見助於友, 跋前躓後, 動輒得咎。暫爲御史, 遂竄南夷；三年博士, 冗不見治。命與仇謀, 取敗幾時。冬煖而兒號寒, 年豐而妻啼飢。頭童齒豁, 竟死何裨！不知慮此, 而反敎人爲？」
연이공불견신어인, 사불견조어우, **발전지후**, 동첩득구。잠위어사, 수찬남이；**삼년박사**, **용불견치**。명여구모, 취패기시。동난이아호한, 연풍이처제기。두동치활, 경사하비！부지여차, 이반교인위？」

그러나 공적으로는 남에게 신임받지 못하셨고, 사적으로는 친구의 도움을 받지 못하여, 앞으로는 밟히고 뒤로는 넘어졌고, 움직였다고 하면 욕을 먹었습니다. 잠시 어사가 되시고는, 마침내 남쪽 오랑캐로 쫓겨나셨습니다; 3년 동안 국자박사를 지내셨으나, 한산(閑散)하게 지내시며 치적을 보이지 못하셨습니다. 운명이 원수와 함께하도록 꾀하였으니, 얼마나 실패하셨을까요. 겨울이 따뜻한데 아이는 춥다고 소리치고, 농사는 풍년인데 부인은 배고프다고 우십니다. 머리는 벗겨지고 치아는 빠지셨으니, [학문을 한다고] 죽을 때까지 무슨 도움이 됩니까! 이런 것들을 염려할 줄은 모르시면서, 거꾸로 남을 가르치시겠다고요?'

▌밟은 발(跋). ▌넘어질 지(躓). ▌발전지후(跋前躓後): 이리가 앞으로 달리면 자기 목덜미 살이 밟히고 뒤로 후퇴하자니 자기의 꼬리에 얽매여 넘어지다. 진퇴양난. 『시』「國風: 狼跋」: "늙은 이리가 앞으로 나가자니 턱밑 살을 밟아 넘어지고, 물러서려니 꼬리에 걸려 넘어지네." (狼跋其胡, 載疐其尾.). ▌문득 첩(輒): 갑자기, 쉽게, 번번이. ▌허물 구(咎): 재앙. ▌숨을 찬(竄): 도망가다, 쫓겨나다, 숨다, 달아나다. ▌'三年': 『舊唐書』 권164 「韓愈傳」에는 '삼위'(三 爲)로 되어 있는데, 이 경우 "세 번 박사가 되었다."라고 해석된다. ▌쓸데없을 용(冗): 한산(閑 散)하다, 잡란(雜亂)하다, 번잡(繁雜)하다, 번망(繁忙)하다. ▌용불견치(冗不見治): '한산하게 지내며 치적을 보이지 못했다', '한 일 없이 아무 치적도 보이지 못하다', '(정치에 관여할 수 없는 박사직으로는) 뜻을 펼쳐 보일 수 없었다', '사무가 번잡하여 공을 세우지 못했다' 등 다양하게 번역될 수 있다. ▌울 제(啼). ▌아이 동(童): 대머리, 머리가 벗어지다. ▌뚫린 골 활(豁): 열리다, 통하다. ▌도울 비(裨). ▌할 위(爲): 어조사, 의문, 반문.

先生曰:「吁! 子來前。夫大木爲宋, 細木爲桷, 欂櫨侏儒, 椳闑扂楔, 各得其宜, 施以成室者, 匠氏之工也; 玉札丹砂, 赤箭青芝, 牛溲馬勃, 敗鼓之皮, 俱收並蓄, 待用無遺者, 醫師之良也; 登明選公, 雜進巧拙, 紆餘爲妍, 卓犖爲傑, 校短量長, 惟器是適者, 宰相之方也。

선생왈 :「우! 자래전. 부대목위망 , 세목위각 , **박로주유** , **외얼점설** , 각득기의 , 시이성실자 , 장씨지공야 ; **옥찰단사** , **적전청지** , **우수마발** , **패고지피** , 구수병축 , 대용무유자 , 의사지량야 ; 등명선공 , 잡진교졸 , **우여위연** , 탁락위걸 , **교단양장** , 유기시적자 , 재상지방야。

선생이 말했다: "아아! 자네 앞으로 나오게. 무릇 큰 나무는 들보로 쓰이고, 가는 나무는 서까래로 쓰이며, 두공(枓栱)과 동자기둥, 문지도리와 문지방 및 빗장과 문설주를, 각자 제자리에 맞춰, 집을 완성하는 것은, 장인의 일이다. 옥찰(玉札)과 단사(丹砂), 적전(赤箭)과 청지(青芝), 소 오줌과 말똥, 찢어진 북의 가죽을, 모두 거두어 쌓아두어, 쓰임에 빠짐이 없이 하는 것은, 의사의 능력이다; 등용은 투명하게 하고 선발은 공정하게 하며, 재주 좋은 자와 재주가 떨어지는 사람을 두루 들이며, 굽혀서 [바늘 끝을] 드러내지 않는 것을 아름답다고 하고, [남보다] 탁월한 것을 뛰어나다고 하고, 장단점을 비교하고 헤아려, 그릇에 맞추는 것은, 재상의 방략(方略)이다.

■아들 자(子): 어린이. ■들보 망(栄). ■서까래 각(桷). ■두공(枓栱) 박(欂). ■두공 로(櫨). ■난쟁이 주(侏): 동자주(童子柱), 동자기둥, 쪼구미. ■주유(侏儒): 들보(梁) 위의 짧은 기둥(短柱). ■지도리 외(楔). ■문에 세운 말뚝 얼(闑). ■빗장 점(扂). ■문설주 설(楔). ■옥찰(玉札): 지유(地楡), 지혈제로 쓰이는 오이풀(뿌리). ■단사(丹砂): 주사(朱砂), 수은과 황의 화합으로 만들어진 광물. ■적전(赤箭): 천마(天麻). ■청지(青芝): 영지의 일종, 일명 용지(龍芝). ■우수(牛溲): 소 오줌. 질경이를 가리키기도 함. ■마발(馬勃): 말똥. 말불버섯을 가리키기도 함. ■우수마발(牛溲馬勃): 소의 오줌과 말똥이란 뜻으로, 미천하지만 쓸모가 있음을 이르는 말. 한국어에서는 가치 없는 말이나 글 또는 품질이 나쁜 약재(藥材)를 이르는 말. ■패고(敗鼓): 찢어진 북. ■패고지피(敗鼓之皮): 약용으로 쓰였다고 하는데, 미천하지만 쓸모가 있음을 이르는 말. ■좋을 량(良): 능력. ■섞일 잡(雜): 모두, 공동으로. ■굽을 우(紆): 남을 여(餘). ■우여(紆餘): 굴곡(屈曲). ■고울 연(妍): 아름답다. ■얼룩소 락(犖): 뛰어나다, 훌륭하다, 특출하다. ■하교 교(校, jiào): 계산하여 비교하다, 따지다, 고려하다.

昔者孟軒好辯，孔道以明，轍環天下，卒老于行；荀卿守正，大論是弘，逃讒于楚，廢死蘭陵。是二儒者，吐辭爲經，舉足爲法，絕類離倫，優入聖域。其遇於世何如也？

석자맹가호변, 공도이명, **철환천하**, 졸로우행; 순경수정, 대론시홍, 도참우초, 폐사난릉。 시이유자, 토사위경, 거족위법, **절류이륜**, 우입성역。 기우어세하여야？

옛날에 맹자는 변론을 좋아하여, 공자의 도가 [그로 인해] 밝혀졌지만, 바큇자국이 천하를 돌았어도, 끝내는 길에서 늙어갔다; 순자는 정도를 지켰고, 큰 주장은 굉장했지만, 참언을 피해 초나라로 갔다가, 난릉(蘭陵)에서 죽었다. 이 두 유학자는, 말을 토해내면 경전이 되었고, 발을 들면 법칙이 되었으며, 같은 무리를 뛰어넘는 절륜(絶倫)으로, 넉넉하게 성인의 영역에 들어섰다. [그러나] 그들이 세상에서 받은 처우는 어떠하였는가?

┃바큇자국 철(轍). ┃철환천하(轍環天下): 철환천하(轍轘天下), 천하를 주유하다. ┃절류(絶類): 같은 무리를 뛰어넘다. ┃이륜(離倫): 절륜(絶倫), 무리와 분별되다, 무리와 거리를 두다. ┃절류이륜(絶類離倫): 절류이군(絶類離群), 출중하다, 유일무이하다.

今先生學雖勤而不繇其統, 言雖多而不要其中, 文雖奇而不濟於用, 行雖修而不顯於衆, 猶且月費俸錢, 歲靡廩粟, 子不知耕, 婦不知織, 乘馬從徒, 安坐而食, 踵常途之促促, 窺陳編以盜竊。然而聖主不加誅, 宰相不見斥, [茲]非其幸歟!

금선생학수근이불요기통, 언수다이불요기중, 문수기이부제어용, 행수수이불현어중, 유차월비봉전, 세미늠속, 자부지경, 부부지직, 승마종도, 안좌이식, 종상도지촉촉, 규진편이도절. 연이성주불가주, 재상불견척, [자]비기행여!

지금 [너희들의] 선생은 학문은 비록 근면하나 그 정통을 따르지 않았고, 말은 비록 많으나 그 중점을 얻어내지 못하였고, 문장은 비록 기이하나 쓸모에는 도움이 안 되었고, 행실은 비록 다스렸으나 사람들에게 드러나지 않았다. 더욱이 달마다 봉록을 쓰며, 해마다 곳집의 곡식을 낭비하고 있으며, 자식은 밭갈이를 알지 못하고, 아내는 베 짜기를 알지 못하고, [나는] 말을 타고 제자들이 뒤따르고, 편안히 앉아서 먹으며, 일상의 길을 조심조심 따라가고, 낡은 책을 엿보고 [내용을] 훔치고 도둑질하고 있다. 그런데도 성군께선 더 베지 않으시고, 재상께선 쫓아내지 않으시니, [이것이] 바로 행운이 아닌가?

┃역사 요(繇): 따르다. ┃쓰러질 미(靡): 낭비하다, 사치하다. ┃곳집 름(廩): 곳집, 쌀광. ┃발꿈치 종(踵): 뒤쫓다, 따라가다. ┃촉촉(促促): 바쁘다, 다급하다, 조심조심하다. ┃엿볼 규(窺).

動而得謗, 名亦隨之, 投閑置散, 乃分之宜。若夫商財賄之有亡, 計班資之崇庳, 忘己量之所稱, 指前人之瑕疵, 是所謂詰匠氏之不以杙爲楹, 而訾醫師以昌陽引年, 欲

進其豨苓也。」

동이득방 , 명역수지 , 투한치산 , 내분지의。**약부상재회지유망** , 계반자지숭비 , 망
기량지소**칭** , 지전인지하자 , 시소위힐장씨지불이**익위영** , 이자의사이**창양인년** , 욕
진기**희령**야。」

움직이면 헐뜯기고, 명예도 그를 따르니(훼손되니), 한산한 자리에 배치되는 것이, 분수에 맞는
것이다. 그런데 재물과 뇌물의 유무나 헤아리고, 지위와 자질의 높낮이나 따지며, 자신의 역량에
어울리는지는 잊고서, 앞선 사람의 하자를 손가락질하는 것은, 이른바 장인이 말뚝을 기둥으로
쓰지 않는다고 힐난하거나, 의사가 창양(昌陽)으로 수명을 늘리려는 것을 헐뜯고, 희령(豨苓)을
쓰라고 하려는 것[과 마찬가지]이다.

▇약부(若夫): ‘...에 대하여는,’ ‘...과 같은 것은’ 등을 의미하는 발어사(發語詞)로서 굳이
번역하지 않아도 된다. ▇헤아릴 상(商). ▇뇌물 회(賄). ▇반자(班資): 관료 계급과 자질.
▇집 낮을 비(庳): 낮다, 낮추다. ▇일컬을 칭(稱): 적합하다, 부합하다, 어울리다. ▇말뚝
익(杙). ▇기둥 영(楹). ▇헐뜯을 자(訾). ▇창양(昌陽): 창포(菖蒲). 중의학에 따르면 창포
뿌리의 약효로 익지관흉(益智寬胸), 총이명목(聰耳明目), 거습해독(祛濕解毒)이 있다. ▇끌
인(引): 연장하다, 연속하다. ▇인년(引年): 수명을 연장하다, 수명을 늘리다. ▇희령(豨苓):
저령(豬苓), 참나무류의 뿌리에 기생하는 버섯의 균핵(菌核)으로, 이뇨 작용이 있고 수종(水
腫)이나 설사 치료 등에 약효가 있다고 한다.

「마설」(馬說) : 천리마는 항상 있지만, [그를 알아보는] 백락은 항상 있는 것은 아니다
(千里馬常有, 而伯樂不常有.).

世有伯樂 , 然後有千里馬。千里馬常有 , 而伯樂不常有。故雖有名馬 , 祇辱於奴隸人
之手 , 駢死於槽櫪之閒 , 不以千里稱也。馬之千里者 , 一食或盡粟一石。食馬者 , 不
知其能千里而食也。是馬也 , 雖有千里之能 , 食不飽 , 力不足 , 才美不外見 , 且欲與

常馬等不可得, 安求其能千里也！策之不以其道, 食之不能盡其材, 鳴之而不能通
其意, 執策而臨之曰：「天下無馬。」嗚呼！其眞無馬邪？其眞不知馬也！

세유**백락**, 연후유천리마。천리마상유, 이백락불상유。고수유명마, **지**욕어**노예인**
지수, **병**사어**조력지간**, 불이천리칭야。**마지천리자**, 일식혹진속일석。**사마자**, 부
지기능천리이식야。시마야, 수유천리지능, 식불포, 역부족, **재미불외현**, 차욕여
상마등불가득, 안구기능천리야！책지불이기도, **사**지불능진기재, 명지이불능통
기의, 집책이임지왈：「천하무마。」오호！기진무마야？기진부지마야！

세상에는 백락(伯樂)이 있고, 다음에 천리마가 있는 것이다. 천리마는 항상 있지만, [그를 알아보
는] 백락은 항상 있는 것은 아니다. 그러므로 비록 명마가 있다고 해도, 다만 노예의 손에 욕보일
뿐이고, 마구간(馬廐間)에서 [보통 말과] 함께 죽게 되면, 천리[마]라고 부르지 않는다. [하루에]
천 리를 달리는 말은, 한 끼에 때로는 한 섬의 곡식을 다 먹어 치운다. 말먹이 꾼은, 그 말이
천 리를 갈 줄도 모르고 먹인다. 이 말이, 비록 천리[마]의 능력을 지니고 있다고 해도, 먹어도
배부르지 않으면, 힘이 부족하고, 재주와 소질이 밖으로 드러나지 않는다 해도, 더구나 보통
말과 같아지려 해도 안 되니, 어찌 그(천리마)가 천 리를 갈 수 있기를 바라는가！[채찍질하는
사람은] 그(천리마)를 다루는 방법으로 채찍질하지 않고, [말먹이 꾼은] 그(천리마)의 재능과 장점
을 다할(다 발휘할) 수 있도록 먹이지 않고, [말꾼은] 그(천리마)의 뜻이 통할 수 있게 울리지
않고서, 채찍을 잡고 그(천리마)에게 다가가 뇌까린다: "천하에 (천리)마가 없네." 아아！정말
말(천리마)이 없는 것인가? 정말 말(천리마)을 알아보지 못하는 것인가?

　▮백락(伯樂): 원래는 하늘에서 말을 관리하는 신선인데, 인간 세상에서 말의 관상을 잘
보는 사람을 백락이라 칭했다. 그 첫 번째 사람이 바로 춘추시대 진목공(秦穆公) 때 사람인
손양(孫陽, 680-610BCE)이었는데, 나중에 백락은 인재를 잘 발굴하는 사람을 가리키는 명사
가 되었다. ▮공경할 지(祗): 다만, 오직. ▮노예인(奴隸人): 노예. '말을 먹이는 하인'이나
'목부'(牧夫)라고 해석하는 경우가 있는데, 아래에 중성 의미의 말먹이 꾼을 의미하는 '식마
자'(食馬者)보다 무지한 사람을 의미하므로 '노예'로 번역하는 것이 타당하다. ▮나란히 할
병(騈). ▮구유 조(槽). ▮말구유 력(櫪): 말구유, 마구간, 마방(馬房). ▮조력(槽櫪): 槽와
櫪은 모두 마구간의 일부인 구유(여물통)를 가리키지만 櫪은 마구간 또는 말을 매어놓는
곳을 의미하기도 한다. 따라서 합성어로서의 조력(槽櫪)은 마구간을 의미하는 것으로 본다.

▋사이 간(閒, jiàn): 사이 간(間). ▋'馬之千里者': 여기서 之 자는 '…의'(的)라는 뜻의 관형격 조사인데, 앞에 있어야 할 한정어(限定語, 定語)를 강조하기 위해 뒤에 넣는 정어후치(定語後置) 수사법으로 원래는 '千里之馬者'이다. '천 리의(를 달리는/가는) 말은'이라고 번역된다. '者' 자는 번역하지 않아도 된다. ▋조 속(粟): 오곡, 곡식, 양식. ▋사마(食馬, sì mǎ): 말에게 먹이를 주다(飼馬, sì mǎ), 말을 먹이다(喂馬). ▋재미(才美): 재능과 장점, 재능과 품성. ▋볼 견(見, xiàn): 드러나다(現), 나타나다. ▋먹이 사(食, sì): 먹이, 먹이다. ▋임할 임(臨): 마주하다, 다가가다, 접근하다. ▋아닌가 야(邪, yé): 의문(어)조사, 야(耶).

35-4 한유 「진학해」와 「마설」 감상과 평설(評說)

한유의 「진학해」에는 20여 개의 성어가 있으나, 우리에게 익숙한 것으로는 파라척결(爬羅剔抉), 괄구마광(括笴磨光), 탐다무득(貪多務得), 동공이곡(同工異曲), 우수마발(牛溲馬勃), 패고지피(敗鼓之皮), 철환천하(轍環天下) 등이다.

한유의 「진학해」는 형식상 동방삭(東方朔, 161-93BCE)의 「답객난」(答客難)과 양웅(揚雄, 53-18BCE)의 「해조」(解嘲)의 전통을 이은 문답형식의 사부(辭賦)로 평가되지만, 실은 변려문과 산문이 결합된(騈散結合, 騈散相間, 騈散相糅) 문체로 본다.

「진학해」는 글자 그대로 학(學)과 교(敎)에 관한 논술이지만, 오히려 비중은 인재의 선발과 능력 발휘의 문제에 두었다. 한유는 학업의 정진과 품행의 성취는 근면(勤勉)과 심사(深思)에 있음을 천명하였다. 근면은 입과 손과 머리를 통해 실천해야 하고, 심사는 이단과 불로(佛老) 배척으로 나타날 것을 주문했다. 한유는 학생의 말을 빌려 학생이 학습해야 할 유가 경전의 특색을 제시하여, 이를 학습목표로 삼도록 했다.

이러한 학습론에 이은 인재 등용론에서는 인재를 알아보는 사람이 있어야 제대로 등용된다고 했다. 그리고 또 인재선발이나 고위층에 불만하지 말라고 주문하였다. 즉 학습론과 인재론의 불일치를 고발하는 관점이다. 「마설」(馬說)에서 '백락이 있어야 천리마가 있다'라는 말은 인재를 알아보는 인물이 없는 현실을 고발하는 것이다. 그러므로 학생에게 "등용은 투명하게 하고 선발은 공정하게 한다."라는 한 말은 사실은 고위층에 대한 주문으로 보인다.

한유는 「진학해」에서 국자선생과 학생의 대화를 통해 자신은 "학문은 비록 근면하나 그 정통을 따르지 않았고, 말은 비록 많으나 그 중점을 얻어내지 못하였고, 문장은 비록 기이하나 쓸모에는 도움이 안 되었고, 행실은 비록 다스렸으나 사람들에게 드러나지 않았다."라고 자백하면서 "성군께선 더 베지 않으시고, 재상께선 쫓아내지 않으신" "한산한 자리에 배치되는 것이, 분수에 맞는 것이다."라고 주장하는 듯하다. 이러한 태도는 자신의 처지에 대한 자조(自嘲)를 통해 자신이 등용되지 못한 당시 제도와 현실을 비판한 것이다.

한유의 「마설」(馬說)에는 성어가 백락상마(伯樂相馬) 외에는 보이지 않는다.

한유의 「마설」은 우언이면서 우언이 아닌 듯한 글이다. 천리마를 통해 "세상에는 백락(伯樂)이 있고, 다음에 천리마가 있는 것이다."라는 명제를 설파한 단문이다. 한유는 이를 통해 개인적으로는 세상을 분개하고 자신의 실력이 대접받지 못하는 감정과 울분을 토로하였지만, 사회적으로는 자신과 같이 천리마 급의 인재가 있는데도 당시의 군주는 백락(伯樂)과 같은 혜안이 없음을 비판한 것이다.

36. 유우석(劉禹錫)
「누실명」(陋室銘)

36-1 저자 소개

유우석(劉禹錫, 772-842)은 자가 몽득(夢得)이
고, 만년의 호는 여산인(廬山人)으로 당나라 정치
가, 철학가, 문학가, 시인, 산문가이다. 관적(貫籍)
은 하남도 낙양(洛陽)이고 하남도(河南道) 정주
(鄭州) 형양군(滎陽郡)에서 출생하여 형양에 묻혔
다. 여러 관직을 거쳐서 마지막으로 태자빈객(太子
賓客)을 역임했다. 백거이(白居易)에게서 '시호'
(詩豪)라고 평가받았고, 백거이와 함께 '유백'(劉
白)이라 불렸으며, 유종원(柳宗元)과 함께 '유유'
(劉柳)라 불렸다.

유우석

36-2 원전 소개

유우석은 당나라 중앙에서 감찰어사(監察御使) 재직 당시 왕숙문(王叔文)의 '영정혁

신'(永貞革新, 805-806) 세력에 참가하여 환관과 지방 할거세력에 대항했다.

실패 후 여러 지방 자사(刺史)를 전전하다가 824년 8월에는 상회남도(上淮南道) 화주 (和州, 현 안휘성 馬鞍山市 和縣)의 자사(刺史)로 전출되었다. 규정에 따르면 '큰 방 세 칸, 행랑채 세 칸'(三間三廂)의 집에 거주할 수 있었으나 화주현의 최고 책임자인 지현(知縣)은 유우석이 유유자적하는 꼴을 보지 못해 반년 동안 세 번 이사하게 하여 마지막에는 '침대 하나, 탁자 하나, 의자 하나'가 들어가는 방 한 칸을 내주었다고 한다. 유우석은 이 누실에서 81자의 「누실명」을 지어 비석에 새겨 문 앞에 세워놓았다고 한다.

유우석은 『유몽득문집』(劉夢得文集, 일명 『劉賓客文集』)을 남겼지만 「누실명」은 여 기에 실리지 않았다. 「누실명」 유우석 작품설은 민간에서 전해지다 남송 후기 『고문집 성』(古文集成)에서 처음으로 공식화되었고 청대에 편집된 『고문관지』(古文觀止, 1694) 권7과 『전당문』(全唐文, 1808) 권608에 유우석 명의로 「누실명」이 실리면서 정설이 되었다. 「누실명」의 실제 저자가 유우석에 앞서 살았던 당대 진사인 최면(崔沔, 663-739)이라는 주장도 있다.

36-3 유우석 「누실명」 원문, 역문 및 주석

> 「누실명」(陋室銘) : 이곳은 외딴집이지만, 다만 내게 덕(德)이 있다면 [외딴집이] 향기를 뿜을 것이다(斯是陋室, 惟吾德馨.).

山不在高 , 有仙則名 ; 水不在深 , 有龍則靈。斯是陋室 , 惟吾德馨。苔痕上階綠 , 草色 入簾靑。談笑有鴻儒 , 往來無白丁。可以調素琴 , 閱金經。無絲竹之亂耳 , 無案牘之勞 形。南陽諸葛廬 , 西蜀子雲亭。孔子云 :「何陋之有 ?」。

산부재고 , 유선즉명 ; 수부재심 , 유룡즉령。 사시누실 , 유오덕형。 태흔상계록 , 초색입염청。 담소유홍유 , 왕래무백정。 가이조소금 , 열금경。 무사죽지난이 , 무안독지노형。 남양제갈려 , 서촉자운정。 공자운 :「하루지유 ? 」。

산의 명성은 높이에 있지 않고, 신선이 있으면 유명하다. 물의 영험은 깊이에 있지 않고, 용이 있으면 영험하다. 이는(이곳은) 외딴집이지만, 다만 내게 덕(德)이 있다면 [외딴집이] 향기를 뿜을 것이다. 이끼 자국은 섬돌 위까지 올라와 파랗고, 풀색은 발을 뚫고 들어와 푸르다. 담소한 사람들은 훌륭한 선비들이고, 오가는 [사람에는] 백정(白丁)은 없다. 소금(素琴)을 탈 수 있고, 금강경(金剛經)을 읽을 수 있다. 관현악기 소리가 귀를 어지럽히는 일도 없고, 공문서가 몸을 피로하게 하는 일도 없다. [이곳은] 남양(南陽) 제갈량의 초려(草廬), 서촉(西蜀) 자운(子雲)의 정자(玄亭)대와 같다. 공자가 말씀하셨다: "어찌 외지다고 할 수 있는가?"

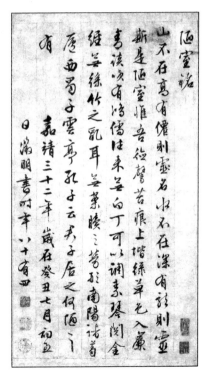

▋"山不在高, ……有龍則靈." : 여기서 '山'과 '水' : 대개 산과 물의 존재 또는 가치로 번역하는데, 굳이 번역하려면 그보다는 산의 뒤에 오는 명(名)과 물 뒤에 오는 영(靈)을 반영하여 각각 '산의 명성'과 '물의 영험'으로 번역해야 합당하다. 이 부분은 劉義慶『世說新語』권25「排調」편의 표현을 각색한 것이다 : "僧淵曰 :「鼻者面之山, 目者面之淵. 山不高則不靈, 淵不深則不清.」" ▋'누실'(陋室) : 누실을 대부분 '더러운 방', '누추한 방'으로 해석하지만, 산-신선-명성, 물-용-영험 및 누실-오덕-형이 일관되게 대비되어야 하기에, '누추한 방'이라면 논리적으로 부합하지 않는다, '누'(陋) 자의 뜻을 '외지다'(偏僻, 偏遠)로 해석하고, '누실'을 '외진 방'이 아닌 '외진 집' 또는 '외딴집'으로 해석하면 논리적으로 타당하다.63) 그리고 작자는 누

글씨: 명대 문징(文徵) 누실명(陋室銘) 행서

실을 제갈량의 초려 및 자운의 정자와 비교하였기 때문에도 누실을 방이 아닌 집으로 보는 것이 타당하다. ■향기 형(馨): 향기가 멀리 난다, 향기가 널리 퍼진다. 『좌전』「僖公五年」; 『僞古文尙書』「周書: 君陳」: "기장이 향기가 나는 것이 아니고, 밝은 덕만 향기가 난다."(黍稷非馨, 明德惟馨.). ■'惟吾德馨': 흔히 '오직 내 덕(德)만 향이 난다'라고 번역하는데 이렇게 번역하면 유우석이 저를 자랑하는 것으로 이해되어 유우석 본인의 뜻과 어긋나게 된다. 따라서 "내게 덕이 있다면 [외딴집이] 향기를 뿜을 것이다"라고 번역하는 것이 바람직하다.[64] ■백정(白丁): 평민, 학문이 없는 사람. ■소금(素琴): 장식이 없는 소박한 거문고. ■금경(金經): 신분상 관리가 보는 유교 사서오경인지, 유우석이 깊게 믿었던 불교의 경전인지, 당시의 용례(用例)와 같은 불도경적(佛道經籍)인지에 대한 의견이 갈린다. 유우석이 불교에 심취했던 사실에 근거하면 금강경으로 번역하는 것이 바람직하다. ■사죽(絲竹): 현악기와 관악기. ■無: 바로 앞에서는 소금(素琴)이란 악기를 탄다고 하고, 바로 뒤에서 '無絲竹', 즉 '악기가 없다'고 말하는 것은 모순이다, 따라서 '有絲竹'으로 이해하여 '악기가 귀를 어지럽게 하여' 억울한 심정을 해소하는 기능을 표현한 것으로 보아야 할 것이다, '사죽'을 경도(京都) 또는 묘당(廟堂)을 암시하는 당대(唐代) 아악(雅樂)의 대표로서의 관현악을 의미하는 것으로 보기도 한다. ■안독(案牘): 문서. 일할 로(勞): 힘쓰다, 노력하다. ■모양 형(形): 몸, 육체. ■勞形: 『莊子』「漁父」: "苦心勞形, 以危其眞." ■남양(南陽): 현 하남성 남양시. ■자운정(子雲亭): 서한시대 사상가 양웅(揚雄, 53BCE-18, 字 子雲)이 고향인 사천성 성도(成都)에서 독서한 자운정, 즉 현정(玄亭)을 가리킨다. ■'何陋之有?': 有何之陋, 何陋有, 有何陋. 『논어』「자한」(子罕): "子欲居九夷. 或曰: '陋, 如之何?' 子曰: '君子居之, 何陋之有?'" 대부분 '何陋之有?'를 "어찌 누추함이 있겠는가?", "무슨 누추함이 있겠는가?"라고 번역하는 데, '누'(陋)를 '외지다'로 해석하여 "어찌 외지다고 할 수 있는가?", "외진들 어떠하오?"라고 번역하는 것이 합리적이다. '여지하'(如之何)는 어떻게, 어째서, 왜, 무엇 때문에, 어떠하냐, 어떻게 하냐, 어쩌지 등 다양하게 해석된다. '如之何'는 『논어』에 16회, 『맹자』에 18회, 『예기』 39회, 『순자』 1회 등 유가에 집중하여 나오고, 다른 제자백가에는 나오지 않는다. 「위령공」 편이 대표적이다: "'어쩌지

---

63) 李廣樹, 「陋: 開啓『陋室銘』的一把鑰匙」, 『學語文』, 2004:4(2004.7), 16; 王虎, 「談'陋室銘'」, 『湘南學院學報』, 32:1(2011.2), 61-63; 蔣建波, 「「陋室銘」中'陋室'考辨」, 『語文學刊』, 2012: 17(2012.9), 24-25.

64) 范金豹, 「陋, 怎入法眼: 「陋室銘」解讀新視角」, 『語文學習』, 2019:5 (2019.5), 43-45.

어쩌지'라고 말하지 않은 사람은, 나도 그에게 '어떻게 할지'(어쩌지) 모르겠다."(子曰: 「不曰『如之何如之何』者, 吾末如之何也已矣.」).

36-4 유우석「누실명」감상과 평설(評說)

유우석의「누실명」에는 성어가 나오지 않는다.

명(銘)은 금석에 새긴 글로서 공덕을 칭송하거나 자신을 경계하는 데 쓰였다. 유우석은 '누실명'이라는 제목을 지어 자신의 집을 그리면서 누실이 외지지 않음을 강조하였다. 그동안「누실명」이 "이는 외딴집이지만, 오직 내 덕이 향기를 뿜어낸다."라고 자부하여, 자신의 도덕 우월과 안빈낙도를 표현하였고, 산, 물, 누실에 선(仙), 용(龍), 덕(德)을 대치시킴으로써, 자신을 신선과 용에 비유하는 오기를 보여주었으며, 결국 외딴곳에 사는 자신의 덕이 향기를 뿜어낼 것이고, 조정이 그 향기를 맡고 자신을 알아주거나 중앙으로 발탁해 달라는 소원을 나타낸 것이라는 평가가 주를 이뤘다. 이러한 평가는 "斯是陋室, 惟吾德馨."을 유우석이 고고한 척하는 것으로 오역하였기 때문이고, "이는 (이곳은) 외딴집이지만, 다만 내게 덕(德)이 있다면 [외딴집이] 향기를 뿜을 것이다."라고 번역해야 유우석의 겸손과「누실명」의 취지를 담아낼 수 있다.

유우석은 '담소유홍유'(談笑有鴻儒)라는 말에서 당시의 유력가들과 교류하여 이름을 날리고 조정의 발탁을 기다리는 심정을 드러냈다. 이는 전통 사대부들의 '위장된 은일' 사상의 표출이다. 따라서 제갈량의 초가집과 양웅의 자운정을 빌려 자신이 제갈량이나 양웅과 같이 군주에게 발탁되길 바란 것이다. 심지어 자신을 공자와 같은 반열에 올려 놓고 '외딴집'에서 살고 있다고 강조하였다. 이러한 간절한 소망 덕분인지 2년여 뒤인 826년 조정의 부름을 받아 낙양으로 귀환하였다.

결국「누실명」은 "뜻을 이루지 못하면 오로지 제 몸만 좋게 하고(보살피고), 뜻을 이루면 아울러 천하를 좋게 한다(보살핀다)."(窮則獨善其身, 達則兼善天下. 『孟子』「盡心上」)라는 전통 지식인의 인생관을 대변한 것으로 보인다.

남경대학(南京大學) 중문과 변효훤(卞孝萱) 교수는 「누실명」이 유우석의 작품이 아니라고 주장하였다. 그는 현재의 「누실명」은 문장구조(句式)가 뒤죽박죽이고(四言六句, 五言五句, 三言一句, 六言二句, 五言二句, 三言一句, 四言一句), 논리가 없고(신선이 낮은 산에 거주하거나 용이 얕은 물에 살 까닭이 없고, 이끼가 끼고 풀이 자라는 인적이 드문 곳이라고 하면서 훌륭한 선비들과 왕래한다고 하고, 소금을 타면서 관현학기가 귀를 어지럽히는 일이 없다 하고, 신선과 불경과 유가 선비 등 유불선이 공존하는 등), 첫머리 네 구절은 당시 사회에 유행하는 순구류(順口溜, doggerel)이며, 선비와만 교류하고 백정과는 교류하지 않는 거만한 태도 등으로 보았을 때 유우석 본인의 작품이 아니고 절강성의 문인이 유우석 이름을 사칭하여 지은 위작이라고 주장하였다.[65] 사실 여부를 떠나 논리가 없다는 비판은 피할 수 없다. 이러한 사정에도 불구하고 거의 1,200년 동안 인구에 회자하는 문학 경전임을 부인할 수 없다.

현대에 이르러 유우석의 「누실명」을 본떠 사회를 풍자하는 각종 '명'(銘)이 유행하였다. 「누리명」(陋吏銘), 「화실명」(華室銘), 「회해명」(會海銘), 「회장명」(會場銘), 「관계명」(關係銘), 「학교명」(學校銘) 등. 「관계명」(關係銘)을 보자.

"남에게 중용되려면, 아첨하면 된다; 승진하려면, 열심히 절을 해야 한다. 이는 경쟁인데, 오직 나만 고명하다. 헛소리는 많아야 좋고, 애교는 정교해야 한다. 패거리 만드는데 능하고, 교묘하게 권세에 습관을 들여야 한다; 비위를 맞출 수 있으면, 상금을 타낼 수 있다; 일하는 고생이 없고, 출장 가는 걱정도 없다; 털실을 가늘게 짜고, 맑은 차를 천천히 음미한다. 남들이 칭찬하여 말한다: '최고로 총명하네!'"(想人重用, 拍馬就行; 欲己晉升, 禮拜要勤. 斯是競爭, 惟吾高明. 胡話貴乎多, 獻媚在於

---

65) 卞孝萱, 「「陋室銘」非劉禹錫作」, 『文史知識』, 1997:1(1997.1), 123-127.

精. 善於拉幫派, 慣於巧鑽營; 可以討喜歡, 拿獎金. 無辦公之辛苦, 無差旅之勞神. 絨
線細細結, 清茶慢慢品. 人贊云: '絶頂聰明!'.).

37. 범중엄(范仲淹)
「악양루기」(岳陽樓記)

37-1 저자 소개

범중엄(范仲淹, 989-1052)은 북송의 정치가, 군사가, 문학가, 사상가로서 자는 희문(希文)이다. 사후 시호(諡號)가 문정(文正)이어서 범문정공(范文正公)이라 불린다. 조상은 관서도(關西道, →陝西路) 빈주(邠州, 현 섬서성 彬州市) 출신으로 고조 때 양절로(兩浙路) 소주(蘇州) 오군(吳郡)으로 이사하였다. 출생 이듬해 아버지가 죽자 어머니가 주씨(朱氏)에게 개가하여 주열(朱說)로 개명하였다가 1015년 진사 급제 2년 뒤인 1017년 다시 범중엄으로 개명하였다(1028년 모친 사망 후 개명설도 있다).

范正文楼彚

범중엄

범중엄은 구양수와 같은 신흥 중하층 출신의 개혁파 리더로서 여러 차례의 상소로 보수파 호족세력을 비판하여 세 차례 귀양 갔다. 인종 경력(慶曆) 3년(1043) 8월에 부재상(副宰相)에 상당하는 참지정사(參知政事)에 오르고 십사소(十事疏)를 올려 엄격한 관료제도, 농업 중시, 군사 정비, 법제 추진, 요역

경감 등을 주장하였다. 인종은 이를 채택하여 '경력신정'(慶曆新政)을 추진하였으나 보수파의 반대로 중단되자 1045년 1월 범중엄은 자의 반 타의 반 섬서사로안무사(陝西四路安撫使)로 추방되었다. 이후 지방으로 전전하다 황우(皇祐) 4년(1052) 5월 하남도(河南道) 영주(潁州, 현 안휘성 阜陽市 潁州區) 지주(知州)로 부임하는 도중 병사하였다. 청 강희(康熙) 54년(1715) 강희제는 범중엄을 공묘(孔廟)에 배향토록 하며 '선유범자'(先儒范子)라 칭했고, 강희 61년(1722)에는 역대제왕묘에 배향토록 했다.

『범문정공문집』(范文正公文集)이 전해진다.

37-2 원전 소개

「악양루기」(岳陽樓記)는 북송 경력(慶曆) 6년(1046) 9월 15일 범중엄이 정쟁을 피해 스스로 경동로(京東路) 등주(鄧州) 지주(知州)로 좌천되었을 때 역시 좌천된 친구인 형호북로(荊湖北路) 악주(岳州) 파릉군태수(巴陵郡太守, 岳州知州, 岳州刺史) 등자경(滕子京) 부탁으로 악양루 중수(重修)를 기념하여 쓴 글이다. 「악양루기」는 등자경이 자신의 업적을 높이기 위해 범중엄에게 「동정만추도」(洞庭晩秋圖)를 보내 「악양루기」를 부탁하여 쓰인 것이지 악양루 현장에서 쓰인 글은 아니다.

기(記)는 문체의 하나로, 사실을 적는 글, 서사(敍事)를 위주로 하는 글(written narration)을 가리킨다. 그러나 「악양루기」는 기, 즉 기사(記事) 외에 경치를 묘사했고(敍景), 아울러 의론(議論)을 담아냈다. 「악양루기」는 동정호(洞庭湖)의 측면에 대한 묘사를 통해 악양루를 돋보이게 하였는데, 단순한 산수 경관의 묘사를 넘어 정치이상으로 관심을 넓힌 것으로 평가받고 있다. 즉, 범중엄은 이 글을 통해 공금 횡령으로 모함받아 좌천된 친구 등자경에게 "사물로(외부 환경으로) 기뻐하지 않고, 자신으로(자신의 실의로) 슬퍼하지 않는다."(不以物喜, 不以己悲.)라는 자세를 권하면서 자신의 "세상(사람)이 걱정하기에 앞서 걱정하고, 세상(사람)이 즐긴 다음에 즐긴다."(先天下之憂而

憂, 後天下之樂而樂.)라는 경세관(經世觀)을 피력했다. 이 두 구절은 지금까지 인구에 널리 회자하고 있다.

『범문정공집』(范文正公集) 권7과 『고문관지』(古文觀止) 권9 「당송문」(唐宋文) 편에 실려 있다. 범중엄의 「악양루기」 이후 명대 원중도(遠中道, 1570-1623)의 「유악양루기」(游岳陽樓記), 민국시대 우우임(于右任, 1879-1964)의 「중수악양루기」(重修岳陽樓記), 현대 왕증기(汪曾祺, 1920-1997)의 「악양루기」가 전해진다.

사진: 악양루 조감사진
출처: http://www.ivsky.com/tupian/hunan_yueyanglou_v5603/pic_179024.html

호남성 악양시(岳陽市) 파구산(巴丘山) 아래 동정호반에 있는 악양루는 당 초기에 처음 건조되었고, 북송 등자경이 파릉군수일 때 중수되었다. 악양루 밑으로는 동정호가 펼쳐져 있고, 서남쪽 호수 건너로 황차(黃茶)인 군산은침(君山銀針) 산지로 유명한 군산(君山)이 위치하고, 동북쪽으로는 동정호 물길이 장강과 합류한다. 자고로 "동정호는 천하의 물이고 악양루는 천하의 누각이다."(洞庭天下水, 岳陽天下樓.)라는 말이 있었고, 호북성 무창(武昌)의 황학루(黃鶴樓) 및 강서성 남창(南昌)의 등왕각(滕王閣)과 더불어 '강남 3대 명루(名樓)'로 꼽힌다. 악양루는 해발 54.3m에 건축된 높이 19.42m,

너비 17.42m의 3층 목조 누각이다. 현재의 악양루는 1984년 5월 중수한 것이다.

37-3 범중엄 「악양루기」 원문, 역문 및 주석

「악양루기」(岳陽樓記) : 세상(사람)이 걱정하기에 앞서 걱정하고, 세상(사람)이 즐긴 다음에 즐긴다(先天下之憂而憂, 後天下之樂而樂.).

慶曆四年春 , 滕子京謫守巴陵郡。越明年 , 政通人和 , 百廢具興 , 乃重修岳陽樓 , 增
其舊制 , 刻唐賢今人詩賦于其上 , 屬予作文以記之。
경력사년춘 , 등자경적수파릉군。월명년 , 정통인화 , **백폐구흥** , 내중수악양루 , 증
기구제 , 각당현금인시부우기상 , **촉여작문이기지。**

경력(慶曆) 4년(1044) 봄, 등자경(滕子京)이 좌천되어 파릉군수(巴陵郡守)가 되었다. 이듬해를
지나자, 정치는 소통되고 사람들은 화목해졌고, 온갖 황폐되었던 것들이 모두 흥성해지자, 이에
[등자경이] 악양루(岳陽樓)를 다시 고치면서, 옛 규모를 늘리고, 그 위에 당대(唐代) 현인과 지금
사람들의 시와 부를 새기고자 했는데, 내게 글을 지어 그 일을 기술해달라고 부탁하였다.

▌등자경(滕子京, 991-1047): 본명 종량(宗諒), 자경은 자(字), 북송 정치인 겸 문학가, 대중상
부(大中祥符) 8년(1015) 범중엄과 같이 진사 급제하여 중앙의 예부(禮部) 수장인 원외랑(員外
郎)까지 역임했으나 사건으로 경력(經曆) 4년(1044) 악주(岳州) 파릉군(巴陵郡) 군수(郡守,
州刺史, 知州, 太守)로 좌천당했고, 공을 인정받아 경력 7년(1047)년 소주지주(蘇州知州)로
부임 후 1달도 안 되어 사망했다. ▌귀양 갈 적(謫): 유배되다, 벌 받다, 관직이 강등되어
타지로 전출되다. ▌지킬 수(守): 군(郡)의 책임자가 되다. ▌적수(謫守): 죄를 지어 강등되어
외관(外官)이나 수변(守邊, 邊境 守衛)이 되다. ▌파릉(巴陵): 형호북로(荊湖北路) 악주(岳州)
파릉군(巴陵郡), 현 호남성 악양시(岳陽市). ▌넘을 월(越): 흔히 '미치다'(及) 또는 '이르다'
(到)로 해석하는데 그보다 '넘다' 또는 '지나다'로 보고 '월명년'(越明年)을 '다음 해를 지나다',
즉 셋째 해로 보아야 하며, 그래야 「악양루기」 맨 마지막의 '[경력]육년'([慶曆]六年)에 부합한

다. ▌통할 통(通): 탈 없이 통하다, 소통되다, 개통되다. ▌백폐구흥(百廢具興): 백폐구흥(百廢俱興), 온갖 황폐화된 것들이 모두 흥성해지다. ▌마를 제(制): 규모. ▌엮을 속(屬, zhǔ): 부탁할 촉(囑, zhǔ), 초청하다, 부탁하다, 위탁하다, 맡기다.

予觀夫巴陵勝狀 , 在洞庭一湖。銜遠山 , 吞長江 , 浩浩湯湯 , 橫無際涯 ; 朝暉夕陰 , 氣象萬千 ; 此則岳陽樓之大觀也 , 前人之述備矣。然則北通巫峽 , 南極瀟湘 , 遷客騷人 , 多會於此 , 覽物之情 , 得無異乎 ?

여관부파릉승상 , 재동정일호。함원산 , 탄장강 , 호호탕탕 , 횡무제애 ; 조휘석음 , 기상만천 ; 차즉악양루지대관야 , 전인지술비의。연즉북통무협 , 남극소상 , 천객소인 , 다회어차 , 남물지정 , 득무이호 ?

내가 보기에 이 파릉의 아름다운 경치는, 동정이란 하나의 호수에 [축약되어] 있다. [동정호는] 멀리 (군)산((君)山)을 머금고, 장강을 삼키고 있는데, [水勢는] 드넓고 세차며, 좌우가 끝이 없다; 아침에는 맑았다가 저녁에는 흐려져, 기상이 천태만상이다; 이것이 바로 악양루의 큰 볼거리인데, 앞 사람의 기술(記述)로 충분할 것이다. 그렇다면 [동정호가] 북쪽으로는 무협(巫峽)과 통하고, 남쪽으로는 소수(瀟水)와 상수(湘水)에 이르기에, 좌천당한 관원과 실의에 빠진 문인들이, 대부분 이곳에 모이는데, 경물(景物)을 보는 감정이, [서로] 차이가 없을 수 있을까?

▌지아비 부(夫): 그, 그녀, 그들, 그것, 그것들, 이것, 이것들. ▌형상 상(狀). ▌문서 장(狀). ▌승상(勝狀, shèng zhuàng): 승경(勝景), 빼어난 경치, 뛰어난 경치. ▌가로 횡(橫): 형용사, 좌우, 왼쪽에서 오른쪽까지 또는 오른쪽에서 왼쪽까지. ▌제애(際涯): 끝, 한도. ▌빛 휘(暉): 빛날 휘(輝), 빛나다. ▌갖출 비(備): 완비하다, 모두 갖추다. ▌다할 극(極): 다다르다, 이르다, 다하다, 소진하다. ▌강이름 소(瀟): 소수(瀟水). 호남성에서 발원하여 상수(湘水)로 흘러 들어가는 강. ▌강 이름 상(湘): 상수(湘水). 광서성에서 호남성 동정호로 흘러 들어가는 상강(湘江). ▌옮길 천(遷): 물러나다, 떠나다. ▌천객(遷客): 지방으로 좌천된 관리. ▌떠들 소(騷): 근심하다, 실의에 빠지다. 굴원(屈原)의 시 「이소」(離騷)를 가리킴. ▌소인(騷人): 실의에 빠진 시인 또는 문인. 전에는 좌천당한 관원을 가리키기도 함. ▌'得無異乎': 得(能)無(沒有)異(區別)乎(嗎)?

若夫霪雨霏霏，連月不開；陰風怒號，濁浪排空；日星隱耀，山嶽潛形；商旅不行，
檣傾楫摧；薄暮冥冥，虎嘯猿啼；登斯樓也，則有去國懷鄕，憂讒畏譏，滿目蕭然，
感極而悲者矣！
약부음우비비，연월불개；음풍노호，탁랑배공；일성은요，산악잠형；상려불행，
장경즙최；박모명명，호소원제；등사루야，즉유**거국회향**，우참외기，만목소연，
감극이비자의！

이렇게 장맛비가 주룩주룩 내려, 여러 달 개이지 않았다; 음산한 바람이 성나게 울부짖었고,
흐릿한 물결이 하늘에 솟구쳤다; 해와 별이 빛을 숨겼고, 산악은 형체를 감췄다; 상인과 나그네가
나다니지 않았고, 돛대는 기울고 노는 부러졌다; 저녁이 가까워지자 어둑어둑하였고, 호랑이가
울부짖고 원숭이가 울어댔다; [이럴 때] 이 누각에 오르니, 서울(國都, 開封)을 떠나와서 고향이
그리워지고, 참소가 걱정되고 비난이 두려워지고, 쓸쓸함이 눈에 가득해져, 감정이 울컥해지고
슬퍼진다!

> ▌약부(若夫): '...에 대하여는,' '...과 같은 것' 등을 의미하는 발어사(發語詞)로서 굳이
> 번역하지 않아도 된다. ▌장마 음(霪): 10일 이상 오는 비. ▌눈 펄펄 내릴 비(霏): 눈이
> 펄펄 내리다, 비가 주룩주룩 내리다. ▌돛대 장(檣). ▌노 즙(楫). ▌꺾을 최(摧): 부러뜨리다.
> ▌엷을 박(薄): 가까워지다, 접근하다. ▌휘파람불 소(嘯): 울부짖다. ▌울 제(啼). ▌거국(去
> 國): 도성을 떠나다. 나라 국(國) 자에는 나라, 국도(國都) 및 도성(都城) 외에 고향(家鄕)이란
> 뜻이 있는데, 여기서는 국도와 고향 모두 의미가 통한다.

至若春和景明，波瀾不驚，上下天光，一碧萬頃；沙鷗翔集，錦鱗游泳，岸芷汀蘭，
郁郁青青。而或長煙一空，皓月千里，浮光躍金，靜影沈璧，漁歌互答，此樂何極！
登斯樓也，則有心曠神怡，寵辱偕忘，把酒臨風，其喜洋洋者矣！
지약춘화경명，파란불경，상하천광，일벽만경；사구**상집**，금린유영，안지정란，
욱욱청청。이혹장연일공，호월천리，부광약금，정영침벽，어가호답，차락하극！
등사루야，즉유심광신이，총욕해망，**파주임풍**，기희양양자의！

봄기운이 화창하고 경치가 밝아지고, 물결이 일지 않게 되자, 위아래가 [모두] 하늘빛이 되었고, 만경(萬頃)이 온통 푸른빛이 되었다; 모래톱 갈매기는 날았다가 모여들었고, 비단 빛 물고기가 헤엄쳤고, 물기슭의 구릿대와 호수 언저리의 난초는, [향기가] 짙고 짙으며 [색깔이] 파릇파릇했다. 그리고 때론 긴 안개가 일거에 사라지면, 밝은 달이 천 리를 비추었고, 떠 있는 달빛은 금빛을 냈고, 고요한 [물속의 달] 그림자는 물에 잠긴 벽옥이었고, 어부들은 노래로 서로 화답하니, 이 즐거움이 어찌 끝이 있을 것인가! [이럴 때] 이 누각에 오르면, 마음은 넓어지고 정신은 맑아지고, 총애와 모욕이 모두 잊혀져, 술잔을 들고 바람을 맞으니, 그 기쁨은 넘치고 넘치도다!

▌지약(至若): 지어(至於), ...때에 이르러, ...으로 말하자면. ▌놀랄 경(驚): 움직이다, 일어나다. ▌빙빙 돌아날 상(翔). ▌집(集): 모일 집. ▌상집(翔集): 새가 날아올랐다가 한곳으로 모여들다. ▌구릿대 지(芷): 구릿대, 향초. ▌물가 정(汀): 강터, 강 언저리, 호수 언저리. ▌성할 욱(郁): 향기롭다, 향기가 짙다. ▌'岸芷汀蘭, 郁郁靑靑': 구릿대와 난초는 모두 향기 나는 식물이므로 두 식물의 향기가 짙고 색깔은 파랗다고 이해해야 하지, 구릿대는 향기를 뿜고 난초는 파랗거나 무성하다(菁菁)고 해석하는 것은 이치에 맞지 않는다. ▌뛸 약(躍): 빛날 요(耀). ▌기쁠 이(怡). ▌함께 해(偕): 다 개(皆). ▌잡을 파(把). ▌바다 양(洋): 많다, 넓다, 넘치다.

嗟夫！予嘗求古仁人之心，或異二者之爲，何哉？不以物喜，不以己悲，居廟堂之高，則憂其民；處江湖之遠，則憂其君。是進亦憂，退亦憂；然則何時而樂耶？其必曰：「先天下之憂而憂，後天下之樂而樂乎！」噫！微斯人，吾誰與歸！時六年九月十五日。

차부！여상구고인인지심, 혹이이자지위, 하재？불이물희, 불이기비, 거묘당지고, 즉우기민；처강호지원, 즉우기군。시진역우, 퇴역우；연즉하시이락야？기필왈：「선천하지우이우, 후천하지락이낙호！」희！미사인, 오수여귀！시육년구월십오일。

아! 내 일찍이 옛날 어진 사람들의 마음을 살펴보았더니, [옛날 어진 사람 중] 어느 사람은 [앞서 말한 두 가지 심정과 달랐는데, 무엇 때문이었을까? 사물로(외부 환경으로) 기뻐하지 않고, 자신으로(자신의 실의로) 슬퍼하지 않은 채, 조정의 높은 곳에 있으면, 그 백성을 걱정하였고; 강호의 먼 곳에 있으면, 그 임금을 걱정하였다. 이는 [조정에] 나아가도 걱정하고, [재야로] 물러나도 걱정하는 것이다; 그러면 언제 즐겼을까? 아마도 틀림없이 "세상(사람)이 걱정하기에 앞서 걱정하고, 세상(사람)이 즐긴 다음에 즐겼을 것이다."라고 말할 것이다. 아! 이런 사람이 아니라면, 내 누구와 함께하겠는가! 때는 [경력(慶曆)] 6년(1046) 9월 15일이다.

■ 탄식할 차(嗟): 발어사(發語辭). ■ 이자(二者): 슬픈(感極而悲) 마음과 기쁜(喜洋洋) 마음. ■ '爲': 슬퍼하거나 기뻐하는 반응을 가리킨다. ■ 묘당(廟堂): 조정(朝廷). ■ 기(其): 부사, 짐작컨대, 아마도, 대체로, 대개는. ■ 즐길 락(樂): '즐거워하다' 보다는 '즐기다'로 해석하는 것이 글의 뜻에 맞는다. ■ 탄식할 희(噫): 아! ■ 작을 미(微): 적다, 없다, 아니다. ■ 돌아갈 귀(歸): 귀의하다, 귀속하다, 따르다(歸附), 한 곳으로 돌아가다. ■ 수여귀(誰與歸): 여귀수(與歸誰), 누구를 따르다; 여수귀(與誰歸), 누구와 함께하다.

37-4 범중엄 「악양루기」 감상과 평설(評說)

원고지 2장이 안 되는(368자) 짧은 「악양루기」에 무려 20여 개의 성어가 나온다. 대부분이 중화권에서만 널리 쓰이고 있지만, 우리가 기억할 만한 것으로는 "세상(사람)이 걱정하기에 앞서 걱정하고, 세상(사람)이 즐긴 다음에 즐긴다."라는 "先天下之憂而憂, 後天下之樂而樂."(先憂後樂)의 경세관(經世觀), "사물로(외부 환경으로) 기뻐하지 않고, 자신으로(자신의 실의로) 슬퍼하지 않는다."라는 "不以物喜, 不以己悲.", 그리고 "총애와 모욕을 모두 잊어버린다."라는 "총욕개망"(寵辱皆忘)의 인생관 및 "정치는 소통되고 사람은 화합한다."라는 "정통인화"(政通人和)의 정치관 등이다.

범중엄의 「악양루기」는 작자가 비록 박해받아 몸은 강호에 있으나 여전히 국사를 걱정하면서 정치이상을 포기하지 않고 있다는 마음을 보여주면서, 동시에 역시 좌천한 친구에 대한 격려와 위안을 전하고 있다. 작자는 말미에 '선우후락'(先憂後樂)의 좌우명을 토로하여 사대부의 전통 자세와 심리를 표현했다. 『맹자』「양혜왕하」편에 "[통치자가] 백성이 좋아하는 것을 기꺼이 하면, 백성도 그(통치자가 기꺼이 한) 일을 같이 즐기며; [통치자가] 백성이 걱정하는 일을 걱정하면, 백성도 그(통치자가 걱정한) 일을 같이 걱정한다."(樂民之樂者, 民亦樂其樂; 憂民之憂者, 民亦憂其憂.)라는 말이 있다. 이는 백성과 우락(憂樂)을 나누는 방법이지만 범중엄의 선우후락이라는 선후 관계라기보다 조건 관계이다.

원래 전통 사대부들은 맹자(孟子)가 말한 "궁색할 때는 홀로 자기 몸을 돌보고, 일이 잘 풀릴 때는 세상을 위해 좋은 일을 한다."(窮則獨善其身, 達則兼善天下.「盡心上」)라는 말을 반대로 비틀어 유도호보(儒道互補)의 인생관을 가져왔다. 그들은 '일이 잘 풀릴 때는 세상을 위해 좋은 일을 한다.'라는 것은 '배워 여력이 생기면 관리가 된다.'(學而優則仕,『論語』「子張」)라는 유가의 이상주의 입세(入世) 정신을 추구하고, 그리고 '궁색할 때는 홀로 자기 몸을 돌본다.'라는 도가의 출세(出世) 정신을 추구하는 것을 이상적인 인생관으로 보았다.

이로 보아 범중엄의 '선우후락' 정신과 친구에 대한 "사물로(외부 환경으로) 기뻐하지 않고, 자신으로(자신의 실의로) 슬퍼하지 말라."(不以物喜, 不以己悲)라는 격려는 결국 궁색한 처지가 되었음에도 여전히 안주하지 않고 다시 기회가 와서 발탁되기를 바라는 정치 지향의 관점을 드러낸 것이다.

지금까지 이를 지식인의 곧은 정신자세로 높이 평가해왔지만, 현대라는 시점에서 본다면 그리 추켜세울 만한 것은 아닐 것이다. 오늘날의 관료나 정치인이 타의로 좌천되거나 퇴출되었을 때 복직이란 요행을 학수고대하는 자세는 버려야 할 것이다.

흔히 범중엄의 「악양루기」는 370년 전 요절한 왕발(王勃, 650-676)의 변려문 「등왕각서」(滕王閣序, 675)와 비교된다. 「등왕각서」는 언어에 공을 들인 773자의 화려한 '천하 제일의 변려문'이고, 「악양루기」는 서술, 풍경 묘사, 서정, 의론(議論)이 융합된 368자에 이르는 산문이다. 전자는 25세 청년이 주로 주변 경관과 개인의 심정을 드러낸 작품이고, 후자는 57세의 경륜가가 사상과 예술 기교를 통일한 작품이다. 전자는 풍경을 직접 목격하여 바로 지은 것이고, 후자는 그림을 보고 짓고 수정을 가한 것이다. 전자에서 유명한 문구는 "떨어지는 노을은 외로운 오리와 함께 나란히 날고, 가을 물은 긴 하늘과 같은 색이네."(落霞與孤鶩齊飛, 秋水共長天一色.)이고, 후자에서 유명한 문구는 "세상(사람)이 걱정하기에 앞서 걱정하고, 세상(사람)이 즐긴 다음에 즐긴다."(先天下之憂而憂, 後天下之樂而樂.)라는 것인데, 후자가 더 유명하다. 후대의 두 작품 평가는 백중지세이지만 문학 전공자는 전자를 사상 전공자나 철학 전공자는 후자를 선호할 듯하다.

범중엄의 악양루 묘사는 또 300여 년 앞선 당대 왕지환(王之渙, 699-742)의 시「등관작루」(登鸛雀樓)도 떠올리게 한다. 전자는 장강 지류 격인 동정호 너비 4km 부분을 서쪽으로 마주하는 위치의 시점에서, 후자는 산서성 영제시(永濟市) 황하 변 관작루에서 서쪽으로 4km 너비의 황하를 바라보고 쓴 작품이다. 왕지환의「등관작루」를 쓴 대련 작품이 중국 외교활동에 널리 이용되었는데, 이를 이용하는 중국공산당 측의 의도는 사실 상대방에게 눈높이를 높이라고 훈계하는 것이다. 2013년 습근평(習近平)이 박근혜 대통령에게 선물한 것이 대표 사례이다.

白日依山盡, 黃河入海流. 欲窮千里目, 更上一層樓.
백일의산진, 황하입해류. 욕궁천리목, 갱상일층루.

태양은 서산에 기대서 지고, 황하는 바다를 향해 흐르네. 천 리의 풍광을 실컷 보려면, 누각 한 층을 더 올라야 한다네.

38. 구양수(歐陽脩)
「붕당론」(朋黨論)

38-1 저자 소개

구양수(歐陽脩, 1007-1072)의 자는 영숙(永叔), 호는 취옹(醉翁) 및 육일거사(六一居士), 시호는 문충(文忠)으로, 후대에 구양문충공(歐陽文忠公)으로 불렸다. 강남로(江南路) 길주(吉州) 여릉군(廬陵郡) 영풍현(永豊縣/廬陵縣, 현 강서성 吉安市 永豊縣) 출신이다. 북송 중기의 정치가, 사학가, 경학가(經學家), 문학가로 북송의 정치, 사상, 문학 등 여러 방면에 큰 발자취를 남겼다. 정치가로 한림학사(翰林學士), 추밀부사(樞密副使) 및 참지정사(參知政事) 등을 역임했다.

구양수

구양수는 사학 방면에서 『신당서』(新唐書) 집필에 참여했고, 『신오대사』(新五代史)를 단독 집필했고, 「정통론」(正統論)을 지어 역사서술의 기준을 제시하고 이후 많은 논쟁을 야기했다. 경학 방면에서 『역』, 『모시』(毛詩), 『춘추』, 『예기』 등을 깊이 연구하였다. 문학 방면에서는 시(詩), 사(詞), 부(賦) 및 산문

등 다양한 장르의 문학작품을 남겼다. 그는 '문장이 천하 제일'(文章名冠天下.『宋書』
권318「歐陽修列傳」)이라고 평가받았다.

구양수는 산문이 높이 평가되어 당대의 한유(韓愈, 768-824)와 유종원(柳宗元,
773-819), 송대의 소순(蘇洵, 1009-1066), 소식(蘇軾, 1037-1101), 소철(蘇轍, 1039-1112),
증공(曾鞏, 1019-1083), 왕안석(王安石, 1021-1068)과 더불어 당송팔대가(唐宋八大家)
로 불린다. 또 한유, 유종원 및 소식과 함께 '천고문장4대가'(千古文章四大家)로 불린다.
구양수의 유명한 산문으로「붕당론」외에「오대사·영관전서」(五代史·伶官傳序),「취
옹정기」(醉翁亭記),「풍락정기」(豊樂亭記),「추성부」(秋聲賦) 및「제석만경문」(祭石曼
卿文) 등이 있다.

38-2 원전 소개

구양수(歐陽脩)의「붕당론」(朋黨論)은 송 인종(仁宗) 때 범중엄(范仲淹)을 중심으로
한 개혁파와 여이간(呂夷簡)을 중심으로 한 보수파의 권력 갈등에서 비롯되었다. 경력
(慶曆) 3년(1043) 좌천되었던 범중엄이 참지정사(參知政事)가 되어 경력신정(慶曆新
政)을 시행하자 보수파 여이간 등은 이들을 '붕당'(朋黨)의 죄로 모함하였다. 범중엄을
리더로 하는 개혁파의 일원으로 범중엄과 함께 좌천되었다가 간관(諫官)을 맡게 된
구양수가 경력 4년(1044) 4월에 보수파들을 논박하기 위해 상주(上奏)한 글이 바로
「붕당론」이다.

구양수의 '붕당론'은 전통 정치론을 뒤집어 붕당의 부정 의미를 제거하여 긍정 의미
를 부여했다. 그가 당대 한유(韓愈)의 고문운동을 지지하였기 때문인지「붕당론」은
읽기 쉽고 뜻이 명확하게 전달된다.『중수실록』(重修實錄)과『신종구사』(神宗舊史)의
「구양수본전」(歐陽脩本傳)에 따르면 "구양수의 문장이 나오자, 천하의 선비들은 모두
흠모하여, 구양수의 문장에 미치지 못할까 걱정하였는데, 일거에 문장이 크게 변하여,

거의 서한 때의 흥성과 같았는데, 구양수가 이를 일으킨 것이다.”라고 하였다. 서한 때의 흥성은 바로 고문의 전형적인 시대를 가리킨 것이다.

구양수의 「붕당론」은 『송사』 「인종본기」와 「구양수열전」에는 실리지 않았으나, 『구양문충공집』(歐陽文忠公集) 권17에 실려 있다. 이 글은 후세에 큰 영향을 주어 수많은 선집에 실려 있다. 송대의 『고문관건』(古文關鍵), 『송문감』(宋文鑑), 『문장궤범』(文章軌範), 『속문장정종』(續文章正宗) 등 6권, 명대의 『당송팔대가문초』(唐宋八大家文鈔), 『문편』(文編) 등 4권, 청대의 『당송문순』(唐宋文醇), 『고문관지』(古文觀止), 『고문석의』(古文析義) 등 17권에 실렸다.

38-3 구양수 「붕당론」 원문, 역문 및 주석

「붕당론」(朋黨論) : 군자와 군자는 같은 길로 무리를 이루고, 소인과 소인은 같은 이익으로 무리를 이룬다(君子與君子以同道爲朋, 小人與小人以同利爲朋.).

臣聞朋黨之說, 自古有之, 惟幸人君辨其君子小人而已。大凡君子與君子以同道爲朋, 小人與小人以同利爲朋, 此自然之理也。
신문붕당지설, 자고유지, 유행인군변기군자소인이이。대범군자여군자이동도위붕, 소인여소인이동리위붕, 차자연지리야。

신이 듣기로는 붕당(朋黨)이란 말은, 예부터 그것이 있었으므로, 다만 군주께서 그들이 군자인지 소인인지 판별하시길 바랄 뿐입니다. 무릇 군자와 군자는 같은 길로 무리를 이루고, 소인과 소인은 같은 이익으로 무리를 이루는데, 이는 자연의 이치입니다.

▌다행 행(幸): 희망하다. ▌벗 붕(朋): 무리를 이루다.

然臣謂小人無朋，惟君子則有之。其故何哉？小人所好者祿利也，所貪者財貨也。當其同利之時，暫相黨引以爲朋者，僞也；及其見利而爭先，或利盡而交疏，則反相賊害，雖其兄弟親戚，不能相保。故臣謂小人無朋，其暫爲朋者，僞也。君子則不然。所守者道義，所行者忠信，所惜者名節。以之修身，則同道而相益；以之事國，則同心而共濟；始終如一，此君子之朋也。故爲人君者，但當退小人之僞朋，用君子之眞朋，則天下治矣。

연신위소인무붕，유군자즉유지。기고하재？소인소호자녹리야，소탐자재화야。당기동리지시，잠상당인이위붕자，위야；급기견리이쟁선，혹이진이교소，즉반상적해，수기형제친척，불능상보。고신위소인무붕，기잠위붕자，위야。군자즉불연。소수자도의，소행자충신，소석자명절。이지수신，즉동도이상익；이지사국，즉동심이공제；시종여일，차군자지붕야。고위인군자，단당퇴소인지위붕，용군자지진붕，즉천하치의。

그러나 신은 소인은 무리가 없고, 군자만 무리가 있다고 말씀드립니다. 그 까닭은 무엇일까요? 소인이 좋아하는 것은 봉록과 이익이고, 탐하는 것은 재물과 돈입니다. 같은 이익일 때에는, 잠시 서로 결탁하여 무리가 되는데, [이는] 거짓입니다; 이익을 보게 되면 서로 앞을 다투고, 간혹 이익이 다하면 교류가 뜸해지고, 도리어 서로 해치기도 하니, 비록 형제·친척이라도, 서로 보호할 수 없습니다. 그러므로 신은 소인은 무리가 없으며, 잠시 무리가 된다는 것은, 거짓이라고 말씀드리는 것입니다. 군자는 그렇지 않습니다. [군자가] 지키는 것은 도의이고, 행하는 것은 충성과 신뢰이며, 아끼는 것은 명예와 절조(節操)입니다. 이것으로 몸을 닦으니, 도(道)를 같이 하고 서로 이익이 되며; 이것으로 나라를 섬기니, 마음을 같이 하고 함께 나아갈 수 있는 것입니다; 시종여일, 이것이 군자의 무리입니다. 그러므로 사람들의 군주는, 다만 소인의 거짓 무리를 마땅히 내치시고, 군자의 참된 무리를 등용하셔야, 천하가 다스려집니다.

▌다만 단(但): 다만, 그러나, 무릇.

堯之時，小人共工、讙兜等四人爲一朋，君子八元、八凱十六人爲一朋。舜佐堯，退四

凶小人之朋, 而進元, 凱君子之朋, 堯之天下大治。及舜自爲天子, 而臯, 夔, 稷, 契等
二十二人並列于朝, **更相稱美**, 更相推讓, 凡二十二人爲一朋, 而舜皆用之, 天下亦
大治。《書》曰:「紂有臣億萬, 惟億萬心; 周有臣三千, 惟一心。」紂之時, 億萬人各
異心, 可謂不爲朋矣, 然紂以亡國。周武王之臣, 三千人爲一大朋, 而周用以興。

요지시, 소인공공, **환두등사인위일붕**, 군자**팔원**, **팔개십륙인위일붕**。순좌요, 퇴사
흉소인지붕, 이진원, 개군자지붕, 요지천하대치。급순자위천자, 이고, 기, 직, 설등
이십이인병렬우조, **경상칭미**, 갱상추양, 범이십이인위일붕, 이순개용지, 천하역
대치。《서》왈:「주유신억만, 유역만심; 주유신삼천, 유일심。」주지시, 억만인각
이심, 가위불위붕의, **연주이망국**。주무왕지신, 삼천인위일대붕, 이주용이흥。

요임금 때, 소인인 공공(共工)과 환두(驩兜) 등 네 사람이 한 무리가 되었고, 군자인 팔원(八元)과
팔개(八凱) 열여섯 사람이 한 무리가 되었습니다. 순이 요를 보좌하면서, 사흉(四凶) 소인 무리를
내치시고, 팔원과 팔개 군자의 무리를 천거하였고, 요의 천하는 잘 다스려졌습니다. 순임금이
스스로 천자가 됨에 이르러, 고(臯)·기(夔)·직(稷)·설(契) 등 스물두 사람이 나란히 조정에서
일을 맡아, 더더욱 서로 칭찬하고, 더더욱 서로 양보하여, 스물두 사람 모두 하나의 무리가 되었
고, 순임금은 그들을 모두 등용하였고, 천하도 잘 다스려졌습니다. 『서』(書)가 말한 바로는 "1은나
라 주왕(紂王)에게 억만(億萬)의 신하가 있었으나, 억만 가지 마음이었고; 주(周)나라에는 삼천
(三千)의 신하가 있었으나, 한 가지 마음이었다."라고 합니다. 주왕(紂王) 때, 억만 사람이 각기
다른 마음을 지녀, 무리를 이루지 못했다고 이를 수 있는데, 그래서 주왕은 그로써 나라를 잃었습
니다. 주무왕(周武王)의 신하는, 삼천 명이 하나의 큰 무리를 이루었고, 그리하여 주나라는 그들
을 써서 흥성했습니다.

▮환두(讙兜): 환두(驩兜). 사인(四人): 공공(共工), 환두(驩兜), 삼묘(三苗) 및 곤(鯀)을 가리
키며 사흉(四凶)이라고도 한다. ▮으뜸 원(元): 선량하다, 길하다, 크다. ▮팔원(八元): 고신씨
(高辛氏)의 여덟 아들, 백분(伯奮)·중감(仲堪)·숙헌(叔獻)·계중(季仲)·백호(伯虎)·중웅(仲
熊)·숙표(叔豹)·계리(季貍). ▮즐길 개(凱). ▮팔개(八凱): 팔개(八愷), 고양씨(高陽氏)의 여
덟 아들, 창서(蒼舒)·퇴애(隤敳)·도인(檮戭)·대림(大臨)·방강(尨降)·정견(庭堅)·중용(仲
容)·숙달(叔達). ▮벌일 열(列): 직무, 직위, 다스리다, 어떤 일을 맡기다. ▮고칠 경(更,
gēng): 번갈아, 교대로. ▮경상(更相): 서로서로, 상호(相互, 互相). ▮그러할 연(然): 그러하

여(如此).

後漢獻帝時, 盡取天下名士囚禁之, 目爲黨人。及黃巾賊起, 漢室大亂, 後方悔悟,
盡解黨人而釋之, 然已無救矣。
후한헌제시 , 진취천하명사수금지 , 목위당인。급황건적기 , 한실대란 , 후방회오 ,
진해당인이석지 , 연이무구의。

후한 헌제(獻帝) 때, 천하의 명사들을 모두 잡아다 가두고는, 당인(黨人)이라고 지목하였습니다.
황건적(黃巾賊)이 일어나게 되자, 한 황실이 크게 어지러워졌고, 그 후에야 비로소 후회하여,
당인을 모두 풀어 석방하였는데, 그러나 이미 구할 수 없었습니다.

▌취할 취(取): 잡다, 붙잡다, 체포하다.

唐之晩年, 漸起朋黨之論。及昭宗時, 盡殺朝之名士, 或投之黃河, 曰 :「此輩淸
流, 可投濁流。」而唐遂亡矣。
당지만년 , 점기붕당지론。급소종시 , 진살조지명사 , 혹투지황하 , 왈 :「**차배청
류 , 가투탁류。**」이당수망의。

당(唐)나라 만년(晩年)에, 점차 붕당 논의가 일었습니다. 소종(昭宗) 때에 이르러, 조정의 명사를
모두 죽이거나, 혹은 황하에 던지며, "이 청류(淸流) 떼거리는 탁류에 던져도 됩니다."라고 하였습
니다. 그리고 당은 마침내 망했습니다.

▌"此輩淸流, 可投濁流.": 『자치통감』(資治通鑑) 권265 「당기팔십일」(唐紀八十一)에 따르면
소종(昭宗) 천우(天祐) 2년(905) 6월 주전충(朱全忠)이 하루 저녁에 배추(裴樞) 등 30여 명을
백마역(白馬驛)에서 살해하였다. 이때 이진(李振)은 진사(進士)에 여러 번 낙방하여 벼슬아
치에게 한을 품었는데, 주전충에게 말하길 "이 떼거리(搢紳之士)는 늘 스스로 청류(淸流)라고
일컬었는데, 마땅히 황하에 던져, 탁류(濁流)로 만드십시오!"(此輩常自謂淸流, 宜投之黃河,
使爲濁流!)라고 했고, 이에 30여 명을 황하에 던졌다고 한다.

夫前世之主 , 能使人人異心不爲朋 , 莫如紂 ; 能禁絕善人爲朋 , 莫如漢獻帝 ; 能誅
戮淸流之朋 , 莫如唐昭宗之世 ; 然皆亂亡其國。

부전세지주 , 능사인인이심불위붕 , 막여주 ; 능금절선인위붕 , 막여한헌제 ; 능주
륙청류지붕 , 막여당소종지세 ; 연개난망기국。

무릇 앞선 세대의 임금 중, 사람마다 다른 마음을 가져 무리가 될 수 없게 할 수 있는 사람으로,
주왕(紂王)만한 이가 없습니다; 선인(善人)이 무리가 되는 것을 절대 금지할 수 있는 사람으로,
후한의 헌제(獻帝)만한 이가 없습니다; 청류의 무리를 주륙(誅戮)할 수 있는 때로는, 당소종(唐昭
宗) 시절만 한 적이 없습니다; 그러나 모두 그 나라를 어지럽혀 망하게 했습니다.

更相稱美推讓而不自疑 , 莫如舜之二十二臣 , 舜亦不疑而皆用之 ; 然而後世不誚舜
爲二十二人朋黨所欺 , 而稱舜爲聰明之聖者 , 以辨君子與小人也。周武之世 , 擧其國
之臣三千人共爲一朋 , 自古爲朋之多且大 , 莫如周 ; 然周用此以興者 , 善人雖多而
不厭也。

경상칭미추양이부자의 , 막여순지이십이신 , 순역불의이개용지 ; 연이후세불**초**순
위이십이인붕당소기 , 이칭순위총명지성자 , 이변군자여소인야。주무지세 , 거기국
지신삼천인공위일붕 , 자고위붕지다차대 , 막여주 ; 연주용차이흥자 , 선인수다이
불염야。

서로 칭찬하고 양보하여 스스로 의심치 않음은, 순임금의 스물두 사람의 신하만 한 이가 없었고,
순임금도 의심치 아니하고 그들을 모두 등용하였습니다; 그러나 후세 사람들은 순임금이 스물두
사람의 붕당(朋黨)에게 속았다고 꾸짖지 않고, 순임금을 총명한 성자라고 칭송하여, 군자와 소인
을 판별하였습니다. 주무왕(周武王) 시절, 그 나라의 신하 삼천 사람이 함께 하나의 무리가 되었
으니, 자고로 무리의 숫자와 크기가, 주(周)나라만 한 적이 없었습니다; 그러나 주나라가 이들을
써서 흥성한 것은, 선인이 비록 많아도 마다하지 않았기 때문입니다.

▌꾸짖을 초(誚): 책망하다. ▌싫을 염(厭): 족하다, 만족하다, 충만하다, 마다하다.

夫興亡治亂之跡 , 爲人君者 , 可以鑒矣。

부흥망치란지적 , 위인군자 , 가이감의。

무릇 흥망과 치란(治亂)의 자취는, 군주된 사람이, 거울로 삼을 만한 것입니다.

38-4 구양수 「붕당론」 감상과 평설(評說)

구양수의 「붕당론」에는 성어라 할 만한 표현이 없다. "마음을 같이 하여 함께 건너다."라는, 마음을 합하여 어려움을 극복한다는 동심공제(同心共濟)뿐이다.

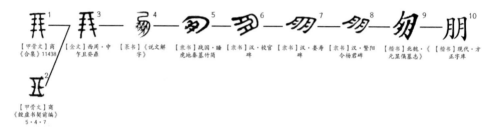

출처: https://baike.baidu.com/item/%E6%9C%8B/10443265?fr=aladdin

한자 벗 붕(朋) 자는 상형자로서 갑골문(그림 1)의 붕 자는 조개(貝) 두 개를 이은 모습으로, 조개마다 가로선 세 개를 그었는데, 이는 많다는 뜻이다. 붕 자는 고대 화폐 단위였다. 두 조개를 이은 모습에서 집합, 취합의 의미가 있으며, 나아가 따를 비(比), 함께 병(幷), 무리 윤(倫) 등의 의미로 확대되었다.

출처: https://www.vividict.com/Public/index/page/details/details.html?rid=5331

무리 당(黨) 자는 갑골문과 금문(金文)이 없고 전국-진시대 전문(篆文)에 나타난 형성자(形聲字)이다. 오히려 상(尙) 자와 검을 흑(黑) 자가 결합하여 광명하지 않다, 나쁜 짓을 하다는 뜻이다. 나중에 당 자에는 친족, 붕당, 패거리, 무리, 붕당을 결성하다 외에 무편무당(無偏無黨)에서와 같이 사적으로 치우치다, 쏠리다, 기울다는 뜻이 더해졌다.

전국시대부터 악행으로 서로 돕기 위해 결성된 집단이라는 붕당(朋黨)과 붕당을 결성하여 타인을 배제한다는 붕당비주(朋黨比周)가 널리 쓰였다. 구양수의 「붕당론」은 붕과 당의 차이를 논의하지 않았고, 당보다는 붕에 집중하였다. 조선의 유성룡은 붕과 당의 차이를 자세히 분석한 바 있다(柳成龍, 『西厓先生文集』 권13 「雜著: 歐陽子朋黨論」).

구양수는 「붕당론」을 통해 첫째, 붕당은 자고로 존재해 왔다; 둘째, 붕당에는 군자의 붕당과 소인의 붕당이 있는데, 군자의 붕당은 동도(同道)에 기초하고, 소인의 붕당은 동리(同利)에 기초한다; 셋째, 군주는 치란흥망의 자취를 살펴 군자의 당과 소인의 당을 잘 판별해야 한다고 주장했다. 개혁파 군자 자신들만 도를 같이하는 진정한 붕당, 즉 진붕(眞朋)이고, 보수파 소인들의 붕당은 이(利)를 같이하는 붕당, 즉 위붕(僞朋)이라는 이분법을 가진 구양수의 「붕당론」은 결국 파당에 근거한 주관 판단이었고, 이는 자신들이 권력을 잡았을 때나 가능한 인식이었으므로 반대파에게는 자신들이야말로 진붕이고 구양수 무리가 위붕이라는 공격의 빌미를 제공하여 결국 당쟁을 격화하는 기능을 하였다. 구양수의 붕당론은 오늘날 어휘로 '정치적 올바름 주의'(political correctness)와 궤를 같이한다.

구양수의 「붕당론」의 관점은 후세에 넓은 공명과 반론을 일으켰다. 붕당 문제와 관련된 글을 쓰거나 상서를 올리거나 토론할 때 구양수의 붕당론은 인용과 해석과 비판의 단골이 되었다. 송대의 왕우칭(王禹稱), 유안세(劉安世), 소식(蘇軾), 사마광(司馬光), 진관(秦觀), 화진(華鎭), 범순인(范純仁), 이강(李綱), 요강(廖剛), 이석(李石), 진기경(陳耆卿), 고사득(高斯得), 엽적(葉適), 원대의 영조(榮肇), 허겸(許謙), 명대의 최선(崔

銑), 이문(李雯), 여수구(黎遂球), 청대의 후방역(侯方域), 이계백(李繼白), 위희(魏禧), 웅문거(熊文擧), 옹정제(雍正帝) 등도 붕당론을 썼다.

구양수와 정치 관점을 같이 한 그의 제자 소식(蘇軾)은 가우(嘉祐) 연간(1056-1063)에 「속구양자붕당론」(續歐陽子朋黨論)을 지어 "당이 있으면 반드시 다투고, 다투면 소인이 반드시 이긴다."(有黨則必爭, 爭則小人者必勝.); 군자의 당은 일시 세력을 떨칠 수 있으나 사악한 세력의 공격으로 쉽게 무너진다; 군자는 심기 어렵지만 쉽게 제거되는 벼(嘉禾)에 비유되고 소인은 심지 않아도 자라서 제거가 어려운 피(惡草)에 비유되어 소인의 붕당은 일단 형성되면 제거가 더욱 어렵다; 군자와 소인은 후대의 평가이고 당대에는 판별이 어렵다는 등의 의견을 제시했다. 붕당에 대한 소식의 이러한 평가는 정치 현실에 대한 예리한 분석과 판단에 근거한 논리이며 주장으로 구양수의 「붕당론」보다 문학적인 수준과 평가는 높지 않지만 정치학 수준과 평가는 훨씬 높다고 볼 수 있다.

구양수의 논점을 가장 비판하는 관점을 가졌던 사람은 청 세종 옹정제(雍正帝)였다. 그는 「어제붕당론」(御製朋黨論)을 통해 구양수가 '군자는 도를 같이하여 무리를 이룬다'(君子以同道爲朋)라는 말의 '도'라는 것도 소인의 사도(私道)일 뿐이라고 비판하면서, 군자는 무리(朋)가 없고 소인만 무리가 있으며, 소인의 무리도 모두 '동도'(同道)의 이름(名)을 빌려 '동리'(同利)의 실질(實)을 채우는(濟) 짓이라고 비판했다(『淸實錄雍正朝實錄』 권9). 옹정제는 제왕들이 금과옥조로 여겨 신하 및 붕당을 탄압하던 매우 유효한 무기였던 『논어』「위령공」(衛靈公) 편의 '군이부당'(群而不黨)의 전통을 뒤집은 구양수의 주장을 부정하여 원상태로 회복을 꾀한 것이다. 옹정제의 눈에 구양수의 붕당론은 천존지비(天尊地卑)의 군신관계를 파괴하는 글이었다. 구양수가 옹정제 때 이 글을 썼다면 혹세의 죄로 목이 날려갔을 것이다.

사실 붕당은 전 세계 고금의 공통 현상이며 이것이 제도화된 것이 정당정치이다. 따라서 붕당론 제기자인 구양수의 붕당론과 주희(朱熹)의 '인군위당설'(引君爲黨說)의 영향을 받은 조선에서도 붕당론을 쓴 사람이 있다. 그들은 유성룡(柳成龍, 1542-1607), 조익(趙翼, 1579-1655), 이익(李瀷, 1681-1763) 및 위백규(魏伯珪, 1727-1798)다. 원문과 번역문은『한국고전종합D/B』를 참고하기 바란다.

39. 소순(蘇洵)
「육국론」(六國論)

39-1 저자 소개

소순(蘇洵, 1009-1066)은 북송의 산문가로서 자는 명윤(明允), 호는 노천(老泉)으로 서천로(西川路) 미주(眉州) 미산현(眉山縣, 현 사천성 眉山市) 사람이다. 각종 고시에 낙방하여 다시 독서에 전념하고 문장을 써서 한림학사(翰林學士) 구양수(歐陽脩)의 추천으로 비서성(秘書省) 교서랑(校書郎), 패주문안현(覇州文安縣) 주부(主簿)를 역임했다.

소순은 요(遼)의 공략에 대한 저항을 주장했고, 대지주 토지겸병과 정치 특권을 반대했다. 문장 중 책론(策論)에 능해 전국시대 종횡가의 풍모를 지녔다. 아들인 소식(蘇軾) 및 소철(蘇轍)과 더불어 '삼소'(三蘇)라 불리며, 당송팔대가의 하나이다. 『가우집』(嘉祐集)이 전한다.

소순

39-2 원전 소개

「육국론」(六國論)은 소순의 대표 정론(政論)으로 전국시대 칠웅 중 6국이 멸망한 "폐단은 진나라에 뇌물을 준 데 있다"(弊在賄秦)고 본다. 이는 "옛것을 빌어 오늘을 풍자하는(비유하는)" 차고풍금(借古諷今, 引古諭今, 托古諷今, 以古諷今)의 방법으로 북송이 요(遼)와 서하(西夏)에게 굴욕적인 대외정책을 펴는 것을 비판하고, 북송 통치자는 전국시대 6국이 멸망한 교훈을 본받으라고 훈계한 것이다. 소순은 「육국론」 등이 실린 『권서』(權書) 등 20여 편을 인종(仁宗) 가우(嘉佑) 2년(1057)에 구양수(歐陽修, 1007-1072)에게 증정하였다. 이를 읽어본 구양수는 「천포의소순장」(薦布衣蘇洵狀)을 올리면서 "헛말이 아니고 쓸모가 기대되며, 옛것에 박학하고 지금에 통달하니 실로 유용한 말이다."라고 평가했다. 소순이 죽은 지 9년 뒤, 구양수가 죽은 지 3년 뒤 신종 8년(1075) 북송이 요에게 7백 리의 땅을 넘겨주면서 소순의 주장과 구양수의 예언은 그대로 현실이 되기 시작하였고, 그리고 50여 년 뒤에는 북송이 망하면서 소순의 주장과 구양수의 예언은 역사가 되었다. 「육국론」은 『가우집』(嘉祐集) 권3 「권서하」(權書下) 편과 『고문관지』 권11 「송문」(宋文)에 실려 있다.

북송은 건국 이후 당대 말기 진번(鎭藩) 할거와 오대(五代) 군인의 정치 간여 현상을 거울삼아 중앙집권제도를 시행하였다. 절도사의 권력을 해제하고 문관을 파견하여 지방관(地方官)을 맡겼고, 관원을 파견하여 지방 재정을 관리케 했고, 황제가 직접 금군(禁軍)을 통솔하였다. 이로써 지방의 행정권, 재정권 및 군권을 모두 중앙으로 귀속시켰다. 그리고 군대의 지휘자인 장관(將官)을 자주 바꿔 병사는 장수를 모르고 장수는 병사를 모르게 되어 결과적으로는 전투력을 극히 약화시켰다. 이로써 군벌의 할거는 막았지만, 군사력의 쇠퇴를 가져왔다. 그리하여 북송 건국 100여 년간 거란 및 서하와 60여 차례 전투에서 패배기 더 많았다. 또한 중앙집권 조지로 인해 관료기구와 군대가 부단히 확장되어 북송 중반에 이르러 인건비와 군비의 지출이 많아지자 정부 지출이

부족했다. 토지겸병을 제한하지 않아 토지집중 현상이 심각해졌고, 귀족이 토지를 대량 점유했고, 사회 모순이 첨예화되었고, 정치는 전제 부패가 심화되었고, 군사상의 나태무능이 가속되어 결국 대외적으로 극히 유약해졌다. 이에 북송은 1004년 전연지맹(澶淵之盟) 이래 거란에 은 10만 냥과 비단(絹) 20만 필을, 1006년부터 서하에 은 1만 냥, 비단 1만 필, 전(錢) 1만 냥을 조공하여(후에 변화) 농민의 부담이 가중되었고 국력도 극히 손상되었는데, 이것이 소순이 「육국론」을 쓰게 된 배경이다.

소순의 아들 소식(蘇軾)과 소철(蘇轍) 및 청대의 이정(李楨)도 「육국론」을 썼다.

참고로, 거란(요)이 993년 80만(실은 10만 이하) 대군으로 고려를 침공했을 때 고려 조정에서는 서경(西京, 평양) 이북 땅을 떼어주자는 할지론(割地論)이 우세했지만, 서희(徐熙)가 담판으로 오히려 강동육주(江東六州)를 개척하는 공을 세웠다. 거란은 배후인 고려와 관계를 안정케 한 뒤 방향을 틀어 송을 압박하게 되었다.

39-3 소순 「육국론」 원문, 역문 및 주석

「육국론」(六國論) : 땅으로 진나라를 섬기는 것은, 마치 땔감을 끌어안고 불을 끄려는 것과 같다(以地事秦, 猶抱薪救火.).

六國破滅, 非兵不利, 戰不善, **弊在賂秦**。賂秦而力虧, 破滅之道也。或曰：「六國互喪, 率賂秦耶?」曰：「不賂者以賂者喪, 蓋失強援, 不能獨完, 故曰弊在賂秦也。」
육국파멸, 비병불리, 전불선, **폐재뇌진**。뇌진이역휴, 파멸지도야。혹왈：「육국호상, 솔뇌진야?」왈：「불뢰자이뇌자상, 개실강원, 불능독완, 고왈폐재뇌진야。」

[전국시대 말기 韓·魏·楚·趙·燕·齊 여섯 나라가 파멸한 것은, 무기가 예리하지 않아서가 아니었고, 전투를 잘하지 못해서가 아니었으며, 진나라에 뇌물을 바친 데 병폐가 있었기 때문이다.

진나라에게 뇌물을 바치면 힘(국력)이 손실되는데, [이는] 파멸의 길이었다. 누가 말했다: "여섯 나라가 줄이어 망한 것은, 모두 진나라에게 뇌물(땅)을 바쳤기 때문인가?" 대답했다: "뇌물을 바치지 않은 자(나라)가 뇌물을 바친 자(나라) 때문에 망한 것은, 대체로 강력한 도움을 잃고, 홀로 온전할 수 없었기 때문인데, 그래서 '진나라에 뇌물을 바친 데 병폐가 있었기 때문이다.'라고 말하는 것이다."

▌해질 폐(弊): 병폐, 폐해. ▌뇌물 줄 뢰(賂): 재물을 주다. ▌이지러질 휴(虧): 결손, 손실. ▌서로 호(互): 줄이어, 연이어, 번갈아, 잇닿다(交接). ▌죽을 상(喪): 망하다, 멸망하다. ▌거느릴 솔(率): 모두.

秦以攻取之外，小則獲邑，大則得城，較秦之所得，與戰勝而得者，其實百倍；諸侯之所亡，與戰敗而亡者，其實亦百倍。則秦之所大欲，諸侯之所大患，固不在戰矣。思厥先祖父，暴霜露，斬荊棘，以有尺寸之地。子孫視之不甚惜，舉[之]以[之]予人，如棄草芥。今日割五城，明日割十城，然後得一夕安寢。[子孫起視四境，而秦兵又至矣。然則諸侯之地有限，暴秦之欲無厭，奉之彌繁，侵之愈急，故不戰而強弱勝負已判矣。至於顛覆，理固宜然。古人云：「以地事秦，猶抱薪救火，薪不盡，火不滅。此言得之。

진이공취지외, 소즉획읍, 대즉득성, 교진지소득, 여전승이득자, 기실백배；제후지소망, 여전패이망자, 기실역백배。즉진지소대욕, 제후지소대환, 고부재전의。사궐선조부, **폭상로**, **참형극**, 이유척촌지지。자손시지불심석, 거[지]이[지]여인, 여기**초개**。금일할오성, 명일할십성, 연후득일석안침。[자손]기시사경, 이진병우지의。연즉제후지지유한, 포진지욕무염, 봉지**미번**, 침지유급, 고부전이강약승부이판의。지어전복, 이고의연。**고인운**：「이지사진, 유포신구화, 신부진, 화불멸。차언득지。

신나라는 공격으로 [땅을] 얻은 것 외에도, [뇌물로] 작게는 읍(邑)을 얻었고, 크게는 성(城)을 얻었는데, 진나라가 [뇌물로] 얻은 것(소득)은, 전쟁에 승리하여 얻은 것과 비교하면, 사실 100배가 된다; 제후들이 [뇌물로] 잃은 것(손실)은, 전쟁에 패하여 잃은 것과 비교하면, 사실은 100배가 된다. 그래서 진나라의 큰 욕심과, 제후들의 큰 걱정은, 본래 전쟁에 있는 것이 아니었다. 그[여섯 나라의] 선조들을 생각해 보면, 풍상을 무릅쓰고, 가시나무 가시를 베고, 작은 땅을 갖게 되었다. 자손들은 그것을 별로 아깝게 보지 않고, [그것을] 들어다가 [그것을] 남에게 주며, 마치 지푸라기 버리듯 했다. 오늘 5개 성을 쪼개주고, 내일 10개 성을 쪼개주고, 그런 다음 하룻저녁의 편한 잠을 얻었다. [자손들이] 일어나 사방을 둘러보면, 진나라 군사가 또 다가왔다. 그러나 제후들의 땅은 한계가 있고, 포악한 진나라의 욕심은 차지 않았으니, 바치는 것이 더 잦을수록, 침략은 더욱 빨라지는데, 그래서 전쟁도 하지 않고 강약과 승패가 이미 판가름이 났다. 멸망에 이르는 것은, 이치로 보아 확실히 마땅한 것이었다. 옛사람이 말했다: '땅으로 진나라를 섬기는 것은, 마치 땔감을 끌어안고 불을 끄려는 것과 같아, 땔감이 다 떨어지지 않으면, 불은 꺼지지 않는다.' 이 말은 타당하다.

▌곧 즉(則): 문장이 시작되는 위치에 있는 어조사로 의미 없음. ▌그 궐(厥). ▌사나울 폭(暴): 햇볕을 쪼이다(曝), 드러나다, 무릅쓰다. ▌벨 참(斬): 베다. ▌겨자 개(芥): 작은 풀(小草), 티끌, 먼지. ▌초개(草芥): 하찮은 풀, 지푸라기. ▌싫을 염(厭): 족하다, 만족하다. ▌두루 미(彌): 더하다(更加). ▌'古人云': 『戰國策』 「魏策三」: "孫臣謂魏王曰:「……且夫欲璽者, 段干子也, 王因使之割地; 欲地者, 秦也, 而王因使之受璽. 夫欲璽者制地, 而欲地者制璽, 其勢必無魏矣. 且夫奸臣固皆欲以地事秦. 以地事秦, 譬猶抱薪而救火也. 薪不盡, 則火不止. 今王不地有盡, 而秦之求無窮, 是薪火之說也.」"; 『史記』 卷44 「魏世家」: "蘇代謂魏王曰:「欲璽者段干子也, 欲地者秦也. 今王使欲地者制璽, 使欲璽者制地, 魏氏地不盡則不知已. 且夫以地事秦, 譬猶抱薪救火, 薪不盡, 火不滅.」" ▌얻을 득(得): 타당하다, 적당하다, 마땅하다, 득당(得當) 하다.

齊人未嘗賂秦 , 終繼五國遷滅 , 何哉? 與嬴而不助五國也。五國旣喪 , 齊亦不免矣。燕、趙之君 , 始有遠略 , 能守其土 , 義不賂秦。是故燕雖小國而後亡 , 斯用兵之效也。至丹以荊卿爲計 , 始速禍焉。趙嘗五戰於秦 , 二敗而三勝。後秦擊趙者再 , 李牧連却之。洎牧以讒誅 , 邯鄲爲[秦]郡 ; 惜其用武而不終也。且燕、趙處秦革滅殆盡之際 , 可謂智力孤危 , 戰敗而亡 , 誠不得已。向使三國各愛其地 , 齊人勿附於秦 , 刺客不行 , 良將猶在 , 則勝負之數 , 存亡之理 , 當與秦相較 , 或未易量。

제인미상뇌진 , 종계오국천멸 , 하재 ? 여영이부조오국야。오국기상 , 제역불면의。
연、조지군 , 시유원략 , 능수기토 , 의불뢰진。시고연수소국이후망 , 사용병지효야。
지**단**이**형경**위계 , **시속**화언。조상오전어진 , 이패이삼승。후진격조자재 , **이목련각**
지。**계목**이참주 , 한단위[진]군 ; 석기용무이부종야。차연、조처진혁멸**태**진지제 , 가
위지력고위 , 전패이망 , 성부득이。**향사**삼국각애기지 , 제인물부어진 , 자객불행 ,
양장유재 , 즉승부지**수** , 존망지리 , 당여진상교 , 혹미이량。

[마지막에 망한] 제나라 사람은 진나라에 뇌물을 바친 적이 없는데도, 끝내 다섯 나라에 이어 멸망한 것은, 왜인가? 진나라와 함께하고 다섯 나라를 돕지 않아서이다. 다섯 나라가 이미 망하여, 제나라도 피하지 못했다. 연나라와 조나라의 군주는, 처음에는 원대한 책략을 가지고 있어서, 그 땅을 지킬 수 있었고, 대의(大義)로써 진나라에 뇌물을 바치지 않았다. 그리하여 연나라는 비록 작은 나라였지만 나중에 망했는데, 이는 용병(用兵)의 효과였다. [연나라는] 태자 단(丹)에 이르러 형가(荊軻)를 [파견하여 진나라 왕을 암살하는 것을] 책략으로 삼았는데, 그에 따라 화를 재촉하였다. 조나라는 진나라에 다섯 번 전쟁을 시도하여, 두 번은 지고 세 번 이겼다. 나중에 진나라가 조나라를 두 번 공격했으나, 이목(李牧)이 연달아 진나라를 물리쳤다. 이목이 참소로 인해 죽게 됨에 이르러, 한단(邯鄲)은 [진나라의] 군(郡)이 되었다; 조나라가 무력을 끝까지 다 사용하지 않은 것이 아깝다. 또한 연나라와 조나라는 진나라가 [다른 나라들을] 거의 모두 멸망한 시기에 처해 있었으니, 지력(智力)이 고립되고 위급하여, [진나라와] 싸워 패망한 것은, 실로 부득이한 일이었다고 말할 수 있다. 만약 세 나라(한·위·초)가 각자의 국토를 사랑했다면, 제나라 사람이 진나라에 붙지 않았을 것이고, [형가와 같은] 자객도 가지 않았을 것이고, [이목과 같은] 훌륭한 장수도 아직 살아 있을 것인데, 그러면 승패의 운명이나, 존망의 도리는, 진나라와 비교해서, 아마 헤아리기가 쉽지 않았을 것이다.

▌옮길 천(遷): 사망하다. ▌찰 영(嬴): 진나라 왕족의 성(姓), 진나라. ▌단(丹): 연나라 왕 희(喜)의 태자로 문객인 형가(荊軻)를 진나라 자객으로 보내 진시황을 시해하려 했으나 실패하였다. 이에 연나라 왕 희는 태자 단의 목을 잘라 진시황에게 바쳤으나 결국 멸망하였다. ▌형경(荊卿): 형가(荊軻). 처음 시(始): 그런 다음(然後), 그에 따라(隨之). ▌빠를 속(速): 가속하다, 재촉하다, 초래하다. ▌이목(李牧): 조(趙)나라 장군으로 진이 침략하자 비하(肥下)에서 진나라 군을 격퇴하였고, 다음 해 재침하자 다시 반격하였다. ▌물리칠 각(却). ▌물

부을 계(洎): 미치다, 이르다. ▮목(牧): 이목(李牧). 이목이 조나라를 침공한 진나라 장군 왕전(王翦)을 물리치자, 진은 반간계(反間計)로 조나라 총신(寵臣) 곽개(郭開)를 매수하여 조나라 왕에게 이목이 반란을 꾀한다고 모함케 하니, 조왕은 이를 믿고 이목의 병권을 박탈하려 했고, 이에 저항하는 이목이 결국 피살되고 조나라는 멸망하게 되었다. 진나라는 조나라 수도에 한단군(邯鄲郡)을 설치하였다. ▮위태할 태(殆): 거의. ▮향사(向使): 만일, 가령. ▮셀 수(數): 운명.

嗚呼！以賂秦之地，封天下之謀臣；以事秦之心，禮天下之奇才；並力西嚮，則吾恐秦人食之不得下咽也。悲夫！有如此之勢，而爲秦人積威之所劫，日削月割，以趨於亡，爲國者無使爲積威之所劫哉！
오호！이뢰진지지，봉천하지모신；이사진지심，예천하지기재；병력서향，즉오공진인식지부득하연야。비부！유여차지세，이위진인적위지소겁，일삭월할，이추어망，위국자무사위적위지소겁재！

아！진나라에 뇌물로 바친 땅으로, 천하의 지모 있는 신하를 봉하고; 진나라를 섬기는 마음으로, 천하의 뛰어난 인재를 예우하고; 힘을 합쳐 서쪽을 향했다면(서쪽의 진에 대항했다면), 나는 진나라 사람이 그 땅을 먹었어도 삼키지 못했으리라 생각한다. 슬프구나! 이러한 형세가 있었음에도, 진나라 사람이 쌓은 위세에 겁박을 받아, 날마다 깎고 달마다 떼어줘서, 멸망으로 달려갔는데, 나라를 다스리는 사람은 쌓인 위세에 겁박을 받아서는 안 되는 것이다!

▮향할 향(嚮). ▮두려워할 공(恐): 아마도, 의심컨대. ▮목구멍 인(咽): 삼킬 연(咽), 삼키다.

夫六國與秦皆諸侯，其勢弱於秦，而猶有可以不賂而勝之之勢；苟以天下之大，而從六國破亡之故事，是又在六國下矣！
부육국여진개제후，기세약어진，이유유가이불뢰이승지지세；구이천하지대，이종육국파망지고사，시우재육국하의！

무릇 여섯 나라는 진나라와 같이 모두 제후로서, 그 위세는 진나라보다 약하였지만, 여전히 뇌물을 바치지 않고도 진나라를 이길 수 있는 형세를 가지고 있었다; 만일 [나라가] 천하만큼의 크기임에도, 여섯 나라가 패망한 전례를 따라간다면, 이 역시 여섯 나라의 아래에 처하게 될 것이다!

■진실로 구(苟): 만일, 만약, 가령(若, 如果). ■천하지대(天下之大): 천하와 같이 크다. ■고사(故事): 전례(前例). ■재육국하(在六國下): 여섯 나라만 하지 못하다.

39-4 소순 「육국론」 감상과 평설(評說)

소순의 「육국론」에는 익숙한 성어로 "섶을 안고 불을 끈다."라는 포신구화(抱薪救火)와 "초개(지푸라기)를 버리듯 한다."라는 여기초개(如棄草芥)가 있다. 「육국론」에서 "오늘 5개 성을 쪼개주고, 내일 10개 성을 쪼개준다."(今日割五城, 明日割十城.)라는 말은 "말을 타면 노비를 거느리고자 한다."라는 기마솔욕노(騎馬欲率奴), "농 땅을 얻고 나니 촉 땅을 갖고 싶어 한다."라는 득롱망촉(得隴望蜀), "마루를 빌려 쓰다 안방까지 빌리려 한다."라는 차청차규(借廳借閨) 등의 한자성어나, 사막에 사는 낙타가 텐트에 들어올 때 처음에는 코를 들이밀다가 결국에는 텐트 안을 다 차지하게 되어 텐트 안에 있던 사람을 내쫓게 만든다는 '낙타의 코'(camel's nose) 또는 '텐트 속의 낙타코'(camel's nose in the tent)라는 중동 속담, 심리학의 '눈덩이 효과'(snow effect), 논리학의 '미끄러운 비탈길 논증'(slippery slope argument) 등과 같은 이치일 것이다.

춘추시대(春秋時代, 770-476BCE)에는 무수한 전쟁을 거치면서 제후국이 점차 줄어들었고, 전국시대(戰國時代, 475-221BCE)에 이르러 진(秦)·제(齊)·초(楚)·연(燕)·한(韓)·조(趙)·위(魏) 등 7개 제후국이 세력을 떨쳤다. 이 7개 제후국을 '전국칠웅'(戰國七雄)이라 한다. 당시 그 외에도 크고 작은 제후국이 있었으나 국력이나 영향력에 있어 칠웅에 미치지 못해 전국시대를 '전국칠웅'으로 통칭한다.

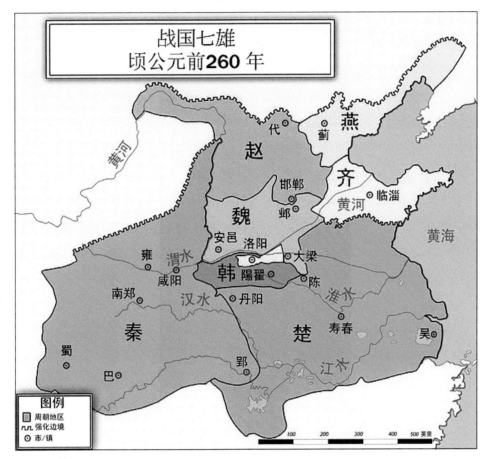

지도: 전국칠웅

 결과로 보았을 때, 일반 사학자들의 주장과 같이, 전국시대를 서쪽 변방의 소국인 진(秦)나라가 법가사상에 따라 상앙변법(商鞅變法)을 추진하여 국력을 강화하여 나머지 제후국들을 하나하나 겸병하여 마침내 천하통일을 이룬 통일의 역사로 볼 수 있다. 전국시대 여섯 나라는 국력이 상승하는 진을 방어하기 위해 남북을 세로로 연합하는 합종(合縱) 정책을 폈고, 진나라는 이에 맞서 동서 방향으로 여섯 나라와 화친(和親)을 맺는 연횡(連橫) 정책을 폈는데, 진나라는 그 구체 방법으로 가까운 삼진(三晉, 魏·趙·韓)을 치기 위해 먼 제(齊)·초(楚)와 가까이하는 원교근공(遠交近攻) 정책을 진행했다. 진시황은 17년(230BCE)에 한(韓)나라를 시작으로 조(趙)(228BCE), 위(魏)(225BCE), 초(楚)(223BCE), 연(燕)(222BCE), 제(齊)(221BCE)를 멸망하여 천하를 통일했다.

소순 이전 당대 시인 두목(杜牧, 803-852)은 「아방궁부」(阿房宮賦)에서 6국과 진나라의 멸망 원인을 단순히 각각 애민(愛民)과 애인(愛人) 문제로 돌린 바 있다: "아아! 6국을 멸한 것은 6국이지, 진나라가 아니다; 진나라를 족멸(族滅)한 것은 진나라이지 천하(백성)가 아니다. 아쉽다! 육국으로 하여금 제 백성을 사랑토록 했으면, 진나라를 막을 수 있었다; 진나라에게도 6국의 사람을 사랑토록 했다면, 3대까지 만세까지 전하며 군림할 수 있었는데, 누가 능히 [진나라를] 족멸할 수 있었을까?"(嗚呼! 滅六國者六國也, 非秦也; 族秦者秦也, 非天下也. 嗟乎! 使六國各愛其人, 則足以拒秦; 使秦復愛六國之人, 則遞三世可至萬世而為君, 誰得而族滅也? 杜牧, 『樊川文集』第1「阿房宮賦」).

소순은 두목과 달리 6국 멸망의 원인을 '6국의 진에 대한 뇌물 공여'로 규정하였다. 소순이 「육국론」에서 진나라의 통일을 다루지 않고 여섯 나라의 멸망을 다룬 이유는 여섯 나라가 저항하지 않고 진에 자진하여 뇌물을 바쳤듯이 북송이 거란(요)과 서하에 뇌물을 바치고 있는 상황을 비판하기 위한 것이다. 소순이 죽은 지 9년 후인 신종(神宗) 8년(1075) 요가 송에게 땅을 요구하자 송은 울주·응주·삭주(蔚州·應州·朔州) 3주의 7백 리 땅을 요에게 넘겼다. 이어 흠종(欽宗)은 1127년 금에게 납치되어 북송이 멸망하였다. 소순의 우려가 현실이 된 것이었다. 소순의 「육국론」은 체계와 구조가 뚜렷하고, 논리가 치밀하고, 수미상응(首尾相應)하고 고금상영(古今相映)한다. 문장은 예증(例證), 인증(引證), 가설, 대비, 비유 등의 문장법과 수사법을 사용하였다.

소순 이후 그의 두 아들 소식과 소철, 원대 이정(李楨)도 「육국론」을 발표하였다. 이들은 소순과 마찬가지로 여섯 나라의 멸망과 진나라의 통일에 대해 특정의 원인을 주장했다. 소식의 「육국론」과 이정(李楨)의 「육국론」은 여섯 나라는 장기간 존속했는데 통일 이후의 진나라는 신속하게 멸망한 원인을 논하여, 그 문제점으로 인재(士)의 양성을 통한 반란 지도자 출현의 방지와 인정(仁政)의 미실천을 제시했다. 한편, 명문으로 알려진 서한 가의(賈誼, 200-168BCE)의 「과진론」(過秦論.『新書』권1) 역시 앞 두 편과 마찬가지로 진 왕조의 과실을 비판하여(仁義不施) 한나라 통치에 시사점을 주려는 데 목적을 두었다. 하지만 역사 사실 나열에 치중하여 철학이 부족하다 평가된다.

소순의 둘째 아들 소철(蘇轍)의 「육국론」은 지정학 관점에서 서쪽의 진나라와 동쪽의 연·조·제·초가 중원이며 완충지대 역할을 하는 한·위 두 나라를 둘러싸고 벌이는 전략을 논하였다. 진의 관점에서 한·위는 복심지질(腹心之疾)이었고, 동부 4개 제후국 관점에서 한·위는 진의 진출을 막는 요충이었다. 따라서 동부 4개 제후국은 한·위와 동맹을 맺고 협력하면 진의 동진(東進)을 충분히 막을 수 있었으나(厚韓親魏以擯秦) 자중지란이 있었고, 한·위도 진나라에 붙어 진나라가 쉽게 동쪽으로 진출할 수 있었다. 6국 합종(合縱) 실패를 아쉬워한 글이다.

소순의 뇌물공여설과 소철의 지정학적 분석은 우리에게 많은 시사점을 준다. 우리 사회에는 기존 동남쪽의 한미일 동맹을 버리고 서북쪽의 중국과 북한에 조공하고 퍼주는 종중·종북 입장으로 기우는 흐름이 있다. 진(秦)나라와 같이 무력을 근거로 원교근공(遠交近攻) 외교정책을 펴는 중국 앞에서, 진나라와 접경하여 가장 먼저 망한 전국시대 분열국가(기원전 403년 晉이 韓·魏·趙로 분열) 중 한(韓)나라와 같이 우리나라(韓國)가 힘없이 망하게 되는 길은 아닌지 재삼 숙고해야 할 것이다.

40. 소식(蘇軾)
「전적벽부」(前赤壁賦)

40-1 저자 소개

    소식(蘇軾, 1037-1101)은 북송 말기 문학가이자 정치가이다. 자는 자첨(子瞻) 또는 화중(和仲)이며, 호는 철관도인(鐵冠道人) 또는 동파거사(東坡居士)이며, 시호는 문충(文忠)이다. 대대로 소동파(蘇東坡), 소선(蘇仙)이라 불렸다. 서천로(西川路) 미주(眉州, 현 사천성 眉山市) 출신이다. 소순(蘇洵)의 장자이다. 20살인 1057년 진사(進士)에 급제하여, 중서사인(中書舍人), 한림학사(翰林學士), 예부상서(禮部尙書) 등을 역임했다. 1066년 왕안석(王安石)의 신법(新法) 시행에 따라 지방으로 밀려났다가 1085년 철종(哲宗) 즉위에 따라 중앙에서 승승장구하는 듯했으나 철종 원우(元祐) 4년(1089) 양절로(兩浙路) 항주지주(杭州知州)로 부임하면서 지방으로 전전하게 되었다. 휘종(徽宗)이 즉위한 이듬해인 1101년 사면에 따라 귀경 도중 사망했다.

그림: 원대 조맹부(趙孟頫)가 그린
소식(蘇軾), 대만 고궁박물관 소장

항주지주(杭州知州) 소식은 1090년 5-6월 홍수로 태호(太湖)가 범람하자 백성을 동원하여 해결하고 백성이 선물한 돼지고기와 술을 이용해 만든 홍소(저)육(紅燒(猪)肉) 요리를 백성에게 제공했다. 백성이 이를 동파육(東坡肉)이라 불러 널리 알려졌다.

북송 중기 문단의 리더로서 시사문서화(詩詞文書畵) 등 여러 방면에서 높은 성취를 보였다. 시 방면에서 황정견(黃庭堅)과 아울러 소황(蘇黃)이라 불렸고, 사 방면에서 신기질(辛棄疾)과 아울러 소신(蘇辛)이라 불렸고, 산문 방면에서 구양수와 아울러 구소(歐蘇)라 불렸고, 한유·유종원·구양수·소순·소철·왕안석(王安石)·증공(曾鞏)과 아울러 당송팔대가라 불렸고, 서법 방면에서 황정견·미불(米芾)·채양(蔡襄)과 아울러 송사가(宋四家)라 불렸다.

『동파칠집』(東坡七集)과 『동파사』(東坡詞) 등을 남겼다.

40-2 원전 소개

「전적벽부」(前赤壁賦)는 소식(蘇軾)이 45살 때인 송 신종(神宗) 원풍(元豊) 5년 (1082) 조정을 비방한 죄로 실권이 전혀 없는 회남로(淮南路) 황주(黃州, 현 호북성 黃岡市 黃州區) 단련부사(團練副使)로 좌천되었을 때 지은 부(賦)이다. 부(賦)는 『시』 (詩)의 한 문체로서, 글귀 끝에 운(韻)을 달고 대(對)를 맞추는 양식이다. 작자의 생각이나 눈앞의 경치 같은 것을 있는 그대로 드러내 보인다.

「전적벽부」는 소식이 친구들과 달밤에 배를 띄워 논 소감을 주객 문답의 형식으로 쓴 것인데, 달밤에 배를 띄워 노는 상쾌함, 옛날을 회고하는 비애, 정신 해탈의 달관 등을 반영하였다.

소식이 배를 띄우고 논 곳은 삼국시대 적벽대전의 적벽, 즉 호북성 적벽시 장강 남안(南岸)의 포기적벽(蒲圻赤壁) 또는 삼국주랑적벽(三國周郞赤壁, 武赤壁)이 아니었다. 소식의 장소는 이보다 하류인 호북성 황강시 장강 북안(北岸)에 위치한 황주적벽

(黃州赤壁), 즉 동파적벽(東坡赤壁, 文赤壁)으로서, 적벽이란 이름이 같아 조맹덕(曹孟德), 즉 조조(曹操)와 주랑(周郞), 즉 주유(周瑜) 고사를 거론한 것으로 판단된다.

『경진동파문집사략』(經進東坡文集事略) 권1과 『고문관지』 권11 「송문」(宋文) 편에 실려 있다.

소동파는 1082년 7월 16일(旣望)과 10월 15일에 두 편의 「적벽부」를 썼는데, 먼저 것은 「전적벽부」라 하고, 다음 것은 「후적벽부」(後赤壁賦)라 한다. 「전적벽부」에 나오는 퉁소를 부는 '객'(客)은 소식의 시 「밀주가」(蜜酒歌)에 나오는 '서촉도사(西蜀道士) 양세창(楊世昌)'으로 알려졌다. 도가인 양세창과 유불을 믿은 소식이 결합된, 즉 유불도가 융합된 작품으로 볼 수 있다. 「후적벽부」에 나오는 '객'은 양세창과 소식보다 20여 세 어린 친구인 시인 어부 반대림(潘大臨)이다.

40-3 소식 「전적벽부」 원文, 역文 및 주석

「전적벽부」(前赤壁賦) : 세상천지에서, 모든 물체는 각기 주인이 있는데, 만약 내 소유가 아니면, 비록 터럭 한 올이라도 취하지 않는다(夫天地之間, 物各有主, 苟非吾之所有, 雖一毫而莫取.).

壬戌之秋, 七月旣望, 蘇子與客泛舟遊於赤壁之下。清風徐来, 水波不興。舉酒屬客, 誦明月之詩, 歌窈窕之章。少焉, 月出於東山之上, 徘徊於斗牛之間, 白露橫江, 水光接天；縱一葦之所如, 凌萬頃之茫然。浩浩乎如馮虛御風, 而不知其所止；飄飄乎如遺世獨立, 羽化而登仙。

임술지추, 칠월기망, 소자여객범주유어적벽지하。청풍서래, 수파불흥。거주촉객, 송명월지시, 가요조지장。소언, 월출어동산지상, 배회어두우지간, 백로횡강, 수광접천；종일위지소여, 능만경지망연。호호호여빙허어풍, 이부지기소지；

표표호여유세독립 , 우화이등선。

임술년(1082) 가을, 7월 16일, 동파거사(東坡居士)가 손님들과 적벽의 아래에서 배를 띄워 놀았
다. 맑은 바람이 천천히 불어왔고, 물결은 일지 않았다. 술(잔)을 들어 손님들에게 권하며, 「명월」
(明月) 시를 낭송하고, 「요조」(窈窕) 장(章)을 노래했다. 이윽고, 달이 동산(東山) 위로 떠올라,
북두성과 견우성 사이를 서성였고, 보얀 안개가 강에 가득하였고, 물빛이 하늘에 닿았다; 작은
배가 가는 대로 내맡긴 채, 아득히 이어진 만경창파(萬頃蒼波)(강)를 지나갔다. 넓디넓으니 허공
에 매달려 바람을 타며, 멈출 곳을 알 수 없는 듯했다; 훨훨 나부끼니 속세를 버리고 홀로 서서,
날개가 돋아 신선이 되어 오르는 듯했다.

▋임술(壬戌): 송 신종(神宗) 원풍(元豊) 5년(1082), 소식 47세. ▋기망(既望): 기망(既望),
음력(陰曆, 農曆, 夏曆) 15일을 망(望)이라 하고, 16일을 기망(既望)이라 한다. ▋소자(蘇子):
작자인 소식(蘇軾) 자신을 가리킨다. '姓+子' 형식의 호칭은 공자(孔子)나 맹자(孟子)와 같이
타인이 부르는 존칭인데 여기서는 자칭으로 사용된 것으로, 흔히 주객 문답 형식을 빌려
자신의 논리나 주장을 설파하는 픽션 식 문장에서 자칭으로 사용된다. 여기서는 자호(自號)
인 동파거사(東坡居士)로 번역한다. ▋'客': 「전적벽부」에 등장하는 손님은 최소한 2인 이상
이다. 아래에서 '客有吹洞簫者'라고 한 것은 여러 손님 중 통소를 부는 한 사람을 가리키며
그 외에 또 손님이 있다는 뜻이다. ▋뜰 범(泛): 뜨다, 띄우다. ▋엮을 속(屬, zhǔ): 부탁할
촉(囑, zhǔ), 부탁하다, 따르다(注), 술을 권하다. ▋명월지시(明月之詩):『시』「진풍: 월출」
(陳風: 月出)을 가리키고, 「요조지장」(窈窕之章)은 그중 '요조'(窈窕), 즉 '요규'(窈糾)가 나오
는 장절(章節)을 가리킨다: "달이 떠서 훤하니, 고운님 아름답네, 아름다운 님이여, 내 마음
안타깝네."(月出皎兮, 佼人僚兮, 舒窈糾兮, 勞心悄兮.). ▋소언(少焉): 잠시, 조금, 잠시 후,
조금 뒤; 이윽고. ▋백로(白露): 글의 시점(時點)이 달이 뜨는 저녁(望日 18시)이므로 백로는
아침에 맺는 이슬이 아니라 저녁에 깔리는 저녁 안개(暮靄), 밤안개(夜霧) 또는 보얀 물안개
(水霧, 水烟, 霧靄)로 해석해야 한다. 이슬이 맺히기 시작하는 24절기로서의 백로는 태양력에
근거한 양력 9월 9일 무렵인데 이때는 아침에 이슬이 맺힌다고 야외의 식물들이 하얗게
변하지 않는다. 서리가 내리는 10월 23일 상강(霜降)이 되어야 식물들이 하얗게 변한다.
그리고 이슬은 무색투명하기 때문에 백로(白露)의 '白' 자는 희다는 뜻이 아니고 밝다, 반짝반
짝하다, 光亮, 明亮이라는 뜻이다. '白晝 대낮'과 같은 이치이다. ▋늘어질 종(縱): 맡기다,
놔두다. ▋갈대 위(葦): 작은 배. ▋갈 지(之): 가다(往), 이르다(到). ▋소여(所如): 소왕(所

往), 가는 바, 가는 곳. ▎지소여(之所如): 가고자 하는 곳으로 가다. ▎능가할 릉(凌): 달릴 릉(淩), 달리다, 타다, 헤쳐나가다. ▎아득할 망(茫). ▎망연(茫然): 끝없이 광활한 모양, 아득히 이어진 모양. ▎탈 빙(馮): 탈 빙(憑), 탈 빙(凭). ▎빙허어풍(馮虛御風): 허공에 매달려 바람을 타다. 허공에 의지하고 바람을 부리다. 『莊子』「逍遙遊」: "夫列子御風而行, 泠然善也." ▎회오리바람 표(飄): 나부끼다. ▎표표(飄飄): 팔랑팔랑 나부끼다. ▎우화(羽化): 알에서 유충이 되는 과정을 부화(孵化)라 하고, 유충이 번데기(蛹)가 되는 과정을 용화(蛹化)라 하고, 번데기가 벌레가 되는 과정을 우화(羽化)라 한다. 선인이 날 수 있다고 믿어 우화(羽化)를 신선이 되는 것이라 한다. ▎등선(登仙): 성선(成仙), 신선이 되다, 날아올라 신선이 되다(飛昇成仙).

於是飲酒樂甚 , 扣舷而歌之。歌曰 :「桂棹兮蘭槳 , 擊空明兮泝流光。渺渺兮予懷 , 望美人兮天一方。」客有吹洞簫者 , 倚歌而和之 , 其聲嗚嗚然 , 如怨、如慕、如泣、如訴 , 餘音嫋嫋 , 不絕如縷。舞幽壑之潛蛟 , 泣孤舟之嫠婦。

어시음주낙심 , 구현이가지。가왈 :「계도혜난장 , 격공명혜소유광。묘묘혜여회 , 망미인혜천일방。」객유취**통소자** , 의가이화지 , 기성오오연 , 여원、여모、여읍、여소 , 여음요요 , 부절여루。무유학지**잠교** , 읍고주지**이부**。

이에 술을 마시니 매우 즐거워져서, 뱃전을 두드리며 노래를 불렀다. 노래했다: "계수나무 노와 목란(木蘭) 상앗대로, 강물에 내려 비친 밝은 달빛을 치며 쏟아져 내리는 달빛을 거슬러 갔다. 아득하고 아득한 내 마음, 하늘 저쪽에 계신 그 님을 바라보네." 손님 중에 퉁소를 부는 이가 있어, 노래 장단에 따라 [퉁소개] 화답하니, 그 소리가 우~우~ 하는데, 마치 원망하는 듯 사모하는 듯 흐느끼는 듯 하소연하는 듯했고, 여음이 길게 이어지며, 실 가닥처럼 끊어지지 않았다. [퉁소 소리개] 깊은 골짜기 물에 잠긴 교룡(蛟龍)을 춤추게 하였고, 외로운 배를 탄 외로운 여인네를 울렸다.

▎뱃전 현(舷). ▎노 도(棹). ▎상앗대 장(槳): 물가에서 배를 떼거나 댈 때나 물이 얕은 곳에서 배를 밀어 갈 때 쓰는 긴 막대. ▎공명(空明): 달이 물에 비쳐 생긴 밝은 빛. ▎거슬러 올라갈 소(泝): 거슬러 올라갈 소(遡). ▎유광(流光): 물 흐르는 듯한 달빛, 쏟아져 내리는 달빛, 물 흐르는 듯한 시간, 반짝이는 불빛. ▎아득할 묘(渺). ▎골 동(洞): 골짜기, 마을,

구멍, 굴. ▪밝을 통(洞): 관통하다, 통달하다, 훤히 알다. ▪통소(洞簫, dòng xiāo): 통소. ▪의지할 의(倚). ▪예쁠 뇨(嫋): 소리가 가늘고 길게 이어지는 모양. ▪요요(嫋嫋): 산들거리는 바람이 부드럽다, 소리가 길고도 간드러지다. ▪실 루(縷): 실 가닥. ▪교룡 교(蛟). ▪잠교(潛蛟): 호수,못 및 하천에 잠기어 있는 교룡(蛟龍)으로 1천 년을 수행해야 바다로 가서 진정한 용이 될 수 있다 한다. ▪과부 리(嫠). ▪이부(嫠婦): 과부, 외로운 여인. 이 과부는 백거이(白居易, 772-846)의 장시(長詩) 「비파행」(琵琶行)에서 차를 사러 멀리 떠난 상인의 부인을 묘사한 장절을 연상한 것이기에 '과부'가 아니고 '외로운 여인'으로 번역해야 한다: "강어귀를 왔다 갔다 빈 배만 지키는데, 배 비추는 달은 밝고 강물은 차갑네, 밤이 깊어지자 문득 어린 시절 일을 꿈꾸었는데, 꿈속에서 울부짖으니 화장한 얼굴에 눈물만 뒤범벅이네."(去來江口守空船, 繞船月明江水寒, 夜深忽夢少年事, 夢啼粧淚紅欄干.).

蘇子愀然, 正襟危坐, 而問客曰:「何爲其然也?」
소자초연, 정금위좌, 이문객왈:「하위기연야?」

동파거사가 정색하여, 옷깃을 바로 하고 정좌하여, [통소를 분] 손님에게 물었다: "어찌하여 [통소 소리가] 그러한가?"

▪근심할 초(愀): 발끈하다, 정색하다. ▪초연(愀然): 근심하는 모양, 정색한 모양. ▪옷깃 금(襟). ▪위태할 위(危): 정직하다, 단정하다. ▪위좌(危坐): 정좌하다, 단정하게 바로 앉다. ▪하위(何爲): 어찌하여, 어찌해서, 하고(何故), 하이(何以), 해위(奚爲, xī,wéi), 호위(胡爲), 갈위(曷爲, hé wéi).

客曰:「『月明星稀, 烏鵲南飛。』此非曹孟德之詩乎? 西望夏口, 東望武昌, 山川相繆, 鬱乎蒼蒼, 此非孟德之困於周郎者乎? 方其破荊州, 下江陵, 順流而東也, 舳艫千里, 旌旗蔽空, 釃酒臨江, 橫槊賦詩, 固一世之雄也, 而今安在哉? 況吾與子漁樵於江渚之上, 侶魚蝦而友麋鹿;駕一葉之扁舟, 擧匏樽以相屬。寄蜉蝣於天地, 渺滄海之一粟。哀吾生之須臾, 羨長江之無窮。挾飛仙以遨遊, 抱明月而長終。知不可乎驟得, 託遺響於悲風。」

객왈 : 「『**월명성희 , 오작남비。**』차비조맹덕지시호 ? 서망하구 , 동망무창 , 산천상무 , 울호창창 , 차비맹덕지곤어**주랑자호** ? **방**기파형주 , 하강릉 , 순류이동야 , **축로**천리 , 정기폐공 , **시주임강** , 횡삭부시 , 고일세지웅야 , 이금안재재 ? 황오여자어초어강**저**지상 , 여어하이우미록 ; 가일엽지편주 , 거**포**준이상속。기부유어천지 , **묘**창해지일속。애오생지**수유** , 선장강지무궁。**협**비선이오유 , 포명월이**장종**。지불가호**취득** , 탁유향어비풍。」

[통소를 분] 손님이 말했다: "'달은 밝고 별은 듬성듬성한 데, 까마귀가 남쪽으로 날아가네.' 이는 조맹덕(曹孟德, 曹操)의 시가 아닌가? 서쪽으로 하구(夏口)를 바라보고, 동쪽으로 무창(武昌)을 바라보니, 산과 강이 서로 이어져, 울울(鬱鬱)하고 짙푸른 데, 이곳은 조맹덕이 주유(周瑜)에게 곤욕을 치른 곳이 아닌가? 바야흐로 그가 형주(荊州)를 격파하고, 강릉(江陵)으로 내려와, 강물을 따라 동쪽으로 나아갈 때, 전선(戰船)이 천 리나 이어지고, 군대의 깃발이 하늘을 뒤덮이자, 술을 따르고 강을 내려다보며, 긴 창을 옆으로 잡고 시를 읊었던, 본래 일세의 영웅이었거늘, 지금은 어디에 있는가? 하물며 나와 그대는 강가에서 물고기 잡고 땔나무 하며, 물고기와 새우를 반려자로 삼고 사슴과 고라니를 벗 삼아 지내면서; 일엽편주를 몰며, 조롱박 술잔을 들어 서로 권하고 있네. 하루살이가 천지에 붙어사는 것이며, 아득한 창해(滄海) 속의 좁쌀 한 톨이로다. 내 인생이 짧음을 슬퍼하고, 장강이 무궁함을 부러워하네. 날아다니는 신선을 끼고 놀면서, 밝은 달을 끌어안고 죽을 때까지 가고 싶네. [그러나 이것은] 쉽사리 얻을 수 없다는 것을 알기에, 통소 소리를 스산한 찬바람 속에 맡겨버린 것이었네."

▎"月明星稀, 烏鵲南飛.": 조조(曹操, 자 孟德, 155-220)의 시 「단가행」(短歌行)의 일부. ▎오작(烏鵲): 오작이 까마귀(烏鴉)인지 까치(喜鵲)인지에 대해 설이 많으나 까마귀로서 인재를 비유하는 것으로 보는 것이 타당하다고 본다. 까마귀가 남쪽으로 날아가는 것은 절기 백로와는 관련이 없고 밤이 되어 남쪽에 있는 둥지로 돌아가는 것으로 보인다. '백로의 세 가지 징후'(白露三候)라는 말이 있다. 첫째 징후는 큰기러기(鴻雁)가 날아온다(一候鴻雁來)는 것이고, 둘째는 제비(玄鳥, 燕子)가 돌아간다(二候玄鳥歸)는 것이고, 셋째는 뭇 새들이 먹이(饈)를 준비한다(三候群鳥養羞)는 것이다. ▎하구(夏口): 한구(漢口), 무창현의 서쪽. ▎얽을 무(繆). ▎주랑(周郎): 오나라 장수 주유(周瑜, 175-210)가 24살 때 중랑장(中郞將)이 되었기에 주랑이라 불렸다. 208년 주유가 조조의 80만 대군을 적벽에서 궤멸시켰다고 한다. ▎모 방

(方): 바야흐로, 마침, 당(當), 재(在). ▮고물 축(舳): 배의 뒤쪽. ▮뱃머리 로(艫). ▮축로(舳艫): 배가 앞뒤로 이어진 모양. 전선(戰船)을 가리킴. ▮거를 시(釃): 술을 거르다(濾酒), 술을 따르다(酌酒). ▮창 삭(槊). ▮아들 자(子): 대명사, 상대에 대한 존칭, 당신, 그대, 자네. 뒤에서 소동파도 퉁소 부는 손님을 같은 호칭으로 부르는 것으로 보아 두 사람은 서로 존경하는 친구 사이로 볼 수 있다. ▮땔나무 초(樵). ▮물가 저(渚): 강가, 냇가, 물가. ▮큰 사슴 미(麋). ▮박 포(匏). ▮아득할 묘(渺). ▮수유(須臾): 잠시, 잠깐. ▮낄 협(挾). ▮놀 오(遨). ▮장종(長終): 영구(永久), 사망. ▮달릴 취(驟): 빠르다, 신속하다, 자주, 종종, 갑자기(忽然), 돌연(突然), 신속히, 급속히, 빠르게. ▮취득(驟得): 돌연히 얻다, 갑자기 얻다, 쉽사리 얻다. ▮유향(遺響): 여음(餘音). 여기서는 퉁소 소리를 가리킨다. ▮비풍(悲風): 스산한 찬바람, 처량하게 들리는 바람 소리.

蘇子曰 :「客亦知夫水與月乎? 逝者如斯 , 而未嘗往也 ; 盈虛者如彼 , 而卒莫消長也。蓋將自其變者而觀之 , 則天地曾不能以一瞬 ; 自其不變者而觀之 , 則物與我皆無盡也 , 而又何羨乎? 且夫天地之間 , 物各有主 , 苟非吾之所有 , 雖一毫而莫取。惟江上之淸風 , 與山間之明月 , 耳得之而爲聲 , 目遇之而成色 , 取之無禁 , 用之不竭 , 是造物者之無盡藏也 , 而吾與子之所共適。」

소자왈 :「객역지부수여월호? 서자여사 , 이미상왕야 ; 영허자여피 , 이졸막소장야。개장자기변자이관지 , 즉천지증불능이일순 ; 자기불변자이관지 , 즉물여아개무진야 , 이우하서호? 차부천지지간 , 물각유주 , 구비오지소유 , 수일호이막취。유강상지청풍 , 여산간지명월 , 이득지이위성 , 목우지이성색 , 취지무금 , 용지불갈 , 시조물자지무진장야 , 이오여자지소공적。」

동파거사가 말했다: "[퉁소를 분] 손님도 이 강물과 달을 알지 않는가? [세월이] 흘러가는 것은 마치 이(강물)와 같지만, 그러나 [강물은] 가버린 적이 없다네; [세월이] 차고 기우는 것은 마치 그(달)와 같지만, 그러나 결국 줄어들거나 늘어난 적이 없다네. 대체로 변한다는 쪽에서 본다면, 천지는 일찍이 일순간도 그대로 있을 수는 없고; 변하지 않는다는 쪽에서 본다면, 만물과 나는 모두 다함이 없는데, 그런데 또 무엇을 부러워하겠는가? 또한 세상천지에서, 모든 물체는 각기 주인이 있는바, 만약 내 소유가 아니면, 비록 터럭 한 올이라도 취하지 않겠네. 다만 강 위의

맑은 바람과, 산에 떠 있는 밝은 달은, 귀로 얻어들으면 음악이 되고, 눈으로 만나면 경치가 되는데, 그것을 취한다고 [아무도] 막지 않으며, 그것을 쓴다고 [아무리 해도] 마르지 않으므로, 이는 조물주가 준 무궁무진한 보물이기에, 그래서 나와 그대가 함께 누릴 수 있는 것이라네.”

▌지아비 부(夫): 지시대명사, 이, 그, 저. ▌'逝者如斯':『논어』「子罕」: “子在川上, 曰:「逝者如斯夫, 不舍晝夜.」」 ▌갈 적(適): 이르다, 도달하다, 당연하다, 누리다.

客喜而笑 , 洗盞更酌。肴核既盡 , 杯盤狼藉 , 相與枕藉乎舟中 , 不知東方之既白。
객희이소 , 세잔갱작。효핵기진 , 배반낭자 , 상여침자호주중 , 부지동방지기백。

[퉁소를 분] 손님이 기뻐하고 미소 지으며, 술잔을 씻어 다시 술을 따랐다. 고기와 과일이 이미 다 떨어졌고, 잔과 접시가 어지럽게 널브러져 있고, 배 안에서 서로 베거니 깔고 앉거니 하다 보니, 동쪽이 이미 밝아진 것도 몰랐다.

▌따를 작(酌). ▌씨 핵(核): 과일. ▌깔개 자(藉): 깔다. ▌어조사 호(乎): ....에(在, 於). ▌흰 백(白): 날이 새다, 밝다, 밝아지다.

40-4 소식 「전적벽부」 감상과 평설(評說)

「전적벽부」에는 10여 개 전후의 성어가 나온다:
- “세상을 버리고 혼자 산다.”라는 유세독립(遺世獨立),
- “[번데기가] 날개를 갖게 되고 신선이 된다.”라는 우화등선(羽化登仙),
- “옷깃을 여미고 단정하게 앉는다.”라는 정금위좌(正襟危坐),
- “달은 밝고 별은 드물다.”라는 월명성희(月明星稀),
- “산과 내가 서로 뒤얽혀 있다(겹겹이 포개져 있다).”라는 산천상무(山川相繆),
- ‘일세의 영웅’이라는 일세지웅(一世之雄),

- '한 조각의 작은 배'라는 일엽편주(一葉扁(片)舟),

- '푸른 바닷속의 좁쌀 한 톨'이라는 창해일속(滄海一粟),

- "물건은 각각 주인이 있다."라는 물각유주(物各有主),

- "그것을 취해도 끝이 없고 그것을 써도 마르지 않는다."라는 취지부진용지불갈(取 之不盡用之不竭) 등이다.

소동파로 인해 전해진 성어로 다음이 있다:

- [대나무 그림을 그리기 이전(以前)에] "마음속에 이미 완성된 대나무 그림이 있다." 라는, 일을 진행함에 이미 계산이 있다는 흉유성죽(胸有成竹.「文與可畵篔簹谷偃 竹記」),

- "물이 빠지니 돌이 드러난다."라는, 어떤 일의 흑막이 걷히고 진상이 드러난다는 수락석출(水落石出.「後赤壁賦」),

- "굳게 참아서 마음을 빼앗을 수 없다."라는 견인불발(堅忍不拔.「晁錯論」).

「전적벽부」는 달밤에 배를 띄우고 술을 마시면서 소동파 본인과 손님의 대화 형식을 빌려, 특히 손님의 입을 빌려 '옛일을 더듬으며 오늘을 슬퍼하는' 감상을 적은 것이다. 밤에 나가노는 적벽의 정경, 작자가 음주하고 노래하는 환락과 손님의 처량한 퉁소 소리, 손님의 인생부상에 대한 한탄, 손님의 인생무상에 대한 의견 진술, 작자의 개인 발언 등을 포함하고 있다.

「전적벽부」의 핵심은 다음과 같은 소식의 말로 요약된다: "대체로 변한다는 쪽에서 본다면, 천지는 일찍이 일순간도 그대로 있을 수는 없고; 변하지 않는다는 쪽에서 본다 면, 만물과 나는 모두 다함이 없는데, 그런데 또 무엇을 부러워하겠는가? 또한 세상천지 에서, 모든 물체는 각기 주인이 있는바, 만약 내 소유가 아니면, 비록 터럭 한 올이라도 취하지 않겠네. 다만 강 위의 맑은 바람과, 산에 떠 있는 밝은 달은, 귀로 얻어들으면 음악이 되고, 눈으로 만나면 경치가 되는데, 그것을 취한다고 [아무도] 막지 않으며,

그것을 쓴다고 [아무리 해도] 마르지 않으므로, 이는 조물주가 준 무궁무진한 보물이기에, 그래서 나와 그대가 함께 누릴 수 있는 것이라네.”(夫天地之間, 物各有主, 苟非吾之所有, 雖一毫而莫取. 惟江上之清風, 與山間之明月, 耳得之而爲聲, 目遇之而成色, 取之無禁, 用之不竭, 是造物者之無盡藏也, 而吾與子之所共適.).

송대 나대경(羅大經, 1196-1252)은 「전적벽부」를 사마천의 「백이열전」과 비교하면서 전자가 (怨)과 불원(不怨) 관점에서 후자의 문장구조를 따랐다고 한다(羅大經, 『鶴林玉露』 甲編卷六 「太史公《伯夷傳》、蘇東坡《赤壁賦》」).

소식은 용도각학사(龍圖閣學士) 겸 항주지주(杭州知州)를 맡던 1089년 고려 왕자 출신 고승인 의천(義天)이 항주를 방문하자 의천 등 고려 사신들이 지도를 제작하거나 (圖畫山川) 정치군사 관련 서적을 구입하여(購買書籍) 송의 적국인 요(遼)에 전달하는 간첩 행위를 할 가능성이 있으므로 경계하라고 진언한 적이 있다. 고려인을 원숭이(胡孫)로 경멸한(『蘇軾集』(東坡全集) 권103 「志林四十二·異事: 高麗」) 소식은 태황태후의 후원과 동생 소철의 협력으로 고려인 배척정책을 강화하려 했으나 1093년 철종의 친정(親政)으로 귀양 가고는 뜻을 이루지 못했다. 관련 기사는 『송사』 권486 「열전제이사육외국삼」(列傳第二四六外國三)(高麗)과 권337 「열전구칠」(列傳九七)(蘇軾)에 보인다. 소식이 올린 상소문은 다음과 같다:

① 「論高麗進奉狀」(『蘇軾文集』 권30, 元祐 4년 11월)

② 「論高麗進奉第二狀」(『蘇軾文集』 권30, 元祐 4년 11월)

③ 「乞令高麗僧從泉州歸國狀」(『蘇軾文集』 권30, 元祐 4년 12월)

④ 「乞禁商旅過外國狀」(『蘇軾文集』 권31, 元祐 5년 8월 15일)

⑤ 「論高麗買書利害箚子三首」(『蘇軾文集』 권35, 元祐 8년 2월)

소동파가 이렇게 노골적으로 반고려관(反高麗觀)을 드러냈음에도 불구하고,[66] 고려

---

66) 다음 글도 참조 바란다: 류종목, “소식과 고려,” 『중국문학』, 38(2002); 李瑾明, “蘇軾 高麗

시대 중기 고려인들은 소동파 시문에 빠졌다. 조선시대에는 주자학이 주류를 이루어 소학(蘇學)이 주춤했으나 조선시대 내내 소동파의 시문을 학습하는 풍조나 음력 7월 16일(旣望)이 되면 강에서 뱃놀이하며 소동파의 적벽선유(赤壁船遊)를 재현하는 풍속은 널리 유행했다.

소동파의 「적벽부」는 송대 이래 많은 문인이 애송했을 뿐 아니라 다른 예술 분야의 소재가 되기도 했다. 희곡으로는 원대 잡극 「소자첨취사적벽부」(蘇子瞻醉寫赤壁賦)가, 명대 전기(傳奇)로는 허조(許潮)의 「적벽유」(赤壁遊)와 심채(沈采)의 「소자첨적벽기」(蘇子瞻赤壁記) 등 외에 소동파의 적벽유(赤壁遊)를 화제(畵題)로 삼은 많은 그림과 공예품이 창작되었다.

한반도에서도 그랬다. 동파의 적벽선유(赤壁船遊)를 화제로 삼은 적벽부도(赤壁賦圖), 이 적벽부도를 소재로 한 제화시(題畵詩), 「적벽부」 화첩(畵帖)에 쓴 제발(題跋), 문인들의 적벽선유 풍속 및 그것을 노래하고 기록한 시문, 「적벽부」에 쓰인 글자를 모아 지은 집자시(集字詩), 서도잡가(西道雜歌) 「적벽부」 등이 그것이다. 조선에서 소동파의 「적벽부」를 모방한 대표 작품으로 조찬한(趙纘韓, 1572-1631)의 「적벽부」와 「반적벽부」(反赤壁賦) 및 신유한(申維翰, 1681-1752)의 「의적벽부」(擬赤壁賦)가 있다. 먼저 신유한의 「의적벽부」를 간단히 소개하고 조찬한의 「반적벽부」를 살펴보고자 한다.

소농파가 「후적벽부」를 지은 지 꼭 660년 뒤 1742년(영소 18년) 10월 보름 경기도 관찰사 홍경보(洪景輔, 1692-1744)는 당시 최고의 화가인 양천현령 겸재(謙齋) 정선(鄭敾, 1676-1759), 문장가인 연천현감 신유한을 불러 지금의 경기도 연천군 중면 대사리(북한)의 우화정(羽化亭)에서 웅연(熊淵)까지의 연강(漣江, 임진강) 40리 물길에서 뱃

관련 논설의 譯註(1-3)," 『中國史硏究』, 제97집(2015.8), 제98집(2015.10), 제107집(2017.4); 박종인, "[박종인의 땅의 歷史] '상투 튼 원숭이들이 중국인을 희롱하는구나' [230] 혐한론자 소동파와 그를 짝사랑한 한국인," 『조선일보』, 2020.09.23.

놀이했다. 이는 660년 전의 적벽부 고사를 재연한 행사로 알려졌다. 세 사람은 이날의 뱃놀이를 화첩(畵帖) 세 벌로 남겨 한 벌씩 나눴다. 홍경보의 서문, 신유한의 글 「의적벽부」(擬赤壁賦) 일부, 그리고 정선의 발문(跋文)과 그림 「우화등선」(羽化登船) 및 「웅연계람」(熊淵繫纜)을 합하여 꾸민 서화첩이 『연강임술첩』(漣江壬戌帖)이다.

화첩은 홍경보의 서문 다음에 신유한(申維翰, 1681-1752)의 글이 이어진다. 화첩의 글은 일부 탈락되었으나, 신유한의 문집 『청천집』(靑泉集)에 「의적벽부」(擬赤壁賦)라는 제목으로 꽤 긴 전문(全文)이 실려 있다. 신유한도 "오늘의 선유는 소동파와 상공(相公)이 나란히 얻은 바 있습니다. 나아가 한강 북쪽의 강산이 오강(吳江)의 적벽보다 모자람이 없을 것입니다."(客曰今日之遊坡翁與相公之所共得. 卽吾漢北江山奚遜於吳江赤壁.)라며 조선 산하의 아름다움에 긍지를 가졌다. 신유한은 강변 숲과 절벽 경치의 아름다움을 감상하고 술에 취해 뱃전을 두들기며 노래 부르는 등 유람의 과정을 자세히 기술하였다.

그림을 그린 정선은 짧은 발문을 통해 화첩을 세 번 제작했다고 밝혔다. "임술년 (1742) 10월 보름에, 연천현감 신주백(申周伯, 申維翰)과 함께 관찰사 홍상공(洪相公, 洪景輔)을 모시고, 우화정(羽化亭) 아래로 유람했는데, 설당(雪堂, 蘇東坡)의 적벽(赤壁) 고사를 따른 것이다. 신주백이 관찰사의 명으로, 부(賦)를 지어 기록하고, 내가 또 그림을 이어서 그려 각자 1본씩 집에 소장하였다. 이것이 연강임술첩이다. 양천현령 정선이 쓰다."(是歲十月之望, 同漣倅申周伯陪觀察洪(相)公, 遊於羽化亭下, 盖用雪堂故事也. 周伯以觀察公命, 作賦記之, 余又畵以繼之, 各藏一本于家. 是爲漣江壬戌帖云. 陽川縣令鄭敾書.)

그림: 정선, 「우화등선」(羽化登船), 1742년 작.

그림: 정선, 「웅연계람」(熊淵繫纜), 1742년 작.

조찬한(趙纘韓) 「반적벽부」(反赤壁賦)

조찬한의 자는 선술(善述), 호는 현주(玄洲)이다. 한양 출신으로 역시 문장에 뛰어난 셋째 형인 현곡(玄谷) 조위한(趙緯韓, 1558-1649)과 더불어 시문에 뛰어나 육조시대 문인 육기(陸機)・육운(陸雲) 형제에 비유되었다. 선조, 광해군과 인조 재위 기간에 여러 관직을 두루 역임하였다. 조찬한은 광해군 11년(1619) 동부승지(同副承旨)에 임용되었으나 거부했으며 1621년 지방 관직인 상주목사(尙州牧使)로 나갔다. 그는 49세이던 1620년 가을에 「적벽부」를 지었고, 상주목사로 부임한 1622년에는 선유(船遊) 풍조를 비판하는 「반적벽부」를 지었다. 1622년은 소동파가 적벽에서 뱃놀이한 임술년(壬戌年)과 동갑년(同甲年)이었다.[67]

壬戌之秋, 余在商邑, 如有不豫, 臥吟村榻. 客有自外者, 勸余持酒浮舟于洛曰:「今茲歲紀, 屬于壬戌秋之既望. 又值此月, 此非蘇仙游赤壁之夕歟? 是用騷林墨壇好事之徒, 莫不提壺挈榼, 爭泛江湖者. 蓋以是月與日, 歲常有焉, 難遇者年, 百歲忽然, 佳期易還, 時不可失. 盍從我而游洛, 踵前脩之奇躅.」

임술년 가을, 내가 상주에 있을 때, [마음이] 편치 않아, 시골 평상에 누워 신음하고 있는데, 밖에서 손님이 와서는, 술을 갖고 낙동강에서 뱃놀이하자고 내게 권하며 말했다: "지금의 연대가, 임술년 가을 16일인데, 또한 이달은, 이는 소동파가 적벽에서 놀던 저녁이 아닌지요? 이 때문에 시인묵객의 호사가 무리 중, 술병과 술통을 들고, 다투어 강호(江湖)에 배를 띄우지 않는 자가 없습니다. 대개 이달 이날은, 절기로는 늘 있지만, 만나기 어려운 것은 해(年)로서, 백 년은 홀연하고, 아름다운 시절은 쉬이 흘러가니, 때를 놓쳐서는 안 됩니다. 어찌 저를 따라 낙동강에서 놀면서, 전현의 기발한 자취를 따르지 않는지요."

▌임술(壬戌): 광해 13년, 1622년. ▌상읍(商邑): 은의 수도. 상주(尙州)를 은의 수도에 비유한 것(?). ▌불예(不豫): 임금이나 왕비가 편치 않거나 죽음. 불열(不悅)(기쁘지 않음). ▌금자(今茲): 지금. ▌세기(歲紀): 12년, 연대(年代). ▌기망(既望): 음력 16일. ▌시용(是用): 이 때문에. ▌손에 들 설(挈). ▌통 합(榼). ▌해 세(歲): 입춘부터 다음 입춘까지. ▌해 년(年): 1월 1일부터 다음 해 1월 1일까지. ▌환(還): 물러서다. ▌덮을 합(盍, hé): 하불(何不)의 합음(合音)이며 겸사(兼詞), 호불(胡不), 어찌 ...하지 않는가?, 왜 ...하지 않는가? ▌발꿈치 종(踵): 쫓다, 잇다, 계승하다, 따르다. ▌전수(前脩): 전현(前賢). ▌머뭇거릴 촉(躅): 자취.

---

67) 조찬한의 「적벽부」와 「반적벽부」에 대한 연구는 다음을 참조: 姜慶熙, "조선시대 東坡 「赤壁賦」의 수용: 赤壁船遊와 「赤壁賦」 倣作을 중심으로," 『중국어문학논집』, 61(2010), 405-425.

余乃听然露冽, 應聲而笑曰:「嚮者蘇子之遊, 初非擇年於今歲, 又非卜夜乎今日, 又非選勝於赤壁, 又非倍興於此夕. 偶然作賦於前後, 便成勝迹於千億. 苟有蘇子之名之大, 又有蘇子之才之逸, 雖非今歲之歲, 雖非今月之日, 雖非赤壁之游, 隨所遊之勝迹.

나는 이에 웃는 얼굴을 하고 잇몸을 드러내고는, 서둘러 웃으며 말했다: "옛날 소동파의 선유(船遊)는, 애초에 이 절기의 해를 택하지 않았고, 또 오늘 밤낮으로 음주 환락한 것도 아니고, 또 적벽의 절경을 택하지 않았고, 이 저녁이라고 감흥이 배가된 것도 아니고, 우연히 앞뒤로 적벽부를 짓게 되어, 천억 곳보다 빼어난 자취가 된 것이다. 적어도 동파와 같은 큰 명성과, 동파와 같은 뛰어난 재주가 있다면, 비록 올해의 절기가 아니고, 이달의 날도 아니고, 적벽의 놀이가 아닐지라도, 노니는 곳마다 자취가 될 것이다.

> ▌은연(听然): 웃는 얼굴. ▌하물며 신(冽): 잇몸. ▌응성(應聲): 소리를 따라, 빨리. ▌향할 향(嚮): 접때, 과거. ▌점 복(卜). ▌복야(卜夜): 복주복야(卜晝卜夜), 밤낮을 가리지 않고 음주환락하다.

今者旣無蘇子之大名, 又無蘇子之逸才, 徒務襲其年月, 欲踵美而追懷. 雖使載酒百瓮, 鼓吹十行, 浮萬斛之舟, 建千尺之檣, 乘滿空之風, 張蔽海之席, 出蒼梧而浮孟渚, 掠渤澥而漂碣石, 歷桑若兮尋蓬瀛, 舞清飆兮歌素月, 苟無蘇子之所賦, 等井蛙之自多, 迹雖勝而且奇, 人孰聞而知耶? 今客不反其本, 徒欲逐末, 客之好名, 不幾惑歟? 而況以赤壁之游, 揣蘇子之迹, 欲以記勝, 只露其陋, 旣無取乎蘇子, 又何慕乎赤壁?

지금 [그대는] 동파와 같은 큰 명성도 없을 뿐 아니라, 동파와 같은 뛰어난 재주도 없으면서, 헛되이 그 해와 달을 이어받기에 애쓰면서, 그 아름다움을 따르고 생각을 쫓으려 한다. 비록 술 백 독을 싣고, 북 열 줄을 불어 대고, 10만 말이나 되는 배를 띄우고, 천 척이나 되는 돛을 세우고, 공중에 가득한 바람을 타고, 바다를 덮을 만한 돗자리를 펼치고, 창오(蒼梧)를 떠나 맹저(孟渚)를 떠다니고, 발해(渤澥)를 스쳐 지나가 갈석산을 떠돌며, 상야(桑野)를 지나 봉래산과 영주산을 찾고, 맑은 바람에 춤추고 하얀 달을 노래해도, 동파의 부(賦)가 없다면, 우물 안의 개구리가 스스로 만족하는 것과 같으니, 그 행적이 비록 빼어나고 기특한 들, 어느 사람이 듣고 알아주겠는가? 지금 그대는 본원으로 돌아가지 않고, 헛되이 그 말단만을 좇으려 하니, 그대가 명성을 좋아하는 것은, 거의 미혹에 가까운 것이 아닌가? 그리고 하물며 적벽의 놀이로, 동파의 자취를 헤아려서, 명승을 기록하려는 것은, 다만 그 편협을 드러낼 뿐, 동파를 취한 것도 아닌데, 무엇 하러 적벽을 부러워하는 것인가?

> ▌휘 곡(斛): 10말의 용량. ▌창오(蒼梧): 지명. ▌맹저(孟渚): 지명. ▌노략질할 약(掠): 스쳐 지나가다. ▌발해(渤澥): 지명. ▌갈석(碣石): 지명. ▌상약(桑若): 상야(桑野), 지명. ▌봉영(蓬瀛): 봉래산(蓬萊山)과 영주산(瀛洲山), 지명. ▌자다(自多): 자만하다. ▌不幾 ...歟(乎)?: 거의 ...에 가깝지 아니한가? ▌잴 췌(揣): 헤아리다, 미루어 짐작하다. ▌좁을 액(阨).

嘗念中流翫景, 出於自然, 弔古興懷, 亦所必然, 何自哀其短生, 漫託羨於江水? 爰一哀而一寬, 近婦人而女子. 況乎淸風自風, 明月自月, 江自江兮, 山自山, 蘇自蘇兮客自客, 又何必取之而用之兮, 爲自家之翫物? 是知區區於死生之際, 屑屑於取舍之間. 此余所以哀蘇子之阨, 而竝與赤壁而爲阨者焉耳.

일찍이 강 가운데서 경치를 완상했던 것을 생각하면, [그것은] 자연에서 나오며, 옛일을 슬퍼하고 흥에 겨운 것, 역시 필연인데, 어찌 짧은 인생을 스스로 슬퍼하여, 강물에 부러움을 한가득 떠넘기겠나? 여기에서 한번 슬퍼하다가 또 마음을 여는 것은, 부인이나 여자에 가까운 것이다. 하물며 맑은 바람은 그냥 바람이고, 밝은 달은 그냥 달이고, 강은 그냥 강이고, 산은 그냥 산이고, 소동파는 그냥 소동파고, 객은 그냥 객인데, 무엇 하러 그것을 취하고 사용하여, 자신의 노리개로 삼는가? 이로써 생사지간에 구차하고, 취사지간(取捨之間)에 피곤함을 알 수 있다. 이것이 내가 소동파의 편협을 불쌍히 여기고, 그리고 아울러 적벽과 친하면 편협하게 되는 까닭일 뿐이다.

> ▌맛볼 상(嘗): 일찍이. ▌가지고 놀 완(翫). ▌질펀할 만(漫). ▌이에 원(爰): 이에, 여기에서. ▌지경 구(區). ▌구구(區區): 수량이 적다, 중요하지 않다, 시시하다, 구구하다, 구애되다. ▌가루 설(屑): 달갑게 여기다, 결백하다. ▌좁을 액(阨). ▌줄 여(與): 좋아하다, 친근하다, 친하다. ▌언이(焉耳): ...따름이다, ...뿐이다, 언이(焉爾), 어시(於是), 이이(而已).

余方以大氣爲舟, 以至理爲楫, 以黔羸爲篙工, 以造化爲賓客, 刺乎潡沆之口, 涉乎混茫 之洋, 潊彼橫鶩乎寂寞之濱, 汎汎中流乎無何有之鄕, 將落帆於大道之窟, 且下碇於玄 牝之門, 奚暇與客游洛之濱? 況風利不得泊也, 謹謝客.」 客於是憮然失色, 逡巡避處, 乃逸而遁, 杳不知所.(『玄洲集』, 卷13,「反赤壁賦」)

나는 큰 기운을 배로 삼고, 지극한 이치를 노로 삼고, 검영(黔嬴)을 뱃사공으로 삼고, 조화(造化) 를 빈객으로 삼아, 망항(潡沆)의 입구로 [배를 저어] 들어가서, 혼망(混茫)의 바다를 건너고, 적막 의 물가를 종횡으로 달리고, 무하유지향(無何有之鄕)의 가운데로 둥둥 떠가서 대도(大道)의 굴에 서 돛을 내리고, 현빈(玄牝)의 문에 닻을 내리고자 하는데, 어찌 객과 함께 낙동강 강가에서 놀 겨를이 있겠는가? 게다가 바람의 기세가 드세어 배를 맬 수 없으니, 삼가 객을 사절하는 바이오." 객은 이에 아연실색하여, 멈칫멈칫하며 자리를 피하고는, 달아나 숨어버렸는데, 아득하 여 숨은 곳을 알 수 없었다.

◆▮노 즙(楫). ▮검영(黔嬴): 검뢰(黔雷), 조화의 신 또는 수신(水神). ▮조화(造化): 자연, 명운. ▮찌를 자(刺): 들어가다. ▮넓을 망(潡). ▮넓을 항(沆). ▮망항(潡沆): 물이 광대한 모양. ▮혼망(混茫): 가없이 광대한 경계(境界). ▮물 흐르는 모양 유(潊). ▮달릴 무(鶩). ▮횡무(橫鶩): 종횡으로 달리다. ▮물가 빈(濱): 강가, 냇가, 물가. ▮떠돌 범(汎). ▮무하유지 향(無何有之鄕): 아무것도 없는 곳. 장자(莊子)가 추구한 무위자연의 이상향, 허환(虛幻)의 경계(境界). ▮현빈(玄牝): 만물 생성의 본원, 도(道). ▮어찌 해(奚). ▮풍리(風利): 바람의 기세가 빠르다(風勢迅疾). ▮어루만질 무(憮). ▮무연(憮然): 멍한 모양, 실의한 모양. ▮뒷걸 음칠 준(逡). ▮돌 순(巡). ▮준순(逡巡): 머뭇거리고 앞으로 가지 못하다. ▮달아날 둔(遁): 숨다. ▮어두울 묘(杳).

소동파의 문장과 행적을 맹신하는 조선 유생을 힐난하는 좋은 글이다. 오늘에는 어떠 한지 궁금하다.

41. 황종희(黃宗羲)
「원군」(原君)

41-1 저자 소개

황종희(黃宗羲, 1610-1695)는 명대 말기 청대 초기의 경학가(經學家), 사학가, 사상가, 지리학자, 교육가, 과학자로서 자는 태충(太沖), 호는 남뢰(南雷)이다. 만년에 스스로 이주노인(梨洲老人)이라 불렀다. 공리적 실학과 실천을 중시하며 현실 정치의 폐단을 비판하고 실증을 중시하는 절동학파(浙東學派)의 중심지 절강승선포정사사(浙江承宣布政使司, 명대), 절강성(청대) 영파부(寧波府) 여요현(餘姚縣) 출생이다.

황종희

그는 고염무(顧炎武, 1613-1682) 및 왕부지(王夫之, 1619-1692)와 함께 명말청초 3대 사상가 또는 청초 3대유(三大儒)라 불리고, 동생 황종염(黃宗炎) 및 황종회(黃宗會)와 더불어 절동삼황(浙東三黃)이라 불리기도 한다. 고염무·방이지(方以智, 1611-1671)·왕부지·주순수(朱舜水, 1600-1682)와 더불어 청초 오대사(五大師)라고도 불린다. 청나라 군대가 명을 점령하자 수백 명을 동원하여 무장단체 '세충영'(世忠營)을 조직하여 반청 투쟁을 수년간 진행했고, 실패 후 고향에서 저술에 전념하였다. 한편, 주순수는 명이 망하는 과정에서 일본과 베트남을 전전하다 1659년 일본 나가사키에 정착하여 일본의 공자(孔子)라고 추앙받았고 일본에서 죽었다.

황종희는 박학다식하였고, 청 정부의 『명사』(明史) 편찬에 참여하였다. 주요 저서로 『명이대방록』(明夷待訪錄, 1663), 『명유학안』(明儒學案, 1676), 『남뢰문정』(南雷文定, 1688), 『명문해』(明文海, 1693) 등이 있다.

41-2 원전 소개

황종희의 「원군」(原君)은 『명이대방록』 권1에 실려 있다. 이 책은 1645년 반청활동을 시작하고 1649년 은거하게 된 뒤 1663년 나이 54세에 완성한 책이다. 「원군」은 총 21편 중 강령에 해당하는 첫째 편이다. 『명이대방록』은 명나라 회복 가능성이 사라진 시기에 완성한 것으로 현실 정치에 대해 비판적 내용을 담고 있다. '명이'(明夷)는 주역 64괘의 하나로 해(日)가 아래에 땅이 있는 괘로서 '매우 어두워 해가 보이지 않는', '밝은 태양이 땅속으로 빠져든' 또는 '지혜로운 사람이 어려운 처지에 처한' 상태를 나타낸다. '이'(夷)는 소멸하다, 깎아내다는 뜻이고, '명이'는 어두운 정치현실을 밝힌다는 뜻이고, '대방'(待訪)은 명군이 방문하기를 기다린다는 뜻이다. 『명이대방록』은 한마디로 명의 멸망과 청의 지배라는 어두운 현실을 극복하여 민본주의의 회복을 표방한 책이다. 이 글은 군주제의 발생, 이상적인 군주계승제도인 선양제(禪讓制), 변질한 군주 계승제도인 세습가산화(世襲家産化)에 대한 비판과 방벌혁명(放伐革命)의 정당성을 논하고 있다.

41-3 황종희 「원군」 원문, 역문 및 주석

> 「원군」(原君) : 옛날에는 천하를 주인으로 삼고, 군주를 손님으로 삼아, 모든 군주가 세상을 마치기까지 경영한 것은, 천하를 위한 것이었다(古者以天下爲主, 君爲客, 凡君之所畢世而經營者, 爲天下也.).

有生之初, 人各自私也, 人各自利也; 天下有公利而莫或興之, 有公害而莫或除之。有人者出, 不以一己之利爲利, 而使天下受其利; 不以一己之害爲害, 而使天下釋其害, 此其人之勤勞, 必千萬于天下之人。夫以千萬倍之勤勞, 而己又不享其利, 必非天下之人情所欲居也。故古之人君, 量而不欲入者, 許由、務光是也; 入而又去之者, 堯、舜是也; 初不欲入而不得去者, 禹是也。豈古之人有所異哉？好逸惡勞, 亦猶夫人之情也。

유생지초, 인각자사야, 인각자리야; 천하유공리이막혹흥지, 유공해이막혹제지。유인자출, 불이일기지리위리, 이사천하수기리; 불이일기지해위해, 이사천하석기해, 차기인지근로, 필천만우천하지인。부이천만배지근로, 이기우불향기리, 필비천하지인정소욕거야。고고지인군, 양이불욕입자, 허유、무광시야; 입이우거지자, 요、순시야; 초불욕입이부득거자, 우시야。기고지인유소이재？호일악로, 역유부인지정야。

태어난 처음에는, 사람은 모두 삿되고, 사람은 모두 이기적이다; 천하에 공리(公利)가 있어도 [누구도] 그를 일으키려 하지 않았고, 공해(公害)가 있어도 [누구도] 그를 없애려 하지 않았다. 어진 사람이 나와서, 자기의 이익을 이익으로 삼지 않고, 천하사람으로 하여금 그 이익을 받도록 하였고; 자기의 손해를 손해로 삼지 않고, 천하[사람]으로 하여금 그 손해를 피하게 하였으니, 이 사람의 노고는, 틀림없이 천하 사람보다 천만 배는 되었다. 무릇 천만 배의 노고로, 자신은 그 이익을 누리지 않았는데, 틀림없이 천하[사람]의 인정(人情)이 거처하고자 하는 바는 아닐 것이다. 따라서 옛 군주로서, 생각해서 그곳(군주의 자리/거처)에 들어가려 하지 않았은 사람은,

허유(許由)와 무광(務光)이고; 그곳에 들어갔다가 버린 사람은, 요(堯)와 순(舜)이며; 처음에는 그곳에 들어가지 않으려 했지만 버리지 않은 사람은, 우(禹)이다. 어찌 옛날 사람이라고 다를 바가 있겠는가? 편안함을 좋아하고 수고로움을 싫어하는 것은, 여전히 뭇 사람의 심정이다.

▌각각 각(各): 각자, 모두. ▌혹 혹(或): 대명사, 어떤 것, 어떤 사람, 누구(誰). ▌인자(人者): 인자(仁者). ▌풀 석(釋): 없애다, 제거하다, 피하다, 면하다. ▌있을 거(居): 살다, 거처하다, 차지하다, 맡다, 담당하다. ▌허유(許由): 요가 제위를 물려주려 하자 수치스럽다고 여겨 기산(箕山)에 은거하였다. ▌무광(務光): 탕왕(湯王)이 제위를 물려주려 하자 이를 수치스럽다고 여겨 돌을 안고 여수(廬水 또는 蓼水)에 투신하였다. ▌오히려 유(猶): 역시, 여전히.

後之爲人君者不然。以爲天下利害之權皆出于我 , 我以天下之利盡歸于己 , 以天下之害盡歸于人 , 亦無不可 ; 使天下之人 , 不敢自私 , 不敢自利 , 以我之大私爲天下之大公。始而慙焉 , 久而安焉。視天下爲莫大之産業 , 傳之子孫 , 受享無窮。漢高帝所謂「某業所就 , 孰與仲多 ? 」者 , 其逐利之情 , 不覺溢之于辭矣。此無他 , 古者以天下爲主 , 君爲客 , 凡君之所畢世而經營者 , 爲天下也。

후지위인군자불연。이위천하이해지권개출우아 , 아이천하지리진귀우기 , 이천하지해진귀우인 , 역무불가 ; 사천하지인 , 불감자사 , 불감자리 , 이아지대사위천하지대공。시이참언 , 구이안언。시천하위막대지**산업** , 전지자손 , 수향무궁。한고제소위「**모업소취 , 숙여중다 ?** 」자 , 기축리지정 , 불각일지우사의。차무타 , 고자이천하위주 , 군위객 , 범군지소필세이경영자 , 위천하야。

나중에 군주가 된 사람은 그렇지 않았다. 천하의 이해(利害)의 권한이 모두 나(군주)에게서 나오는 것으로 여겨, 나(군주)는 천하의 이익을 자신에게 돌리고, 천하의 해악을 모두 남에게 돌리는 것이, 불가능하지 않다고 여겼다; 천하의 사람들로 하여금 함부로 스스로 삿되지 않고, 함부로 스스로 이기적일 수 없도록 하여, 나(군주)의 큰 삿됨(大私)을 천하의 대공(大公)으로 여겼다. 처음에는 부끄러워했지만, 오래 되자 편안해했다. 천하를 막대한 산업(産業)으로 보고, 그를 자손에게 전하여, 끝없이 누리도록 했다. 한고조(漢高祖)가 "내가 산업을 이뤄낸 성취는, 중형(仲兄)과 비교해서 누가 더 많은가?"라고 말한 것은, 그가 이익을 좇는 감정이, 깨닫지 못하는 사이

말에 넘쳐난 것이다. 이는 다른 때문이 아니고, 옛날에는 천하를 주인으로 삼고, 군주(자신)를 손님으로 삼아, 모든 군주가 세상을 마치기까지 경영한 것은, 천하를 위한 것이었다(것이었기 때문이다).

▉편안할 안(安): 마음이 편하다, 마음이 놓이다. ▉산업(産業): 재산을 모으는 사업. ▉아무
모(某): 자기의 겸칭, 자칭, 나(我). ▉숙여(孰與): 여수(與誰), 여하(如何), '孰與…'는 '…과(와)
비교해서 어떤가' 또는 '…와(과) 비교해서 누가(어느 것이) …한가'로 번역되는 반어법이나
의문법으로 쓰인다. ▉중(仲): 둘째 형. ▉'孰與仲多': 『사기』권8「高祖本紀」에 나온다: "高祖
大朝諸侯群臣, 置酒未央前殿. 高祖奉玉卮, 起爲太上皇壽, 曰:「始大人常以臣無賴, 不能治産
業, 不如仲力. 今某之業所就孰與仲多?」"

今也以君爲主, 天下爲客, 凡天下之無地而得安寧者, **爲君也**。是以其未得之也, **屠
毒天下之肝腦**, 離散天下之子女, 以博我一人之産業, 曾不慘然, 曰:「我固爲子孫
創業也。」其既得之也, **敲剝天下之骨髓**, 離散天下之子女, 以奉我一人之淫樂, 視
爲當然, 曰:「此我産業之花息也。」然則爲天下之大害者, 君而已矣! 向使無君, 人
各得自私也, 人各得自利也。嗚呼! 豈設君之道固如是乎?
금야이군위주, 천하위객, 범천하지무지이득안녕자, **위군야**。시이기미득지야, **도
독천하지간뇌**, 이산천하지자녀, 이박아일인지산업, 증불참연, 왈:「아고위자손
창업야。」기기득지야, **고박천하지골수**, 이산천하지자녀, 이봉아일인지음락, 시
위당연, 왈:「차아산업지화식야。」연즉위천하지대해자, 군이이의! **향사무군**, 인
각득자사야, 인각득자리야。오호! 기설군지도고여시호?

오늘날은 군주를 주인으로, 천하(백성)를 객으로 삼는데, 무릇 천하에 안녕을 얻을 땅이 없는
것은, 군주 때문이다. 그래서 그것(천하)을 얻지 못하면, 천하(백성)의 간과 뇌를 잡아 죽이고,
천하의 자녀를 이산(離散)하여, 나(군주) 한 사람의 산업을 많게 하고는, 참혹하지 않다고 여기고,
말하기를 "나는 진실로 자손들을 위해 창업을 한 것이다."라고 한다. 이미 그(천하)를 얻어서는,
천하의 골수를 때려 찢어버리고, 천하의 자녀를 이산하여, 나 한 사람의 음란과 쾌락을 떠받들게
하는 것을, 당연하게 여기고, 말하기를 "이것은 내 산업의 이자이다."라고 한다. 그런즉 천하에

큰 해가 되는 것은, 군주뿐이다! 설령 군주가 없더라도, 사람들은 모두 삿되고(자기의 것을 얻을 수 있고), 사람들은 모두 이기적이다(자신의 이익을 얻을 수 있다). 아아! 설마 군주를 세운 도리가 본래 이와 같은 것이었을까!

▌할 위(爲): 전치사, 때문에(因爲, 由於). ▌잡을 도(屠). ▌독 독(毒): 죽이다. ▌두드릴 고(敲). ▌벗길 박(剝). ▌받들 봉(奉): 떠받들다, 돕다. ▌향사(向使): 가령, 설령.

古者天下之人愛戴其君 , 比之如父 , 擬之如天 , 誠不爲過也。今也天下之人怨惡其君 , 視之如寇讎 , 名之爲獨夫 , 固其所也。而小儒規規焉 , 以君臣之義無所逃于天地之間 , 至桀、紂之暴 , 猶謂湯、武不當誅之 , 而妄傳伯夷、叔齊無稽之事 , 使兆人萬姓崩潰之血肉 , 曾不異夫腐鼠! 豈天地之大 , 于兆人萬姓之中 , 獨私其一人一姓乎! 是故 , 武王 , 聖人也; 孟子之言 , 聖人之言也。後世之君 , 欲以如父如天之空名 , 禁人之窺伺者 , 皆不便于其言 , 至廢孟子而不立 , 非導源於小儒乎?

고자천하지인애대기군 , 비지여부 , 의지여천 , 성불위과야。금야천하지인원오기군 , **시지여구수** , 명지위**독부** , **고기소야**。이소유규규언 , 이군신지의무소도우천지지간 , 지걸、주지폭 , 유위탕、무부당주지 , 이망전백이、숙제**무계지사** , 사조인만성붕궤지혈육 , 증불이부부서! 기천지지대 , 우조인만성지중 , 독사기일인일성호! 시고 , 무왕 , 성인야; 맹자지언 , 성인지언야。후세지군 , 욕이여부여천지공명 , 금인지**규사자** , 개불편우기언 , 지**폐맹자**이불립 , 비도원어소유호?

옛날 천하의 사람들이 그 군주를 경애하여 모심에, 아버지에 비견하고, 하늘에 비교해도, 정말로 지나치지 않았다. 오늘날 천하의 사람들이 그 군주를 원망하고 미워하며, 그를 원수와 같이 여기고, 그들 한 사내(獨夫)라고 부르는 것은, 참으로 그럴만하다. 그리고 머저리 선비(小儒)는 진부하게, 군신 간의 의는 천지 사이에서 도망할 곳이 없다며, 걸(桀)과 주(紂)의 폭정에 이르러도, 여전히 탕왕(湯王)과 무왕(武王)이 그들을 죽이는 것은 부당하다고 말하고, 백이(伯夷)와 숙제(叔齊)가 터무니없는 일을 한 것이라고 거짓으로 전하여, 억만 백성의 붕괴된 혈육을, 썩은 쥐와 다르지 않다고 여긴다! 어찌 천지가 [이렇게] 큰데, 억만 백성 중에서, 오직 그 한 사람 한 성(姓)만 삿되게 할 수 있는 것인가! 그러므로, 무왕은, 성인이고; 맹자의 말씀은, 성인의 말씀이다. 후세의 군주는, 아버지와 같고 하늘과 같다는 헛소리로, 사람들이 [자신의 지위를] 엿보아 노리는 것을 금지하였고, 모두 그(성인)의 말을 불편해하고, 맹자를 폐위하고 세우지 않았는데, [이는] 머저리 선비에서 비롯한 것이 아니겠는가?

▌'視之如寇讎': 『맹자』「離婁下」: "君之視臣如土芥, 則臣視君如寇讎." ▌'獨夫': 『書』「泰誓」: "獨夫受(商紂), 洪惟作威, 乃汝世仇.". '독부'는 상나라 걸왕이 이제는 지엄한 왕이 아니고 다만 '일개 사내'에 지나지 않는 존재라는 뜻으로, 『맹자』「양혜왕하」(梁惠王下) 편에서 맹자가 '문주일부'(聞誅一夫)라고 한 '일부'(一夫)와 같다. ▌고기소야(固其所也): 그 방법(도리, 뜻)이 당연하다(固). ▌소유(小儒): 안목이 짧은 멍청한 지식인. ▌규규(規規): 얼빠진 모양, 천박하고 비루한 모양. ▌'君臣之義無所逃於天地之間': 『장자』「人間世」: "臣之事君, 義也, 無適而非君也, 無所逃於天地之間." ▌머무를 계(稽). ▌무계(無稽): 터무니없다, 근거 없다, 황당무계하다. ▌조인만성(兆人萬姓): 억만백성(億萬百姓). ▌엿볼 규(窺). ▌엿볼 사(伺). ▌'廢孟子': 명 태조 주원장(朱元璋)이 『맹자』「진심하」(盡心下) 편에 있는 "백성이 귀하고, 사직은 다음이고, 군주는 가볍다."(民爲貴, 社稷次之, 君爲輕.) 등 내용에 불만을 갖고 맹자를 공묘(孔廟)에서 빼버린 일을 가리킨다.

雖然, 使後之爲君者果能保此產業, 傳之無窮, 亦無怪乎其私之也。既以產業視之, 人之欲得產業, 誰不如我？攝緘縢, 固扃鐍, 一人之智力, 不能勝天下欲得之者之衆, 遠者數世, 近者及身, 其血肉之崩潰在其子孫矣。昔人願世世無生帝王家, 而毅宗之語公主, 亦曰：「若何爲生我家！」痛哉斯言！回思創業時其欲得天下之心, 有不廢然摧沮者乎？

수연, 사후지위군자과능보차산업, 전지무궁, 역무괴호기사지야. 기이산업시지, 인지욕득산업, 수불여아？섭함등, 고경휼, 일인지지력, 불능승천하욕득지자지중, 원자수세, 근자급신, 기혈육지붕궤재기자손의. 석인원세세무생제왕가, 이의종지어공주, 역왈：「약하위생아가！」통재사언！회사창업시기욕득천하지심, 유불폐연최저자호？

비록 [이러해도], 가령 후세의 군주가 이 산업(產業)을 보존하여, 끝없이 전할 수 있어도, 여전히 그것을 삿되게 한다고 탓하지 않는다. 이미 그것(천하)을 산업으로 보았는데, 사람들이 산업을 얻고자 하는 것은, 누가 나와 같지 않겠는가? 단단히 밧줄로 묶고, 굳게 빗장을 걸어 잠근다고 해서, 한 사람의 지력은, 천하에 갖고자 하는 사람들이 많음을 이길 수 없으므로, 멀게는 수 세대, 가까이는 제 몸(자신의 시대)에 이르러, 그 혈육의 붕괴는 그 자손에게서 일어난다. 옛사람(宋順帝)은 대대로 제왕의 집안에서 태어나지 않기를 바랐고, [명대 마지막 왕인] 의종(毅宗, 崇禎皇帝)이 공주(長平公主)에게 일러, 또 말하기를 "너는 어찌하여 내 집안에 태어났는가!"라고 하였는데, 이 말은 [정말 비통하다! 창업할 때 천하를 얻으려는 마음을 회고하면, 낙담하여 꺾이고 막히지 않을 수 있는 자가 있을까?

> ▌하여금 사(使): 만약, 가령(假使). ▌또 역(亦): 여전히(仍然). ▌당길 섭(攝): 잡다, 쥐다, 굳게 지키다. ▌봉할 함(緘). ▌함등(緘縢): 밧줄, 새끼. ▌빗장 경(扃): 닫다. ▌걸쇠 휼(鐍).
> ▌"攝緘縢 , 固扃鐍.": 『장자』 「胠篋」: "將爲胠篋、探囊、發匱之盜而爲守備 , 則必攝緘、縢 , 固扃、鐍 , 此世俗之所謂知也." ▌석인(昔人): 남조 송(宋) 순제(順帝)를 가리킴. 『남사』(南史) 「왕경칙전」(王敬則傳)에 나온다. ▌폐연(廢然): 의기소침하다, 낙담하다. ▌꺾을 최(摧). ▌막을 저(沮).

是故 , 明乎爲君之職分 , 則唐、虞之世 , 人人能讓 , 許由、務光非絕塵也 ; 不明乎爲君之職分 , 則市井之間 , 人人可欲 , 許由、務光所以曠後世而不聞也。然君之職分難明 , 以俄頃淫樂 , 不易無窮之悲 , 雖愚者亦明之矣。

시고 , 명호위군지직분 , 즉낭、우지세 , 인인능양 , 허유、무광비절진야 ; 불명호위군지직분 , 즉시정지간 , 인인가욕 , 허유、무광소이광후세이불문야。연군지직분난명 , 이아경음락 , 불역무궁지비 , 수우자역**명**지의。

그러므로, 군주로서의 직분에 밝았다면, 요순의 시대에서[와 같이], 사람마다 양보할 것이고, 허유와 무광과 같이 속세를 절연하지 않았을 것이다; 군주로서의 직분에 어두우면, 시정에서[와 같이], 사람마다 [왕위에] 욕심을 낼 것이고, 허유와 무광은 그 까닭으로 후세에 [자취가] 끊어져 [다시] 들리지 않게 될 것이다. 그러나 군주의 직분을 밝히는 일은 어렵지만, 잠깐의 음란과 쾌락으로, 끝없는 비극을 바꿔 얻을 만하지 않다(가치가 없다)는 것은, 비록 우둔한 사람이라도 그를 이해할 수 있다.

▌곧 즉(則): 어조사. ▌밝을 광(曠): 비다, 끊어지다. ▌갑자기 아(俄): 기울다. ▌밭 넓이 단위 경(頃): 기울다. ▌아경(俄頃): 잠시, 잠깐. ▌밝을 명(明): 이해하다, 알다.

41-4 황종희「원군」 감상과 평설(評說)

황종희의「원군」(原君)에서는 우리에게 익숙한 성어를 찾을 수 없다.

황종희『명이대방록』의 첫 편인「원군」(原君)은 한마디로 군주론(君主論)이다. 그는 이어 신하론, 법치론, 교육론, 재정론, 군사론, 전제론, 지방론 등 다양한 정치경제 사상을 제시하였다. 황종희는『명이대방록』의 출발점인「원군」에서 인간의 삿됨(自私)과 사리(自利)를 벗어나 공리(公利)를 추구해야 하지만, 현재의 군주는 천하를 재산을 불리는 사업, 즉 '산업'(産業)으로 여기고 아울러 가산(家産)으로 여겨 후대에 물려주는 잘못을 저지르고 있다고 비판하였다. 이에 따라 백성의 삶은 초개만도 못하다고 보았다. 황종희는『맹자』(孟子)「진심하」(盡心下) 편의 "백성이 [가장] 귀하고, 사직은 다음이고, 군주는 [가장] 가볍다."(民爲貴, 社稷次之, 君爲輕.)라는 '민귀군경'(民貴君輕) 사상을 계승하여 '천하주군객'(天下主君客), 즉 민주군객론(民主君客論)을 강력히 주장했다. 이에 봉건전제주의를 토벌하자는 격문으로 평가되기도 한다.

황종희는 신하론(臣下論)인「원신」(原臣) 편에서 자신의 벼슬살이는 "천하[백성]를 위한 것이었지 군주를 위한 것이 아니었고; 만민을 위한 것이었지, [제왕가] 하나의 성(姓)을 위한 것은 아니었다."(爲天下, 非爲君也; 爲萬民, 非爲一姓也.)라고 주장했다.「원법」(原法) 편에서는 과거의 "이른바 법이라는 것이, 일가의 법이었지, 천하의 법이 아니었다."(其所謂法者, 一家之法, 而非天下之法也.)라고 주장했다. 나아가「학교」 편에서는 "천자가 옳다고 하는 것이 반드시 옳은 것은 아니며, 천자가 그르다고 하는 것이 반드시 그른 것은 아니다."(天子之所是未必是, 天子之所非未必非.)라고 주장하여 군주전제주의를 비판하였다.

이렇게 군주제를 철저히 부정한 『명이대방록』은 저술 50여 년, 그의 사후 10여 년 뒤인 건륭(乾隆) 연간(1711-1799)에 금서가 되었다가 청말 유신변법운동 기간(1895-1898)에 다시 빛을 보았다. 청말민초(淸末民初)의 정치가 겸 사상가인 양계초(梁啓超, 1873-1929)는 황종희를 '중국의 루소'라고 불렀다. 손문(孫文)은 『명이대방록』을 갖고 다니면서 「원군」과 「원신」 두 편을 수시로 들여다보았다. 대만 국민당정부 총통을 지낸 장개석(蔣介石, 1887-1976)은 『명이대방록』을 루소의 『사회계약론』에 비유하여 황종희가 루소에 비해 더 위대하다고 평가하였다. 황종희의 정치사상에 대한 평가가 아무리 높다고 해도 서구 민주주의나 민권사상으로 발전하지는 못하였으므로, 다만 그의 사상이 전통 민본사상의 극치에 다다랐다고 평가하는 것이 합리적이다. 중국공산당이나 한국 정당의 '우두머(저)리'(牛頭/愚頭)들이 황종희의 비판을 빗겨나갈 수 있을지 궁금하다.

42. 고염무(顧炎武)
「염치」(廉恥)

42-1 저자 소개

고염무(顧炎武, 1613-1682)는 명말청초의 사상가, 사학가, 언어학자로서 자는 충청(忠淸), 원명은 강(絳)이다. 그는 명나라가 망하자 옛날 남송 말기 원에 항쟁한 문천상(文天祥. 1236-1283)의 막부에 들어가 군비를 헌납한 왕염오(王炎午, 1252-1324)의 사람됨에 반하여 염무(炎武)로 개명했다. 남직예(南直隷) 소주부(蘇州府) 곤산현(昆山縣, 현 강소성 곤산시) 사람이다. 황종희 및 왕부지와 더불어 청초 3대유(三大儒)라고 불린다.

고염무

청나라가 명나라를 멸하자 반청활동에 참가하여 청조 입조(入朝)를 거절했고, 연구 성과를 『일지록』(日知錄)에 담아냈다. 그의 "천하흥망, 필부유책."(天下興亡, 匹夫有責.)이란 명언은 지금까지 널리 전해지고 있다.

그는 송명이학(宋明理學)의 유심주의 현학(玄學)을 반대하고 객관적인 실학(實學)을 주장했다.

저서로 『일지록』(日知錄), 『천하군국이병서』(天下郡國利病書) 등이 있다.

42-2 원전 소개

고염무의 「염치」(廉恥) 편은 『일지록』(日知錄) 권13에 실려 있다. 고염무는 박학하면서 학문과 행동, 학문 연구와 세상 경영을 일치하려고 노력하였다. 그 불일치 문제를 다룬 것이 「염치」 편이다.

42-3 고염무 「염치」 원문, 역문 및 주석

「염치」(廉恥) : 대개 청렴하지 않으면, 취하지 않는 것이 없고, 부끄러워하지 않으면, 하지 않는 것이 없다. 사람으로서 이러하면, 재화(災禍)·실패·혼란·멸망, 역시 이르지 않는 것이 없다(蓋不廉, 則無所不取, 不恥, 則無所不爲. 人而如此, 則禍敗亂亡, 亦無所不至.).

《五代史·馮道傳·論》曰 :「禮義廉恥 , 國之四維 , 四維不張 , 國乃滅亡。」善乎 , 管生之能言也！禮義 , 治人之大法 ; 廉恥 , 立人之大節 ; 蓋不廉 , 則無所不取 , 不恥 , 則無所不爲。人而如此 , 則禍敗亂亡 , 亦無所不至 ; 況爲大臣而無所不取 , 無所不爲 , 則天下其有不亂 , 國家其有不亡者乎 ?

《오대사·풍도전·논》왈 :「예의염치 , 국지사유 , 사유부장 , 국내멸망。」선호 , 관생지능언야！예의 , 치인지대법 ; 염치 , 입인지대절 ; 개불렴 , 즉무소불취 , 불치 , 즉무소불위。인이여차 , 즉화패난망 , 역무소부지 ; 황위대신이무소불취 , 무소불위 , 즉천하기유불란 , 국가기유불망자호 ?

[구양수(歐陽脩)]는 『오대사』(五代史) 「풍도전」(馮道傳) 평론에서 말했다. "예의염치(禮義廉恥)

는, 나라의 네 가지 강령(四維)이며, 네 가지 강령이 신장(伸張)되지 않으면, 나라는 곧 멸망한다."
좋은 말이다, 관중(管仲)이 할 수 있는 말이다! 예의는, 사람을 다스리는 대법(大法)이다; 염치는
사람을 세우는 대절(大節)이다. 대개 청렴하지 않으면, 취하지 않는 것이 없고, 부끄러워하지
않으면, 하지 않는 것이 없다. 사람으로서 이러하면, 재화(災禍)·실패·혼란·멸망, 역시 이르지
않는 것이 없다; 하물며 대신(大臣)으로서 취하지 않는 것이 없고, 하지 않는 것이 없다면, 천하가
어찌 혼란스럽지 않을 것이며, 국가는 어찌 멸망하지 않을 것인가?

■'《五代史》': 이『오대사』(五代史)는 송대 구양수(歐陽修)가 편찬한 기전체(紀傳體) 사서로
24사의 하나이며, 원래 명칭은『오대사기』(五代史記)로서 설거정(薛居正) 등이 편찬한 관방
의『구오대사』(舊五代史)와 구분하기 위해『신오대사』(新五代史)라고 부르고,『신오대사』는
당송 이후 유일하게 개인이 편찬한 정사이지만 춘추필법이 적용되어 사료 가치는『구오대사』
보다 낮다. ■"禮義廉恥, ...國家其有不亡者乎.":『신오대사』권54「풍도전」(馮道傳) 서론
부분. ■"禮義廉恥, ...國乃滅亡.":『管子』「목민」(牧民) 편의 앞부분 축약. ■날 생(生):
학문이 높은 선생(先生)의 약칭으로 먼저 선(先) 자를 쓰기도 한다. ■관생(管生): 관자(管子),
관중(管仲, ?-645BCE).

然而四者之中 , 恥尤爲要. 故夫子之論士 , 曰:「行己有恥.」孟子曰:「人不可以無
恥. 無恥之恥 , 無恥矣.」又曰:「恥之於人大矣 , 爲機變之巧者 , 無所用恥焉.」所以
然者 , 人之不廉 , 而至於悖禮犯義 , 其原皆生於無恥也. 故士大夫之無恥 , 是謂國恥.
연이사자지중 , 치우위요. 고부자지론사 , 왈:「행기유치.」맹자왈:「인불가이무
치. 무치지치 , 무치의.」우왈:「치지어인대의 , 위기변지교자 , 무소용치언.」소이
연자 , 인지불렴 , 이지어**패**례범의 , 기원개생어무치야. 고사대부지무치 , 시위국치.

그러나 네 가지(禮義廉恥) 중, 부끄러워함(恥)이 가장 중요하다. 그래서 공자가 선비(士)를 논하
여, 말했다: "자신을 행함에 부끄러움을 가져야 한다." 맹자는 말했다: "사람은 부끄러움이 없어서
는 안 된다. 부끄러운 것을 부끄러워하지 않음은, 부끄러움이 없는 것이다." 또 말했다: "부끄러움
은 사람에 있어 큰 문제로서, 임기응변에 능한 자에게는, 부끄러움을 말할 것이 못된다." 그렇게
된 것은, 사람이 청렴하지 않아, 예를 벗어나고 의에 어긋나게 되었기 때문이고, 그것은 본래
모두 부끄러움이 없어서 생긴 것이다. 따라서 사대부가 부끄러움이 없는 것은, 나라의 수치(國恥)

라고 말한다.

▌행기(行己): 입신처세(立身處世), 세상을 살아가는 데 가져야 할 몸가짐이나 행동. ▌어그러질 패(悖).

吾觀三代以下 , 世衰道微 , 棄禮義 , 捐廉恥 , 非一朝一夕之故。然而松柏後彫於歲寒 , 雞鳴不已於風雨 , 彼昏之日 , 固未嘗無獨醒之人也 ! 頃讀《顏氏家訓》有云 : 「齊朝一士夫嘗謂吾曰 :『我有一兒 , 年已十七 , 頗曉書疏 , 教其鮮卑語 , 及彈琵琶 , 稍欲通解 , 以此伏事公卿 , 無不寵愛。」吾時俯而不答。異哉 , 此人之教子也 ! 若由此業自致卿相 , 亦不願女曹爲之。」嗟乎 ! 之推不得已而仕於亂世 , 猶爲此言 , 尚有《小宛》詩人之意 , 彼閹然媚於世者 , 能無愧哉 !

오관삼대이하 , 세쇠도미 , 기예의 , 연염치 , 비일조일석지고。연이송백후조어세한 , 계명불이어풍우 , 피혼지일 , 고미상무독성지인야 ! 경독《안씨가훈》유운 : 「제조일사부상위오왈 :『아유일아 , 연이십칠 , 파효서소 , 교기선비어 , 급탄비파 , 조욕통해 , 이차복사공경 , 무불총애。」오시부이부답。이재 , 차인지교자야 ! 약유차업자치경상 , 역불원여조위지。」차호 ! 지추부득이이사어난세 , 유위차언 , 상유《소완》시인지의 , 피엄연미어세자 , 능무괴재 !

내가 보기에 삼대(夏殷周) 이래, 세상의 도가 쇠미해져, 예의를 버리고, 염치를 버렸는데, 하루아침이나 하룻저녁에 그리된 것이 아니다. 그러나 날씨가 추워진, 그런 뒤에야 소나무와 측백나무가 절반만 이지러지며, 닭 울음소리는 비바람에 그만두지 않으며, 어두운 시절에, 홀로 깨어있는 사람이 없었던 적이 없었다! 최근 읽은 『안씨가훈』(顏氏家訓)에 말하기를 "제(齊)나라 조정의 어느 사대부가 일찍이 내게 말하기를 '내게 한 아들이 있는데, 나이는 이미 열일곱으로, 서신과 상소[쓰는 법]를 꽤 알기에, 그에게 선비족(鮮卑族) 말을 가르치고, 비파 타는 것을 가르쳤더니, 조금 이해하게 되었기에, 이로써 공경(公卿)들을 모시게 했더니, 총애하지 않는 공경이 없었다.' 라고 했다. 나는 그때 머리를 숙이고 대꾸하지 않았다. 이상하다, 이 사람이 아들을 가르치는 방법이! 만일 이 정도의 학업으로 스스로 경상(卿相)이 될 수 있다고 하여도, 너희들이 그렇게 하는 것을 바라지 않는다."라고 하였다. 아아! 안지추(顏之推)는 부득이 난세에 벼슬을 하여,

이 말을 하게 된 것인데, 만일 「소완」(小宛) 시인의 정신이라도 있었다면, 그같이 굽실거리며 세속에 아첨하는 사람이, 부끄러워하지 않을 수 있었을까!

▌'松柏後彫於歲寒': 여기서는 다소 전통적인 해석에 따르며, 더 정확한 해석은 『논어』「자한」(子罕) 편[9-28]의 해석을 참조 바란다. ▌밭 넓이 단위 경(頃): 요사이, 근래, 최근. ▌맛볼 상(嘗): 일찍이. ▌여조(汝曹): 너희들. ▌마을 조(曹): 짝, 무리, 떼. ▌오히려 상(尙): 잉(仍), 상차(尙且), 여전히, 아직, 의연히, 당약(儻若), 만일 ...한다면. ▌「小宛」: 『시』(詩) 「소아: 절남산지십」(小雅: 節南山之什) 중의 일부 시로 부모에 대한 정을 읊음. ▌내시 엄(閹). ▌엄연(閹然): 뜻을 굽히고 영합하는 모습.

羅仲素曰:「敎化者朝廷之先務 , 廉恥者士人之美節 , 風俗者天下之大事。朝廷有敎化 , 則士人有廉恥 ; 士人有廉恥 , 則天下有風俗。」

나중소왈:「교화자조정지선무 , 염치자사인지미절 , 풍속자천하지대사。조정유교화 , 즉사인유염치 ; 사인유염치 , 즉천하유풍속。」

나중소(羅仲素)가 말했다: "교화라는 것은 조정의 급선무이고, 염치라는 것은 사대부의 아름다운 절개이고, 풍속이라는 것은 천하의 대사(大事)이다. 조정에 교화가 있으면, 사대부는 염치를 갖게 되며, 사대부가 염치를 갖게 되면, 천하에 풍속(미풍양속)이 있게 된다."

▌나중소(羅仲素, 1072-1135): 본명 종언(從彦), 복건성 남평(南平) 나원리(羅源里) 출신으로, 양시(楊時)·이동(李侗)·주희(朱熹)와 더불어 '민학사현'(閩學四賢)으로 불리며, 양시·이동과 함께 '남검의 세 선생'(南劍三先生)으로도 불린다. 송대 이학(理學)은 정이(程頤)→양시(楊時)→나종언(羅從彦)→이동(李侗)→주희(朱熹)에 이르러 집대성되었다. 그의 저서로는 『예장문집』(豫章文集), 『춘추모시어해』(春秋毛詩語解), 『중용설』(中庸説), 『춘추지휘』(春秋指揮) 등이 있다.

古人治軍之道 , 未有不本於廉恥者。《吳子》曰:「凡制國治軍 , 必敎之以禮 , 勵之以義 , 使有恥也。夫人有恥 , 在大足以戰 , 在小足以守矣。」《尉繚子》言:「國必有慈孝

廉恥之俗 , 則可以死易生。」而太公對武王 :「將有三勝 , 一曰禮將 , 二曰力將 , 三曰
止欲將。故禮者 , 所以班朝治軍而兔苴之武夫 , 皆本於文王后妃之化 ; 豈有淫芻蕘 ,
竊牛馬 , 而爲暴於百姓者哉 !」

고인치군지도 , 미유불본어염치자。《오자》왈 :「범제국치군 , 필교지이례 , 여지이
의 , 사유치야。부인유치 , 재대족이전 , 재소족이수의。《위료자》언 :「국필유자효
염치지속 , 즉가이사역생。」이태공대무왕 :「장유삼승 , 일왈예장 , 이왈역장 , 삼왈
지욕장。고예자 , 소이**반조치군**이**토저**지무부 , 개본어문왕후비지화 ; 기유음**추요** ,
절우마 , 이위폭어백성자재 !」」

옛사람의 군(軍)을 다스리는 원칙에서, 염치를 근본으로 하지 않은 적이 없다. 『오자』(吳子)가
말했다: "무릇 나라를 통제하고 군을 다스림에는, 반드시 예로 가르치고, 의로 권장해야, 부끄러움
을 갖게 할 수 있다. 무릇 사람에게 부끄러움이 있으면, 크게는 진공할 수 있고, 작게는 수비할
수 있다." 『위료자』(尉繚子)가 말했다: "나라에 반드시 자효염치(慈孝廉恥)의 풍속이 있어야, 죽
음으로써 생을 바꿀 수 있다." 그리고 태공망(太公望)이 무왕(武王)에게 대답했다: "장군에는
세 가지 승장(勝將)이 있는데, 첫째는 예장(禮將)이고, 둘째는 역장(力將)이고, 셋째는 [탐욕을
억지하는] 지욕장(止欲將)이다. 그러므로 예라는 것은(것이 있어), 조정의 석차(席次)를 정렬하고
군을 [예제에 따라] 다스리는 거친 용사는, 모두 문왕(文王) 후비(后妃)의 교화를 본받았다; 어찌
나무꾼을 어지럽히고, 소와 말을 훔치고, 백성에게 포악한 자가 있을 수 있겠는가?"

▌《吳子》: 전국시대 초기 병가(兵家) 오기(吳起, ?-381BCE)의 병서(兵書). 인용문은 「도국」
(圖國) 편에 나온다. ▌《尉繚子》: 전국시대 위료(尉繚)의 병서, 인용문은 「전위」(戰威) 편에
나온다. ▌대답할 대(對): 응답하다, 대답하다. ▌'太公對武王': 이 부분은 강자아(姜子牙,
姜太公, ?-1015BCE)가 지었다는 『육도』(六韜) 「용도: 여군」(龍韜: 勵軍) 편의 내용을 축약한
것이다: "武王曰 : 「敢問其目。」太公曰 :「將冬不服裘, 夏不操扇, 雨不張蓋, 名曰禮將. 將不身服
禮, 無以知士卒之寒暑. 出隘塞, 犯泥塗, 將必先下步, 名曰力將. 將不身服力, 無以知士卒之勞
苦. 軍皆定次, 將乃就舍 ; 炊者皆熟, 將乃就食 ; 軍不舉火, 將亦不舉, 名曰止欲將. 將不身服止
欲, 無以知士卒之飢飽. 將與士卒共寒暑, 勞苦, 飢飽, 故三軍之衆, 聞鼓聲則喜, 聞金聲則怒.
高城深池, 矢石繁下, 士爭先登 ; 白刃始合, 士爭先赴. 士非好死而樂傷也, 為其將知寒暑, 飢飽
之審, 而見勞苦之明也。"」 ▌반조치군(班朝治軍): 조정에서 직위 품계에 따라 순위를 정하는

것과 군을 예제에 따라 다스리는 것. ▌토끼 토(兎): 토끼 털. ▌신바닥 저(苴): 풀숲, 풀 묶음, 풀 다발. ▌토저(兎苴): 토저(兎罝), 토끼 잡는 그물, 거칠다. ▌꼴 추(芻). ▌풋나무 요(蕘): 땔나무. ▌추요(芻蕘): 꼴과 땔나무 하는 사람, 나무꾼, 겸칭.

《後漢書》: 張奐爲安定屬國都尉,「羌豪帥感奐恩德, 上馬二十匹, 先零酋長又遺金鐻八枚, 奐並受之, 而召主簿於諸羌前, 以酒酹地曰:『使馬如羊, 不以入廐; 使金如粟, 不以入懷。』悉以金馬還之。羌性貪而貴吏清, 前有八都尉率好財貨, 爲所患苦, 及奐正身潔己, 威化大行。」嗚呼! 自古以來, 邊事之敗, 有不始於貪求者哉? 吾於遼東之事有感。

《후한서》: 장환위안정속국도위,「강호수감환은덕, 상마이십필, 선령추장우유금거팔매, 환병수지, 이소주부어제강전, 이주뢰지왈:『사마여양, 불이입구; 사금여속, 불이입회。』실이금마환지。강성탐이귀이청, 전유팔도위솔호재화, 위소환고, 급환정신결기, 위화대행。」오호! 자고이래, 변사지패, 유불시어탐구자재? 오어요동지사유감。

『후한서』(後漢書)에 따르면 장환(張奐)이 안정속국도위(安定屬國都尉)가 되자 "강족(羌族) 수령이 장환의 은덕을 느껴, 말 20필을 상납했고, 선령족(先零族) 추장은 또 금환(金環) 8개를 보냈는데, 장환은 모두 받고, 주부(主簿)를 불러 여러 강족 앞에 세워놓고, 술을 땅에 부으면서 말하기를 '설령 [보내온] 말이 양과 같이 많아도, 마구간에 들이지 않으며; 설령 [보내온] 금덩이가 좁쌀과 같이 많아도, 품지 않는다.'라고 하고는, 금과 말을 모두 돌려보냈다. 강족은 성격이 재물을 탐하였지만 청렴한 관리를 존경하였는데, 이전의 8명의 도위가 모두 재화를 좋아하여, [강족의] 걱정거리였지만, 장환이 제 몸을 바르게 하고 깨끗이 하기에 이르러, 위엄과 교화가 크게 행해졌다." 아아! 자고로, 변경 사무의 실패에, [재물] 탐구자(貪求者)에게서 시작되지 않은 것이 있었는가? 나는 요동(遼東)의 일에 감동했다.

▌《後漢書》: 이 부분은 권65 「장환열전」(張奐列傳)에 나온다. ▌장환(張奐, 104-181): 후한 장군으로 영하(寧夏) 안정군(安定郡)의 속국도위를 역임하여 흉노를 다스렸다. ▌부을 뢰(酹): 술을 땅에 붓고 제사를 지내다.

杜子美詩：「安得廉頗將，三軍同晏眠！」一本作廉恥將。詩人之意，未必及此，然吾觀《唐書》，言王似爲武靈節度使，先是，土蕃欲成烏蘭橋，每於河壖先貯材木，皆爲節帥遣人潛載之，委於河流，終莫能成。蕃人知似貪而無謀，先厚遺之，然後並役成橋，仍築月城守之。自是朔方禦寇不暇，至今爲患，由似之黷貨也。故貪夫爲帥而邊城晚開。得此意者，郢書燕說，或可以治國乎！

두자미시：「안득염파장，삼군동안면！」일본작염치장。시인지의，미필급차，연오관《당서》，언왕필위무령절도사，선시，토번욕성오란교，매어하연선저재목，개위절수견인잠재지，위어하류，종막능성。번인지필탐이무모，선후유지，연후병역성교，잉축월성수지。자시삭방어구불가，지금위환，유필지독화야。고탐부위수이변성만개。득차의자，**영서연설**，혹가이치국호！

두보(杜甫)는 "어찌해야 염파장(廉頗將)을 얻어, 삼군(三軍)이 함께 편히 잠을 잘 수 있나!"라는 시를 지었다. 한 판본에는 '염치장(廉恥將)'이라 했다. 시인의 뜻은, 이까지 생각하지 않았겠지만, 그러나 내가 『당서』(唐書)를 보았는데, 왕필(王似)이 무령절도사(武靈節度使)가 되자, 이에 앞서, 토번(土蕃)이 오란교(烏蘭橋)를 만들고자, 번번이 강터에 목재를 쌓아놓으면, 모조리 절도사가 사람을 파견하여 몰래 실어다가, 강물에 버려, 끝내 만들지 못했다고 한다. 토번 사람이 왕필이 탐욕스럽고 꾀가 없음을 알고, 먼저 많은 뇌물을 보냈고, 그다음에 아울러 일을 시켜 다리 만들게 하였고, 이어 월성(月城)을 쌓아 다리를 지켰다. 이때부터 삭방(朔方)의 방어와 침략은 겨를이 없었고, 지금까지도 우환인데, 왕필이 재물을 탐해서 일어난 것이다. 그러므로 탐부(貪夫)가 장수가 되면 변경의 성채는 저녁에 열린다. 이 뜻을 아는 사람은, 비록 견강부회일지라도, 나라를 다스릴 수 있다!

▌두자미(杜子美, 712-770): 두보(杜甫). ▌'杜子美詩': 남송 채몽필(蔡夢弼) 집록(集錄) 『두공부집』(杜工部集) 권14 「입추후제」(立秋後題) 편에 실린 시 「유흥삼수」(遺興三首) 중 첫 수의 일부이다. ▌염파장(廉頗將): 염파(廉頗, ?-240BCE), 전국시대 조나라 장수. ▌늦을 안(晏): 편안하다. ▌왕필(王似): 송대 복건 지방 관리. ▌공지 연(壖): 빈 땅, 하천에 붙어있는 땅, 강터(고수부지가 아님). ▌맡길 위(委): 버리다. ▌더럽힐 독(黷): 탐구(貪求)하다. ▌영서연설(郢書燕說): 영(郢) 지방 사람이 쓴 편지와 연나라 왕의 말, 문장을 해석할 때 본의를 왜곡하

여 가치가 있는(긍정적인) 관점으로 해석하다 또는 견강부회(牽强附會)하다는 뜻으로, 『한비자』「외저설좌상」(外儲說左上) 편에 나오는 고사이다. 어떤 사람이 초나라 영(郢)에서 연나라 상국(相國)에게 편지를 쓰는데, 편지를 쓸 때 촛불을 들고 있는 하인에게 '초를 들라!'(擧燭!)라고 분부하면서 부지불식 간에 편지에도 '초를 들라!'라고 썼다. 연나라 상국이 편지를 받아 '초를 들라!'라는 글자를 보고는 의미를 한참 궁리하다가, 스스로 총명하다고 여기며 밝은 정책을 펴라는 뜻으로 이해하고 이를 연나라 왕에게 보고했다. 연나라 왕도 매우 기뻐하여 그대로 정책을 시행해서 성공적이었다고 한다.

42-4 고염무 「염치」 감상과 평설(評說)

고염무의 「염치」 편에는 "예절과 의리와 청렴과 부끄러움"을 가리키는 예의염치(禮義廉恥), 대단히 짧은 시간을 가리키는 일조일석(一朝一夕), 소나무와 잣나무는 엄동에도 변색되지 않는다는 뜻으로 군자는 역경에 처하여도 절의가 변치 않는다는 세한송백(歲寒松柏), 견강부회한다는 영서연설(郢書燕說) 등의 성어가 나온다.

고염무는 14세에 수재(秀才)에 천거되었지만, 과거제도가 부패하여 끝내 급제하지 못해 독서와 저서 활동에만 전념했다. 독서와 더불어 널리 여행하여 박대정심(博大精深)의 학문을 자랑했다.

「염치」는 정관계 부패의 원인이 몰염치(沒廉恥)에 있다고 설파한 글이다. 고염무는 예의염치(禮義廉恥)를 국가의 사유(四維), 즉 나라를 유지하는 데 지켜야 할 네 가지 대강령으로 보았고, 국가의 존망을 결정하는 요인으로 평가하였다. 고염무는 예의와 염치 중 염치가 더 중요하고, 염(廉)과 치(恥) 중 치, 즉 부끄러움을 가장 중요한 것으로 보았다. 그러나 고염무 당시 염치(廉恥)는 청렴과 수치라는 복합 개념에서 수치(羞恥)만을 의미하는 편의복사(偏義復詞)로 변질되었다. 또한 염치는 원래 양심과 관련된 것인데 현대 중국에서는 단순히 귀에 거슬리는 것으로 변질되었다(廉恥→廉耻). 그네들은 자신들의 부끄러운 일이나 말에 대한 비판에 귀만 후빌 뿐 마음에는 와닿지 않는 다는 태도를 당연시한다.

염무는 조정에서 교화(敎化)를 잘 펴야 사대부 지식인들이 염치를 갖게 되고, 지식인 들이 염치를 가져야 천하 백성에게 미풍양속이 생긴다고 하여, 문제의 근본 소재를 조정에서 찾았다. 이는 더 소급하면 군주의 문제로까지 소급될 것으로 보인다.

미국의 문화인류학자 루스 베네딕트(Ruth Benedict(1887-1948)는 일본문화를 분석한 『국화와 칼』(The Chrysanthemum and Sword, 1946)에서 타인의 내적 감정과 의도 및 자신의 체면을 중시하는 행동의식을 특징으로 하는 문화를 수치 문화(羞恥文化, shame culture)로 규정하고, 일본문화가 이에 속한다고 한 바 있다. 그는 수치문화에 대응하는 개념으로서 내면적 죄의식을 중시하는 행동양식을 죄의식 문화(guilt culture)라 규정했 는데, 전자가 동양적 특징을 지닌 문화라면 후자는 서유럽문화의 전형이라고 했다.[68]

한유가 「염치」 편에서 언급했듯이 춘추전국시대부터 여러 사상가와 학자들의 부끄 러움에 대한 언급이 많았다. 한자에 부끄러움을 뜻하는 한자도 치(恥, 耻), 수(羞), 괴 (愧), 작(怍), 전(悛), 참(慚), 참(慙) 등 15개 이상이 있다. 따라서 일본문화보다 한족문화 가 수치문화에 가깝다고 판단된다. 이런 수치문화는 체면문화(面子文化, face culture)로 도 표현된다. 그러나 이러한 수치문화나 체면문화는 꽌시망(關係網, guanxi network) 범위 내의 일이고, 그 밖에서는 만인의 만인에 대한 만인에 의한 투쟁문화이다. 이는 곧 '꽌시망' 바깥에서는 부끄러움과 공공(公共)의 부재를 불러온다. 그리하여 국내외에 서 중국인의 배려와 질서와 공중도덕의 부재가 낳은 심각한 현상에 대한 무감각이 자주 보도된다. 한국문화라고 예외는 아니다. 오십보백보(五十步百步)이다. 가장 순수 해야 할 종교계나 교육계도 마찬가지이다. 참으로 안타까울 뿐이다.

---

68) Ruth Benedict, *The Chrysanthemum and Sword: Patterns of Japanese Culture*(Boston: Houghton Mifflin, 1946).

한자어 '염치'는 우리말에서 '얌치'(태도)와 '얌체'(사람)로 뿌리를 내렸는데, '얌치'에
서 얌치머리, 얌통머리, 야마리, 얌치 없다, 얌치 빠지다, 얌체 같다 등의 말이 파생되었다.

참고문헌

중국 고전 산문 역주서

강계철·임대근 공저. 『중국역대문선집』. 서울: 현학사, 2005.

고숙희 編著. 『중국 고전산문 읽기』. 서울: 신성출판사, 2006.

김근 엮고옮김. 『중국을 만든 문장들: 원문으로 만나는 고전 명작 52편』. 서울: 삼인, 2022.

金聖桓 註釋. 『중국역대산문선(상)』. 전주: 전주대학교출판부, 1999.

김창환 엮음. 『중국의 명문장 감상』. 파주: 한국학술정보(주), 2011.

박경실·이제우 편역. 『알기 쉬운 중국 산문』. 울산: 울산대학교출판부, 2005.

안병국·김성곤·이영주 공저. 『중국명문감상』. 개정판. 서울: 한국방송통신대학교출판문화
       원, 2017.

오수형 編譯. 『중국고전문학정선: 중국의 고전 산문』. 서울: 명문당, 2015.

이장우 편주. 『중국역대산문선』. 서울: 신아사, 1975.

임효섭 저. 『학생 중국 고전 산문』. 부산: 동아대학교출판부, 2013.

장창호 편저. 『중국고전산문선독』. 서울: 학고방, 2009.

최봉원 역주. 『중국고전산문선독』. 개정판. 파주: 다락원, 2007.

韓武熙 編譯. 『중국역대산문선』. 서울: 단국대학교출판부, 1982.

韓武熙·沈佑燮 共編著. 『선진제자문선』. 서울: 성신여자대학교출판부, 1985.

허세욱 편역. 『배는 그만두고 뗏목을 타지: 허세욱 교수와 함께 읽는 중국 고전산문 83편』.
       서울: 학고재, 2001.

중문 고전 산문 편저

顧彬(德) 等著. 『中國古典散文』. 上海: 華東師範大學出版社, 2008.

顧亦然·任聞杰 選注. 『中國古代散文名篇』. 北京: 人民文學出版社, 2000

傅璇琮 主編. 『中國古典散文精選注譯』. 游記卷, 抒情小賦卷, 書信卷, 史傳卷, 哲理卷, 序跋

卷, 記叙文卷, 筆記卷. 北京: 淸華大學出版社, 2009.

王岳川 主編.『一生要讀知的100篇中國名文』. 上下. 北京: 中國戱劇出版社, 2004.

李麗玉 編著.『影響中國散文100: 74位散文名家的人生體悟』. 台中: 好讀出版, 2002.

李永田 編著.『中國歷代散文名篇鑑賞』. 上下. 北京: 當代世界出版社, 2009.

張可禮 主編.『精美古典散文讀本』. 濟南: 山東友誼出版社, 2010.

中國歷代散文名篇編輯委員會 編著.『中國歷代散文名篇』. 呼和浩特: 內蒙古人民出版社, 2009.

한문문법
한국식 한문문법

權重求.『한문대강』. 復刊版. 서울: 보고사, 2011.

김종호·한수진.『공식으로 한문 텍스트 읽기: 5문형 16공식』. 서울: 한티미디어, 2023.

김태수.『한문문법』. 개정판. 파주: 한국학술정보, 2020.

文璇奎.『漢文法大綱』. 서울: 汎學社, 1981.

사회과학원 민족고전연구소.『한문문법』. 평양: 사회과학출판사, 2013.

심재동.『알기쉬운 한문해석법』. 개정증보판. 고양: 인간사랑, 2010.

安奇燮.『簡明 新體系 漢文法』. 파주: 보고사, 2018.

이상진.『한문문법』. 서울: 전통문화연구회, 2014.

이재토.『영문법과 비교해서 보는 한문문법』. 고양: 좋은땅, 2018.

崔相翼.『漢文解釋講話』. 개정판. 파주: 한울, 2008.

중국식 한문문법

리쭤펑(李佐豊).『고대중국어 어법론』. 신원철·김혜영·이강재 역. 서울: 역락, 2018.

메이광(梅廣).『고대중국어문법론: 가장 오래된 중국 고대의 언어를 가장 최신의 언어학 이론으로 파헤치다!』. 박정구·백은희·조은정 옮김. 서울: 한국문화사, 2020.

楊伯峻.『중국문언문법』. 윤화중 옮김. 서울: 청년사, 1989(楊伯峻.『文言文法』. 香港: 中華書局, 1987.).

李運富·安熙珍.『중국 고전 읽는 법』. 서울: 박이정, 2014.

陳必祥.『漢文文法 基本常識 64』(古代漢語三百題). 이종호역주. 서울: 지성인, 2017.

풀리블랭크, 에드윈.『고전 중국어 문법 강의: 한문과 언어학의 만남』. 양세욱 옮김. 서울:
　　　궁리출판, 2005.

洪寅杓.『漢文文法』. 서울: 新雅社, 1976.

인용 참고문헌

姜慶熙. "조선시대 東坡「赤壁賦」의 수용: 赤壁船遊와「赤壁賦」倣作을 중심으로."『중국어
　　　문학논집』, 61(2010).

姜信沆.「한국 한자음의 어제와 오늘」,『국어생활』, 17(1989년 여름).

管敏義.『고급한문해석법: 漢文을 어떻게 끊어 읽을 것인가』. 서울대 동양사학연구회 옮김.
　　　서울: 창작과비평사, 1994.

구본관.「외래어 표기 규범 영향 평가」. 문화체육관광부 연구보고서, 2019.12.

권경인. "백이숙제의 의義를 상징하는 미薇가 고사리일까?"『향토문화의 사랑방 안동』,
　　　185(2020.3/4).

金鍾武.『釋紛訂誤論語新解』. 서울: 민음사, 1989.

김근.『중국을 만든 문장들: 원문으로 만나는 고전 명작 52편』. 서울: 삼인, 2022.

김민호.『충절의 아이콘, 백이와 숙제: 서사와 이미지 변용의 계보학』. 서울: 성균관대학교출
　　　판부, 2020.

김용옥.『길과 얻음』. 서울: 통나무, 1989.

김월회. "韓愈의「伯夷頌」다시 읽기."『중국문학』, 111(2022).

김희옥.『한문문체론』. 평양: 사회과학출판사, 2013.

렉터, 존 M.『인간은 왜 잔인해지는가: 타인을 대상화하는 인간』. 양미래 옮김. 파주: 교유서
　　　가, 2021.

류종목. "소식과 고려."『중국문학』, 38(2002).

박병석.『중국상인문화』. 서울: 교문사, 2001.

박원재. "『장자』는 왜 번역되어야 하는가."『오늘의 동양사상』, 2(1999.11).

박종인. "[박종인의 땅의 歷史] '상투 튼 원숭이들이 중국인을 희롱하는구나' [230] 혐한론자 소동파와 그를 짝사랑한 한국인." 『조선일보』, 2020.09.23.

서정기. 『(새 시대를 위한)禮記, 4: 神聖世界』. 파주 : 한국학술정보, 2011.

손융기(孫隆基). 『중국문화의 심층구조』(中國文化的深層結構). 박병석 옮김. 서울: 교문사, 1997.

신정근. "『맹자』와 현대 한국인의 만남은 언제?: '이지이효易知易曉'의 오래된 꿈의 내력." 『오늘의 동양사상』, 4(2001).

楊伯峻. 『중국문언문법』. 윤화중 옮김. 서울: 청년사, 1989.

오수형. 『중국고전문학정선: 중국의 고전 산문』. 서울: 명문당, 2015.

이귀옥·송도선. "『禮記』의 「學記」에 나타난 교학사상." 『교육철학』, 48(2012.12).

李瑾明. "蘇軾 高麗 관련 논설의 譯註(1-3)." 『中國史硏究』, 제97집(2015.8); 제98집(2015.10); 제107집(2017.4).

이승수. "공자에 대한 사마천의 의문과 반어의 확신: 「伯夷列傳」의 讀法 散論." 『한문교육연구』, 42(2014).

이현우. "한국에서의 '歸去來'에 관한 수용의 양상." 『중국어문논총』, 66(2014.12).

임효섭. 『학생 중국 고전 산문』. 부산: 동아대학교출판부, 2013.

정인갑. 『삼세 동거의 한자음 체계: 한자어 한자 관계어 연구』. 서울: 경진출판, 2023.

주문량. "중국과 대만 고등학교의 古典散文교육 비교연구: 국어 교과서 選文 내용과 특징을 中心으로." 석사학위논문. 한양대학교 대학원 중어중문학과, 2017.2.

朱學淵. 『진시황은 몽골어를 하는 여진족이었다』. 문성재 역주. 서울: 우리역사연구재단, 2009.

池載熙. 『禮記, 상중하』. 서울: 자유문고, 2000.

최봉원. 『중국고전산문선독』. 개정판. 파주: 다락원, 2007.

켈트너, 대거. 『선의 탄생: 나쁜 놈들은 모르는 착한 마음의 비밀』. 하윤숙 번역. 서울: 옥당, 2011.

하응백. 『唱樂集成』. 서울: 휴먼앤북스, 2011.

韓龍雲. 「卷頭言」(「尋牛莊2」 또는 「禪」). 『禪苑』(禪學院), 제2호(1932.2.1.).

龔敏.「『禮記·禮運』篇的作者問題」.『古籍整理研究學刊』, 2005:1(2005.1).

龔澤軍.「敦煌本『文選注』補校」.『敦煌學輯刊』, 2011:2(2011.6).

羅國强.「'德合一君, 而徵一國'中'而'字釋義商榷」.『郴州師範高等專科學校學報』, 22:3(2001. 6).

魯迅.「『題未定』草」.『且介亭雜文二集』(1935).『魯迅全集』, 第6卷(北京: 人民文學出版社, 1981).

魯迅.『漢文學史綱要』(1938).『魯迅全集』, 第10卷. 北京: 人民文學出版社, 1981.

農圃舊侶.「'仁不可爲衆也'新識」.『新亞生活』, 39:3(2011.11).

譚家健.「魯褒的「錢神論」及其影響」.『錦州師範學院學報』, 22:3(2000.7).

唐麗珍.「釋『荀子·勸學』'神之聽之'」.『蘇州教育學院學報』, 35:1(2018.2).

馬啓俊.「『莊子·逍遙遊』'野馬'注釋商兌」.『學術界』, 204(2015.5).

聞冠軍·幸曉艷.「'焉'字作兼詞、語氣助詞之辨析」.『新語文學習(高中版)』, 2008:Z1(2008.1).

范瑞麗.「『莊子·逍遙遊』'三餐'辨析」.『臨沂大學學報』, 34:3(2012.10).

卞孝萱.「「陋室銘」非劉禹錫作」.『文史知識文』, 1997:1(1997.1).

楊伯峻.『文言文法』. 香港: 中華書局, 1987.

楊伯峻譯注.『論語譯注』. 北京: 中華書局, 1962.

楊玉英.『『孫子兵法』在英語世界的傳播與接受研究』. 北京: 學苑出版社, 2017.

余培林註譯.『新譯老子讀本』. 臺北: 三民書局, 1982.

余秋雨.「田園何處」.『中國文脈』(武漢: 長江文藝出版社, 2012).

余秋雨.「中國文脈」.『中國文脈』(武漢: 長江文藝出版社, 2012).

王祥初.「薇菜辨析」.『四川烹飪高等專科學校學報』, 2009:2(2009.3).

王虎.「談'陋室銘'」.『湘南學院學報』, 32:1(2011.2).

袁佳棟.「『桃花源記』的藝術精探」.『文學教育』, 2013:10(2013.10).

劉慶海.「『孫子兵法』之'兵衆孰强'校詁」.『齊魯師範學院學報』, 29:1(2014.2).

劉玲.「『桃花源記』蘊含的隱逸文化」.『大慶師範學院學報』, 41:3(2021.5).

劉文元.「『莊子·逍遙遊』'三餐'釋論」.『哈爾濱學院學報』, 37:10(2016.10).

李廣樹.「陋: 開啓『陋室銘』的一把鑰匙」.『學語文』, 2004:4(2004.7).

李芳梅等. 「從連詞‘與’的用法看『禮記・禮運』‘選賢與能’的釋讀」. 『漢字文化』, 2020:17(2020.9).

李翔矗. 「瓶可儲粟嗎?」. 『(河南省固始縣慈濟高級中學)語文敎學與研究(敎師版)』, 2018:4(2018.4).

李竹深. 「詩話‘三徑’」. 『漳州職業大學學報』, 2002:1(2002.3).

李最欣. 「論韓愈「師說」的邏輯漏洞」. 『中國石油大學學報』, 23:6(2007.12).

李春玲. 「試論兼詞與合音詞」. 『靑海師範學院學報(哲學社會科學版)』, 33:2(2011.3).

人海. 「影響中國歷史的十大政治美文」. 『人才資源開發』, 2012:10(2012.10).

林源. 「‘歲寒, 然後知松柏之後凋也’正詁」. 『廣州廣播電視大學學報』, 2008:6(2008.12).

蔣建波. 「「陋室銘」中‘陋室’考辨」. 『語文學刊』, 2012:17(2012.9).

張立文・高曉鋒. 「莊子道物關係的一種詮釋進路: 以‘物物而不物於物’爲例」. 『中州學刊』, 2021:4(2021.4).

張崇琛. 「薇: 一個蘊涵豐富的文化符號」. 『天水師範學院學報』, 42:5(2022.11).

張詒三. 「‘君子喻於義, 小人喻於利’探詁」. 『孔子研究』, 2004:3(2004.5).

張婷. 「‘展緩判斷’求眞相」. 『保定學院學報』, 27:2(2014.3).

褚麗娟. 『文明的揰撞與愛的重構: 墨子兼愛與耶蘇之愛的學術史研究(1858-1940)』. 東京: 白帝社, 2017.

田國勵. 「『學記』作者考」. 『高等理科敎育』, 2012:5(2012.10).

朱大可. 「在墨翟和拉比之間: 論墨子學說的希伯來原型」. 『學術月刊』, 46(2014.4).

陳明舒. 「韓國人的糾結: 漢字人名地名該怎麽念」. 『中靑在線(中國靑年報)』, 2018.12.26. http://news.cyol.com/yuanchuang/2018-12/26/content_17868480.htm

陳鑫. 「從法統到天道: 對『史記・伯夷列傳』適政治哲學詮釋」. 『河北師範大學學報』, 45:2(2022.3).

卓娜. 「‘念終始典于學’的‘典’字釋義」. 『內蒙古大學學報(哲學社會科學版)』, 41:6(2009.11).

河先培. 「韓愈‘人非生而知之者孰能無惑’信解」. 『長沙水電學院學報』, 7:1(1992.2).

黃文雄. 『論語反論』. 臺北: 前衛出版, 2016.

黃小峰. 「藥草、高士與仙境: 李唐「採薇圖」新解」. 『文藝研究』, 2012:10(2012.10).

塘利枝子. 「小学校の教科書に描かれた葛藤解決方略の国際比較」, 2017.1.27. https://www.blog.crn.or.jp/report/02/230.html; 榎本博明, 「日本人ほど礼儀正しい国民はいない

…海外からたびたび称賛される伝統的な性質の"最大の欠点"とは」, PRESIDENT Online, 2023.6.30. https://president.jp/articles/-/70754?page=4 재인용.

Benedict, Ruth. *The Chrysanthemum and Sword: Patterns of Japanese Culture*. Boston: Houghton Mifflin, 1946.

Johnston, Alastair Iain. *Cultural Realism: Strategic Culture and Grand Strategy in Chinese History*. Princeton: Princeton University Press, 1995.

Lin, Yutang. "Prose." *My Country and My People*. 13th Revised Illustrated Edition. New York: The John Day Company, 1939.

Nida, Eugene A. and Taber, Charles R. *The Theory and Practice of Translation*. Leiden and Boston: Brill, 1969.

지은이 소개

박병석 朴炳奭 bsparks@daum.net

전공

- 중국정치사상사, 다문화(문화접변)

주요 저역서

- 『한자성어와 인문정신 : 한자성어에 담긴 교양과 인문정신』 서울: 한국문화사, 2017.
- 『中國古代朝代更迭: 易姓革命的思想,正當化以及正當性研究』. 上海: 同濟大學出版社, 2011.
- 『중국사회문화의 이해』(상/하). 서울: 현학사, 2006.
- 『중국의 정치와 외교』(상/하). 서울: 서울사이버대학교출판부, 2006.
- 『중국입문』(상/하). 서울: 서울사이버대학교출판부, 2006.
- 『아시아의 지방분권』(공저). 부산: 부산외국어대학교출판부, 2004.
- 『근대한중무역사』(공역). 서울: 교문사, 2001.
- 『중국상인문화』. 서울: 교문사, 2001.
- 『중화제국의 재건과 해체』. 서울: 교문사, 1999.
- 『새로운 동북아질서와 한반도』(공저). 서울: 법문사, 1998.
- 『중국문화의 심층구조』(역). 서울: 교문사, 1997.
- 『세계정치의 쟁점과 이해』(공저). 서울: 박영사, 1993.
- 『중국정치체제와 개혁』(공저). 서울: 법문사, 1993.

경력

- 서울사이버대학교 명예교수(2023.3-현재)
- 서울사이버대학교 부총장(2019.11-2023.2)
- 서울사이버대학교 교수(2002.1-2023.2)
- 한국동양정치사상사학회 회장(2018-2020)
- 중국사회과학원 한국연구중심 발행 학술지 『當代韓國』 편집위원(1993-현재)

학력

- 중화민국(대만) 국립정치대학 정치학과 정치학박사(1989)
- 연세대학교 대학원 정치학과 석사(1985)
- 연세대학교 정치외교학과 학사(1983)

중국고전산문명문감상

초판 인쇄 2024년 2월 7일
초판 발행 2024년 2월 15일

역   주 | 박병석
펴 낸 이 | 하운근
펴 낸 곳 | 學古房

주   소 | 경기도 고양시 덕양구 통일로 140 삼송테크노밸리 A동 B224
전   화 | (02)353-9908 편집부(02)356-9903
팩   스 | (02)6959-8234
홈페이지 | http://hakgobang.co.kr/
전자우편 | hakgobang@naver.com, hakgobang@chol.com
등록번호 | 제311-1994-000001호

ISBN 979-11-6995-478-5 93820

값 : 42,000원

■ 파본은 교환해 드립니다.